KB186997

미스터리 살인사건

미스터리 살인사건

세계 명탐정 3인

아서 코난 도일 / 에드가 앨런 포 / 길버트 키스 체스터턴

박재인 옮김

아름다운날

미스터리 살인사건

초판 1쇄 발행 | 2020년 7월 10일
　　　 2쇄 발행 | 2021년 2월 18일
지은이 | 아서 코난 도일, 에드가 앨런 포, 길버트 키스 체스터턴
옮긴이 | 박재인
펴낸이 | 김형호
펴낸곳 | 아름다운날
편집주간 | 조종순
북디자인 | Design이즈

출판등록 | 1999년 11월 22일
주소 | (04031) 서울시 마포구 서교동 351-10 동보빌딩 202호
전화 | 02) 3142-8420
팩스 | 02) 3143-4154
이메일 | arumbook@hanmail.net

ISBN | 979-11-86809-91-4 03840

이 도서의 국립중앙도서관 출판예정도서목록(CIP)은 서지정보유통지원시스템 홈페이지
(http://seoji.nl.go.kr)와 국가자료공동목록시스템(http://www.nl.go.kolisnet)에서 이용하실
수 있습니다. (CIP 제어번호: 2020022034)

아서 코난 도일

Arthur Conan Doyle

영국의 소설가.

1859년 스코틀랜드의 에든버러에서 태어났으며, 에든버러대학에서 의학을 전공했다. 의대 졸업 후 서부 아프리카 해안을 항해하는 등 광활한 세계에 대한 호기심을 가졌다. 이런 경험은 작가의 소설에 폭넓은 소재를 제공했을 뿐만 아니라 추리소설 인물〈셜록 홈즈〉를 창조하여 전 세계의 독자들을 열광시켰다.

1879년 첫 번째 단편〈사사싸 계곡의 미스터리〉를 발표하고, 1887년 셜록 홈즈 이야기《주홍색 연구》를 발표하면서 추리소설가로서 명성을 얻기 시작했다. 그 후 역사소설, 모험소설 등 총 20여 편의 작품을 출간했으며, 30편이 넘는 의학서와 르포를 남겼다.

1906년에는 정치에 참여하고자 했으나 지방선거에서 낙선하였다. 이후 신문과 잡지 등에 꾸준히 연재물을 발표하며 소설가로서 인기를 누리다가 1930년 사망하였다.

그의 작품으로는《네 개의 서명》《셜록 홈즈의 모험》《셜록 홈즈의 회상》등 추리물을 비롯하여, 모험소설《잃어버린 세계》, 르포《위대한 보어 전쟁》《J. 하버쿡 젭슨의 진술》등 다수가 있다.

누런 얼굴

The Adventure of the Yellow Face

셜록 홈즈가 매우 특별한 재능을 가진 덕분에 친구의 수많은 모험담을 들을 수 있었다. 그리고 가끔 나도 그 이야기 속에 직접 등장하기도 했다. 그래서 나는 그 사건들을 모두 모아 현재 단편 시리즈를 발표하고 있다. 그런데 아무래도 홈즈가 수사에 실패한 이야기보다는 성공한 이야기들을 더 다루게 된다. 그건 내가 일부러 그의 명성을 더 드높이고자 하는 의도에서 그런 것이 아니라, 그는 도저히 풀 수 없는 어려운 사건에 부덧칠수록 더 활동이 왕성하고 상상할 수 없는 재능을 발휘해내기 때문이다. 말하자면 그런 사건들이 더 재미있기도 하다. 한편 내가 홈즈의 실패담을 잘 기록하지 않는 이유는, 그가 해결하지 못할 정도의 사건이라면 그 누가 손을 댄들 거의 미궁으로 빠져버린다는 것을 내가 잘 알고 있기 때문이다.

그런데 아주 드문 일이긴 하지만, 홈즈가 해결하지 못했던 사건 가운데 나중에 그 진상이 밝혀진 경우도 있다. 그래서 나는 그런 사건 몇 가지를 따로 노트에 적어두었다. 그 중에서 '두 번째 얼룩' 사건과 이제부터 얘기하려는 것 두 가지가 가장 흥미로운 것이다.

셜록 홈즈는 운동을 따로 하지 않았다. 그런데 홈즈만큼 운동을 잘하는 사람도 드물었다. 특히 권투에서 출중한 실력을 보이고, 중량급에서는 내가 본 적이 없을 만큼 가장 뛰어난 선수 가운데 한 명이었다. 하지만 그는 목적 없이 하는 육체 운동을 정력낭비로 여기기 때문에, 뭔가 직업상의 이유가 없이는 별로 몸을 움직이려고 하지 않았다. 그럼에도 불구하고 전혀 피로를 느끼지 않았다. 그런 상황 속에서도 잘 단련되어 있는 걸 보면 참 희한했다. 그는 식사도 대체로 부실했고, 거의 엄격하다고 할 정도로 간소했다. 이따금 코카인을 복용하긴 하지만, 그건 사건이 없을 때나 신문도 도무지 읽을거리가 없을 때 심심풀이로 하는 정도였다. 그 외에 다른 악습은 전혀 없었다.

초봄의 어느 날이었다. 홈즈가 마침 한가한 터라 우리는 함께 하이드 파크로 산책을 갔다. 느릅나무에는 파란 새싹이 움트기 시작했고, 창날 같은 호두나무의 싹도 다섯 개의 잎사귀로 막 피어나고 있었다. 서로 잘 아는 사이에서는 흔히 있는 일이지만, 우리는 거의 아무 말도 안 하고 두 시간 동안이나 여기저기를 걸어 다녔다. 그러다가 베이커 거리로 돌아왔는데, 그때가 거의 5시 무렵이었다.

"죄송합니다."

하인이 문을 열어주면서 말했다.

"조금 전에 어떤 분이 찾아오셨습니다."

홈즈는 후회스러운 듯 나를 쳐다보며 말했다.

"오후 산책은 이제 안 갈 거야!"

"그럼 벌써 돌아갔겠네."

"네."

"왜 안에서 기다리시라고 안 했나?"

"네, 그렇게 했습니다."

"얼마나 기다렸는데?"

"30분쯤이오. 무슨 급한 일이 있는지 기다리면서도 계속 왔다 갔다 하거나 발을 구르거나 그러셨습니다. 저는 방 밖에서 기다리고 있었기 때문에 잘 들렸습니다. 그러다가 복도로 나오시더니 이렇게 말씀하시더군요.

'이 친구는 이제 안 돌아오는 건가.'

"뭐, 이런 말 비슷했어요. 그래서 제가 그랬죠."

'조금만 더 기다리고 계시면 돌아오실 겁니다.'

'그럼, 밖에서 기다리겠네. 좀 답답해서 말이야. 잠시 후 다시 오겠네.'

"그분은 이렇게 말씀하시더니 갑자기 나가셨습니다. 제가 뭐 다른 말을 해도 안 계실 것 같아서 그냥 내버려뒀습니다."

"좋아, 좋아, 잘했어."

홈즈가 방으로 들어가며 말했다.

"하지만 좀 아까운 걸, 왓슨. 사건이 생기길 기다리고 있었는데 말이야. 그 사람의 행동을 들으니까 뭔가 아주 초조했던 것 같은데, 아마도 큰 사건이 아니었을까 싶네. 아니! 저게 뭐야? 테이블 위에 있는 건 자네 파이프가 아니잖나! 그 사람이 놓고 간 건가? 이거 굉장히 오래된 파이프인데. 담배 장사들이 흔히 말하는 호박 물부리가 길게 달려 있군. 런던에 진짜 호박 물부리가 얼마나 있을까? 화석의 곤충이 들어있기 때문에 진짜는 알아볼 수 있다고 하지만, 가짜 호박에 가짜 곤충을 넣어도 아마 꽤 잘 팔릴 걸. 그런데 이런 파이프라면 꽤나 소중하게 다룰 텐데, 이걸 잊어버리고 간 걸 보면 아마도 뭔가 걱정거리가 있어서 허둥댄 거 같아."

"소중하게 다룬다는 걸 어떻게 알 수 있는데?"

내가 홈즈에게 물었다.

"이 파이프의 원래 가격은 7실링 6펜스쯤 하겠지. 자 여길 좀 보게. 두 군데나 수리를 했군. 물부리를 끼우는 나무 부분과 호박을 연결하는 부분 말이야. 이렇게 은고리로 수선을 했는데, 두 군데 다 수선비가 원래 산값보다 더 비쌌을 거야. 그 돈으로 새 것을 사기보다 수리해서 쓰는 걸 더 좋아한다면 아주 애착을 갖고 있다는 얘기지."

"그밖에 또 뭐가 있나?"

그가 파이프를 손에 들고 빙빙 돌리면서 늘 그렇듯 뭔가 곰곰이 생각하고 있는 것 같아서 내가 또 물었다.

그는 파이프에 눈을 바짝 대고 들여다보며 마치 골격에 대해 강의하는 교수처럼 긴 가운데손가락으로 그걸 톡톡 두들겼다.

"파이프가 때로는 아주 흥미로운 점이 있지."

홈즈가 말했다.

"회중시계와 구두끈을 빼고, 파이프만큼 그 주인의 개성을 잘 나타내는 것도 아마 없을 거야. 뭐 이건 딱히 중요한 특징이랄 것도 보이지는 않지만 말일세. 이 파이프의 주인은 건장한 체격을 하고 있고 왼손잡이에다 치아가 아주 고른 사람인 게 틀림없네. 그리고 성격은 대범한 편이고, 경제적 어려움이 없는 남자지."

홈즈는 그저 별것 아니라는 듯 그렇게 말하고는, 내 반응을 살피기 위해 나를 힐끗 쳐다보았다.

"7실링짜리 파이프로 담배를 피우니까 경제적 어려움이 없는 사람이라는 뜻인가?"

"이건 1온스 8펜스짜리 그로스베너 담배일세."

홈즈는 담뱃재를 손바닥에 털어내며 대답했다.

"이것의 반값만 해도 웬만한 담배는 다 피울 수 있으니까 돈에는 걱정이 없는 사람이라는 거네."

"그밖에는?"

"이 남자는 파이프에 불을 붙일 때 램프나 가스불을 쓰는 습관이 있네. 여길 보게. 한쪽이 이렇게 꺼멓게 돼 있지 않나. 성냥으로는 이렇게 안 되거든. 성냥불을 파이프 옆쪽에다 대는 사람은 없을 테니까 말일세. 그런데 램프 불로 파이프에 불을 붙이면 옆이 이렇게 검게 그을리게 되지. 게다가 그을려 있는 쪽은 오른쪽이야. 그러니까 이 사람은 왼손잡이라고 추정하는 걸세. 램프에 파이프를 대보게. 오른손잡이라면 왼쪽을 램프에 갖다 대는 것이 자연스럽다는 걸 알게 될 거야. 어쩌다 반대로 할 때도 있겠지만, 아무튼 자주 할 수는 없을 거네. 이 파이프는 항상 왼손으로 쥐고 있는 것 같군. 그리고 이 남자는 호박의 물부리를 물고 있어. 호박을 물어 이렇게 자국까지 나려면 힘이 좋고 치아가 고른 사람인 게 분명해. 그런데 이 사람이 계단을 올라오고 있는 것 같은데. 이제부터 파이프 따윈 집어치우고 재미

있는 일이나 기대해보세."

　잠시 후 문이 열리면서 한 젊은 남자가 방으로 들어섰다. 키가 크고 고급 티가 나는 짙은 회색 옷을 입고, 챙이 넓은 밤색 중절모자를 손에 들고 있었다. 얼른 봤을 때는 서른 살 정도라고 생각했었는데, 가만히 보니까 그보다는 더 나이가 들어 보였다.

　"죄송합니다."

　남자가 좀 어려워하며 말했다.

　"노크를 했어야 하는데. 노크하는 게 당연한데 실례했습니다. 걱정거리 때문에 그만, 이해해주십시오."

　남자는 곧 쓰러질 것처럼 이마에 손을 대고는 주저앉듯 소파에 풀썩 앉았다.

　"한 이틀 밤을 통 못 주무셨군요?"

　홈즈는 편하고 다정한 어투로 말했다.

　"불면은 일할 때가 놀 때보다 더 신경을 압박하니까요. 그런데 무슨 일로 오셨습니까?"

　"도움 말씀을 좀 얻고 싶어서요. 저는 어떻게 해야 할지 모르겠습니다. 이제 제 인생은 완전히 꼬여버린 것 같습니다."

　"나를 탐정으로 일을 의뢰하고 싶다는 거군요?"

　"네, 그렇습니다. 그리고 그것만이 아니라 선생님께서는 사리분별이 있고 세상물정에 밝은 분이시니까, 선생님의 의견을 좀 들려주시면 고맙겠습니다. 앞으로 제가 어떻게 하는 게 좋을지, 그걸 알고 싶습니다. 제발 좀 가르쳐주십시오."

목소리는 크지 않았지만 그는 간절한 말투로 금방 경련이라도 일으킬 듯 힘겹게 말했다. 말만 들어도 안타까움이 밀려왔으며, 심지어는 말을 하고 있는 동안 내내 의지의 힘으로 성벽을 채찍질하고 있는 것만 같았다.

"아주 묘한 일인데요."

하면서 그가 말을 이어갔다.

"사람은 대개 자기 집안일에 대해서는 남들한테 말하기를 꺼려하죠. 그런데 제 아내의 행동에 대해 이렇게 초면에 두 분한테 얘기를 해야 한다는 게…… 그래도 의논을 드릴 수밖에 없다고 생각하니까 정말 너무나 끔찍합니다. 하지만 그렇지 않고는 도저히 견딜 수가 없어서 이렇게 조언을 구하러 왔습니다."

"그랜트 먼로 씨……."

홈즈가 대뜸 말을 꺼냈다.

손님이 의자에서 벌떡 일어나며 소리쳤다.

"아니! 어떻게 제 이름을 아셨죠?"

"남한테 이름을 알리고 싶지 않으면"

홈즈가 싱긋 웃으면서 말했다.

"모자 안에 이름을 새겨 넣지 마시든가, 대화하는 상대방 쪽으로 모자 앞부분을 돌리시는 게 좋겠지요. 자, 말씀드리죠. 이 친구와 나는 이 방에서 수많은 비밀스런 얘기를 들어왔고, 또 다행히도 많은 분들한테 평화로운 해결을 해드릴 수가 있었습니다. 우리는 당신에게도 그런 도움을 드릴 수 있을 거라고 믿습니다. 그럼, 더 이상 머뭇거리지 마시고 시간을 아껴서 사건의 내용이 무엇인지 차근차근 말씀해주시죠."

손님은 정말로 얘기를 꺼내기가 거북한지 몹시 불편해하며 또다시 이마를 문질렀다. 그의 동작과 표정에서 내가 느낄 수 있었던 것은 매우 말수가 적고, 융통성이 없는 남자였다는 것이다. 그리고 자존심이 강하고, 자신의 내적인 문제나 상처를 누구에게 말하기보다는 힘겹게 감추고 있는 성격으로 보였다.

남자는 갑자기, 모으고 있던 두 손을 크게 휘두르면서 이제는 될 대로 되라는 식으로 말을 하기 시작했다.

"사실은 이렇습니다, 홈즈 씨. 저는 결혼을 했는데, 지금 3년째 됩니다. 3년 동안은 아내와 제가 아무런 문제없이 서로를 사랑했고 잘 살아왔습니다. 우리 부부는 사고방식도 비슷하고 말이나 행동 같은 데서도 서로를 못마땅하게 여긴 적이 없었습니다. 그런데 지난 주 월요일부터 우리 사이에 갑자기 큰 장벽이 생기기 시작했습니다. 아내의 사고방식이나 생활습관에서 이상한 점이 보이기 시작했는데, 마치 길거리에서 만난 모르는 여자처럼, 저로서는 도저히 이해할 수 없는 점이 있다는 걸 알게 되었지요. 그때부터 우리의 마음은 갈라지고 말았는데, 저는 왜 갑자기 그런 일이 생긴 건지 그걸 알고 싶습니다.

　그런데 이야기를 계속 하기 전에 한 가지 짚고 넘어갈 게 있습니다. 홈즈 씨, 제 아내 에피는 여전히 저를 사랑하고 있습니다. 이 점은 알고 계셔야 할 것 같아서요. 그녀는 아직도 저를 진심으로 사랑하고 있고, 그 면에서는 전과 달라진 게 없습니다. 그건 제가 잘 알고 있습니다. 항상 똑같이 느끼고 있으니까요. 그러니까 지금 그 문제에 대해서는 따로 얘기하고 싶지 않습니다. 여자가 남자를 사랑하고 있을 때는 남자도 저절로 느낄 수 있는 법이죠. 하지만 우리 두 사람 사이에 뭔가 이해 안 되는 비밀이 있다면, 그 비밀이 풀릴 때까지는 두 사람 사이가 처음처럼 돌아갈 수는 없는 것 아닐까요?"

　"그러니까 사실을 말씀해주세요, 먼로 씨."

　홈즈가 답답한지 그렇게 말했다.

　"그럼 솔직하게, 에피의 예전 삶에 대해 제가 아는 대로 말씀드리겠습니다. 제가 처음 아내를 만났을 때, 그녀는 남편과 사별한 몸이었습니다. 무척 젊어서 결혼을 했던 거죠. 그때가 겨우 스물다섯 살이었으니까요. 그 당시 그녀의 이름은 히브론 부인이었습니다. 어렸을 때 미국으로 건너가 애틀랜타 시에서 살다가 거기서 히브론 씨를 만나 결혼을 했는데, 남자가 아주 잘 나가는 변호사였습니다. 두 사람 사이에 아이가 하나 태어났는데, 당시 그 지역에 전염병이 발생하면서 남편과 아이 둘

다 죽고 말았습니다. 저는 남편의 사망 증명서를 봤습니다. 그러고 나서 그녀는 더 이상 미국에서 살기 싫어 이곳으로 와서는 미들섹스 주의 피너에서 미혼으로 지내고 있는 이모와 함께 살게 되었습니다. 죽은 남편의 유산으로 그녀는 어렵지 않게 살 수 있었습니다. 4천 5백 파운드의 돈이 있었는데, 남편이 그걸 잘 투자해뒀기 때문에 평균 7퍼센트의 이자가 꼬박꼬박 생기고 있었습니다. 제가 그녀를 만난 건 그녀가 피너에 정착한 지 6개월쯤 되었을 땐데, 우리는 금방 사랑에 빠져서 2,3주 후에 결혼을 했습니다.

저는 홉(뽕나무과에 속하는 다년생 풀)을 팔고 있는데 7,8백 파운드의 수입이 들어오기 때문에 우리는 편하게 살 수 있었습니다. 그래서 노베리에 지역에 연간 80파운드를 지불하는 아담한 별장 하나를 세 얻었습니다. 그곳은 런던에서 멀지도 않으면서 시골 분위기가 났죠. 집 바로 위쪽엔 여관 하나와 주택 두 채가 있고, 바로 앞쪽 밭 건너편에는 별장 하나밖에 없는 동네니까요. 거기서 역까지는 다른 집도 거의 없습니다. 저는 장사 때문에 런던으로 나갔습니다만, 여름에는 일이 없어서 거기 별장에서 아내와 함께 느긋하게 지내곤 했습니다. 그러는 동안 아까도 말씀드렸다시피 이 이상한 사건이 생기기 전까지는 우리 사이에 문제될 건 아무것도 없었습니다.

이야기가 더 나가기 전에 또 한 가지 미리 말씀드릴 게 있습니다. 우리가 결혼했을 때 아내가 자기의 전 재산을 저한테 주었습니다. 저는 그게 별로 내키지 않았습니다. 왜냐하면 만약 제 사업이 잘못 되기라도 할 때에는 아주 복잡해 질 거라는 것을 알고 있었기 때문입니다. 그럼에도 불구하고 아내가 정 그렇게 하고 싶어 해서 저는 일단 그냥 받았습니다. 그 후, 지금부터 6주쯤 전에, 어느 날 아내가 저한테 이렇게 말하는 거예요.

'잭, 내가 당신한테 내 돈을 주었을 때 언제든지 다시 필요하면 말하라고 당신이 얘기했지?'

'어, 그랬지. 당신 돈이니까.'

하고 제가 말했습니다.

'그럼, 100파운드만 좀 줘.'

그녀가 말하더군요.

저는 그 말을 듣고 좀 놀랐습니다. 아내가 원하는 것은 새 드레스라거나 뭐 그런 종류일 거라고 생각을 했으니까요.

'그런데, 어디다 쓰려고?'

제가 물어봤죠.

'어머, 당신은 내 은행으로서 맡아줄 뿐이라고 말했잖아. 은행은 고객이 어디다 쓰는지 그런 건 묻지 않는 법이지.'

그녀는 농담처럼 웃으며 말하는 겁니다.

'그래, 꼭 필요하다면 물론 주지.'

'어, 꼭 필요해.'

'그런데 어디다 쓰려고 하는지 왜 말 안 하는 거야?'

'나중에 얘기할게. 하지만 지금은 안 돼, 잭.'

그래서 저는 더 이상 못 물어보고 그냥 있을 수밖에 없었습니다. 우리 사이에 비밀이 생긴 건 그때가 처음이었습니다. 저는 아내한테 수표를 건네주고는 더 이상 그 일은 생각하지 않으려고 했습니다. 그 일이 나중에 생긴 다른 일과 아무런 관계도 없는 건지는 모르겠습니다만, 이것 역시 미리 얘기해두는 게 좋을 것 같아서 해드렸습니다.

우리 별장에서 멀지 않은 건너편에 별장이 또 하나 있다고 아까 말씀드렸었죠? 두 별장 사이에 있는 것은 밭뿐이지만 그 별장으로 가려면 큰길로 한참 가다가 샛길로 들어가야 합니다. 그 별장 바로 뒤쪽에 커다란 스코틀랜드 전나무 숲이 있어서, 저는 그곳으로 산책 가는 걸 아주 즐겼습니다. 나무는 언제나 친근하게 느껴지니까요. 그런데 그 별장이 요 근래 8개월 정도 계속 비어있더군요. 저는 그걸 볼 때마다 무척 안타까운 생각이 들었습니다. 왜냐하면 그 별장은 2층집인데, 인동덩굴이 덮인 고풍스런 포치가 있고 아주 깔끔하거든요. 저는 그 집 앞에 서서 쳐다보면서, 참 살기 좋은 집일 텐데, 하고 몇 번이나 생각했습니다.

그런데 지난 주 월요일 저녁 때 그 주변을 걷고 있는데, 웬 짐마차가 샛길에서 큰길 쪽으로 나오고 있는 겁니다. 그래서 무슨 일인가 싶어 별장 쪽을 쳐다봤더니, 포치 옆 잔디밭에 카펫과 살림살이들이 쌓여 있더군요. 별장에 누군가가 이사를 오고 있다는 걸 바로 알 수 있었죠. 저는 그 앞으로 다가가서 한가한 사람처럼 잔뜩 쌓여있는 짐들을 쳐다보며 도대체 어떤 사람이 이사를 오는 걸까 하고 생각하고 있었습니다. 그때 갑자기 2층 창문에서 어떤 사람이 저를 가만히 쳐다보고 있다는 걸 알았습니다.

그 사람 얼굴에 어떤 특징이 있었는지는 모르지만, 갑자기 등골이 오싹해지면서 소름 끼치는 느낌이 들더군요. 거리가 좀 떨어져 있었기 때문에 얼굴이 어떻게 생겼는지는 기억이 안 나지만, 아무튼 뭔가 정상이 아니라는 느낌, 그러니까 자연스럽지 않고 사람이 아닌 것 같은 그런 느낌만 들었습니다. 그래서 저는 호기심이 발동해, 얼른 그쪽으로 더 다가가 저를 응시하고 있는 사람이 도대체 누군지 자세히 보려고 했습니다. 하지만 제가 다가가니까 그 얼굴은 별안간 숨어버리고 말더군요. 그 시간이 너무나 짧고 갑자기 일어난 일이다 보니까, 저는 마치 방안의 어둠 속으로 끌려들어간 그런 느낌이 들었습니다.

저는 그래도 거기 서서 한 5분쯤 그 일을 곱씹으면서 대체 무슨 일일까 하고 분석해보았습니다. 그 얼굴이 남자인지 여자인지도 알 수가 없었습니다. 그런데 얼굴색은 분명히 기억에 남아 있었습니다. 뭐랄까, 시체 같다고 할까요, 누런색인데, 정말 소름이 끼칠 만큼 부자연스럽고 딱딱하게 굳어있는 느낌이 들었습니다. 생각 끝에 저는 그대로 갈 수는 없다는 마음을 먹고, 별장에 새로 이사 온 사람을 가서 확인해봐야겠다고 결심했습니다. 그래서 문으로 다가가 노크를 했더니, 비쩍 마르고 키 큰 여자가 나오더군요. 그런데 인상이 아주 차갑고 접근하기조차 무섭게 생긴 그런 사람이었습니다.

'무슨 일이시죠?'

하고 그녀가 북쪽 사투리로 물었습니다.

'저는 저기 건너편에 살고 있는 이웃입니다.'

제가 우리 집을 턱으로 가리키면서 말했죠.

'지금 이사 오신 것 같은데, 혹시 뭐 도와드릴 일이라도 있을까 해서요……'

'아, 네, 도움이 필요하면 부탁드리러 갈게요.'

그녀는 이렇게 말하고는 제가 서 있는데도 문을 쾅 하고 닫아버리더군요. 참 무례해 보였죠. 그래서 너무나 황당해서 저도 그 길로 집으로 돌아갔습니다. 집에 있는데 아무리 다른 생각을 하려고 해도 창가에서 보였던 그 도깨비 같은 얼굴과 여자의 무례한 태도가 마음에 걸려 머릿속에서 떠나지를 않는 겁니다. 아내는 신경이 약하고 해서 창가의 도깨비 같은 얼굴에 대해 저는 한 마디도 하지 않았습니다. 그러다가 그만 잠자기 전에 무심코, '그 별장에 누가 이사를 왔어.' 하고 아내에게 말해버린 겁니다. 그런데 이상하게도 아내는 별 신경을 안 쓰는지, 아무 대답도 안 하더군요.

저는 잠이 들면 깊이 곯아떨어지는 편이라 밤중에 아무리 시끄러워도 깨지는 않는데, 그것 때문에 아내가 가끔 놀리기도 하거든요. 그런데 그날 밤은 그 이상한 일 때문에 머릿속이 계속 복잡해서 보통 때처럼 잠이 깊이 들지 않았습니다. 그러다가 비몽사몽간에 뭔가가 방안에서 움직이고 있는 것이 느껴지더군요. 이윽고 정신을 차리고 보니까 아내가 옷을 입고는 조용조용히 외투를 걸치고 모자까지 쓰고 있는 겁니다. 한밤중에 외출 복장을 하고 있는 게 너무나 놀라워 아내한테 막 핀잔을 주려고 하던 참에, 저는 아직 잠도 덜 깬 눈으로 우연히 촛불에 비친 아내의 얼굴을 보게 됐습니다. 저는 그만 충격을 느껴 아무 말도 할 수가 없었어요. 그때까지 한 번도 본 적이 없는 얼굴이었는데, 아내의 얼굴이 그렇게 될 수 있다는 걸 상상해본 적이 없을 정도였습니다. 그녀는 새파랗게 질린 얼굴로 숨도 거칠게 몰아쉬면서 망토를 여미고 있더군요. 그리고 침대 쪽을 보면서 제가 혹시 잠을 깰까봐 조심스럽게 살피는 눈치였습니다. 곧이어 그녀는 조심조심 하면서 소리도 안 내고 방을 나갔습니다. 그리고 잠시 후 삐거덕 하는 날카로운 소리가 들렸는데, 그건 현관문에서 나는 소리가 분명했습니다. 저는 곧바로 일어나 침대를 주먹으로 치면서 제가 정말로 잠이 깨어 있다는 것을 확인해 보았습니다. 그리고 베개 밑에서 회중시계를 꺼내 봤더니, 오전 3시였습니다. 대체 이 시간에 아내는 시골 동네에서 무엇을 하려고 나간 것일까?

저는 20분 정도 이런저런 생각을 하면서 도대체 무슨 일일까 계속 궁금해하며 납득 될 만한 설명을 찾아보려고 애썼습니다. 하지만 아무리 생각해봐도 점점 더 이상한 생각만 들고 도저히 이해가 안 되더군요. 그렇게 캄캄하게 속만 태우고 있는데, 또다시 문 닫히는 소리가 들리면서 계단을 올라오는 아내의 발소리가 들려왔습니다.

'도대체 이 시간에 어디를 갔다 오는 거야, 에피?'

그녀가 방으로 들어오자마자 제가 그렇게 물었습니다.

제가 입을 연 순간 아내는 흠칫 놀라면서 소리를 냈는데, 그렇게 놀라는 그녀의 목소리와 태도를 보면서 제 마음은 더욱더 어지럽기만 했습니다. 왜냐하면 그녀의 태도에서 뭔가 꺼림칙한 것이 느껴졌기 때문이었습니다. 아내는 원래 뭐든 숨기는 게 없는 솔직한 성격이었는데, 한밤중에 방을 슬그머니 나가고 제 말에 너무나 놀라면서 두려워하는 그런 모습을 보이니까 저는 너무 화가 나고 소름이 끼쳤던 겁니다.

'어! 잠 깼네, 잭.'

아내는 약간 짜증이 섞인 미소를 지으며 말하더군요.

'당신은 절대로 잠이 안 깰 거라고 생각했지.'

'어디 갔었어?'

저는 더 심각한 말투로 물었습니다.

'그렇게 놀라는 것도 무리는 아니지.'

아내는 그렇게 말하면서 망토를 벗는데, 손이 부들부들 떨리고 있더군요.

'뭐, 그동안 이런 일이 한 번도 없었잖아. 사실은, 숨이 막힐 듯이 좀 답답해서 신선한 공기를 마시려고 나갔던 거야. 밖으로 안 나가면 쓰러질 것 같더라고. 2,3분 정도 현관 앞에 서 있었더니 좀 괜찮네.'

그녀는 이런 변명을 하면서 말하는 내내 제 눈도 쳐다보지 않았습니다. 말투도 평상시와 전혀 달랐고요. 그녀가 거짓말을 하고 있다는 게 분명해 보였습니다. 저는 아무 대꾸도 안 하고 벽 쪽으로 얼굴을 돌려버렸습니다. 제 마음속엔 온갖 고민과 의혹으로 가득했습니다. 아내가 나한테 숨기고 있는 게 뭘까? 도대체 어디에 갔던 것일까? 진실을 알기 전까지는 마음이 풀리지 않을 것 같았지만, 아내가 그렇게 말했으니까 더 묻고 싶지는 않더군요. 새벽까지 뒤척이면서 저는 제 스스로에게 별일 아니라고 수없이 말해봤습니다. 하지만 모든 게 정말 믿어지지 않았습니다.

다음 날, 저는 런던 시내에 볼 일이 있었는데 마음이 너무 심란하다 보니까 사업이고 뭐고 아무 생각도 할 수가 없었습니다.

아내도 마찬가지로 마음이 편하지 않은지 제 눈치를 살피는 것 같더군요. 그리고 자신이 한 말을 제가 믿지 않는다는 것을 알 아차리고는 어떻게 하면 좋을지 궁리를 하고 있는 것 같더군요. 아침식사 때도 우리는 단 한마디도 하지 않았어요. 그리고 식 사가 끝난 후 바로 저는 신선한 아침 공기 속에서 생각을 하고 싶어 산책을 나갔습니다.

수정궁까지 산책을 갔다가 거기 정원에서 1시간쯤 머문 다음 1시쯤에 노베리로 돌아왔습니다. 마침 그 별장 앞을 지나는 길이라 저는 또다시 창가를 바라보며 전날 저를 노려보고 있었던 이상한 얼굴이 또 보이지나 않을까 싶어 잠깐 서 있었습니다. 거기 그렇게 서 있는데, 갑자기 문이 열리면서 안에서 아내가 나오는 거였어요! 제가 얼마나 놀랐는지, 한번 상상해 보십시오, 홈즈 씨.

저는 아내를 보고는 너무나 놀라 아무 말도 나오지 않았는데, 우리가 눈이 마주쳤을 때 아내의 얼굴에 나타난 그 놀라움에 비하면 저의 놀라움은 아무것도 아니었습니다. 순간 아내의 표정은 다시 집안으로 들어가고 싶은 심정을 언뜻 내보였지만, 이내 그렇게 해봐야 소용없다는 것을 깨닫고는 저에게로 성큼성큼 다가왔습니다. 여전히 파랗게 질린 얼굴에 두려운 눈초리였지만 억지 미소를 지으며 아닌 척 하더군요.

'어머, 잭! 새로 이사 오신 분에게 혹시 도와드릴 일이 있을까

싶어서 왔던 거야. 근데 왜 그런 얼굴로 나를 쳐다봐, 잭? 뭐, 기분 안 좋은 일 있어?'

'그렇지, 어젯밤에 온 곳이 여기였어?'

'그게 무슨 말이야?'

'여기에 왔었겠지. 내가 다 알고 있어. 그런데 한밤중에 여기엔 왜 왔어? 이 사람들은 누구야?'

'아니, 나 여기 지금 처음 왔어.'

'거짓말인 거 다 알고 있는데 어떻게 그런 뻔뻔스런 소리를 할 수가 있어? 말투까지 달라지고 말이야. 내가 당신한테 뭐 숨긴 일이라도 있었어? 도대체 무슨 일인지 이 집에 들어가 철저하게 알아봐야겠네.'

'안 돼, 안 돼, 잭, 제발 그러지 마!'

아내는 혼란스러운 마음을 억누르지 못하고 숨 가쁘게 말했습니다. 제가 그녀를 뿌리치고 현관문까지 갔을 때, 그녀는 제 소매를 붙잡고 늘어지면서 거의 발작이라도 일으킬 것처럼 저를 마구 끌어당기는 것이었어요.

'제발 이러지 마, 잭. 언젠가는 전부 다 얘기해줄게. 맹세해. 하지만 당신이 이 별장에 들어가면 불행한 일밖에 생기지 않아.'

하면서 아내는 외치더군요. 그래도 제가 아내를 뿌리치고 다시 문으로 가려고 했을 때, 그녀는 끝끝내 저를 만류하면서 미칠 듯이 소리치더군요.

'나를 믿어줘, 잭! 이번만 나를 믿어줘, 믿어도 후회할 일은 없을 거야. 알다시피, 나는 당신을 위한 일이 아니라면 몰래 어떤 짓을 하거나 그러지는 않아. 우리의 앞날이 걸려있는 일이니까, 나랑 같이 집으로 돌아가. 그러면 모든 일이 잘 될 거야. 당신이 지금 이 집에 들어가면 우리 사이는 끝이야.'

아내의 태도가 너무나 진지하고 심각해 보였기 때문에 저는 아내의 그 말에 솔직히 두려운 생각이 들어 문 앞에서 결심을 못 하고 망설이고만 있었습니다.

'그럼 조건이 있어. 한 가지 조건을 달고 믿어볼게.'

저는 마침내 입을 열었습니다.

'앞으로 더 이상은 다른 비밀이 없어야 돼. 비밀은 이걸로 끝이야. 혼자서 비밀을 지키는 건 좋지만 혼자 어디를 간다거나 나한테 알리지 않는 그런 건 안 하겠다고 약속해 줘. 이제부터 안 하겠다고 약속하면 지나간 일은 내가 다 잊어버릴게.'

'그래, 믿어줄 거라고 생각했어.'

그녀는 안도의 한숨을 쉬면서 외쳤습니다.

'당신이 말한 것처럼 할게. 그럼 같이 집으로 가!'

아내는 제 소매를 움켜잡고 끌어당기더군요. 그래서 같이 걸어갔는데, 가면서 뒤를 돌아보니까 2층 창문에서 그 흐릿하고 누런 색깔의 얼굴이 또다시 우리를 유심히 쳐다보고 있는 거예요. 그 도깨비와 제 아내 사이에 어떤 관계가 있는 걸까요? 또 전날 봤던 그 무례한 여자와 제 아내는 어떤 연관이 있는 걸까요? 너무나 이상한 수수께끼였지만 그것이 풀리기까지는 도저히 안심할 수가 없습니다. 그리고 이틀 동안 집에 있었는데, 아내는 약속대로 밤에 나가거나 하지는 않았습니다. 아니, 제가 알기로 그녀는 집밖에 전혀 나가지 않았습니다. 그런데 3일째 되는 날, 아내는 저와 그토록 굳게 약속을 했으면서도 어떤 비밀스런 힘에 끌려가는 것 같았습니다. 도저히 아내를 붙잡아둘 수 없는 어떤 것이 있다는 분명한 증거를 제가 봤으니까 말이죠.

저는 그날 시내에 나갔었는데, 돌아올 때는 항상 3시 36분 기차를 타는데 그날은 2시 40분 기차를 탔습니다. 집에 들어가니까 하녀가 놀란 얼굴로 뛰어나오더군요.

'사모님은 어디에 계시지?'

하고 제가 물었습니다.

'산책 나가셨어요.'

그녀가 대답하더군요.

그 말을 듣고 제 마음은 또다시 온갖 의심으로 가득 차기 시작했습니다. 2층으로 올라가보니까 역시나 아내가 없었어요. 그러고 나서 2층 창문에서 밖을 내다봤는데, 방금 대답했던 하녀가 별장 쪽으로 밭을 가로질러 달려가는 게 보이지 않겠어요. 그때 저는 모든 것을 알았습니다. 아내는 별장에 가 있으며, 제가 돌아오면 하녀더러 부르러 오라고 일러두었던 겁니다. 그 생각이 미치자, 저는 화가 치밀어 견딜 수가 없어서 밖으로 나가 하녀를 뒤따라 밭쪽으로 뛰어갔습니다. 이 문제를 어떻게든 깨끗이 끝내야겠다고 마음을 먹었던 거죠. 저쪽에서 벌써 아내와 하녀가 빠른 걸음으로 샛길로 오는 것이 보이더군요. 하지만 저는 그들에게 아무 말도 안 하고 계속 별장 쪽으로 뛰어갔습니다. 그 별장에 우리의 생활을 어지럽히는 어떤 비밀이 있는 게 분명했습니다. 저는 그게 무슨 일이든 기어코 비밀을 캐내고 말겠다고 작심했습니다. 별장에 도착해 노크도 안 하고 문을 밀었더니 열리더군요. 저는 안으로 뛰어 들어갔어요.

아래층은 아주 조용했습니다. 주방에서 주전자 물 끓는 소리밖에는 들리지 않고, 검은 고양이 한 마리가 바구니 속에 웅크리고 있었어요. 전에 봤던 그 여자는 보이지 않았습니다. 저는 다른 방으로 가봤는데, 역시 아무도 없더군요. 그래서 2층으로 올라갔는데, 거기도 방 두 개가 썰렁하니 사람의 모습은 전혀 보이지 않았습니다. 온 집안에 아무도 없었던 거죠. 방에 있는 가구나 그림들은 전부 다 흔해빠지고 촌스러운 것들이었는데, 창문에서 이상한 얼굴이 보였던 그 방만은 특별히 아늑하고 세련된 분위기로 장식돼 있었습니다. 그리고 그 방의 맨틀피스 위에 아내의 전신사진이 올려져 있더군요. 제 마음 속에선 의혹의 불길이 활활 타올랐습니다. 그 사진은 불과 석 달 전에 제가 권해서 찍었던 것이니까요.

그 집에 정말 아무도 없다는 것이 확인될 때까지 저는 좀 더 기다리고 있다가 그 집을 나왔습니다. 하지만 그렇게 마음이 답답하고 짓눌리는 심정은 처음 겪어봤습니다. 집으로 갔더니 아내가 현관까지 나왔는데, 저는 그녀와 말을 할 기분이 아니고 너무나 어처구니가 없었기 때문에 그녀를 쳐다보지도 않고 그냥 서재로 가버렸습니다. 그런데 제가 문을 닫기도 전에 아내가 안으로 들어오더군요.

'약속을 어겨서 미안해, 잭. 하지만 사정을 다 듣고 나면 이해해줄 거라고 믿어.'

'그러면 모든 걸 다 얘기해봐.'

'그런데 글쎄 도저히 얘기할 수가 없어, 잭.'

'저 별장에 누가 살고 있는지, 당신이 그 사진을 누구에게 줬는지, 다 얘기하기 전에는 우리 사이에 신뢰 같은 건 더 이상 없어!'

저는 그렇게 말하고는 아내를 뿌리치고 집을 나와 버렸습니다. 그것이 바로 어제 일입니다, 홈즈 씨. 그러고 나서는 아내와 만나지도 않았죠. 이 괴상한 사건에 대해서 그 이상은 아무것도 모릅니다. 우리 부부 사이에 어두운 그림자가 드리워진 것은 이번 일이 처음입니다. 이런 충격을 받다 보니까 저는 이제부터 어떻게 하는 게 좋을지 도무지 분간할 수가 없습니다. 그래서 오늘 아침에 갑자기 선생님 생각이 나서 이렇게 허둥지둥 달려와 솔직히 다 말씀드리게 된 겁니다. 그래도 아직 분명치 않은 점이 있다면 뭐든 물어봐주십시오. 하지만 우선 어떻게 하는 게 좋을지 그것부터 좀 말씀해주세요. 저는 도저히 견딜 수가 없습니다."

홈즈와 나는 큰 흥미를 갖고 흔하지 않은 이 이야기에 귀를 기울이고 있었는데, 의뢰인은 극도로 흥분해서 한 마디 한 마디에 힘을 주며 말했다. 홈즈는 턱을 괴고 잠시 동안 생각에 잠겨 있었다.

"당신이 창가에서 본 얼굴을 남자라고 확신할 수 있나요?"

홈즈가 마침내 입을 열었다.

"거리가 좀 떨어져 있었기 때문에 확신할 수는 없습니다."

"아무튼 그 얼굴을 봤을 때 아주 기분 나쁜 인상을 받았다는 거죠?"

"우선 얼굴색이 자연스럽지 못하고 생긴 것도 이상하게 딱딱한 느낌이 들었거든요. 그리고 제가 가까이 가니까 확 사라져버리더군요."

"부인이 100파운드가 필요하다고 말한 후로 얼마나 지났을 때였죠?"

"약 두 달쯤 지났을 때였습니다."

"혹시 부인의 전 남편 사진을 본 적이 있습니까?"

"아니오, 없습니다. 사망 직후에 애틀랜타에 큰 화재가 나서 서류 같은 것들이 전부 불타고 말았거든요."

"사망 진단서는 가지고 있지 않았습니까? 당신은 그걸 봤다고 했죠?"

"네, 봤습니다. 화재가 난 후에 사본을 떼어두었던 거죠."

"미국에서 부인을 아는 사람과 만난 적이 있었습니까?"

"아니오, 없었습니다."

"부인께서 다시 미국에 가고 싶다는 얘기를 하신 적이 있습니까?"

"아니오, 없습니다."

"그럼 미국에서 편지가 온 적은요?"

"제가 알기로 그런 일은 없었습니다."

"알겠습니다. 그런데 이 문제는 좀 생각해봐야 할 것 같군요. 만약 그 별장에 계속해서 사람이 없게 된다면 꽤 까다로운 일이 될 것 같으니까요. 그런데 반대로, 나는 아무래도 이게 맞을 것 같은데, 그 집 사람들이 어제 당신이 올 것을 미리 알고 도망쳐버렸다면 지금쯤은 돌아와 있을 테니까 문제는 쉽게 해결이 나겠지요. 그러니까 이렇게 하세요. 노베리로 돌아가서 다시 한번 별장의 창문을 유심히 살펴보세요. 만약에 사람이 살고 있는 것 같으면 그 집에 들어가시지 말고 우리한테 곧바로 전보를 쳐주십시오. 그러면 30분 내로 가서 우리가 그 진상을 밝혀보겠습니다."

"그런데 집에 계속 아무도 없다면요?"

"그러면 내일 우리가 그쪽으로 가서 다시 의논을 드리겠습니다. 그럼 안녕히 가세요. 참, 특히 말씀드리는데, 아직 뚜렷한 이유가 밝혀지지 않았으니까 너무 걱정하지는 마세요."

홈즈는 그 남자 그랜트 먼로를 문까지 배웅하고는 내게 말했다.

"이게 말이지, 꽤 까다로운 사건인 것 같네, 왓슨. 자네는 어떻게 생각하나?"

"난 기분이 별로 안 좋은데."

"그럴 거야. 내가 잘못 들은 게 아니라면 거기엔 분명 거짓이 얽혀 있어."

"그럼, 거짓의 장본인이 누군데?"

"그거야 그 별장의 특별한 방에 있는 그 놈이겠지. 그녀의 사진을 맨틀피스 위에 올려둔 그 놈 말이야. 왓슨, 분명히 창가의 그 누런 얼굴에 뭔가 수상한 점이 있어. 다른 건 몰라도 그건 확실해."

"어떤 추론을 해봤나?"

"해봤지. 아직은 가정이지만 말이야. 그러나 그것이 틀리다면 나는 포기하고 말겠네. 그 별장에 있는 사람은 여자의 전남편이야."

"왜 그렇게 생각하는데?"

"그렇지 않다면 지금 남편이 그 집에 못 들어가게 하려고 여자가 그 난리를 하지는 않을 것 아닌가. 내 생각에, 진실은 아마도 이런 것일 것 같네. 그 여자가 미국에서 결혼을 했는데, 하고 보니까 남자가 이상한 성격을 갖고 있는 게 드러나서 여자가 그걸 견디지 못하고 저주하기 시작했다는 거지. 아니, 그것보다는 이런 것일지도 몰라. 남자가 아주 특이한 병에 걸린 거야. 문둥병이나 뭐 그런 것 말이야. 그래서 정신이 이상해진 거지. 결국 그녀는 거기서 도망쳐 영국으로 돌아왔고, 이름도 바꾸고 새로운 삶을 시작한 거야. 그러다가 두 번째 결혼을 해서 3년이나 지났으니까 이제는 자기 인생도 안전해졌다고 생각한 걸세. 그런데 느닷없이 전 남편이, 이 여자가 어디 사는지를 알게 된 거야. 그래서 그 사람들이 이 여자에게 편지를 보내 모든 것을 폭로하겠다고 협박을 했지. 이 여자는 할 수 없이 남편한테서 100파운드를 얻어 그들의 입막음을 했는데, 그자들은 결국 그 동네까지 찾아오고 말았어. 남편이 별장에 누가 이사 온 것 같다고 말했을 때, 이 여자는 그게 자기를 협박한 사람들이라는 걸 알아챘지. 그래서 여자는 남편이 잠들기를 기다렸다가 한밤중에 별장으로 달려가서, 자신을 방해하지 말아달라고 그들에게 부탁을 한 거야. 하지만 그들이 대답을 안 하니까 다음 날 아침에 다시 찾아갔지. 그게 아까 들었던 것처럼, 그 집에서 막 나오다가 남편과 부딪쳤던 바로 그 날이야. 남편과 다툼

이 일어났고, 그 별장에 다시는 안 가겠다는 약속까지 했지. 그런데 이틀 뒤에 여자가 또 가게 됐는데, 이유는 그 무서운 사람들을 쫓아버리고 싶다는 심정이 들어서 그랬던 것 같네. 그래서 협상 조건으로 아마도 그쪽에서 요구한 자신의 사진을 가지고 갔던 것 같아. 협상을 하고 있는 사이에 하녀가 달려와서 남편이 돌아왔다고 알린 거지. 그 말을 듣고 여자는 남편이 곧 그쪽으로 들이닥칠 것 같으니까, 그 사람들한테 뒷문으로 나가 숲 속에 가서 숨으라고 한 거야. 그랬기 때문에 남편이 거기 도착했을 땐 집에 아무도 없었던 거라네. 하지만 오늘 밤에 이 사람이 별장에 다시 가봤는데도 역시 아무도 없다고 한다면, 그건 정말 이해하기 힘든 일이 되겠지. 자, 내 추론은 이런데, 어떻게 생각하나?"

"지나친 억측이야."

"하지만 적어도 모든 사실이 이 안에 있는 건 맞네. 만약 이 안에 없는 새로운 사실을 알게 되더라도 충분히 다시 생각할 수는 있어. 아무튼 지금 현재로선 노베리에서 전보가 오기 전까지는 아무것도 할 게 없네."

하지만 오래 기다릴 것도 없었다. 전보가 도착한 것은 우리가 막 차를 마시고 났을 때였다. 전보의 내용은 이랬다.

별장에는 아직 사람이 살고 있음.

창가에서 그 얼굴이 또 보였음.

7시 기차로 와주시기 바람.

도착까지 행동 안 하고 있겠음.

그랜트 먼로는 기차역 플랫폼에서 우리를 기다리고 있었다. 역의 램프 불빛에 비친 그의 얼굴은 몹시 창백했으며 불안으로 몸을 떨고 있었다.

"아직 있더군요, 홈즈 선생님."

그는 홈즈의 소매를 잡으며 말했다.

"여기로 올 때도 불이 켜져 있는 걸 봤습니다. 빨리 좀 해결되면 좋겠어요."

"당신은 어떻게 할 생각입니까?"

어두운 가로수 길을 걷기 시작했을 때 홈즈가 물었다.

"저는 집안으로 들어가서 그 안에 있는 인간이 누군지 직접 보고 확인할 작정입니다. 두 분께서 증인이 되어 주십시오."

"부인께서 그렇게 만류하는데도, 정말 기어이 알아내려고 결심을 하셨다고요?"

"네, 제 마음은 그렇게 결정을 했습니다."

"그렇군요. 그럼 올바른 판단을 내리신 걸로 믿겠습니다. 계속 의혹을 갖고 있는 것보다는 무슨 일이 됐건 진실을 아는 게 낫죠. 곧 그쪽으로 가는 게 좋겠습니다. 물론 법적으로는 두말 할 것도 없이 불법 행위이긴 하지만, 그래도 가치는 있는 일입니다."

시골이라 그런지 밤길이 몹시 어두웠다. 양쪽으로 울타리가 쳐있고 수레바퀴 자국이 깊이 나있는 좁은 샛길로 들어설 무렵 이슬비가 내리기 시작했다. 그랜트 먼로는 마음이 바쁜 듯 서둘러 앞장서 갔기 때문에 우리 두 사람은 그를 쫓아가느라 넘어질 뻔하면서 열심히 걸어갔다.

"저기가 저희 집 불빛입니다."

나무 사이로 어른거리는 불빛을 가리키며 그가 조용히 말했다.

"그리고 여기가 제가 말한 그 별장입니다."

먼로가 그렇게 말하고 있는 동안 우리가 샛길을 돌아서자 바로 옆에 별장이 보였다. 집은 컴컴한데 노란 불빛이 한 가닥 보이는 걸 보니 아마도 문이 잘 안 닫혀 있는 것 같고, 2층엔 창문 하나만 불이 환하게 켜져 있었다. 올려다본 순간 블라인드 뒤로 검은 그림자가 움직이는 게 보였다.

"그 도깨비가 있습니다!"

그랜트 먼로가 낮게 소리쳤다.

"누군가 있는 게 보이시죠? 자, 저를 따라 오세요. 이제 곧 모든 걸 알게 될 겁니다."

우리는 문으로 다가갔다. 그때 갑자기, 새어나오는 램프 불빛 속에 한 여자가 서 있는 게 보였다. 전체적으로 매우 어두워 여자의 얼굴이 보이지는 않았지만 그녀는 두 팔을 벌리고 애원하는 동작을 하는 것 같았다.

"제발 좀 그만 둬, 잭, 소원이야!"

여자가 외치는 소리가 들렸다.

"오늘 밤에 당신이 올 것 같은 예감이 들었어. 잭, 제발 생각을 좀 돌려줘. 다시 한번만 나를 믿어줘. 그러면 후회하지 않을 거야."

"이젠 더 이상 당신을 믿을 수 없어, 에피!"

그는 아주 냉정하게 말했다.

"이거 놔! 난 꼭 들어가야 돼. 친구들과 함께 이 문제를 해결하고 말 거야."

먼로가 아내를 뿌리쳤을 때 우리도 그의 뒤를 따라 갔다. 그가 현관문을 확 열자 안에서 한 중년 여자가 뛰어나와 그를 못들어오게 막으려 했지만, 그는 여자를 밀어젖혔다. 우리 세 사람은 후다닥 계단을 뛰어올라갔다. 그랜트 먼로는 불이 켜진 방안으로 뛰어들었고, 우리도 뒤따라 들어갔다.

방은 아늑하게 꾸며져 있고 좋은 가구들도 놓여 있었으며, 테이블 위에 촛불 두 개가 켜있고 맨틀피스 위에도 촛불 두 개가 켜져 있었다. 그리고 방 한구석엔 작은 소녀 하나가 책상 위에 엎드려 있었다. 우리가 들어가자 소녀는 얼굴을 돌려버렸는데, 빨간색 옷을 입고 손에는 흰색 장갑을 끼고 있었다. 그러다가 소녀가 문득 우리를 돌아다봤을 때, 나는 너무 놀란 나머지 외마디 소리를 지르고 말았다. 그 얼굴은 이상한 흙빛을 띠고 있고, 표정이라곤 전혀 없었다. 하지만 수수께끼는 금방 풀렸다. 홈즈가 웃으면서 아이의 귀 뒤를 만지자, 얼굴에서 가면이 떨어지며 흑인 소녀가 나타났던 것이다. 아이는 새하얀 이를 드러내며 우리가 놀라 어리둥절해 있는 얼굴을 보면서 재미있어 했다. 그제야 나는 아이의 표정을 보면서, 이번엔 웃음을 터뜨리고 말았다. 하지만 그랜트 먼로는 자기의 목을 움켜쥐고는 굳어버린 것처럼 서 있었다.

"아니! 이게 도대체 어떻게 된 일이지?"

잠시 후 먼로가 소리쳤다.

"내가 설명을 할게."

그의 아내가 방으로 들어오면서 담담하고 침착한 얼굴로 말했다.

"말 안 하려고 마음먹고 있었는데, 이제는 그럴 수도 없게 됐네. 지금부터 우리는 최선을 다해야만 할 것 같아. 전남편은 애틀랜타에서 죽었지만 아이는 살아 있었어."

"당신 아이가!"

아내는 가슴에서 커다란 은제 로켓을 꺼내며 말했다.

"이거 한 번도 내가 여는 걸 못 봤지?"

"그게 열리는 것인지도 난 몰랐지."

아내가 그걸 만지자 표면이 조개껍질처럼 열렸다. 안에는 한 남자의 사진이 들어 있었다. 사진 속의 남자는 무척 미남에 영리해 보였고, 틀림없는 흑인이었다.

"이 남자가 바로 애틀랜타에서 결혼한 존 히브론이지. 세상에서 이 남자보다 더 훌륭한 사람은 없었어. 나는 이 남자와 결혼하려고 백인과 인연까지 끊었지만, 이 남자가 살아있는 동안 단 한 순간도 후회한 적은 없었어. 그런데 하나밖에 없는 내 딸이 나를 닮지 않고 아버지를 닮은 건 불행한 일이었어. 물론 이런 결혼에서는 흔히 있는 일이지만, 내 딸 루시의 피부색은 남편보다 훨씬 더 검어. 하지만 어쨌든 이 아이는 내 딸이고, 내게는 너무나 소중한 아이지."

그때 아이가 와서 부인의 팔을 잡았다.

"내가 이 아이를 미국에 두고 왔던 이유는, 아이가 몸이 약했기 때문에 환경이 갑자기 바뀌면 건강에 안 좋을 것 같아서 그랬던 거야. 그래서 전에 우리 집에 있었던 충실한 스코틀랜드 출신 여자한테 아이를 맡겼던 거지. 내가 이 아이를 포기한다거나 그런 생각은 한 번도 한 적이 없었어. 하지만 잭, 어쨌든 우리가 인연으로 만나서 사랑에 빠지게 되었는데, 그러고 나서는 당신한테 이 아이에 대해 말하는 게 두려워지더라고. 오, 하느님, 용서해주세요. 나는 당신한테 버림받을까 두려워 말할 용기가 없었던 거야. 당신과 아이 중에 어느 한 쪽을 선택해야 했을 때, 나는 그만 나약하게 내 딸을 떨쳐버렸던 거지. 그리고 지난

3년 동안 당신한테 내 아이가 있다는 걸 비밀로 하고 있었지만, 유모한테서 그간 아이가 무사히 잘 있다는 소식을 듣고 있었어. 하지만 그래도 내 딸의 얼굴을 보고 싶은 소망이 끝내 나를 놓아주지 않더군. 나는 속으로 나 자신과 무척 싸워보기도 했지만 아무리 해도 가라앉지를 않더라고. 그래서 결국, 위험하다는 건 잘 알고 있었지만, 2,3주 동안이라도 아이를 불러오고 싶었지. 유모한테 100파운드를 보내주면서 이 별장에 대해 죽 설명을 해줬어. 나와는 아무런 관계가 없는 이웃 사람처럼 오도록 말이지. 그리고 창가에서 아이의 모습을 본 사람들이 이웃에 흑인 아이가 살고 있다는 소문을 퍼트리지 않도록 낮에는 아이를 집안에만 있게 하고 얼굴이나 손을 가리라고 일러뒀어. 이렇게 너무 조심스럽게 하지 않았다면 오히려 더 나았을지도 모르지만, 당신한테 이 사실이 알려질까 봐 불안해서 사실 난 너무나 혼란스러웠지.

별장에 누가 이사를 왔다고 먼저 말한 것은 당신이었지. 나는 아침까지 기다려야 했지만 흥분이 돼서 좀처럼 잠이 오지 않았어. 그래서 결국 당신이 좀처럼 잠을 깨지 않는다는 걸 알고 있으니까, 밤에 슬쩍 빠져 나왔지. 그런데 당신이 보고 있다는 걸 난 알고 있었어. 내 괴로움은 그때부터 시작됐지. 마침내 다음 날 당신한테 내 비밀을 들키고 말았지만, 당신은 곧바로 캐물으려고 하지는 않더군. 하지만 사흘 후, 당신이 현관으로 뛰어 들어왔을 때, 나는 유모와 아이를 뒷문으로 빠져나가게 했지. 그리고 지금 이렇게 당신은 결국 모든 걸 알게 되었어. 이제 어떻게 하면 좋을지 말해줘. 우리, 아이와 나 말이야. 어떻게 하면 좋을까?"

여자는 아이를 끌어안고 남자의 대답을 기다렸다.

2분의 시간이 흘러갔다. 하지만 그 시간은 길기만 했다. 마침내 그랜트 먼로가 입을 열었다. 그건 생각만 해도 기분 좋은 대답이었다. 그는 소녀를 안아 올려 입을 맞추고는 한 손으로 아내의 손을 잡고 문 쪽으로 돌아섰다.

"집에 돌아가 좀 편하게 얘기해. 나는 별로 좋은 사람이 아니야, 에피. 그러나 당신이 생각하고 있는 것보다는 좋은 남자일 거야."

홈즈와 나도 그들의 뒤를 따라 밖으로 나갔다. 얼마쯤 가자 홈즈가 내 소매를 잡아끌면서 말했다.

"우리는 노베리보다는 런던 쪽에 볼 일이 있을 것 같네."

홈즈는 이 사건에 대해 더 이상 아무 말도 안 했지만, 그날 밤 늦게 촛불을 들고 침실로 가면서 말했다.

"왓슨, 내가 내 능력을 너무 믿거나 사건에 대해 충분한 노력을 하지 않는다고 생각되면, 내 귀에 '노베리'라고 말해주게. 그러면 대단히 고맙겠네."

신랑 실종 사건

A Case of Identity

"이보게, 왓슨."

베이커 가에 있는 홈즈의 하숙집에서 난롯가에 앉아 불을
쬐다 홈즈가 말을 꺼냈다.

"인생은 말일세, 우리 인간이 도저히 알아낼 수 없을 만큼
아주 이상한 거라네. 일상적인 사소한 일조차도 생각대로 안 된
다니까. 만약에 우리가 지금 저 창문으로 손을 잡고 나가서 도
시를 날아다니며 지붕 아래에서 벌어지고 있는 기괴한 일들을

볼 수 있다면, 세상의 온갖 음모와 우연들, 경이로운 일들을 한 눈에 보게 될 테지. 그런 것에 비하면 소설 같은 건 흔해빠진 줄거리에 결과도 뻔하잖나. 진부하고 무의미한 것이라는 생각밖에 안 든다네."

"난 그렇게 생각하지 않아. 신문에 난 뉴스들을 보면 너무 황당하고 저속한 사건들뿐이야. 게다가 경찰조사로 밝혀진 것들은 너무나 철저한 현실인데도 전혀 재미있다거나 예술적이지는 않거든."

"항상 신중하게 선택하지 않으면 실제적인 효과는 거둘 수 없지."

홈즈는 계속 말을 이었다.

"경찰 조서는 판사의 헛소리만 중요시하고 실제 사건의 세세한 내용은 놓치고 있어. 그 세세한 내용이 사실은 사건을 풀 수 있는 열쇠인데도 말이지. 아무튼 일상에서 일어나는 일들이 알고 보면 정말이지 우리의 생각을 초월하는 내용들 투성이지."

나는 웃으며 고개를 저었다.

"자네 생각은 잘 알겠네. 자네는 온갖 어려운 일들을 돕는 탐정이니까. 정말이지 이상야릇한 사건들을 겪어왔겠지. 하지만……."

나는 신문을 한 장 집어 들면서 말을 이었다.

"이걸로 한번 실제로 시험을 해볼까? 제일 먼저 눈에 띈 제

목은 '아내를 학대하는 남편'이야. 이게 칼럼의 반을 채우고 있는데, 안 읽어도 내용은 알 수 있다네. 남자에겐 분명 다른 여자가 있을 것이고, 술주정뱅이에다 아내를 자주 때려 상처투성이겠지. 그래서 자네나 하숙집 주인이 그녀를 동정하게 된다네. 아무리 삼류 작가라도 이렇게 어설프게는 안 쓰겠지."

홈즈는 내게서 신문을 가져가 대충 훑어보았다.

"이건 댄디스 부부의 별거 사건에 대한 건데, 우연히 이 사건을 의뢰받은 적이 있었다네. 남자는 술을 전혀 안 하고 다른 여자관계도 없더군. 그런데 재판까지 간 이유는 남자가 식사 후에 항상 틀니를 뽑아 여자에게 던졌다는 거야. 이런 건 어떤 소설가도 상상하지 못할 행위지. 안 그런가 왓슨? 자, 담배 한 대 피우고 자네 주장이 틀렸다는 걸 받아들이시지."

홈즈는 뚜껑에 큰 자수정이 박혀 있는 화려한 담배 케이스를 꺼내 내밀었다. 평소 검소한 그의 생활태도와는 너무나 다른 모습이었다.

"참, 우리 몇 주일 못 봤지. 이건 보헤미아 왕이 준 기념품이라네."

"그리고 그 반지는 또 뭔가?"

나는 그의 손가락에 끼여 있는 다이아몬드 반지를 보며 물었다.

"이건 네덜란드 왕실에서 받은 선물일세. 이걸 받게 된 사건은 절대 비밀이라 자네한테도 얘기할 수가 없다네. 자네가 내 작은 사건 몇 가지를 기록해 주는 건 무척 고맙지만 말일세."

"요즘은 무슨 사건을 맡고 있나?"

나는 호기심이 생겨 물었다.

"열 가지 정도 있는데, 전부 재미없을 것들이라네. 물론 하나같이 중요한 사건들이지만 말일세. 내 경험으로는, 일반적으로 평범한 사건들은 관찰할 게 많고, 원인과 결과가 분명한 날카로운 분석력이 더 용이하지. 그런 것들이 더 재미도 있고 말이야. 큰 사건들은 대부분 단순하기 그지없는 경우가 많다네. 왜냐하면 동기가 확실히 드러나기 때문이지. 요즘 맡고 있는 것들 중엔 마르세유에서 의뢰해온 사건만 좀 복잡하고 나머지 것들은 별 재미가 없다네. 하지만 조만간 뭔가 흥미 있는 것들이 들어올 것 같아. 이보게, 저기 오는 사람 말이야, 분명 나한테 오는 손님일 거야."

그는 의자에서 일어나 커튼 사이로 보이는 무겁고 흐린 런던 거리를 내다보았다. 그의 어깨 너머로 건너편 보도에 몸집이 큰 한 여자가 풍성한 모피 목도리를 두르고 멋진 빨강색 깃털이 장식된 챙 넓은 모자를 '데븐셔의 공작부인(토머스 게인즈버러가 그린 초상화)'처럼 비스듬히 쓰고는 요염한 모습으로 서 있었다. 그녀는 화려한 옷차림으로 몸을 이리저리 흔들며 장갑을 매만지다가 쭈뼛거리며 우리 쪽 창문을 올려다보았다. 그러다 어느 순간 그녀는 수영선수가 왕복하기 위해 벽을 짚고 회전하듯 한 번 반동을 주더니 급히 길을 건너오기 시작했다. 곧 현관 벨이 요란하게 울렸다.

"이렇게 징조를 맞춘 건 전에도 있었지."

홈즈는 담배꽁초를 난로불 속으로 던지며 말했다.

"저 여자가 주저하는 건 틀림없이 연애 문제 때문일 거야. 누군가와 말은 하고 싶지만 사건이 워낙 미묘하다보니 상대가 이해를 해줄지 못할지 자신이 없는 거라네. 저런 일엔 두 가지 경우가 있지. 남자에게 심하게 당한 여자는 망설이지 않고 달려와 벨을 누른다네. 그래서 벨의 끈이 끊어질 정도지. 하지만 지금 여인은 남자에게 당했다기보다는 주저하거나 비관하고 있는 내용일 것 같네. 어쨌거나 여자가 왔으니 곧 알게 되겠지."

곧 노크 소리가 들리고 하인이 들어와 메리 서덜랜드라는 사람이 왔다고 알렸다. 검은색 옷을 입은 왜소한 체격의 하인 뒤에서 마치 뱃사공의 작은 배 뒤에 있는, 돛을 활짝 펼친 상선 같은 모습의 여자가 나타났다. 셜록 홈즈는 늘 그렇듯 친절하게 맞아들이며 그녀를 소파로 안내한 후, 세심하면서도 어딘지 방심한 듯한 태도로 그녀를 관찰했다.

"타이프라이터를 많이 치시는 모양이죠? 시력이 안 좋아서 피곤하시겠어요?"

홈즈가 먼저 말을 시작했다.

"처음엔 무척 피로했어요. 근데 요즘은 자판을 안 보고도 치니까……."

그러다 문득 그녀는 홈즈의 질문이 깊은 의미가 있다는 걸 깨닫고는 깜짝 놀라며 통통하고 수더분한 얼굴에 두려움을 담고 그를 쳐다보았다.

"어머, 홈즈 선생님! 저에 대해 어디서 들으셨군요. 안 그러면 어떻게 그리 잘 아시겠어요?"

"걱정하지 않으셔도 됩니다. 온갖 사건을 맡다 보니 그냥 아는 것뿐이니까요. 다른 사람들 같으면 무심히 듣고 넘어갈 일을 저는 주의 깊게 관찰하는 습관이 있거든요. 그렇지 않다면 당신도 이렇게 저를 찾아오지는 않았겠죠."

"에서리지 씨 부인한테서 얘기를 듣고 찾아왔어요. 그녀의 남편이 사라졌을 때 경찰과 모든 사람들이 그가 죽었을 거라고 포기했는데, 선생님이 별로 어렵지 않게 그를 찾아냈다고 들었어요. 저, 선생님! 저도 좀 도와주세요. 저는 부자는 아니지만 월급 외에 유산으로 연간 100파운드씩을 받거든요. 호즈머 에인절 씨를 찾아주시면 그걸 전부 드리겠어요."

"그런데 왜 이리 허겁지겁 의논을 하러 오신 건가요?"

셜록 홈즈는 양 손바닥을 맞대고 천장을 올려다보며 물었다. 공허한 얼굴을 하고 있던 서덜랜드 양은 또다시 놀란 표정을 지었다.

"맞아요. 저는 집에서 급히 나왔어요. 사실은 윈디뱅크 씨가 저의 아버지인데, 너무 걱정을 않고 있어서 화가 치밀었죠. 경찰에 신고도 하지 않고 당신을 찾아오려고 하지도 않는 거예요. 정말이지 아무것도 하지 않으면서 걱정하지 말라고만 하기에 제가 결국 이렇게 서둘러 나온 겁니다."

"그런데 아버지라고 하셨나요? 성이 다른데, 그럼 친아버지가 아닌가보죠?"

홈즈가 물었다.

"네, 맞습니다. 저랑 나이가 5년 2개월밖에 차이가 안 나 좀 어색하긴 하죠."

"그럼, 어머니는 안 계십니까?"

"아뇨, 너무나 건강하시죠. 아버지가 돌아가신 후 15세나 젊은 남자와 재혼하는 바람에 제가 좀 언짢았어요. 아버지는 터튼엄 코트 로드에서 연관공을 두고 사업을 크게 하셨는데, 돌아가신 뒤에 어머니가 공장장 하디 씨와 사업을 꾸려갔어요. 그러다가 윈디뱅크 씨가 공장을 인수한 거죠. 그는 양조회사 직원인데 보통 수완가가 아니에요. 회사 상호와 이자 등을 계산해 4700파운드에 가져갔는데, 아버지라면 절대 그 가격으로 팔지는 않았을 거예요."

여자가 두서없이 이것저것 생각나는 대로 말을 해서, 난 혹시 홈즈가 짜증스러워하지나 않을까 생각했는데, 의외로 그는 열심히 듣고 있었다.

"당신이 받는다는 유산은 그럼 그 공장에서 나오는 겁니까?"

홈즈가 물었다.

"아니오, 그건 전혀 다른 거예요. 뉴질랜드 오클랜드에 있는 네드 삼촌이 저에게 남겨주신 거죠. 이자가 4.5퍼센트인 뉴질랜드 공채예요. 액면가는 2,500파운드인데, 저는 이자만 받을 수 있답니다."

"흥미롭군요. 그러니까 연간 이자 100파운드에 월급까지 있으니까 여행도 할 수 있고, 다른 하고 싶은 일도 할 수 있겠군요. 독신인 경우엔 연간 60파운드만 있어도 충분히 살 수 있죠."

"선생님, 그보다 적어도 살 수 있어요. 그러나 지금 어머니와 함께 사는 한은 부담을 주고 싶지 않아서 이자를 받는 걸로 내고 있죠. 윈디뱅크 씨가 3개월에 한 번씩 이자를 찾아와 어머니에게 전달하고 있어요. 저는 월급으로도 충분하거든요."

"네, 잘 알았습니다. 그리고 이쪽 분은 왓슨 박사라고, 제 친구니까 저한테 얘기하듯이 편하게 말씀하셔도 됩니다. 그런데 호즈머 에인절 씨와는 어떤 관계죠?"

서덜랜드 양은 얼굴이 불그스레해지며 옷의 칼라 부분을 만지작거렸다.

"가스 사업자들이 주최하는 파티에서 처음 만났어요. 그들은 아버지가 계실 때부터 초대장을 보내 줬는데, 돌아가시고 나서도 어머니에게 계속 보내오고 있습니다. 그런데 윈디뱅크 씨는 우리가 그런 데 가는 걸 좋아하지 않습니다. 어디 가는 걸 무조건 반대하는 거예요. 하지만 전 그 파티에 꼭 가고 싶었어요. 아니, 그가 저를 막을 권리는 없잖아요? 그는 제가 아버지 친구 분들을 만나는 건 좋지 않다고 하더군요. 그러면서 입고 갈 만한 옷도 없을 거라며 트집을 잡더라고요. 말도 안 되죠. 아직 한 번도 안 입은 새 드레스도 있거든요. 결국 그는 저를 막기가 어려울 거라 생각했는지 사업 일을 핑계로 프랑스로 떠났어요. 그래서 저는 어머니와 하디 씨와 함께 파티에 갔죠. 거기서 호즈머 에인절 씨를 알게 된 겁니다."

"윈디뱅크 씨가 프랑스에서 돌아와 그 사실을 알고 불쾌해했겠네요?"

"아니오. 기분이 좋아 보이던데요. 그는 어깨를 들썩이면서 여자들은 언제나 제멋대로 하니까 말려도 소용없다고, 하더라고요."

"그러니까 당신은 그 파티에서 호즈머 에인절이라는 청년을 만났단 말이죠?"

"네, 그날 밤 처음 만났는데, 다음날 우리가 잘 돌아갔는지 궁금하다면서 찾아왔더군요. 그 후 우리 두 사람은 두 번쯤 산책을 했어요. 하지만 윈디뱅크 씨가 돌아오자 그를 집으로 초대할 수 없었어요."

"왜죠?"

"윈디뱅크 씨가 싫어하거든요. 그는 집에 누구도 오는 걸 싫어합니다. 여자는 가족과 함께 있어야 한다면서요. 그래서 전, 언제 그럼 내 가정을 이룰 수 있겠느냐고 어머니에게 호소했죠."

"호즈머 에인절 씨는 뭐라고 하던가요? 다른 방법을 써서라도 당신과 만나려고 했습니까?"

"네, 그랬어요. 일주일 후면 윈디뱅크 씨가 또 프랑스에 가니까 그동안은 편지로 연락하자고 하더군요. 그는 매일 편지를 보내왔습니다. 저는 아침마다 편지를 찾으러 갔기 때문에 윈디뱅크 씨에게 들키지는 않았어요."

"그럼 그 사람과 약혼했던 건가요?"

"네, 선생님! 둘이 산책을 하다가 약혼을 했습니다. 호즈머는, 저, 에인절 씨는…… 레든홀 가에 있는 회사 경리과…… 그래서……."

"무슨 회사죠?"

"그게, 그러니까, 제가 모르고 있거든요."

"그럼, 집은 어딘가요?"

"그는 회사에서 살고 있었습니다."

"당신은 그럼 그의 주소도 모르고 있군요?"

"네, 레든홀 가라는 것밖엔……."

"근데 편지는 어디로 보냈죠?"

"레든홀 가에 있는 우체국 사서함으로요. 회사로 여자 편지가 오면 사람들이 놀린다고 하기에 타이프로 쳐서 보내겠다고 했죠. 그랬더니 그건 나에게서 온 느낌이 안 들고 기계가 두 사람 사이에 끼어 있는 것 같다면서 싫다고 하더군요. 선생님, 그는 저를 정말 사랑하고 있었어요. 아주 세심한 것까지 마음을 써주었거든요."

"네, 좋은 얘깁니다. 전 옛날부터 사소한 것들이 정말 중요한 거라는 믿음을 갖고 있거든요. 에인절 씨에 관해 다른 사소한 것들이라도 생각나는 게 있으면 얘기해 주시죠."

"그는 아주 수줍음이 많은 성격이에요. 산책할 때도 남의 눈에 띈다고 밤에 하는 걸 더 좋아했죠. 아주 내성적이고 순한 편이에요. 목소리도 조용하고요. 한때 목이 안 좋아, 그때부터 작은 소리로 소곤거리듯이 말하는 습관이 생겼다고 합니다. 옷차림도 언제나 단정하고 말쑥하면서 수수하고요. 그리고 저처럼 시력이 나빠 햇빛을 가리는 선글라스를 쓰고 있었어요."

"그럼, 아버지 윈디뱅크 씨가 프랑스로 다시 떠난 다음엔 어떻게 됐습니까?"

"그가 집으로 와서는 아버지가 돌아오기 전에 결혼하자고 하더군요. 너무나 원했기 때문에 저는 성서에 손을 얹고 그렇게 하겠다며 맹세까지 했습니다. 어머니는 그게 당연하다면서 그건 애정이 깊어진 거라고 말했어요. 어머니는 처음부터 그와 잘 맞아, 저보다 그를 더 좋아하는 것 같았어요. 그는 일주일 안에 결혼식을 하자고 했는데, 전 그래도 윈디뱅크 씨가 좀 걱정이 됐어요. 하지만 두 사람은 걱정하지 말라고 하더군요. 어머니는 자신이 책임지겠다고까지 했고요. 그런데 선생님, 저는 왠지 마음이 놓이질 않았어요. 저보다 겨우 다섯 살 많은 아버지에게 허락을 받는다는 것도 좀 우스운 얘기지만, 저는 몰래 결혼을 하고 싶지 않아서 아버지에게 편지를 보냈습니다. 그런데 편지가 결혼식 날 아침에 되돌아온 거예요."

"아버지가 받지 못했단 말인가요?"

"네, 그가 영국으로 떠난 다음에 도착했으니까요."

"그러니까 지난 금요일이 결혼식이었군요? 교회에서 하실 예정이었나요?"

"네, 친척들만 오게 해서 킹스 크로스 역 근처 세인트 세비아 교회에서 식을 올릴 예정이었어요. 세인트 팬클라스 호텔에서 아침식사를 하려고 했고요. 그날 호즈머가 이륜마차로 데리러 와서 저와 어머니가 그 마차를 타고, 그는 영업용 마차를 타고 뒤따라왔죠. 우리가 먼저 교회에 도착하고 곧바로 그가 탄 마차가 왔어요. 그런데 그가 내리지 않는 겁니다. 결국 마부가 내려 마차 안을 들여다보았어요. 근데 어찌된 일인지 마차 안에는 아무도 없는 거예요. 마부는 그가 타는 걸 분명히 봤다면서 도대체 어디로 사라졌는지 모르겠다고 하더군요. 선생님, 그게 지난 금요일에 있었던 일입니다. 그리고 지금까지 소식이 없어요. 어떻게 된 건지 아무것도 짐작이 안 갑니다."

"어휴, 힘든 일을 겪으셨군요."

홈즈가 말했다.

"아니오, 그렇지는 않았어요. 그는 아주 착하고 다정해 저한테 나쁘게 할 사람은 아니에요. 그날 아침에도 이런 말을 했죠. 만약 무슨 일이 생기더라도 마음 변치 않겠다고 약속해 달라, 뜻하지 않은 일이 생겨 헤어져 있더라도 약속을 잊지 말라, 반드시 당신을 데리러 오겠다, 이렇게요. 결혼식 날 아침에 그런 이야기를 해서 좀 이상하게 생각하긴 했지만, 지금 생각해 보니 뭔가 사정이 있었던 것 같아요."

"틀림없이 뭔가 있군요. 뜻밖의 불행 같은 것이 그에게 닥친 거라고 당신은 생각하고 있는 거죠?"

"네, 그렇습니다. 그도 어떤 위험을 분명히 느낀 것 같아요. 그래서 저한테 그런 말을 한 거겠죠. 그의 예감이 맞았던 겁니다."

"근데 무슨 일이 생긴 건지는 전혀 모른다는 거죠?"

"네."

"그럼, 어머니는 이 사건을 어떻게 생각하고 있습니까?"

"화를 내시면서 다시는 그 얘기를 하지 말라고 하세요."

"아버지는요? 그도 알고 있습니까?"

"네, 얘기했어요. 그는 기다려 보는 수밖에 없다고 생각하고 있어요. 결혼식도 안 하고 사라진 것이 그에게 무슨 이득이 있겠냐면서요. 제 돈을 빌려갔다든지, 결혼해서 제 재산을 가로챈 것도 아니니 말입니다. 하지만 호즈머는 그럴 사람이 아니고, 제 돈은 한 푼도 못 쓰게 했어요. 그 사람 도대체 어떻게 된 걸까요? 전 미칠 것 같아요. 전혀 잠을 이룰 수가 없습니다."

그녀는 손수건 속에 얼굴을 파묻으며 흐느끼기 시작했다.

"조사해보겠습니다."

홈즈는 일어서며 말을 이었다.

"상황을 분명히 알아낼 수 있을 것 같습니다. 그러니 저에게 맡겨두시고 아무것도 생각하지 마세요. 그 사람에 대한 그리움은 마음속에서 완전히 지워 버리세요. 그는 이미 사라져버렸으니까요."

"그럼, 그를 다시는 볼 수 없는 건가요?"

"그럴 것 같습니다."

"그는 어떻게 됐을까요?"

"그건 저에게 맡겨두세요. 그보다는 에인절 씨의 인상착의를 말씀해보세요. 그리고 그의 편지 중 하나를 주세요."

"크로니클 신문에 지난 토요일 자로 사람 찾는 광고를 냈는데, 여기 오려서 가져왔어요. 그리고 편지 네 통을 가져왔어요."

"고마워요. 그리고 당신 주소를 주시죠."

"팬파우엘 구, 라이온 광장 31번지예요."

"에인절 씨 주소는 모른다고 하셨죠? 아버지 전 회사는 어디에 있습니까?"

"팬처치 가에 있는 웨스트하우스 앤 마뱅크라는 회사죠."

"알겠습니다. 아무튼 제가 한 충고를 잊지 마세요. 이 사건은 그냥 수수께끼라고 생각하시고 모르는 일로 여기면 좋을 것 같습니다."

"홈즈 선생님, 친절은 고맙습니다만 전 잊을 수가 없어요. 호즈머에게 제 진심을 알리고 싶어요. 그가 돌아올 때까지 기다릴 겁니다."

그녀는 지나치게 사치스런 모자를 쓰고 멍청한 표정을 짓고 있었지만 온순하고 착한 마음씨는 어떤 숭고함마저 느껴지게 했다. 이윽고 그녀는 편지와 광고쪽지를 테이블 위에 놓고는 언제든지 연락해 주기를 바란다며 떠나갔다.

셜록 홈즈는 그녀가 나간 뒤에도 한동안 손을 모으고는 천장을 가만히 바라보았다. 그리고 뭔가 생각을 떠올릴 때마다 으레 찾는 담배를 파이프에 넣고는 소파에 깊숙이 앉아 불을 붙였다.

"저 아가씨는 정말 연구해 볼 만한 사람이야."

그가 중얼거리듯 말했다.

"그녀가 말한 사건보다도 저 여성이 훨씬 더 흥미로워. 내 색인표를 한 번 보게나, 왓슨. 비슷한 사례들이 있을 거야. 1877년에 햄프셔 앤도버에서도 그 비슷한 일이 있었고, 네덜란드 헤이그에서도 작년에 아주 비슷한 사건이 있었지. 이번 것도 뻔한 수법이긴 한데, 몇 가지 다른 점이 있더군. 아무튼 가장 잘 알 수 있는 건 아가씨를 통해서지."

"자네는 그 아가씨한테서 나보다 더 많은 걸 꿰뚫어 보았겠지?"

내가 물었다.

"자네가 못 본 게 아니라 관찰 부족 탓이지. 봐야 할 곳을 안 보니까 중요한 걸 놓치는 거라고. 소맷부리라든지 손톱 등이 때로는 아주 중요한 것을 암시하기도 하고, 또는 구두끈에서 뜻밖의 해답이 나올 때도 있거든. 자네, 그 여자의 옷차림을 어떻게 봤나? 말해 보게나."

"글쎄, 챙 넓은 모자에 빨강색 깃털 하나가 장식돼 있었지. 그리고 검정색 윗옷엔 검은 구슬들이 달려 있고, 그 속에 입은 옷은 커피색보다 좀 더 짙은 색으로, 칼라와 소매 부분에 자주색 플러시 천이 붙어 있었네. 장갑은 짙은 회색으로 오른쪽 집게손가락 부분이 심하게 닳아 있었지. 구두는 못 봤어. 그리고 금귀고리를 하고 있었는데, 작고 둥근 모양으로 흔들거리고 있었어. 전체적으로 여유롭고 한가하며, 생활은 넉넉하게 보였다네."

홈즈가 박수를 치며 웃었다.

"놀랐는데, 왓슨? 꽤 좋아졌어. 정말 멋진 표현이었다니까. 중요한 걸 모조리 빠트리긴 했지만 말일세. 그래도 관찰 방법을 많이 터득했군. 자네는 색채에 대해 예민한 데가 있어. 하지만 이보게, 전체적인 모습을 신경 쓸 게 아니라 세세한 것에 주목해보게나. 나는 여자들을 볼 때면 우선 소맷부리를 쳐다본다네. 남자의 경우는 바지 무릎 부분을 보는 게 좋지. 자네가 말한 것처럼 그녀는 소매에 플러시 천을 달고 있었는데, 그건 아주 약한 천이야. 타이프라이터를 칠 때는 손목 바로 위가 책상을 스치는데, 그 아가씨의 소맷부리엔 선이 두 개 뚜렷이 나 있더라고. 오른손 쪽에 말이지. 그리고 그녀의 얼굴엔 코안경을 낀 자국이 움푹 나있었어. 그래서 시력이 나빠 타이프를 칠 때 피곤하겠다고 말했던 거지."

"그땐 나도 놀랄 정도였어."

"하지만 그건 틀림없는 일이지. 그보다는 아래쪽을 보고서 난 깜짝 놀라 한동안 관찰을 했다네. 그녀의 구두가 많이 닳아 있었는데, 한쪽에는 장식이 있고 다른 한쪽엔 장식이 없는 짝짝이였어. 게다가 구두에 버클이 다섯 개 있는데, 한쪽은 아래

두 개만 끼어 있고 다른 한쪽은 첫 번째, 세 번째, 다섯 번째만 끼어 있더군. 화려하게 단장한 젊은 여성이 구두를 짝짝이로 신고, 그것도 버클을 제대로 안 끼우고 집을 나왔다면 허겁지겁 뛰어나온 거라고 추측을 할 수 있지 않겠나?"

"그밖에 또 뭘 알아냈나?"

나는 홈즈의 그 빈틈없는 추리에 언제나 흥미를 느끼고 있었다.

"어쩌다 안 건데, 아가씨는 밖으로 나오기 직전에 편지를 썼지. 장갑 오른쪽 집게손가락에 구멍이 난 건 자네도 봤다고 했지만 장갑과 손가락에도 잉크 자국이 묻어 있었던 건 못 본 모양이군. 너무 급히 쓰는 바람에 펜을 잉크병에 깊숙이 집어넣다가 묻었을 거야. 손가락에 아직도 자국이 남아 있는 걸로 봐서 분명 오늘 아침에 쓴 것 같아. 초보적인 관찰 방식이지만 이렇게 하나하나 연결해 보면 재미있지. 그런데 왓슨, 광고에 나온 호즈머 에인절의 인상 특징을 좀 읽어주게나."

나는 광고쪽지를 불빛에 가까이 댔다. 거기 '사람을 찾습니다'란에 다음과 같이 쓰여 있었다.

14일 아침부터 호즈머 에인절이라는 남자 행방불명인.
키 약 5피트 7인치.
뼈대가 크고 혈색이 안 좋음.

검은색 머리칼에 한가운데가 약간 벗겨짐.

구레나룻과 콧수염을 기르고 있음.

선글라스를 쓰고 있으며, 말투는 우물거리는 편임.

행방불명 직전의 복장은 실크로 가장자리가 처리된

검은색 프록코트에 검은색 조끼를 입었으며,

조끼에 금 시계줄을 달고 있고, 회색 트위드 바지를 입었음.

신발은 긴 장화에 갈색 각반을 착용했음.

레든홀 가의 한 회사 직원이었다고 함.

위의 남자를 알고 있는 사람은 아래 주소로 연락해 주시기······.

"어, 거기까지 됐어."

홈즈는 편지로 눈을 돌리며 말을 이었다.

"편지는 그냥 평범하군. 발자크의 말을 한 번 인용한 것밖에는 특별한 게 없어. 그리고 에인절 씨에 대해 알 만한 단서는 아무것도 없네. 단 하나 특이한 점이 있긴 하지. 자네가 들으면 놀랄 텐데."

"모두 타이프라이터로 썼군."

내가 말했다.

"그뿐 아니라 서명까지 타이프라이터로 썼어. 자, 보게나. 날짜도 있는데, 주소는 그냥 레든홀 가라고만 찍혀 있어. 이 서명이 뭔가 이상하지 않나? 이건 분명 어떤 암시라고 할 수 있지. 이게 사건의 열쇠일 거야."

"뭐라고?"

"자넨 그렇게 생각하지 않나?"

"글쎄, 혼인 불이행으로 고소되었을 때 자신의 서명을 부인하기 위해서일까?"

"아니야, 그런 게 아니야. 어쨌든 편지를 두 통 쓸 건데, 그러면 사건은 해결될 걸세. 한 통은 회사로, 또 한 통은 윈디뱅크 씨에게 말이야. 내일 저녁 여섯 시에 만나자는 부탁을 할 셈이네. 남자끼리 얘기를 하는 게 좋을 것 같아서. 자, 왓슨, 그럼 답장을 받을 때까지는 다른 일이 없으니까 이 문제는 잠시 덮어두기로 하세."

나는 이미 이 친구의 교묘한 추리력과 놀라울 정도로 활발한 정력을 믿고 있었기 때문에 지금 그가 의뢰받은 미심쩍은 사건에 대해서도 자신감이 있고, 벌써 확실한 해결책을 갖고 있을 거라고 생각했다. 내가 알기로 그가 실패한 적은 딱 한 번 있었다. 그건 보헤미아 왕에게서 부탁받은 아이린 애들러의 사진 사건 때였다. 만일 그가 풀 수 없는 사건이 있다면 그건 꽤나 기괴한 사건일 게 틀림없다.

나는 잠시 후 집으로 돌아왔는데, 다음날 밤이면 메리 서덜랜드의 실종된 신랑의 정체에 대해 단서가 나올 거라고 확신하고 있었다.

그 무렵 나의 환자 중에 위급한 환자가 한 명 있어서 다음날 하루 종일 그에게 매달려 있었다. 내가 겨우 시간이 난 건 여섯 시쯤 됐을 때였다. 사건이 해결되는 시각을 놓치지 않기 위해 난 마차를 타고 베이커 가로 달려갔다. 그런데 도착해보니 홈즈는 소파에 웅크리고 앉아 졸고 있었다. 주변에는 병과 시험관들이 빼곡히 늘어서 있고 코를 자극하는 염산냄새가 풍기고 있는 걸로 봐서 하루 종일 그가 화학실험을 했다는 걸 알 수 있었다.

"그래, 해결했나?"

내가 들어가자마자 물었다.

"어, 산화베릴륨의 중유산염이었네."

"아니, 그게 아니라 그 사건 말이야."

"아, 그거? 난 또 아까부터 실험하고 있던 염에 대한 얘긴 줄 알았지. 그 사건은 어제도 말했다시피 몇 가지 재미있는 점도 있긴 한데, 특별히 괴이하다고 할 만한 건 아니네. 다만 이 파렴치한을 응징할 수 있는 법이 없다는 게 문제지."

"그럼, 그자는 누구지? 왜 그 아가씨를 내팽개쳤을까?"

홈즈가 대답을 하기도 전에 누군가의 발소리가 복도에서 들리더니 곧 노크소리가 났다.

"아, 윈디뱅크 씨가 온 모양이네. 여섯 시에 온다고 했거든."

홈즈가 말하며 문을 열었다.

"어서 오십시오."

서른 살쯤 되어 보이는 단단한 체격의 남자가 들어섰다. 혈색은 좋지 않았지만 면도를 말끔히 하고 태도도 조심스러웠다. 그러나 눈빛이 날카로워서 그런지 그리 평범해 보이지는 않았다. 그는 우리 둘을 경계하듯 힐끗 쳐다보고는 모자를 벗어 탁자 위에 놓고 소파로 다가갔다.

"윈디뱅크 씨, 이 타이프로 친 편지는 당신이 보낸 거 맞죠? 여섯 시에 오시겠다고 쓰여 있는데요."

"네, 그렇습니다. 좀 늦었어요. 일을 하다 보면 제 시간에 나올 수 없을 때가 있어서요. 딸아이가 여길 왔다고요? 죄송합니다. 남부끄러운 일은 밖에 알려지지 않는 게 좋으니까요. 딸아이가 선생을 만나겠다고 해서 전 처음부터 반대를 했어요. 눈치채셨겠지만 제 딸이 좀 쉽게 흥분하는 성격이라 한번 격해지면 좀처럼 가라앉질 않거든요. 당신은 경찰이 아니니까 다행히 일이 알려지는 건 신경이 안 쓰이는데, 그래도 집안 일이 알려지는 게 그리 유쾌한 일은 아니죠. 호즈머 에인절을 찾는 건 불가능할 겁니다. 그러니 괜한 시간 낭비 하지 마십시오."

"아니오. 난 호즈머 에인절 씨를 어떻게든 찾아낼 겁니다. 자신 있게 말할 수 있어요."

홈즈가 조용히 대꾸했다.

윈디뱅크 씨는 약간 당황한 듯 장갑을 떨어트렸다.

"그렇다면 안심입니다. 너무나 이해할 수 없는 일이라서 말이죠."

"타이프라이터로 찍은 글자는 필적처럼 매번 다르게 쓰입니다. 똑같은 게 하나도 없죠. 어떤 글자는 더 마멸되어 있고, 어떤 건 덜 마멸되어 있기 때문이에요. 그런데 윈디뱅크 씨, 당신에게서 받은 이 편지의 e는 위쪽이 좀 흐릿하게 찍혀 있고 r은 꼬리부분이 좀 잘려 있군요. 이것 외에도 열네 군데에 특징이 나타나 있는데, 이 두 가지는 특히 눈에 띄고 있습니다."

"회사에서 이 타이프라이터를 많이 쓰니까 꽤 낡아 있을 겁니다."

남자는 날카로운 눈으로 홈즈를 응시하며 말했다.

"윈디뱅크 씨, 매우 재미있는 연구 결과 하나를 보여드리겠습니다. 저는 조만간 타이프라이터와 범죄의 관계에 대한 논문을 하나 쓰려고 합니다. 전부터 관심을 가지고 있었죠. 자, 여기 에인절 씨한테서 온 편지 네 통이 있어요. 모두 타이프라이터로 쓰인 거죠. 그런데 전부 다 e가 흐릿하게 찍혀 있고 r의 꼬리부분이 잘려 있네요. 확대경으로 자세히 들여다보면 아까 당신 편지에 대해 말한 것과 같은 열네 가지 특징이 여기에도 나타나 있습니다."

그때 윈디뱅크 씨가 의자에서 일어나더니 모자를 덥석 집어들었다.

"홈즈 씨, 이런 헷갈리는 얘기를 하며 시간 낭비를 할 생각은 없습니다."

그러면서 그는 계속 말했다.

"그 남자를 붙잡을 수 있으면 붙잡으세요. 그리고 저한테 알려주세요."

"알았소."

홈즈는 그렇게 말하더니 문으로 가서 자물쇠를 걸어 잠갔다.

"자, 붙잡았으니 알려드리죠."

"뭐라고요? 어디 있는데요?"

윈디뱅크는 얼굴이 새파래지며 덫에 걸린 쥐처럼 주위를 둘러보았다.

"아니, 안 돼요. 절대 안 됩니다."

"당신은 달아날 수 없소, 윈디뱅크 씨. 문제가 아주 쉽게 풀리는군요. 아까 저한테 불가능할 거라고 했을 때 좀 어이없다는 생각이 들었죠. 어쨌든 좋아요. 자, 앉으세요. 천천히 얘기합시다."

그는 창백한 얼굴에 식은땀을 흘리며 의자에 털썩 주저앉았다.

"이, 이건, 범죄가 아니잖습니까?"

"그래요, 유감스럽게도 그런 것 같군요. 하지만 이렇게 간단한 속임수로 이렇게 냉혹하고 무정한 행동을 한 경우는 처음 보네요. 지금부터 사건의 내막을 내가 얘기해볼 테니 틀렸다면 지적해도 좋아요."

남자는 의자에 잔뜩 움츠리고 앉아 고개를 숙인 채 기가 죽어 있는 모습이었다. 홈즈는 의자에 앉아 벽난로 선반 끝에 다리를 얹고는 혼자 말하듯 얘기를 해나갔다.

"남자는 재산을 노리며 자기보다 나이가 훨씬 많은 여자와 결혼을 했소. 결혼 후 그는 의붓딸의 돈도 자기가 쓸 수 있다는 사실을 알았지. 그 액수가 꽤 컸기 때문에 수입에 상당한 도움이 된 거요. 문제는 의붓딸이 착하고 친절한 데다 얼굴도 괜찮고 지참금이 있으니까 언젠가는 누군가를 만나게 되리라는 건 당연했지. 그녀가 결혼을 하게 되면 남자는 연간 100파운드를 잃게 될 상황. 그래서 남자는 딸의 결혼을 막기 위해 갖은 수단을 찾은 거요. 우선 딸의 외출을 금지시키고 비슷한 나이의 남자와 만나는 걸 반대했지. 그런데 그게 별 효과가 없었소. 그녀는 그의 말에 반항하고 자신의 권리를 주장하며 어떤 파티에 가겠다고 한 거요. 그래서 교활한 남자는 몰래 계교를 부렸지. 그는 아내와 공모해, 선글라스로 날카로운 눈빛을 감추고, 콧수염을 길렀으며, 목소리를 바꾸는 등 변장을 하고는, 딸이 근시라는 걸 이용해 호즈머 에인절이라는 사람이 되어 그녀 앞에 나타난 거요. 그리고 딸에게 구혼해 다른 애인이 안 생기도록 막은 거지."

"처음엔 장난삼아 할 생각이었습니다."

남자가 기어 들어가는 목소리로 말했다.

"아내와 난 딸이 그렇게 빠져들 거라고는 생각지 못했어요."

"그랬겠죠. 하지만 상대에게 점점 마음이 빠져 들어간 아가씨는 아버지가 프랑스에 있다고 믿었기 때문에 그런 음모가 꾸며질 줄은 꿈에도 몰랐던 거요. 남자가 자신을 사랑한다고 믿고 너무나 기뻐했으며, 더구나 어머니가 남자를 몹시 칭찬했기 때문에 더 확신했던 거지. 그리고 에인절 씨는 그녀를 방문하고 데이트를 하며 약혼까지 해 그녀가 다른 남자를 생각하지 않도록 철저하게 막은 거요. 그러나 속임수를 쓰는 것도 한계가 있었고, 프랑스에 간다고 꾸미는 것도 쉽지 않았지. 결국 생각해 낸 건, 극적인 방법으로 끝내는 것이었지. 그녀의 가슴에 그래도 추억이 남아 있도록 하는 것은 물론, 한동안은 다른 남자와 결혼할 마음을 없게 하는 방법 말이오. 그래서 그는 그녀에게 성서에 손을 얹고 사랑을 맹세하게 했으며, 결혼식 날 뭔가 위험한 상황이 일어날지도 모른다는 암시를 준 거지. 결론적으로, 제임스 윈디뱅크는 서덜랜드 양이 적어도 10년간은 호즈머 에인절이라는 남자와 마음으로 묶여 있고, 더욱이 그의 행방을 모르기 때문에 다른 남자에게 마음이 가지 않을 것을 기대했던 거요. 그래서 결혼식장까지 가지는 못하고 마차 한쪽 문으로 타서 다른 문으로 빠져나가는 뻔한 수법으로 사라져버린 거지. 어때요, 윈디뱅크 씨, 내 말이 맞죠?"

남자는 드디어 냉정을 되찾았는지 비웃는 표정으로 자리에서 일어났다.

"홈즈 씨, 그렇기도 하고 그렇지 않기도 합니다. 당신도 잘 알겠지만, 지금 법을 어기고 있는 건 제가 아니라 당신이라는 거 알고 있겠죠? 저는 법에 어긋나는 건 어떤 짓도 한 게 없습니다. 하지만 당신이 이 문을 열어주지 않는다면 불법 감금하는 것이고, 협박죄를 범한 거라고 할 수 있어요."

"물론 당신을 처벌할 수 있는 법은 없소."

홈즈는 열쇠로 문을 열어주었다.

"그러나 당신은 그에 마땅한 처벌을 받아야 할 사람이오. 서덜랜드 양에게 형제나 친구가 있다면 당신은 분명 채찍으로 등짝이 무너질 만큼 얻어맞았을 거요."

남자가 여전히 냉소적인 표정으로 쳐다보자 홈즈가 말을 이었다.

"난 그런 부탁을 받지는 않았지만, 저기 사냥용 채찍이 있으니까……."

홈즈가 채찍을 가지러 두 걸음쯤 다가갔을 때 계단에서 우당탕하는 발소리가 나더니 현관의 육중한 문이 닫히는 소리가 들렸다. 제임스 윈디뱅크가 쏜살같이 도망치는 게 창밖으로 보였다.

"피도 눈물도 없는 파렴치한이구먼."

홈즈는 씁쓰레한 표정으로 다시 의자에 앉았다.

"저런 작자는 계속 몹쓸 일을 저지르다가 결국 큰 사고를 치게 되지. 아무튼 이번 사건은 재미있는 점도 있었어."

"난 자네의 추리 과정을 아직도 이해할 수가 없네."

"그래? 호즈머 에인절 얘기를 들었을 때 처음부터 수상했지. 뭔가 뚜렷한 목적이 있어서 접근한 걸로 비쳤으니까. 또 여자 얘기를 들었을 때, 실질적인 이득을 보는 사람은 그 의붓아버지뿐이라는 것도 명백히 보이더군. 그리고 이상했던 건 두 남자가 함께 있은 적이 없었다는 거야. 한쪽이 나타나면 다른 쪽은 꼭 어딘가에 가 있었거든. 또 선글라스를 쓰고 특이한 목소리를 냈다든지, 콧수염이나 구레나룻을 길렀다는 얘기를 듣는 순간 변장을 했다는 게 머리에 떠올랐지. 서명을 타이프라이터로 찍는 건 자신의 필적을 들키지 않게 하려는 게 아니었겠나? 거기서 난 확신을 했다네. 이렇게 세세한 것들을 하나씩 따져보면 결국 하나의 방향으로 모아진다는 걸 알 수 있었지."

"근데 어떻게 확인을 했나?"

"이 남자라고 마음을 굳히자 증거를 모으기는 쉬웠어. 그가 일하는 곳은 알고 있었지. 그래서 신문광고에 실린 인상착의 중에서 수염이나 선글라스 등의 모든 변장을 지우고 나머지 인상만을 회사로 보내 이런 자가 있는지 문의를 한 거야. 그리고 윈디뱅크에게 편지를 보내 이곳에서 만날 수 있는지 물었지. 곧 타이프라이터로 친 답장이 왔는데, 그 글자에서 여자가 보여준 편지와 똑같은 특징이 나타났지 뭔가. 그런데 동시에 웨스트하우스 앤 마뱅크 회사에서도 답장이 왔어. 사진 속의 인물은 제임스 윈디뱅크가 맞다고 말이지. 그걸로 해결된 거라네."

"그럼 서덜랜드 양은 어떻게 되는 건가?"

"사실을 말해 줘도 안 믿겠지. 옛날 페르시아 속담에 이런 말이 있지 않은가. '호랑이 새끼를 얻으려고 하는 자에게는 위험이 있다.' 또 이런 속담도 있지. '여자에게서 환상을 빼앗으려 하는 자에게는 위험이 있다.' 하피즈(페르시아의 시인)는 호레이스(로마의 시인) 만큼이나 세상사에 대해 분별이 있는 사람이었다네."

얼룩 끈

The Adventure of the Speckled Band

지난 8년간 셜록 홈즈가 관여해 온 사건들은 모두 비극이거나 희극 또는 괴상한 사건들로 평범한 사건들이 없었다. 그건 홈즈가 돈보다는 열정을 바쳐 일하는 걸 좋아하기 때문에 어떤 판타지가 없는 사건, 즉 그저 그런 평범한 사건에는 아예 손을 대지 않았기 때문이다.

그런데 그 모든 괴상한 사건 중에서도 서리 지역의 스톡 모란에 사는 그림스비 로일롯 집안의 가족 갈등 사건보다 더 괴상한 사건은 없었다. 그 사건은 홈즈와 내가 아직 베이커 가에서 함께 살았던 때 일어났다. 그때는 이 사건을 비밀로 하기로 약속했었는데, 지난달에 그 약속을 한 주인공이 세상을 떠났기 때문에 우리도 이제는 자유롭게 약속에서 풀려난 것이다.

의사 그림스비 로일롯의 죽음에 대해 사실보다 더 무서운 소문이 떠돌아다녀서 그 사건의 진실을 밝히는 것이 좋겠다고 우리는 결론을 내렸다.

1883년 4월 초, 하루는 아침에 깨어보니 홈즈가 옷을 챙겨 입고 내 침대 옆에 서 있는 것이었다. 그는 보통 늦게까지 자는데 그때는 시간이 아직 7시 15분밖에 안 된 시간이었다. 나는 조금 짜증이 나서 그를 쳐다보았다. 나는 규칙적인 습관을 갖고 있었기 때문이다.

"왓슨, 잠을 깨워서 미안하네. 하지만 나도 오늘은 자네와 같은 처지라네. 허드슨 부인이 나를 일찍 깨웠거든."

"무슨 일이 있나? 불이라도 났나?"

"아니, 손님이 한 분 왔네. 젊은 여잔데 잔뜩 흥분해서 나를 만나고 싶다고 한다네. 지금 저쪽 방에서 기다리고 있어. 젊은 여자가 새벽같이 찾아와 잠자는 사람을 깨운 걸 보면 보통 급한 게 아닌 것 같네. 혹시 아나, 재미있는 사건일지? 그래서 자네랑 같이 들어보려고 한 걸세. 어쨌든 자네에게 기회를 주겠네."

"어, 그래? 그렇다면 기회를 놓칠 수 없지."

나는 재빨리 옷을 입고 홈즈를 따라 여자가 기다리고 있는 방으로 갔다. 검은 옷에 베일로 얼굴을 가린 여인이 창가에 앉아 있다가 일어났다. 홈즈가 밝은 목소리로 말했다.

"안녕하십니까? 제가 셜록 홈즈입니다. 이쪽은 제 친구이며 의사인 왓슨 박사입니다. 이 친구한테도 저에게 하듯 허물없이 얘기하셔도 됩니다. 아, 허드슨 부인이 벌써 불을 지펴놓았군요. 자, 이쪽으로 오세요. 추우실 테니 뜨거운 커피를 한 잔 드리겠습니다."

여자는 난롯가로 오면서 조용히 말했다.

"지금 추워서 떠는 게 아닙니다."

"그럼, 무슨 일로?"

"홈즈 씨, 무서워서 그럽니다. 공포 때문에요."

여자가 말하면서 베일을 걷어 올렸다. 얼굴에는 정말로 극단적인 공포심이 서려 있었다. 마치 사냥꾼에게 쫓기는 짐승의 눈처럼 불안해 보였다. 나이는 서른 살 정도로밖에 안 되어 보이는데도 반백의 머리칼에 표정이 찌들어 있어서인지 그보다 훨씬 늙어보였다. 홈즈는 특유의 날카로운 눈길로 순식간에 그녀의 심리를 훑어보았다. 그리고 여자의 팔을 가볍게 쓰다듬으며 말했다.

"마음 놓으세요. 우리가 도와드리겠습니다. 아침 기차를 타고 오셨군요."

"어머, 저를 아세요?"

"아니오. 왼손에 왕복기차표가 반쯤 보여서요. 역까지는 이륜마차를 타고 울퉁불퉁한 길을 달리셨죠?"

여인은 화들짝 놀라며 홈즈를 바라보았다.

"이상하게 생각지는 마세요. 왼쪽 팔에 흙 튀긴 자국이 일곱 군데나 있거든요. 아직 안 말랐어요. 흙을 튀게 하는 건 이륜마차밖에 없습니다. 그것도 마부 왼쪽에 앉으면 그렇게 튀죠."

"다 맞는 말씀이세요. 그런데 제가 너무 긴장돼서 참을 수가 없었어요. 미칠 것만 같아요. 도움을 청할 사람도 없고요. 한 사람 있긴 한데, 그는 사랑하지만 너무 나약해서 도와줄 수가 없답니다. 그러던 차에 파린터시 부인한테서 선생님 얘기를 들었어요. 저를 좀 도와주실 수 있습니까? 저는 지금 컴컴한 어둠 속에 갇혀 있어요. 당장은 선생님께 대가를 지불할 수 없지만 곧 결혼을 하게 되면 그때는 제 재산을 쓸 수 있으니까 은혜를 잊지 않겠어요."

홈즈는 책상으로 가서 서랍을 열고는 이제까지 죽 기록해 놓은 사건 노트를 꺼냈다.

"파린터시라! 아, 기억납니다. 호박이 박힌 왕관 사건이었죠. 왓슨, 자네를 알기 전이네. 부인, 제가 기꺼이 도와드리겠습니다. 그리고 보상 문제는, 제 직업이 바로 보상을 하니까 특별히 하실 건 없고요, 단지 사건에 쓰이는 비용에 대해서는 여유 있을 때 아무 때나 갚아주시면 되겠습니다. 못 갚아주셔도 괜찮고요. 그럼, 어떤 일인지 설명을 해주시죠."

"지금 제가 안고 있는 문제는 무척 막연합니다. 그리고 제가 의심을 갖고 있는 점들이 전부 자잘한 일들이라, 제 약혼자와 상의를 하려고 해도, 신경이 예민한 여자의 쓸데없는 망상이라며 그는 거들떠도 안 보고 있어요. 물론 그가 드러내놓고 그렇게 말한다는 게 아니라, 그의 말투나 눈빛을 보면 알 수 있거든요. 선생님은 이런 복잡한 마음을 꿰뚫어보실 줄 안다고 들었어요. 저는 지금 말 못할 위험 속에서 어떻게 해야 좋을지 모르겠어요. 제 이름은 헬렌 스토너입니다. 저는 의붓아버지와 함께 살고 있는데, 그는 스톡 모란 지방에 있는 로일롯이라는, 영국에서 가장 오래된 가문의 유일한 후손이죠."

"그 가문 이름은 잘 알고 있습니다."

홈즈가 머리를 끄덕이며 말했다.

"그 가문은 한때 영국에서 가장 부자였어요. 땅이 북쪽으로는 버크셔에서 서쪽으로는 햄프셔까지 이어질 정도였으니까요. 하지만 조상들이 대대로 방탕한 생활을 하는 바람에 결국 다 없어졌죠. 지금은 손바닥만 한 땅과 200년 된 집 한 채밖에 남아 있지 않습니다. 그 집도 몇 번이나 저당을 잡혔었죠. 할아버지는 근근이 생활을 하다가 결국 비참한 귀족의 말년을 보내게 되었어요. 제 의붓아버지는 외아들인데 다행히 생활력이 강하셨죠. 그래서 친척들한테 돈을 빌려 의학공부를 하고 인도의 캘커타로 가서 병원을 세웠어요.

그런데 한번은 집안에서 도난 사건이 일어났는데, 너무 격분한 나머지 하인인 인도인을 때려서 죽이게 된 겁니다. 어찌어찌해서 사형은 면했지만 오랜 감옥생활을 치러야 했죠. 그러다보니 우울증에 걸리고 좌절감에 빠져 영국으로 돌아왔어요. 제 어머니와 결혼한 건 그가 인도에 있을 때였죠. 제 아버지는 군인이셨는데 전사했고요. 전 언니 줄리아와 쌍둥이였는데 우리가 두 살 때 어머니가 재혼하셨어요. 엄마는 많은 재산을 갖고 있어서 1년에 이자만 해도 천 파운드가 넘을 정도였어요. 하지만 영국으로 돌아온 지 얼마 안 돼 어머니가 돌아가셨어요. 8년 전이었는데 크루 근처에서 일어난 기차 사고 때문이었죠. 그 전에 어머니는 의붓아버지에게 전 재산을 맡기셨어요. 언니와 제가 결혼하면 연간 얼마씩 준다는 조건으로요.

어머니가 돌아가신 후 의붓아버지 로일롯 씨는 런던에서 다시 개업할 생각을 포기하고 우리를 데리고 스톡 모란으로 돌아왔습니다. 어머니가 남긴 재산이 워낙 넉넉했기 때문에 우리는 생활하는데 아무 문제가 없었어요. 그런데 의붓아버지가 무섭게 달라지기 시작했습니다. 그는 동네 사람들이 반가워 찾아와도 외면하며 일체 밖으로 나가지 않았어요. 심지어 정원에 외부 사람들이 들어오기라도 하면 심하게 싸우곤 했죠. 원래 그 집 안사람들이 난폭한 성격이 있긴 한데, 의붓아버지 경우는 오랫동안 더운 나라에서 살아서인지 더 심했던 겁니다.

그동안 여러 번 분란을 일으키다가 경찰서에도 두 번이나 갔었어요. 동네 사람들이 이제는 그를 피할 정도죠. 지난주에도 그가 대장간 주인을 개천 속으로 떠밀어 넣는 바람에 시끄러워질까봐 제가 있는 돈을 다 긁어 주었어요. 의붓아버지는 집시들하고만 어울리고 있습니다. 우리집 정원에다 그들이 천막을 치도록 허락하는가 하면, 본인도 그 천막 속에서 함께 지내기도 하고, 때로는 몇 주일씩 그들을 따라 유랑을 다니고 있답니다. 그는 또 인도산 동물들을 좋아해서 인도에 있는 친구들이 보내온 표범이라든지 다른 맹수들을 집안에서 키우고 있어요. 그래서 그 동물들이 정원을 돌아다니기 때문에 이웃 사람들이 더무서워하고 있는 겁니다. 하인들도 오려고 하지 않아 우리는 직접 집안일을 할 수밖에 없었어요. 줄리아는 서른 살에 죽었는데, 지금 저처럼 머리가 허옇게 새었었죠."

"아! 언니가 돌아가셨어요?"

"네, 2년 전에요. 제가 말하고 싶은 건 언니의 죽음에 대해서입니다. 우리는 이런 환경 속에서 살았기 때문에 같은 또래의 친구가 없어요. 미혼인 이모 한 분이 해로우언더힐 근처에 살아 가끔 갔다 올 뿐이었죠. 2년 전 크리스마스 때 이모집에 갔다가 줄리아는 우연히 해군 소령을 만나게 되었어요. 그리고 그와 약혼을 했죠. 의붓아버지는 언니가 약혼했다는 말을 하자 반대 하지는 않더군요. 그러나 결혼식 2주 전에 결국 무서운 일이 벌어지고 말았습니다. 그래서 줄리아가 죽게 된 겁니다."

홈즈는 의자에 앉아 머리를 기대고 한동안 눈을 감고 있더니 다시 뜨면서 그녀를 쳐다보았다.

"좀 더 자세히 설명해보세요."

"네, 지금도 생생히 기억하고 있어요. 우리가 살고 있는 저택 은 무척 낡아서 우리는 한쪽 건물에만 살고 있습니다. 침실이 아래층에만 세 개 있는데, 의붓아버지와 줄리아 그리고 제 방이 죠. 방들 사이엔 따로 문이 없고 복도로 문이 나 있어요. 그리 고 그 방들의 창문은 모두 정원 쪽으로 나 있죠. 그날 밤, 의붓 아버지는 일찍 자겠다면서 들어갔어요. 그런데 그가 늘 피우는 인도산 담배 냄새가 나기 시작하는 거예요. 그는 바로 잠든 게 아니었죠. 워낙 냄새가 강했기 때문에 금방 알 수 있었고, 언니 는 그것 때문에 늘 괴로워했었죠. 그래서 언니는 제 방으로 왔 어요. 그리고 얼마 후로 닥친 결혼 얘기를 한참이나 나눴죠. 그 날 11시쯤 언니는 자기 방으로 가려고 나가다가 저한테 묻더 군요. 한밤중에 누가 휘파람 부는 소리가 들렸는데 혹시 저더 러 들었느냐면서요. 저는 못 들었다고 했죠. 그래서 왜 그러냐 고 했더니, 이렇게 말하더군요. '요즘 며칠째 밤 3시쯤에 휘파람 소리 같은 게 들렸어. 소리는 작은데 분명히 들려. 난 조그만 소리가 나도 금방 깨거든. 근데 휘파람 소리가 어디서 나는 건지 모르겠어. 옆방에서 나는 건지 정원에서 들려오는 건지 말이야.' '집시들이 내는 소리 아닐까?' '그런가? 근데 정원에서 나면 너는 왜 못 들었을까?' '나는 세상모르고 자잖아.' '뭐, 아무튼 별거 아니야.' 줄리아는 웃으며 문을 닫고 나갔습니다. 그리고 몇 분 뒤에 그녀가 문을 잠그는 소리가 들렸어요."

"평소에도 문을 잠그고 잤습니까?"

"네, 그렇습니다."

"왜 그랬죠?"

"짐승들 때문이죠. 문을 안 잠그면 마음이 편하지 않거든요."

"아, 그렇군요. 계속 말씀하세요."

"그런데 전 잠이 안 왔습니다. 뭔가 불길한 예감이 들었거든요. 언니와 저는 쌍둥이라 깊이 연결돼 있는 무엇이 있거든요. 그날 밤은 특히 바람도 세차게 불고 비가 퍼붓고 있었어요. 그러다 갑자기 여자의 무서운 비명이 들리더군요. 저는 직감적으로 그게 줄리아라는 걸 알았습니다. 저는 복도로 뛰어나갔죠. 근데 제 방문을 열 때도 휘파람 소리가 들렸던 것 같았어요. 그리고 곧 문고리가 떨어지는 것 같은 소리가 들렸어요. 언니 방문이 열려 있더군요.

전 두려움에 떨며 방안을 들여다보았습니다. 복도의 흐릿한 불빛으로 언니의 모습이 보였어요. 완전히 파랗게 질려서 팔을 휘저으며 온몸을 떨고 있더군요. 전 언니를 붙잡았어요. 그러나 이미 더는 서 있지 못하고 바닥으로 쓰러지고 말았어요. 끔찍한 고통 속에 몸을 뒤틀며 무섭게 떨고 있었어요. 그런데 언니가 정신을 놓아버린 줄 알았는데 별안간 이렇게 말하는 겁니다. '아, 세상에! 헬렌, 끈이었어. 얼룩끈이었어!' 하고 말이죠. 도저히 잊히지 않는 말이었죠. 그리고 다른 말을 하려고 의붓아버지 방 쪽을 손으로 가리키다가 또 경련이 일어나는 바람에 멈추었죠. 저는 급히 의붓아버지를 불렀어요. 그런데 그가 언니 옆으로 오자마자 언니는 정신을 잃었어요. 언니 입에 브랜디를 떨어뜨리고 의사를 불러왔지만 아무 소용이 없었어요. 언니는 그 길로 세상을 뜨고 말았습니다."

"근데 그 휘파람 소리와 문고리 떨어지는 소리를 분명히 들으셨나요? 확신합니까?"

"검시관도 제게 그 질문을 했습니다. 저는 분명히 들었다고 기억하고 있지만 바람 소리 때문에 집 어딘가에서 나온 소리를 잘못 들었는지도 모르죠."

"언니는 어떤 옷을 입고 있었습니까?"

"잠옷을 입고 있었어요. 오른손에는 불 꺼진 성냥을, 왼손에는 성냥갑을 쥐고 있었고요."

"그건 언니가 불을 켰다는 건데요. 아주 중요한 문제입니다. 그런데 검시관은 뭐라고 했습니까?"

"의붓아버지의 기행이 워낙 소문나 있어서 이 사건을 무척 신중하게 다루더군요. 그러나 사인에 대해선 구체적인 답을 못 얻었습니다. 외부에서 침입한 흔적이 없고, 언니 몸에도 폭행을 당한 상처 같은 게 전혀 없었어요."

"혹시 독약이라도?"

"그것도 의사가 검시를 해봤는데, 전혀 나오지 않았습니다."

"그럼 사망한 원인이 뭐라고 생각하십니까?"

"저는 단지 공포심과 신경과민 때문이라고 믿고 있습니다. 그 공포심이 무엇에 근거한 것인지는 모르지만요."

"그때 정원에 집시들이 있었나요?"

"네, 있었습니다. 항상 몇 사람씩은 있었으니까요."

"그리고 그 얼룩끈이란 말은 무슨 뜻일까요?"

"어떤 때는 그게 정신착란 상태에서 아무렇게나 나온 소리라고 생각되기도 하고, 또 어떤 때는 무슨 집단 사람들을 가리키는, 그러니까 집시들을 말하는 소리라고 생각되기도 했습니다. 집시들이 얼룩덜룩한 걸 머리에 감고 있었거든요. 그걸 얼룩끈이라고 불렀는지도 모르겠어요."

홈즈는 뭔가 불편한 듯이 머리를 흔들었다.

"그건 아주 중요한 얘깁니다. 그럼 그 후엔 어떻게 됐습니까?"

"그 후 2년이 지났습니다. 그러다 한 달 전에 제 남자친구가 저에게 결혼 신청을 했어요. 그의 이름은 퍼시 아미테이지인데 레딩 근처 크랜워터에 살고 있습니다. 우리는 올 봄에 결혼하기로 했죠. 그래서 이틀 전에 우리 집 공사를 시작해 제 방 벽을 뚫게 되어 저는 언니 방으로 가서 잤어요. 그런데 어젯밤에 언니 생각을 하다가 별안간 그때 그 휘파람 소리를 다시 듣게 됐던 겁니다. 깜짝 놀라 일어나 램프를 켰죠. 방안엔 새로운 게 아무것도 없었어요. 하지만 마음이 불안해 밤새 잠을 이루지 못했어요. 그래서 아침이 되자 바로 나와서 이렇게 선생님을 만나러 온 것입니다."

"좋습니다. 그런데 부인은 뭔가를 감추고 계시는군요. 의붓아버지를 감싸고 있어요."

"네? 무슨 말씀이세요?"

홈즈는 여자 무릎 위에 놓여 손을 가리고 있는 검은 레이스를 들어 올렸다. 그녀의 팔목에 다섯 손가락으로 눌린 거무스레한 상처 자국이 나 있었다.

"부인은 혹사당하고 계십니다."

여자는 당황하며 팔을 얼른 가렸다.

"그는 힘이 무척 억세거든요. 그런데 자신은 모르고 있죠."

한동안 침묵이 이어졌다. 홈즈는 턱을 괴고 난로의 불길을 바라보았다.

"이건 아주 중요한 문젭니다. 우리가 행동방침을 정하기 전에 자세히 조사해야 할 게 무척 많습니다. 그리고 서둘러야 할 것 같습니다. 우리가 오늘 스톡 모란으로 가면 당신 의붓아버지가 눈치 채지 않게 방들을 조사할 수 있을까요?"

"오늘 뭔가 급한 일이 있어 시내로 나가신다고 하더군요. 그러니 집에 안 계실 거예요. 아버지만 안 계시면 아무도 방해할 사람은 없죠. 가정부가 한 명 있긴 한데 늙고 둔해서 쉽게 밖으로 내쫓을 수 있어요."

"잘됐습니다. 여보게, 왓슨! 잠깐 같이 가겠나?"

"그러세."

"그럼 우리 두 사람은 오후에 가도록 하겠습니다. 아침식사를 하고 가시겠습니까?"

"아니오. 곧 가야 합니다. 선생님께 다 얘기를 했더니 속이 시원해요. 그럼 오후에 뵙겠습니다."

그녀는 검은 베일을 다시 얼굴에 쓰고 방을 나갔다.

"왓슨, 자네는 이 사건을 어떻게 생각하나?"

홈즈가 의자에 앉으며 물었다.

"아주 악질적인 사건 같은데."

"그렇지. 굉장히 음험하고 악질적이지!"

"근데 그녀 말대로 문이나 창문 등이 모두 굳게 잠겨 있었다면 그녀의 언니는 혼자 죽어갔다는 소린데······."

"한밤중에 들린 휘파람 소리나 언니가 죽으면서 말한 그 이상한 단어는 어떻게 생각해야 할까?"

"글쎄, 모르겠네. 그런데 집시들과는 무슨 관련이 있다는 건가?"

"모르지. 아무튼 스톡 모란에 가서 죽은 딸의 결혼을 반대한 이유가 무엇이었는지를 알아봐야 하네. 아니, 뭐지?"

별안간 방문이 열리는 걸 보고 홈즈가 소리쳤다. 곧 거대한 체격의 남자가 문간에 나타났다. 그는 의사 같기도 하고 농부 같기도 한 옷차림으로 검은 모자를 쓰고 긴 프록코트를 입은 채 사냥꾼 회초리를 들고 있었다. 엄청나게 큰 키에 쭈글쭈글한 얼굴, 햇볕에 검게 탄 피부 때문인지 몹시 사나워 보였다. 눈빛과 콧부리는 무서운 맹수를 연상케 했다.

"누가 홈즈요?"

흉측하게 생긴 남자가 물었다.

"접니다. 그런데 당신은 누구시죠?"

"나는 스톡 모란에 사는 그림스비 로일롯 박사요."

"아, 그러신가요. 앉으시죠."

홈즈가 점잖게 말했다.

"됐소. 난 내 의붓딸의 뒤를 밟았소. 그 애가 여기 와서 무슨 말을 했소?"

"벌써 날씨가 꽤 춥네요."

"그 애가 무슨 말을 했냐고요?"

남자가 고함을 질렀다.

"벚꽃이 잘 필 것 같다는 말을 하던데요."

홈즈가 태연스레 대답했다.

"이봐요, 지금 날 놀리는 거요?"

늙은 남자가 한 발짝 앞으로 나서며 회초리를 휘둘렀다.

"이봐, 당신 얘기 많이 들었는데, 쓸데없이 남의 일에 끼어들기 좋아한다면서요?"

"아, 난 일을 좋아할 뿐이오."

홈즈가 껄껄 웃으며 받아쳤다.

"경찰 끄나풀로 말이지?"

홈즈가 또다시 크게 웃었다.

"당신 표현이 재미있군요. 나갈 때 문이나 잘 닫으시오. 바람이 몹시 차니까요."

"우리 일에 참견 마시오. 의붓딸이 여기 올 것 같아서 내 따라 왔소. 나한테 시비 걸면 큰 코 다치니까 가만히 있는 게 좋을 거요. 내 보여주지!"

그는 갑자기 달려들어 난로용 부젓가락을 집더니 우악스런 손으로 활처럼 구부려 놓았다.

"내 손에 안 잡히도록 조심하시오."

그는 부젓가락을 내던지고는 씩씩거리며 방을 나갔다. 홈즈가 웃으며 말했다.

"아주 단순한 사람이군! 좀 더 있었으면 내 손아귀 힘도 그만큼 세다는 걸 보여주려고 했는데!"

홈즈는 부젓가락을 집어 들더니 다시 원래대로 펴놓았다.

"내가 경찰 끄나풀이라고? 그렇다면 이 사건을 더 철저히 파헤쳐야겠는걸. 문제는 저자가 의붓딸을 헤치지나 않을까 우려가 되는군. 자, 왓슨! 빨리 아침 먹고 난 등기소에 가봐야겠네. 혹시 도움 될 만한 자료가 있을지 모르니 말이야."

홈즈는 1시쯤 되어 돌아왔다. 그는 무슨 글자와 숫자가 휘갈겨 씌어진 파란색 쪽지 하나를 들고 있었다.

"죽은 부인의 유언을 봤는데, 그때 재산 가치를 현시가로 따져보니까, 1100파운드 조금 안됐던 게 지금은 농산물 가격이 떨어져 750파운드밖에 안 되더라고. 딸들이 결혼하면 각자 250파운드를 청구할 수 있었지. 그래서 두 딸이 결혼하면 그자에게 남는 건 별로 없었어. 그러니 딸의 결혼을 반대할 강력한 이유가 성립됐던 거야. 그런데 왓슨, 지금 한가하게 노닥거릴 때가 아니네. 가뜩이나 그자가 우리를 의심하고 있으니 말이야. 자, 빨리 워털루 역으로 가야 하니 권총을 챙기도록 하게. 그가 워낙 힘이 억세니 권총은 일리 2호로 하는 게 좋을 거야."

다행히 레더해드로 가는 기차가 곧바로 있었다. 레더해드에 내려서는 마차를 타고 서리 지방을 향해 4,5마일을 달렸다. 날씨가 아주 화창했다. 길에는 봄의 첫 새싹이 돋아나고 공기는 상쾌하기 이를 데 없었다. 홈즈는 팔짱을 끼고 모자를 푹 눌러쓴 채 고개를 잔뜩 수그리고 생각에 빠져들어 있었다. 그러다 별안간 내 어깨를 치며 길가를 가리켰다.

"저기 좀 봐!"

풀밭이 약간 경사를 이루며 올라가다가 숲이 펼쳐져 있는 곳이었다. 나무들 사이로 낡은 집 한 채가 보였다.

"저기가 스톡 모란인가요?"

홈즈가 마부에게 물었다.

"네, 저기가 그림스비 로일롯 씨 집인 것 같습니다."

"저기, 집 공사하는데 있죠. 그리로 갑시다."

"저기가 마을인데요. 그 집으로 가시려면 이 언덕을 넘어서 가로질러 가시는 게 더 빠를 겁니다. 저기, 어떤 여자가 가고 있군요."

마부가 왼쪽으로 멀리 보이는 집들을 가리키며 말했다.

"아, 저 여자! 스토너 양이네요. 당신 말이 맞나보군요. 그렇게 합시다."

우리는 거기서 내려 언덕을 올라갔다.

"나는 마부한테 우리가 건축이나 뭐 분명한 일 때문에 온 것처럼 보이려고 했다네. 그래야 소문이 안 퍼지니까 말일세. 안녕

하세요, 스토너 양. 약속한대로 왔습니다."

그녀는 무척 반가워하며 빠른 걸음으로 다가왔다.

"정말 기다렸어요. 일이 잘 돼가는 것 같아요. 의붓아버지는 시내로 가서 저녁 전까지는 안 돌아오실 것 같아요."

"그분을 만났습니다."

홈즈가 말하며 간단히 설명을 하자 스토너 양의 얼굴이 창백하게 변해갔다.

"뭐라고요? 저를 미행했다고요?"

"그런 걸로 알고 있습니다."

"그는 음흉하게 늘 저를 감시하고 있어요. 돌아오면 뭐라고 하죠?"

"깜짝 놀라겠지요. 자기 뒤에도 자기보다 더 영악한 사람이 따라다닌다는 걸 알게 될 테니 말입니다. 오늘 밤에는 그가 못 들어오게 방 안에 꼭 들어가 있으세요. 만일 그가 무슨 짓을 할 것 같으면 해로우언더힐에 있는 이모 집으로 모셔다 드리겠습니다. 자, 그럼 시간을 잘 활용해야 하니까, 빨리 조사할 방들을 좀 보여주세요."

건물은 가운데 부분과 양옆 날개 부분으로 이루어져 있었는데, 왼쪽 날개 부분과 중앙 부분은 낡고 폐가 같은 분위기였다. 그러나 오른쪽 부분은 창에 덧문이 있었으며 굴뚝에서 연기도 올라오고 있었다. 홈즈는 창문 부분을 세심하게 조사했다.

"이 방이 당신 방이고, 가운데 방이 언니 방, 그리고 그 옆이 의붓아버지 방이라고 했죠?"

"네, 근데 요즘은 제가 가운데 방에서 자고 있습니다."

"공사 중에만 그러겠다고 했죠? 그런데 당신 방을 수리해야 할 특별한 이유는 없는 것 같은데요."

"저를 다른 방으로 가게 하려고 일부러 그런 것 같아요."

"아, 그 말씀을 듣고 보니 매우 의미심장하군요. 그런데 당신 방의 문을 잠그면 아무도 못 들어온단 말이죠? 그럼 가서 덧문을 달아보죠."

홈즈는 밖에서 덧문을 열려고 아무리 애써 봐도 열리지 않았다. 빗장 사이로 칼날도 들어가지 않았다. 홈즈는 턱을 문지르며 말했다.

"음, 생각했던 대로 안 되는군. 빗장만 잘 걸어놓으면 아무도 못 들어가겠어. 그럼 안쪽에 무슨 단서가 있을까."

가운데 방은 천장이 낮고 벽난로가 있는 평범한 시골집 그 자체였다. 옷장 하나와 침대, 그리고 의자 두 개와 바닥의 카펫이 이 방에 있는 전부였다.

홈즈는 의자에 앉아 방 안의 모든 것을 세밀하게 관찰했다.

"저 벨은 어디로 연결돼 있는 거죠?" 침대 옆으로 늘어져 있는 굵은 줄을 가리키며 그가 물었다.

"가정부 방으로 연결돼 있습니다."

"저 줄은 다른 것들보다 오래 안 된 것 같은데요."

"네, 2년밖에 안 됐어요."

"언니가 요구해서 만든 겁니까?"

"아니오. 그거 쓴다는 얘기는 못 들었어요. 우리는 직접 주방으로 드나들었으니까요."

"그럼, 거기다 새 줄을 매달 필요가 없었겠네요."

홈즈는 이번엔 마룻바닥을 자세히 들여다보았다. 그리고 침대를 한동안 바라보더니 그 줄을 힘껏 잡아당겼다.

"아니, 왜 소리가 안 나지?"

"소리가 안 난다고요?"

"네, 이 줄은 연결돼 있지 않습니다. 재밌는데요. 자, 보세요. 저 위에 있는 못에 그냥 묶어져 있어요."

"아니, 세상에! 전 전혀 몰랐어요."

홈즈는 또 한 번 줄을 잡아당겼다.

"이상하네요. 이 방은 좀 이상한 점이 있어요. 어떤 멍청한 건축가가 옆방과의 벽에다 구멍을 뚫어놓았거든요. 왜 밖으로 뚫지 않고 이렇게 했을까요?"

"그 구멍은 뚫은 지 얼마 안 됐어요."

"저 줄을 매달 때 같이 한 건가요?"

"네, 그때 몇 가지 수리를 했어요."

"무척이나 흥미롭습니다. 먹통 벨 줄과 공기도 안 통하는 구멍이라니! 그럼 부인, 저쪽 방으로 가볼까요."

로일롯 씨 방은 좀 더 컸지만 가구는 똑같이 단출했다. 대신 금고가 하나 있었다.

"이 안에 뭐가 들어 있죠?"

홈즈가 금고를 툭툭 치며 물었다.

"의붓아버지의 서류들이에요."

"내부를 보신 적이 있군요."

"몇 년 전에 한번 봤습니다. 무슨 종이가 잔뜩 들어 있었어요."

"고양이는 안 들어 있었습니까?"

"아니오. 왜 그렇게 이상한 질문을 하세요?"

"이걸 보세요."

홈즈는 금고 위에 놓여 있는 작은 우유 접시를 가리켰다.

"아니오. 고양이는 없어요. 밖에 큰 표범들은 있죠."

"아, 네. 알고 있습니다. 표범은 큰 고양이라고 할 수 있죠. 하지만 이렇게 적은 우유로는 표범에게 양이 안 찰 텐데요. 자, 마지막 문제가 하나 남았습니다."

그러면서 홈즈는 나무의자로 가서 자세히 들여다보았다.

"고맙습니다. 다 끝났어요."

홈즈는 굽혔던 허리를 펴면서 돋보기를 주머니에 집어넣었다.

"왓슨, 여기 재밌는 게 있네."

지적한 곳의 침대 모서리에는 채찍이 하나 둥글게 말린 채 걸려 있었다.

"자네 이게 뭐라고 생각하나?"

"뭐, 흔히 보는 채찍 아니야? 근데 왜 말려져 있지?"

"그러니까 말일세. 머리 좋은 사람이 나쁜 데다 쓰면 더 악질이 될 수 있지. 자, 스토너 양! 이제 밖으로 나가볼까요."

난 홈즈의 얼굴이 그렇게 찌푸려지는 걸 어디에서도 보지 못했다. 홈즈는 다시 깊은 생각에 빠져 들어갔다. 그리고 한참 후 입을 열었다.

"스토너 양, 지금 아주 중요한 시점이니까 제 말을 잘 들으세요."

"네, 물론이죠."

"상황이 아주 급박합니다. 당신이 위험해요. 문제는 당신이 어떻게 하느냐에 달려 있습니다."

"네, 말씀만 하세요."

"우선 저와 제 친구가 오늘 밤 당신 방에서 지내야 합니다."

나와 스토너 양은 놀라 그를 쳐다보았다.

"그래야 합니다. 반드시 그래야 합니다. 한데 저쪽에 여관이 있습니까?"

"네, 크라운 여관이라고 있습니다."

"좋아요. 거기서 당신 방이 보이나요?"

"네, 보이죠."

"그럼 이렇게 하세요. 로일롯 씨가 돌아오면 머리가 아프다고 얘기하고 방으로 들어가세요. 그리고 그가 자려고 방으로 들어가면 당신 방 창문을 열고 거기다 램프를 놓으세요. 우리가 여관에서 볼 수 있게 말이죠. 그런 다음 지금 수리 중인 원래 당신 방으로 가세요. 하룻밤은 잘 수 있겠죠?"

"네, 그럼요."

"그 다음 일은 우리가 알아서 하겠습니다."

"어떻게 하실 건데요?"

"당신이 들었다는 그 휘파람 소리가 무엇인지 알아내려고요."

"그럼 언니가 왜 죽었는지 알 수 있는 건가요?"

"그러려면 확실한 증거를 알아내야 합니다."

"저는 언니가 뭔가에 놀라서 죽은 거라고 추측하고 있는데, 그게 맞을까요?"

"아니오. 그건 아닙니다. 다른 원인이 있을 거라고 생각해요. 자, 우리는 로일롯 씨가 돌아오기 전에 떠나야 합니다. 용기를 내시고 제가 말씀드린 대로 하세요. 그러면 일이 잘 해결될 겁니다."

우리는 크라운 여관으로 가서 창문으로 건너편 집을 바라보고 있었다. 잠시 후 로일롯 씨가 마차를 타고 지나가는 게 보였다. 그가 집에 도착해 마부가 철문을 여는데 좀 늑장을 부리자 로일롯 씨가 주먹을 휘두르며 마부를 윽박질렀다.

마차가 떠나고 몇 분 후, 방 하나에 불이 켜졌다.

우리는 어둠이 내릴 때까지 기다렸다.

"왓슨, 오늘밤엔 아무래도 자네와 함께 가기가 미안하네. 위험할 것 같아서 말이야."

"하지만 내가 도움이 된다면 가야지."

"물론이지."

"그럼 됐네. 근데 뭐가 위험하다는 건가? 자네는 그 방에서 나보다 훨씬 더 많은 걸 관찰했을 거 아닌가?"

"아니야. 그냥 추측이야. 자네도 나와 똑같은 걸 봤을 거야."

"벨 줄밖에는 특별히 이상한 건 못 봤는데. 그런데 왜 그런 줄을 매달았는지 이해를 못하겠어."

"자네, 그 벽에 있는 구멍 봤나?"

"봤지. 근데 그게 뭐 특별히 이상하다고는 생각지 않았지. 쥐 한 마리 드나들 만큼 작은 구멍이던데 뭘."

"난 그 집에 가기 전부터 그런 구멍이 있을 거라고 생각했다네."

"아, 그래? 그런데 그게 뭐 특별히 나쁘다는 건가?"

"적어도 우연의 일치가 있네. 구멍이 뚫리고 줄이 매어지고 그리고 여자가 죽었다는 거 말일세."

"글쎄, 무슨 관련이 있다는 건지 도통 모르겠는데."

"침대가 이상한 거 못 봤나?"

"침대가?"

"그렇다네. 침대가 마룻바닥에 못으로 고정되어 있었네. 그렇게 움직이지 못하게 고정된 침대 봤나?"

"아니."

"그 언니라는 사람은 침대를 움직일 수가 없었던 거네."

"홈즈, 자네가 무슨 작전을 생각하고 있는지 이제 어렴풋이 알 것 같네. 아주 교묘한 범죄를 예방할 수 있게 됐고 말이네."

"그렇다네. 무서운 범죄지. 의사가 범죄 행위를 하면 그야말로 흉측한 짓을 저지를 수 있지. 담력도 있고 기술도 있으니 말이네. 옛날에 파머나 프리처드 같은 사람들이 대표적인 경우였지. 그런데 이자는 더 교활한 것 같아. 아무튼 밤사이에 무서운 일이 일어날 거야. 신의 가호 아래 편안히 담배나 한 대 피우고, 가서 마음 단단히 먹고 지켜보세."

아홉 시쯤 방의 불이 꺼지자 집이 완전히 어둠속에 잠겼다. 그리고 11시쯤 되자 가운데 방 창문에 램프불이 켜졌다.

"자, 신호가 왔어."

잠시 뒤 우리는 밖으로 나왔다. 찬바람이 불며, 저쪽 어둠속에서 노란 불빛이 하나 우리를 악마의 소굴로 인도하는 것 같았다. 담도 공사 중이라 집 안으로 들어가는 데는 문제가 없었다. 풀밭을 건너 창문으로 올라가려는데 갑자기 나무속에서 뭔가가 튀어나와 기어가더니 어둠 속으로 사라져갔다. 순간 소름이 끼치고 두려웠다.

"아니! 자네 봤어?"

홈즈도 놀란 얼굴로 굳어 있었다. 그러더니 내 팔을 꽉 쥐며 귀에 대고 속삭였다.

"이 집의 귀여운 가족, 표범이야."

나는 로일롯 씨가 맹수들을 키우고 있다는 걸 잊고 있었다. 언제 그것들이 우리를 타고 오를지 알 수 없는 일이었다. 솔직히 난 신발을 벗고 방으로 들어간 다음에야 마음을 놓을 수 있었다. 홈즈는 내 귀에 바짝 대고 뭔가를 속삭였는데, 거의 알아들을 수 없을 만큼 소리가 작았다.

"전혀 소리 안 나게 조심해야 해. 우리 작전이 수포로 돌아가기 전에."

나는 고개를 끄덕였다.

"불 끄고 앉아 있는 게 좋을 것 같아. 환기 구멍으로 볼지도 모르니까."

나는 또 고개를 끄덕였다.

"잠들면 안 돼. 위험한 일이 닥칠지 모르니까. 권총을 준비시켜 두게. 난 침대에 앉아 있을 테니 자네는 저기 의자에 가서 앉게."

나는 권총을 탁자 위에 놓았다. 홈즈는 지팡이와 성냥과 양초를 옆에 놓았다. 그리고 램프를 끄고 앉아 있었다.

어떻게 그 무서운 밤을 잊을 수 있겠는가. 너무나 적막해서 내 숨소리조차 들을 수 있었다. 홈즈는 눈을 부릅뜨고 잔뜩 신경을 곤두세운 채 앉아 있었다. 덧창으로는 불빛 하나 들어오지 않았다. 밖에서 가끔 새소리가 들리고 고양이 소리 비슷한 것도 들려왔다. 그건 표범 소리인 게 틀림없었다. 그리고 15분마다 교회의 시계소리가 멀리서 들려왔다. 15분이 너무나 길게 느껴졌다. 12시, 1시, 2시……. 우리는 뭔가 일이 빨리 일어나기를 바라며 묵묵히 기다렸다.

그런데 갑자기 환기 구멍에서 불빛이 번쩍 했다. 그리고 기름 냄새와 불에 달군 쇠 냄새가 나기 시작하며 옆방에서 랜턴이 켜졌다. 이윽고 누군가가 살금살금 움직이는 소리가 들려왔다. 하지만 곧 조용해졌다. 냄새는 더욱 심하게 났다. 30분 정도 더 기다리자 밖에서 새소리가 들렸다. 작고 부드러운 소리였다. 마치 주전자에서 수증기가 빠져나오는 소리 같았다. 그 순간 홈즈가 침대에서 일어나 성냥을 켜고 지팡이로 벨 줄을 내리쳤다.

"봤어, 왓슨?"

그가 소리쳤다. 하지만 난 아무것도 보지 못했다. 난 단지 홈즈가 성냥을 켤 때 났던 나지막하고 뚜렷한 휘파람 소리를 들었을 뿐이었다. 갑작스런 성냥 불빛 때문에 홈즈가 무엇을 내리치는지는 못 봤던 것이다. 그의 파랗게 질린 얼굴은 혐오감으로 가득 차 있었다.

홈즈는 구멍을 들여다보았다. 그때 느닷없이 무시무시한 비명 소리가 밤의 적막을 찢으며 들려왔다. 그 소리는 점점 커지며 고통과 두려움, 분노가 뒤섞인 소리로 울려 퍼졌다. 나중에 들은 얘기에 의하면, 이 소리는 멀리 있는 마을까지 들려 사람들을 깨웠다고 한다. 홈즈와 나는 서로를 바라보고만 있었다. 엄청나게 무서운 비명이었다. 그러다 한참 후, 소리가 그치더니 다시 조용해졌다.

"무슨 소릴까?"

내가 숨을 몰아쉬며 물었다.

"다 끝났어. 아마도 잘 끝난 일일 거야. 권총을 들고 로일롯 씨 방으로 가세."

홈즈는 불안한 표정으로 램프를 들고 방을 나갔다. 그리고 로일롯의 방을 두 번 두드렸다. 아무 대답이 없었다. 그래서 우리는 문을 열고 들어갔다.

탁자 위에 랜턴이 놓여 있고 그 불빛은 열려 있는 금고 쪽을 향해 있었다. 그리고 로일롯 씨는 탁자 옆 의자에 앉아 있었다. 그는 긴 잠옷 차림에 빨간색 슬리퍼를 신고 있었으며 무릎에는 채찍이 놓여 있었다. 그리고 턱을 든 채 천장 한 곳을 무서운 눈빛으로 쳐다보고 있었다. 이마에는 누런 줄 같은 것이 머리를 싸맨 것처럼 감겨져 있었다. 그는 그대로 굳어 있었다.

"끈이야! 저게 얼룩끈이야."

홈즈가 나직이 소리를 질렀다.

나는 한 발짝 앞으로 나아갔다. 순간 머리를 감싸고 있던 끈이 움직이기 시작하더니 로일롯의 머리 위에서 다이아몬드처럼 생긴 대가리가 목을 쳐들었다. 홈즈가 소리쳤다.

"독사야. 인도산 중에서도 제일 무서운 거지. 아마 10초 만에 죽었을 거야. 사악한 짓을 저지른 자가 정말 나쁜 벌을 받은 셈이군. 남을 해치려고 함정을 팠다가 도리어 자신이 그 함정 속에 빠진 꼴이라고 할까. 자, 이걸 다시 집어넣고, 스토너 양을 다른 곳으로 피신시킨 다음, 경찰에 알려야겠네."

그는 로일롯의 무릎에서 둥글게 말려 있는 채찍을 들어 뱀의 목 쪽으로 휙 던졌다. 뱀이 움직이자 금고 안으로 밀어 넣고 다시 문을 닫았다.

우리는 스토너 양을 해로우언더힐에 있는 이모 집으로 데려다주고 경찰서로 갔다. 조사 결과는 로일롯이 위험한 동물을 함부로 다루다가 습격을 받아 죽은 것으로 결론이 났다. 다음 날 돌아오는 기차 안에서 홈즈가 말했다.

"왓슨, 난 처음에 전혀 다른 결론을 내렸었어. 불충분한 자료를 가지고 추측하다 보니 그런 위험한 생각을 하게 된 거지. 집시들이 있었다는 거라든지, 그녀 언니가 성냥불을 켰다가 잠깐 본 걸 가지고 끈이라고 말했다는 것 등을 가지고 난 완전히 다른 생각을 했던 거야. 그러다가 방문이나 창문으로는 어떠한 것도 들어올 수 없다는 걸 알게 되면서 생각을 달리 하게 됐다네. 자네도 알다시피 난 벨 줄과 구멍에 대해서만 집중적으로 생각했지.

벨이 울리지 않고 침대가 마룻바닥에 못으로 고정되어 있다는 건, 말하자면 그 줄이 구멍에서 나오는 무엇을 침대로 연결시키는 고리 역할을 한다는 의미였어. 그래서 뱀이 문득 떠오르더라고. 화학적 독이 아닌 그런 자연의 독을 쓰는 건 옛날 동양에서 영악하고 잔혹한 사람들이 흔히 쓰던 수법이었지. 효과가 아주 빠르니까 말이야. 독사가 문 자국인 두 개의 검은 점은 웬만큼 면밀한 검시관이 아니고는 발견할 수 없다네. 그리고 휘파람 소리가 났다고 했던 말도 떠올랐지. 아마도 그 우유를 가지고 뱀이 돌아오도록 훈련시켰을 거야.

그리고 구멍을 통해 뱀이 들어가도록 한 다음 줄을 타고 침대로 내려가게 한 거지. 나는 그 방에 들어가기 전에 이미 확신을 했었어. 그리고 방에서 의자를 보자 그가 구멍에 손이 닿을 정도의 높이로 그 의자 위에 올라간다는 걸 알게 됐지. 게다가 금고와 우유 접시와 채찍이 있는 걸 보고는 확신을 굳히게 된 거라네. 스토너 양이 말한 무슨 쇳소리는 아마도 로일롯 씨가 뱀을 금고 속에 넣고 나서 문을 닫을 때 난 소리였을 거야. 이런 확신을 갖고 있다가 그때 뱀이 기어오는 소리가 들리자 즉시 불을 켜서 내쫓은 거라네."

"그러니까 그 구멍으로 뱀이 달아난 거군."

"그래서 결국 그쪽 방 사람을 공격한 거지. 내가 지팡이로 치자 뱀이 독을 품으며 아무한테나 달려들어 화풀이를 한 거야. 그렇다면 나도 로일롯 씨의 죽음에 간접적인 책임이 있는 셈이지. 하지만 솔직히 양심에 거리끼는 건 없다네."

글로리아 스콧 호

The Adventure of the "Gloria Scott"

"왓슨, 여기 서류 좀 보게."

어느 겨울밤에 벽난로 옆에 같이 앉아 있다가 친구 셜록 홈
즈가 문득 말을 꺼냈다.

"한번 볼만한 가치는 있는 것 같아. 글로리아 스콧 호 사건
이라는 건데, 보통 것들과는 다른 서류야. 이 편지가 바로 치안
판사 트레버를 공포심으로 죽게 만들었다는 그걸세."

그는 서랍에서 둘둘 말려있는 잿빛 종이를 꺼내 끈을 풀더니

나에게 보여주었다. 그건 절반 크기의 종이에 휘갈겨 쓴 짧은 편지였다.

The supply of game for London is going steadily up.

Head-keeper Hudson, we believe, has been now told to receive all orders for fly paper,

and for preservation of your hen pheasant's life

런던으로 가는 닭고기 공급은 꾸준히 올라가고 있습니다.

사냥터 주임인 허드슨은 이미 파리잡이 끈끈이의 주문을 받아들이고,

또한 당신의 암꿩의 생명을 보존하라는 주문을 받게끔 통지되었으리라고 생각합니다.

수수께끼 같은 이 편지를 읽고 내가 얼굴을 들자, 홈즈는 내 표정을 쳐다보며 킬킬거리고 웃었다.

"좀 어리둥절한 표정이군."

그가 말했다.

"아니, 이런 편지가 뭣 때문에 공포를 불러일으켰다는 건지 나로서는 참 이해가 안 되네. 그냥 하찮은 편지 같은데 말이야."

"그러게 말이야. 사실 이 편지를 읽은 사람은 기운 팔팔한 노인이었는데, 마치 총이라도 들이댄 것처럼 완전히 맥을 못 추더

라고."

"웃기는 얘기네. 근데 아까 이 사건이 특별히 연구해볼만한 가치가 있을 거라고 말한 건 무슨 이유지?"

"아, 내가 처음으로 손댄 사건이기 때문이야."

나는 어떤 동기로 홈즈가 범죄 수사에 관심을 가지게 되었는지 여러 차례 물어보려고 했지만 그때마다 쉽게 털어놓을 것 같지 않아 아예 시도도 하지 못했다. 그는 안락의자에 앉아 있다가 몸을 앞으로 쑥 빼더니 서류를 펼쳐 무릎에 올려놓았다. 그리고 파이프 담배에 불을 붙여 잠시 피우면서 서류를 들춰보았다.

"내가 자네한테 빅터 트레버에 대한 이야기를 해준 적이 있었던가?"

홈즈가 문득 물었다.

"내가 대학 다닐 때 2년 동안 만난 유일한 친구였었지. 내가 별로 사교성이 없었거든. 언제나 멍하니 방안을 돌아다니거나 아니면 별스런 사고법을 생각해내거나 뭐 그런 것이 내 취미라서 말이야. 그래서 같은 학년 학생들과는 별로 어울리지를 않았다네. 운동도 펜싱하고 권투 외에는 별로 관심이 없었고, 공부 방향도 다른 사람들과 전혀 달랐기 때문에 아무튼 만날 일이 없었어. 그런 중에 내가 유일하게 안 사람이 트레버라는 친구였지. 그 친구를 알게 된 것도 어느 날 아침 교회에 가다가 그의 개가 내 발목을 무는 바람에 알게 됐던 거라네.

참 만남치고는 무슨 소설 같기도 하지만 효과는 있었지. 내가 열흘쯤 꼼짝도 못하고 있으니까 그 친구가 자주 병문안을 와주더라고. 처음에는 서로가 할 말이 별로 없었지만 차츰 방문 시간이 길어지면서 나중엔 자연히 친구가 됐던 거지. 그는 아주 혈기왕성하고 다혈질에다 정력이 넘치는 타입이라 아무래도 나하고는 정반대의 기질이었는데, 그래도 서로에게 공통되는 점이 좀 있었고, 그리고 그 역시 친구가 별로 없었어. 그런 걸 알고 나서부터 그 친구하고 나 사이에 더 단단한 유대감이 생겼던 것 같아. 그 친구가 한번은 노펙 주 도니소프에 있는 그의 아버지 집에 놀러오라고 해서 방학 때 한 달간 거기서 지낸 적도 있었지.

그의 아버지 트레버 씨는 치안 판사 직위에 있는 굉장한 부자로 큰 지주였다네. 그 도니소프라는 마을은 노펙의 랭그미어 호수 바로 북쪽에 있는 작은 마을이야. 저택이 굉장히 크고 고풍스러운 스타일에 벽돌 건물인데, 그 옆으로 참피나무 가로수 길이 쭉 이어져 있더라고. 근처에는 늪지대가 있어서 들오리 사냥이나 낚시도 할 수 있고, 아주 오래전부터 있던 것 같은 자그마한 도서실도 있고, 요리사도 괜찮은 편이었지. 그런데서 한 달 정도 유쾌하게 지낼 수 없는 사람이라면 어지간히 까다로운 사람이라고 할 수 있을 걸세.

트레버 씨는 그때 홀아비였고 내 친구는 외아들이었는데, 원래는 딸이 하나 있었지만 버밍엄에 갔다가 디프테리아에 걸려 죽었다고 하더군. 그런데 그 트레버 씨가 뭔가 특이한 점이 있었어. 별로 교양은 없었지만 육체적으로나 정신적으로나 꽤 야성적인 면이 있었거든. 책도 거의 안 읽은 것 같은데 여행을 많이 다녀서 세상일을 나름 터득하고 있고, 한번 배운 건 잘 기억하는 편인 것 같아. 키가 땅딸막하고 다부지게 생긴데다 잿빛 머리칼이 덥수룩하고 구릿빛 피부도 아주 건강해 보이더군. 그리고 푸른 눈이 매서울 만큼 차갑게 보인다고 할까. 그래도 그 마을에서 꽤나 사람 좋고 너그럽다는 평판이 나있었지. 직업적으로도 늘 합리적인 판단을 내리는 걸로 알려져 있고 말이야.

그런데 거기 간지 며칠 후였는데, 하루는 저녁식사를 마치고 같이 포도주를 마시다가 내 친구 트레버가 문득 나의 관찰과 추리 습관에 관해 이야기를 꺼내기 시작했다네. 그 당시엔 그런 관심들이 내 인생에서 어떤 역할을 하게 될지 전혀 몰랐지만 어쩌면 이미 체계화되고 있었던 것 같아. 아무튼 그 얘기를 듣고 트레버 씨는 내가 했던 몇 가지 사소한 추리들을 자기 아들이 꾸며서 과장스럽게 얘기하는 걸로 생각했던 모양이야. 그는 아주 재미있다는 듯 웃으면서 나한테 묻더라고.

'그렇다면, 나는 내가 훌륭한 봉(鳳)이라고 생각하는데, 나한테서 뭔가 끌어낼 수 있겠나?'

하고 말이야. 그래서 내가 그랬지.

'아는 게 별로 없습니다만, 선생께서는 근래 일 년 동안 남한테서 습격을 받지 않을까 하고 잔뜩 두려워하셨던 것 같은데요.'

내 말이 끝나자마자 별안간 노인의 입가에서 웃음이 싹 사라지더니 놀란 눈으로 나를 가만히 쏘아보더라고. 그러더니 아들을 쳐다보면서 말하는 거야.

'음, 빅터 너도 들었겠지만 전에 그 밀렵꾼들을 몰아냈을 때 말이다, 놈들이 날 찔러 죽이겠다고 협박을 했거든. 그리고 에드워드 호비 경은 실제로 습격을 받았었지. 그 후부터 나는 항상 경호원을 쓰고 있단다. 홈즈, 자네가 그걸 어떻게 알았는지 모르겠구먼…….'

'선생께선 아주 좋은 지팡이를 가지고 계시는군요. 거기에 새겨진 이름을 보니까 지팡이를 맞추신지 아직 일 년이 안 됐어요. 그런데 그 지팡이를 무기로 사용하시려고 윗부분에 구멍을 뚫어 그 안에다 납을 녹여서 넣으셨네요. 꽤 힘들었을 것 같은데요. 신변의 위협을 두려워할 필요가 없다면 그런 일은 하시지 않았을 거라고 생각합니다만.'

내가 그렇게 말했더니 그 노인네가 또 지그시 웃으며 묻더군.

'그밖에 또 뭐가 있나?'

'젊으셨을 때 권투를 좀 하셨군요.'

'또 맞췄어. 근데 어떻게 그건 알았나? 내 코가 약간 비뚤어져 있나?'

'아니오. 양쪽 귀를 보고 알았습니다. 권투 선수처럼 납작하고 얇거든요.'

'또 다른 건?'

'손바닥에 못이 박혀있는 걸 보니까 채굴 일을 꽤 하신 것 같은데요.'

'그럼, 금광으로 큰돈을 모았으니까.'

'뉴질랜드에 가신 적 있죠?'

'그것도 맞아.'

'일본에도 가셨고요.'

'그렇다네.'

'이름이 JA로 시작하는 사람과 아주 친했는데 나중엔 그 사람을 깨끗이 잊으려 하셨군요.'

그때 트레버 씨가 천천히 자리에서 일어나더니 눈을 크게 뜨고 약간 정신이 이상한 사람처럼 나를 쏘아보는 거야. 그리고 테이블 위에 흩어져 있는 호두 속에 얼굴을 떨어트리고는 기절을 하지 뭔가.

친구도 나도 얼마나 놀랐는지, 왓슨 자네도 상상이 되겠지. 하지만 그리 오래 의식을 잃지는 않았어. 옷을 풀어주고 물을 얼굴에 뿌려줬더니 몇 번 숨을 크게 내쉬면서 얼굴을 들더라고.

그리고 민망한지 애써 웃으면서 이런 말을 하는 거야.

'아니 이거 참! 내가 놀라게 만들었구먼. 건강해 보여도 내가 심장이 좀 안 좋다네. 나 죽이기는 어려울 게 없지. 홈즈, 자넨 어떻게 그런 추리를 해내는지 도무지 모르겠지만 전문탐정이나 소설 속의 탐정도 자네한테 비하면 아주 꼬맹이나 다름이 없는 것 같네. 자네는 그 길로 가면 성공하겠어. 자네보다는 내가 세상을 좀 아니까 내 말을 믿어도 좋을 걸세.'

자네도 그분 말을 믿어주겠지? 과분하리만큼 그렇게 내 재능을 칭찬해주는 소리를 들으니까, 그냥 취미로 했던 일이 직업도 될 수 있겠구나 하는 생각이 들더라고. 그 순간엔 물론 노인의 이상 증세 때문에 깊은 생각은 할 수 없었지만 말이야. 아무튼 내가 한 말 때문에 충격을 받으셨나 싶어서 물었지.

'제가 뭔가 잘못된 말씀을 드렸습니까?'

'그런 건 아닌데, 분명히 내 급소를 찌르는 말이었다네. 그런데 그걸 어떻게 알았고, 얼마나 알고 있나?'

노인이 이번엔 약간 농담 비슷하게 물었는데, 눈빛에는 아직도 공포감이 서려 있더라고.

'아주 간단했습니다. 보트에 물고기를 올리려고 옷소매를 걸어 올렸을 때 팔꿈치 부분에 JA라는 문신이 새겨져 있는 걸 봤거든요. 글씨가 아직도 보이긴 했지만 많이 옅어졌고 또 그 주변 피부에 얼룩이 져있는 걸 보니까 아마도 그걸 지우려고 하셨던 것 같더군요. 그래서 그 글자가 어떤 친한 사람의 이니셜이 었는데 나중엔 그 사람을 잊고 싶어 하셨다는 걸 알게 됐던 겁니다.'

내가 그렇게 말했더니 그분이 큰소리로 말하더라고.

'정말 예리하구나! 제대로 맞췄어. 하지만 그 얘기는 하고 싶지가 않아. 유령 중에서도 옛 애인의 유령이 가장 안 좋거든. 자, 당구실로 가서 시가나 피울까?'

그러면서 그날부터 나를 더 정중하게 대해주기는 했는데, 그러면서도 어딘지 모르게 계속 나한테 의혹을 품고 있는 듯한 태도였어. 게다가 내 친구도 이런 말을 하더라고.

'네가 아버지를 굉장히 놀라게 했기 때문에 아버지는 네가 정말로 무엇을 알고 있고, 무엇을 모르고 있는지 어리둥절해서 마음이 한시도 편하지 않는 것 같아.'

하고 말이야.

실제로 트레버 씨의 행동에도 그런 게 나타나는 것 같더라고. 아주 드러나는 건 아니었지만 늘 머릿속에 그 생각이 들러붙어 있기 때문에 어쩔 수 없이 나타났겠지. 그래서 결국 나는 그분을 불안하게 만들고 싶지 않아서 그곳에 더는 머무르지 않고 떠나기로 했다네. 그런데 떠나기 전날에 사건이 하나 일어났는데, 그게 나중에 아주 중대한 일이 돼버렸지.

우리 세 사람이 잔디밭에서 야외용 의자에 앉아 일광욕을 하고 있는데 문득 하녀가 트레버 씨한테 오더니 누가 찾아왔다면서 지금 현관에 있다고 말하는 거야.

'누구라고 하던가?'

주인이 그렇게 묻더군.

'이름은 말씀 안하시던데요.'

'대체 무슨 일일까?'

'주인님께서 알고 계시다면서 잠깐 얘기를 하고 싶다고 하셨어요.'

'그럼 이리 오시라고 하렴.'

조금 있으니까 굉장히 마르고 왜소한 한 남자가 굽실거리면서 비틀비틀하는 걸음으로 다가오더라고. 보니까 재킷 소매에 타르가 잔뜩 묻어있고 속에는 체크무늬 셔츠를 입었고, 그리고 면바지 차림에 다 떨어진 구두를 신고 있더군. 얼굴도 비쩍 마른데다 거무튀튀하고 좀 교활해보였는데 계속 실실 미소를 짓고 있는 거야. 누런 이빨을 다 드러내면서 말이지. 그리고 손이 주름살투성인데, 뱃사람들이 그렇듯이 반쯤 쥐고 있더라고. 그가 구부정한 모습으로 잔디밭을 걸어오고 있을 때 트레버 씨가 갑자기 딸꾹질 같은 소리를 내면서 의자에서 벌떡 일어나더니 집안으로 뛰어가지 뭔가 글쎄. 잠시 후 돌아오긴 했지만 내 옆으로 지나가는데 브랜디 냄새가 물씬 나더라고. 그리고 묻더라고.

'그래, 무슨 일로 왔나?'

그 뱃사람은 눈을 가늘게 뜨고 계속 실실 웃으면서 트레버 씨를 빤히 쳐다보고 있었어. 그러면서 묻는 거야.

'나를 못 알아보나?'

'아니, 허드슨 아닌가!'

트레버 씨가 깜짝 놀라면서 말하는 거야.

'물론이지. 나 허드슨일세. 헤어진 지 30년이 넘었으니 말이야. 자네는 이렇게 잘 살고 있는데, 나는 아직도 뱃사람 신세를 못 벗어났다네.'

'음, 좀 기다려보게. 내가 옛날 일을 잊어버릴 수는 없지.'

트레버 씨가 큰소리로 그렇게 말하더니 그 남자 쪽으로 다가가 조용히 뭐라고 수군거리더라고. 그리고 다시 큰소리로 말하는 거야.

'자, 부엌에 먹을 것과 마실 것을 준비해놨네. 자네 일자리는 내가 해줄 테니 걱정 말게.'

그런데 그 뱃사람이 이마에 손을 얹으면서 말하는 거야.

'고마운 말인데, 내가 8노트짜리 부정기 화물선을 2년간 탔는데 임시직이라 근래에 그만두게 됐거든. 그래서 베도즈나 자네한테 가면 좀 맘 놓고 쉴 수 있을 것 같아서 이렇게 온 거야.'

'아니! 자네 베도즈 주소를 알고 있나?'

'뭐, 옛날 친구들 주소는 다 알고 있지.'

그 남자는 좀 쓸쓸한 미소를 지으면서 그렇게 말하더니, 하녀를 뒤따라 부엌 쪽으로 가더라고. 그러자 트레버 씨가 나직한 말투로, 자기가 금광에 들어가기 전에 같은 배에서 일했던 동료였다고 그 남자에 대해 얘기를 하는 거야. 그리고 뒤따라 집안으로 들어가더라고. 한 시간쯤 후에 내가 안으로 들어가 봤더니, 그 남자가 완전히 취해가지고 식당 소파에 뻗어있는 거야. 뭔가 이상하다는 생각이 들기 시작했지. 아무튼 그 다음 날 나는 그곳을 떠났는데 아쉬운 생각이라곤 전혀 안 들었어. 내가 있는 게 오히려 친구를 곤란하게 만들 수가 있었지.

그 일이 생긴 건 방학이 시작되고 나서 한 달째 되던 무렵이었는데, 난 런던의 하숙집으로 돌아갔고, 그리고 방에 처박혀서 서너 가지 화학 실험을 하느라 몇 주일을 보내고 있었지. 그런데 방학이 거의 끝나갈 즈음이었어. 본격적인 가을에 접어든 어느 날이었는데, 내 친구 빅터한테서 전보가 온 거야. '다시 도니소프에 와주면 좋겠다. 네 충고와 도움이 필요해.' 이렇게 쓰여 있더라고. 그래서 당장 짐을 싸서 그곳으로 출발했지.

친구가 마차를 타고 역까지 마중 나와 있더군. 그런데 세상에! 지난 두 달 동안 얼마나 괴로워했으면 얼굴이 아주 반쪽이 되어 있는 거야. 살이 쑥 빠지고 쾌활하던 목소리도 완전히 달라져 있더라고. 그러면서 나를 보자마자 바로, 아버지가 위독하다고 말하더군. 그래서 내가 물었지.

'뭐라고? 어떻게 된 일인데?'

'뇌졸중이야. 충격이 심했던 거지. 지금 생사의 고비에 계시는데 내가 임종을 지켜볼 수 있을지……'

"왓슨, 난 그런 일이 일어났다는 게 정말 소름이 끼치더라고. 어쨌든 내가 물었어."

'원인이 뭔데?'

'바로 그것 때문이야. 자, 빨리 올라타. 가면서 얘기해줄게. 네가 떠나기 전날 왔던 그 뱃사람 말이야.'

'어.'

'그 남자가 어떤 자일 것 같아?'

'모르겠는데.'

"왓슨, 내가 그렇게 말했더니 친구 빅터가 뭐라고 했는지 아나? '그자는 악마야, 홈즈!' 그러는 거야. 나는 깜짝 놀라 그의 얼굴을 멍하니 쳐다봤지. 그랬더니 설명을 하더라고."

'악마 그 자체였어. 그가 집에 찾아온 후로는 단 한순간도 편한 적이 없었지. 단 한순간도 말이야. 아버지가 그날 밤부터 원기를 잃기 시작해 지금 죽음의 문턱까지 간 게 다 그 저주스러운 허드슨 때문이야.'

'그자가 어떤 힘을 가지고 있나?'

"내가 물었지."

'아! 내가 그걸 알면 뭐든 다 할 텐데…… 아버지는 너무나 선량하고 관대한 분이신데 어떻게 그런 악마의 독사 같은 이빨에 물리셨는지 모르겠어. 어쨌든 이렇게 와줘서 고마워, 홈즈. 너의 판단력과 배려를 크게 신뢰하고 있으니까 어떻게 하는 게 가장 좋을지 가르쳐주면 좋겠다.'

"마차는 시골길을 열심히 달려갔고 앞쪽으로 한없이 펼쳐진 호수도 저녁노을의 붉은 빛을 받아 반짝이고 있더군. 왼쪽 숲 위로는 지주의 집을 나타내는 높은 굴뚝과 깃대가 벌써 보이기 시작했고 말이야. 친구가 계속 말을 이어갔지."

'아버지는 그자를 정원사로 고용해줬는데 자꾸만 더 요구를 하는 바람에 집사 자리를 내줬지. 그랬더니 집안을 자기 멋대로 만들어버리고, 하고 싶은 대로 온갖 짓을 다 하는 거야. 견디다 못한 하인들이 그의 술주정과 막말을 불평하기 시작했지. 그래서 아버지는 그들의 급여를 올려주면서 마음을 좀 달래줘야 했어. 그자는 그뿐만 아니라 아버지가 아끼는 총을 들고 나가 보트를 타고는 다른 사냥꾼들과 어울리곤 했지. 아주 무례하기 짝이 없는 인간이더구먼. 그자가 내 또래라면 벌써 몇 번은 날려버렸을 거야. 이봐, 홈즈, 그동안 나 자신을 강하게 억눌러 왔는데, 지금 생각해보니까 더 대담하게 대할 걸 그랬다는 생각이 들어.

하여튼 이 짐승 같은 작자가 날로 교만을 부리면서 사태는 점점 더 악화되어 갔지. 급기야 어느 날 이놈이 내 앞에서 아버지에 대해 무례한 말대꾸를 하더라고. 그래서 놈의 어깨를 움켜잡고 땅바닥에 패대기를 쳐버렸지. 그랬더니 얼굴이 새파래져가지고 줄행랑을 치는 거야. 아주 독살스럽게 쳐다보면서 말이지. 아무 말도 안 했지만 그 눈빛은 말로 하는 것보다 더 강한 협박을 하는 눈치더군. 그 뒤에 아버지와 그놈 사이에 무슨 일이 있었는지는 모르지만, 다음 날 아버지가 나를 보고는 그놈한테 사과를 하는 게 좋겠다고 말하는 거야. 난 싫다고 했지. 왜 그 따위 인간이 집안사람들한테 멋대로 하고 행동하는 걸 아버지는 가만두느냐고 따지면서 말이야. 그랬더니 아버지가 이렇게 말하더라고. '아, 네가 그런 말 하는 건 당연하지만, 넌 내 입장을 모른다. 언젠가는 얘기해주마. 일이 어떻게 될지는 모르지만 너도 이해하게 될 거다. 넌 이 늙은 아버지를 나쁘게 생각하지는 않겠지.' 그리고 나서 아버지는 충격을 받았는지 하루 종일 서재에 틀어박혀 계셨는데 창문으로 슬쩍 보니까 뭔가를 열심히 쓰고 계시더라고.

그날 밤에 허드슨이 집을 나가겠다고 말했기 때문에 마음속의 무거운 짐을 내려놓은 듯한 느낌이었지. 저녁식사를 마치고 우리가 테이블에 잠시 앉아 있는데 그놈이 식당으로 들어오더니 술 취한 목소리로 그런 결심을 말하는 거야. '노퍽은 이제 지긋지긋해서 햄프셔의 베도즈한테로 가겠네. 그 사람도 자네처럼 나를 환영해줄 테니까.'

그러자 아버지가 아주 한심한 질문을 하더라고. '기분이 상해서 나가는 건 아니겠지, 허드슨?' 그 말을 듣는데 난 정말 피가 거꾸로 흐르는 것 같았어. 그때 그놈이 나를 쳐다보면서 뭐라고 한 줄 아나? '아직 사과를 안 받았네.'

'빅터, 네가 이 사람한테 난폭한 짓을 한 게 맞지?' 내 쪽을 돌아보면서 아버지가 말하는 거야. 그래서 내가 그랬지. '아니오, 저는 오히려 참을 만큼 참았다고 생각합니다.' '아, 그래? 그렇다면 나중에 알게 되겠지.' 놈이 그렇게 쏘아붙이더니 구부정한 자세로 방을 나가더라고. 그리고 30분 뒤에 집을 떠나버렸지. 그걸 알고는 아버지가 벌벌 떨기 시작하는데 정말 못 봐줄 정도였어. 그 다음 날부터는 밤마다 방안에서 안절부절못하고 계속 서성거리는 거야. 그 소리가 들릴 정도였으니까. 아무튼 한동안 그렇게 헤매다가 슬슬 좀 나아지면서 기운도 돌아오는가 싶었지. 그런데 바로 그때 드디어 일이 벌어진 거야.'

'어떤 식으로?'

"나도 바짝 긴장해서 물었지. 그랬더니 빅터가 자세히 설명을 하더라고."

'굉장히 이상한 방식이었지. 어젯밤에 아버지한테 편지 한 통이 왔는데 포딩 브리지 소인이 찍혀있더라고. 그런데 아버지가 그 편지를 읽고 나더니 갑자기 자신의 머리를 마구 때리면서 펄쩍펄쩍 뛰고 난리를 하는데 완전히 미친 사람 같았어. 뇌졸중 증세가 왔던 거야. 얼른 포덤 박사에게 연락해서 그분이 서둘러 오긴 했는데 마비증세가 워낙 빨리 확산된 바람에 결국 의식을

못 찾고 말았지. 아무래도 오래 가지는 못할 것 같아.'

'정말 소름이 끼치네! 그런데 그렇게 무서운 일이 일어날 정도였다면 도대체 편지에 뭐가 쓰여 있었던 거야?'

"내가 그렇게 물었지."

'글쎄, 무서운 내용 같은 건 없더라고. 그러니까 도무지 이해가 안 되는 거야. 편지 내용은 전혀 엉뚱한 것이었거든.'

'아! 맙소사! 그럼 역시 그건가!'

"내가 그 말을 했을 때 마침 마차가 가로수 길의 모퉁이를 돌아 저택으로 들어가고 있었지. 저택 안에서 흘러나오는 빛이 덧문 틈으로 어슴푸레하게 보이더군. 덧문은 온통 다 닫혀있었고 말이야. 표정이 잔뜩 어두운 빅터와 내가 막 현관으로 뛰어들어가는데 검은 옷을 입은 어떤 신사가 나오더라고."

'언제쯤이었나요, 선생님?'

"빅터가 의사한테 묻더군."

'나가시고 바로 직후였어요.'

'의식은 찾으시고요?'

'네, 임종 전에 잠깐……'

'저한테 남긴 말씀이 있었습니까?'

'네, 일본 가구 안 서랍에 서류가 있다는, 그 말씀만 하셨어요.'

"그 다음에 빅터와 의사는 트레버 씨 방으로 갔고, 나는 서재에 남아 사건의 줄거리를 머릿속으로 몇 번이나 되풀이해봤는데, 생각할수록 점점 더 캄캄한 느낌밖에 안 들더군. 사실 트레버라는 사람의 과거가 어땠는지부터 의문이 들었지. 권투를 했고, 여행을 했고, 금광 채굴을 했고, 그런 얘기는 들었지만 왜 그런 흉악한 뱃사람 앞에서 아버지가 쩔쩔 맬 수밖에 없었는지 궁금하지 않을 수가 없었어. 또 팔에 희미하게 남은 문신 얘기를 내가 했더니 기절을 한다거나, 포딩 브리지에서 온 편지를 보고 두려움에 벌벌 떨다가 죽음까지 간 것은 도대체 무슨 이유 때문일까. 결국 나는 포딩 브리지가 햄프셔에 있고 뱃사람이 만나러 갔다는, 아니 사실은 거짓말하러 간 베도즈 씨도 햄프셔에 살고 있다는 이야기를 떠올렸지. 그렇다면 그 편지 내용은 뱃사람인 허드슨이 과거에 트레버가 저질렀던 어떤 나쁜 짓을 폭로하겠다고 위협한 것이었거나, 아니면 베도즈가 언제 비밀이 폭로될지 모른다고 경고한 것이었거나, 둘 중 하나일 거라고 생각을 했지."

거기까지는 확실한 것 같았어. 그런데 왜 빅터는 그 편지가 전혀 엉뚱한 내용이었다고 말했을까, 그가 잘못 해석한 것은 아니었을까, 일테면 그 내용이 어떤 것을 의미하는 것처럼 보이지만 사실은 다른 의미를 갖고 있고, 게다가 그게 암호처럼 쓰여 있었는지도 모른다, 이런 생각이 드는 거야. 그래서 그 편지를 봐야만 할 것 같았지. 만약 거기에 정말 숨은 의미가 있다면 그걸 찾아낼 수 있겠다는 생각이 들더라고. 혼자 그렇게 한 시간 가량 있다 보니까 어느새 주위가 어두워져 있더군. 잠시 후 하녀가 램프를 가져오고 바로 이어서 빅터도 들어왔지. 지금 내무릎 위에 있는 이 서류를 갖고 말이야. 그의 얼굴은 창백했지만 그럭저럭 차분해 보이더군. 빅터는 내 앞에 앉아 램프를 테이블 가장자리로 가져다 놓더니, 보다시피 이 짧은 편지를 나에게 내밀더군.

The supply of game for London is going steadily up.

Head-keeper Hudson, we believe, has been now told to receive all orders for fly paper,

and for preservation of your hen pheasant's life

런던으로 가는 닭고기 공급은 꾸준히 올라가고 있습니다.

사냥터 주임인 허드슨은 이미 파리잡이 끈끈이의 주문을 받아들이고,

또한 당신의 암꿩의 생명을 보존하라는 주문을 받게끔 통지되었으리라고 생각합니다.

"처음에 이 편지를 읽었을 땐 나도 지금 자네처럼 어안이 벙벙하더라고. 그래서 다시 한번 찬찬히 읽어봤지. 그랬더니 역시나 내가 예상했던 대로 뭔가 묘한 의미가 문장 속에 숨어있는 거

야. 그건 틀림없었어. 아니면 암호로 쓰였든지 말이야. 예를 들면 '파리잡이 끈끈이'라든지 '암꿩' 같은 단어가 어떤 특별한 뜻으로 쓰였던 거야. 문제는 그 뜻이라는 게 그들끼리 만든 것이기 때문에 우리로서는 풀 수가 없다는 것이지. 하지만 나는 이 편지가 그런 종류라고는 생각하고 싶지 않았어. '허드슨'이라는 단어가 있는 것을 보면 편지의 주제는 내가 추측하는 바로 그것일 것 같았고, 발신자도 허드슨이 아니라 베도즈라는 것을 알 수 있었다네. 그리고 문장을 뒤바꿔서 읽어보기도 했는데 역시 별 의미는 없더군. 이렇게 말이지. Life pheasant's hen (생명, 꿩의 암놈). 그래서 단어를 하나씩 걸러봤어. The of for (그것, 의, 위해). 또 supply game London (공급, 닭고기, 런던) 이렇게 말이야. 이것도 이해 안 되기는 마찬가지였고. 그러다가 순간 문득 수수께끼의 열쇠가 손에 잡혔어. 처음 단어부터 시작해서 매 세 번째 단어를 죽 연결해 봤더니, 마침내 트레버 씨가 공포에 사로잡힐 만한 문장이 나오더라고. 그래서 그걸 빅터에게 읽어줬지. 짧지만 확실한 그 경고장을 말일세.

The game is up. Hudson has told all.
모든 건 끝났음. 허드슨이 모든 것을 폭로했다.

빅터가 손을 떨면서 머리를 감싸더라고. 한참을 그러고 있더니 이런 말을 하는 거야."

'그게 틀림없을 거야. 이건 죽음보다도 더 나쁜 일인 것 같아. 치욕스러우니까. 그런데 사냥터 주임이니 암꿩이니 하는 건 무슨 의미일까?'

'내용만으로는 의미가 없지만 누가 발신자인지 알 수가 없었을 경우엔 큰 의미가 있었을 거야. 이 편지는 The…… game…… is…… 식으로 건너뛰면서 쓴 건데, 그래놓고는 나중에 서로가 약속한 대로 암호 방식을 사용해 그 사이에 두 단어씩을 집어넣은 거라고 보여. 그렇다면 그 단어들은 그냥 생각나는 대로 자연스럽게 쓴 것인데, 유독 사냥에 관한 단어가 많다는 것은 그 편지를 쓴 사람이 사냥꾼이거나 아니면 그런 것에 취미를 가진 사람이었다는 것을 나타내는 거지. 빅터, 그 베도즈라는 남자에 대해 뭔가 들은 것 없어?'

'어, 그러고 보니까 매년 가을철이면 아버지가 그 사람 사냥터에 초대받곤 했었거든.'

'그럼, 이 편지는 그 사람한테서 온 게 틀림없어. 자, 그럼 남은 문제는 그 허드슨이라는 자가 어떤 비밀을 쥐고 있기에 이 두 사람, 그러니까 부유하고 존경받는 베도즈 씨와 트레버 씨한테 그걸 들고 위협했는지 하는 점이야.'

'아! 홈즈, 그건 죄악과 치욕의 비밀일 거라고 생각돼! 하지만 너한테는 숨기지 않고 말해줄 수 있어. 이건 아버지가 허드슨한테서 위협이 다가오는 걸 느끼시고 쓴 고백서야. 아버지가 의사에게 말했던 것처럼 장롱 안에 있더라고. 자, 읽어봐. 나는 도저히 읽을 용기가 안 나.'

"빅터가 내민 서류는 이것일세, 왓슨. 그날 밤에 고풍스런 서재에서 그에게 읽어주었던 것처럼 자네에게도 들려주겠네. 이것보게, 겉에는 이렇게 쓰여있지. 글로리아 스콧 호의 항해 기록. 1855년 10월 8일 팔마스 항구를 출범한 후 11월 6일 침몰하기까지 (북위 15도 29분, 서경 25도 14분에서). 자, 그럼 내용을 읽어보겠네.

사랑하는 아들에게

지금 나에게 닥쳐오고 있는 치욕스런 일 때문에 내 인생의 말년이 암흑에 휩싸여 있구나. 그래서 내 온 마음을 기울여 여기에 몇 자 적어본다. 내가 이토록 절망적인 슬픔을 주체하지 못하는 것은 법이 두려워서도 아니고 지위를 잃게 돼서도 아니며, 또 아는 사람들에 의해 나락으로 떨어지는 모습을 보이는 게 무서워서도 아니다. 내가 두려운 건 바로, 네가 이 아버지 때문에 혹시라도 떳떳하게 살지 못할까 하는 그것이란다. 네가 이 아버지를 업신여기고 모욕할 이유가 없기 때문에 아버지를 사랑하고 존경하는 건 물론 알고 있지만 말이다. 하지만 내 머리 위에서 영원히 겨냥하고 있는 어떤 힘이 안개처럼 흩어지지 않고 바로 떨어진다면, 과거에 내가 저질렀던 소행을 네가 직접 알 수 있도록 이 글을 읽어주기 바란다. 그러나 반대로 모든 일이 순조롭게 진행될 경우엔 (오, 신이여! 그렇게 되도록 해주소서!), 그리고 이 글이 소각되지 않고 우연히 네 손에 들어갈 경우엔 이것을 반드시 태워버리고 다시는 이 글에 대해 생각하지 않기를 간절히 부탁한다. 맹세코 지켜주렴. 네가 성스럽게 여기는 것에 걸고, 또 네가 사랑하는 어머니의 추억에 걸고, 그리고 우리 두 사람 사이에 맺어진 애정을 걸고 말이다.

그러므로 네가 이 편지를 읽고 있을 즈음엔, 나는 이미 저지른 죄가 탄로나 감옥에 가 있거나 아니면 영원히 입을 다물고 죽음에 가 있을 것이다. 너도 알다시피 나는 심장이 좋지 않으니 말이다. 어쨌든 이젠 은폐할 수도 없는 노릇이다. 그러니 이제부터 내가 하는 말을 잘 들어라. 이건 모두 진실로서, 자비를 비는 마음으로 맹세한다.

내 아들아, 나의 이름은 트레버가 아니다. 젊었을 때의 내 이름은 제임스 아미티지였다. 그래서 몇 주일 전에 네 친구가 우리 집에 와서 나의 비밀을 알아낸 것 같은 말을 했을 때 난 너무나 큰 충격을 느꼈던 것이다. 아미티지라는 이름으로 난 런던의 은행에 취업했고, 또 아미티지라는 이름으로 법에 저촉되는 행위를 해서 징역을 살기도 했다. 아들아, 이 아버지를 너무 탓하지 말아다오. 그건 도박 빚 때문에 일어난 일이었는데, 그 빚을 갚지 않으면 안 되는 상황이라 은행 돈을 몰래 빼냈던 거란다. 회계감사가 시작되기 전에 그 돈을 다시 채워놓으려고 했었지. 확신도 있었고 말이다. 그런데 불운한 일이 일어나고 말았다. 믿고 있었던 돈은 들어오지 않고 갑작스럽게 회계감사가 실시되는 바람에 내가 횡령을 한 게 발각되고 말았던 거지. 30년 전 그때는 요즘보다 법이 준엄하게 시행되어서, 나는 23세 되던 생일날 오스트레일리아로 가는 글로리아 스콧 호의 갑판 한가운데에 다른 37명의 죄수들과 함께 쇠사슬에 묶인 채 끌려가고 있었다.

그때는 크림 전쟁이 한창 일어나고 있던 1855년이었기 때문에 원래 범죄자들을 호송하던 큰 배를 흑해 등지에서 수송선으로 사용하고 있었단다. 그 바람에 정부는 죄수 호송용으로는 가장 적당하지 않은 작은 배를 쓸 수밖에 없는 상황이었지. 글로리아 스콧 호는 중국과의 차 무역에 쓰던 배로서, 앞부분이 무겁고 선체가 넓으며 다른 신형에 비해 속도가 많이 느린 완전 구식이었다. 500톤 급이었는데 팔마스를 출발했을 당시 배에는 죄수 38명 외에도 선원 26명, 호송병 18명, 선장 1명, 운전사 3명, 의사와 목사 각 1명, 간수 4명이 타고 있어서 총 100명 가까운 인원이었단다.

독방 사이의 칸막이가 보통 죄수용 배처럼 두꺼운 목재로 되어있지 않고 그냥 얇고 허술하게 되어 있었는데, 그 중 배 뒤쪽에 있는 한 독방의 죄수는 우리가 부두에 끌려 나왔을 때부터 내 눈에 유독 뜨였다. 표정이 밝고 수염도 없는 청년이었는데 코가 긴 편이고 턱과 코 사이의 간격이 유난히 짧더구나. 그는 당당하게 머리를 쳐들고 활발하게 걸으며 특히 키가 워낙 커서 돋보이는 면이 있었지. 우리 모두 그의 어깨에도 미치지 않을 정도로, 아마도 2미터는 족히 돼보였단다. 모두들 괴로움과 피로에 지쳐있는데 그 가운데서 힘차고 명랑해 보이는 얼굴을 보니 너무나 신기할 정도였다. 그를 보면 마치 눈보라 속에서 화롯불을 보는 듯한 느낌이 들었지. 그래서 그 청년이 내 옆방에 있다는 걸 알았을 때 나는 은근히 기분이 좋았고, 게다가 그가 방 사이에 있는 판자에 구멍을 뚫어 어느 날 내게 말을 걸어 왔을 때는 정말로 너무나 반가웠단다.

'이봐, 형제! 이름이 뭐지? 왜 이 신세가 되었나?'

그 청년이 묻더구나. 나는 대답을 해주고 그의 이름도 물어봤다.

'나는 잭 프렌더가스트인데 나와 사귀고 있는 동안엔 내 이름이 고마운 것이 될 거야.'

이름을 들으니까 그가 저질렀던 사건이 생각나더구나. 내가 체포되기 얼마 전에 온 나라를 떠들썩하게 했던 사건이었지. 그는 집안도 좋고 재능도 있었는데 교묘한 사기 수법으로 런던의 유명 상점에서 거액의 돈을 갈취했단다. 그에게는 치유 불능의 도벽 버릇이 있었다고 하더구나.

'아니! 내 사건을 알고 있었군.'

그는 마치 자랑스럽다는 듯 말했지.

'네, 잘 알고 있죠.'

'그렇다면 그 사건에 뭔가 기묘한 점이 있다는 것도 알고 있나?'

'기묘하다니, 뭐가 말인가요?'

'나는 대략 25만 파운드를 해먹었거든.'

'소문이 맞는군요.'

'그런데 한 푼도 회수하지 못했어.'

'그렇게 들었어요.'

'그럼, 그 돈이 어떻게 됐을 것 같나?'

그가 묻더구나.

'전혀 모르겠는데요.'

내가 대답했지.

'바로 내 손 안에 있어. 나는 내 것이나 마찬가지의 돈을 자네 머리카락 숫자보다 더 많이 가지고 있지. 돈을 늘릴 줄 아는 방법만 알게 된다면 뭐든지 할 수 있다는 뜻이야! 그런데 지금 내가 이 중국 무역선의 악취 나는 선창에 앉아 바지 궁둥짝이 닳아빠지도록 앉아 있을 일 있나? 바퀴벌레가 득실거리고 곰팡내가 코를 찌르는 이 무덤 같은 곳에서 말이야. 어림도 없지! 자, 나를 따라와도 좋아. 성서에 입을 맞추고 맹세하는데 자네를 구해내주겠네.'

그가 하는 말은 대충 이런 내용이었는데 난 처음엔 별로 대수롭지 않게 생각했었다. 그런데 얼마쯤 있다가 그는 나를 좀 떠보는 식으로 하더니 엄중하게 선서를 하라면서, 지금 배를 탈취하려는 음모를 꾸미고 있다고 알려주더구나. 배에 오르기 전부터 12명의 죄수들이 은밀히 계획을 세웠고, 그 주동자는 프렌더가스트였으며 그가 돈을 많이 가지고 있기 때문에 일을 꾸밀 수 있었다는 것이었다.

그러면서 그가 이런 말을 하더구나. '내게 단짝 한 명이 있는데 아주 드물게 좋은 녀석이지. 그 친구가 현금을 가지고 있는데 지금 어디 있는 줄 아나? 이 배 안에 목사로 위장해 있다네. 목사 말이야! 검정색 옷을 입고 신분증도 제대로 갖추고 있지. 그가 이 배를 통째로 매수할 수 있을 만큼 많은 돈을 상자에 담아 가져왔다네. 선원들은 그 친구가 시키는 대로 할 거야. 현금으로 한 몫씩 줘서 이미 매수해놨으니까 말이야. 간수 두 명과 2등 항해사 머서도 매수해됐고, 필요할 땐 선장도 가능할 걸세.'

'그럼, 우리는 뭘 하는 거죠?'

'뭘 한다고 생각하나? 호송병들의 옷을 옷가게에선 볼 수 없을 만큼 시뻘겋게 물들여 주는 거지.'

'그들은 무장을 하고 있잖아요.'

'우리도 무장을 하는 거야, 알겠나. 각자에게 모두 권총 두 자루씩이 돌아갈 거야. 만약 그러고도 우리가 배를 탈취해내지 못한다면 우리는 차라리 기숙학교에나 들어가야 할 걸세. 자, 자네도 오늘 밤에

옆방 친구한테 말을 붙여보게. 믿을 수 있을지 어떨지 알아봐야 하니까 말이야.'

그래서 나도 옆방 사나이한테 말해봤더니, 그도 나와 비슷한 처지의 젊은이인데 죄명이 문서 위조라고 하더구나. 이름은 에반스라고 했는데 나중엔 나처럼 이름을 바꿨고, 지금은 남부 잉글랜드에서 큰 부자로 살고 있지. 그는 내 말을 듣고 그것밖엔 살아날 방법이 없다는 걸 즉각 깨닫고는 바로 동조를 했단다. 결과적으로 우리 배가 비스케이 만을 지나가기 전에 그 비밀계획에 참가하지 않은 죄수는 두 명밖에 없었다. 한 명은 의지가 너무 약해 믿을 수가 없어서 아예 참가시키지 않았고, 다른 한 명은 황달을 앓고 있어서 어차피 살아남기가 어렵기 때문이었지.

처음부터 우리가 배를 점령하는데 있어 방해될 것은 거의 아무것도 없었다. 간수들은 음모를 꾸민 자들이 선발한 같은 조직원이었고, 목사는 팸플릿이 가득 채워져 있는 검은 가방을 들고 교화를 목적으로 죄수들의 독방에 드나들곤 했지만 그가 들어온 지 3일째에는 이미 권총 두 자루와 화약 1파운드, 총알 20발이 각자에게 주어졌단다. 간수들 중 2명은 프렌더가스트의 앞잡이였고, 운전사 1명은 그의 오른팔이었지. 우리의 적이었던 사람들은 선장과 운전사 2명, 그리고 18명의 병사들과 의사였다. 물론 정세는 안전했지만 우리는 경계를 철저히 하면서 한밤중에 급습하기로 결정을 했지. 그런데 뜻하지 않은 사태 때문에 그 일은 예정보다 빨리 찾아왔고, 그 내용은 다음과 같다.

배가 출발한 지 3주일쯤 지난 어느 날 밤이었는데 한 죄수가 아파서 의사가 그를 진료하러 방에 들어갔다가 침대 속에 권총 비슷한 게 있는 걸 눈치 채게 됐단다. 그때 의사가 가만히 있었으면 우리의 계획은 실패하고 말았을 것이다. 그런데 그 소심한 의사가 얼굴이 새파래지며 소리를 지르는 바람에 환자였던 죄수가 곧 사태를 깨닫고는 그 의사를 제압했던 것이다. 그리고 그에게 재갈을 물리고 침대에 묶어버렸지. 의사가 방에 들어갈 때 갑판으로 통하는 문의 자물쇠를 열어놓은 상태로 있었기 때문에 우리는 곧 갑판으로 들이닥쳐 우선 보초병 둘을 사살하고, 그 소리를 듣고 뛰어온 하사도 그 자리에서 사살하고 말았다. 객실 입구에도 병사가 둘 있었지만 총에 총알을 장전하고 있지 않았는지 한 방도 쏘지 못하고 주춤거리는 사이 바로 사살되었고 말이다. 그런 다음 우리는 선장실로 뛰어들었는데 문을 연 순간 안에서 폭음이 들리더구나. 선장은 테이블 위에 붙여진 대서양 지도 위에 머리를 처박은 채 쓰러져 있고, 그 옆에는 아직도 연기가 피어오르는 권총을 들고 목사가 서 있었지. 그리고 두 명의 운전사는 승무원들에게 붙잡혀 있었고. 그래서 우리의 계획은 모든 게 순조로워 보였단다.

우리는 모두 선장실 옆에 있는 객실에 모여 앉아 즐겁게 얘기를 하기 시작했지. 자유의 몸이 되었다는 생각에 이루 말할 수 없이 기뻤기 때문이었다. 객실 안에 벽장이 있었는데 가짜 목사인 윌리엄이 그걸 때려 부수더니 안에서 술 한 박스를 꺼내더구나. 그리고 병 하나를 열어 컵에 따르고 막 들이키려고 하는 순간, 아무런 전조도 없이 돌연 총소리가 귀를 찢더니 객실 안이 자욱한 연기로 뒤덮여버렸다. 테이블이고 그 건너편이고 아무것도 보이지 않았지. 잠시 후 차츰 연기가 걷히고 보니까 주변은 말 그대로 아수라장 그 자체더구나. 윌슨과 다른 8명의 동료가 바닥에 서로 뒤엉킨 채 버둥거리고 있었고, 테이블 위에는 피와 술이 섞여 흐르고 있었다. 그 광경은 그야말로 충격적이었지.

우리는 완전히 기겁을 하고 말았기 때문에 정말이지 프렌더가스트가 없었다면 그 계획을 포기하고 말았을 것이다. 그는 사나운 황소처럼 소리 지르면서 살아남은 사람들 모두를 거느리고 문을 향해 돌진했단다. 객실에서 뛰어나가 봤더니 배 뒤쪽 갑판에 중위와 10명의 부하가 있더구나. 그리고 객실 테이블 바로 위쪽에 있는 회전식 조명창이 조금 열려 있는 게 보였지. 그러니까 그 틈으로 그놈들이 우리를 발포했던 것이다. 우리도 그들을 향해 계속 난사를 했지. 놈들이 총알을 잴 틈도 없이 우리가 덤벼드니까 5분쯤 지나 끝장이 나더구나. 오! 하느님! 세상에 그런 아수라장이 또 있을까요. 프렌더가스트는 정말 미쳐 날뛰는 악귀처럼 놈들을 하나하나 집어 들어 살아있든 죽었든 상관없이 바다 속으로 던져버렸단다. 한 병사는 중상을 입었는데도 불구하고 오랫동안 바다 속에서 허우적거리고 있었는데 그 모습을 보다 못한 어떤 동료가 그의 머리를 쏴서 죽이기도 했지. 전투가 다 끝나고 보니까 남은 적들은 간수 두 명과 운전사 두 명 그리고 의사뿐이었다.

그런데 우리들 사이에 적을 사살한 것에 대한 이견으로 큰 싸움이 일어났다. 자유를 되찾은 것은 기쁘지만 살인을 한 것에 대해서는 죄의식을 느끼는 자들이 있었던 것이다. 총을 가진 병사를 쓰러트리는 것과 일반인이 살해되는 것을 방관하는 것은 전혀 다른 문제라는 것이었지. 그래서 우리들 8명, 즉 죄수 5명과 승무원 3명은 살인이 벌어지는 것을 보고 싶지 않다고 말했다.

하지만 프렌더가스트와 그 일당은 우리의 요구를 받아들이지 않왔다. 우리 모두의 안전이 우선이기 때문에 적들을 철저히 해치워야하며 나중에 증언대에 서는 자가 없도록 단 하나도 살려둬서는 안 된다는 것이었지. 하마터면 우리 8명도 세 명의 포로들과 마찬가지의 운명을 맞이할 뻔 했지만, 다행히도 프렌더가스트 일당은 우리에게, 원한다면 배에서 내려 떠나가도 좋다는 허락을 해주었단다. 우리는 두렵고 진저리가 나는 데다, 거기까지 이르기 이전에도 이미 무서운 투쟁이 있었다는 걸 알고 있었기 때문에 그들의 제안을 곧바로 받아들였다. 그래서 우리 8명은 각자 구명복 하나와 물 한 병, 소금에 절인 고기, 비스킷 한 봉지, 나침반 한 개씩을 받았다. 프렌더가스트는 우리한테 바다 지도를 주면서 조난당한 배의 승무원처럼 행세하라고 이르더구나.

아들아, 이제부터 이 사건의 가장 충격적이고 이상한 부분을 얘기해주겠다. 때마침 북동쪽에서 산들바람이 불어오는 바람에 글로리아 스콧 호는 조용히 멀어져 갔고, 우리가 탄 보트 또한 느릿한 큰 파도에 흔들리면서 떠내려갔다. 일행 가운데 가장 교양이 있는 에반스와 나는 현재 우리가 있는 위치를 살펴보면서 어떤 해안으로 갈지를 의논하고 있었다. 베르데 곶은 북쪽으로 약 800킬로미터 떨어져 있고, 아프리카 해안은 동쪽으로 약 1200킬로미터 떨어져 있기 때문이었지. 바람이 북쪽에서 불어왔기 때문에 영국령 시에라리온이 가장 적당할 것 같아 우리는 보트를 그쪽으로 돌렸다. 글로리아 스콧 호는 그때 우리 보트의 오른쪽 뒤로 멀리 있었지. 그런데 우리가 뒤를 돌아다본 순간, 갑자기 배에서 시커먼 연기가 구름처럼 치솟고 있는 거야. 그리고 몇 초 후에는 폭발음 같은 것이 천둥처럼 크게 울렸지. 잠시 후 시커먼 연기가 좀 가라앉았을 때 보니까, 맙소사, 글로리아 스콧 호는 온데간데없이 자취도 안 보였단다. 우리는 다시 보트의 방향을 돌려 연기가 아직도 자욱한 그 참사의 현장으로 힘껏 배를 저어 갔지.

보트가 현장까지 도착하는데 시간이 한참 걸렸다. 그래서 너무 늦게 가 아무도 구할 수 없을까봐 걱정이 됐지. 가까이 다가가자 파도 사이로 둥둥 떠도는 부서진 보트 조각들과 나무 파편들이 보여 배가 침몰한 장소를 알 수 있었지만, 사람이라곤 전혀 보이지가 않았다. 할 수 없이 단념하고 다시 배를 돌려 떠나려고 하는데 어디선가 구원을 외치는 목소리가 들렸단다. 돌아보니 저 멀리서 한 남자가 배의 파편에 의지해 매달려 있더구나. 우리는 즉시 다가가 그를 보트로 끌어올렸지. 그 남자는 허드슨이라는 젊은 수부였는데 온몸에 화상을 입고 완전히 지쳐 있었기 때문에 다음 날 아침까지는 말도 할 수 없는 지경이었단다.

짐작이지만, 우리 보트가 떠난 후 프렌더가스트와 그 일당이 살아남은 5명의 포로를 처치하기 시작했던 것 같다. 결국 간수 두 명은 사살되어 바다 속으로 던져지고, 3등 운전사도 같은 운명이었으며, 의사는 프렌더가스트가 직접 그의 목을 베었던 것 같다. 나머지 하나는 1등 운전사였는데 그는 꽤 용감하고 늠름한 사나이였다. 프렌더가스트가 피투성이 손에 칼을 들고 다가오는 것을 보고는 그 전에 이미 조금 느슨하게 풀어두었던 결박을 풀어헤치고는 갑판을 뛰어내려가 뒤쪽 선창으로 갔단다.

12명가량의 죄수들이 권총을 들고 그를 찾으러 갔을 때, 그는 이미 100톤 정도 되는 화약통의 뚜껑을 열어놓은 채 그 옆에서 성냥을 들고 있었지. 그리고 누구라도 손만 댔다가는 모두 날려버리겠다며 위협을 했다. 그러다가 한순간 대폭발이 일어났는데, 허드슨이 생각하기엔 그 운전사가 화약에 불을 붙였던 게 아니고 죄수 가운데 누군가가 쏜 총알이 화약에 맞았던 것 같다는 거야. 결국 글로리아 스콧 호의 최후는 그렇게 끝났고, 배를 탈취한 악당들의 최후도 마찬가지였지.

사랑하는 아들아, 여기까지가 내가 관계된 이 무시무시한 사건의 모든 설명이었다. 다음 날 우리는 오스트레일리아로 향하는 범선 핫스퍼 호에 의해 구조가 되었는데, 그 배의 선장에게 우리들이 침몰한 여객선의 생존자라는 걸 믿게 하기는 별로 어렵지 않았단다. 해군 본부에서도 죄수 호송선인 글로리아 스콧 호는 항해 중 실종되었다는 걸 인정했고, 따라서 그 사건에 대한 진실을 이야기하는 말은 결코 들리지 않았었지. 핫스퍼 호는 무사히 항해를 끝내고 우리를 시드니 항구에 내려주었다. 거기서 나와 에반스는 이름을 바꾼 다음 금광이 있는 곳으로 갔는데, 그런 곳엔 온갖 나라 사람들이 섞여있어서 신분을 감추기가 수월했다.

그 후의 일에 대해서는 얘기할 필요가 없을 것 같다. 우리는 여기저기로 다니며 결국 성공했고, 얼마간의 돈을 모아 영국으로 다시 돌아온 다음 시골에 땅을 샀단다. 그리고 20여 년간 평온하고 보람찬 삶을 이어올 수 있었지. 과거의 일은 우리 삶에서 영원히 묻혀버리길 바라면서 말이다. 그래서 어느 날 갑자기 나를 찾아온 그 허드슨이라는 자를 보고 즉각적으로, 그때 우리가 구조해주었던 그 자라는 걸 알았을 때 내 마음이 어떠했을지는 네가 상상할 수 있으리라 생각한다. 그는 우리의 행방을 끈질기게 수소문해 추적했고, 우리가 갖고 있는 두려움을 이용해먹으려 했다. 그래서 그자와 시비에 휘말리지 않으려고 내가 얼마나 애를 썼는지 모른다. 이제야 너도 이해할 수 있겠지. 그가 우리 집을 떠나면서 그 무서운 일을 폭로하겠다는 듯한 암시를 했을 때, 그리고 또 다른 먹이를 찾아간다고 했을 때, 내 가슴을 누르는 이 공포감을 너는 얼마나 이해할 수 있을지……

"그 아래에는 거의 알아보기 힘들 정도로 휘갈겨 쓴 다음의 문장이 있었지. '베도즈는 암호로 허드슨이 모든 걸 폭로했다고 써 보냈다. 신이여, 우리의 영혼을 불쌍히 여기소서.'

이상이 그날 밤 빅터에게 내가 읽어준 이야기였네. 그때 당시엔 굉장히 드라마틱한 이야기였지. 왓슨, 빅터는 그 사건으로 한동안 시름에 잠겨 있다가 인도의 테라이 사원에 갔는데, 아마도 잘 지내고 성공도 한 것 같아. 허드슨이라는 자와 베도즈에 관해서는 그때 위험을 알리는 편지가 온 후로 아무 소식이 없는 모양이더군. 두 사람 모두 종적을 감추고 말았다는 거야. 경찰에 보호 요청이 없었던 걸 보면, 아마도 베도즈는 그 협박을 사실로 받아들였던 것 같아. 허드슨이 그 근처에 잠복하고 있는 것을 누가 봤다는 증언을 참고로 해서, 경찰은 허드슨이 베도즈를 죽이고 도망친 것이라고 보고 있더군. 하지만 내 생각은 완전히 반대라고 여겨지네. 그러니까 베도즈는 자신이 어쩔 수 없는 궁지에 몰리자 옛날 그 사건이 정말로 다 폭로된 줄로 알고 허드슨에게 복수를 한 거지. 그리고 모든 재산을 다 처분해 그 돈을 가지고 외국으로 도망친 거야. 그 생각이 아무래도 더 진실에 가깝지 않을까 싶거든. 자, 이상이 이 사건의 자초지종이라네. 왓슨, 자네의 사건 컬렉션에 도움이 된다면 이걸 이용해도 좋네."

프랜시스 카팍스 여사의 실종

The Disappearance of Lady Frances Carfax

"웬 터키식이야?"

셜록 홈즈는 내 구두를 한참이나 쳐다보더니 물었다. 나는
등나무 의자에 누워 있었는데 언제나 예리한 그의 시선이 의자
밖으로 튀어나온 내 발을 봤던 것이다.

"이거 영국제인데."

내가 약간 놀라며 대답했다.

"옥스퍼드 거리 래티머 가게에서 산 거야."

홈즈는 어이가 없다는 표정으로 웃어넘겼다.

"목욕 말일세! 목욕! 기운이 펄펄 나게 하는 영국식 대신 왜 돈 많이 들고 나른해지는 터키식 목욕을 하느냐고?"

"아 목욕? 왜냐하면 며칠 동안 류머티즘 증세가 있는 데다 아주 늙어가는 기분이 들었거든. 그런데 의사들이 대체 요법으로 이 터키식 목욕을 권하더라고. 이게 좀 활력을 돋궈주고 기분을 바꿔주는 것 같아. 그런 그렇고……; 홈즈, 자네의 그 논리적인 사고로 볼 때 내 구두와 터키식 목욕 사이에 어떤 관련이 있어 보였는지 모르겠네만, 어떻게 그런 추리를 할 수 있었는지 설명 좀 해주게나."

"왓슨, 나의 연쇄적 추론은 별로 어려운 게 아닐세."

홈즈는 그렇게 말하며 눈을 찡긋했다.

"내가 오늘 아침에 자네한테 누구랑 마차를 탔느냐고 물었지 않은가. 그런 것과 마찬가지로 아주 기본적인 추론에 의한 것이라네."

"다른 예를 끌어내도 명확치는 않아."

나는 퉁명스럽게 말했다.

"좋아, 왓슨! 아주 논리적이고 차분하게 항의를 하는군. 그럼, 요점을 말해보겠네. 방금 전에 말한 마차 얘기를 먼저 해보세. 자네 윗도리 왼쪽 소매와 어깨 부분을 자세히 보면 흙이 좀 튀어있는데, 만약 자네가 마차의 가운데 자리에 앉았다면 옷에 흙이 튀는 일은 없었을 걸세. 설령 튀었다 하더라도 그렇다면 양쪽에 다 튀어 있어야지. 따라서 자네는 좌석 가장자리에 앉아 있었던 게 분명해. 그렇다면 자네는 혼자가 아니라 다른 사람과 함께 탔다는 얘기가 되네."

"명쾌한 설명이구먼."

"사실 이건 너무나 뻔한 얘기지, 안 그런가 왓슨."

"그렇다면 구두와 목욕 관련은 어떻게 설명할 텐가?"

"그것도 별것 아닐세. 자네는 구두끈을 항상 똑같은 방식으로 묶더구먼. 그런데 지금은 보니까 아주 정성들여 이중 매듭으로 묶어있는 거야. 보통 때 방식하고는 완전히 다르게 말이야. 그 얘기는 곧 자네가 구두를 벗었다가 다시 신었다는 얘기지. 그럼 누가 구두끈을 맸을까? 구두 수선공이거나 터키탕 급사겠지. 그런데 자네 구두는 거의 새것이기 때문에 구두 수선집에 갔을 가능성은 별로 없어. 자 그럼 누가 남았나? 터키탕 급사겠지. 봐, 별거 아니라니까. 안 그래? 하여튼 터키식 목욕을 했다니 마침 잘 됐구먼."

"무슨 뜻이야?"

"자넨 변화가 필요해서 목욕을 했다고 하지 않았나. 그러니까 내가 자네 생활에 변화를 줄 만한 걸 하나 제안하겠네. 왓슨, 스위스의 로잔 어떻게 생각하나? 일등석 티켓과 모든 비용을 다 대겠네."

"근사한 걸! 그런데 무슨 일인가?"

홈즈는 소파에 앉으며 주머니에서 수첩을 꺼냈다.

"세상에서 가장 위험한 일 가운데 하나는 여자 혼자서 떠돌아다니는 걸세. 그런 여자들은 해악을 끼치지도 않고 세상에서 유익한 존재이기도 하지만 범죄의 대상이 될 수도 있거든. 의지할 데 없는 여자들이 방랑생활을 하기도 하고 유랑을 다니기도 하잖나. 돈이 있을 때는 외국으로 돌고 호텔을 전전할 수도 있지. 그러다가 하숙집이나 민박 같은 곳에서 자취를 감추기도 하고 말이야. 아무튼 악마들이 득실거리는 세상에서 길 잃은 병아리 신세가 될 수도 있는 거라네. 그래서 악마한테 잡아먹히면 그걸로 끝나는 거지 뭐. 거의 찾을 수가 없다고 봐야지. 그나저나 프랜시스 카팍스 여사에게 무슨 나쁜 일이 일어나진 않았을까 걱정이네."

그가 갑자기 구체적인 얘기로 말을 바꾸자 나는 은근히 마음이 놓였다. 그는 수첩을 들여다보며 계속 얘기했다.

"프랜시스 카팍스 여사에 대해 소개하자면, 그녀는 러프턴 백작의 자손으로서는 지금 유일한 생존자일세. 자네도 기억나겠지만 그 집안의 영지는 남자 후손한테 넘어갔다네. 프랜시스 여사는 재산의 일부만을 상속받았는데, 그중에는 특이하게 세공된 다이아몬드와 은으로 된 희귀하고 오래된 스페인제 패물이 있었다는군. 그런데 그걸 지나치게 아낀 나머지 은행에 보관하는 걸 절대 싫어하고 항상 몸에 지니고 다녔다네. 좀 딱한 사람이지. 안 그런가? 결국 프랜시스 여사는 아직도 아름답고 활기찬 중년인데도 어쩌다보니 20년 전에 그 잘 나가던 미인이 그만 혼자 낙오자가 돼버린 걸세."

"그런데 그녀에게 무슨 일이 생겼다는 건가?"

"아, 프랜시스 여사한테 무슨 일이 생겼느냐고? 그녀가 살았느냐, 죽었느냐, 바로 그게 문제라네. 그녀는 굉장히 규칙적인 생활 습관을 하고 있는데 오래 전에 은퇴해서 지금은 캠버웰에 살고 있는 옛날 가정교사 도브니 양한테 4년 동안 편지를 보내고 있다는 거야. 2주일에 한 번씩 꼬박꼬박 말이지. 그런데 그 도브니 양이 나한테 연락을 해왔는데 거의 5주 동안 지금 프랜시스 여사한테서 편지가 안 온다는 거야. 그러면서 나한테 사건을 의뢰했다네. 마지막에 온 편지의 발송지는 로잔의 내셔널 호텔이었다는군. 그런데 그 호텔에서는 프랜시스 여사가 따로 주소를 남기지 않고 떠났다고 한 모양일세. 그래서 친지들이 굉장히 걱정하고 있는 상황인데, 모두들 엄청난 부자들이라 그녀를 찾아주기만 하면 뭐 비용은 아끼지 않을 거라고 하는군."

"도브니 양한테서만 연락이 왔나? 가까운 사람이 더 있을 것 같은데?"

"확실한 정보원이 하나 더 있지. 바로 은행일세. 독신 여성들은 직접 생활을 하니까, 거래 통장이 바로 그들의 일기나 다름

없거든. 프랜시스 여사는 실베스터 은행과 거래를 하고 있더군. 그래서 그녀의 입출금 내역서를 조사해봤더니 마지막으로 돈을 찾은 곳이 스위스 로잔이더라고. 그때 거액을 찾았기 때문에 아직도 현금이 남아있을 것 같고, 다만 그 뒤에 한 번 수표를 발행한 적은 있었다네."

"누구한테? 어디서?"

"수취인은 마리 드뱅이라고 돼 있는데 어디서 발행했는지는 기록이 없었고, 어쨌든 그 수표는 3주 전에 몽펠리에의 리용은행에서 현금으로 교환이 됐더구먼. 금액은 50파운드였다네."

"마리 드뱅이 누굴까?"

"알아봤더니, 바로 프랜시스 카팍스 여사의 하녀더구먼. 그런데 여사가 하녀한테 그런 수표를 건넨 이유를 모르겠어. 자네가 조사해보면 금방 밝혀지겠지."

"내가?"

"그렇다네. 건강을 되찾기 위해 자네가 스위스 로잔으로 여행을 가는 거지. 자네도 알다시피, 에이브러햄스 영감이 저렇게 두려워하고 있으니 내가 런던을 떠날 수는 없지 않은가. 게다가 나는 이 나라를 떠나지 않는 게 좋아. 내가 없으면 런던 경시청도 외로울 거고 또 범죄자들 사이에서도 쓸데없는 동요가 일어날 수 있으니까 말일세. 그러니 자네가 얼른 떠나게. 그리고 내 변변찮은 조언이 한 단어에 2펜스 값을 할지는 모르겠지만 자네가 원한다면 전보로 매일 연락하겠네."

이틀 뒤, 나는 스위스 로잔의 내셔널 호텔에 도착해서 지배인 모저 씨로부터 정중한 환대를 받았다. 모저 씨의 말에 의하면, 프랜시스 여사는 그곳에 몇 주일간 머물렀는데 그녀를 만나본 사람들은 누구나 다 큰 호감을 느꼈다고 했다. 나이는 마흔을 넘지 않아 보였고, 매우 아름다웠으며, 젊었을 때는 더욱더 미인이었을 것 같은 인상을 주었다고도 했다. 그는 또 말하길, 자신은 비싼 보석들에 대해서는 전혀 아는 것이 없고, 그녀의 침실에 있는 큰 트렁크가 항상 잠겨있었다는 얘기를 하인들한테서 들었다고 했다. 그리고 하녀 마리 드뱅은 프랜시스 여사만큼이나 인기가 좋았는데, 그녀가 호텔의 매니저와 약혼을 했기 때문에 그녀의 주소를 알아내는 건 어렵지 않았다고 했다. 주소는 몽펠리에 토라자 거리 11번지였다. 나는 이 모든 이야기를 받아 적으며 홈즈가 직접 왔어도 이보다 더 분명하게 정보를 수집하지는 못했을 거라고 생각했다.

그러나 여전히 알아내지 못한 게 딱 하나 있었다. 프랜시스 여사가 갑자기 로잔을 떠난 이유를 밝혀내지 못했다. 그녀는 로잔에서 아주 즐겁게 지낸 것 같았다. 그래서 몇 가지 점으로 미루어 보아, 그녀는 호수가 내려다보이는 근사한 방에서 한 시즌을 보낼 생각을 했던 게 분명했다. 그런데 갑자기 하루 전에 호텔을 떠나겠다고 말하며 미리 지불한 1주일의 객실 사용료를 포기해버린 것이었다. 하녀의 약혼남 줄스 비바트만이 그 이유를 짐작하고 있을 뿐이었다. 그는 2,3일 전에 거무스름한 털보 한 사람이 호텔을 찾아왔는데 그 남자 때문에 여사가 갑자기 떠난 것이라고 생각했다. '아주 야만스럽게 생겼더군요. 정말 야만스러웠어요!' 줄스 비바트는 그렇게 소리쳤다. 털보 사내는 마을 어딘가에 묵고 있었는데 호수 옆 산책로에서 프랜시스 여사한테 뭔가 열심히 말을 하고 있더라는 것이었다. 그리고 호텔로 찾아왔는데 여사가 그를 만나주지 않았다는 것이다. 털보의 이름은 모르지만 그가 영국인인 건 맞고, 바로 그 다음 날 프랜시스 여사가 호텔을 떠났다고 했다. 줄스 비바트는 그 사내가 호텔로 찾아온 것 때문에 여사가 갑자기 떠난 걸로 생각했다. 마리 드뱅도 똑같은 생각을 하고 있었다. 줄스 비바트는 한 가지에 대해선 입을 다물었는데, 마리 드뱅이 왜 프랜시스 여사의 일을 그만두게 됐는지 그 문제에 대해서는 아무런 말도 하지 않았다. 알고 싶으면 몽펠리에에 가서 마리 드뱅에게 직접 물어보는 수밖에 없었다.

내 첫 조사는 이렇게 끝났다. 그 다음엔 프랜시스 카팍스 여사가 로잔을 떠나 어디로 갔는지 알아보기로 했다. 그걸 아는 사람은 없었지만 여사는 분명 누군가를 피하려 한 것 같았다. 그렇기 때문에 바덴이라는 행선지 표시를 떳떳하게 짐에 붙이지 못했던 것이다. 그녀는 짐을 가지고 다른 곳으로 빙빙 돌아서 라인 강변의 온천에 도착했다. 나는 토머스 쿡 여행사 지부로 찾아가서 여기까지의 상황을 알아낼 수 있었다. 그리고 이 모든 상황을 자세히 편지로 써서 홈즈에게 보내고 그의 장난스런 칭찬의 답장을 받은 다음 바덴으로 갔다.

바덴에서 프랜시스 여사의 발자취를 쫓는 건 그리 어렵지 않았다. 그녀는 2주일 동안 잉글리셔 호프에 묵었다. 그리고 거기에 머무는 동안 남미에서 온 선교사 슐레징어 박사 부부를 알게 되었다. 외로운 여성들이 대부분 그렇듯 프랜시스 여사도 종교 활동을 하며 위안을 찾고 있었다. 슐레징어 박사의 비범한 인격과 가식 없는 헌신, 그리고 그가 선교 활동 중에 병을 얻어 요양하고 있다는 사실을 알고 그녀는 깊은 감동을 받았다. 그래서 남편을 간호하는 슐레징어 부인의 일을 도와주었다. 잉글리셔 호프의 지배인 얘기에 의하면 선교사는 온종일 베란다 소파에 누워있었고 두 여성이 양쪽에서 그를 간호했다는 것이다. 슐레징어 박사는 이스라엘 국민들의 왕국에 대한 논문을 쓰고 있었으며 그걸 기초로 해서 성지 팔레스타인의 지도를 그리려고 준비하고 있었다고 했다. 그러다가 마침내 건강을 회복하고는 부인과 함께 런던으로 돌아갔는데 그때 프랜시스 여사가 그들과 동행을 했다는 것이었다. 그때가 3주 전이었는데 그 후로는 어떻게 됐는지 지배인도 전혀 모른다고 했다. 그는 마리 드뱅이 동료 하녀들한테 프랜시스 여사 곁을 떠날 거라는 얘기를 하며 여사가 런던으로 출발하기 며칠 전에 눈물을 흘리면서 먼저 호텔을 떠났다는 얘기도 했다. 그리고 슐레징어 박사가 호텔을 떠나면서 프랜시스 여사의 숙박비까지 모두 지불했다고 말했다.

"그런데 말이죠."

지배인이 마지막으로 덧붙였다.

"프랜시스 카팍스 여사의 행방을 알아보려고 찾아온 친구분이 또 있었습니다. 일주일 전에 어떤 남자분이 여길 왔었거든요."

"이름이 뭐였나요?"

내가 물었다.

"이름은 말하지 않았습니다. 하지만 영국인이었어요. 영국인치고는 좀 괴상하긴 했지만요."

"야만스럽게 생긴 작자 아니었어요?"

나는 줄스 비바트가 했던 말이 떠올라서 그렇게 물어보았다.

"맞습니다. 그 표현이 딱 맞는 말입니다. 턱수염을 기르고 얼굴이 구릿빛으로 탄 남잔데 워낙 체구가 거인이라 이런 호텔보다는 촌 여관에나 어울릴 것 같은 모습이었습니다. 게다가 상당히 신경질적이고 사나워 보여서 말을 붙이기도 좀 내키지 않는 그런 남자였죠."

안개가 걷히면 사람의 형체가 선명하게 드러나는 것처럼 어느새 수수께끼도 풀려가고 있었다. 선량하고 신앙심 깊은 숙녀가 어떤 나쁜 인간에 쫓기며 여기저기를 떠돌고 있는 것이다. 숙녀는 그 남자를 두려워하며 피하고 있는 게 분명했다. 그렇지 않다면 로잔에서 도망칠 이유가 없지 않은가. 남자는 아직도 숙녀 뒤를 쫓고 있으며 조만간 그녀에게 해를 끼칠 것만 같았다. 아니, 혹시 벌써 찾아낸 건 아닐까? 그녀의 행방이 오리무중인 것도 그 때문일까? 그녀가 함께 갔다는 그 슐레징어 부부는 남자의 폭력과 협박에서 그녀를 지켜줄 수 있을까? 그토록 끈질긴 추적을 하는 이유에는 어떤 끔찍한 목적과 교활한 음모가 숨어있는 것일까? 그것들이 내가 풀어야 할 문제였다.

내가 얼마나 신속하고 확실하게 문제의 뿌리를 파헤쳤는지를 알리기 위해 홈즈에게 편지를 썼다. 그는 답장을 전보로 보내왔는데, 슐레징어 박사의 왼쪽 귀가 어떻게 생겼는지 알려달라는 것이었다. 홈즈의 유머 감각은 괴상할 뿐 아니라 때로는 불쾌할 때도 있어서, 나는 그의 때늦은 농담에 별 신경을 쓰지 않았다. 게다가 나는 홈즈의 전보를 받기 전에 하녀였던 마리 드뱅을 만나러 이미 몽펠리에에 와있던 참이었다.

마리 드뱅을 찾는 데는 별 어려움이 없었다. 그녀는 성실한 사람이었는데 프랜시스 여사 일을 그만둔 건 여사가 좋은 사람들과 함께 있으면서 그들의 보호를 받고 있다고 확신했기 때문이라고 했다. 게다가 자신도 곧 결혼을 앞두고 있어서 어치피

이별을 할 수밖에 없었다는 것이었다. 그러면서 마리 드뱅은 괴로운 어조로 털어놓았는데, 프랜시스 여사가 바덴에 머무르는 동안 그녀에게 짜증을 냈을 뿐 아니라 한번은 그녀를 의심하는 투의 질문까지 했다는 것이었다. 그래서 마리 드뱅은 오히려 어렵지 않게 여사를 떠나야겠다는 결정을 할 수 있었다고 했다. 그리고 프랜시스 여사에게 결혼 선물로 50파운드를 받았다고 말했다. 마리 드뱅은 프랜시스 여사를 로잔에서부터 계속 쫓아다니고 있는 그 낯선 남자에게 깊은 불신을 품고 있었다. 남자가 호숫가 산책로에서 여사의 손목을 거칠게 움켜잡는 걸 분명히 보았다는 것이었다. 여사가 슐레징어 부부와 함께 런던까지 간 것도 그 사내에 대한 두려움 때문이라고 마리 드뱅은 확신하고 있었다. 또 여사가 드러내놓고 말한 적은 없지만 여러 가지 정황으로 미루어보아 끊임없는 불안에 시달렸던 것이 분명하다고 했다. 여기까지 말했을 때, 마리 드뱅이 갑자기 벌떡 일어나더니 공포 어린 표정으로 소리쳤다.

"저기 좀 보세요! 그 남자가 여기까지 따라왔어요! 바로 저 남자예요!"

거무스름한 얼굴에 시커먼 턱수염을 기른 그 남자가 길거리 한복판에서 느릿느릿 걸으며 건물의 주소를 유심히 살펴보고 있는 모습이 거실 창밖으로 보였다. 그 사내도 나처럼 마리 드뱅을 만나러 온 모양이었다. 나는 재빨리 밖으로 뛰어나가 그에게 말을 걸었다.

"영국인이시군요."

"그런데요?"

사내가 험한 인상으로 쏘아보며 말했다.

"성함을 물어봐도 될까요?"

"아니오."

사내는 딱 잘라 거절했다.

이런 경우엔 차라리 정면대결을 하는 게 낫겠다는 생각이 순간 들었다.

"프랜시스 카팍스 여사는 지금 어디 있지?"

내가 단호한 말투로 물었다.

사내가 놀라며 나를 쳐다보았다.

"그분한테 무슨 짓을 했나? 왜 그렇게 집요하게 따라다니지? 빨리 대답 못해!"

내가 그렇게 소리쳤다.

그러자 거구의 사내가 큰소리로 으르렁대며 나한테 덤벼들었다. 나도 수없이 싸움을 해봤지만 굴복한 적은 없었는데 이 사내는 워낙 힘이 장사인데다 마치 미친 악마처럼 날뛰어서 도저히 당해낼 수가 없었다. 결국 그놈이 내 목을 조르기 시작했고 나는 거의 정신을 잃어가고 있었다. 바로 그때 수염을 길게 기른 푸른 작업복 차림의 한 프랑스 노동자가 곤봉을 들고 옆

카바레에서 뛰어나왔다. 그리고 나를 누르고 있는 사내의 팔을 세게 내리쳤다. 그 바람에 나를 놓친 사내는 계속 툴툴거리며 나한테 다시 덤벼들려고 했다. 그러더니 큰소리로 다시 한번 으르렁대고는 그냥 돌아서서 내가 나온 그 집으로 들어갔다. 나는 도와준 남자에게 고맙다는 인사를 하려고 막 돌아서 그를 쳐다보았다.

"왓슨, 자넨 일을 완전히 망쳐놓았군! 나랑 같이 야간열차로 런던에 돌아가는 게 낫겠네."

분장을 벗은 홈즈는 1시간 뒤에 내 호텔 방으로 찾아왔다. 그가 때맞춰 극적으로 등장한 이유를 들어보니 별것 아니었다. 런던에 꼭 있지 않아도 되겠다는 판단을 하고는 내가 있을 만한 곳에 미리 와서 기다리고 있었던 것이다.

"왓슨, 자네 아주 철저하게 조사를 했더군. 지금으로서는 자네가 뭐가 잘못됐다고 딱히 말할 수는 없지만, 아무튼 자네가 한 일은 전반적으로 사방에 경보를 울리는 결과를 초래하고 말았어. 그래서 아무것도 찾아내지 못한 걸세."

"아마 자네도 나보다 더 잘하지 못했을 텐데."

내가 퉁명스럽게 쏘아붙였다.

"그 문제에 대해서라면 '아마'라는 말은 쓸 필요가 없었네. 이 호텔에 필립 그린 경이 투숙했는데 그 사람을 출발점으로 하면 우리가 좀 더 성공적인 조사를 할 수 있지 않을까 싶네."

그때 호텔 직원이 명함 하나를 가지고 내 방으로 찾아왔고, 뒤이어 아까 거리에서 나를 죽이려 했던 그 털보 사내가 나타났다. 그는 나를 보더니 깜짝 놀랐다.

"셜록 홈즈 씨, 이게 어찌된 일이죠? 나는 선생의 편지를 받고 왔는데요. 그런데 이분이 그 문제와 무슨 관련이 있는 거죠?"

"아, 이분은 제 친구이자 동료인 왓슨 박사입니다. 이 사건을 위해 우리를 돕고 있는 중이죠."

사내가 햇볕에 그을린 큰 손을 덥석 내밀며 말했다.

"어디 다치신 데는 없는지 모르겠네요. 내가 그녀한테 무슨 나쁜 짓을 한 것처럼 몰아대기에 그만 자제심을 잃어버렸죠. 난 정말 요즘 제정신이 아닙니다. 신경에 전기라도 맞은 것 같다니까요. 이 상황을 정말 어떻게 해결해나가야 할지 모르겠어요. 그런데 홈즈 선생, 도대체 어떻게 나에 대해 알게 됐는지 그 점이 궁금하군요."

"아, 네, 프랜시스 여사의 가정교사인 미스 도브니에게 연락을 해서 알게 됐습니다."

"아하, 모자 쓴 그 수잔 도브니! 기억납니다. 생생하게 기억나요."

"미스 도브니도 그린 씨를 기억하고 있더군요. 그때가 당신이 남아프리카에 가야겠다고 생각하기 전이었죠?"

"아! 나에 대해 모르시는 게 없네요. 당신한테는 다 털어놓고 얘기하겠습니다. 홈즈 선생, 이 세상에 프랜시스를 나보다 더 뜨겁게 열렬히 사랑했던 남자는 없을 겁니다. 나도 내가 젊었을 때는 무척 다혈질이었다는 걸 알고 있어요. 나와 같은 부류들은 다 그랬죠. 하지만 그녀의 마음은 눈처럼 순결했습니다. 그녀는 거칠고 천박한 것은 절대 견디지 못했어요. 그래서 내가 저지른 것을 알고 나서는 더는 나하고 말도 하지 않으려고 했죠. 그런데, 그러면서도 그녀는 나를 사랑했어요. 정말 놀라운 일 아닌가요? 나를 사랑했기 때문에 그녀는 오로지 나만을 생각하면서 그동안 독신으로 살아온 겁니다. 세월이 많이 흘렀고, 그동안 나는 바버턴(남아프리카 금광촌)에서 돈을 좀 모았어요. 그래서 그녀를 찾아서 내 마음을 다시 전해야겠다고 생각했던 겁니다. 아직 결혼하지 않았다는 얘기를 들었거든요. 나는 로잔에서 그녀를 찾아냈고, 그녀의 마음을 얻어낼 수 있는 모든 방법을 다 써보았습니다. 마음이 약간 흔들렸던 것 같지만 강한 의지는 그대로였어요. 그런데 다음날 호텔로 찾아가봤더니 이미 떠나고 없더군요. 난 그녀를 찾아 여기 바덴까지 왔고, 한참 뒤에 하녀가 이곳에 살고 있다는 얘기를 들었어요. 나는 원래 거친 사람이고 거친 인생을 살아왔는데, 그러다 보니까 아까 왓슨 박사가 그런 얘기를 했을 때 순간적으로 화가 치솟더라고요. 어쨌거나 프랜시스가 어떻게 됐는지 말 좀 해주십시오."

"그건 우리가 모두 알아내야 할 문제입니다."

홈즈는 뭔가 무거운 표정으로 말했다.

"그린 씨, 지금 런던 어디에 살고 계십니까?"

"랭엄 호텔로 오면 나를 찾을 수 있습니다."

"그러면 런던으로 돌아가셔서 제가 연락할 때까지 호텔에서 기다려주시겠어요? 무조건 잘 된다는 약속은 못 드립니다만, 어쨌든 프랜시스 여사의 안전을 최우선으로 고려해서 할 테니 그 점에 대해서는 걱정 안하셔도 될 겁니다. 자, 이 명함 받아두시고 필요하면 언제든 연락하십시오. 더 이상 말씀드릴게 지금은 없습니다. 그럼 왓슨, 출발 준비하게. 나는 허드슨 부인한테 전보를 쳐서 내일 아침 7시 반에 두 여행자가 도착하니까 맘껏 솜씨를 발휘해 식사준비를 해달라고 부탁하겠네."

베이커 거리의 집에 도착해보니 전보 한 통이 와있었다. 홈즈는 그걸 읽어보며 허허 웃고는 나더러 보라고 내밀었다. 전보엔 이렇게 씌어 있었다. '너덜너덜하든지 찢어져 있는 득함' 그리고 발신지는 바덴으로 돼 있었다.

"이게 뭐야?"

내가 물었다.

"굉장히 중요한 정보일세. 내가 자네한테 그 슐레징어 목사라는 사람의 왼쪽 귀에 대해 이상한 질문을 하지 않았나? 자네는 아무 답장도 안 했지만 말이야."

"난 그때 이미 바덴을 떠났었기 때문에 알아볼 수가 없었지."

"그래서 잉글리셔 호프의 매니저한테 편지를 써서 알아봐달라고 했더니, 이렇게 답장이 온 거라네."

"그런데 이게 무슨 뜻인가?"

"음, 이건 우리가 지금 상대하고 있는 자가 유례를 찾아보기 어려울 정도로 교활하고 위험한 인물이라는 뜻이네. 남미에서 온 선교사 슐레징어 박사라는 인물은 바로 호주 출신의 범죄자 '성 피터스'라는 자일세. 역사도 짧은 나라에서 아주 교활한 지능범이 나온 거지. 혼자 사는 외로운 여자들의 종교적 감정을 이용해서 사기를 치는 게 그자가 주로 하는 일이었다네. 그 사람 부인은 프레이저라는 영국 여자인데 부부가 2인조로 활동하고 있는 셈이지. 슐레징어 박사라는 사람의 행동에 대해 얘기를 듣자마자 바로 성 피터스가 생각나더라고. 그래서 신체적 특징을 확인해봤더니 내 짐작이 맞았던 거야. 성 피터스는 1889년 호주 애들레이드의 한 술집에서 싸움을 하다가 귀를 심하게 물어뜯긴 적이 있었거든.

그런데 왓슨, 아무래도 프랜시스 여사가 그 악랄한 부부의 손아귀에 들어갔는지도 모르겠네. 이미 죽었을지도 모르지. 그럴 가능성이 대단히 높아. 그렇지 않다면 어디 감금돼 있어서 미스 도브나 다른 친구들한테 편지조차 쓸 수 없는 상황인 게 분명하네. 런던에 오지 않았을지도 모르고, 아니면 런던을 지나 다른 데로 갔을지도 모르는데, 아마도 런던에 오지 않았을까 싶네. 왜냐하면 여권이 필요하기 때문인데 외국인들이 유럽의 경찰을 속이기는 그리 쉽지가 않거든. 다른 데로 갔을 가능성은 별로 없어. 그런 사기꾼들이 사람을 용이하게 감금할 수 있는 곳으로 런던만한 곳이 없으니까 말이야.

내 직감으로는 프랜시스 여사가 지금 런던에 있을 것 같네. 그런데 문제는 어디에 있는지 정확히 알아낼 수 있는 방법이 지금은 없기 때문에 우리로서는 필요한 조처를 취하고 저녁 식사를 한 뒤 그저 인내심을 가지고 기다릴 수밖에 없네. 나는 이따가 저녁 때 런던 경시청으로 가서 레스트레이드 경감과 얘기를 좀 하고 오겠네."

하지만 경찰의 도움을 받았는데도 불구하고 그 묘한 수수께끼는 풀리지 않았다. 런던의 수백만 시민들 가운데 우리가 찾는 세 사람은 마치 존재하지 않는 것처럼 완전히 종적을 감추고 있었다. 광고를 내봐도 소용이 없었다. 이런저런 꼬투리를 추적해 봤지만 아무것도 알아낼 수가 없었다. 또 슐레징어가 드나들만 한 범죄자의 소굴도 샅샅이 뒤져봤지만 허탕만 치고 말았다. 그의 옛 동지들도 감시를 해봤는데 그들은 이미 오래 전부터 슐레징어와 인연을 끊은 상태였다. 그러느라 1주일 동안 우리는 아무엇도 건진 것 없이 무기력하게 허탈감만 느끼고 있었다.

그러다 문득 한 줄기 빛이 다가왔다. 웨스트민스터 거리의 보빙턴 전당포에 오래된 스페인제 다이아몬드 목걸이가 나타난 것이었다. 그 물건을 맡긴 사람은 성직자처럼 보이는 거구의 사내라고 했다. 이름과 주소는 가짜일 게 뻔했다. 어쨌든 주인의 설명을 종합해볼 때, 그 사내는 분명 슐레징어가 틀림없었다. 다만 사내의 귀는 미처 못 봤다고 했다.

랭엄 호텔에 머무르고 있는 우리의 친구이자 경찰인 필립 그린 경은 새로운 소식이 없나 하고 우리 집에 세 번이나 찾아왔다. 이 전당포 사건은 그가 세 번째로 찾아오기 1시간 전에야 알려진 일로서 사태는 이제 새로운 국면으로 들어서기 시작했다. 그의 거대한 체격도 그동안 불안과 긴장이 심했던지 약간 줄어들어 보였다. 옷이 점점 헐렁해지고 있었던 것이다. '뭔가 할 일이라도 있으면 좋겠어요!' 필립 그린 경은 올 때마다 그렇게 하소연했다. 마침내 홈즈는 그의 소원을 들어줄 수 있었다.

"그자가 패물들을 전당포에 맡기기 시작했어요. 이제 그자를 잡아야겠습니다."

"그럼 프랜시스 여사한테 무슨 나쁜 일이 생겼다는 뜻인가요?"

홈즈는 침착하게 고개를 가로저었다.

"그자가 지금까지 여사를 감금하고 있다면 고분고분하게 놔

주지는 않을 겁니다. 자신들이 위험해지니까요. 그러니 우리도 최악의 경우를 대비해야 합니다."

"내가 어떻게 하면 됩니까?"

"그린 씨는 그 슐레징어 부부를 만난 적이 있습니까?"

"아니오. 없습니다."

"그자가 다음번엔 다른 전당포로 갈지도 모릅니다. 그러면 우리는 다시 시작해야 합니다. 하지만 보빙턴 전당포에서 물건 값을 잘 쳐주고 아무것도 묻지 않았기 때문에 돈이 떨어지면 다시 거길 찾아갈 가능성도 있습니다. 자, 이 편지를 가지고 전당포로 가세요. 그러면 주인이 그 안에서 기다리게 해줄 겁니다. 그리고 그자가 찾아오면 뒤를 쫓아 집을 알아내시면 됩니다. 섣부른 행동을 하시면 안 되고요. 무엇보다도 폭력은 절대 해선 안 됩니다. 나한테 먼저 알리고 내 동의가 있기 전에는 어떤 행동도 하지 않겠다고 약속을 해주셔야 합니다."

필립 그린 경은 그로부터 이틀 동안 아무 소식이 없었다. 그러다가 셋째 날 저녁이 되어서야 창백한 얼굴로 허겁지겁 베이커 거리 집으로 뛰어 들어왔는데 얼마나 흥분했는지 그 거구의 몸을 부들부들 떨 정도였다.

"찾았어요! 그자를 찾았어!"

그는 부르짖다시피 말했다. 그리고 어쩔 줄 몰라 하며 더듬거렸다.

"자, 진정하시고, 차근차근 말씀을 좀 해보세요."

홈즈가 그의 흥분을 가라앉히느라 의자에 주저앉혔다.

"1시간 전에 여자가 찾아왔어요. 이번엔 그 마누라였어요. 하지만 여자가 가져온 목걸이는 지난번 것과 같은 짝이었어요. 여자는 키가 크고 창백한 안색에다 족제비 같은 눈을 하고 있더군요."

"네, 그 여자가 맞습니다."

홈즈가 말했다.

"여자가 전당포를 나가자 그 뒤를 따라갔어요. 켄싱턴 거리로 걸어가기에 바짝 따라붙었죠. 그런데 거기서 얼마 안 가 어떤 가게로 들어가더라고요. 보니까 장의사였어요."

홈즈는 순간 놀라며 눈을 크게 뜨고 물었다.

"그래서요?"

무표정한 것 같은 얼굴이지만 홈즈의 목소리로 봐서는 거의 뜨겁다 할 정도의 호기심이 담겨 있었다.

"여자가 카운터에 있는 주인 여자하고 무슨 얘기를 하더군요. 나도 가게 안으로 따라 들어갔죠. 그때 그 주인 여자가 이런 말을 하는 거예요. '다른 것 같으면 벌써 도착했을 텐데, 이건 보통 물건이 아니라 시간이 더 걸리거든요.' 하고요. 두 여자가 말을 멈추고 나를 쳐다보기에 뭘 좀 물어보는 척 하다가 가게를 나왔어요."

"잘 하셨습니다. 그 다음엔 어떻게 됐죠?"

"나와서는 문 옆에 숨었어요. 좀 있으니까 그 여자가 나오더군요. 그런데 뭔가 이상했는지 주위를 둘러보는 거예요. 그리고 마차를 부르더군요. 나도 다행히 다른 마차를 잡아타고 뒤따라 갈 수 있었죠. 여자는 브릭스턴, 폴트니 광장 36번지에서 내렸어요. 나는 좀 더 지나 광장 모퉁이에서 내려 그 집 앞으로 가서 지켜보았죠."

"사람이 있는 것 같았습니까?"

"1층 현관에만 불이 켜져 있고 온 집이 캄캄했어요. 가뜩이나 커튼까지 쳐있어서 안은 전혀 안 보였죠. 그래서 이제 어떻게 할까 하고 잠시 생각하고 있는데 웬 마차가 와서 멈추더니 거기서 두 남자가 내리지 뭡니까? 그 두 사람은 마차에서 뭔가를 끌어내고는 그걸 들고 현관으로 가더군요. 홈즈 선생, 그건 바로 관이었습니다."

"아!"

"그 순간 나는 안으로 뛰어 들어가고 싶었어요. 현관문이 열리자 두 남자는 관을 들고 안으로 들어가더군요. 문을 열어준 사람은 그 여자였어요. 순간 그 여자가 거기 서 있는 나를 흘끗 쳐다보았는데 내 얼굴을 알아보는 것 같더라고요. 여자가 깜짝 놀라더니 얼른 문을 닫더군요. 그래서 난 선생하고 약속한 대로 곧장 이리로 달려온 겁니다."

"네, 잘 하셨습니다."

홈즈는 종이쪽지에다 뭔가를 적으며 말했다.

"근데, 우리가 영장이 있어야 합법적인 활동을 할 수가 있거든요. 자 이걸 가지고 경찰청에 가서 영장을 받아오시면 되겠습니다. 약간 어려움이 있을지도 모르겠지만 프랜시스 여사의 패물을 판 것만으로도 사유는 충분하리라고 생각합니다. 아무튼 레스트레이드 경감이 판단할 겁니다."

"하지만 그 작자들이 그 사이에 프랜시스 여사를 죽일지도 모르잖습니까? 그 관은 뭘까요? 누구 때문에 그걸 들여갔을까요?"

"그린 씨, 우린 최선을 다할 겁니다. 지금 꾸물거릴 시간이 없어요. 일은 우리한테 맡겨두시고 얼른 가세요."

그린 씨가 재빨리 달려 나가자 홈즈가 말했다.

"자 왓슨, 이제 정규부대가 출동할 걸세. 우리는 비정규부대지만 할 일이 따로 있지. 상황이 긴박하게 돌아가고 있으니까 어쩔 수 없이 극단적인 방식을 택할 수밖에 없네. 자 빨리 폴트니 광장으로 가세."

"자, 상황을 재구성해볼까?"

홈즈가 말했다.

우리가 탄 마차는 의회 건물을 지나 웨스트민스터 다리를 쏜살같이 건너갔다.

"그 사기꾼 부부는 우선 프랜시스 여사의 충실한 하녀를 따돌려 놓고 여사를 잘 구슬린 다음 런던으로 데리고 온 거야. 프랜시스 여사가 무슨 편지를 썼다고 해도 그들이 중간에서 없애버렸을 걸세. 그리고 공모자를 통해 가구 딸린 집을 얻었을 거야. 그리고 그 집에 들어가고부터 확 돌변했겠지. 여사를 감금해놓고 보석을 뺏기 시작한 걸세. 원래 처음부터 그럴 목적이었으니까. 그자들은 그녀를 걱정하고 있는 사람이 있을 거라는 걸 전혀 생각하고 있지 않기 때문에 맘 놓고 보석을 팔기 시작한 거야. 여사를 풀어주면 그녀가 당연히 자기네들을 경찰에 신고할 테니까 풀어줄 수도 없었겠지. 하지만 그녀를 언제까지나 가둬둘 수는 없었어. 결국 살인만이 유일한 해결책이 되겠지."

"정말 그렇겠네."

"이제 다른 쪽으로 추리해볼까? 왓슨, 서로 다른 두 방향으로 추리를 하다보면 진실에 가까운 어떤 접점이 생길 걸세. 그럼 이제부터는 프랜시스 카팍스 여사에 대해서가 아니라 관에 대해서부터 거슬러 올라가보세. 그 집에 관이 들어갔다는 건 프랜시스 여사가 죽었을 가능성이 있다는 걸 말해주고 있지. 그건 곧 사망진단서와 매장 허가서를 갖춘 정식 매장 절차가 있을 거라는 걸 암시하고 있네. 그들이 만약 여사를 살해했다면 집 뒷마당에 구덩이를 파고 시신을 묻었을 걸세. 하지만 관이 들어간 걸 보면 그들은 절차에 따라 공개적으로 진행하고 있는 거야. 그게 무슨 뜻이겠나? 그건 바로 의사도 자연사로 착각할 만한 방법으로 여사를 죽였다는 거지. 독살 같은 방법으로 말이야. 그런데 의사를 불렀다는 건 좀 이상해. 의사가 공범이 아닌 한 말일세. 하지만 의사가 공범일 가능성은 거의 없거든."

"사망진단서는 위조할 수도 있지."

"왓슨, 그건 위험한 일이야. 아주 위험한 일이지. 그랬을 것 같지는 않아. 잠깐! 여기 세워주시오! 방금 보빙턴 전당포를 지났으니까 여기가 바로 그 장의사일 거야. 왓슨, 자네가 좀 들어가게. 자네 얼굴은 누구한테나 신뢰감을 주거든. 폴트니 광장 장례식이 내일 몇 시에 시작되느냐고 물어보게."

장의사 가게 여자주인은 아침 8시에 있을 예정이라고 선선히 알려주었다.

"왓슨, 그것 보게. 비밀스럽게 하지 않는다니까. 모든 일을 공개적으로 하고 있어! 그렇다면 법적으로 필요한 서류를 다 갖췄다는 얘기지. 그래서 문제 될 게 없다고 생각하는 거야. 자 이제 직접 쳐들어가는 수밖에 없네. 자네, 무기는 가져왔겠지?"

"이거, 지팡이!"

"됐어. 그거면 충분할 거야. '정의로운 전사는 세 배의 힘을 발휘한다'라는 말도 있으니까. 무작정 경찰을 기다리거나 법을 지킬 수만은 없을 경우도 있을 걸세. 자, 출발하세. 왓슨, 전에도 가끔 했듯이 우리의 운을 시험해보기로 하세."

홈즈는 폴트니 광장에 접해 있는 어두컴컴한 큰 집으로 다가가 벨을 눌렀다. 그러자 곧 문이 열리며 희미한 불빛 속에서 키 큰 여자가 나타나 물었다.

"무슨 일이죠?"

여자는 우리 둘의 모습을 조심스레 살피며 쏘아보았다.

"슐레징어 박사를 만나고 싶어서요."

홈즈가 대답했다.

"그런 사람 여기 없는데요."

여자는 그렇게 말하며 바로 문을 닫으려고 했다. 하지만 홈즈의 발은 이미 문 사이로 들어가 있었다.

"아, 이름은 상관없고 이 집에 사는 그 남자를 만나고 싶습니다."

여자가 잠깐 머뭇거렸다. 그러더니 문을 활짝 열어젖혔다.

"좋아요, 들어오세요! 내 남편은 세상의 누구를 만나도 무서워하지 않으니까요."

그녀는 현관문을 닫고 홀 오른쪽에 있는 거실로 우리를 안내했다. 그리고 가스등을 켜놓고 그곳을 나가기 전에 말했다.

"피터스 씨가 곧 올 거예요."

오래 되어 먼지가 많고 허름한 그 방을 막 둘러보려고 하는데 문이 열리더니 단정히 면도를 한 거구의 대머리 사내가 활발한 걸음으로 들어왔다. 그는 크고 혈색 좋은 얼굴에 양쪽 볼이 축 늘어져 있으며, 언뜻 봐서는 인자해보였지만 자세히 보니 입 부분이 어딘지 탐욕적이고 잔인해 보이는 인상이었다.

"신사 분들, 뭔가 착각을 하셨나본데요?"

사내는 아주 다감한 투로 친절하게 말했다.

"집을 잘못 찾으신 것 같습니다. 여기서 좀 더 내려가시면……"

"그만. 우린 시간이 없소."

홈즈가 단호한 어조로 말했다.

"당신 애들레이드 출신의 헨리 피터스 맞죠? 바덴과 남미에서 선교사 슐레징어 박사라는 이름으로 행세했고 말이오. 내가 셜록 홈즈라는 것을 부정하지 못하는 것처럼 당신도 부정 못할 텐데."

헨리 피터스는 깜짝 놀라며 무서운 추적자 홈즈를 노려보았다.

"홈즈 씨, 내가 당신한테 겁낼 줄 아시오?"

그는 싸늘한 어투로 말했다.

"나는 양심에 거리낄 게 하나도 없기 때문에 무서울 게 없어요. 내 집엔 무슨 일로 온 거죠?"

"바덴에서 납치해온 프랜시스 카팍스 여사를 어떻게 했죠?"

"나도 그 여자가 어디에 있는지 알고 싶소이다."

피터스는 차갑게 쏘아붙였다.

"그 여자한테 받아야 할 돈이 100파운드는 되는데 갖고 있는 거라고는 장사꾼들이 쳐다보지도 않는 그럴듯한 목걸이 두 개 뿐이었어요. 그 여자가 바덴에서 우리 부부한테 딱 달라붙었는데 여기 런던에 올 때까지 계속 들러붙어 있었죠. 어쨌든 그때 내가 다른 이름을 쓴 건 사실이에요. 할 수 없이 내가 그 여자의 숙박비랑 여행 경비를 다 냈죠. 그런데 런던에 도착한 다음에 그 여자가 도망을 쳐버린 거예요. 그 돈도 안 되는 목걸이 몇 개만 남겨놓고 말이오. 홈즈 씨, 그 여자를 만나면 내 돈도 좀 받아주시죠."

"지금 그 여자를 찾으러 온 거요."

홈즈가 말했다.

"카팍스 여사를 찾을 때까지 이 집을 뒤질 참이오."

"영장은 가져왔나요?"

홈즈는 주머니에서 권총을 반쯤 끄집어냈다.

"더 나은 게 올 때까지는 이걸로 대신해야겠네요."

"아니, 당신 이거 강도 아니야."

"뭐라도 불러도 할 수 없어요."

홈즈는 여유 있게 말했다.

"여기 이 친구도 위험한 강도거든. 우리 둘이 당신 집을 수색해야겠어요."

피터스가 얼른 거실 문을 열며 외쳤다.

"애니! 가서 경찰을 불러와!"

곧바로 여자가 복도를 내려가더니 현관문 닫히는 소리가 쾅 하고 났다.

"왓슨, 시간이 없네. 피터스, 괜한 짓 했다가는 큰 코 다칠 거요. 이 집에 들어온 관은 어디 있죠?"

"그걸 가지고 뭘 하려고요? 지금 사용 중인데요. 그 안에 시신이 들어 있거든요."

"그 시신을 좀 봐야겠는데."

"그건 안 돼요."

"그럼 그냥 봐야겠군."

홈즈는 사내를 밀치고 잽싸게 홀로 나갔다. 바로 건너편에 문 하나가 반쯤 열려 있었다. 홈즈와 나는 그 방으로 들어갔다. 식당이었는데 식탁 위에 관이 놓여 있고 그 위로 희미한 등이 켜져 있었다. 홈즈는 등잔에 불을 켜고 관 뚜껑을 열었다. 그 안에 깡마른 시신 하나가 누워 있었다. 늙고 주름진 얼굴 위로 전등 빛이 내리비쳤다. 아무리 학대와 굶주림과 질병이 있었다 해도 아름다운 프랜시스 여사를 그렇게까지 말라비틀어진 노파로 만들기는 힘들었을 것이다. 그걸 쳐다보고 있는 홈즈의 얼굴에 순간 놀라움과 함께 안도의 표정이 떠올랐다.

"하느님 감사합니다!"

그가 중얼거렸다.

"다른 사람이야."

"홈즈 선생, 이번엔 큰 실수를 하셨구먼."

식당으로 따라 들어온 피터스가 말했다.

"이 죽은 여인은 누군가?"

"꼭 알아야겠다면 말해주겠소. 이 노파는 내 아내의 유모였던 로즈 스펜더인데 브릭스턴 구빈원에 계시다고 해서 이리로 모셔온 거요. 그리고 퍼뱅크 빌라 13번지에 사는 호섬 박사를 불러 진료를 받게 했지요. 우리는 기독교인으로서 노파를 아주 정성껏 돌봤어요. 하지만 노파는 여기 오신지 사흘 만에 돌아가시고 말았어요. 사망진단서에는 노환이라고 적혀 있었지만 그건 어디까지나 의사의 생각일 뿐이겠죠. 당신도 잘 아시겠지만 의사들은 대개 그런 식으로 처리해버리잖소. 아무튼 켄싱턴 거리에 있는 스팀스 장의사에 장례식을 의뢰해놓았어요. 내일 아침 8시에 매장을 하기로 했어요. 어때요? 내가 무슨 잘못이라도 했나요? 홈즈 씨, 당신은 분명 바보짓을 했고 그걸 인정하는 게 좋을 거요. 프랜시스 카팍스 여사가 누워있을 거라고 생각하고 관 뚜껑을 열었다가 아흔 살 되신 노파가 있는 걸 보고 당신은 엄청 놀랐을 것 아니오. 그걸 사진 찍어놓았어야 했는데."

피터스가 빈정거리는데도 홈즈는 평상시와 다름없이 냉정했다. 하지만 두 주먹을 꽉 쥐고 있는 걸 보니 속으로는 무척 짜증이 난 모양이었다.

"이 집을 다 뒤져야겠어."

"뒤지겠다고? 하지만……"

그때 복도에서 여자의 목소리와 묵직한 발걸음 소리가 들려오자 피터스가 소리쳤다.

"당신들 맘대로 안 될 걸. 경관님들, 이쪽으로 오세요. 이 사람들이 허락도 없이 남의 집에 막 들어와 있는데 내 힘으로는 도저히 쫓아낼 수가 없네요. 이 사람들을 좀 나가게 해주세요."

경사와 순경이 문 앞에 서 있었다. 그러자 홈즈는 명함을 꺼내 건넸다.

"여기 이름과 주소가 있습니다. 이쪽은 내 친구 왓슨 박사시고요."

"아, 네, 두 분을 잘 알고 있습니다."

경사가 말했다.

"그런데 영장이 없으면 여기 들어오실 수는 없습니다."

"물론 그렇죠. 그 점에 대해서는 잘 알고 있습니다."

"이 사람을 체포하세요."

피터스가 소리쳤다. 그러자 경사가 무게 있게 말했다.

"이분은 우리가 알아서 처리할 겁니다. 자, 홈즈 씨, 여기서 나가셔야겠어요."

"네 그러죠. 왓슨, 나가세."

잠시 후 우리는 다시 거리로 나와 있었다. 홈즈는 보통 때와 다름없이 냉정을 유지하고 있었지만 나는 모욕감을 느끼며 화가 치밀었다. 경사가 바로 이어 우리를 뒤쫓아 왔다.

"홈즈 씨, 죄송합니다. 법대로 하다 보니까요."

"아니오, 잘 했어요, 경사. 안 그러면 어쩌겠어요."

"선생께서 저 집에 들어가셨을 때는 뭔가 그럴만한 이유가 있었을 텐데요. 혹시 제가 도울 일이라도……"

"경사, 한 여자가 실종됐어요. 그런데 그 여자가 저 집에 있을 것 같거든요. 곧 영장이 나올 겁니다."

"홈즈 씨, 그럼 제가 저 집 사람들을 감시하고 있다가 만약 무슨 일이 생기면 즉시 알려드리겠습니다."

그때가 저녁 9시 무렵이었는데 우리는 단서를 쫓아 서둘러 그곳을 떠났다. 우선 마차를 잡아타고 브릭스턴 구빈원으로 달려갔다. 그곳에서 말하길, 며칠 전에 어떤 친절한 부부가 와서 한 노파를 예전 하인이라고 주장하며 데려갔다고 했다. 그래서 우리가 그 노파는 죽었다고 말했는데도 놀라는 사람은 아무도 없었다. 다음 행선지는 의사의 집이었다. 슐레징어 집에 왕진을 간 그 의사는 노파가 정말 노환으로 죽는 현장에 있었고 실제로 임종을 지켜보며 법에 따른 사망진단서도 끊어주었다고 말했다.

"분명히 말씀드리지만, 모든 게 다 정상이었고 타살로 의심할만한 여지는 전혀 없었습니다."

의사는 단호하게 말했다. 그리고 그 집에도 뭔가 이상한 점은 발견되지 않았다. 다만 특이했던 점은 보통 그 정도 계층에서는 하인을 두고 사는데 그 집은 그렇지 않았다는 것이었다.

우리는 마지막으로 런던 경시청으로 갔다. 그런데 영장을 발부받는데 약간의 문제가 있어 시간이 꽤 걸릴 것으로 보였다. 내일 아침이나 되어야 치안 판사의 서명이 나올 것 같았다. 할 수 없이 홈즈는 내일 아침 9시에 경시청에서 레스트레이드 경감을 만나 영장을 가지고 슐레징어 집으로 가기로 했다. 그리고 그날 일은 거기서 끝냈다. 그런데 자정 무렵에 경사가 우리 집으로 찾아와 슐레징어의 집을 감시한 결과를 얘기해주었다. 크고 어두운 집 곳곳에서 이따금 불빛이 깜박이긴 했지만 집에 들어가는 사람도 없었고 나오는 사람도 없었다고 했다. 우리는 내일 아침까지 기다릴 수밖에 없었다.

홈즈는 너무 흥분해서 대화를 나눌 수도 없고 잠을 이룰 수도 없는 지경이었다. 내가 침실로 들어갈 때도 그는 연신 인상을 쓰며 담배를 피우고 있었고, 신경질적으로 의자의 팔걸이를 계속 탁 탁 두드리고 있었다. 그는 수수께끼를 푸느라 속으로 모든 가능성을 하나하나 따져보며 짚어나가고 있는 게 분명했다. 한밤중에도 그가 집안을 돌아다니는 소리가 몇 번이나 들렸다. 마침내 다음 날 아침, 그는 나를 부르며 침실로 뛰어 들어왔다. 얼굴이 허연 것을 보니 한숨도 못 잔 게 틀림없었다.

"장례식이 몇 시라고 했지? 8시 맞지?"

그는 허둥지둥 다그쳐 물었다.

"지금이 7시 20분이거든. 맙소사! 왓슨, 신이 주신 이 머리는 도대체 어떻게 된 걸까? 빨리 일어나게! 생사가 걸린 일이야. 죽을 가능성이 100이면 살아날 가능성은 1이네. 우리가 한 발 늦는다면 나는 절대로 나 자신을 용서 못 할 거야. 절대로!"

우리는 채 5분도 지나지 않아 마차를 타고 베이커 거리를 빠져나갔다. 빅벤을 지날 때가 7시 35분이었고, 브릭스턴 거리에 들어섰을 때는 이미 8시였다. 하지만 다행히도 우리만 늦은 게 아니었다. 8시 10분이 됐는데도 장의사 마차는 아직 집 앞에 서 있었다. 우리 마차가 막 멈췄을 때 남자 세 명이 관을 메고 현관을 나오고 있었다. 홈즈는 쏜살같이 달려가 그 앞을 가로막았다.

"다시 들어가세요!"

그는 맨 앞의 남자에게 손을 대며 소리쳤다.

"빨리 안으로 들어가세요!"

"당신 지금 무슨 말을 하는 거요? 내 다시 말하는데 영장은 있나?"

피터스가 나타나 고함을 질러댔다. 그는 관 뒤쪽에서 얼굴이 벌게진 채 홈즈를 노려보았다.

"영장은 지금 오고 있지. 영장이 올 때까지는 관을 집 밖으로 내갈 수 없어."

홈즈의 엄격한 목소리에 관을 맨 남자들이 주춤하며 멈춰 섰다. 피터스는 재빨리 집안으로 들어가 버렸고 남자들은 홈즈의 명령을 따르기 시작했다. 그들은 관을 다시 식탁 위로 올려 놓았다.

"왓슨, 빨리! 서둘러! 드라이버 여기 있어!"

홈즈가 소리쳤다.

"자, 당신은 이걸로 해! 1분 안에 뚜껑을 열면 금화를 주겠다! 질문은 하지 말고, 빨리 해! 좋아! 하나 더! 저기 하나 더! 자, 모두 같이 들어 올립시다! 움직인다! 움직여! 와, 열린다!"

모두가 함께 관 뚜껑을 들어 올렸다. 지독한 클로로포름 냄새가 올라오며 코를 찔렀다. 안에 시신이 누워 있는데 얼굴은 솜으로 덮여 있었다. 홈즈가 솜을 들어내자 아름답고 고결한 여성의 조각 같은 얼굴이 드러났다. 홈즈는 재빨리 그녀를 일으켜 앉혔다.

"왓슨, 어떤가? 아직 살아있나? 우리가 너무 늦게 왔나?"

그로부터 30분간, 그녀는 정말로 가망이 없어 보였다. 솜뭉치에 질식하고 클로로포름의 독한 냄새에 중독돼 프랜시스 여사는 돌아오지 못할 강을 건너버린 것 같았다. 우리는 할 수 있는 온갖 방법을 다 동원했다. 인공호흡을 하고 에테르 냄새로 자극을 주며 우리가 알고 있는 모든 과학적 지식을 활용했다. 마침내 그녀의 생명은 천천히 움직이기 시작했다. 눈꺼풀이 조금씩 떨리면서 코에서도 따뜻한 김이 나왔다. 그렇게 서서히 깨어나고 있었다. 그때 마차가 집 앞에 멈춰 서는 소리가 들렸다.

"레스트레이드 경감이 영장을 가지고 왔겠지. 새들은 이미 날아가 버렸지만 말이야."

홈즈가 창밖을 내다보며 말했다.

누군가 복도를 뛰다시피 쿵쿵거리며 오고 있었다.

"아, 여사를 간호할 자격 있는 분이 오는군. 그린 씨, 어서 오십시오. 여사를 한시라도 빨리 옮겨야겠습니다. 그건 그렇고, 아직 관 속에 누워 있는 그 할머니 말이죠, 편히 가실 수 있도록 장례식을 치르는 게 좋을 것 같군요."

그날 저녁에 홈즈가 말했다.

"왓슨, 이 사건을 자네가 기록에 추가한다면 아마도 이러지 않을까 싶네. 가장 균형 잡힌 정신 상태도 때로는 암흑에 빠질 수 있다는 것을 보여주는 그런 사례가 되겠지. 인간은 누구나 실수를 저지르지만 그걸 깨닫고 고칠 수 있는 사람만이 위대한 걸세. 나도 그 정도는 될 것 같은데, 안 그런가?

어제 밤새도록, 어디선가 어떤 단서라든지 무슨 말이라든지 좀 이상하다고 느꼈던 그런 것들을 너무 쉽게 흘려버렸다는 생각이 계속 머릿속을 떠나지 않더라고. 그러다가 새벽 무렵에 갑자기 어떤 말이 뇌를 스치는 거야. 필립 그린이 말한 장의사 가게의 여주인에 대한 얘기였는데 그 여자가 이런 말을 했다고 하지 않았나. '다른 것 같았으면 벌써 도착했을 텐데, 이건 보통 물건이 아니라서 시간이 더 걸리거든요.' 그 여주인이 애니라는 여자한테 그 말을 했다고 했는데 보통 물건이 아니라면 그건 관을 말하는 거고, 관이 특별한 사이즈로 제작된다는 뜻 아니었겠나?

그런데 왜, 라는 생각이 또 들더군. 그때 바로, 관이 유난히 깊고 바닥에 누워있는 왜소한 시신의 모습이 머릿속에 떠오른 거야. 그렇게 작은 시신에 왜 그렇게 큰 관이 필요했던 것일까? 그것은 곧 사람을 하나 더 넣기 위해서였지. 사망진단서 하나로 두 구의 시신을 묻는 거야. 모든 게 이렇게 불 보듯 했는데 내 이성이 잠시 흐려졌던 것일세. 프랜시스 여사는 8시에 매장될 예정이었어. 그래서 관이 나가기 전에 그걸 막아야 했지. 그것밖에는 방법이 없었으니까.

하지만 사실, 여사를 살아있는 상태에서 찾아낼 거라는 희망은 아주 희박했다네. 그래도 가능성은 남아 있었지. 왜냐하면 그 슐레징어 부부가 지금까지 살인을 저지른 적은 없었거든. 그래서 아무래도 그들이 실제로 살인까지는 하지 않을 거라는 생각이 들더라고. 그런데 죽이지 않고 매장을 하면 나중에 시신을 찾아내더라도 사인이 드러나지 않기 때문에 그자들이 발뺌을 할 수가 있어. 그래서 그자들이 차라리 그 생각을 했기를 난 바란 거야.

그렇다면 그들이 무슨 짓을 했겠는지 자네도 충분히 상상할 수 있을 걸세. 불쌍한 여사가 그토록 오랫동안 감금돼 있던 2층의 그 끔찍한 소굴을 봤지 않나? 그들은 그 방으로 들어가 클로로포름으로 여사를 마취시킨 다음 아래층으로 끌고 내려갔다네. 그리고 그녀가 깨어나지 않도록 관 속에 마취제를 넣은 다음 관 뚜껑을 덮고 못질을 해버린 거지. 왓슨, 정말 대단히 영리한 수법 아닌가? 범죄 역사상 이런 수법은 처음 보네. 자칭 선교사라는 이 부부가 레스트레이드 경감의 손아귀를 빠져나가게 된다면 앞으로 엄청난 활약을 펼치게 되겠지."

빈집의 모험

The Adventure of the Empty House

로널드 아데어 경이 살해되어 온 런던이 들끓자 사교계가 충격에 빠진 것은 1894년 봄이었다. 당시 사건의 내용은 알려졌지만 범죄의 결정적인 증거가 너무나 뚜렷이 드러났기 때문에 사실을 모두 공개하지 않은 부분이 있었다.

그 후 10년의 세월이 흐른 지금 참으로 이상하게 종결됐던 그 사건의 미공개 내용을 내가 발표할 기회가 생겼다. 이것만 봐도 확실히 흥미로운 사건이었던 게 틀림없다. 하지만 그 흥미로

움도 나중에 생긴 전혀 뜻밖의 유사한 사건에 비하면 별거 아니었다. 이와 유사한 사건은 탐정가로서의 내 인생에서 그 어떤 것보다 놀랍고 충격적인 사건이었다. 오랜 시간이 지났지만 아직도 가끔 그때의 감정들이 교차하며 전율이 일어날 때가 있다.

셜록 홈즈를 알게 된 이후부터 난 범죄에 대해 깊은 관심을 갖게 되었고, 그가 행방불명된 후에도 언론에 발표된 갖가지 사건들을 주의 깊게 관찰해왔다. 때로는 그의 수법을 응용해 문제 해결을 나름대로 시도해 보기도 했지만 성공하지는 못했다.

여러 가지 사건 중 이 로널드 아데어 경의 비극만큼 내 마음을 온전히 사로잡은 것도 없었다. 결국 그 사건은 한 명 또는 몇 명이 함께 저지른 고의적인 살인이라는 배심원들의 평결이 있었지만 홈즈의 죽음이 사회적으로 얼마나 큰 손실인지 나는 조서를 읽어본 후 통감할 수밖에 없었다.

이 사건은 홈즈가 살아 있었다면 분명 큰 관심을 가졌을 몇 가지 점들이 있어서 경찰도 그의 도움을 받을 수 있었을 게 틀림없다. 그동안 활약하면서 보여준 놀라운 관찰력과 재빠른 두뇌 회전을 봐도 경찰 이상의 일을 해냈을 것이다.

나는 회진을 다니며 하루 종일 그 사건에 대해 생각했다. 분명히 이해가 된 건 아니지만 어쨌든 당시 세상에 알려졌던 사실들을 다시 한번 돌이켜봤던 것이다.

로널드 아데어 경은 오스트레일리아의 식민지 지사였던 메

이노드 백작의 둘째 아들로, 파크 레인 가 427번지에서 어머니, 여동생과 함께 살고 있었다. 그는 수준 높은 사람들과 교제를 하며 그 사이에서 평이 좋았고 특별한 점은 없었다. 한때 에디스 우들리 양과 약혼을 했다가 사건이 일어나기 몇 달 전에 파혼한 상태였다. 하지만 그 일로 인해 뭔가 감정의 찌꺼기가 남아 있었던 건 아니라는 것이다.

그 후로도 아데어 경의 생활은 조용히 흘러갔다. 그는 감정에 휘둘리는 성격이 아니었기 때문에 늘 변함없이 같은 부류의 사람들과 가볍게 만났을 뿐이었다. 이렇듯 평범한 삶을 살아왔던 젊은 귀족이 어느 날 갑자기 이해할 수 없는 살해를 당했다. 1894년 3월 30일 밤 10시에서 11시 30분 사이에 일어난 일이었다.

아데어 경은 평소 트럼프 게임을 즐겼지만 도를 넘어설 만큼 큰 도박을 한 건 아니었다. 그는 세 곳의 카드 클럽에 가입해 있었는데, 살해된 날은 그 중 한 곳인 바가텔 클럽에서 휘스트 게임을 하고 있었다. 살해되기 전날 오후에도 거기서 게임을 했다고 한다. 같이 그 판에 있었던 사람들 말레이 씨, 존 하디 경, 그리고 모란 대령은 그날 휘스트 게임이 특별히 격렬하지는 않았다고 진술했다. 로널드 경이 5파운드 이상 잃지는 않았을 것이라고 했다. 그는 재산이 꽤 많은 사람이었으므로 5파운드는 아무것도 아니었다. 그는 거의 매일 클럽에 들러 카드 게임을 해서 언제나 따는 편이었다. 사건이 일어나기 2, 3주일 전에도 모란 대령과 한 편이 되어 상대편이었던 고드플리 밀너와 발모 오럴에게서 420파운드를 딴 적이 있었다.

살해된 날, 밤 10시 정각에 그가 집으로 돌아왔을 때 어머니와 여동생은 친척집에 가고 없었다. 하녀의 말에 의하면, 그가 거실로 이용하고 있는 3층 방으로 들어가는 소리를 분명히 들었다는 것이었다. 그녀가 방에 난로를 피우면서 창문은 열어놓은 상태였다. 그리고 11시 20분에 그의 어머니와 여동생이 돌아올 때까지 그 방에선 아무런 소리도 나지 않았다.

그의 어머니가 밤 인사를 하러 3층 방으로 갔는데 아무리 두드려도 대답이 없고 문은 안에서 잠겨 있었다. 그래서 여동생과 하녀까지 가세해 문을 쾅쾅 두드리며 큰소리로 불러 봐도 여전히 아무 대답이 없었다. 결국 문을 부수고 들어가 봤더니 아데어 경이 테이블 옆에 쓰러져 있었고, 머리는 권총을 맞아 끔찍하게 깨진 모습이었다. 그런데 방안에는 권총이나 흉기 같은 것은 없었다. 다만 테이블 위에 돈과 쪽지가 놓여 있었는데 총 17파운드 10실링의 돈과 클럽 친구들의 이름 옆에 액수를 적은 쪽지였다. 아마도 게임에서 딴 돈을 계산하고 있던 중이었던 것 같다.

하지만 이 사건은 조사를 해가면서 점점 더 복잡하게 얽혀들어갔다. 우선 그가 왜 방안에서 문을 잠갔는지 이유를 알 수 없었다. 그렇다면 범인이 살해 후 문을 잠그고 창문으로 도망쳤다고 할 수 있는데 그것 또한 증거가 불충분했다. 창문 높이가 최소한 6미터는 되고 창문 바로 아래는 꽃밭인데 뭉개지거나 밟힌 흔적이라곤 전혀 없었기 때문이다. 그리고 꽃밭을 지난 잔디밭에도 아무런 흔적이 남아 있지 않았다. 그럼 결국 안에서 문을 잠근 사람은 로널드 경 본인이라는 얘긴데, 그렇다면 그는 어떻게 죽은 것일까.

벽을 기어올라 창문으로 들어갔다면 분명 어떤 흔적이라도 남았을 것이다. 그런데 그게 아니고 멀리서 창문으로 권총을 쐈다면 그렇게 명중시킨다는 건 대단한 실력 아닌가. 하지만 파크레인 가는 사람들이 많이 지나다니는 곳이고, 근처엔 마차 정류장도 있어 아무도 총소리를 못 들었다는 건 이해하기 어려운 일이었다. 어쨌든 사람이 죽고 총탄도 발견되었다. 탄두는 버섯처럼 끝이 눌려 찢어져 있었다.

로널드 아데어 경은 평소 원한을 산 적이 없고 방안에 있는 현금과 귀중품 등이 그대로 있는 데다 살해의 동기조차 찾을 수 없어 사건 해결은 더 어렵게 꼬여갔다.

나는 이런 사실을 계속 생각하며 수수께끼를 풀고자 하루 종일 고민을 했다. 사건을 풀어갈 때는 가장 사소한 점부터 짚어가야 한다고 늘 홈즈가 강조했던 것처럼 그 사소한 점이 무엇일까를 거듭 생각해 봤지만 결국 그 자리에서 맴돌 뿐이었다.

저녁 여섯 시 무렵, 나는 파크레인 가로 갔다. 길가에 몇 사람이 모여 서서 어느 집의 창문을 쳐다보고 있었다. 바로 아데어 경의 집 창문이었다. 그들 중 선글라스를 쓰고 있는 단정한 차림의 남자는 사복형사인 것 같았다. 그는 사람들에게 사건에 대한 얘기를 수다스럽게 떠들고 있었다. 그런데 들다보니 너무 엉터리 같은 얘기를 한심하게 지껄이고 있어서 그 자리를 떠나려고 뒤로 물러났다. 그러다 그만 뒤에 서 있던 노인에게 부딪쳐 그가 들고 있던 책 몇 권을 떨어트리고 말았다.

노인이 얼른 책을 주워드는데 그 중 《나무 숭배의 기원》이라는 제목이 눈에 들어왔다. 나는 그에게 죄송하다고 깍듯이 말했다. 그런데도 노인은 무척 아끼는 책인 것처럼 꽉 움켜쥐고 지독한 욕을 퍼부어대고는 떠나버렸다. 너무 황당한 난 노인의 모습이 안보일 때까지 한참이나 바라보고 서 있었다.

아데어 경의 집은 낮은 담으로 둘러싸여 있는데 높이가 1.5미터도 안 돼 마음만 먹으면 얼마든지 정원으로 들어갈 수 있었다. 문제는 창문이었다. 거기로 올라가기 위해 손으로 잡을 수 있는 것이 아무것도 없었다. 수도관이라든지 홈통조차 하나 없었다. 그곳으로 올라가는 건 불가능해 보였다. 나는 점점 더 혼란에 빠져 집으로 돌아오고 말았다.

집에 도착한 지 채 5분도 안 됐는데 누가 문을 두드렸다. 방문객은 놀랍게도 아까 내가 책을 떨어트렸던 바로 그 노인이었다. 그는 여전히 책을 갖고 있었으며 뭔가 알 수 없는 야릇한 미소를 지어보였다.

"내가 놀라게 해드렸나요?"

노인은 쉰 목소리로 말했다. 나는 고개를 끄덕였다.

"왠지 기분이 찜찜해서요. 선생이 이 집으로 들어가는 걸 보고 좀 전의 일을 사과하려고 잠깐 들렀어요."

"아닙니다. 제가 미안했죠. 그런데 저를 알고 계십니까?"

"네, 저도 바로 근처에 살고 있어요. 처치 가 코너에 있는 작은 책방을 운영하고 있죠. 선생도 책을 좋아하는 것 같은데 제 서점에도 좀 들러주세요. 《영국의 조류》《카타러스 시집》《신성 전쟁》…… 전부 귀한 책들이군요. 저 책장 두 번째 칸은 다섯 권이 더 있어야 채워지겠어요. 저렇게 놔두니 별로 안 좋은데요."

나는 책장을 돌아다보았다. 그리고 다시 얼굴을 돌렸는데 세상에 노인은 간 데 없고 그 자리에 셜록 홈즈가 웃음을 머금고 서 있지 않은가! 난 멍하니 그 얼굴을 바라보았다. 몇 초쯤 지난 건 기억이 나지만 그 후는 아무 생각도 나지 않았다. 그야말로 난 기절을 했던 것이다. 세상에 태어나 그런 일은 처음 겪었기 때문이다. 깨어났을 땐 홈즈가 플라스크를 들고 나를 쳐다보고 있었다.

"왓슨, 깨어났군. 정말 미안하게 됐어. 자네가 그렇게 감동할 거라고는 미처 생각지 못했네……."

많이 듣던 홈즈의 목소리가 들려왔다.

나는 그의 팔을 움켜잡았다.

"홈즈! 정말 홈즈 맞나? 자네가 살아 있다니! 아니, 어떻게 땅속에서 올라올 수 있었지?"

"잠깐. 지금 그런 얘기 들어도 괜찮겠어? 극적으로 나타나 자네를 놀라게 해준다는 게 이렇게 괜한 짓이 되고 말았으니 말일세."

"어, 괜찮아. 그런데 난 지금 내 눈을 의심하고 있어."

그러면서 나는 다시 한번 그의 팔을 잡았다. 옷 아래로 분명 힘 있는 그의 팔이 만져졌다.

"유령은 아니군. 자네가 살아 있다니 도저히 믿어지지가 않아. 하여튼 이리 와서 앉아봐. 그런 깊은 벼랑에 떨어진 사람이 어떻게 살아 돌아올 수 있었는지 얘기 좀 해보게."

그는 책방 주인의 허름한 코트를 입은 채 분장에 쓰인 흰 수염과 책들을 테이블에 올려놓고는 담배에 불을 붙였다. 그는 전보다 더 마르고 얼굴도 창백해 어려운 생활을 하고 있는 것처럼 느껴졌다.

"지금 몸을 펼 수 있게 돼서 살 것 같네. 키가 큰 내가 몇 시간 동안이나 몸을 웅크리고 있자니 정말 힘들더라고. 왜냐하면 오늘 밤 위험한 일이 하나 있거든. 자네 생각 있으면 또 한 번

밤의 모험을 해보지 않겠나? 얘기는 일 끝나고 나중에 들려주고 싶네."

"몹시 궁금한데, 지금 해주면 안 되겠나?"

"그럼 같이 가겠나?"

"물론이지! 무조건 자네가 원하는 대로 하겠네."

"여전하군. 출발하기 전에 식사할 시간은 있으니까! 좋아, 그럼 설명하지. 벼랑 밑에서 기어 올라오는 일은 전혀 어렵지 않았다네. 왜냐하면 애당초 난 떨어지지도 않았으니 말이야."

"뭐? 떨어지지 않았다고?"

"그렇다네. 난 안 떨어졌어. 그리고 내가 써놓은 편지는 가짜였어. 아무런 의미도 없었던 거지. 내가 쓴 건 분명해. 그 편지를 난 담배 케이스와 함께 바위 위에 두고 좁다란 길로 내려갔어. 모리아티 교수는 바로 내 뒤를 따라오더군. 벼랑 끝까지 가서 멈추자 모리아티가 두 팔을 들고는 나에게 덤벼들더라고. 그는 더 이상 솟아날 구멍이 없다는 걸 알고는 나에게 복수하고 싶었던 거야. 우리는 벼랑 위에서 뒤얽혀 한참을 싸웠지. 다행히 내가 유도를 배웠던 것이 그때 꽤 도움이 되더군. 교묘하게 그의 팔을 빠져나올 수 있었으니까. 그런데 그 순간 그는 균형을 잃으면서 폭포 아래로 떨어지고 말았지. 아득한 심연 속으로 말이야. 바위에 부딪쳐 튕겨나가다가 물속으로 빠지는 걸 봤지."

홈즈의 설명이 너무 흥미로워 난 바짝 귀를 기울였다.

"그런데 두 사람의 발자국이 내려간 쪽으로만 나 있고 올라온 흔적이 없던 걸!"

내가 큰소리로 말했다.

"그건 이유가 있지. 모리아티가 떨어지는 순간 문득 이런 생각이 들더라고. 이건 어쩌면 내겐 행운의 기회일지도 모른다, 내 목숨을 노리는 자는 모리아티 한 사람이 아니다, 그 두목이 죽은 걸 알고는 나에게 복수의 칼날을 가는 자가 적어도 셋은 있을 것이다, 결국 셋 중 한 사람이 나를 죽일 것이다, 하지만 내가 지금 죽은 걸로 해두면 그들은 해방된 것으로 알고 다시 활약할 것이다, 그러다 범행을 저지르면 놈들의 덜미를 잡고 내가 살아 있다는 것을 보여주자. 이렇게 말이네.

그리고 일어나 뒤에 있는 바위를 살펴보았지. 좁다란 길 쪽으로는 발자국을 남기지 않고 가기가 불가능해서 바위 위로 넘어가볼까 해서 말이야. 그런데 너무 높아 올라갈 수가 없더라고. 구두를 거꾸로 신을까도 생각해봤지만 결국 세 사람 발자국이 남으면 그건 연극이라는 게 드러날 것 같아서 할 수 없이 난 바위를 올라가기로 했네. 무척 위험했지. 뒤에서 폭포 소리가 무시무시하게 들렸으니까. 게다가 모리아티가 컴컴한 심연 속에서 나를 부르고 있는 느낌이 들었어. 발이 미끄러지기만 하면 나도 끝장이었지. 잡고 있는 풀이 뽑히고 발이 미끄러지면서 엉금엉금 기어 간신히 넓은 바위까지 나올 수 있었네. 바위가 전부 이끼로 덮여 있더군. 그곳은 전혀 눈에 띄지 않는 곳이라 난 벌렁 누워 있었지.

사람들이 와서 순 엉터리로 조사를 하고 있는 동안 난 거기 계속 누워 있었어. 그들이 모두 떠날 때까지 말이네. 그래서 일어나려고 하는데 갑자기 전혀 예상치 못한 돌발 상황을 맞게 되었다네. 얼마나 놀랐는지 지금도 간이 떨리는군. 엄청나게 큰 바위가 위에서 굴러내려 오더니 내 옆을 스치고 튕겨나가면서 폭포 아래로 떨어지더라고. 처음에 난 그냥 바위가 무너져 떨어졌나보다 생각했지. 그런데 무심코 위를 쳐다보았더니 어스름히 해가 넘어가는데 사람 머리 하나가 보이면서 또다시 큰 바위가 굴러 내려오는 거야. 그리고 바로 내 옆으로 부딪치며 떨어지는 게 아닌가. 순간 생각이 스치고 지나더군. 모리아티의 부하가 근처에 있지 않을까 하는……; 상황을 전부 다 지켜보고 있었던 거야. 그래서 모리아티 대신 복수하려고 나에게 서서히 다가왔던 거지.

나는 황급히 아래의 좁은 길로 내려갔어. 내려갈 때가 올라올 때보다 훨씬 더 어렵더군. 너무 위험했지만 그런 생각을 할 틈이 없었어. 내려가다가 바위에 매달려 있는데 세 번째로 바위 덩어리가 굴러내려 오더라고. 천운이었지. 왜냐하면 결국 미끄러졌는데 폭포 아래로 떨어지지 않고 그 좁은 길로 내려섰으니까 말일세.

그때부터 난 캄캄한 산속에서 16킬로미터를 헤매다가 1주일 후에 이탈리아의 플로렌스에 닿게 되었다네. 이 세상에서 아무도 모르는 일이었지. 마이크로프트 형만 제외하고 말일세. 자네한텐 미안했지만 내가 죽었다고 알려지는 게 꼭 필요했어. 그리고 자네한테 알렸다면 내가 사라진 이야기를 그렇게 실감나고 힘 있게 못 썼을 거야. 틀림없어.

지난 3년간 자네한테 편지를 쓰려고 여러 번 펜을 잡았지만 자네가 자칫 비밀을 누설할까봐 계속 망설였던 거라네. 아까 자네가 내 책을 떨어트렸을 때도 내가 얼른 피했던 건 행여라도 내 신분이 드러날까 봐 그랬던 거야. 마이크로프트 형한테는 돈이 필요해서 할 수 없이 알리게 됐던 것뿐이야.

어쨌든 그 사건의 재판은 실망스럽게 끝났다네. 모리아티의 패거리 중에서 가장 위험한 두 사람이 무죄로 풀려났으니까. 그들이 바로 나를 벼르고 있던 자들이거든. 그래서 난 2년 동안 티베트에 가 있었어. 지겔손이라는 노르웨이 인이 쓴 탐험기를 혹시 봤는지 모르겠는데, 바로 내가 쓴 기록이라는 건 전혀 눈치 채지 못했겠지. 그 다음엔 페르시아와 메카, 이집트를 거쳤다네. 그리고 프랑스 남쪽 몽펠리에의 한 연구소에서 몇 달 동안 콜타르 유도체 연구를 했는데 좋은 성과를 얻었어.

그러는 동안 런던의 두 패거리 가운데 한 놈만 남았다고 하기에 막 귀국하려는데 파크 레인 사건이 터진 거야. 런던에 도착하자마자 먼저 베이커 가의 하숙집을 찾아갔는데 허드슨 부인이 기절할 정도로 놀라더라고. 내 방은 다행히 마이크로프트 형이 정리를 잘 해줘서 그대로 있더구먼. 그래서 옛날을 생각하면서 늘 앉았던 안락의자에 앉아봤는데, 왓슨 자네가 내 앞에 없다는 생각이 문득 들더군."

실종된 지 3년째인 4월 어느 날, 셜록 홈즈는 이렇게 불쑥 나타나 그간의 얘기를 들려주었다. 여전히 날카롭고 진지한 표정으로 얘기하는 그의 모습을 보지 않았다면 난 믿을 수 없었을 것이다. 나의 고독한 생활에 대해 그도 어디서 들었는지 동정어린 말을 몇 마디 하기도 했다.

"세상에 일보다 더 좋은 약이 없네. 밤에 같이 할 일이 하나 있는데 어때 할 텐가? 만약 성공하면 남자로서 이 세상을 살아가는 의미를 알게 될 것이네."

난 무슨 일이냐고 물었지만 그는 더 이상 설명해 주지 않았다.

"내일 아침이면 모든 걸 알게 될 걸세. 이따가 아홉 시 반에는 빈 집으로 출발하네."

마침내 아홉 시 반이 되자 나는 언제나 그랬던 것처럼 권총을 챙겨 홈즈와 함께 출발했다. 홈즈는 계속 굳은 표정으로 앉아 있었다. 가만히 보니 깊은 생각에 잠겨 있었다. 범죄로 들끓는 런던의 컴컴한 정글에서 오늘 밤 그가 어떤 맹수를 포획할 것인지는 모르지만 그의 표정으로 보아 심상치 않은 일임은 분명했다. 그는 고행자 같은 냉랭한 얼굴에 이따금 씁쓸한 미소를 지어보였다.

마차는 카벤디시 광장에서 멈췄다. 홈즈는 주위를 살피며 마차에서 내려서서는 걸을 때도 계속 누가 뒤따라오는지 극도로 조심을 했다. 길도 그냥 가는 게 아니었다. 그가 런던의 골목들을 훤히 꿰차고 있다는 건 정말 놀랄 일이었다. 그날도 그는 마구간을 지나 작은 길로 들어서더니, 곧 맨체스터 대로로 빠져나와 다시 좁은 골목으로 들어가는 것이었다. 그리고 나무문을 열고 들어가더니 열쇠로 어떤 집 뒷문을 따고는 내가 뒤따라 들어가자 얼른 다시 문을 닫았다.

그곳은 비어 있는 집이었다. 바닥이 나무로 되어 있어 신발 소리가 크게 울렸다. 홈즈가 내 손목을 잡고는 복도 안으로 끌고 들어갔다. 창문으로 희미한 빛이 새어 들어왔다. 오른쪽으로 꺾어지자 네모난 큰 방이 나타났는데, 한가운데에 무슨 물체가 놓여 있는 게 어렴풋이 보였다. 홈즈가 내 어깨를 짚으며 나직이 속삭였다.

"여기가 어딘지 알겠나?"

나는 먼지로 뿌연 창문을 통해 겨우 밖을 내다볼 수 있었다.

"아니, 여기가 베이커 가 아닌가!"

"맞아. 여기는 캄덴 하우스야. 내 하숙집 바로 건너편에 보이는 집 말이네."

"어, 근데 여기는 왜 온 거지?"

"여기서 저 건물이 가장 잘 보이거든. 왓슨, 창문 옆으로 바짝 붙어 서주게. 밖에서 보이면 안 되니까. 자, 하숙집 내 방도 보이지? 3년쯤 비어 있는 동안 내가 자네를 놀라게 하는 재주도 전부 잃어버린 것 같아."

나는 창문으로 다가가 방을 올려다보았다. 그러나 순간, 나는 놀라 소리를 지를 뻔했다. 커튼이 쳐져 있었는데도 방안이 환히 보였는데 거기에 남자의 그림자가 어른거렸다. 그림자는 의자에 앉아 있었는데 머리와 얼굴 모양 등이 홈즈와 영락없이 똑같았다. 너무나 놀라워 난 옆에 정말로 홈즈가 서 있는지 확인하기 위해 그를 만져보았다.

"어떤가?"

"정말 놀라운데! 어떻게 한 거지?"

"내 솜씨가 아직 죽지는 않은 모양이네."

홈즈는 마치 예술가가 자신의 작품을 보며 기쁨과 자부심을 느끼는 것처럼 말했다.

"어때, 나랑 꼭 닮았지?"

"난 자네가 저기에 있는 줄 알았다니까."

"오스키 뮈니에가 제작한 것일세. 밀랍으로 만든 반신상이지. 나머지 작업은 아까 저곳에 들렀을 때 했다네."

"그런데 자네 무슨 일이야?"

"아, 저 방 안에 내가 있는 것처럼 꾸며야 할 일이 있어서 그렇다네. 특히 어떤 인물한테 그렇게 보여야 하거든."

"그럼 지금 저 방을 누가 지켜보고 있다는 건가?"

"그렇다네."

"누군데?"

"오래 전에 내가 자기 우두머리를 라이헨바흐 폭포 아래로 떨어뜨려 죽인 후로 나를 감시하고 있어. 그는 지금 내가 저 방으로 돌아올 거라고 믿고 있어. 그런데 오늘 아침에 운 나쁘게 들키고 말았다네."

"어떻게 알았는데?"

"창문으로 엿보고 있더라고. 파커라고 하는 녀석인데 별 볼 일 없는 놈이야. 강도짓을 하고 있지. 하지만 배후에 강적이 하나 있어. 모리아티가 죽은 후 절벽 위에서 바위를 떨어트린 그놈 말이야. 그놈이 아까부터 내 뒤를 밟아왔는데, 지금은 자신이 감시당하고 있는 걸 모르고 있지."

그의 계획이 그제야 이해가 갔다. 우리는 창문 밖으로 지나다니는 사람들을 지켜보았다. 홈즈는 한 사람 한 사람을 주의 깊게 관찰했다. 날씨가 으슬으슬 춥고 좋지 않았다. 바람이 불어대자 사람들은 발걸음을 재촉했다. 행인들 속에서 같은 사람을 몇 번 본 것 같았다. 그리고 좀 떨어진 집 현관에 두 남자가 바람을 피하듯 서 있는 게 보였다. 홈즈는 초조한 듯 손끝으로 벽을 두드렸다.

어느새 12시가 가까워져 가면서 행인들도 줄어들었다. 홈즈는 이제 방안을 왔다갔다 서성거렸다. 나는 그에게 말을 하려다가 문득 건너편 그 방을 다시 쳐다보았다. 순간 다시 한번 깜짝 놀랐다.

"홈즈, 그림자가 움직이는데!"

창문으로 보이는 밀랍인형이 이번엔 등을 돌리고 서 있었다.

"그래, 움직였을 거야."

그는 자기보다 머리가 좋지 않은 사람과 말을 할 때면 불같은 성질을 내보이곤 했는데, 3년이 지난 지금도 전혀 달라지지 않았다.

"온갖 술수를 부리는 놈들을 뻔한 인형을 가지고 상대를 속이려 한다고 보는가? 지금 여기서 세 시간 있었는데, 그동안 허드슨 부인이 계속해서 저 밀랍인형을 여덟 번 돌려놓았네. 15분마다 한 번씩 말이야. 부인은 자신의 그림자가 비치지 않도록 조심하고 있지. 앗!"

그때 홈즈가 별안간 외마디 소리를 지르며 몸을 굽혔다. 현관에 서 있던 두 남자는 보이지 않았다. 밖은 더욱 어두워졌고 홈즈의 방엔 여전히 환한 불빛이 켜져 있었다. 그때 나는 사방이 조용한 가운데 뭔가 이상한 소리를 들었다. 알고 보니 홈즈가 흥분을 가라앉히려고 낸 소리였다. 그러더니 갑자기 나를 구석으로 끌고 가서는 소리 내지 말라는 신호를 했다. 그의 손이 떨고 있었다. 나는 그가 이렇게 흥분한 모습을 본 적이 없었다.

어두운 거리에선 아무 일도 일어나지 않고 바람만 불고 있었다. 순간 홈즈가 재빨리 감지하고 있는 게 뭔지 알아차렸다. 어디선가 들릴 듯 말듯 한 소리가 들려왔다. 매우 조심스런 소리였다. 그 소리의 진원지는 앞쪽 거리에서가 아니라 뒷문 쪽이었다. 그리고 문이 열리고 이내 닫혔다. 발자국 소리가 다가오고 있었다. 조용히 걷는데도 집이 텅 비어 있어서인지 크게 울렸다.

홈즈가 벽에 몸을 바짝 붙이자 나도 권총을 잡고 몸을 숙였다. 곧 어둠 속에서 사람 모습이 희끗 나타났다. 그는 몸을 낮추고 살금살금 안으로 들어왔다. 2.5미터 앞까지 다가왔을 때 대응할 자세를 취하고 있는데, 가만 보니 놈은 우리가 거기 있는 것도 모르고 있었다.

그는 우리 바로 옆을 지나 창문으로 가서는 조심스레 문을 살짝 열었다. 그는 창문 아래로 머리를 낮추고 있었기 때문에 길에서 들어오는 가로등 불빛에 그의 얼굴이 살짝 보였다. 그는 몹시 흥분해 있었다. 눈빛이 번득이고, 억센 주름살이 팬 얼굴은 씰룩거렸다. 나이가 좀 들어 보였으며 대머리에 코밑수염이 나 있었다. 머리에는 오페라 모자가 비스듬히 씌워져 있었으며 외투 속에는 흰색 야회용 셔츠를 입고 있었다.

남자는 지팡이 비슷한 걸 들고 있다가 바닥에 내려놓았다. 그리고 주머니에서 큰 물건을 꺼내 뭔가 작업 같은 것을 한참 동안 했다. 이때 날카로운 소리가 나다가 또 뭔가를 문지르는 소리가 나기도 했다. 작업이 다 끝났는지 그가 일어났을 때, 가만 보니 손에 장총이 들려 있었다. 그는 창문에 그 총을 올려놓고 조준을 하고 있었다. 그가 노리는 방향은 바로 홈즈의 방이었다.

한참 아무 기척이 없더니 '쉭' 하는 총알 소리에 이어 주위의 유리창이 깨지면서 요란한 소리가 울려 퍼졌다. 순간 홈즈는 야수처럼 뛰어 그 남자를 덮쳤는데, 남자도 온힘을 다해 홈즈의 목을 움켜쥐려고 했다. 순간 내가 달려들어 권총의 개머리판으로 놈의 머리를 후려쳤다. 그리고 쓰러진 놈을 내리누르는 사이 홈즈가 호루라기를 크게 불었다. 그러자 곧 경찰들이 달려왔다.

"레스트레이드 경감, 안녕하시오."

"아, 홈즈 씨! 런던으로 잘 돌아오셨습니다."

"비공식적인 도움도 좀 필요할 것 같아서요, 레스트레이드 경감. 미궁에 빠진 살인 사건이 1년에 세 건이나 발생하면 곤란하니까요. 그래도 '모울지 사건'은 다른 사건들보다는 뭐랄까 그렇지! 인상적이던데요."

거리에 사람들이 모여들자 홈즈는 창문을 닫았다. 그리고 레스트레이드는 초를 두 개 꺼내 불을 붙였다. 비로소 놈의 얼굴이 자세히 보였는데 지독하게 혐오스런 인상이었다. 냉소적인 눈빛과 매섭게 생긴 코, 그리고 깊게 팬 주름은 누가 봐도 위험한 공격성이 느껴질 만했다. 놈은 증오스런 표정으로 홈즈를 노려보았다.

"이 악마 같은 새끼!"

"아, 대령님! 이거 얼마만입니까? 나그네 인생 마지막엔 애인을 만난다고, 옛날 연극에도 그런 말이 있는데, 오랫동안 못 만났네요. 그때 폭포 위 절벽에서 본 게 마지막 아니었던가요?"

놈은 넋 나간 사람처럼 멍하니 홈즈를 쏘아보며 같은 말만 되풀이할 뿐이었다.

"교활한 악마 새끼!"

홈즈는 놈이 뭐라고 하든 무시한 채 큰소리로 말했다.

"아! 제가 아직 이분 소개를 안 했군요. 이 신사는 세바스찬 모란 씨인데 한때 대영제국 인도에서 장교를 지냈고, 또 맹수 사냥에 있어서는 최고였죠. 그렇죠, 대령? 호랑이 사냥에서는 아직도 당신의 기록을 깬 자가 없죠?"

음험한 늙은이는 아무 대답도 하지 않고 계속 노려보고만 있었다. 그의 잔인한 눈매와 억세 보이는 수염을 쳐다보고 있자니까, 그 남자 자체가 마치 한 마리의 호랑이처럼 보였다.

"당신 같은 사냥 선수가 이런 하찮은 속임수에 걸려들다니 정말 이상하군요. 아마 해봤겠지만 나무 아래에 양 한 마리를 묶어놓고는 나무 위로 올라가서 호랑이가 다가오기를 기다려본 적 말이오. 물론 호랑이가 당신 한 명은 아니겠지만. 아무튼 혹 실수할 때를 대비해서 예비용 총을 가져오셨겠지. 자, 난 이렇게 준비해 왔소."

홈즈가 우리들을 둘러보며 총을 들어보였다. 그때 모란이 무서운 기세로 홈즈에게 덤벼들려고 하자 경찰이 제지를 했다.

"사실 나도 좀 놀랐는데, 당신이 이 빈 집의 창문을 이용하리라고는 생각을 못 했었지. 길에서 총을 쏠 줄 알고 레스트레이드 경감과 부하들을 대기하게 한 거요."

모란이 이번엔 레스트레이드를 향해 돌아섰다.

"당신은 나를 체포할 권리가 있는지 모르지만 나는 저자가 계속 빈정거리는 걸 더는 참을 수 없어요. 법대로 정당하게 체포하려면 다른 것도 정당하게 해주기 바라오."

"물론이죠. 그럼 셜록 홈즈 씨, 더 하실 말씀은 없습니까?"

홈즈는 바닥에 놓여 있는 모란의 장총을 집어 들어 자세히 살펴보았다.

"역시 대단한 총이구먼. 소리도 안 나고 힘도 엄청 좋아. 모리아티가 전에 주문한 총인데 독일의 장님 기술자 폰 헤르덴이 만들었지. 이 총이 있다는 건 알고 있었는데 실제로 보기는 처음이야. 레스트레이드 경감, 그럼 이 총을 좀 맡아주시오."

"그러죠. 저희가 알아서 하겠습니다. 그런데 뭐 더 하실 말씀 있습니까?"

레스트레이드 경감이 세바스찬 모란을 데리고 나가려다 말고 말했다.

"저자를 무슨 용의자로 데리고 갈 건지 알아두고 싶군요."

홈즈가 레스트레이드 경감에게 물었다.

"물론 셜록 홈즈 살해 미수죄죠."

"내 이름은 일체 거론하지 않는 게 좋겠어요. 이번 일의 공과(功課)는 당신에게만 돌아가야 합니다. 그리고 사실 당신이 한 일이죠. 언제나 그랬듯이 이번에도 대담하게 정통으로 맞혔어요."

"그게 무슨 뜻이죠?"

"경찰이 쑤시고 다니면서도 아직 못 찾고 있는 범인 말이오. 지난 달 30일에 로널드 아데어 경을 살해한 범인이 바로 이 세바스찬 모란이죠. 이게 진짜 이자의 죄명입니다. 자, 왓슨! 내 방으로 가서 담배 한 대 피우지 않겠나? 창문이 깨져서 찬바람은 들어오겠지만 말이야. 뭔가 재밌는 얘기가 있을지도 모르니까."

홈즈의 방은 옛날 그대로 조금도 달라진 게 없었다. 허드슨 부인과 밀랍 인형이 우리를 맞이해 주었다. 인형은 오늘 밤 중요한 역할을 맡았는데, 홈즈의 가운을 입고 있는 모습이 그와 너무나 똑같았다.

"부탁드린 대로 하신 거죠, 허드슨 부인?"

"네, 말씀하신 것처럼 무릎으로 기어 다니며 했어요."

"잘하셨어요. 아주 좋았습니다. 그런데 어디에 총알이 맞은 거죠?"

"이 밀랍상에 맞았어요. 머리를 뚫고 나가 바닥에 떨어졌어요. 자, 여기 있어요. 끝이 완전히 눌렸네요."

홈즈는 총알을 받아서 나에게 보여주었다.

"자, 보게! 왓슨. 이게 그 장총 탄알이야. 천재적이지. 이걸 공기총으로 쐈다는 게 믿어지나? 그런데 왓슨, 옛날처럼 그 의자에 한 번 앉아보게. 얘기할 게 좀 있네."

홈즈는 코트를 벗더니 인형에 입혀놓은 가운으로 갈아입었다. 옛날에 많이 보던 그의 모습이었다.

"옛날의 명사수 실력이 여전하군. 조금도 죽지 않았어. 뒤통수 한가운데를 겨냥해 박살낸 거 보니까. 어쨌든 인도에서 소문난 사수였거든. 지금 런던에 이만한 자는 없을걸. 자네도 세바스찬 모란이라는 이름은 들어봤지?"

"아니, 전혀 못 들었어."

"어, 그래? 참, 자네는 그 대단한 지략가였던 모리아티도 몰랐다고 했지. 거기 책장에서 인물 색인표 좀 꺼내주게."

그는 소파에 앉아 연신 담배를 피워대며 인물 색인표를 한 장씩 넘겼다.

"아, 여기 모란이 나와 있네."

홈즈가 내게 인물 색인표를 보여주었다.

'모란 세바스찬. 예비역 대령. 전 벵골 제1공병대 소속. 1840년 런던 출생. 부친은 전 페르시아 주재 영국 공사이며 제3급 바드 훈장을 받은 준남작 오거스터스 모란. 이튼 학교와 옥스퍼드 대학에서 수학. 조워키 전쟁과 아프간 전쟁에 종군. 저서로《서부 히말라야의 맹수 사냥》과《정글에서의 3개월》이 있음. 가입한 클럽은 영국·인도 클럽, 턴커빌 클럽, 바가텔 카드 클럽.'

그리고 여백에 '런던 제2의 위험인물'이라는 메모가 있었다.

"군인으로는 아주 대단한 프로필인데."

내가 인물 색인표를 돌려주며 말했다.

"그렇지. 어느 시기까지는 제대로 산 거지. 원래는 아주 강직한 데가 있었던 거야. 사람은 자기 부모가 살아온 과정을 닮게 마련인데, 어느 순간 급격히 변한다는 건 잠재해 있는 기질이 자연스레 나온 결과라고 나는 믿고 있네. 말하자면 개인은 그 혈통의 내력을 축소해 보여주는 거나 마찬가지거든."

"놀라운 생각인데."

"뭐 꼭 그렇다고 주장하는 건 아니야. 어쨌든 간에 모란은 악의 기운 쪽으로 흘러갔어. 그래서 스캔들로 확대된 건 아니지만 그는 인도에 있을 수가 없어서 런던으로 돌아온 거라네. 그런데 여기서 다시 나쁜 소문이 돌기 시작했지. 그때 우연히 모리아티를 만나게 된 거야. 모리아티는 그에게 보수를 많이 주고 까다로운 사건에 몇 번 써먹었지. 1887년에 일어난 스튜어트 부인 사망 사건 있잖은가? 모른다고? 좋아. 됐어. 그 사건 배후에 바로 모란이 있었거든. 그런데 결국 물증이 안 나왔어.

어쨌든 모리아티 일당이 검거됐을 때도 그자는 교묘히 빠져나가 잠적했지. 언젠가 내가 자네 집에 갔을 때 공기총을 보고는 창문을 닫으라고 한 거 기억나나? 난 이미 그 공기총이 있다는 걸 믿고 있었고, 또 그걸 갖고 있는 자가 위험인물이라는 걸 알고 있었기 때문에 당연히 조심을 했던 거라네.

그리고 우리가 스위스로 갔을 때 모란이 모리아티와 함께 우리를 미행했던 거야. 프랑스에 있는 동안 난 신문을 유심히 봤지. 모란을 체포할 기회가 없을까 하고 말이야. 그자가 계속 런던에 있는 한 내가 가서 살 수는 없었어. 결국 언젠가는 나에게 복수할 기회를 잡을 테니까. 그래서 어떻게 하는 게 좋을지 고민하다 할 수 없이 기다리기로 했어. 그자 꼬리가 잡힐 때까지 말이야.

그러다가 이번에 로널드 아데어 살인 사건이 일어난 거야. 이 과정을 모두 안다면 범인이 모란이라는 자연스런 결론이 나온다네. 다시 설명하자면 이렇지. 그는 클럽에서 아데어 경과 카드 게임을 했어. 그런 다음 그의 뒤를 밟아 집까지 와서 열려 있는 창문으로 그 공기총을 쏜 거야. 내가 말했잖은가, 그는 명사수라고. 게다가 총탄 맞은 증거가 있으니까 그를 교수대로 보내는 건 간단하게 됐지.

그래서 난 런던으로 곧바로 왔어. 그의 감시망에 금방 탄로가 나고 말았지만, 어쨌든 그자가 어떤 대비를 할 거라는 건 불을 보듯 뻔했어. 자신의 범행과 관련해 내가 온 거라고 당연히 생각했을 테니까. 그가 할 수 있는 건 바로, 즉시 나를 없애는 것이었지. 그 위력적인 무기 한 방이면 끝나니까 말일세. 그래서 내 방에 밀랍 인형을 배치해두고 경찰에 알렸던 거라네.

그런데 참, 자네가 말한 건너편 현관에 있던 자들은 경찰이었어. 그리고 아까 그 빈 집은 내가 감시 장소로 택한 곳이었는데, 모란이 그곳으로 와서 총을 쏘리라고는 전혀 생각지도 못했지. 자, 전부 얘기했네. 어떤가, 왓슨! 아직도 궁금한 거 있나?"

"있지. 왜 모란이 아데어 경을 죽인 거지? 그 이유는 설명하지 않았어."

"아, 그거? 그 점은 여러 가지 설이 있을 수 있기 때문에 아무리 설명을 해도 정답이라고 말할 수는 없을 걸세. 이미 드러난 증거 위에 각자가 추측할 뿐이지."

"자네도 짐작되는 게 있겠지."

"전반적인 설명을 하는 건 어렵지 않네. 조서에 의하면, 아데어 경과 모란은 같은 파트너였지만 상당히 따로 있었다고 하더군. 아마도 모란이 속임수를 잘 썼기 때문일 거야. 그리고 아데어 경은 살해된 바로 그날 그 사실을 알아챘던 거지. 그래서 모란에게, 자발적으로 클럽을 나가고 다시는 카드 게임을 하지 않겠다는 약속을 하라고, 그렇지 않으면 부정을 폭로하겠다고 협박을 했겠지. 물론 그는 모란보다 훨씬 더 젊고 상대가 사회적인 신분도 어느 정도 있는 사람이기 때문에 하루아침에 그의 명예를 실추시킬 수는 없으니까 조심스럽게 경고했을 거야. 하지만 모란은 그렇게 얻은 부정직한 수입으로 생활을 했기 때문에 클럽을 그만두면 끝장나는 거였지. 그래서 아데어 경을 죽였던 거야. 살해될 때 아데어 경은 식구들이 들어와 돈 세는 모습을 보고 이상하게 생각할까 봐 문을 안에서 잠근 것이었네. 내 추측이 어떤가?"

"맞을 것 같군."

"여하튼 진실은 법정에서 밝혀지겠지. 그나저나 폰 헤르덴의 그 걸작 공기총은 런던 경시청 박물관으로 들어가고, 우리는 귀찮은 모란에게서 해방된 셈이네. 그로인해 셜록 홈즈는 다시금 런던의 복잡다단하고 흥미로운 문제들을 탐구하며 살 수 있게 됐다는 말씀이지."

에드가 앨런 포

Edgar Allan Poe

미국의 시인이자 소설가, 비평가.

1809년 매사추세츠 보스턴에서 태어났다. 부모는 모두 극단 배우 출신이었으나 아버지는 실종되고 어머니는 두 살 때 세상을 떠나자, 세 살 때 리치먼드의 한 사업가 부부에게 입양되어 사랑을 받고 자랐다. 그러나 1826년 버지니아대학에 입학한 후에는 도박과 음주에 빠져 양부모로부터 최소한의 재정적 지원으로 미국의 사관학교 격인 웨스트포인트에서 잠시 수학했으나 졸업하지 못했다.

그 후 1835년에는 잡지사 편집인으로 근무, 그 이듬해 5월 클렘과 결혼했지만, 그녀는 생활고와 결핵에 시달리다 결혼 생활 6년 만에 사망했다. 그러자 포는 방탕한 생활로 자신의 건강을 돌보지 않아 2년 후인 1849년 10월, 볼티모어의 길거리에서 쓰러져 마흔의 젊은 나이에 세상을 떠났다.

그는 문학적 성과에 비교해 볼 때, 힘겹고 불행한 삶을 살았다. 궁핍, 음주, 광기, 마약, 우울, 신경쇠약 등 대단히 불운한 생활이었다. 그의 천재성이 세상에 알려진 것도 모국에서가 아닌 프랑스의 상징파 시인 보들레르 말에서 전해졌다. "내가 쓰고 싶었던 것들이 모두 포의 글 속에 있었다."

그의 작품으로는 《검은 고양이》 《모르그 가의 살인》 《어셔 가의 몰락》 《황금 풍뎅이》 등의 단편과 〈애너빌 리〉 〈갈가마귀〉 〈엘도라도〉 등의 시를 남겼다.

모르그 가의 살인

The Murders in the Rue Morgue

　정신기능은 분석적이라는 이름으로 일컬어지는데 사실 거의 분석이 불가능하다. 단지 그것이 거둔 효과로 그 정체를 추측할 수밖에 없다. 다만 확실한 것은 좋은 자질을 타고난 자에게는 그것이 더없이 발랄한 기쁨의 원천이 된다는 점이다.

　선천적으로 체력이 좋은 사람이 능력을 뽐내며 근육을 움직여서 하는 일에서 기쁨을 맛보듯, 분석가는 '해명한다'는 정신활동에 종사하는 것을 더없이 자랑스럽게 여긴다. 분석가는 자신의 능력을 발휘할 수 있다면 제아무리 하찮은 일이라도 거기에서 기쁨을 찾아낸다. 그들은 수수께끼, 까다로운 문제, 암호풀기를 좋아하고, 그것을 해명하는데 재질을 발휘할 뿐인데 보통사람에게는 그것이 불가사의하게 느껴진다. 그들이 내리는 결론은 방법적으로 가장 올바른 이론으로 얻어진 것인데도 불구하고 얼핏 보기에는 단지 직관에 의한 것으로 보이기 때문이다.

문제를 풀어내는 능력은 수학, 특히 그 분야의 최고인 해석학에서 크게 도움을 받을 수 있었다. 그러나 그것이 역행 조작을 활용한다는 것만으로 마치 '지극히 당연한' 듯이 해석이란 명칭을 멋대로 단다는 것은 부당하다. 계산하는 것은 분석하는 것이 아니다. 체스를 두는 사람은 계산을 한다. 그러나 분석하려고 하지 않는다. 따라서 체스를 두는 것이 지능을 향상시키는 데 유용하다는 이야기는 매우 의심스럽다.

내가 여기서 한 편의 논문을 쓰려는 건 아니다. 단지 다소 기괴한 이야기를 하기에 앞서, 보잘것없는 의견 한 토막을 생각나는 대로 피력하려는 것뿐이다. 그러므로 본격적으로 그 이야기를 하기에 앞서 내가 주장하고 싶은 것은 분석적 뇌의 힘을 유익하게 이용하는 것이 요청된다는 점에서는 부질없이 공이 드는 체스보다는 어쩌면 단순해보이지만 체커가 훨씬 윗길이라는 것이다. 체스에서는 말이 각기 마음대로 움직이고 말의 끗수도 다르고 또 변한다. 그러나 그것은 조금 복잡하다는 이유로 지나치게 심원한 것으로 간주되고 있다.

그러나 체스에서는 주의력이 필요하다. 한순간이라도 집중력이 떨어지면 큰 낭패를 당한다. 말이 움직이는 방법이 복잡하다 보니 못 보고 놓칠 가능성이 배로 커진다. 그러기에 승자는 집중력이 강한 쪽이지 명석한 쪽은 아니다.

그런데 체커에서는 말의 움직임이 단순하고 변칙적인 움직임이 거의 없기 때문에 사소한 걸 놓칠 가능성이 희박하다. 따라서 단순한 주의력은 문제가 안 된다. 그러므로 체커는 명석한 쪽이 유리하다.

좀 더 구체적으로 이야기해보자. 체커 게임에서 말이 킹 네 개만 남았다고 하자. 물론 이렇게 되면 우선 못 보고 놓치는 경우는 없다. 승패는 (둘이 비금비금하다고 치고) 무언가 뜻밖의 허점을 찌를 수 있는가의 여부, 다시 말해 지력을 강력히 구사할 수 있는가의 여부에 달려 있다. 흔해빠진 수법은 효과가 없으므로 분석가는 상대의 의중을 파고들어 교감이 이루어지는 동안 순간적이면서 유일무이한 묘수(그것이 때로는 어처구니없이 단순한 수인데도)를 발견하여 상대를 실수나 오류에 빠뜨려버린다.

휘스트는 예전부터 계산 능력에 영향을 미치는 것으로 알려져 왔다. 최고 지성의 소유자까지도 체스는 시시하다고 경멸하면서도 휘스트에 납득이 안 갈 정도로 몰두하는 사람들이 더러 있다. 사실 이런 게임 중에 휘스트만큼 과도하게 분석 능력이 요구되는 것도 없다. 세계 제일의 체스 명인은 결국 세계 제일의 체스명인일 뿐이다. 그러나 휘스트에 능하다는 것은 지력이 서로 맹렬히 우열을 겨루는 것으로, 세상의 여러 분야에서도 성공할 수 있는 능력을 구비하고 있다는 것을 의미한다.

여기서 승리자는 이득을 얻을 수 있는 급소를 모조리 꿰고 있는 자질을 인정받는다. 이러한 급소는 숫자에도 있지만 그 형태가 갖가지이고, 더욱이 평범한 사고력으로는 좀처럼 도달할 수 없는 깊은 통찰력이 요구된다. 빈틈없이 살핀다는 것은 명확하게 기억한다는 뜻이다. 주의력이 있는 체스의 명인이라면 휘스트도 제법 잘 해낼 것이며,《호일》(호일이란 사람이 저술한 휘스트에 관한 책 이름)의 정석도(그것 자체가 게임의 단순한 방법에 기초를 둔 정석이라고 볼 때) 누구나 쉽게 이해할 수 있을 것이다. 그러므로 기억력이 좋다는 것과 원칙을 지키는 것은 일반적으로 게임에 능숙한 사람이 원칙적으로 가져야 할 자세이다.

그런데 분석가의 수완이 발휘되는 것은 단순한 법칙의 한계를 초월한 차원에 있다. 그들은 묵묵히 일련의 관찰과 추리를 해낸다. 그런데 그 사람이 하는 것을 상대방도 하지 못하란 법은 없다. 그렇다면 획득한 정보의 폭에 상이점이 생기는 것은 추리의 옳고 그름보다는 관찰의 질에 의한다고 보면 된다. 필요한 것은 무엇을 관찰할 것이냐를 아는 데 있다. 분석적인 도박꾼은 자신을 한정시키는 행위는 절대로 하지 않는다. 게임이 목적이라고 해서 게임 이외의 것에 영역을 제한하는 것을 거부한다. 그들은 자기편 얼굴을 음미하는 동시에 그것을 상대편 두 사람의 얼굴 표정과 면밀히 비교·검토한다. 그들은 각자가 카드를 받아들고 추려서 나눠 쥐는 것을 유의해서 보고, 또 각자가 자기 손에 든 카드에 던지는 시선을 통해 저 패는 던질 패, 이 패는 잡고 있을 패라는 것을 알아낸다.

게임이 진행되는 동안 표정의 사소한 변화를 주시하면서 자신 있는 표정, 놀라는 표정, 득의에 찬 표정, 낭패한 표정 따위의 차이에서 재료를 수집한다. 카드를 집어 드는 태도에서 그것을 잡은 자가 짝을 맞추어 다시 한번 걸어올지의 여부를 판단한다.

카드를 테이블 위에 던지는 행위만으로도 거기에 무슨 속셈이 있는지 간파할 수 있다. 무심히 지껄인 한마디, 우연히 카드 하나가 떨어지거나 뒤집혔을 때 당황하여 숨기려 하는지, 아니면 별 관심을 갖고 있지 않은지, 카드를 세고 배열하는 순서, 당황함, 망설임, 서두름, 허둥댐 등등의 모든 것이 직관적인 지각력에 대한 진상을 알아채는 실마리를 제공하는 것이다. 게임이 두세 차례 돌고나면, 그는 각자가 쥐고 있는 패를 훤히 알고 있어 그 다음부터는 모두가 마치 카드를 드러내 보여주고 하는 형국이나 마찬가지이므로 자신 있는 패로 하나하나 끊어 나간다.

그러나 분석적 능력을 단순한 기지와 혼동해서는 안 된다.

분석가는 반드시 기지를 갖추고 있지만 기지가 있는 자 중에 전혀 분석을 할 수 없는 사람이 있기 때문이다. 기지는 일반적으로 구성하거나 결합하는 능력으로 발휘되며, 이것을 골상학자들은 (나의 생각으로는 틀린 것이지만) 원시적 능력이라고 간주하고, 두뇌 이외의 다른 기관에서 그 유래를 찾고 있다. 그렇지만 그러한 능력이 일상적인 부분에서는 백치에 가까운 지능의 소유자에게도 자주 나타나곤 하여 정신 연구가들의 상당한 관심을 끌었던 것도 사실이다. 기지와 분석력의 차이는 공상력과 상상력의 차이보다도 훨씬 크지만, 그 차이의 성질은 매우 비슷하다. 누구나 알고 있다시피 기지가 있는 인간은 대부분 공상적이며 참으로 상상력이 풍부한 사람은 분석적이라는 사실이다.

위에서 서술한 것들은 지금부터 이 글을 읽는 독자들에게 일종의 주석처럼 비칠지도 모른다.

나는 18××년 봄부터 초여름에 걸쳐 파리에 체류하면서 그곳에서 C. 오귀스트 뒤팽이라는 인물을 알게 되었다. 이 젊은 신사는 명문가 출신이지만 계속되는 불운으로 전락한 나머지 의지력을 잃어버린 것은 물론 기개조차도 상실해버렸다. 다행히 채권자들의 동정심 덕분에 유산의 일부가 아직은 그의 명의로 남아 있어 거기에서 나오는 수입으로 가까스로 생활을 유지하며 지냈다. 그런 그에게 책만이 유일한 호사라고 할 수 있었는데, 파리에서는 책을 쉽게 손에 넣을 수 있었다.

우리가 처음 만난 것은 몽마르트르의 한 이름 없는 도서관에서였다. 때마침 둘 다 같은 희귀본을 찾고 있어서 그것이 인연이 되어 가깝게 지내게 되었다. 이후 우리는 자주 만났다. 프랑스 사람이란 자신의 일을 화제로 삼았을 때 참으로 솔직하다. 그런 솔직성으로 그가 이야기해준 자신의 집안 이야기의 내력에 나는 무척 흥미를 느꼈다.

나는 그의 광범위한 독서 생활에도 감탄했지만 놀라울 정도의 분방하고 열기가 넘치는 상상력, 발랄한 신선미가 나 자신에게까지 옮아 붙는 듯한 느낌이 들어 좋았다.

그 무렵, 나는 어떤 물건을 찾기 위해 파리에 머물고 있던 참이었는데 안성맞춤의 인물을 만났으므로 더할 나위 없이 소중한 인연이라고 생각되어 그 사실을 솔직하게 털어놓았다.

그리고 얼마 지나지 않아 우리는 내가 파리에 있는 동안 둘이 같이 지내기로 합의했다. 주머니 사정은 내 쪽이 조금 나은 편이어서, 집세며 가구를 준비하는 비용은 내가 부담하기로 하고 집을 얻기로 했다. 그래서 생 제르맹 교외에 붕괴 직전의 몰골로 서 있는 고색창연하고 음산한 저택을 빌렸다. 그 저택에 대해 우리 쪽에서는 그다지 알려고 하지 않았지만, 무슨 연유 때문인지 오랫동안 비어 있던 집으로 이사를 간 우리는 두 사람이 공동적으로 갖고 있는 몽상적이고 음울한 분위기에 맞게 꾸몄다.

그 집에서 우리의 일상생활이 세상에 알려졌다면 틀림없이 미친 사람 취급을 받았을 것이다. 물론 남에게 폐를 끼치지 않는 미치광이였지만 말이다. 사실 우리는 세상과는 완전히 인연을 끊고 살았다. 외부 사람을 일체 들이지 않았다. 물론 이 은거지의 소재지에 대해서는 내가 아는 사람들이 알지 못하도록 충분히 신경을 썼고, 뒤팽 쪽은 파리에서 소식이 끊어진 지 벌써 오래였다. 우리들은 오직 둘만의 세계에서 살고 있었다.

밤이면, 밤에 매혹된다는 것이 그 친구의 변덕스러운 공상벽 (달리 어떻게 표현하면 좋을까?)이었으나, 이 변덕은 물론이고 그 밖의 부분에도 나는 그에게 완전히 동화되었다. 그리하여 그의 분방한 변덕의 노예가 되어버렸다.

밤의 여신에게 계속 머물러달라고 부탁할 수는 없지만 그 존재를 위조할 수는 있었다. 새벽이 다가와 밖이 희부옇게 밝아오면 우리는 이 낡은 건물의 육중한 덧문을 모조리 내리고 촛불 두 자루를 켰다. 촛불은 강한 향기와 함께 요기 어린 가냘픈 빛을 낸다는 것 때문이었다.

이런 준비를 한 후, 우리는 몽상의 세계 속으로 달려갔다. 그래봤자 독서와 글쓰기, 그리고 이야기를 하는 것이 전부였다. 그러고 있으면 시계의 종이 진짜 밤을 알려 주었다. 우리는 서둘러 거리로 달려 나가 서로 팔짱을 끼고 낮에 했던 이야기를 계속하거나 밤이 깊도록 이곳저곳을 다 쏘다니며 대도시의 휘황한 불빛과 그림자에 에워싸여 느긋한 관찰자만이 누릴 수 있는 무한하게 마음이 고양되는 기분을 맛보았다.

그럴 때면 으레(당연히 그의 풍부한 상상력으로 미루어 예상하고 있었으나) 뒤팽 특유의 분석 능력을 재인식하고 감탄해 마지않게 되었다. 물론 그는 자신의 능력을 자랑한다고는 할 수 없었으나 그것을 발휘하는 데 큰 기쁨을 느끼는 것 같았으며 자신의 기쁨을 주저 없이 드러냈다. 그는 킥킥 하고 작은 소리로 웃으며 말했다. 그는 대개의 인간은 가슴에 창을 열어놓고 있는 꼴이라고 장담한 뒤, 나의 의중 따위는 완전히 꿰뚫어보고 있다는 식으로 말하며 구체적이고 놀라운 증거를 들어 그 주장을 뒷받침해 보였다.

그럴 때의 그의 모습은 냉담함과 신들린 듯한 얼굴을 하고 있었다. 눈에는 표정이 사라지고 평소에는 충후한 테너이던 목소리가 묘하게 들뜨고 기어 올라갔다. 만약 말투가 빠르거나 말의 매듭이 명료하지 않다면 히스테리라도 일으킨 것처럼 들렸을 것이다. 그의 이런 상태를 보면서 나는 곧잘 고대 철학의 '이중영혼설'을 떠올려 창조적 뒤팽과 분석적 뒤팽이라는 두 사람의 뒤팽을 설정해놓고 혼자 묘한 공상에 잠기곤 했다.

미리 말해두지만 나는 지금 괴담을 늘어놓으려는 것도 공상 소설을 쓰려는 것도 아니다. 내가 쓰려는 것은 무엇에 의해 고양된 지성, 아니 병든 지성이 어떤 증상을 나타내는가에 대해서 말하려는 것뿐이다. 그리고 그럴 때의 그가 어떤 유의 말을 지껄였는지에 대해서라면 구체적인 예를 들어 설명하는 것도 가능한 일이다.

어느 날 밤, 우리는 팔레루야얄 부근의 길게 일직선으로 뻗은 지저분한 길을 어슬렁거리고 있었다. 둘 다 깊은 생각에 잠겨 있었기 때문에 15분가량을 한마디도 하지 않았다. 그런데 뒤팽이 불쑥 이런 말을 했다.

"틀림없이 그 작자는 몸집이 아주 작은 사나이일 거야. 그렇다면 오히려 바리에테 극장에나 적합한 쪽일 테지."

"그건 그래."

나도 모르게 그렇게 대답하고 있었으나 (너무 생각에 골똘한 나머지) 상대가 내 생각의 파장에 안성맞춤으로 융합한 그 이상한 수법을 쓴다는 사실을 당장에는 눈치 채지 못했다. 그러나 문득 제정신으로 돌아오자 몹시 놀랐다.

"뒤팽"

나는 진지하게 말했다.

"이거 뜻밖인데? 아니, 굉장히 놀랐어. 좌우간 내 귀가 의심스럽군. 어떻게 그런 걸 알 수 있지? 내가 생각하고 있는 것을……."

여기서 나는 말을 끊었다. 내가 누구를 생각하고 있었는지 그가 정말로 알고 있었는지 어쨌는지를 확인할 셈이었다.

"샹틸리에 대해서야."

그가 말했다.

"왜 말을 중단하지? 아아, 키가 작아서 비극엔 어울리지 않는다고 생각하지 않았나."

이것이야말로 나의 사색의 주제였다. 샹틸리는 생 드니 가의 신기료장수였는데 연극에 빠져 크레비용의 비극 〈크세르크세스〉의 주역을 맡겠다고 나서서 죽도록 애를 쓰고도 망신만 당했다. 내가 다그치듯 말했다.

"부탁이야, 이야기해주게. 그때 내가 무얼 생각했는지 자네가 알아챘다면, 그 비밀을……."

나는 너무나 놀란 나머지 그것을 솔직하게 털어놓을 마음이 도무지 없었다.

"그 과일장수야."

뒤팽이 말했다.

"덕분에 자네는 결론에 도달했어. 그 신기료장수는 크레르크세스나 그와 비슷한 종류의 배역에는 당치도 않은 키라고 말이야."

"과일장수라고? 그건 전혀 뜻밖인데! 과일장수 같은 건 전혀 듣도 보도 못한 소리야."

"이 거리에 진입했을 때 자네하고 충돌한 사나이 말일세. 그래, 한 15분 전쯤이지."

듣고 보니 커다란 사과 광주리를 머리에 인 과일장수와 부딪쳐서 내가 넘어질 뻔했던 것은 사실이고, 그것은 C××가에서 이 거리로 들어서려던 참이다. 그러나 이것이 샹틸리와 무슨 상관이 있는 건지 도무지 짐작을 할 수 없었다.

뒤팽은 사람을 속이려는 기색이라고는 털끝만큼도 보이지 않았다.

"그럼 설명하지. 확실히 이해가 가도록. 맨 먼저 내가 자네에게 말을 걸었던 시점에서 문제의 과일장수와 부딪친데까지의 일을 거꾸로 더듬어보는 걸세. 대충 자네 생각의 줄거리는 이렇게 되네. 샹틸리, 오리온 성좌, 니콜라 박사, 에피쿠로스, 스테레오토미, 도로의 포석, 과일장수라고 말이야."

인생의 특별한 시기에 자신의 생각이 어떻게 해서 거기에 도달했는가를 거꾸로 더듬어보는데 흥미를 가져보지 않은 사람은 없을 것이다. 그러기에 그 프랑스인의 해명을 듣고 그의 놀라운 추리력을 인정하지 않을 수 없었을 때의 놀라움이 어느 정도였는지는 상상하기 어렵지 않으리라.

"내 기억이 틀림없다면 C××가를 빠져나오기 직전, 우리는 말 이야기를 하고 있었네. 그것이 우리의 마지막 대화였지. 이 거리에 들어섰을 때 머리에 커다란 광주리를 인 과일장수가 우리 옆을 스치고 가는 바람에 자네는 포장용 돌무더기에 쓰러지고 말았지. 보도를 공사 중이어서 거기에 돌을 쌓아놓았던 걸세. 자네는 그걸 헛디디는 바람에 발을 삐어 아파서 얼굴을 찡그리더군. 나는 특별히 자네의 일거수일투족을 주의 깊게 본 건 아니지만 최근에 와서 관찰하는 버릇이 고질화되어 버렸거든. 자네는 눈을 내리뜬 채 걷더군. 도로용 포석의 구멍, 수레바퀴 자국을 못마땅한 듯이 힐끗힐끗 보곤 했는데 (때문에 자네는 아직 돌에 대해 생각하고 있구나 생각했지), 우리는 마침내 라마르틴이라는 골목에 이르렀지. 그 골목은 시범적으로 돌을 겹쳐 깔아 고정시키는 포장 방식으로 되어 있었지. 거기서부터 자네의 얼굴이 갑자기 밝아졌네. 그리고 입술도 움직였고, 그것을 보고 자네는 틀림없이 '스테레오토미'란 말을 중얼거렸다고 확신했네. 그런 포장법을 사람들은 유식하게 그렇게 부르거든. 자네가 스테레오토미라고 중얼거리면 '원자'라는 말을 연상할 테고, 끝내는 에피쿠로스 학설을 연상하지 않을 리 없다는 걸 알고 있었지. 그런데 이 문제를 자네와 이야기한 것이 바로 얼마 전이네. 그때 내 이야기의 요지는 기이하게도 이 위대한 그리스인의 억측이 우연하게 최근의 '성운 우주 창조설'과 일치하는데도 전혀 주의를 끌지 못했지. 따라서 자네가 오리온성좌의 그 대성운을 보지 않았을 턱이 없다고 생각했고, 그럴 것이 틀림없다고 생각했지. 아니나 다를까 자네는 하늘을 쳐다보더군. 그걸 보고 나는 자네의 사고의 발자취를 정확하게 따라왔다고 확신했지. 그런데 어제 〈뮈제〉에 나온 기사에서 샹틸리를 형편없이 혹평한 필자는, 비극의 인물을 맡는다고 해서 신기료장수가 이름까지 바꾼 것은 천박한 짓이라고 비아냥거렸지. 우리가 흔히 화제에 올렸던 라틴어 시구를 인용하면서, 바로 이런 내용이지.

'최초의 글자는 옛 음향을 잃었나니'

자네한테도 이야기했지만 이것은 옛날의 우리온(Urion)이 오리온(Orion)이 된 것을 비유한 문구지. 그것을 설명할 때 상당히 기발한 말을 했기 때문에 설마 자네가 잊어버리지는 않았을 거라고 생각했지. 그러니 오리온과 샹틸리를 연결시키지 않을 수가 없었지. 실제로 자네가 그 둘을 결부시켰다는 것은 자네의 입술에 떠오른 미소를 보고 알았다네. 자네는 그 딱하게 된 신기료장수를 생각했지. 그때까지 자네는 몸을 움츠리고 걷고 있었네. 그런데 갑자기 몸을 쭉 펴더군. 그걸 보고 자네가 샹틸리의 키가 작다는 것을 생각하고 있었던 것이 확실해졌어. 바로 그때야. 내가 자네의 명상에 끼어들어 '과연 그 자는 키가 작아, 샹틸리는 바리에테극장에나 어울려' 하고 말했던 걸세."

이런 일이 있은 지 얼마 안 되어 〈가제트 데 트리뷔노〉의 석간을 읽다가 우리는 다음과 같은 기사에 주의를 기울이게 되었다.

〈기괴한 살인 사건 - 오늘 새벽 3시쯤 생 로크 구의 주민들은 끔찍한 비명 소리에 잠이 깼다. 그 소리는 모르그 가에 있는 레스파네 부인과 그의 딸 카미유 레스파네 양이 사는 건물 4층에서 흘러나온 듯했다. 10여 명의 이웃 주민들이 경관 2명과 함께 건물 안으로 들어가려고 했지만 문이 잠겨 있어 쇠지레로 입구의 문을 뜯고 집안으로 들어갔다. 우리가 들어갔을 때는 이미 비명은 그쳐 있었다. 그러나 일행이 1층에서 2층 계단을 뛰어 올라갈 때 다투는 듯한 거친 목소리가 두세 번 뚜렷이 들렸는데, 그것은 건물의 3, 4층 부근에서 들린 듯했다. 2층 계단까지 오자 그 소리는 그치고 주위는 완전히 조용해졌다. 일행은 두 팀으로 나뉘어서 모든 방을 조사했다. 4층 뒤쪽의 커다란 방에 이르자 (그 문은 안쪽으로 잠겨 있어서 억지로 비틀고 들어가 보니) 차마 눈뜨고 볼 수 없는 처참한 광경이 우리 모두를 몸서리치게 했다.

실내는 아수라장이 되어 있었다. 가구는 부서져 온 방 안에 부서진 조각들이 흩어져 있었다. 침대는 하나밖에 없었는데 그 침대에 있던 이불이 방 한가운데에 내동댕이쳐져 있었다. 그리고 의자 위에는 피가 범벅이 된 면도칼이 하나, 난로 위에는 긴 회색 머리털이 두세 뭉텅이 있었는데, 그것도 피범벅으로 머리 두피에서 뿌리째 뽑힌 것 같았다. 그리고 나폴레옹 금화 4개, 황옥 귀고리 1개, 커다란 은 숟갈 3개, 작은 양은숟갈 3개, 금화 약 4천 프랑이든 주머니 2개 등이 방에 흩어져 있었다. 방 한구석의 옷장 서랍은 열린 채 들쑤셔져 있었으나 잡다한 물건은 거의 그대로 있었다. 소형 철제 금고가 침구(침대는 아니다) 밑에서 발견되었다. 뚜껑이 열려 있었는데 자물쇠는 뚜껑에 달린 채였다. 금고 안에 들어 있는 것은 몇 통의 낡은 편지와 평범한 서류뿐이었다.

레스파네 부인의 모습은 보이지 않았다. 그런데 난로에 굉장한 양의 검댕이 보여 굴뚝을 조사해보니, (기사로 쓰기에도 끔찍하지만) 머리를 아래로 처박힌 딸의 시체가 끌려 나왔다. 시체의 상태로 보아 좁은 구멍이 꽤 깊이까지 억지로 밀어 넣어진 듯싶었다. 몸은 아직 따뜻했다. 조사해보자 얼굴과 몸에는 긁힌 자국투성이 있었는데, 그것은 억지로 밀어 넣었을 때와 끌어당기느라 생긴 것 같았다. 목에 시커먼 타박상과 손톱자국이 나 있는 것으로 미루어봐 피해자는 교살된 것임을 알 수 있었다.

집 안을 샅샅이 수색했으나 더 이상 발견된 것은 없었다. 일행이 건물 뒤쪽의 돌이 깔린 정원으로 나가보았더니 거기에 늙은 부인의 시체가 쓰러져 있었다. 목이 거의 잘리다시피 해서 몸을 들어 올리려 하자 머리가 떨어졌다. 머리도 머리려니와 몸뚱이도 눈을 뜨고 볼 수 없을 정도로 난도질을 당해서 거의 원형을 찾아볼 수가 없을 지경이었다.

지금까지 이 괴사건의 단서는 아무것도 발견되지 않았다.〉

이튿날 신문은 다음과 같은 상세한 기사를 다시 실었다.

〈모르그 가의 참극 - 참으로 괴상하고 끔찍한 사건과 관련해서 (프랑스어로 사건을 나타내는 affaire라는 말은 영어의 affair(정사)와 같은 경박한 의미로는 전혀 쓰이지 않는다.) 몇몇 참고인이 조사를 받았으나 사건 해결의 단서는 아무것도 얻지 못했다. 다음은 중요 증언의 전부이다.〉

[세탁부 폴린 뒤부르의 증언]

증인은 두 피해자와 3년 동안 알고 지내던 사이였다. 그동안 그들의 세탁물을 전담하고 있었다. 노부인과 딸의 사이는 좋았던 것 같다. 서로를 몹시 위하고 있었다. 지불은 깨끗했다. 생활이 어땠는지, 그리고 수입원에 대해서는 밝혀진 바가 없다. 생계를 위해 레스파네 부인이 점을 쳤다는 소문이 있다. 돈을 저축하고 있었다는 소문도 있다. 그녀가 세탁물을 가지러 가거나 돌려주러갔을 때 집에서 타인을 본 적은 없었다. 그리고 사람을 부리고 있었던 적도 없다. 4층 이외에는 어디에도 가구가 없었다.

[담배 가게의 피에르 모로의 증언]

증인은 거의 4년 동안이나 소량의 일반담배와 코담배를 레스파네 부인에게 팔아왔다. 부인은 그 근처 태생으로 줄곧 그곳에서만 살았다. 노부인과 딸은 시체가 발견된 집에서 6년 이상 살았다.

그 이전에는 보석상이 살고 있었는데 위층의 방들을 각양각색의 사람들에게 다시 빌려주고 있었다. 이 건물의 주인인 레스파네 부인은 세든 사람들이 자기에게 허락도 받지 않고 다시 방을 빌려주는 것이 못마땅해서 누구에게도 빌려주지 않았다.

노부인은 어린애같이 천진한 데가 있었다. 증인이 이 집 딸과 만난 것도 6년 동안에 대여섯 번이 전부였다. 두 사람은 세상과는 거의 담을 쌓고 지냈다. 부자라는 소문과, 이웃 사람들로부터 집 주인이 점을 친다는 이야기는 들었지만 자신은 그렇게 믿지 않는다. 노부인과 딸 이외에는 운송업자가 한두 번, 의사가 여덟 번에서 열 번 가량 그 입구로 들어가는 것을 보았을 뿐이다.

그 밖의 몇몇 이웃들이 비슷한 내용의 증언을 했다. 이 집에 자주 드나들었다는 사람은 없었다. 레스파네 부인과 딸의 가까운 친척이 있는지의 여부는 명확하게 밝혀지지 않았다. 길 쪽으로 나 있는 창의 덧문이 열린 적은 거의 없었다. 건물 뒤쪽의 창은 사건이 난 4층 뒤쪽 방의 창을 제외하고는 항상 닫혀 있었다. 건물은 그렇게 낡은 상태가 아니라 그런대로 괜찮았다.

[경관인 이시도르 뮈세의 증언]

증인이 새벽 3시쯤 통보를 받고 그 집으로 달려갔을 때 2, 30명의 사람이 건물 입구에 몰려 들어가려 하고 있었다. 마침내 총검(쇠지레가 아니다)으로 문을 비틀어 열었다. 문은 두짝문인가 여닫이문이었는데, 위아래 모두 빗장이 걸려 있지 않아서 그다지 힘들이지 않고 문을 열수 있었다.

비명은 문이 열릴 때까지 계속되었으나 어느 순간 뚝 그쳤다. 비명은 끔찍한 고통으로 부르짖는 한 사람(혹은 그 이상)의 것으로, 짧고 연속적이라기보다는 높고 긴 외침이었다.

증인은 앞장서서 계단으로 올라갔다. 그가 첫 층계참에 이르렀을 때, 큰소리로 다투는 두 사람의 소리가 났다. 하나는 굵직한 목소리였고, 다른 하나는 몹시 날카롭고 높은 소리로 괴상한 음색이었다. 굵직한 쪽의 말은 프랑스어라서 알아들을 수가 있었다. 여자의 목소리가 아닌 것이 확실했다. "죽일놈!"이니 "아이구, 저놈!" 하는 것을 들을 수 있었다. 날카로운 소리는 외국인의 소리였다. 남자의 소린지 여자의 소린지 분간이 가지 않았다. 내용은 알 수 없었으나 스페인어 같았다. 방안의 상황 및 시체에 대해 본 증인의 진술은 어제 보도된 바와 같다.

[다음은 세공사 앙리 뒤발의 증언]

증인은 최초로 건물에 들어간 일행 중 한 사람이다. 뮈세의 증언을 뒷받침하고 있다. 군중이 몰려 들어가자 즉시 문을 잠가버렸다. 밤중인데도 사람들이 떼를 지어 몰려왔으므로 그것을 막기 위해서였다. 이 증인의 의견으로는 날카로운 소리는 이탈리아어다. 프랑스어는 아니라고 확신한다고 했다. 남자의 소리라고 단언할 수는 없다. 여자의 소리였는지도 모른다. 이탈리아어는 잘 모른다. 말은 못 알아들었으나 억양으로 판단해서 말한 자는 이탈리아인이라고 믿는다. 레스파네 부인과 딸과는 서로 아는 사이로 두 사람과 종종 이야기를 나누었다. 날카로운 소리는 어느 쪽 피해자의 소리도 아닌 것은 확실하다.

[요리점 주인 오덴하이머의 증언]

이 증인도 자진해서 응했다. 프랑스어를 몰라 신문은 통역을 통해 했다. 출생지는 암스테르담. 높은 비명소리가 났을 때 집 옆을 지나고 있었다. 비명은 10분 동안 계속되었고, 높고 길게 소리를 끌었다. 소름끼치는 고통스러운 소리였다. 건물로 들어간 일행 중 한 사람이다. 한 가지만 제외하고는 지금까지의 증언과 일치한다. 날카로운 소리는 남자의 소리로, 프랑스어라고 확신하고 있는 것이 그 점이다. 말은 알아들을 수 없었다. 빠르고 큰소리로 고저가 확실치 않은 소리였는데, 화도 났지만 몹시 겁이 난 것 같은 소리로 거칠었다. 결코 날카로운 목소리는 아니었다. 굵은 목소리는 "죽일 놈!"과 "아이고 저놈!"을 몇 번이고 되풀이한 뒤 한번은 "맙소사!"라고 했다.

[들로렌 거리의 '미뇨 부자 은행' 총재 쥘 미뇨의 증언]

아버지 미뇨. 레스파네 부인에겐 얼마간의 재산이 있었다. 이 은행과는 8년 전부터 거래가 있었다. 이따금 소액의 예금을 했다. 그동안 예금을 인출한 적은 없는데 죽기 사흘 전에 그 여자가 직접 와서 4천 프랑을 인출했다. 전액 금화로 지불하고 행원 한 명을 시켜 그 돈을 집까지 운반해 주었다.

[미뇨 부자 은행의 행원 아돌프 르 봉의 증언]

당일 정오경, 증인은 4천 프랑이 든 두 개의 주머니를 들고 레스파네 부인을 따라 그녀의 집까지 갔다. 문이 열리고 레스파네 양이 나타나 그에게서 주머니 하나를 받아들고 또 하나는 노부인이 받아들었다. 그런 뒤 증인은 인사를 하고 돌아왔다. 그때 길에서는 누구도 만나지 못했다. 후미진 뒷거리로 매우 한적한 길이었다.

[양복점 주인 윌리엄 버드의 증언]

집 안에 들어간 일행 중 한 사람으로 영국인이다. 파리에 체재한 지 2년. 계단으로 올라갈 때 앞장섰던 무리 중 한 사람이다. 문제의 소리를 들었다. 굵은 목소리를 낸 인물은 프랑스인이 틀림없다. 몇 마디는 알아들을 수 있었는데 전부는 생각나지 않는다. "죽일 놈!"과 "맙소사!"는 분명히 들었다. 여러 사람이 달라붙어 싸우는 것 같은 소리와 서로 치고받는 소리가 들렸다. 날카로운 소리는 굉장히 컸다. 굵은 소리보다 훨씬 컸다. 영어가 아닌 것은 틀림없었고, 독일어 같았다. 여자 목소리였는지 모르겠다.

진술한 증인 가운데 네 명의 증인이 다시 호출되어 증언한 바에 의하면, 레스파네 양의 시체가 발견된 방문은 일행이 도착했을 때 안으로 잠겨 있었다. 방 안에서는 신음소리는 물론 어떤 소리도 들리지 않았다.

그들이 방 안에 들어갔을 때 아무도 없었다. 창은 뒷방, 앞방 어느 쪽으로 연결된 것이나 모두 닫혀 있었고, 안으로 꼭 잠겨 있었다. 두 방을 통할 수 있게 되어 있는 문 하나는 닫혀 있으나 잠겨 있지는 않았다. 바깥쪽 방에서 복도로 통하는 문에는 자물쇠가 채워져 있었으나 열쇠는 안쪽에 꽂혀 있었다. 건물 바깥쪽에 있는 4층의 막다른 곳에 있는 작은 방의 문은 활짝 열려 있었다. 이 방에는 낡은 침대와 상자들이 쌓여 있었다. 모든 물건을 하나하나 들어내어 수사를 했다. 신중한 조사를 하지 않은 곳은 한 군데도 없었다. 굴뚝은 스위프(굴뚝 쑤시개)로 쑤셔보았다.

이 집은 고미 다락방이 붙어 있는 4층 건물로 고미 다락방의 창은 단단히 못질되어 있었고 몇 년 동안 한 번도 열린 흔적이 없었다. 다투는 소리를 듣고 난 후부터 방문을 비틀어 열 때까지 경과된 시간에 대한 증인들의 진술은 저마다 달랐다. 어떤 사람은 3분이라고 하고, 어떤 사람은 5분이라고 했다. 문은 좀처럼 열리지 않았다.

[장의사 알폰소 가르시오의 증언]

모르그 가에 거주하는 스페인 태생. 집안에 들어간 사람 중의 한 명이다. 그러나 위층에는 올라가지 않았다. 신경이 지나치게 예민한 편이라 흥분하게 되면 좋지 않을 것 같아서다. 다투는 소리는 들었다. 굵은 목소리의 주인공은 프랑스인이었으나 알아들을 수는 없었다. 날카로운 목소리는 이탈리아인의 소리였다. 그것만은 확실하게 말할 수 있다. 영어는 모르지만 억양으로 그렇게 판단했다.

[과자 가게 주인 알베르토 몬타니의 증언]

앞장서 간 무리 중의 하나. 문제의 목소리는 들었다. 굵은 목소리는 프랑스인의 소리. 몇 마디는 알아들을 수가 있었다. 달래는 듯한 느낌이 들었다. 날카로운 쪽의 목소리는 말의 의미가 분명치 않았고 빠르고 고저가 심했다. 러시아어라고 생각했다. 대강의 줄거리는 다른 증인과 같다. 이탈리아인이나 러시아인과 이야기해본 적은 없다.

몇 사람의 증인이 다시 호출되어 증언한 바에 의하면, 4층에 있는 방의 굴뚝은 좁아서 사람이 도저히 통과할 수 없다는 것이다. 위에서 언급한 스위프는 원통 모양의 굴뚝 소제용 솔로 굴뚝 소제부가 사용하는 도구였는데, 이것으로 온 집안의 굴뚝을 쑤셔보았다. 일행이 계단을 올라가는 사이에 아래를 내려다보았더니 내려갈 수 있는 뒷길은 없었다. 레스파네 양의 시체는 굴뚝 속에 콕 처박혀 있어 일행 중 4, 5명이 붙어서 힘껏 끌어내리지 않으면 안 되었다.

[의사 폴 뒤마의 증언]

새벽녘에 시체 조사를 위해 불려갔다. 시체는 2구가 다 레스파네 양의 시체가 발견된 방의 침대 매트리스 위에 안치되어 있었다. 딸의 시체는 심한 타박상과 찰과상이 나 있었다. 굴뚝에 틀어박혔다는 사실은 이와 같은 외상이 충분히 설명해주었다. 목의 피부는 벗겨져 있었다. 턱 바로 밑에는 깊이 눌린 상처가 여러 군데 있었고 검은 반점도 나 있었는데, 이것은 분명히 손가락으로 짓눌린 것이 틀림없었다. 얼굴색은 완전히 변했고, 눈알은 튀어나와 있었으며, 혓바닥의 일부가 물려 끊어져 있었다.

명치에 커다란 타박상이 발견되었는데 무릎의 압박에 의해서 생긴 것으로 추측되었다. 뒤마 씨가 말하기를 레스파네 양은 한 사람 또는 여러 사람에게 교살된 것으로 보인다. 어머니의 시체는 무참하게 절단되어 있었다. 오른쪽 다리와 오른쪽 팔뼈는 여러 군데 심한 손상이 가해져 있었다. 왼쪽의 늑골 전부와 왼쪽 정강이뼈는 바스러져 있었다. 전신 타박으로 피부는 변색되어 있었다. 가해 방법에 대해서는 정확하게 단정할 수가 없다. 굉장히 힘이 센 사나이가 무거운 몽둥이, 굵은 쇠뭉치, 의자 등의 대형 둔기를 휘둘렀을 때 이런 결과가 생길 가능성이 높다. 여성의 경우 어떤 흉기에 의해서도 이와 같은 타격을 주는 것이 불가능하다. 피해자의 머리는 증인이 검시했을 때는 완전히 몸체에서 절단되어 있었고, 더구나 끔찍한 상처가 나 있었다. 목은 매우 예리한 도구로 끊겨 있었다. 그 도구는 면도칼로 추정된다.

외과 의사 알렉상드르 에티엔은 소환되어 뒤마 씨와 함께 검시를 했는데, 그의 증언은 뒤마 씨의 견해를 뒷받침하고 있다.

그 밖에 여러 사람을 심문했으나 새로운 사실은 밝혀지지 않았다. 모든 점에서 이만큼 수수께끼에 싸인 불가해한 살인 사건이 파리에서 일어난 예가 없다. 물론 살인사건으로 간주하고 하는 이야기지만, 이런 종류의 사건으로는 드문 일이지만 경찰도 완전히 손을 든 상태였다. 그런데도 단서가 될 만한 것조차 발견되지 않았다.

한 석간 보도에 의하면, 생 로크구는 아직도 그 사건으로 떠들썩하며 문제의 집에 신중한 재수사를 실시하여 새로운 증인이 불려와 신문을 받았으나 모든 것이 처음으로 돌아갔다고 한다. 그리고 얼마 후 아돌프 르 봉이 체포·수감되었다고 보도하였다. 이미 보도한 사실 이외에는 그를 범인이라고 단정할 만한 단서가 없는데도 불구하고 말이다.

뒤팽은 이 사건의 경위에 특별한 관심을 기울이고 있는 것 같았다. 하기야 그는 이 사건에 대해 입을 꼭 다물고 있어서 그의 태도를 보고 기껏 그렇게 판단하는 것뿐이었지만, 이 살인 사건에 대해서 그가 나에게 의견을 구한 것도 르 봉이 수감되었다는 사실이 발표된 후였다.

이 사건을 불가해한 수수께끼로 여기는 점은 나 역시 모든 파리 시민의 의견과 마찬가지이며 특별히 떠오르는 생각은 없었다. 나 역기 범인을 가려낼 수단이 없었기 때문이다.

뒤팽이 말했다.

"이런 겉핥기식 조사만 가지고 수단 운운할 수 있을까? 파리 경찰은 영리하다는 평판은 있지만 그저 잔꾀만 있을 뿐이네. 그들의 수사는 제대로 된 원칙이 세워져 있는 게 아니라 임기응변이지. 그들은 수사방법이라는 것을 늘어놓긴 하지만 전혀 먹히지 않는 것이 문제지. 예를 들면 주르댕 선생(몰리에르의 희극 《엉터리 신사》의 주인공)이 '실내복을 가져와라, 음악을 더 잘 들게'라고 외쳤다는 식의 이야기가 생각날 지경이네. 하기야 그들이 굉장한 성과를 올릴 때도 드물지는 않지. 그러나 대개의 경우 부지런을 떨며 설쳐대서 얻어낸 성과에 지나지 않아. 그렇게 부지런히 쫓아다녀도 안 될 경우에는 그들의 목적 자체가 허탕이 되는 거지. 이를테면 비도크가 그 좋은 사례인데, 그는 눈치도 빠르고 끈기도 있다네. 그러나 사고력의 훈련이 되어 있지 않기 때문에 조사가 면밀할수록 오히려 실패를 하게 되는 거야. 대상을 지나치게 가까이에서 보기 때문에 실체를 제대로 보지 못할 수가 있는 거지. 물론 한두 가지는 보통 이상으로 면밀히 볼 수 있겠지. 그러나 그러는 사이에 전체의 모습을 보지 못하게 되는 수가 있거든. 엉뚱한 쪽을 지나치게 깊이 들여다본다는 말이 있지. 사실 진리는 항상 우물 밑바닥에 있다고만은 할 순 없어. 정말 중요한 진리는 늘 의외로 피상적인데 있다네. 심원한 진리는 우리들이 구하고 있는 골짜기 밑에 있지. 산꼭대기 위에는 없지만, 결국 진리가 발견되는 곳은 산꼭대기인 거지. 이런 유의 오류의 성질이나 원인은 천체 관측을 예로 들면 잘 알 수 있네. 별을 슬쩍 보는 방법, 즉 (중심보다는 약한 빛에 민감한) 망막 외연을 별 쪽으로 향해 곁눈질로 보는 방법이 가장 좋다네. 빛이라는 것은 거기에 눈을 가까이 가져갈수록 오히려 보기가 힘들지. 눈에 들어가는 실제 빛의 양은 눈을 거기에 가까이 댔을 때가 가장 많겠지만 곁눈질을 하는 것이 지각의 섬세함과 민감함을 훨씬 쉽게 알아 낼 수 있지. 관찰의 깊이도 정도 문제야. 도를 지나치면 도리어 사고력이 약화된다네. 따라서 너무 오랫동안 집중적으로 보거 나 정면으로 응시하고 있으면 금성조차도 하늘에서 자취를 감 추어버리는 경우가 있다네. 그런데 이번 살인 사건은 우리가 독 자적인 조사를 해보세. 견해를 밝히는 것은 그러고 나서 해도 늦지 않으니까. 조사를 한다는 것은 즐거운 일이거든. (즐겁다는 말 을 이런 식으로 쓰는 것은 좀 그랬지만 그냥 잠자코 있었다.) 거기다 르 봉에게 신 세진 일도 있고 은혜를 안 입은 것도 아니잖아. 한번 나가서 그 집을 우리 눈으로 확인하고 오세. 경찰국장인 G××는 아는 사 이니까 필요한 허가라면 쉽게 얻을 수 있을 거야."

우리는 허가를 얻고 즉시 모르그 가로 갔다. 그것은 리슐리 외 가와 생 로크 가의 중간에 있는 보잘것없는 거리였다. 그 지 역은 우리가 살고 있는 지역과는 매우 멀리 떨어져 있었으므로 그곳에 도착했을 때는 오후가 늦어서였다. 집은 곧 찾았다. 아 직도 많은 사람들이 길 건너편에서 닫혀진 덧문을 멍하니 바라 보고 있었다. 특별히 이렇다 할 목적도 없이 호기심에서 쳐다보고 있는 것이었다.

그것은 파리라면 어디서나 볼 수 있는 집으로 입구를 통해 들어가면 한쪽에는 유리창이 달린 방이 있었으며 창에는 미닫이가 있어서 그것이 문지기 방임을 알 수 있었다. 집으로 들어가기 전에 우리는 길을 쭉 따라가서 골목을 돌고 또 돌아 건물의 뒤쪽에 섰다. 그동안 뒤팽은 그 집은 물론이고 그 부근 일대도 열심히 살피고 있었으나 나로서는 그가 무얼 보고 있는지 짐작조차 할 수 없었다.

우리는 되돌아 나와 다시 건물 앞으로 와서 초인종을 누른 뒤, 지키고 있던 경찰관에게 허가증을 내보이고 들어갔다. 계단을 올라가 레스파네 양의 시체가 발견된 방에 들어가자 거기에 두 사람의 시체가 놓여 있었다. 방은 흩어진 상태로 그대로 보존되어 있었다. 〈가제트 데 트리뷔노〉지가 보도한 것 이외에는 아무것도 눈에 들어오지 않았다. 뒤팽은 하나하나 면밀히 조사해 갔다. 피해자의 시체도 예외는 없었다. 그리고 다른 방도 조사하고 정원에도 나와 보았다. 그동안 계속 경찰관 한 사람이 우리를 따라다녔다. 우리는 어두워질 때까지 조사에 열중하다가 돌아왔다. 돌아오는 길에 뒤팽은 한 일간지 신문사에 잠시 들렀다.

앞에서도 말했지만 내 친구의 변덕이란 너무나 별났으므로 그야말로 de les menageais라고 할 수 있었다. 이 프랑스어는

'다룰 재간이 없다'는 정도의 의미지만 여기에 딱 들어맞는 영어가 없다. 그런데 무슨 바람이 불었는지 이번에는 살인 사건에 대해 일체 말하기 싫다는 태도로 묵비권을 행사했다. 이튿날 정오가 되어서야 그는 갑자기 입을 열어 범행 현장에서 특별히 뭔가 주의를 끄는 것이 없었느냐고 물었다.

'특별히'라는 말을 강조했을 때의 그의 어조에는 무언가 나를 섬뜩하게 하는 것이 있었다.

내가 말했다.

"아니, 특별히 이상한 것이라니! 그런 건 없었던 것 같아. 적어도 그 신문에 났던 것 이상의 것은 말이야."

뒤팽이 대답했다.

"〈가제트〉는 사건에 대한 기괴하고 무서운 사실을 놓치고 있어. 그러나 신문의 태평스러운 기사 같은 것은 뭐라 하든 상관없어. 내가 보기에는 이 사건이 쉽게 해결될 수도 있겠다는 생각 때문에 오히려 해결이 불가능하게 보이는 거라네. 다시 말해 사건의 양상이 아주 이상하게 되어가고 있다는 거지. 경찰이 쩔쩔매고 있는 것도 살해동기가 없다는 것 때문이지. 즉 살인 그 자체의 동기가 아니라 그토록 흉포하게 죽여야만 하는 동기 말이지. 그자들이 당황하고 있는 또 하나의 문제는 말다툼하는 것을 들었다는 사실과 위층에는 살해된 레스파네 양 말고는 아무도 없었다는 사실, 게다가 층계를 올라가던 일행의 눈을 피해서 탈출할 방법이 없다는 것, 이런 것들이 아무래도 연결이 안 된다네. 방이 어지럽게 흐트러져 있었다는 사실, 시체가 머리를 밑으로 하고 굴뚝에 처박혀 있었다는 사실, 그리고 노부인의 시체가 난도질되어 있었다는 사실과 방금 한 이야기와 새삼스럽게 언급하지 않아도 될 그 밖의 사실을 취합하면, 명민함을 자랑하는 국가 경찰의 힘이 마비되어 완전히 손을 드는 수밖에 없겠지. 그자들은 이상함과 난해함을 혼동케 하는 커다란 오류, 그러면서도 흔히 있는 오류를 더듬어 나간다면 이런 예사롭지 않은 차원을 벗어남으로써 진실에 접근할 수 있네. 현재 우리가 몰두하고 있는 조사는 '무엇이 일어났느냐' 보다는 '지금까지 일어난 적이 없는 일이 어째서 일어났느냐'는 것이 문제지. 나는 며칠 안에 이 사건을 해결해 보이겠어. 아니, 사실은 이미 해결한 것이나 마찬가지지. 그것은 매우 간단한 것으로, 그 간단함은 경찰이 이 사건을 해결 불가능한 것이라고 간주하는 정도와 같은 거라네."

나는 어안이 벙벙하여 그저 뒤팽을 쳐다보기만 했다.

"지금 나는 누구를 기다리고 있는데,"

그는 말을 계속하며 방문 쪽을 바라보았다.

"지금 내가 기다리고 있는 사람은 이 끔찍한 범행의 당사자는 아닐지 모르나 이 사건에 얼마간 관계가 있는 사나이임에는 틀림없지. 이 범행의 최악의 부분과 관련해서는 아마 책임이 없을 수도 있을 것이네. 나의 가정이 맞아 떨어진다면 정말 행운이지. 이 가정을 토대로 수수께끼를 푸는 것이 나의 계획이니 말일세. 그 사나이는 지금 이리로 올 걸세. 어쩌면 안 올 수도 있지. 그러나 틀림없이 올 거야. 만약 그가 오면 그를 붙들어둘 필요가 있어. 자, 여기 권총이 있네. 이걸 사용해야 될 일이 닥치면 피하지 말아야 해. 사용하는 방법은 알고 있겠지?"

나는 권총을 받아들긴 했으나 내가 하고 있는 짓을 의식하고 있는 것도 아니고, 또한 그가 이야기한 것을 믿고 있는 터도 아니었다. 그러는 사이 뒤팽은 마치 독백이라도 하듯이 계속 지껄였다. 이럴 때의 그는 마치 신들린 사람처럼 된다는 것은 이미 앞에서도 밝혔다. 그의 말은 나를 향한 것이었지만 그 소리는 마치 멀리 있는 사람에게 하는 듯 나지막하면서도 독특한 억양을 띠고 있었다. 눈은 표정을 잃은 채 벽만 응시하고 있었다.

뒤팽이 말했다.

"계단에서 일행이 들었다는 말다툼 소리가 그 여자들의 목소리가 아니라는 것은 확실히 입증되었네. 그렇다면 '그 노부인이 먼저 딸을 죽인 뒤에 자살한 것은 아닐까'라는 의혹은 일체 고려할 필요가 없지. 새삼스럽게 이런 말을 하는 것은 사건의 주요 내용을 확실히 해두기 위해서라네. 어쨌든 레스파네 부인의 힘으로는 딸의 시체를 발견 당시의 모습으로 굴뚝에 집어넣을 수 없는 노릇이고, 게다가 몸의 상처로 봐서도 자살 가능성은 전혀 없다고 할 수 있지. 결국 범행은 제삼자에 의해 자행되었으며, 말다툼 소리는 제삼자의 것이라고 할 수 있네. 여기서 본론으로 들어가 보면, 주의할 것은 그 소리에 대한 증언 자체가 아니네. 그 증언의 특이한 점이지. 자넨 그 특이한 점을 느끼지 못했나?"

굵은 목소리를 프랑스인의 목소리라고 했던 점은 모든 증인의 의견이 일치하는데, 날카로운 소리 또는 거친 소리라고 했던 것에 대해서는 저마다 의견이 달랐다는 점을 나는 지적했다.

뒤팽이 말했다.

"그것은 다만 증언 자체일 뿐이지. 증언의 특이성은 아닐세. 자네는 아무것도 특이한 점을 알아채지 못한 모양인데 나는 발견했단 말일세. 증인들의 의견이 굵은 목소리에 일치한 것은 자네가 지적한 대로네. 그 점만은 확실히 일치했지. 그러나 문제는 날카로운 소리에 대해선 데, 특별한 점은 견해가 모두 다르다는 것이 아니고 이탈리아인, 영국인, 스페인인, 네덜란드인, 프랑스인 등등 저마다 문제의 목소리에 대해 설명하려고 하면서 그것을 외국인의 말소리라고 했다는 점이야. 어쨌든 모두가 자기 나라 사람의 말이 아니라고 단언하고 있네. 누구도 그것을 자기가 가장 잘 알고 있는 모국어라고 생각하지 않았다는 것이지. 그 반대로 들었지. 프랑스인은 그것을 스페인어라고 하며 '스페인어를 알았더라면 몇 마디 말을 알아들었을 것이다'라고 했지.

네덜란드인은 그것이 프랑스어라고 주장했는데 '프랑스어를 몰라도 신문은 통역을 통해서 했다'고 되어 있지. 영국인은 그것이 독일인의 말소리라고 생각했는데 '독일어는 모른다'는 거야 스페인인은 그것이 영국인의 말소리였다고 '확신한다'고 했는데 단지 '억양으로 그렇게 판단한다'는 것뿐이고, 그것도 '영어는 전혀 모르기 때문'이라는 식이야. 이탈리아인은 그것이 러시아어라고 믿고 있으나 '러시아인과 이야기를 한 적은 없다'는 거야. 또 다른 프랑스인은 맨 처음의 프랑스인과는 달리 그것을 이탈리아어라고 단언하고 있지만 이탈리아어는 모르기 때문에 앞의 스페인인과 마찬가지로 '억양에서 확신했다'고 했네.

자 그러면 이토록 각양각색의 증언을 얻을 수 있는 목소리란 실제로는 얼마나 기묘한 소리였을까! 유럽 다섯 나라의 사람이 이마를 맞대고 듣고도 알아들을 수 없는 낯선 말소리이니 말일세. 자네라면 아시아인이거나 아프리카인도 파리에는 별로 없지. 그러나 그런 추측도 부정은 않겠네만 어쨌든 다음 세 가지 점에 주의해달라고 하겠네. 어떤 증인은 그 소리를 '거칠다'고 했지. 다른 두 사람도 '빠르고 고저가 일정치 않다'고 했네. 위의 어느 증인도 말, 아니 말 비슷한 소리조차 분간할 수 없었네."

뒤팽이 계속 말을 했다.

"지금까지의 이야기가 자네의 이해력에 어떻게 작용했는지

나로서는 알 수가 없지만 단언할 수 있는 것은 증언의 이 부분, 굵은 목소리와 거친 목소리에 관한 부분만으로도 정확한 연역법을 적용한다면 뭔가 단서를 잡을 수 있고, 이 사건에 대해 이제부터의 조사 과정에 어떤 방향을 제시할 수 있지. '정확한 연역법'이라고 했는데 이것만으로는 아무래도 나도 생각을 충분히 전달할 수가 없군. 내가 말하려는 연역법이란 것은 유일하고 정당한 연역법으로 그 필연적인 결과로서 단서가 나오는 것이 불가피하다는 것이네. 그러나 지금은 그 단서가 정확하게 무엇인지는 말하지 않겠네. 단지 확실히 해두고 싶은 것은 그 단서가 내게 있어서는 그 방에 대한 나의 조사 방법에 어떤 형식, 어떤 일정한 경향을 부여해야 할 만큼 강력한 것이었다는 점일세.

자, 이제부터 공상의 날개를 타고 그 방에 가보게나. 그런데 여기서 우리는 먼저 무엇을 찾아야 하느냐와 범인이 어떻게 탈출했느냐를 알아야 한다는 것이네. 우리 둘 다 초자연적인 현상 같은 것은 믿지 않는다고 해도 좋겠지. 레스파네 모녀는 망령에게 살해된 것은 아니네. 범인의 행위는 물리적인 것으로, 도망친 것도 물리적인 행위라고 할 수 있지. 그렇다면 수단은? 다행히 그 점에 대해서는 유일한 추리법 밖에 없고, 그 추리법은 필연적으로 하나의 결론에 도달하게 하네. 어떻든 가능한 탈출 방법을 하나하나 검토해보세. 일행이 계단을 오를 때 범인은 레스파네 양의 시체가 발견된 방이 아니면 적어도 옆방에 있었던 것은 확실하네. 그렇다면 우리가 탈출구를 찾아내야 할 곳은 이 두 개의 방밖에는 없다는 얘기지. 경찰은 방바닥, 천장, 벽의 돌 등을 샅샅이 뜯어봤어. 비밀 출구가 있다 해도 그것이 경찰의 눈을 피할 수는 없었을 거야. 하지만 나는 경찰의 눈 같은 건 믿지 않으니까 직접 내 눈으로 확인해봤지. 역시 비밀 출구는 없었네. 두 개의 방으로부터 복도로 통하는 문은 둘 다 자물쇠가 채워져 있었지. 더구나 열쇠는 안쪽에 붙어 있었어. 그러면 다음은 굴뚝이야. 굴뚝은 난로에서 위쪽으로 10피트 정도까지는 보통 넓이지만, 그 위에서부터는 고양이도 덩치가 큰 놈은 지나갈 수 없게 되어 있어. 위에서 열거한 것과 같은 수단으로는 탈출이 절대로 불가능하다면 남은 것은 창문뿐이다. 앞쪽방의 창문으로 탈출했다면 길거리에 있던 군중이 몰랐을 턱이 없지. 이렇게 되면 범인은 뒤쪽 창문으로 나간 것이 틀림없네. 그런데 이런 식의 확실한 방법으로 결론에 도달했는데도 불구하고, 그것이 전혀 불가능한 일이라고 해서 이런 결론마저 물리친다는 것은 추리가로서의 자세가 아니지.

우리가 할 일은 이렇듯 불가능해 보이는 일이 사실은 가능하다는 것을 증명하는 것이지. 그 방에는 창문이 두 개가 있지. 하나는 가구로 가려져 있지 않기 때문에 전체가 보이네. 또 하나의 창문은 멋대가리 없이 큰 침대머리가 바짝 붙어 있어서 아래 절반은 보이지 않는다네. 첫째 창문은 안쪽에서 꽉 잠겨 있었어. 창틀 왼쪽에는 송곳으로 뚫은 커다란 구멍이 있고, 거기에는 굉장히 단단히 대못이 못대가리까지 푹 들어가게 박혀 있었네. 다른 한쪽 창문도 조사해보았더니 같은 모양의 대못이 그것과 똑같이 박혀 있더군. 이것도 열어보려고 안간힘을 써봤지만 전혀 꼬떡도 하지 않았지. 이것으로 경찰은 이 방향으로는 탈출했을 리가 없다고 단정해버린 거네.

나의 조사는 좀 더 면밀했는데, 그것은 여태까지 이야기했던 이유에서 볼 수 있다네. 다시 말해 얼핏 보기에 불가능하게 보이는 것이, 사실은 그렇지 않다는 것을 증명해 보여야 한다는 점이라는 걸 깨달았다네. 그리고 나는 다른 방식으로 생각해 나갔지, 귀납적으로 말이야. 범인은 실제로 두 창문 중 어느 한쪽으로 도망쳤다. 그렇기는 해도 범인이 실제로 이런 상황에서 안쪽에서 창틀을 고정시킬 수는 없었을 것이다. 경찰은 자신들의 사고가 잘못된 것이 아니라고 생각했으므로 이 부분의 탐색은 그만두기로 했지. 그런데 창틀은 확실히 고정되어 있었어. 이렇게 되면 창문은 자동으로 고정되어야 한다는 결론이 나오지. 이 귀결에는 의문의 여지가 없지. 나는 장애물이 없는 쪽 창으로 가서 애써 못을 뽑고 창틀을 밀어 올리려고 해봤지. 역시 내 힘으로는 불가능했어. 나는 어딘가 용수철이 감춰져 있을 것이라고 생각했네. 내 생각이 맞아떨어진다면 못에 관해서는 아직도 불가해한 것이라 치더라도, 적어도 내 추리 자체만큼은 옳다는 확신이 생겼지. 그래서 잘 찾아보았더니 숨겨져 있던 용수철이 발견되었지. 나는 그것을 눌러보았지만 이미 발견한 것으로 충분했기 때문에 창틀을 밀어 올리려고 하지 않았네. 나는 못을 원래 있던 대로 꽂고 자세히 들여다보았지. 이 창문으로 나간 사람은 용수철에 걸릴 수는 있지만, 창을 닫거나 못을 다시 꽂아놓을 수는 없었지. 결론은 명백했고 나의 조사 범위는 좁혀졌지. 범인은 다른 쪽 창문으로 도망쳤음이 틀림없었어. 그런데 양쪽 창틀의 용수철이 같다고 한다면, 차이는 못에 있었을 게 분명했지. 적어도 못에 걸리는 상태에 있을 것이 틀림없었네. 그래서 나는 침대의 매트리스에 올라가 침대머리 쪽 널빤지 너머 제2의 창문을 자세히 살펴보았네. 그리고 널빤지 뒤로 손을 넣어보았더니 과연 용수철이 있어서 눌러보자, 예상한 대로 그것은 옆의 창문과 같았네. 그래서 못을 조사해 보았어. 단단한 점에서도 마찬가지고, 못대가리가 꽉 박혀 있는 것까지 똑같더군. 자네는 여기서 내가 벽에 부딪쳤을 거라고 말하고 싶겠지. 하지만 그렇게 생각한다면 귀납법이란 것에 대한 본질을 오해하고 있는 셈이네. 사냥에서 말하는 '냄새를 잃어버렸다'는 것과 같은 일은 나에게는 적용되지 않는다네. 한순간이라도 냄새를 잃은 적이 없지. 쇠사슬의 고리는 아무데도 끊어져 있지 않아 비밀을 추구하여 궁극의 결과에 도달하는 거지. 그런데 그 결과라는 것이 못이야. 다시 한번 말해두지만 재차 확인해 봐도 이 못은 다른 한쪽 창문의 것과 모든 점에서 똑같았지. 그러나 이런 것도(결정적이라고 생각될지 모르나) 마침내 여기에 문제 해결의 실마리를 밝힐 수 있다는 사실에 도달한 근거에 비교하면 아무 것도 아닐세. '이 못의 어딘가에 이상한 데가 있는 것이 틀림없다'고 나는 생각했네. 그래서 못을 잡아 당겨보았지. 그러자 못 대가리가 4분의 1인치 정도 붙은 채 못이 쏙 빠지는 거였어. 나머지 못다리는 못구멍 속에 남아 있었지. 요컨대 못다리는 중간에서 부러져 있었던 거야. 부러진 것은 상당히 오래 된 것 같았는데(왜냐하면 부러진 자리가 몹시 녹슬어 있었으니까) 아마 쇠망치로 때려 박을 때 부러진 것 같았어. 못대가리의 한쪽이 창틀의 윗부분에 박혀 있었거든. 그런 뒤 뽑은 못대가리 쪽을 본래의 구멍에 쏙 집어넣어 봤지. 그러자 못을 친 것과 똑같지 뭔가! 부러진 것은 보이지 않았으니까 용수철을 밀고 창틀을 몇 인치 슬쩍 밀어 올려 보았네. 못대가리가 구멍에 박힌 채 창틀과 함께 올라 갔지. 창문을 닫았어. 그러자 다시 완전한 한 개의 못으로 보이더군. 여기까지의 수수께끼는 풀린 셈이지. 가해자는 침대가 놓인 창문 쪽으로 도망친 거야. 나갈 때 창문이 저절로 떨어졌는지(아니면 닫았는지) 그것은 어쨌든 용수철로 고정되어 있었는데, 이것을 경찰은 못으로 고정된 것이라고 간주하고 더 이상 탐색할 필요가 없다고 생각한 거지.

다음 문제는 내려가는 방법이야. 이 점에 대해서는 자네와 함께 집 주변을 돌아보았을 때 알아챘네. 문제의 창문에서 5피트 반 정도 떨어진 자리에 피뢰침 한 개가 뻗쳐 있더군. 이 피뢰침에서는 창으로 들어가는 것은 고사하고 창문에 손을 대는 것도 불가능하지. 그러나 자세히 보면 4층의 덧문은 파리의 목수들이 '페라드'라고 부르는 특수한 것으로 리옹이나 보르도의 유서 깊은 저택에서는 흔히 볼 수 있는 것이지. 모양은 보통 문(두 짝 문이 아닌 외짝 문)과 같지만 상반부가 격자 식으로 되어 있는 것이 다르다네. 그 때문에 손으로 잡기가 편리하지. 그런데 이번 경우 이 덧문의 폭이 자그마치 3피트 반은 되더군. 우리가 이 덧문을 집 뒤쪽에서 보았을 때는 둘 다 반쯤 열려 있었네. 다시 말해 벽과 직각으로 열려 있었지. 그 문제는 경찰도 우리와 마찬가지로 건물의 뒤쪽을 조사했겠지. 그렇지만 그 덧문의 폭을 정면에서 보지 않고 길이로 보았기 때문에 (실제로 그랬을 것이 틀림없지) 폭 그 자체의 넓이를 못 알아봤거나 적어도 충분히 고려하지도 않고 지나쳐버렸을 걸세. 사실 그곳으로 탈출하는 것은 불가능하다고 단정해버렸기 때문에 자연히 이 부분의 조사는 소홀했던 거지. 그런데 침대 머리께에 있던 창의 덧문을 벽면까지 완전히 활짝 열면 피뢰침까지의 거리가 2피트 이내가 된다는 것을 나는 확인했어. 게다가 비상한 운동 능력과 용기를 발휘하면 피뢰침에서 창문으로 들어가는 것도 가능하다고 보았네. 2피트 반만 손을 뻗치면 (덧문이 완전히 열린 것으로 치고 말야) 도둑은 문의 격자 부분을 꽉 잡을 수가 있었을 거네. 그리고 벽에다 발을 딛고 힘차게 탁 차면서 피뢰침 쪽의 손을 놓으면 덧문이 닫히게 되지. 만약 그때 창문이 열려 있었으면 몸통을 방 안으로 날려 뛰어들 수가 있는 거지. 특히 명심할 것은 조금 전에 말했지만 이처럼 위험하고 어려운 짓을 성공시키기 위해서는 반드시 비상한 운동 능력이 필요하다는 점이네. 내가 말하는 의도는 첫째, 이런 일이 전혀 불가능하지만은 않다는 것을 알아야 하고, 둘째로 그런 일을 해낸 민첩성이 거의 초능력이라는 걸 머릿속에 깊이 새겨둬야 한다는 걸세. 자네는 틀림없이 법률 용어를 빌려 이렇게 말하겠지. '자신의 주장을 입증'하려면 그런 행위에 필요한 운동 능력을 지나치게 과대평가하기보다는 오히려 과소평가해야 한다고 말이야. 일반적으로 그렇게 생각하는 것이 정상일지 모르지만 추리에서는 그렇게 안 되지. 진실만이 나의 궁극의 목표니까. 그런데 지금 이 자리에서의 나의 목적은 방금 말한 비상한 운동 능력과 목소리의 주인공의 국적에 대해서 의견이 가지각색이며, 그 발성법에서 음절의 구분이 전혀 안 되는 날카롭고 (혹은 거친) 높낮이가 일정하지 않은 진짜 기괴한 목소리, 이 두 가지를 결부시켜 생각하도록 하는 걸세."

이렇게 듣고 보니 뒤팽이 생각하고 있는 것의 의미가 미처 형태를 갖추지도 못한 채 막연하게 내 머릿속에 들어오는 듯했다. 조금만 노력하면 생각날 듯하면서도 종내 생각나지 않는 경우가 흔히 있지만, 나는 거의 이해할 것 같으면서도 아슬아슬하게 미치지 못하는 그런 상태였다. 친구는 이야기를 계속했다.

"알겠나? 내가 탈출 방법에서 침입 방법으로 화제를 옮긴 의도를! 그것은 두 가지가 다 같은 방법, 즉 같은 장소를 이용해서 했다는 것을 확실히 해두기 위해서지. 이제 집 안으로 눈을 돌려보세. 집 안의 상태는 어땠나? 옷장의 서랍을 엉망으로 들쑤셔놓았으나 옷가지들이 거의 그대로 남아 있었다고 했네. 하지만 이렇게 단정을 짓는다는 것은 어리석지. 그것은 단순하고 어리석기 그지없는 추측으로, 추리의 영역을 못 벗어났다고 할 수 있지. 서랍에 남아 있는 물건이 원래 거기에 있던 물건의 전부가 아니라는 사실을 어떻게 증명하겠나? 레스파네 모녀는 운둔 생활을 하고 있었지. 물론 손님도 없었고 거의 외출도 하지 않았네. 그렇다면 옷도 그다지 필요가 없었을 걸세. 남아 있는 것은 부인들이 지니는 물건으로 상당히 좋은 것들에 속하는 것이었네. 만약 도둑이 일부를 가져갔다면 어째서 가장 값나가는 것을 가져가지 않았을까? 거추장스러운 옷가지를 한 아름이나 안고 가면서 무엇 때문에 4천 프랑의 금화를 내버려두고 갔을까? 금화는 그대로 있었네. 은행가 미뇨 씨가 말한 금액이 고스란히 담긴 주머니가 방바닥에서 발견되었네. 돈을 집의 문 앞에서 건네주었다는 증언 때문에 경찰들이 잘못 생각하게 된 동기를 좌우간 자네 머릿속에서 추방해주기 바라네. 이러한, 즉 돈을 건네주고 그것을 전해 받은 인간이 사흘도 못 가서 살해되었다는 우연. 이러한 우연이 우리 인간 세계에서는 시간마다 일어나고 있지만, 단지 한순간도 그것을 알아채지 못하고 있지. 일반적으로 우연이라는 것은 교육을 받았어도 확률론을 전혀 공부하지 않은 사색가에게 있어서는 커다란 장애물이지. 이 확률론 덕택에 인간의 가장 빛나는 대상이 더욱 빛나는 성과를 올리고 있는데도 말일세.

이번의 경우 만약 금화가 분실되었다면, 그 사흘 전에 돈을 건넸다는 사실은 우연 이상의 중요성을 띠었을 걸세. 즉 살해 동기를 분명하게 뒷받침해주었을 걸세. 그러나 이번 사건의 실제 사정이 그렇고, 더구나 범행 동기가 돈이라고 한다면 이 범인은 돈도 동기도 다 같이 내던져버릴 정도로 우유부단한 멍청이였다고 가정해야 하네. 자네의 주의를 촉구했던 여러 가지 점들…… . 즉 그 기괴한 소리와 놀라운 운동 능력, 그리고 이처럼 흉악한 살인 사건으로서는 기괴할 정도로 동기가 결여된 점, 그러한 것들을 머릿속에 깊이 각인시킨 뒤 범행 그 자체에 초점을 모아보도록 하세. 실제로 한 여자가 손으로 교살되어 거꾸로 굴뚝에 처박혀 있네. 보통 살인범은 이런 식의 살해 방법을 쓰지 않네. 적어도 시체를 그런 식으로 처리하지는 않지. 자네도 인정하겠지만 시체를 그런 식으로 굴뚝에 처박은 범행 수법에는 상식을 벗어난 무엇이 있어. 범인이 생각할 수 있는 한,

가장 잔악무도한 인간이라고 해도 그래. 그리고 생각해보게. 몇 사람이 달라붙어 겨우 끄집어냈을 정도로 깊숙이 시체를 굴뚝에 쑤셔 박은 그 힘은 대체 어느 정도일지 가늠을 해보세. 이번에는 그 엄청난 힘이 어떻게 휘둘러졌는지에 대한 증거를 찾아보세. 난로 위에는 사람의 잿빛 머리카락 뭉치, 그것도 듬뿍 뽑은 뭉치가 놓여 있었네. 그것은 두피째 뽑힌 거야. 2, 30가닥의 머리털이라 해도 머리에서 이런 식으로 뽑자면 얼마만한 힘이 필요한지 자네도 상상할 수 있을 거네. 그 문제의 머리털 뭉치를 자네도 보았네. 머리털의 두피 쪽에는 (소름이 끼치네만) 머리의 살가죽이 들러붙어 있었네. 단번에 몇 십만 개의 머리털을 잡아 뽑을 만한 엄청난 힘의 증거라고 볼 수 있지. 노부인의 목은 그냥 베어져 있는 게 아니었네. 머리가 몸체에서 완전히 떨어져 버렸어. 더구나 흉기는 단지 면도칼 한 갠데 말이야. 거기다 또한 가지 이 행위를 저지른 야수적 잔인성에 대해서도 유의해주게. 레스파네 부인 시체의 타박상에 대해서는 덧붙이지 않겠네. 의사 뒤마 씨와 그를 도와주는 에티엔 씨는 둔기에 의한 타박상이라고 결론을 내리고 있는데, 그것은 두 사람 다 아주 정확하게 보았네. 둔기라는 것이 뒤뜰에 깔린 돌이라는 것은 분명하고, 희생자는 침대맡의 창문에서 그리로 떨어졌네. 이렇게 추정하는 것이 지금에 와서는 아무것도 아니지만 경찰들 생각으로는 불가능했지. 그것은 덧문의 넓이에 주의를 돌리지 못한 것이 이유지. 즉 못이라는 것이 있었기 때문에 창문이 열렸을 것이라는 것은 전혀 생각지도 못했지. 이상과 같은 사실을 염두에 두고 방 안이 아수라장이 된 것을 생각한다면, 이미 우리는 놀라운 운동 능력, 초인적인 힘, 야수적인 잔인성, 동기가 없는 살인 행위, 모골이 송연할 정도의 괴기성, 그리고 여러 나라 사람들이 저마다의 다른 외국어로 확실한 의미를 파악할 수 없는 음절의 목소리를 낸 것, 이런 모든 것을 결부시킬 수 있는 단계에 이르렀네. 자, 어떤 결론이 나왔나? 자네 상상력에 내가 불씨를 지폈나?"

나는 이렇게 질문을 받자 등골이 오싹해졌다. 그래서 내가 말했다.

"미치광이군. 그런 짓을 한 자는 가까이에 있는 정신병원에서 도망친 흉악범이겠지."

그러자 뒤팽이 말했다.

"어떤 점에서는, 자네 생각도 전혀 틀린 건 아니지. 그러나 미치광이의 소리는 심한 발작을 일으켰을 때에도 그 계단에서 들었던 소리와는 전혀 동떨어진 소리지. 미치광이라도 분명 국적은 있을 테고, 만약 지껄이는 내용이 지리멸렬한 것이라 해도 음절은 의외로 확실한 것일 수 있지. 게다가 아무리 미치광이라고 해도 머리털까지 지금 내가 손에 쥐고 있는 것과 같은 건 아니겠지. 레스파네 부인이 움켜쥐고 있는 것을 조금 빼내온 건데,

자네 이게 무엇으로 보이나?"

나는 몹시 놀라며 말했다.

"뒤팽! 정말 이상한 털이군. 사람의 털이 아니야."

"사람의 털이라고는 하지 않았어."

뒤팽은 계속 말을 했다.

"그러나 이 점에 대해 결론을 내리기 전에 이 종이에 베껴둔 스케치를 좀 봐주겠나. 증언 중에, 레스파네 부인의 목에 '검은 타박상과 깊은 손톱자국'이란 대목이 있었지. 그리고 '틀림없이 손가락에 눌린 것으로 보이는 몇몇 납빛 점'이라는 부분도 있어. 이것은 그 부분을 실물 그대로 뜬 그림이야."

"이 그림을 보면,"

친구는 우리 앞에 있는 테이블 위에 종이를 펼쳐놓으면서 계속 말을 했다.

"얼마나 힘을 주어 쥐었나를 알 수 있지. 미끄러진 흔적이라곤 없네. 모든 손가락이 확실히 피해자가 죽을 때까지 처음 움켜쥔 무서운 힘이 계속 지속되었지. 그런데 시험 삼아 자네의 손가락을 이 자국에 갖다 대 보게."

나는 그대로 해보았으나 아무래도 들어맞지 않았다.

뒤팽이 말했다.

"그렇지만 이것은 아직 확실한 검증이라고는 할 수 없지. 종이는 평면 위에 펼쳐져 있거든. 그렇지만 인간의 목은 원통형이

지. 여기 통나무가 하나 있네. 굵기도 목 정도군. 종이를 거기에
말아 보게나."

나는 그가 시키는 대로 해보았으나 앞의 경우보다 훨씬 무리
라는 것을 알았을 뿐이었다.

"이건 말이야,"라고 내가 말했다.

"사람의 손자국이 아니야."

뒤팽이 말했다.

"그렇다면 읽어보게, 퀴비에(프랑스의 박물학자이며 동물학자)가 쓴 책
의 이 부분을."

거기에는 동인도 제도산의 거대한 황갈색 오랑우탄의 해부
학과 생태학적 설명이 기술되어 있었다. 이 포유류의 거대한 체
격, 놀라운 힘과 운동 능력, 잔인성, 모방벽 등은 잘 알고 있는
사실이었다. 나는 대뜸 이 살인 사건의 무시무시한 전모를 깨
달았다.

"손가락에 대한 설명은,"

나는 설명을 다 읽고 나서 말했다.

"이 스케치와 정확하게 일치하는군. 알았어! 여기에 적혀 있
는 종류에 속하는 오랑우탄 이외의 어떤 동물도 자네가 베껴
온 것과 같은 움푹 팬 자국을 만들 수는 없을 것 같군. 게다가
이 황갈색의 털도 퀴비에의 책에 있는 동물과 완전히 같은 것이
군. 그러나 이 무서운 사건의 상세한 부분에 대해서는 아무것도

짐작조차 할 수가 없네. 더구나 말다툼을 한두 가지의 목소리가 있었고, 그 한쪽은 틀림없이 프랑스인의 소리였다고 했지 않나?"

"사실이야. 게다가 자네도 기억하겠지만 대다수의 증인이 그 목소리가 했다는 말과 일치했던 말이 '맙소사!'였지. 이것이 야단치는 것 같으면서 달래는 것 같은 말투였다고 증인의 한 사람(과자 가게 주인 몬타니)이 말했는데, 이것은 그때의 상황을 정확하게 포착한 말일세. 그러기에 '맙소사'란 이 한 마디에 나는 수수께끼를 풀려는 희망을 걸어왔었네. 프랑스인 하나가 이 살인사건을 알고 있어. 적어도, 아니 이건 거의 확실한 것인데, 이 사나이는 이 참극의 직접적인 하수인은 아니야. 어쩌면 오랑우탄이 이 사나이로부터 도망쳤을 거고, 사나이는 오랑우탄을 좇아 그 방까지 간 거지. 그런데 그와 같은 난동이 일어나는 바람에 붙잡지 못했어. 오랑우탄은 지금도 마음껏 돌아다닐 거야. 그러나 추측은 이제 이 정도로 해두지. 사실 이것이 추측 이상의 것이라고 말할 권리는 나에겐 없으니까. 이렇게 말하는 것은 추측의 기초가 되어 있는 고찰 자체에 미묘한 점이 있고, 그것이 아무래도 나의 지력으로써는 간파할 수가 없는 것인 데다가 더구나 남에게는 설명할 수 있다고 나설 수도 없는 것이었지. 그러니까 추측은 분명히 추측이라고 해두고 그 전제 위에서 이야기하기로 하세. 만약 문제의 프랑스인이 범행 그 자체에는 관계가 없다고 한다면, 어젯밤 돌아올 때 〈르 몽드〉(해운업계의 신문으로 선원들이 잘 본다) 신문사에 가서 의뢰하고 온 광고를 읽고 찾아올 게 틀림없지."

그는 나에게 신문을 내밀었다. 거기에는 이런 내용이 게재되어 있었다.

〈포획물 - 황갈색 보르네오 종 오랑우탄. 이 달 00일 이른 아침(사건이 발생한 아침), 불로뉴 숲 속에서 포획. 주인(몰타 섬 소속 선박서원으로 추정)에게 반환하겠음. 단, 그것이 자신의 소유라는 것을 충분히 증명하고 포획 및 보관하는 데 소요된 약간의 비용을 지불할 것. 생 제르맹 교외 00가 00번지 3층으로 오시기 바람.〉

내가 물었다.

"어떻게 해서 그 사나이가 선원이고, 더구나 몰타 섬의 배의 승무원이라는 것을 알았지?"

뒤팽이 말했다.

"알고 있는 것은 아니지. 틀림없이 그렇다는 것도 아니야. 그러나 여기에 리본 조각이 있어. 그 모양새나 기름이 묻어 있는 것으로 보아 선원들이 즐겨 쓰는 변발을 묶는 리본 같거든. 게다가 이런 머리 스타일은 선원들 외에는 좀처럼 볼 수 없는데다가 몰타 섬 사람 특유의 것이라고 할 수 있지. 리본은 피뢰침 밑에서 주웠어. 피해자의 것이 아닌 것은 확실해. 그런데 설령이 리본에서 그 프랑스인이 몰타 섬의 선원이라고 추정한 것이 틀렸다 하더라도 광고에 그렇게 써놓지 말라는 법도 없지. 설사 이 추정이 틀렸다 하더라도 상대는 이쪽이 어떤 사정으로 잘못 생각했을 것이라고 예상할 뿐, 일부러 그런 사정을 캐내려고 하지 않을 걸세. 만약 내 추정이 맞았다면 수확이 크지. 살인의 하수인은 아니더라도 목격은 했을 테니, 당연히 그 프랑스인은 광고를 보고 올 것이라는 걸. 그런데, 오랑우탄을 찾으러 오는 것을 주저할 것이네. 아마 그 선원은 이렇게 생각할 거야. '나는 죄가 없다. 돈도 없다. 오랑우탄은 상당한 값이 나간다. 나한테는 한 재산인데 위험만 생각하고 미적거리다가 큰돈을 날려버릴 수는 없다. 그렇게 당장 손에 들어올 판인데 오랑우탄이 불로뉴 숲에서 붙들렸다. 살인 현장에서는 상당한 거리다. 그런 짐승이 살인을 했을 거라고 누가 짐작이나 했을까? 경찰도 손을 들었지. 전혀 단서도 못 잡고 있다. 만일 경찰이 오랑우탄의 짓이란 걸 냄새 맡았다고 해도 내가 그 살인에 대해 알고 있다고 증명할 수는 없고, 알고 있다고 한들 유죄라고 확신할 수는 없지. 어쨌든 간에 이미 나는 정체가 드러났다. 광고주는 나를 그 짐승의 주인이라고 지목했다. 광고주가 얼마만큼 알고 있는지 나로서는 알 수 없지만, 그건 그렇다 치고 이쪽이 주인이라고 알려져 있는 고가의 재산을 찾으러 가지 않는다면, 적어도 그 동물에 혐의를 걸어달라는 거나 마찬가지가 아닌가. 그러니

깐 난 그 짐승이나 의심을 받는 것은 이로울 것이 못 돼. 광고에 응해서 오랑우탄을 데리고 온 후 사건의 관심이 식어갈 때까지 감추어두자.'라고 선원은 생각한 것일세."

이때 계단에서 발소리가 났다.

뒤팽이 말했다.

"권총을 준비하게. 단, 내가 신호할 때까지는 쏘아서도 그런 내색을 내비쳐서도 안 돼."

현관문은 열린 채로 있어서 방문객은 초인종을 누르지 않고 들어와 계단을 올라왔다. 그런데 문득 망설이는 것 같았다. 잠시 후 다시 내려가는 발소리가 들렸다. 뒤팽이 얼른 문 쪽으로 다가가자 다시 올라오는 발소리가 들렸다. 이번에는 멈추거나 하지 않고 단호한 걸음으로 올라와 우리의 방문을 노크했다.

"들어오시오."

뒤팽이 친근감이 담긴 쾌활한 어조로 말했다.

한 사나이가 들어왔다. 선원 같아 보였다. 키가 크고 단단해 보이는 근육질의 사나이였는데 어딘가 막무가내 같은 분위기를 풍겼으나 전혀 애교가 없는 것도 아니었다. 햇볕에 그은 얼굴은 반 이상이나 구레나룻과 콧수염으로 텁수룩하게 덮여 있었다. 커다란 참나무 막대기를 들고 있을 뿐 다른 무기를 휴대하고 있는 것 같지는 않았다. 그는 어색하게 꾸벅 머리를 숙이면서 "안녕하슈!" 하고 프랑스어로 인사를 했다. 그 말투에는 뇌

샤텔 지방 사투리가 섞여 있었으나 원래는 파리지앵이라는 사실을 알 수 있었다.

뒤팽이 입을 열었다.

"앉으시오. 오랑우탄 때문에 오셨지요? 정말이지 그렇게 훌륭한 녀석을 가지고 계시다니 부러울 지경이오. 진짜 좋은 놈이던데 상당히 값이 나가지요? 그 녀석 몇 살이나 됩니까?"

그제야 선원은 무거운 짐을 내렸다는 듯이 길게 한숨을 쉬고는 뚜렷한 말투로 대답했다.

"잘 모르긴 해도 아마 네댓 살은 됐습죠. 그놈 혹시 여기 있습니까?"

"아, 아니오. 여기엔 시설이 안 되어서, 뒤부르 가의 세놓는 우리에 넣어두었소. 뭐 여기서 얼마 안 되지요. 내일 아침에 넘겨드리겠소. 물론 당신이 주인이라는 증명은 할 수 있겠지요?"

"그럼요, 할 수 있습죠."

"내놓기 좀 아까운 생각이 드는데요."

"그놈을 잡아주신 사례는 충분히 보답하겠습니다요."

"좋아요. 그거 아주 훌륭한 생각이오. 그런데 무엇을 받기로 할까요? 응, 그렇지. 이것으로 합시다. 모르그 가의 살인 사건에 대해 당신이 아는 정보를 전부 받기로 할까요?"

뒤팽은 마지막 말을 아주 낮은 어조로 천천히 하는 것과 동시에 느릿하게 문 쪽으로 걸어가 자물쇠를 잠그고는 열쇠를 주머니 속에 넣었다. 그리고 가슴 속에서 권총을 꺼내어 침착하게 테이블 위에 놓았다.

선원은 마치 숨이 막히기라도 한다는 듯 얼굴이 확 붉어졌다. 그리고 일어서며 막대기를 잡았다. 그러나 다음 순간 의자에 쓰러지듯 주저앉더니 와들와들 떨었다. 얼굴은 마치 송장같이 되었고, 한마디도 입을 열지 못했다. 나는 진정 이 사나이에게 동정을 금치 못했다.

뒤팽은 부드럽게 말했다.

"이봐요, 그렇게 겁먹을 필요는 없어요. 정말 해를 끼칠 생각은 조금도 없으니까. 신사로서, 프랑스인으로서 맹세하지만 그럴 생각은 털끝만큼도 없소. 당신이 모르그 가의 흉악범이 아니라는 것도 잘 알고 있소. 그러나 그 일과 전혀 관계가 없다고는 말하지 않겠소. 이 정도로 말하면 이제 당신도 짐작했을 텐데. 이 일에 대해서 나는 정보망을 가지고 있소. 당신은 거의 상상도 못할 만큼 말이오. 요컨대 사태는 이 정도까지 와 있소. 당신이 좋아서 한 일은 전혀 없소. 다시 말해 죄가 될 만한 짓은 아무것도 하지 않았소. 도둑질도 하지 않았소. 문책을 받을 염려 없이 훔칠 수도 있었는데 말이오. 숨길 필요는 없소. 숨길 이유가 없으니까요. 그러나 당신이 알고 있는 모든 사실을 고백할 의무가 있소. 그것은 명예의 문제요. 당신은 범죄자를 지목할 수 있는 입장인데도 불구하고 그걸 하지 않았기 때문에 지금 무고한 사람 하나가 감금되어 있소."

뒤팽이 이렇게 말하는 동안 선원은 어느 정도 마음의 평정을 되찾은 모양이었다. 하지만 당초의 대담함은 완전히 사라져버리고 없었다.

"제기랄, 이게 무슨 꼴이야!"

그리고 잠시 후 사나이는 말했다.

"말씀드리죠. 이 사건에 대해 제가 알고 있는 것을 전부. 그러나 말씀드리는 것의 절반도 믿어주시지 않을 겝니다요. 믿어주시길 바란다면 제가 어리석은 놈입죠. 그렇지만 저는 아무 죄도 없습니다요. 그러나 그 때문에 죽는 한이 있더라도 깨끗이 털어놓겠습니다요."

선원이 말한 것을 요약하면 이렇다.

그는 최근 인도양을 항해하고 돌아왔는데, 어떤 일행과 보르네오에 상륙하여 섬 깊숙이까지 놀이삼아 탐험을 했다. 거기서 동료 한 사람과 함께 그 오랑우탄을 잡았다. 그런데 불행히도 그 친구가 죽었기 때문에 자연히 그 동물은 그의 소유가 되었다. 항해에서 돌아오는 동안 이 포획물은 종종 감당할 수 없을 정도로 횡포를 부려 몹시 애를 먹었으나 가까스로 파리의 집까지 끌고 올 수가 있었다. 이후 이웃에서 이상한 눈으로 보는 것이 싫어서 그는 고심해가며 오랑우탄을 숨긴 채 그 녀석이 배

위에서 발에 가시가 찔려 생긴 상처가 낫기를 기다리기로 했다. 그리고 때가 되면 팔아치울 심산이었다.

살인이 있었던 날 새벽 무렵이었다. 선원은 그의 동료들과 진탕 놀다가 집에 돌아와 보니 그 짐승이 그의 침실에 들어와 있었다. 옆의 작은 방에 가두어두었는데 침실에 들어와 있었던 것이다. 녀석은 면도칼을 손에 들고 얼굴 전체에 온통 비누 거품을 뒤집어 쓴 채 거울 앞에 앉아 수염을 깎을 태세를 취하고 있었다. 주인이 그렇게 하는 것을 이전에 옆방의 열쇠 구멍으로 엿보았던 게 틀림없었다. 이런 위험한 도구가 이런 흉포한, 더구나 그것을 능숙하게 이용할 줄 아는 동물의 손에 들려 있는 것을 보고 그는 아연해서 잠시 쩔쩔맸다. 그러나 이 동물은 아무리 사납게 날뛸 때도 채찍을 들면 얌전해졌기 때문에 이번에도 채찍을 들려고 했다. 그러나 채찍을 보자 오랑우탄은 방에서 나가 계단으로 뛰어 내려가 공교롭게도 열려진 창문을 통해 밖으로 도망쳐버렸다.

이 프랑스인은 다급해서 급히 녀석의 뒤를 쫓았다. 오랑우탄은 여전히 면도칼을 손에 쥔 채 도망치다가 때때로 멈춰 서서 자기를 뒤쫓아 오는 사람에게 오라고 손짓을 해놓고 잡힐 만하면 다시 도망쳤다. 이런 행위가 자꾸만 되풀이되었다. 시간은 이미 새벽 3시로, 거리는 죽은 듯이 정적에 잠겨 있었다. 모르그가의 뒷골목에 들어섰을 때, 쫓기던 오랑우탄은 레스파네 부인의 4층 방의 열린 창문에서 흘러나오는 불빛에 주의가 쏠린 모양이었다. 그는 건물로 가까이 가서 피뢰침을 발견하고는 믿을 수 없을 만큼 민첩한 동작으로 기어오르더니 활짝 열린 덧문을 잡고 거기에 매달렸다. 그런 다음 반동을 이용하여 침대머리의 판자가 있는 곳으로 뛰어 들었다. 이런 동작을 하는 데 걸린 시간은 1분도 채 안 되었다. 오랑우탄이 방 안으로 들어가면서 덧문은 반사적으로 다시 열렸다.

한편 선원은 이제 녀석을 잡았다 싶었지만 동시에 난처하게 됐다고도 생각했다. 됐다 싶었던 것은 이번엔 틀림없이 잡을 수 있겠지 하는 생각에서였는데, 그것은 녀석이 지금 막 뛰어든 함정에서 달아날 길은 피뢰침밖에 없었고, 그리고 내려오는 것을 잡으면 되겠다는 생각에서였다.

그런데 이 짐승이 집 안에서 무슨 짓을 저지를지 큰 걱정이었다. 그걸 생각하니 안절부절 못할 지경이어서 선원은 다시 오랑우탄을 쫓았다. 피뢰침을 타고 오르는 것은 선원에게 어렵지 않은 일이었다. 그러나 왼쪽으로 떨어져서 창문이 넘겨다보이는 높이까지 올라갔을 때, 그의 동작은 딱 굳어져버렸다. 몸을 앞으로 숙여 방 안을 얼핏 들여다본 것이 고작이었는데 말이다. 그는 얼핏 보는 것만으로도 공포에 질려 손에 힘이 빠져 아래로 떨어질 뻔했다. 모르그 가 주민의 잠을 깨게 한 그 무서운 비명이 밤의 정적을 찢은 것은 그때였다.

당시 레스파네 부인과 딸은 나이트가운을 입고 앞에서 말한 철제 금고를 방 한가운데 내다놓고 서류를 정리하고 있었던 것 같았다. 금고는 열려 있었고, 속에 들어 있던 물건은 바로 옆의 방바닥에 놓여 있었다. 희생자들은 창문을 등지고 앉아 있었던 모양이었다. 짐승이 침입하고 비명이 울렸을 때까지의 시간의 경과로 판단해서 피해자들이 오랑우탄의 침입을 당장은 눈치 채지 못했던 것 같다.

선원이 들여다보았을 때, 그 거대한 동물은 레스파네 부인의 머리채(방금 빗어 내린 뒤라 풀어져 있었다)를 잡고 이발사가 하듯이 면도칼을 그녀의 얼굴 앞에 휘두르고 있었다. 이때 딸은 쓰러져 꼼짝도 않고 있었다. 노부인이 비명을 지르면서 몸부림치자(그동안에 머리털이 잡아 뽑혔다), 오랑우탄은 처음에는 악의가 없었지만 비명소리를 듣고는 진짜 화가 났다. 녀석이 그 힘센 팔을 냅다 한번 휘두르자 그녀의 목이 몸체에서 거의 떨어져 나가게 되었다.

피를 보자 짐승의 분노는 광기에 사로잡히고 말았다. 이를 갈고 눈에서는 불을 튀기며 딸의 몸뚱이를 덮친 녀석은 숨이 끊어질 때까지 손톱으로 목을 짓눌렀다. 그때 놈의 두리번거리던 광포한 눈이 침대 머리맡 쪽을 향했다. 그러자 거기에는 공포에 질린 주인의 얼굴이 얼핏 보였다. 짐승은 무서운 회초리를 아직 기억하고 있는 듯 순간 분노는 공포로 변했다. 매를 맞을 짓을 했음을 알아챈 오랑우탄은 자신의 끔찍한 행위를 숨기려고 생각했는지, 미친 듯이 방 안을 뛰며 설치는 동안 가구를 내동댕이치고 두드려 부수는 것은 물론, 침대에 있는 침구들을 잡아 끌어내렸다. 그리고 딸의 시체를 움켜잡더니 발견되었을 당시의 모습으로 굴뚝 속에 처박아 넣었다. 그런 다음 노부인의 시체를 집어 들어 창문에서 거꾸로 내던졌다.

오랑우탄이 난도질해서 죽인 시체를 들고 창문 가까이로 다가왔을 때, 선원은 혼비백산하여 피뢰침에 몸을 붙이고는 내려온다기보다는 미끄러져 떨어졌다. 그리고 한달음에 집으로 도망쳐 왔다. 그는 이 참극의 결과가 두려운 나머지 우랑우탄의 운명 같은 것은 전혀 염두에도 없었다.

일행이 계단에서 들었다는 말이라는 것은 이 짐승의 악귀와 같은 으르렁거림에 섞인 프랑스인의 공포와 경악의 외침이었던 것이다.

더 이상 이 사건에 덧붙일 것은 없다. 오랑우탄은 방문이 부서지기 직전 피뢰침을 타고 달아난 것이 틀림없었다. 창문을 뛰쳐나갔을 때 창문은 자동적으로 닫혔을 것이다. 오랑우탄은 그 뒤, 그의 주인의 손에 붙들려서 자르댕 데 플랑테(파리의 식물원 겸 동물원)에 상당히 비싼 값으로 넘겨졌다. 경찰국장실에서 우리가 일체의 사정을(뒤팽의 주석도 붙여서) 이야기하자, 르 봉은 즉시 석방되었다. 담당 관리는 내 친구에게 호의를 품고 있으면서도 사건이 이렇게 결말지어진 것이 불쾌한 듯, 우리에게 괜한 참견은 하지 않는 게 좋다는 식의 비꼬는 소리를 몇 마디 덧붙였다.

"내버려둬"

뒤팽이 말했다. 그런 소리에 대답할 필요를 느끼지 않았던 것이다.

"멋대로 말하라고 해. 그렇게 해서 직성이 풀린다면 말이야. 그 자신의 성에서 그를 쳐부수었으니 이쪽은 만족할 수밖에. 그런데 그 사람이 사건 해결에 실패한 것은 그 사람의 생각만큼 이 사건이 특별한 사건이 아니었기 때문이지. 말이야 바른 말이지, 그 사람은 영리한 게 지나쳐서 중요한 실마리를 놓치고만 거야. 그의 지혜에는 꽃으로 말할 것 같으면 수술이 없는 거나 마찬가지였지. 여신 라베르나(고대 이탈리아의 도둑을 지키던 여신)의 그림처럼 머리통만 있고 몸통은 없었던 거지. 아니면 고작해야 대구라는 생선처럼 머리와 어깨뿐이었던 거야. 그건 그렇다 치고, 그는 좋은 사나이야. 특히 그 사람이 아무것도 아닌 일을 가지고 거드름을 피우며 태연히 지껄일 수 있는 것이 좋다는 거야. 그런 수완으로, 다시 말해 '있는 것을 부정하고 없는 것을 해설하는'(루소의 《신 엘로이즈》의 한 구절) 수완으로써 더없이 재빠르다는 명성을 얻고 있으니 말일세."

도둑맞은 편지

The Purloined Letter

18××년, 파리의 스산한 바람이 부는 가을 저녁이었다. 나는 생 제르맹 교외의 뒤노 가 33번지에 있는 친구 C 오귀스트 뒤팽과 함께 그의 집 3층에 있는 서재라고 해야 할지 서고라고 해야 할지 애매모호한 구석방에 앉아 있었다.

그곳에서 우리는 명상과 해포석(海泡石) 파이프의 연기에 잦아드는 이중의 환락에 빠져 있었다. 거의 한 시간을 그렇게 앉아 깊은 침묵에 잠겨 있었다. 누군가가 우리를 보았다면 방 안을 자욱하게 매운 연기의 소용돌이에 탐닉해있다고 했을 것이다.

그런데 실은 해질 무렵인 조금 전에 이야기했던 어떤 문제에 대해 깊은 생각에 잠겨 있던 참이었다. 문제라는 것은 모르그 가 사건과 마리 로제 살해에 얽힌 수수께끼이다. 방문이 열리 면서 우리 두 사람 모두의 오랜 지기인 파리 시 경찰국장 G×× 씨가 들어섰을 때도 단순한 우연이라고는 생각되지 않았다.

우리는 그를 진심으로 환영했다. 이 사나이는 끔찍할 정도로 경멸스러운 면이 있는 반면 꽤 재미있는 구석도 있었다. 우리는 그때까지 쭉 어둠속에 앉아 있었으므로, 뒤팽이 램프에 불을 붙이려고 일어서려 하자 G×× 씨가 말했다. 그는 아주 까다롭 고 골치 아픈 공무 때문에 나와 친구 뒤팽의 의견을 들으려고 온 것이라고 했다. 그런데 뒤팽은 다시 자리에 주저앉아 버렸다.

"사색이 필요한 일이라면"

뒤팽은 램프에 불을 붙이려다가 단념하고 말했다.

"어둠 속에서 검토해보는 게 더 나을 것 같은데."

"묘한 괴벽이로군요."

경찰국장이 말했다.

그는 자신이 이해할 수 없는 일에 대해서는 무엇이나 '묘한 데!'라는 한 마디로 얼버무리는 버릇이 있었다. 그러기에 그는 항상 '묘한 일'의 바다에 푹 빠져 살고 있는 실정이다.

"그렇다고 해두지요."

뒤팽은 이 귀한 손님에게 담배를 권하며 안락의자를 밀어주었다.

"그런데 그 까다로운 일이란 뭐죠?"

내가 물었다.

"설마 살인은 아니겠죠?"

"아니, 그런 것은 아니오. 그런 종류의 사건은 아니오. 사실이 사건은 '지극히' 단순해서 우리끼리 충분히 해결할 수 있는 성격이긴 하지만 그게 아주 '묘한' 데가 있어서, 뒤팽 씨가 호기심을 가질 것 같아서 입니다."

"단순한데 묘하다?"

뒤팽이 말했다.

"그렇습니다. 그러나 딱 그렇다고 할 수만은 없어요. 사실은 일이 너무 단순해서 그게 초점을 흐려놓는단 말이오. 실체가 전혀 잡히지 않는단 말입니다."

"그게 너무 단순해서 문제라는 겁니까?"

친구가 물었다.

"농담 마시오."

국장은 자못 우습다는 듯이 껄껄댔다.

"그럼 수수께끼가 '지나치게' 단순하다는 뜻이군요."

뒤팽이 말했다.

"아니, 뭐라고요. 그런 말도 있나요?"

"그럼 그게 '지나치게' 명백하군요."

손님은 재미있다는 듯 크게 웃어댔다.

"아니 뒤팽 씨, 사람을 웃겨 죽일 셈입니까? 제발 그만 하시오."

"그런데 그 문제란 게 뭡니까?"

내가 물었다.

"이제 말씀드리지요."

국장은 의자에 몸을 기대면서 담배 연기를 길게 내뿜고는 대답했다.

"요컨대 그전에 말해둘 것은 사건이 극비에 속하는 만큼 이걸 누설한 사실이 드러나게 되면 내 목이 달아난다는 사실이오."

"계속하세요."

내가 말했다.

"아니면 그만 하시든가."

뒤팽이 말했다.

"그럼 말하죠. 어떤 지체 높은 분이 나에게 비밀리에 알려왔는데 궁중에서 아주 중요한 서류를 도난당했답니다. 그분은 훔친 인물이 누군지 알고 있답니다. 그건 확실하지요. 왜냐하면 훔치는 장면을 목격했으니까요. 게다가 그 서류가 아직 그의 수중에 있다는 것도 확실히 알고 있어요."

"어떻게 그걸 알지요?"

뒤팽이 물었다.

"그야 추측으로 알 수 있지요."

국장이 대답했다.

"그 서류가 지닌 성격상 서류를 훔친 당사자로부터 다른 사람의 손에 넘어가면 당장 나타나게 될, 아니 그것을 훔친 자가 최종적으로 실행에 옮길 의도임에 틀림없는 결과가 아직 나타나지 않았기 때문이지요."

"좀 더 구체적으로 말씀해주세요."

"이왕 이렇게 된 거 큰마음 먹고 말해버리기로 하지요. 그 서류는 그것을 지닌 자에게 특별한 권력을 부여하는 힘이 있는데 그 권력이라는 것이 상상 이상이라는 것입니다."

국장은 외교 용어를 쓰기 좋아했다.

"아직 무슨 말인지 잘 모르겠군요."

뒤팽이 말했다.

"잘 모르시겠다고요? 간단하게 말하자면 이렇습니다. 그 서류가 제삼자에게 폭로될 경우, 이름은 밝히지 않겠습니다만 한 유명인사의 명예에 치명적인 상처를 입히게 됩니다. 결과적으로 서류를 쥐고 있는 인물이 이 유명 인사에 대해 권력을 행사할 상황이 올 수 있지요. 따라서 그분은 지금 명예와 안전에 큰 위협을 받고 있는 상황입니다."

"그렇지만 그런 권력을 행사하기 위해서는……"

내가 중간에 끼어들었다.

"도둑맞은 사람이 훔친 자가 누구라는 것을 알고 있다는 사실을 도둑도 알고 있어야만 되겠군요. 도대체 누가 그런 짓을 고의로……"

"훔친 자는,"

G×× 씨가 말했다.

"D×× 장관입니다. 그는 인간다운 짓이거나 인간답지 않은 짓이거나 서슴없이 해내는 짐승이지요. 그가 서류를 훔친 수법은 대담무쌍한데다가 아주 교묘하지요. 문제의 서류는 단 한 통의 편지인데, 그 부인은 궁중의 '내실'에서 혼자 있는 동안 편지를 받았답니다. 부인이 그 편지를 읽고 있을 때 불쑥 누군가가 들어왔어요. 부인은 그 불청객에게 편지를 보여주고 싶지 않았기 때문에 당황해서 서랍에 넣으려고 했으나, 그것이 뜻대로 되지 않아 어쩔 수 없이 책상 위에 편지를 펼친 채 놓아두었답니다. 그러나 다행히 수취인의 이름이 위에 있어서 정체는 드러나지 않았지요. 그런데 거기에 D×× 장관이 등장했지요. 불청객은 살쾡이 같은 눈으로 금세 편지의 실체를 알아챘지요. 수취인의 이름을 쓴 필적을 감정하는 동안 그 부인의 당황해하는 모습을 보고는 비밀을 알린 거지요. 늘 하는 식으로 그 불청객은 용건을 간단히 끝내고 문제의 편지와 비슷한 편지 한 통을 꺼내 펼쳐 보는 척하다가 그것을 처음에 있던 편지 바로 옆에 놓았지요. 그리고 15분 정도 공무에 관한 이야기를 했답니다. 이윽고 물러날 시간이 되자 그는 문제의 편지를 집어 들었지요. 편지의 주인은 그것을 보았으면서도 바로 옆에 제삼자가 서 있는 바람에 이 불청객의 소행을 나무랄 수도 없는 형편이었어요. 결국 장관은 물러가고 아무짝에도 소용없는 편지 한 통이 책상에 남게 되었지요."

"자, 이것으로 아까 자네가 물었던 그 위력을 발휘하는 데 필요한 조건이 갖추어졌다는 것은 확실해. 즉 편지를 도난당한 사람이 범인을 알고 있다는 사실을 범인도 알고 있다는 거지."

"그렇죠."

국장이 맞장구를 쳤다.

"거기다가 그렇게 편지를 손아귀에 넣은 그는 요 몇 달 동안 정치적 목적으로 그걸 이용하고 있다는 겁니다. 도난당한 사람은 시간이 갈수록 그 편지를 되찾아야 할 필요성을 절감하고 있습니다. 그래서 생각다 못해 이 사건을 나에게 의뢰하게 된 겁니다."

"사건을 의뢰하기에."

뒤팽은 문자 그대로 연기의 소용돌이 속에서 말했다.

"당신만큼 적임자인 탐정은 더 이상 바랄 수도 없었겠지요."

"추어올리지 마시오. 사실이 그런지 모르지만."

국장이 말했다.

"당신 의견을 듣고 보니 편지는 아직 장관 손 안에 있군요. 중요한 것은 그 편지를 소유하고 있는 것이지 그것을 이용하는 데 있는 것이 아니니까. 그것을 이용한다면 편지 내용을 알고 있다는 효력은 사라져버리겠지요."

내가 말했다.

"그렇지요. 그런 확신을 갖고 일을 진행했어요. 그래서 장관 저택을 철저히 수사하려고 마음먹었어요. 특히 장관에게는 눈치채이지 않도록 수사를 해야 했는데 그게 가장 고민거리였지요. 이쪽의 의도를 의심받을 만한 구실이라도 준다면 큰 위험에 빠질 것이 분명하니까요."

"그렇지만 그런 수사라면 당신들이 감수해야 할 문제 아니겠습니까? 파리 경찰도 그런 일엔 익숙할 텐데요."

"그야 그렇지요. 그런 걸 가지고 기가 죽지는 않지요. 게다가 그 장관이란 자의 습관이 우리 쪽의 일을 유리하게 만들어주었어요. 그 사나이는 밤새도록 집을 비우는 일이 다반사인데다가 하인들도 몇 안 되었지요. 그들의 숙소는 주인 방에서 멀리 떨어져 있는데다가 나폴리 사람들이라 술을 먹여 곯아떨어지게 하기엔 누워서 떡먹기였지요. 아시다시피 나는 파리 시내에 있는 방이란 방, 문이란 문은 모조리 열 수 있는 열쇠를 가지고 있습니다. 이 3개월 동안 하룻밤도 빠지지 않고 거의 밤을 새다시피 해서 제가 직접 D×× 장관 저택을 수색했지요. 나 자신의 명예가 걸린 사건이기도 해서요. 이건 비밀인데, 사실 이 사건은 막대한 보수가 걸려 있기도 합니다. 그래서 단념하기가 아까워 수사를 계속했는데, 결국은 그 사나이가 나보다 한수 위라는 걸 알았어요. 서류를 숨길만한 곳은 그 저택의 구석구석까지 모조리 다 찾아보았으니 말입니다."

나는 곰곰이 생각한 후 말했다.

"이런 가능성은 없을까요? 편지가 장관의 수중에 있는 것은 확실하지만 그 자가 그것을 집 밖에 감췄을 가능성 말입니다."

"그럴 가능성은 전혀 없어. 왜냐하면 궁중은 감시가 철저한데다 이 사건은 D×× 장관이 가담한 게 분명해. 그들은 틀림없이 서류를 당장 이용할 수 있도록 조치해놓았을 거야. 다시 말해 물증을 확보하는 것이 무엇보다도 중요하다는 사실이네."

뒤팽이 말했다.

"물증을 확보해야 한다니?"

"그건 찢어버려야 하니까."

"정말 그렇군. 그렇다면 서류는 틀림없이 저택 안에 있겠군. 장관이 그걸 몸에 지니고 있다는 것은 배제해야 할 상황 같군."

내 옆에서 이야기를 듣고 있던 국장이 말했다.

"배제해야 할 상황이지요. 노상강도로 가장하여 두 번이나 그 자를 습격하여 내 눈앞에서 철저히 몸수색을 했지 뭡니까?

"그런 수고까지는 할 필요가 없지 않았을까?"

뒤팽이 말했다.

"내가 보기에 D×× 장관은 절대 바보는 아닌 것 같군요. 그렇다면 그는 당연히 우리 쪽으로 잠복했다가 습격할 것이라는 것쯤은 예견하고 있었을 것 아닙니까?"

"그 사나이가 바보는 아니지만 시인이랍니다. 그런데 이 시인이란 인간들은 대부분 바보와 종이 한 장 차이란 말씀이지요."

G×× 씨가 말했다.

"과연 그래."

뒤팽은 공감해 마지않는다는 듯 해포석 파이프에서 천천히 연기를 뿜으며 말했다.

"사실 나 역시 어설픈 시인 기질이 있으니까."

"수색했던 결과를 좀 더 상세히 설명해주시죠."

내가 말했다.

"그래요, 실제로 우리는 넉넉한 시간을 들여 빈틈없이 수사를 했습니다. 이런 일에는 충분한 경험을 갖고 있으니까요. 1주일씩 걸려서 건물 전체의 방이란 방은 모조리 조사했습니다. 모든 방의 가구를 조사하면서 서랍이란 서랍은 샅샅이 열어봤지요. 아시다시피 완벽하게 훈련된 경찰관에게 걸리면 '비밀' 서랍이란 있을 수가 없으니까요. 이런 유의 수사에서 비밀 서랍을 찾지 못한다면 경찰관으로서 낙제라고 할 수 있지요. 문제는 아주 간단해요. 어떤 서랍장이든 간에 측정할 수 있는 일정한 용적과 공간이란 게 있지요. 게다가 이쪽은 정밀한 자가 있어서 50분의 1도 오차가 없지요. 서랍장 다음은 의자입니다. 내가 하는 일을 보신 적이 있겠지만 긴 바늘로 쿠션을 찔러봅니다. 테이블은 위판을 뜯지요."

"왜 그런 일까지 하는 거죠?"

"테이블이라든가 그런 종류의 가구 위판을 뜯고 물건을 감추는 자들이 종종 있거든요. 때로는 가구의 다리에 구멍을 뚫고 그 속에 물건을 넣고 위판을 원래대로 덮어놓기도 하지요. 침대 다리 위나 아래를 이용하는 수도 있답니다."

"두들겨보면 구멍이 있는지 없는지 알 수 있지 않을까요?"

내가 물었다.

"천만에요! 그자들은 물건을 넣고 둘레에 솜을 잔뜩 채워 넣지요. 게다가 우리는 소리를 내는 건 금물이니까."

"지금 당신이 말씀하신 방식으로 물건을 감출만한 가구를 모조리 뜯어볼 수야 없겠죠. 편지란 것은 노끈처럼 돌돌 말 수도 있을 테니 말예요. 그렇게 하면 굵은 뜨개바늘이나 별 차이가 없을 정도가 되죠. 그런 크기면 의자의 가로대 같은 데 끼워 넣을 수가 있지요. 설마 의지를 전부 뜯어보지는 않았을 테죠?"

"물론이지요. 하지만 보다 영리한 방법을 썼죠. 집 안에 있는 모든 의자의 가로대, 모든 가구의 이음새 부분을 전부 강력한 확대경으로 조사를 했지요. 최근 손을 댔다면 당장 알 수 있었 겠죠. 이를테면 톱밥 한 톨이 사과만큼이나 크게 보이게 될 테 니까요. 아교로 붙인 자국이 조그만 틈이라도 났다든가 이음새 의 금이 조금이라도 이상이 있었다면 당장 뜯어봤을 겁니다."

"물론 거울에도 주의를 했겠죠? 유리와 판자 사이 같은 곳 이나 커튼이나 카펫은 물론이고 침대나 침구까지 뒤졌겠지요?"

"물론이오. 이런 식으로 철저하게 모든 가구를 점검한 뒤, 건 물 자체 조사에 착수했지요. 집 전체 면적을 분할해서 꼼꼼하 게 구획마다 번호를 매기고 옆에 있는 두 채의 건물까지 합쳐서 저택의 전 면적을 1평방 인치씩 아까처럼 확대경으로 조사를 했지요."

"옆의 두 채까지라고요?"

나는 나도 모르게 감탄사를 내질렀다.

"정말이지 엄청난 수고를 했겠군요."

"그렇지요. 그렇게 한 건 엄청난 보수 때문이었지요."

"주변의 땅도 안 빠뜨렸겠죠?"

"땅이라고는 하지만 모두 벽돌을 깔아서 그 문제는 오히려 쉬웠어요. 벽돌 틈의 이끼까지 조사해봤지만 만진 흔적은 없었 어요."

"D×× 장관의 서류며 서재의 책도 조사했겠지요?"

"물론이죠. 서류 뭉치와 꾸러미도 전부 풀어봤어요. 모든 책을 일일이 펼쳐보았을 뿐 아니라 한 페이지 한 페이지 넘겨봤어요. 경찰관들이 흔히 하듯이 책을 그냥 흔들어보는 정도로는 직성이 안 풀렸지요. 책 표지까지도 정확한 자로 부피를 재고 확대경으로 핥듯이 조사를 했지요. 최근 장정을 건드린 흔적이 있었으면 그걸 절대 놓치지 않았을 겁니다. 제본소에서 도착한 지 얼마 안 된 대 여섯 권의 책은 바늘로 찔러서 면밀히 조사를 했지요."

"카펫 아래의 마룻바닥도 조사를 했겠지요?"

"물론이죠. 카펫을 전부 들추고 마룻바닥을 확대경으로 조사했지요."

"벽지는?"

"했어요."

"지하실은?"

"했지요."

"그렇다면 당신이 착각을 했을지도 모르겠군요. 그 편지는 당신의 생각과는 달리 저택 안에 없는 게 아닐까요?"

내가 말했다.

"유감스럽지만 그 점에서는 당신이 옳은지도 모르겠군요. 그런데 뒤팽 씨, 당신이라면 어떻게 했겠소?"

국장이 말했다.

"다시 한번 저택을 철저히 수색하라고 하겠소."

"그건 아무 소용없는 일이오."

D×× 장관이 대답했다.

"편지가 거기에 없다는 것은 내가 지금 숨을 쉬고 있는 것만 큼이나 명백한 사실입니다."

"더 이상의 충고는 드릴 게 없습니다. 그런데 편지의 특징은 알고 있습니까?"

뒤팽이 물었다.

"그야 알고 있죠."

그 말과 함께 국장은 수첩을 꺼내어 분실된 편지의 속모양과 겉모양에 대해 상세히 적어놓은 것을 큰소리로 읽었다. 그러고 나서 돌아가 버렸다. 이 선량한 신사가 그처럼 풀이 죽은 모습을 본 것은 난생 처음이었다.

그로부터 한 달쯤 지나 그는 다시 우리 앞에 나타났는데 그 때도 우리는 여느 때처럼 연기 속에서 잠겨 있었다. 그는 파이프를 들고 의자에 앉아서 이런저런 세상사를 이야기했다. 이윽고 내가 입을 열었다.

"그런데 G×× 씨, 그 도둑맞은 편지는 어떻게 됐지요? 설마 그 장관에겐 당해낼 재간이 없어서 손을 든 건 아니겠죠?"

"참으로 분하기 짝이 없지만 그게 그렇게 됐어요. 뒤팽 씨의 얼굴도 있고 해서 다시 한번 수사를 해봤지만 결국은 완전히 헛수고였습니다."

"보수가 얼마라고 했던가요?"

뒤팽이 말했다.

"그게, 굉장한 액수지요. 그야말로 한몫 잡는 거죠. 딱 얼마라고 말하고 싶지는 않지만, 이것만은 밝혀두지요. 그 편지를 전해주는 이에겐 내 개인 수표로 5만 프랑을 기꺼이 낼 겁니다. 실은, 그 편지는 시간이 갈수록 중요해져서 최근엔 보수가 두 배가 됐어요. 그러나 세 배가 된들 나로선 찾아낼 도리가 없으니 어쩝니까?"

"아, 그래요?"

뒤팽은 해로석 파이프로 연기를 푹푹 뿜어내며 말했다.

"G×× 씨, 내 생각으론 당신의 노력 부족이라는 생각이 들어요. 당신이 이번 사건에서 최선을 다했다고는 할 수 없어요. 어떻습니까! 조금 다르게 접근하는 방법은 없을까요?"

"다르게 접근하라니? 어떤 식으로 말입니까?"

"그렇군요. 뻑, 뻑. (담배를 피우면서) 당신은 말입니다, 뻑, 뻑, 뻑! 애버니시(18세기 영국의 유명한 외과 의사)의 이야기는 알고 있습니까?"

"몰라요. 애버니시가 뭐 어떻다는 거요?"

"물론 상관없다면 없다고도 할 수 있죠. 한데 옛날에 애버니시한테서 공짜 처방을 받으려고 한 노랑이 부자가 있었다는 이야기가 전해지지요. 심보가 고얀 그 노랑이는 그와 둘만 있게 된 자리에서 이런저런 세상 이야기에 갖다 붙이는 척하고 자기의 병을 마치 남의 병 말하듯 의사에게 말했지요. '가령 말입니다'라고 이 노랑이가 말했지요. '그 사람의 증상이 이러저러하다면 선생님은 어떻게 하라고 말씀하시겠습니까?'라고 했지요. '어떻게 하다니?' 애버니시는 물었지요. '그야 물론 의사의 지시대로 해야지'라고 말이오."

"하지만⋯⋯"

국장이 머쓱해져서 말했다.

"나는 기꺼이 지시를 받을 것이고, 사례도 할 겁니다. 이 사건을 해결해주는 사람에게는 반드시 5만 프랑을 지불하겠소."

"그렇다면,"

뒤팽이 서랍을 열고 수표장을 꺼냈다.

"이 수표에 지금 말씀하신 금액을 써주시지요. 서명이 끝나면 그 편지를 드리겠소."

나는 어안이 벙벙했다. 이때 국장은 마치 벼락을 맞은 듯한 꼴을 하고 있었다. 잠시 동안 그는 꼼짝도 않고 입을 멍청히 벌린 채 당장 눈알이 튀어나올 듯이 의심스러운 얼굴로 친구를 바라보고 있었다. 이윽고 정신을 차린 그는 펜을 들고 잠시 머뭇거리며 천장을 쳐다보다가 5만 프랑이란 숫자를 적고 나서 서명을 한 뒤, 그것을 테이블 너머의 뒤팽에게 내밀었다. 뒤팽은 그것을 찬찬히 살피더니 지갑 속에 넣은 다음 서랍을 열고 편지를 꺼내어 국장에게 주었다. 그는 환희에 차서 어쩔 줄 몰라

하면서 그것을 받아들고 떨리는 손으로 편지를 펴 들었다. 그리고 내용을 재빨리 훑어보더니 문 쪽을 향해 비틀비틀 발을 떼어놓았다. 그는 뒤팽에게 수표를 요구받고는 한마디 응답은커녕 인사조차 없이 문으로 나가 부리나케 사라져버렸다. 그가 가버리자 뒤팽은 여유 있게 설명하기 시작했다.

"파리 경찰은 나름으로는 상당히 유능하지. 끈기가 있고 머리도 꽤 잘 돌아가지. 게다가 똑똑한데다 임무 수행에 필요한 지식에도 정통해 있지. 그래서 G×× 국장한테서 D×× 장관 저택의 수색 방법을 들었을 때는 그가 만족할 만한 수색을 했음이 틀림없다고 확신했네. 적어도 그의 수색이 미치는 한도 내에서는 말일세."

"그의 수색이 미치는 한도 내에서라니?"

"그렇지. 그가 택한 방법은 그 나름으로는 최상의 것이었고 그것은 완벽하게 수행됐네. 만약 편지가 그들의 수색 범위 내에 있었다면 틀림없이 그들이 그것을 찾았을 거네."

뒤팽이 말했다.

나는 웃고 있을 수밖에 없었으나 그는 아주 진지하게 이야기를 하고 있었다.

"그렇다면 방법 면에서는……"

뒤팽이 계속 말을 이어갔다.

"그런대로 좋았고 실행력도 있었지. 단지 결함은 그 방법이 이번 인물에는 거의 먹혀들지 않았다는 점이네. 아주 교묘한 일련의 방법도 국장에게 있어서는 프로쿠루스테스의 침대(그리스 신화에 나오는 강도로, 집에 손님을 끌어들여 두 개의 침대 중 하나를 택하게 하여 짧은 침대를 택해서 다리가 침대보다 길면 다리를 자르고, 긴 침대를 택해서 몸의 길이가 모자라면 몸을 잡아 늘여 죽였다고 함)와 같아서, 억지로 그것을 자기 스타일에 맞추려고 했던 것이 문제지. 그는 언제나 당면한 사건에 너무 깊이 매몰되어 중요한 것을 지나쳐버리거나 너무 가볍게 보아 놓치곤 하는 걸세. 초등학생이라도 그보다 훨씬 나은 추리가 가능한데 말일세. 내가 아는 여덟 살 먹은 아이의 경우가 바로 그런 예지. 그 아이는 '홀짝놀이'를 굉장히 잘해서 신동 취급을 받았네. 이 놀이는 간단한 것으로 공깃돌을 손에 쥐고 있는 당사자가 상대방한테 홀수냐 짝수냐 묻는 것이지. 그것을 맞히면 상대에게서 한 개 받고, 못 맞히면 한 개 줘야 됐네. 그런데 지금 내가 말한 문제의 아이가 학교 안에 있는 공깃돌을 몽땅 따버렸네. 물론 이 아이는 추리의 원리를 알고 있는데, 그건 별게 아니지. 상대방의 머리가 어느 정도인지 관찰해서 추측하는 것뿐이네. 예를 들면 소문난 바보가 공기를 손에 잡고 '홀수? 짝수?' 하고 물으면 그 애는 '짝수' 하고 져주는 거지. 그런데 두 번째는 이기지. 이렇게 자문자답하거든. '이 바보는 처음엔 홀수라고 했지만 저 돌대가리의 꾀로는 두 번째는 짝수를 내놓을 게 뻔하지. 그러니 당연히 짝수라고 해야지.' 그래서 짝수라고 해서 따네. 그런데 바보라도 조금 머리가 있는 바보를 상대로 했을 때는 이렇게 생각한다네. '이 녀석은 내가 처음에 짝수라고 했기 때문에 두 번째는 아까의 멍텅구리가 하듯 홀수에서 짝수로 바꾸려 하겠지만, 이 녀석도 단순하기 때문에 생각을 고쳐 결국 처음과 같이 홀수를 내게 마련이지. 그러니까 홀수라고 해야지.' 그래서 홀수라고 말하고 따네. 그것이 이 아이의 추리법인데 아이들은 그 아이를 '도사'라는 이유로 놀이에서 제쳐놓았네. 말하자면 이건 뭘 의미할까?"

"그것은 추리하는 자가 자기의 생각을 상대방의 생각에 맞추는 거지."

"맞았어, 바로 그거네."

"그 소년한테 상대방의 생각을 완전히 꿰뚫어 성공하는 비결에 대해 물어보았더니 이렇게 대답하더군. '상대가 얼마만큼 영리한지, 얼마나 멍텅구린지, 얼마나 좋은 앤지, 얼마나 나쁜 앤지, 혹은 그 순간 상대가 무슨 생각을 하고 있는지에 대해 알고 싶을 때는 먼저 상대방의 얼굴 표정과 똑같은 표정을 짓고는 잠시 기다리지요. 그렇게 하면 얼굴 표정과 거의 비슷한 생각이나 기분이 마음속에 떠올라 거기에 주의를 기울이면 되지요.' 이 소년의 대답은 상당히 심원하지. 여기에 비하면 라로슈푸코(17세기 프랑스의 윤리학자), 마키아벨리, 캄파넬라(16세기 이탈리아의 철학자) 같은 사람들이 흔히 지녔던 심원함은 아주 피상적인 걸세."

"내가 정확하게 이해했다면 추리하는 쪽이 자신의 지능을 상대방의 생각과 일치시키느냐 못 시키느냐는 상대방의 지능을 정확하게 추리할 수 있느냐 없느냐에 달려 있겠군."

내가 말했다.

"틀림없이 그 점에 달려 있네. 그런데 국장과 그 부하들이 늘 실패하는 이유는, 첫째 자신과 상대방의 지능을 일치시킬 수 없기 때문이며, 둘째 상대방의 지능을 측정하는 데 실패하기 때문이지. 아니, 전혀 측정이 불가능하기 때문이지. 그들은 지능이 좋다는 것을 자기 식으로밖엔 생각하지 못하지. 그렇기 때문에 감춘 물건을 찾아내려고 할 때, 자신이라면 어떤 식으로 감출 것인가라는 생각밖에 못하지. 그들이 옳은 것은 이 점이지. 즉 '일반 대중'의 생각을 충실히 대표한다는 것이지. 그런데 제법 한가락 한다는 악당이고 보면 그 교활함이 그들과는 질적으로 달라 그들이 당하게 마련이지. 상대방의 영리함이 그들보다 한 단계 높을 경우 그런 일은 노상 일어나게 되고, 한 단계 낮을 때도 마찬가지네. 그들은 수색의 원칙을 바꾼다는 것을 모르네. 긴급 사태가 발생했다든가 막대한 보수가 걸렸다든가 그런 자극이 생기면 원칙에 손을 대기보다는 기껏해야 여태까지 실시해오던 방법을 확대 강화하는 것이 고작이지. 이를테면 이번 D×× 사건의 경우에도 행동 원칙을 바꿔보려는 의도가 조금이라도 있었다고 생각하나? 구멍을 파고, 바늘로 찌르고, 두

들겨보고, 확대경을 대보고, 건물의 전 면적을 평방인치로 나누어 번호를 매기는 등의 행위는 수사상의 원칙 또는 여러 원칙을 강화한 것이거나 응용한 것에 지나지 않지. 이런 모든 수사상의 원칙은 인간의 지능에 대한 하나의 선입관에 바탕을 두고 있는데, 국장은 오랜 세월 이런 낡은 방법에 의지하는 바람에 매너리즘에 빠져 버리고 말았네. 사람들이 편지를 감추려 할 때는 예외 없이 모두가 의자 다리에 구멍을 뚫고 거기에 감추고 싶어 하는 심리적인 경향이 있다고 그는 생각했지. 결국 그는 사람들의 눈에 띄지 않는 구멍이나 틈바구니에 물건을 감추었다고 단정하게 됐지. 게다가 이렇게 까다로운 구석에 물건을 숨기는 것은 평범한 지능을 가진 인간이라면 누구나 하는 행동이지. 사람들은 물건을 감추려고 할 때 이 정도의 까다로운 방법은 기본적으로 사용하려고 노력하고 있고, 사실 누구나 그렇게 한다고 예상하지. 이렇게 되면 그것을 찾을 수 있느냐 없느냐는 사람의 지능이 어느 정도인가와는 전혀 별개의 문제로, 단지 세심함과 끈기, 용의주도함을 필요로 하지. 그런데 사건이 중대하다고 해서 그러한 요건이 전혀 달라지지는 않았지. 이제 알겠지만 내가 말하고 싶은 것은, 만약 그 도난당한 편지가 국장의 수색 범위 안에 감추어져 있었더라면 틀림없이 발각되었을 거네. 결국 이 국장은 이번에 여지없이 당했지. 국장이 실패한 또 하나의 원인은 장관이 시인으로서도 이름이 알려져 있어 그 자체만으로 바보라고 결정해버린 거야. 국장은 시인은 무조건 바보라는 생각을 갖고 있지. 그는 모든 시인은 바보라는 추론을 내리는 바람에 매사 부주연이라는 오류를 범하고 말았네."

뒤팽이 말했다.

"그런데 그 작자가 정말 시인인가?"

"그가 형제가 있다는 것은 알고 있었지. 그리고 두 형제가 모두 상당한 지식인이란 것도 알고 있네. 그 장관은 미분학에 대한 저서를 집필하기까지 했네. 그러니 수학자지 시인은 아니잖은가?"

"아닐세, 그건 자네가 잘못 알았네. 나는 그를 잘 알고 있는데, 그는 양쪽 다야. 시인인 동시에 수확자지. 그야말로 추리에 능하지. 단지 수학자이기만 했다면 그렇게 완벽하게 추리할 수는 없었을 것이고, 결국은 국장의 덫에 걸려들고 말았을 걸세."

나는 곰곰이 생각하다 다시 물어보았다.

"정말 놀랄 만한 의견이군. 그런데 그런 생각은 세상의 일반 상식과는 어긋나지 않은가? 수세기 동안 문제없이 통용되어온 관념을 함부로 부정하려는 건 아니겠지? 수학적 추리야말로 최고라는 것이 지금까지 인정되어오지 않았나?"

"'세상의 모든 통념과 관습이 어리석다는 것은 명백하다. 왜냐하면 그것은 대중의 기호에 영합하고 있기 때문이다.'"

뒤팽은 샹포르(18세기 프랑스의 윤리학자)를 인용하며 말했다.

"문제는 수학자들이 자네가 말한 그런 오류를 세상에 퍼뜨리는데 많은 공헌을 해왔으나 그것을 진리로 인식시킨 점은 용서할 수가 없네. 예를 들면 보다 훌륭한 목적을 위해 사용했더라면 좋았을 듯한 기교를 부려서까지 그들은 '분석'이라는 용어를 대수학에 적용하려 했네. 느닷없이 이런 사기를 치기 시작한 사람은 프랑스인이지. 언어라는 것에도 관록이라는 게 있다면 말일세. 다시 말해 언어의 가치가 어떤 것에는 어울리고 어떤 것에는 어울리지 않는다면 '분석'이란 단어는 '대수'와는 전혀 어울리지 않네. 그것은 라틴어의 분주함은 야심을, 맺음은 종교를, 그리고 유명인이 고결한 사람을 의미하지 않는 것과 같은 이치라네."

"그러고 보니 자네는 지금 파리의 대수학자와 논쟁 중에 있군. 아무튼 들어보세."

"추상 논리의 형식에 의해 길러진 게 아니고는 그 추리법의 유효성, 즉 가치를 믿을 수가 없다는 것이 나의 입장이네. 내가 특히 의혹스러운 것은 수학적 연구에서 나온 추리법이네. 수학은 형과 양에 대한 과학이므로 수학적 추리법이란 형과 양의 관찰에만 적용되는 논리일 뿐이네. 문제는 소위 순수 대수학의 진리가 추상적·보편적 진리라고 생각하는데 오류가 생기지. 그런데 이 오류 역시 터무니없는 오류에 감싸여 널리 수용된다고 생각하면 화가 나네. 수학적 공리란 것은 보편적 진리의 성격을 띠고 있지는 않지. 관계, 다시 말해 형과 양에서는 분명한 진리가 윤리학에 대입시키면 터무니없는 거짓이 되어버리는 일이 비일비재하다네. 윤리학에 있어서는 오히려 부분의 합이 전체와 같지 않다는 것이 일반적이네. 화학에서도 이 공리가 통용되지 않고 인간의 행동 동기에도 이것은 통용되지 않지. 왜냐하면 특정한 가치를 지니고 있는 두 개의 동기가 결합하면 하나의 가치가 되지만, 그것이 개개일 때의 가치의 합과 같은 가치가 된다고 할 수는 없으니 말일세. 수학적 진리라고 할 수 있는 것은 그밖에도 얼마든지 있으나 그것은 관계의 범위 안에서의 진리라고 할 수 있지. 그런데 수학자란 작자들은 이 '유한적 진리'를 가지고 마치 수학적 진리가 절대적·보편적 진리인 것처럼 말하고 있으며 세상 사람들도 그것을 정도라고 생각하고 있네. 브라이언트(18세기 영국의 고고학자)는 해박한 지식을 담은 《신화학》 속에서 '우리는 이교도의 신화를 믿지 않으면서도 무의식중에 그것을 현실이라고 생각하고, 그것을 적용하여 현실을 유추하는 일이 흔히 있다.'라고 하면서 같은 종류의 오류를 지적하고 있네. 대수학자란 바로 이교도로, 우리는 '이교도의 신화'를 그대로 믿고 있다네.'무의식중에 그렇게 되는 게 아니라 어떻게 방법을 취할 수도 없이 머리가 혼탁해져 있기 때문에 그런 유추를 해내는 걸세. 요컨대 등근 의외의 부분에서 신뢰할 수 있는 수학자를 본 적도 없고, X(첨자 2 넣어야 함) $+PX$가 무조건적으로 q와 같다는 것을 금과 옥조로 알고 있지 않은 수학자를 본 적이 없네. 백문이 불여일견이라니! X(첨자 2 넣어야 함) +PX는 반드시 q가 되지 않을 수도 있다고 생각한다고 말해보게. 상대방에게 자네의 의문점을 이해시킨 다음, 될 수 있는 대로 빨리 도망치게. 안 그러면 상대는 틀림없이 자네를 때려눕히려 들 테니까."

그의 말을 듣고 내가 히죽히죽 웃자 뒤팽이 계속 말했다.

"내가 말하고 싶은 것은, 그 장관이 단지 수학자이기만 했다면 국장은 나에게 이런 수표를 주지 않아도 됐을 걸세. 그런데 나는 그가 수학자이며 시인이란 것을 알고 있었기 때문에 모든 것을 참작해가면서 나의 기준을 상대방의 능력에 맞춘 것이지. 나는 그가 궁중의 관료이자 대담한 음모가라는 사실을 알게 되었네. 그런 자가 경찰이 쓰는 진부한 수법을 모를 턱이 없다고 생각했지. 당연히 잠복 수색을 예상했지. 이후 상대가 그것을 그대로 증명해주지 않았나? 저택이 비밀리에 수색 당할 것도 예상했네. 국장은 그가 밤중에 자주 집을 비운 걸 자기에게 유리한 일이라고 좋아했지만 내가 보기엔 책략이었어. 경찰 쪽에 넉넉히 기회를 주어 저택 안에는 편지가 없다는 확신을 품게 할 수 있는 근거를 마련해 주었지. 사실 G×× 국장은 금세 그런 확신에 도달하지 않았나. 숨긴 물건을 찾을 때 쓰는 경찰의 상투적인 행동 원리에 대해서는 지금까지 구구히 늘어놓았는데, 그런 거야 장관이 이미 모두 파악하고 있었다고 알아챘지. 그렇게 되면 장관이 일반적으로 숨길만한 곳에는 눈도 돌리지 않을 거란 것은 불을 보듯 뻔한 일 아닌가. 저택 내의 장소, 절대 눈에 띄지 않는 구석에 감춰 뒀다 한들 국장의 바늘과 송곳, 확대경 앞에서는 한눈에 들어오는 벽장 따위나 마찬가지라고 생각했네. 다시 말해 그런 선택을 강요당했다기보다는 당연한 귀결의 의미로 받아들여 '단순한' 수법을 선택하게 될 거라고 생각했지. 맨 처음 만났을 때 내가 국장에게 수수께끼가 '너무 명백해서' 애를 먹는 모양이라고 했더니 그 작자가 지독하게 웃던 것을 자네도 잊지 않았겠지?"

뒤팽이 계속 말을 했다.

"물질계에는 비물질계와 아주 흡사한 것이 있네. 은유라든가 직유 같은 것이 문장에 생기를 줄 뿐 아니라 논증을 보강하기 위해서도 수사학의 힘이 어느 정도 필요하다는 것이 진실임을 알 수 있네. 다시 말해 관성의 법칙이 물리학에서도 형이상학에서도 통용된다고 할 수 있지. 물리학에서는 작은 물체보다는 큰 물체를 움직이는 것이 훨씬 어렵고, 거기에 따르는 운동량도 그것에 비례한다고 되어 있네. 이처럼 형이상학에서도 용량이 크고 우수하고 안정되어 있는 두뇌는 열등한 두뇌보다 움직임이 강렬하고 활발하지. 게다가 움직이기까지에는 시간이 걸리고, 움직임이 시작되고부터 한동안 비틀거린다고 하지 그런데 한 가지 묻고 싶은 것이 있네. 상점의 간판은 어떤 종류가 가장 눈에 잘 띄나?"

"그런 건 생각해 본 적도 없는걸."

"지도를 가지고 하는 놀이가 있는데,"

뒤팽이 계속 이야기했다.

"이쪽에서 상대방에게 어떤 지명을 묻는 거지. 도시 이름, 강이름, 나라 이름 등등을. 요컨대 이름이라면 뭐든지 가능하지. 어수선하게 여기저기 널려 있는 지도상의 이름을 찾으라고 말하는 거지. 신출내기는 상대를 곯려주려고 가장 작은 글씨의 이름을 택하지. 그것에 익숙해지면 큰 글자로 지도 이쪽 끝에서 저쪽 끝에 걸쳐 있는 것을 택한다네. 그런 것은 지나치게 큰 글자로 쓰여 진 간판이나 거리의 플래카드의 경우도 마찬가진데, 너무 뻔한 것이라서 오히려 놓쳐버릴 수가 있지. 여기서는 물질적·심리적인 간과가 완전히 일치하고 있네. 마찬가지로 지성이란 것은 너무 뻔하고 명백한 이유 때문에 오히려 중요한 걸 놓칠 수 있는 걸세. 그런 면에서 이번 문제는 국장이 본질에서 너무 앞지르거나 못 미치거나 한 점이 문제지. 그자로서는 장관이 그 편지를 세상의 눈에 절대로 띄지 않게 하기 위해, 그것을 세상의 바로 코밑에 두는 일이 있으리라고는 상상도 못했을 테니까 말일세. 그러나 D×× 씨의 과감하고도 정확하게 돌아가는 두뇌와 그 두뇌를 적절하게 이용하기 위해서는 그것이 눈에 띄기 쉬운 곳에 있어야 된다는 점, 게다가 그 편지가 국장의 상투적인 수색 범위 내에 없을 것이라고 국장 자신이 규명하여 밝힌 결정적인 증거 등을 생각해보면, 그는 편지를 감추기 위해 오히려 전혀 감추지 않는다는 책략을 썼을 것이라는 확신이 점점 굳어졌네. 상대방이 이런 주장을 펼치자 어느 화창한 날 아침, 나는 푸른 안경을 끼고 홀연히 들은 것처럼 장관 댁을 방문했네. D×× 장관은 집에 있더군. 여느 때와 마찬가지로 하품을 하며 서성거리기도 하고, 꾸물거리기도 하며 따분하기 그지없다는 듯이 행동하더군. 실제로는 그자만큼 정력적인 인간도 없는데 말이야. 하긴, 모든 게 남의 눈에는 띄지 않을 때뿐이지만. 나도 지지 않고 안경 같은 건 정말 쓰기 싫은데 눈이 나빠 도리가 없다는 등 한탄하면서 안경 너머로 방을 구석구석 살폈네. 물론 주인을 상대로 이야기에 열중하는 척하면서 말일세. 이때 나는 커다란 책상에 주의를 했네. 그는 바로 옆에 앉아 있었는데 주위에는 온갖 종류의 편지와 서류들이 잡다하게 널려 있었네. 그 위에 악기 두어 개, 책이 두서너 권이 얹혀 있었네. 나는 상당히 오랫동안 살펴봤는데 특별히 의심 갈만한 건 발견하지 못했지. 그런데 방을 휘둘러보던 중 문득 눈에 띄는 것이 있었네. 금줄을 두른 마분지로 만든 조잡한 편지꽂이가 벽난로 선반 한복판 바로 밑에 푸른 리본으로 묶어져 매달려 있더군. 이 편지꽂이는 서너 단으로 구분이 되어 있었는데 대여섯 장의 명함과 편지 한 통이 들어 있었지. 편지는 아주 더럽고 꾸깃꾸깃

구겨져 있더군. 더구나 한복판이 반쯤 찢혀 있는 것이 찢어버리려다가 생각을 바꿔 그냥 둔 것처럼 보이더군. 겉봉엔 D×× 씨의 장식 문자가 유난히 선명하게 봉인으로 찍혀 있었고, 수신인은 작은 여성 필체로 'D×× 장관'이라고 씌어져 있었네. 그런데 그것이 편지꽂이 맨 위에 아무렇게나 꽂혀 있더군. 이 편지가 눈에 띄자 뭔가 와 닿는 것이 있었네. '지금까지 우리가 찾고 있던 편지가 이거구나' 하고 말이야. 아닌 게 아니라 그 편지는 국장이 일러준 설명과는 판이하게 달랐지. 그 편지는 크고 검은 D×× 씨 가문의 문장이 찍혀 있었네. 그의 얘기로는 문제의 편지가 작고 붉은 S×× 공작 가문의 문장이 찍혀 있다고 했는데 말이야. 그리고 내가 본 편지는 장관을 수신인으로 한 필체의 작은 글씨였는데 문제의 편지 겉봉은 수신인이 한 상류층 인사 이름으로 되어 있었지. 설명을 듣기로는 커다란 남자 필체로 씌어졌다고 했는데 양쪽이 부합된 것은 편지의 크기뿐이었다네. 어떻든 양쪽이 극단적으로 다르다는 걸 알 수 있었다네. 그 더러워진 모양 하며 찢어진 것이, 원래 D×× 장관의 깔끔한 성격과는 정말 어울리지 않아 금방 봐도 눈에 띄도록 이것 보라는 듯이 놓여 있었네. 결과적으로 이미 도달해 있었던 나의 결론에 딱 들어맞는 거였지. 다시 말해 이러한 것들은 처음부터 수상한 생각을 품고 찾아온 사람들에게 점점 더 혐의를 짙게 했지. 나는 그곳에 되도록 오래 머물러 있기로 했네. 장관이 흥미를 가지고 열중해 있는 화제를 이쪽에서 미리 알고 있었기 때문에 그것에 대해 활발하게 논쟁을 하면서도 나의 주의는 편지 쪽에 못 박혀 있었지. 이때 나는 편지의 겉모양이며 편지꽂이에 꽂혀 있는 모습 등을 뇌리 속에 분명히 박아두었지. 그때 문득 한 가지 새로운 사실을 발견했네. 그 사실을 발견함으로써 모든 의문이 풀리고 편지를 숨긴 상대방의 의도가 분명해졌지. 봉투의 모서리를 살펴보니 거기가 이상하게 닳아 있었네. 꺾였다는 느낌이었지. 두꺼운 종이를 한 번 접어 종이꺾기 기계로 눌러서 생긴 꺾인 자리, 즉 꺾인 자리를 다시 뒤집어서 꺾어 놓았을 때 생긴 것 같았네. 봉투를 장갑처럼 뒤집어서 겉봉을 다시 쓰고 봉인을 찍은 것이 확실했네. 나는 장관에게 인사를 하고 탁자 위에 금제 담뱃갑을 놓아둔 채 나왔네. 이튿날 아침, 담뱃갑을 찾으러 가서 어제 나누었던 화제를 다시 꺼내어 대화에 열을 올렸지. 그와 대화를 나누고 있는데 권총을 쏘는 듯한 요란한 소리가 저택 바로 창 밑에서 들렸지. 이어 커다란 비명과 함께 공포에 싸인 군중들의 외치는 소리가 들려왔네. D×× 씨는 창으로 달려가 창문을 활짝 열고 밖을 내다보더군. 그때 나는 편지꽂이의 편지를 뽑아 주머니에 넣고 대신(겉모양뿐이지만) 집에서 용의주도하게 모조한 편지를 슬쩍 꽂아놓았지. D×× 가문의 장식 흉내야 간단했지. 빵으로 만든 봉인으로 찍으면 됐거든. 거리에서 소동이 일어난 것은 소총을 쥔 사나이가 갑자기 광신적으로 변했기 때문이었네. 이 사나이가 몰려 있는 여자들에게 총을 쏘았지만, 마침 실탄이 없었던 관계로 미치광이거나 주정 뱅이로 판명이 나서 풀려나게 되었지. 사나이가 사라지자 D×× 씨는 창가에서 돌아왔네. 나는 눈독들인 물건을 손에 넣은 뒤에야 창 쪽으로 다가갔지. 그리고 잠시 후 그에게 작별을 고했네. 그 미치광이는 내가 돈을 주어 연극을 하게 한 거지."

"모조품은 왜 두고 왔는가? 첫 번째 방문 때 당당하게 실례 해왔어도 좋지 않았겠나?"

내가 이렇게 묻자, 뒤팽이 대답했다.

"D×× 씨는 대담무쌍한 사나이로 용기가 넘쳤지. 저택에는 주인을 위해 목숨도 내걸 정도의 하인이 있다네. 자네가 말한 것처럼 했다간 장관 집에서 살아 돌아오지도 못했을 걸세. 선량 한 파리 시민들은 두 번 다시 내 소식을 듣지 못했겠지. 그건 그렇다 치고, 사실 나는 다른 목적도 있었네. 나의 정치적 입장 은 자네도 알고 있을 걸세. 난 이 사건에서는 그 부인 편이거든. 18개월간이나 장관은 그 부인을 마음대로 휘두른 셈이지. 이 번에는 그 부인이 그렇게 할 차례네. 편지가 자기 수중에 없다 는 것도 모르고 음흉한 목적을 위해 몹쓸 짓을 할 테니까. 그렇 게 되면 당장 정치 일선에서 실각하게 되어 있네. '아차' 하는 사 이에 몰락해버리는 거지. 그 꼴은 말이 아닐 테지. '지옥에 떨어 지는 것도 눈 깜짝할 사이구나'라고 말해도 될 지경이지. 여하튼 오르고 내리는 데는 카탈라니(17세기 이탈리아의 소프라노 가수)가 성악에 대해서 말한 것처럼 오르는 편이 내려가는 것보다 훨씬 쉬운 거라네. 이번 사건의 경우 추락하는 자에 대한 동정심이 털끝만큼도 없었지. 그자는 이른바 '무서운 괴물이자 파렴치한 천재'였네. 그런데 솔직히 국장이 말하는 '어느 지체 높은 분'에게 감쪽같이 속아서 내가 편지꽂이에 남겨 놓고 온 편지를 열어보지 않을 수 없게 되었을 때, 그 작자가 어떤 생각을 했을지 알고 싶어 죽을 지경일세."

"아니, 뭔가 특별한 거라도 넣어놓고 왔나?"

"그럼, 백지를 넣어놓기도 뭣해서 말이야. 그건 실례지. 난 D×× 씨한테 빈에서 한번 지독히 골탕 먹은 적이 있네. 그때 나는 지나가는 말로 '반드시 보답해드리겠다'고 했지. 그러니 자기를 앞질러서 한 방 지른 인간이 도대체 누군지 궁금할 테니까, 단서 정도는 남겨둔 셈이지. 그래서 백지 한가운데 이런 문구를 써두었네.

이런 끔찍한 계획은
아트레에게는 맞지 않을지 몰라도 티에스트에게는 적당할 것이다.

크레비용의 〈아트레〉 중에서 뽑은 글이라네."

검은 고양이

The Black Cat

이 기이한 이야기는 한 집안에서 일어난 일이다. 나는 독자가 이 끔찍한 이야기를 꾸민 것이 아니라는 걸 믿어 주리라고 기대하지 않는다. 나 자신이 두 눈으로 직접 보고도 믿을 수 없었던 사실을 독자가 믿을 것이라는 기대는 미친 짓이 아니고 무엇이겠는가? 그러나 나는 미치지도 않았고 꿈을 꾸고 있는 것도 아니다. 어쨌든 나는 내일 죽을 몸이라, 오늘 영혼의 무거운 짐을 내려놓으려 한다.

나는 집안에서 일어난 사건들을 있는 그대로 세상 사람들에게 알리고 싶다. 그 사건들은 나를 공포 속에서 괴롭게 만들었을 뿐만 아니라 나를 파멸시켰다. 그러나 나는 그 모든 것을 구차하게 변명할 생각은 없다. 내게 있어서 이 사건은 '공포' 그 자체였으나 세상 사람들은 무섭다기보다 그저 바로크 풍의 이야기라는 느낌을 받았을 것이다.

그러나 언젠가는 내가 경험했던 이 일이 일반적으로 있을 수 있는 일이라고 간주해줄 지성의 소유자가 나타날 것이 틀림없다. 그는 나보다 냉철하고 논리적이며 훨씬 차분한 지성의 소유자로서, 내가 무서워 덜덜 떨면서 이야기하는 이 사건을 지극히 당연한 인과의 고리로만 볼 것이다.

어린 시절의 나는 온순하고 인정 많은 아이였다. 그러나 그 온순함이 정도가 조금 지나쳤기 때문에 친구들로부터 놀림감이 될 정도였다. 나는 유난히 동물을 좋아했기 때문에 부모님은 원하는 애완동물들을 기를 수 있도록 해주었다. 동물들과 시간을 보내면서 이들에게 먹이를 주거나 털을 쓰다듬는 것은 정말 즐거운 일이었다.

이런 취미는 해가 갈수록 그 정도가 심해져서 어른이 된 후부터는 그것이 삶의 가장 큰 기쁨이 되었다. 충직하고 영리한 개에게 깊은 애정을 쏟아본 경험이 있는 사람이라면 동물이 주는 정서적 만족감이란 것이 어떤 것이며, 또 그것이 얼마나 강렬한 행복감을 주는 것인지 알 것이다.

동물과 사심 없이 헌신적인 애정을 나누다 보니, 인간이라는 존재와 겪게 되는 지리멸렬한 우정이나 가볍기 그지없는 신의를 지겹도록 맛본 자의 마음을 울리는 그 무엇이 분명 있었다.

나는 젊은 나이에 결혼을 했는데 다행히 아내와는 잘 맞는 구석이 있었다. 내가 동물이라면 종류를 가리지 않고 빠져드는 것을 보고 아내는 기회가 닿을 때마다 귀여운 동물을 사들였다. 이렇게 해서 우리 집에서는 새, 금붕어, 멋진 개, 토끼, 작은 원숭이 그리고 고양이 한 마리를 기르게 되었다.

고양이는 정말이지 크고 멋진 녀석으로 온 몸뚱이가 새까맣고 놀랄 만큼 영리했다. 우리 부부 사이에 이 영리한 고양이가 화제가 될 때면 미신을 믿는 아내는 검은 고양이는 모두 마녀가 둔갑한 것이라는 등 항간에 떠도는 이야기를 끄집어내곤 했다. 내가 이런 글을 쓰는 것은 아내의 이야기가 문득 떠올랐기 때문이다.

이 장난꾸러기 고양이의 이름은 플루토(그리스 신화 명부의 왕인 플루톤의 영어명)였는데 내가 세상에서 가장 귀여워하는 녀석이었다. 이 녀석에게 먹이를 주는 사람은 나밖에 없었으므로 고양이는 늘 내 뒤를 따라다녔다. 외출할 때조차 뒤따라와 쫓아버리기가 쉽지 않았다.

우리의 우정은 이런 상태로 몇 년간 계속되었으나, 그동안 나의 기질과 성격은 악마적인 음주벽 때문에(입에 올리는 것만으로도 얼굴이 붉어지지만) 완전히 황폐화되어 버렸다.

나는 갈수록 신경이 날카로워져서 남의 기분 따위는 아랑곳하지 않고 발끈거리며 자주 화를 내었다. 그런 성격은 결국 아내에게 폭언은 물론 폭력까지 휘두르게 되었다. 나를 따르던 동물들도 나의 이런 기질의 변화를 이미 알고 있는 것 같았다.

어느덧 나는 동물을 돌봐주는 것이 아니라 학대를 하고 있었다. 토끼라든가 원숭이라든가 개들이 발에 거치적거리기라도 하면 거칠게 다루면서도 아무런 가책을 느끼지 못했다. 그러나 플루토만은 학대하지 않았다. 하지만 나의 병은 점점 심해졌다.

알코올 중독보다 무서운 병이 있을까? 드디어 플루토조차 나의 괴팍한 성미의 희생양이 되어가고 있었다.

어느 날 밤, 거리의 자주 가는 술집에서 술을 잔뜩 마시고 취해서 집에 들어오자 고양이가 나를 피하는 게 느껴졌다. 그 순간 고양이를 낚아채자 나의 난폭한 행위에 겁을 먹은 고양이가 손을 할퀴는 바람에 가벼운 상처가 났다. 격분한 나머지 나는 악마로 변해버리고 말았다.

이때 순수했던 혼이 순식간에 나의 육체에서 빠져나가는 듯했다. 독한 진의 술기운은 잔인하기 이를 데 없는 증오심으로 나를 돌변시켜 전신을 휘감았다. 나는 조끼 주머니에서 주머니

칼을 꺼내 날을 세워 가엾은 고양이의 목덜미를 움켜잡아 한쪽 눈알의 눈구멍을 천천히 도려냈다. 이 끔찍한 잔혹 행위를 펜으로 옮겨 적는 지금, 수치심으로 온몸이 두려움에 전율한다.

다음 날 아침, 이성을 되찾자 나는 내가 저지른 범죄 때문에 공포와 회한에 젖어들었다. 하지만 그것이 강렬한 감정을 띤 것은 아니었기 때문에 나의 영혼을 움직이지는 못했다. 나는 이후 또다시 방종한 생활에 빠졌고, 결국은 이 잔혹한 행위의 기억을 술독에 빠뜨려버렸다.

시간이 흐르면서 고양이의 상처는 서서히 아물어가고 있었다. 눈알을 도려낸 눈구멍은 섬뜩한 몰골을 하고 있었으나 이제 고통을 느끼지는 않는 것 같았다. 그러나 그 녀석은 예전의 고양이가 아니었다.

어느 날 내가 가까이 다가가자 녀석은 몹시 겁을 집어먹고 달아나버렸다. 이전에는 그토록 나를 따르던 녀석이 내게서 달아나는 모습을 보자 순간적으로 슬픔이 복받쳐 올랐다. 그리고 그 슬픔은 어느덧 초조함으로 바뀌었다. 그때부터 나를 돌이킬 수 없는 파멸로 몰아넣은 '심술근성'이 엄습해왔다. 이 심술에 대한 기분을 철학은 아무런 설명도 해주지 못한다.

그러나 나는 나의 영혼이 살아 있다는 확신 못지않게 이런 감정이 인간의 마음을 사로잡는 원초적 충동 중의 하나임을 확실히 믿고 있다. 그래서는 안 된다는 것을 알고 있다는 바로 그 이유 때문에 비열하고 어리석은 짓을 수도 없이 저지르는 존재가 바로 사람이다.

우리는 가장 올바른 판단을 하고 난 후, 그것이 '규칙'이라는 것을 알고 있다는 이유만으로 그것을 파괴하고 싶어지는 경향이 있다. 그런데 이 비뚤어진 심술이란 놈이 엄습해 와서 나를 결정적으로 파멸시킨 것이다.

스스로를 못 견디게 자책하고, 자신의 천성을 모질게 학대하며, 악을 위해서 악을 저지르고 싶은 인간 영혼의 이 불가해한 욕망이야말로 그 아무 죄 없는 동물을 계속 학대하고, 마침내 극단에 이르게 한 원인이라고 할 수 있다.

어느 날 아침, 나는 태연하게 고양이의 목에 올가미를 씌워 나뭇가지에 매달았다. 그런 행동을 하는 동안 눈에서는 눈물이 흘렀고 마음속으로는 쓰라린 후회를 하고 있었다. 내가 고양이를 매단 것은 녀석이 나를 사랑했다는 것을 알고 있다는 바로 그 이유 때문이었고, 녀석이 이런 짓을 당할 이유가 전혀 없다는 것을 내가 알고 있다는 바로 그 이유 때문이기도 했다. 게다가 이런 짓은 죄악이었다. 이런 치명적인 죄악으로 인해 내 불멸의 영혼은 가장 자비로우시고 가장 강하신 하느님의 무한한 자비조차도 닿을 수 없는 지옥으로 떨어질 터였다.

이런 잔혹한 짓을 저지른 날 밤, "불이야!"라는 고함 소리에 잠에서 깨어나 보니 내 방의 침대 커튼이 불길에 휩싸여 있었다. 아내와 하인과 나는 가까스로 불길에서 빠져나올 수 있었다. 불길이 휩쓸고 지나간 곳에는 아무것도 남은 것이 없었다. 나의 재산이 불길 속에 깡그리 사라져버리자 나는 절망감에 빠졌다.

나는 이 재난과 잔인한 행위 사이의 인과관계를 발견하려 들 만큼 마음이 나약한 인간은 아니다. 다만 일련의 사실들을 상세하게 기록함으로써 모종의 인과관계의 가능성이 간과될 위험을 제거하려 할 뿐이다.

화제가 난 이튿날, 나는 불탄 자리로 갔다. 사방의 벽은 단 한군데만 남겨놓고 모조리 무너져 있었다. 그 벽은 내 침대의 머리맡 가까이 있는 그다지 두껍지 않은 칸막이였다. 예전에 바른 석회 덕분에 불길을 견뎌낸 것이었다. 그 벽 주위에는 사람들이 빽빽이 몰려와 있었는데 그들은 그 벽을 열심히 살피고 있었다. "이상한데!" "괴상한 일인데!"라는 그들의 말이 나의 호기심을 끌었다. 사람들이 바라보고 있는 그곳에 가까이 다가간 나의 눈에 비친 것은 흰 벽면에 부조한 것 같은 거대한 고양이의 모습이었다. 놀라울 정도로 사실적인 느낌을 주는 형상이 거기에 있었다. 고양이의 목둘레에는 밧줄이 걸려 있었다.

이 허깨비-그것의 존재는 그렇게밖에 부를 수 없었다.-를 보는 순간 나는 까무러칠 듯이 놀랐다. 얼마 후 이윽고 정신을 차리고 모든 상황을 이성적으로 더듬어보기 시작했다. 그리고 그 고양이를 집 가까이에 있는 정원에 매달았던 것을 생각해냈다. 불이 났다는 소리에 이 정원에도 사람들이 마구 몰려들었다.

그때 그들 중의 누군가가 고양이를 나무에서 떼어내어 열려 있는 창으로 내 방 안에 집어던졌음이 틀림없다. 아마도 그렇게 나를 깨우려 했던 모양인데, 다른 벽이 무너지는 바람에 나의 잔인한 행위로 희생된 고양이가 회칠한 지 얼마 안 된 벽 밑에 깔려버린 것이다. 그리고 불길에 녹은 석회와 사체에서 나온 암모니아가 지금 보이는 바와 같은 초상을 완성한 것이다.

나는 내가 본 놀라운 일들을 과학적으로 설명할 수 있다. 이 설명은 양심을 달래기에는 뭔가 부족한 점이 있으나 이성을 만족시키기에는 부족함이 없다. 그러나 이성적인 설명은 나의 상상력에 특별한 영향력을 미치지는 못했다. 그래서 몇 개월 동안 고양이에 대한 망령을 떨쳐 버릴 수가 없었다.

그러는 사이에 딱히 후회라고는 할 수 없으나 뭔가 그와 비슷한 막연한 기분이 다시 밀려왔다. 나는 그 고양이를 잃은 것이 아쉬운 나머지 또다시 타락의 소굴을 이곳저곳 드나들며 녀석과 비슷하게 생긴 애완동물을 찾기에 이르렀다. 그 녀석의 빈자리를 찾기 위해서였다.

어느 날 밤, 술에 취해 파렴치하다는 말로도 부족할 타락의 소굴에 멍하니 앉아 있을 때였다. 이때 그 방의 유일한 가구라고 해야 할, 진이 담긴 큰 술통 위에 시커먼 뭔가가 웅크리고 있는 것이 주의를 끌었다.

나는 한참 동안 이 술통을 바라보고 있었는데 거기에 검은 물체가 누워 있는 것이었다. 나는 가까이 다가가서 손으로 그것을 건드려보았다. 그것은 검은 고양이였는데 플루토와 똑같은 크기의 커다란 고양이로, 단지 한 군데만 제외하고는 모든 점에서 플루트와 똑같았다. 플루토는 몸뚱이 어디에도 흰 털이 난 데라고는 없었는데, 이 고양이는 가슴 근처가 거의 전부 희미한 반점으로 뒤덮여 있었다.

내가 녀석을 건드리자마자 일어나 몸을 부비면서 반갑다는 시늉을 했다. 내가 술집 주인에게 그 고양이를 사고 싶다고 했더니 그는 전혀 모르는 고양이라는 것이었다. 단 한번도 본 적이 없다고 말했다.

내가 계속 고양이를 쓰다듬고 있다가 집으로 돌아오려고 하자 고양이는 나를 따라오고 싶은 시늉을 했다. 그래서 녀석이 원하는 대로 내버려두었고, 걸으면서 때때로 몸을 굽혀 가볍게 토닥여주었다. 집에 도착하자마자 고양이는 자연스럽게 길이 들었고, 어느새 아내에게도 몹시 귀염을 받았다.

그러나 얼마 안 가 나는 그 고양이에 대해서 끓어오르는 혐오감을 참을 수가 없었다. 이것은 내가 예상했던 것과 정반대의 감정이었다. 뚜렷한 이유는 알 수 없었으나 그 고양이가 분명히 나를 좋아하고 있다는 사실이 나를 지긋지긋하고 안절부절못하게 만들었다. 이런 혐오스럽고 초조한 감정은 서서히 그 강도가 높아져서 격렬한 증오심으로 변했다. 결국 나는 그 고양이를 피하게 되었다. 무언가 부끄러운 기분과 이전에 범한 잔혹한 행위의 기억이, 고양이를 학대하는 짓은 삼가게 했기 때문이다. 몇 주일 동안 나는 그 고양이를 때리거나 난폭하게 다루지는 않았다. 그러나 시간이 갈수록 구역질이 날 것 같은 혐오감이 엄습해 오면서 마치 전염병 환자의 숨길을 피하듯이 그 짐승의 소름끼치는 모습을 피하게 되었다.

고양이에 대한 혐오감이 강렬하게 끓어오른 것은 그놈도 플루토처럼 한쪽 눈이 없다는 사실을 알았기 때문이다. 그 녀석을 집으로 데리고 왔던 이튿날 아침이었다. 그러나 아내에게는 이 사실이 고양이에 대한 가련한 기억을 더욱 부추긴 모양이었다. 앞에서도 밝혔듯이 예전에는 소박하고 순수한, 커다란 기쁨의 원천이기도 했던 나라는 인간의 특징을 아내도 다분히 가지고 있었기 때문이다.

그런데 내가 이 고양이를 싫어하면 할수록 고양이 쪽에서는 나를 더욱 좋아나는 것이었다. 그놈이 내 뒤를 얼마나 끈질기게 따라다녔는지 독자로서는 짐작할 수도 없을 것이다. 내가 앉아 있으면 의자 밑에 웅크리거나 무릎 위로 뛰어올라 징그럽게 나에게 몸을 기대어왔다. 내가 일어서서 걸으면 나의 양다리 사이에 끼어들어 하마터면 곤두박질을 칠 뻔하기도 했다. 어떤 때는 길고 날카로운 발톱으로 나의 옷에 달라붙어 가슴 가까이까지 기어오르기도 했다. 그럴 때면 당장 한주먹에 때려죽이고 싶었지만 참았다. 내가 참은 것은 이전에 저질렀던 끔찍한 죄악이 생각났기 때문이다. 그러나 솔직히 말해서 진정 나를 고통으로 몰아넣은 것은 그 고양이가 소름끼치게 무서웠기 때문이었다.

그 공포는 육체적 상해에 대한 두려움 때문만은 아니었다. 그러나 그렇다고 해서 그것을 달리 뭐라고 표현해야 한단 말인가! 고백하기조차 부끄러운 노릇이지만 ─그렇다, 지금 중죄인의 독방에 갇혀 있으면서도 고백하기가 부끄럽지만─ 그 고양이가 나에게 준 공포의 전율은 그야말로 머릿속의 망상이 뒤범벅이 되어 말로 표현할 수 없는 그런 것이었다.

내가 이미 말했던 고양이의 커다란 반점에 대해서 아내는 여러 번 주의를 환기시켰다. 이 반점은 지금은 커졌지만 처음에는 윤곽이 희미했던 것이라고.

그러나 이 반점은 서서히 모양이 또렷해지기 시작했고 나중에는 선명하게 자리를 잡아갔다. 단지 느낌일 뿐이라고 나의 이성이 강렬히 부정하고 있는 사이에 마침내 뚜렷한 윤곽을 드러낸 것이다. 그것은 이제 와서 입에 담기조차 소름끼치는 어떤 물체의 형상을 뚜렷하게 드러내고 있었다.

나는 그 형상이 두려운 나머지 고양이를 죽여 버리고 싶을 정도가 되었다. 그렇다, 이제 보니 그것은 머리끝이 쭈뼛해지는 저 교수대의 형상을 나타내고 있었다. 오오! 공포와 죄악의 기계, 고뇌와 죽음의 기계 바로 그것이었다.

이렇게 해서 나는 드디어 보통 사람들이 절대 맛볼 수 없는 극도의 처참한 속에 내던져졌다. 기껏 한 마리의 짐승이, 내가 경멸하는 심정으로 죽인 적이 있는 한 마리의 짐승과 동종의 짐승이 신의 모습과 비슷하게 창조된 인간인 나에게 견딜 수 없는 고통을 안겨주다니! 아아, 낮이나 밤이나 나는 이제 안식이란 하늘의 은혜를 더는 입을 수 없게 되었다.

낮에는 고양이가 잠시도 내 곁에서 떠나지 않았고, 밤에는 말할 수 없이 무서운 악몽 때문에 소스라쳐 놀라 깨어보면 그 짐승의 뜨거운 숨결이 내 얼굴을 덮고 있었다. 그리고 그 악몽의 화신, 내 힘으로는 밀어낼 수조차 없는 무거운 몸뚱이가 가슴 위에 보란 듯이 버티고 앉아 있는 것을 깨달았다.

이러한 고통에 시달리다 보니 나의 내부에 남아 있던 가냘픈 선의가 흔적조차 사라지고 없었다. 흉측한 생각이, 음침하고 참으로 사악한 생각만이 나의 유일한 친구가 되었다. 그렇게 되자 평소의 까다로운 기질은 점점 더 심해져서 모든 사물, 모든 인간에 대한 증오로 변했다. 때때로 느닷없이 엄습해오는 억제할 수 없는 분노의 발작에 어느덧 맹목적으로 내 몸을 맡기게 되었는데, 아아, 그것을 언제나 꾹 참고 받아주는 사람은 나의 아내였다.

어느 날, 아내는 그 무렵 우리가 가난 때문에 어쩔 수 없이 살게 된 헐어빠진 건물의 지하실까지 나를 따라 내려왔다. 이때 그 고양이도 몹시 가파른 계단을 나를 따라 내려오는 바람에 발치에 휘감겨서 나는 자칫 바닥으로 곤두박질칠 뻔했다. 그러자 순간적으로 미칠 정도로 화가 치솟았다. 도끼를 쳐든 나는 그때까지 나를 억제하고 있던 어린애 같은 공포를 잊어버리고 울컥 치민 분노로 고양이를 내리찍으려 했다. 이 도끼질이 생각대로 되었더라면 물론 고양이는 단숨에 숨이 끊어졌을 것이다. 그러나 도끼를 든 손은 아내에게 붙들리고 말았다. 아내의 방해 때문에 악마의 분노라는 말로도 모자라는 감정에 휩싸인 나는 아내의 머리를 찍고 말았다. 아내는 신음 소리 한 번 내지 않고 즉사하고 말았다.

이 무서운 살인을 해치우고 나서 나는 신중하게 시체를 숨기는 일에 착수했다. 밤낮을 피해 이웃 사람들에게 들킬 위험이 없이 집에서 시체를 운반해내기란 불가능하였다. 온갖 생각들이 머릿속에 떠올랐다. 한때는 시체를 잘게 토막을 내어 불에 태워 없애버릴까도 생각했다. 지하실 바닥에 시체를 매장할 구덩이를 팔 생각을 해본 적도 있었다.

혹은 정원 우물에 시체를 던져 넣어버릴까, 아니면 무슨 상품처럼 상자 속에 넣어 포장을 해서 운반인을 시켜 집에서 내어

가는 방법도 궁리해보았다. 마지막으로 나는 가장 완벽한 방법을 생각해 냈다. 중세기의 수도자들이 자기 손으로 죽인 자를 벽 속에 넣고 벽을 발라버렸다는 기록이 남아 있는데, 나는 아내의 시체를 지하실 벽 속에 넣고 회로 발라버리기로 결심한 것이다.

우리 집의 지하실은 이런 목적을 위해서는 안성맞춤이었다. 사면이 쌓아올려진 벽면에 최근 거칠게 회칠을 했는데, 그것은 습기 찬 공기 때문에 아직 굳지도 않은 상태였다. 그뿐 아니라 한쪽 벽은 형태로만 있는 굴뚝이며 난로가 있었던 자리가 불쑥 불거져 나와 있었다. 이 부분의 벽돌을 빼내고 시체를 밀어 넣은 다음 벽 전체를 전과 같이 발라버리면 아무도 의심스러운 점을 발견하지 못할 것이라는 확신이 들었다.

나는 쇠 지렛대를 사용하여 힘들이지 않고 벽돌을 빼내고 시체를 조심스럽게 벽에다 세운 다음 벽을 원래대로 다시 쌓았다. 모르타르와 모래와 종려털을 구해온 나는 이전의 것과 구별할 수 없을 정도로 감쪽같이 색깔을 만들어내어 이것을 새로 쌓은 벽돌 위에다 꼼꼼하게 발랐다. 일을 다 마친 나는, 만사가 그것으로 끝났다는 생각에 매우 만족스러웠다. 벽에 따로 손질을 한 흔적 같은 것은 전혀 눈에 띄지 않았다. 바닥에 떨어진 부스러기도 세심하게 치웠다. 그리고 득의에 차서 주변을 둘러보며 중얼거렸다. '자, 이만하면 헛수고는 안 했겠지.'

다음으로 할 일은 이런 비참한 사건의 원인이 된 짐승을 찾아내는 일이었다. 나는 이미 그놈을 죽여 버릴 결심을 굳히고 있었다. 이때 고양이를 만날 수가 있었다면 그놈의 운명도 이미 정해졌을 것이다. 그런데 교활한 그놈은 아까의 나의 끔찍한 분노에 겁을 집어먹은 듯 내 앞에서 모습을 감추고 말았다. 그 지긋지긋한 고양이가 없어진 사실이 나의 가슴에 불러일으킨 안도감은 어떤 표현도, 상상도 할 수 없도록 했다. 고양이는 그날 밤 전혀 모습을 드러내지 않았다. 이렇게 해서 고양이를 집으로 데려온 나는 적어도 하룻밤만은 완벽한 숙면을 취할 수가 있었다. 그렇다, 나의 영혼은 살인의 무거운 짐을 지고서도 잠을 잘 수가 있었다.

이틀, 또 사흘이 지났으나 나를 괴롭히던 놈은 모습을 드러내지 않았다. 나는 또다시 자유로운 인간으로서 세상과 호흡했다. 그 괴물은 너무나 무서워서 이 집으로부터 영원히 도망을 친 것이다. 다시는 그놈의 짐승을 보지 않게 되겠지! 이것이야말로 다시없는 행복이다. 나는 나 자신의 끔찍한 범죄 행위에 대해서는 마음의 가책을 거의 느끼지 못했다. 몇 차례 신문을 받았으나 즉시 대답을 해낼 수 있었다. 가택 수색까지 당했으나 그 무엇도 발각될 리가 없었다. 그것으로 나의 장래의 행복은 틀림없이 보장된다고 생각했다.

그런데 아내를 죽인 지 나흘째 되던 날, 한 떼의 경관이 뜻밖에 집으로 들이닥쳐 또다시 철저하게 집안을 수색하겠다고 했다. 그러나 시체를 숨긴 장소를 알 턱이 없다고 확신하고 있었던 나는 조금도 당황한 모습을 보이지 않았다.

경관들은 집을 수색할 테니 나에게 입회할 것을 명령했다. 그들은 집 전체를 샅샅이 수색했다. 마침내 세 번쨌지 네 번쨌지 다시 지하실로 내려갔다. 나는 얼굴 근육 하나 움직이지 않았다. 나의 심장은 잠자는 인간처럼 조용히 고동치고 있을 뿐이었다.

나는 지하실을 끝에서 걸었다. 가슴에 팔짱을 낀 채 이리저리 태연하게 돌아다녔다. 경관들은 더 이상 나를 의심할 마음이 없었는지 떠날 기색을 보였다. 나는 기쁨을 억제할 수가 없었다. 나는 개가를 올리기 위해서, 그리고 나의 무죄를 확실하게 확신시키기 위해서 무언가 한마디 하고 싶어 견딜 수가 없었다.

"여러분!"

경관들이 계단을 올라갈 때 나는 마침내 입을 열었다.

"여러분의 의심을 풀어드릴 수 있어서 정말 기쁘게 생각합니다. 여러분들의 건투를 빕니다만 좀 더 예의를 갖춰주셨으면 합니다. 그런데 여러분! 이 집은 참으로 단단히 지은 집이지요.(무언가 술술 말해버리고 싶다는 세찬 욕망 때문에 나는 자신이 무슨 말을 하고 있는지도 몰랐다.) 엄청나게 잘 지은 집이지요. 이 벽도, 아니, 여러분! 벌써 가시려고요? 이 벽도 아주 튼튼하게 만들어져 있지요."

여기까지 말하고 난 나는, 이제는 허세를 부리고 싶어서 견딜 수 없는 기분으로 내 사랑하는 아내의 시체가 숨겨져 있는 바로 그 벽을 손에 들고 있던 지팡이로 힘껏 두드렸다.

그런데 오오, 하느님 맙소사! 마귀의 이빨로부터 나를 구해주소서! 두드린 지팡이의 울림이 멎는 것과 동시에 그 무덤 속에서 응답이 들려온 것이다. 처음에는 어린애의 흐느껴 우는 소리와 비슷한 억눌린 듯 끊어질 듯한 소리가 갑자기 높아지더니 참으로 괴상한, 인간의 소리라고는 여겨지지 않을 정도로 길고, 크고, 연속적인 절규가 들려오고 있었다. 그것을 포효라고 해야 할까, 아니면 견딜 수 없이 괴로워하는 지옥의 망자들과 그들이 지옥에 떨어진 것을 미칠 듯이 기뻐하는 악귀들이 함께 어우러져 소리치는, 끓어오르는 공포와 승리가 뒤얽힌 소리 같았다. 그것은 오직 지옥에서만 들을 수 있는 울부짖음이었다.

당시 내가 어떤 심정이었는지는 말을 하는 것조차 어리석은 짓이리라. 나는 실신한 채 반대편 벽으로 비틀거리며 걸어갔다. 그 순간 계단을 올라가던 경관들은 공포에 사로잡혀 더 이상 꼼짝도 하지 않았다.

다음 순간, 열두 개의 억센 팔이 벽을 부수고 있었다. 벽은 순식간에 깡그리 무너졌다. 이미 완전히 썩어서 피가 엉겨 붙은 시체가 경관 일동의 눈앞에 우뚝 서 있었다. 그리고 머리 위에는 새빨간 아가리를 벌린 채 타는 듯한 외눈을 번뜩이면서 험

오스러운 고양이가 앉아 있었다. 그 악랄한 꾀에 넘어간 나는 사람을 죽이고, 또 이 악독한 놈이 방금 지른 울음소리 때문에 사형 집행인의 손에 넘어가게 된 것이다. 나는 이 괴물을 무덤 속에 넣은 채 발라버렸던 것이다.

어셔 가의 몰락

La Chute de la Maison Usher

하늘에는 구름이 무겁게 덮여 모든 것이 착 가라앉은 어둡고 적막한 어느 가을, 나는 황량한 어느 마을을 종일토록 말을 타고 지나갔다. 이윽고 땅거미가 질 무렵, 음울한 어셔 저택이 보이는 곳에 이르렀다.

어째서 그랬는지는 모르지만 그 건물을 보는 순간 견딜 수 없는 우울함이 내 마음 깊이 스며들었다. 이렇게 말하는 것은 황량함이라든가 무서움이 자연과 결합함으로써 나타내는 엄숙한 모습과 접하게 되면 대개 사람의 마음은 시적 너머에 있는 거의 쾌적한 정서를 느끼게 마련인데, 이번 경우는 나의 우울증이 그런 정서에 의해서 조금도 변화를 보이지 않았다. 나는 그저 눈앞에 펼쳐진 광경, 즉 아무런 특징도 없는 저택과 저택 안의 평범한 물건과 꾸밈새, 으스스한 벽, 휑하게 열린 눈을 연상케 하는 창들, 그리고 몇 더미의 말라 죽은 풀과 몇 그루의 늙고 썩은 나무의 허연 가지들을 침울하기 짝이 없는 기분으로 바라보았다. 이 기분에 가장 잘 어울리는 이 세상의 감각으로 말하면, 저 아편 중독자가 아편을 복용한 뒤 깰 때의 그 나른한 허탈감, 현실 생활로 돌아올 때의 그 쓰디쓴 기분, 신비의 베일이 벗겨져 버렸을 때의 절망감 같은 것이다. 얼음장처럼 차디차고 끝없이 가라앉는 것 같고 구역질이 날 것 같은 심정 말이다. 아무리 숭고한 상상력을 불러 일으켜보아도 절대 바뀌지 않을 외로운 심정이었다. 이것은 도대체 무슨 까닭일까? 나는 멈추어 서서 생각해보았다.

어서 저택이 나로 하여금 이처럼 우울하게 만드는 정체는 무엇일까? 그것은 풀기 어려운 수수께끼였다. 그렇다고 해서 이렇게 상념에 빠져 있는 나에게 몰려오는 막연한 환상과 싸울 수는 없었다.

그래서 나는 아무것도 아닌 자연물들의 결합이 지금과 같은 인상을 낳는 힘을 갖고 있으며, 그 힘을 분석한다는 것은 우리들의 사고력으로는 불가능하다는 결론을 내릴 수밖에 없었다. 눈앞의 광경을 이루고 있는 세부적인 것, 그 풍경의 부분을 다르게 배열하기만 해도 이 광경이 이토록 슬픈 인상을 주는 느낌을 조금 부드럽게 하거나 아니면 아주 없애버릴 수도 있지 않을까 생각해보았다. 이런 생각에 젖어 저택 옆의 잔물결 출렁이지 않는 시커멓고 음산하게 빛나는 늪의 깎아 세운 듯한 기슭까지 말을 몰아갔다. 잿빛 풀과 엄청나게 큰 나무 둥치, 퀭하게 열린 눈을 연상시키는 창이 수면에 거꾸로 떨어져 있는 것을 지그시 내려다보노라니 아까보다 더 심한 전율이 내 몸을 휩싸는 것이었다.

하지만 어쨌든 나는 이 음산한 저택에서 몇 주일 동안 머물 예정이었다. 이 저택의 주인인 로드릭 어셔는 나의 소년 시절 친구였는데 어릴 때 헤어진 후로 만나지 못했다. 그런데 얼마 전, 멀리 떨어진 지방에 살고 있는 그로부터 한 통의 편지를 받았다. 그것은 애원조의 편지였기 때문에 나는 아무래도 이곳으로 달려오지 않을 수 없었다. 편지의 필적은 분명히 신경의 흥분상태를 나타내고 있었다.

편지를 쓴 수취인은 극심한 육체적·정신적 혼란을 호소했다. 그리고 내가 옆에 있어준다면 기분이 밝아져서 자신의 병도 얼마간 가벼워질 것 같다고 했다. 그리고 덧붙이기를 자신의 하나밖에 없는 친구인 나를 꼭 만나고 싶다고 했다. 편지에는 이

밖에도 여러 가지 내용이 쓰여 있었는데, 이런 간청하다시피 하는 내용의 글이 나에게 조금도 주저할 여지를 주지 않았다. 그래서 나는 묘한 초청이라고 느끼면서도 결국 그의 청에 응하기로 했다.

소년 시절, 친하게 지냈다고 하긴 해도 사실 나는 이 친구에 대해 아는 것이 거의 없었다. 그의 내성적인 기질은 지나칠 정도여서 거의 체질화되어 있었다. 내가 알기로 그의 집안은 여러 대를 이어 오랜 옛날부터 감수성이 풍부한 기질을 갖고 있다는 것이 세상에 알려져 왔다. 그 기질은 오랜 세대를 지나는 동안 뛰어난 예술 작품이 되어 나타나기도 했다. 최근에는 스케일이 크면서도 실명을 드러내지 않는 여러 가지 자선 사업의 형태로 나타났다. 게다가 이 일족은 음악적인 면에 있어서는 이해하기 쉬운 정통적인 것보다는 뭔가 복잡 미묘한 맛에 심취해 있다는 사실도 드러났다. 어서 집안의 혈통은 아주 유서가 깊었지만 분가를 한 적이 없었다. 다시 말해 이 일족은 직계로만 계속 이어졌다. 아주 미미한 예외가 있었다고 해도 항상 그런 식으로 이어져왔다는 놀라운 사실을 나는 다시 한번 확인했다.

나는 이 저택이 보여주는 이미지와 이 저택에 살고 있는 사람들의 성격은 완벽하게 조화되어 있다는 생각을 했다. 또한 수백 년의 세월이 흐르는 동안 이 저택이 거기에 살고 있는 인간에게 어떤 영향을 주고 있지 않았을까 추측하는 동안에 나는 이런 결론을 얻게 됐다. 즉 이처럼 방계 자손 없이, 다시 말해어서 집안의 상속인이 아버지에서 아들에게로 그대로 이어져왔다는 사실이 마침내는 저택과 거기에 살고 있는 사람들을 동일시하게 되고, 이 영지의 원래 명칭을 '어셔 집안'이라는 고풍스러운 두 가지 의미를 가진 이름으로 바꾸어버린 것이 아닌가 하고 말이다. '어셔 집안'이라고 부를 때 소작인들의 머릿속에서는 그 일족과 저택 양쪽 모두를 포함하고 있었다.

이미 말했듯이 나의 조금 어린애 같은 시도, 즉 늪 속을 내려다보는 행위 같은 것은 결과적으로 최초의 기괴한 인상을 더 짙게 했을 뿐이다. 나의 미신적인 기분－이렇게 말해서 나쁠 게 있겠는가－이 점점 그 도를 더해간다는 것을 자각하는 것 자체가 더욱 그런 기분을 부채질 했다. 그것이 공포를 바탕으로 하는 일체의 감정이 갖는 역설적 법칙이라는 것을 나는 오래 전부터 알고 있었다.

늪을 바라보다가 눈을 들어 저택을 바라보았을 때, 내 가슴에 기묘한 망상이 떠오른 것도 순전히 방금 말한 원인에 의한 것인지도 모른다. 참으로 기괴한 망상, 즉 나를 고통스럽게 짓눌러오던 감각의 생생한 위력을 표현하기 위해서는 뭐든 여기에 기술할 것이다.

이 저택과 그를 둘러싼 영지, 즉 저택과 그 부근에는 특유한 분위기가 감돌고 있었다. 하늘의 대기와는 전혀 동떨어진 분위기, 썩어빠진 나무들과 잿빛 벽과 고용한 늪에서 솟아오르는 독기, 겨우 알아볼 듯 말 듯 희미한 납빛 독기를 품은 신비스러움이 서려 있었다. 나는 상상력에 깊이 몰입되어 이런 것을 실제라고 믿기에 이르렀다.

악몽이라고 여길 수밖에 없는 이런 망상을 떨쳐버리자 나는 눈앞에 있는 건물의 현실적인 모습을 보다 면밀하게 관찰할 수 있었다. 무엇보다도 나를 놀라게 한 것은 저택이 놀랄 만큼 오래 되었다는 사실이었다. 오랜 세월을 지나면서 건물은 몹시 퇴색되어 있었다. 거미줄 모양의 자잘한 곰팡이가 처마에서부터 외벽을 완전히 뒤덮고 있었다. 그렇다고 해서 건물이 아주 황폐한 것은 아니었다. 석조 건물 어느 부분도 허물어진 곳은 없었다.

다만 벽돌 하나하나는 삭아가고 있는데 벽 전체는 온전하게 서 있는 것이 이상할 정도로 보였다. 건물을 보면서 나는 버려진 아치형 천장을 장식하며 오랜 세월 부패해온 오래된 목공예 작품이 갖게 되는 어딘지 불안정한 온전함, 바깥 공기를 전혀 쏘이지 않아서 생긴 온전함을 느낄 수 있었다. 그러나 이와 같은 광범위한 부패의 징후를 제외하면 건물은 전혀 위험하다고는 생각되지 않았다. 그러나 관찰자의 눈에는 간신히 그것이라고 알아볼 수 있을 정도의 균열이 건물 정면의 지붕에서부터 번개 줄기처럼 벽을 타고 내려와 음산한 늪 속으로 사라지는 것을 볼 수 있었다.

이런 것들을 눈여겨보면서 나는 둑길을 따라 말을 타고 갔다. 마중 나온 하인을 따라 나는 고딕 풍의 아치형 현관문으로 들어갔다. 거기서부터 하인은 조심스럽게 발소리를 죽이며 어둡고 복잡한 복도를 몇 개나 지나 주인의 서재까지 나를 안내했다. 왠지 이유를 알 수는 없었으나 걷는 도중 눈에 띄는 많은 것들이 막연한 공포감을 불러일으켰다. 내 주위의 온갖 것들, 천장의 조각, 벽에 걸린 우중충한 벽걸이, 흑단처럼 새까만 바닥, 걸음을 옮길 때마다 덜커덕거리는 환영처럼 보이는 문장이 들어 있는 전리품은 소년 시절부터 낯익은 것이거나 그것에 가까운 것인데도 불구하고, 그것들이 불러일으키는 기괴한 명상에 놀라지 않을 수 없었다.

계단에서 나는 이 집의 주치의와 마주쳤다. 그 사나이의 얼굴에는 천박한 교활함과 곤혹감이 뒤섞인 표정이 떠올라 있었다. 주치의는 당혹감을 감추지 못하며 나에게 인사를 하고는 사라져버렸다. 마침내 먼저 보았던 하인이 문 하나를 밀어 열고는 주인 앞에 나를 안내했다.

내가 들어간 방은 굉장히 넓고 천장이 높았다. 창문은 좁고 길었으며 끝이 뾰쪽했고, 검은 참나무 마룻장에서 너무 높이 떨어져 있었기 때문에 거기까지 손이 닿을 것 같지가 않았다.

검붉은 빛으로 물든 약한 광선이 격자창의 유리를 통해서 흘러 들어와 비교적 눈에 잘 띄는 방 안의 물건들은 뚜렷이 모습을 드러내고 있었다. 그러나 방의 한쪽 구석이나 번개무늬로 된 둥근 천장의 가운데 부분은 아무리 눈을 크게 뜨고 보아도 잘 보이지가 않았다. 벽에는 거무스름한 벽걸이가 걸려 있었다. 가구류가 잔뜩 놓여 있었으나 칙칙하고 고풍스러운 것으로 몹시 낡은 것이었다. 많은 책과 악기가 주위에 널려 있었는데 그것들은 이 방의 전체적인 모습에 생기를 주지는 못했다. 나는 우울한 공기를 흡입하고 있는 듯한 느낌이 들었다. 이 엄숙하고 헤어날 길 없는 우울한 기분이 모든 것을 뒤덮은 것은 물론 모든 것에 스며들어 있었다.

내가 들어가자 로드릭 어셔는 그때까지 길게 누워 있던 소파에서 몸을 일으켜 쾌활하고도 다정한 모습으로 인사를 건넸다. 그때 나는 거기에서 과장된 우정, 산전수전을 다 겪은 나머지 인생에 권태를 느끼고 있는 인간의 부자연스런 노력이 담겨 있는 걸 단번에 느낄 수 있었다.

이때 그의 얼굴을 힐끗 쳐다본 나는 상대방이 진심으로 나를 대하고 있다는 걸 알았다. 우리는 자리에 앉았다. 그리고 상대가 입을 열 때까지 잠시 동안 연민과 두려움이 뒤섞인 기분으로 지그시 바라보았다. 분명코 이토록 짧은 시일에 어셔만큼 무서운 변화를 가져온 인간은 없을 것이다. 내 앞에 있는 인간이 어린 시절의 친구와 동일인이라고는 믿을 수가 없었다.

그렇다고는 하지만 그의 얼굴의 특징은 사람의 눈길을 끄는 데가 있었다. 시체 같은 창백한 안색, 그 무엇과도 견줄 수 없는 크고 빛나는 젖은 눈, 전혀 핏기라고는 없으나 엷은 색의 놀랄 만큼 아름다운 곡선을 그리는 입술, 우아한 유대인 형이면서도 그 모양치고는 드물게 콧구멍이 옆으로 당겨진 코, 내밀지 않은 것이 어딘지 정신력의 결핍을 느끼게 하는 아름다운 형태의 턱, 그리고 거미줄처럼 부드럽고 가는 머리털⋯⋯ . 이런 특징은 관자놀이 윗부분이 유난히 넓은 것과 어우러져 특별한 분위기를 만들었다.

그런데 지금 내가 누구에게 이야기를 하고 있는 것인가 의아한 기분을 자아내게 한 변화, 즉 위에서 말한 특징과 그런 얼굴 생김새가 보이고 있던 표정이 옛날보다 훨씬 더 뚜렷해졌다는 사실 이외에는 아무것도 없었다. 특히 섬뜩할 만큼 창백한 피부색과 이상한 빛을 뿜는 눈이 무엇보다 나를 놀라고 두렵게 했다. 게다가 명주실 같은 머리칼은 손질도 않고 자랄 대로 자라 엉킨 거미줄처럼 얼굴에 늘어졌다기보다는 차라리 공중 위를 날고 있는 것 같은 몰골이었다. 이 기괴한 풍모는 평범한 인간의 풍모와는 도저히 결부시킬 수가 없었다.

이 친구의 언동에서 내가 즉시 눈치를 챈 것은 앞뒤가 맞지 않는 데가 있다는 사실이었다. 그것은 잠시도 멈추지 않는 신체의 경련으로, 극도의 흥분을 이겨내려는 헛된 노력을 가까스로 지속했기 때문에 일어난다는 사실을 알아차릴 수 있었다. 그의 편지를 읽어봐도, 소년 시절의 기질을 상기해 봐도, 그의 특이한 성격이나 기질에서 끌어낸 결론을 생각해봐도 이런 종류의 현상은 당연히 예상할 수 있는 것이었다. 그는 금방 쾌활해졌다가 침울해지기를 번복했다. 그의 목소리는 (생기가 완전히 없어진 것 같은) 우유부단하고 떨리는 소리를 냈다가 갑자기 정열적이고 시원시원하고 분명한 어조가 되었다. 이는 어쩔 수 없는 주정뱅이나 구제불능의 아편 중독자가 극도로 흥분했을 때 나타내는 특유의 무겁게 늘어져 버린 후두음이었다.

그는 그런 어조로, 나에게 와달라고 한 목적과 나를 만나고 싶은 이유, 그리고 만나면 틀림없이 위로를 받을 것이라고 생각했다는 것 등을 이야기했다. 또 스스로를 어떻게 생각하고 있는지에 대해 상세하게 이야기해주었다. 그의 말에 의하면, 그 병은 체질적인 것으로 그의 혈족에게 유전하는 병인데 그 치료법을 찾아낼 가망설이 거의 없다는 것이었다. 그리고 그는 덧붙이기를 이것은 단지 신경성이기 때문에 곧 나을 것이라고 말했다.

그의 병의 증세는 온갖 기괴한 느낌으로 나타났다. 그는 자신의 증세를 상세히 설명해주었는데, 그중의 몇 가지는 흥미로우면서도 도저히 이해할 수가 없었다. 그가 자신의 증세를 설명할 때 사용한 용어나 전체적인 분위기가 그런 효과를 자아냈기 때문이었다. 특히 병적으로 예민해진 감각 때문에 그는 몹시 괴로워했다. 조금이라도 자극적인 음식도 먹을 수가 없었고, 입는 옷도 특정한 천으로 한정되어 있었으며, 모든 꽃향기도 괴롭게 느껴진다고 했다. 그리고 아무리 희미한 빛이라도 그의 눈은 피로감을 느꼈고, 독특한 음악 소리, 그것도 현악기 소리가 아니면 그 어떤 음악을 들어도 소름이 끼친다고 했다.

그는 변태적인 공포심에 사로잡힌 노예였다. 그는 이런 말을 했다.

"나는 죽어가고 있어. 이런 비참한 기분 속에서 죽어가지 않으면 안 돼. 나는 이렇게 무너져가는 수밖에 없어. 나는 장차 일어날 사건 그 자체보다 그 결과가 두려워. 이 견딜 수 없는 마음의 동요에 영향을 끼칠 것 같은 일은 제아무리 소소한 것일지라도 생각만 해도 오싹해진다네. 솔직히 위험을 겁내는 것은 아니네. 단지 궁극적인 결과인 공포가 두렵네. 이렇게 기력이 쇠잔한, 이렇게 가련한 상태에 있는 나에게 '공포'라는 엄청난 망령과의 격투 속에서 목숨도 이성도 포기하지 않으면 안 될 시기가 조만간 닥쳐올 것 같은 느낌이 든다네."

그의 정신 상태에는 특이한 기이함이 있었다. 그가 이야기하던 중에 띄엄띄엄 언급하는 것에서 그의 정신에 대한 한 가지 묘한 특징을 알아낼 수 있었다. 그것은 그가 이미 몇 년 동안이나 외출할 용기조차 갖지 못하고 살고 있는 현재의 저택에 대해서 어떤 미신적인 생각에 사로잡혀 있다는 사실이었다. 그는 이런 것들에 대해 이야기하면서 너무나 모호한 단어들을 사용했기 때문에 지금 내가 그의 말을 다시 옮기는 것은 불가능하다. 그의 말을 빌리면 그가 살고 있는 저택, 즉 이 저택의 형태와 그 실체 속에 내포되어 있는 어떤 특이한 성질은 오랜 세월이 지나는 사이에 자신의 정신을 지배하게 된 것이라고 했다. 특히 저택의 회색 벽이며 소탑 같은 것들이 그림자를 던지고 있는 어두컴컴한 늪 등이 자신의 정신에 영향을 끼치게 되었다고 말했다.

그가 주저하면서 인정한 일인, 그를 그토록 괴롭히는 이상한 우울증의 주요 원인은 분명히 있었다. 그것은 오랜 세월 그의 유일한 반려자이자 지상에 혼자 남아 있는 혈육인 사랑하는 누이동생의 무겁고 오랜 병, 아니 시시각각 다가오는 누이동생의 임종에 원인이 있다는 것이었다.

"누이동생이 죽는다면"

그는 상대를 깊이 각인시키는 비통한 어조로 말했다.

"내가, 아무 희망도 없고 쇠잔한 내가, 유서 깊은 어셔 집안의 피를 받은 최후의 인간이 되네."

그가 이렇게 말했을 때, 매덜린(그의 누이동생의 이름) 아가씨가 방 저쪽을 천천히 지나갔는데 그녀는 내가 있다는 것도 모른 채 그대로 사라져버렸다. 나는 공포가 섞인 놀람으로 그녀를 지그시 지켜보고 있었으나, 왜 그런 감정이 생겼는지는 나 자신도 설명할 수가 없었다. 멀어져가는 그녀의 자태에 눈길을 보내고 있으려니 텅 빈 공허감이 나를 억눌렀다. 이윽고 그녀의 모습이 사라지고 문이 닫히자 나의 시선은 본능적으로 오빠의 얼굴 쪽으로 쏠렸다. 순간 그는 양손으로 얼굴을 가리고 있었는데 창백하고 섬약한 손가락 사이로 뜨거운 눈물이 흐르고 있었다.

매덜린 아가씨의 병은 이미 용한 주치의의 치료로도 어쩔 도리가 없을 정도가 되어 있었다. 만성화된 지각이 없는 상태, 점점 더해가는 육체적 쇠약, 일시적이지만 자주 일어나는 경직 증상, 이런 것이 주요 증상이었다. 그녀는 지금까지 악착같이 병고를 참아 절대로 눕는 법이 없었다. 그러나 내가 저택에 도착한 그날 어둠이 닥칠 무렵부터(그날 밤 그녀의 오빠가 마음의 동요를 나타내면서 이야기한 것에 의하면) 병마의 파괴적인 힘 앞에 항복했다고 했다. 이렇게 해서 나는 조금 전 내가 얼핏 본 아가씨의 자태가 아마도 마지막이 되어 적어도 살아 있는 그녀의 모습을 보는 일은 다시는 없을 것이라는 걸 알았다.

그로부터 며칠 동안 어셔도 나도 아가씨의 이름을 입에 올리는 것을 피했다. 그동안 나는 친구의 우울증을 덜어주려고 갖은 노력을 다했다. 함께 그림을 그리기도 하고, 책을 읽기도 했다. 또 어떤 때는 그가 즉흥적으로 연주하는 가슴을 울리는 광기 어린 기타 연주에 심취해 귀를 기울이기도 했다. 이런 식으로 마음의 교류를 나누면서 나는 그의 내면을 마음대로 드나들 수 있게 되었으나 그의 마음을 밝게 해 줄 수 있는 어떤 시도도 불가능하다는 사실을 통절히 깨달았다.

그의 마음에 암흑이라는 것이 선천적인 특성이라도 되는 것처럼 정신과 육체에 암울한 방사선이 되어 내뿜어지는 것이었다.

나는 어서 집안의 주인과 단둘이 지낸 기나긴 시간을 언제까지나 잊지 못할 것이다. 그러나 그가 나를 유도한, 혹은 나의 길잡이가 된 연구물들이 어떤 것들이었는가를 정확하게 전달하는 것은 무리이다. 왜냐하면 흥분되고 병적인 상상력이 모든 것 위에 퍼런빛을 던지고 있었기 때문이다. 그가 즉흥적으로 불러 준 긴 비의 노래는 오랜 시간 나의 귓전에서 사라지지 않을 것이다. 특히 베버(18세기 독일 낭만파 음악의 창시자)의 마지막 왈츠의 분방한 선율을 기묘하게 편곡하여 들려준 열광적인 연주는 지금까지도 가슴 깊이 새겨져 있다. 그가 특유의 상상력을 마음껏 구사하여 그린 그림은 붓을 한 번 놀릴 때마다 너무나 낯설고 애매모호하였고, 그것을 보고 나는 까닭 모를 전율로 몸을 떨었다. 이들 그림의 이미지는 지금까지도 머리에 뚜렷이 남아 있으나 말로 전할 수 있는 것은 단지 작은 부분에 지나지 않는다. 그 이상의 것은 아무리 전하려고 애써도 불가능하다.

그리고 그의 그림은 더할 나위 없이 단순하고 명확한 구도로 순간적으로 주의를 끌고 위압하는 힘이 있었다. 적어도 나에게 있어서는 관념을 정확한 그림으로 표현한 인간이 있다면 바로 어셔였다. 그 당시 나를 둘러싸고 있는 형편상 이 우울증 환자가 화폭 위에 묘사해보인 수많은 순수한 추상적 관념에는 견딜 수 없을 정도의 무서움증과 두려운 감정이 끓어오르는 것이 느껴졌다. 푸젤리(스위스의 화가)의 그림에서는 절대 느낄 수 없는 공포였다. 푸젤리의 몽상들은 어셔의 그림에 비하면 강렬하긴 하지만 지나치게 구체적인 듯 느껴졌다.

내 친구의 요지경 같은 그림들은 추상성에 꼭 들어맞지 않는 것도 있었는데 이 그림에 대해서는 어렴풋하게나마 말로 설명해 볼 수 있다. 그림은 작았고 엄청나게 긴 직사각형의 지하 감옥이며 갱도의 내부가 그려져 있었다. 갱도는 천장이 낮고 벽이 밋밋하며 색은 흰색이었는데 문도 창문도 없었다. 그림을 자세히 살펴보면 굴이 땅 밑 아주 깊은 곳에 있음을 알 수 있었다. 굴의 길이는 길었지만 출구는 어디에서도 찾을 수 없었고, 횃불 등 인공적인 광원도 눈에 띄지 않았다. 이때 강렬한 광선이 비치면서 그림 전체를 무시무시하고 어딘가 이상해 보이는 광채로 뒤덮었다.

조금 전에 말한 것처럼 이 환자는 병적인 청각신경증을 지니고 있어서 특정한 현악기 소리를 제외하면 음악 듣는 것을 견딜 수 없어 했다. 기타를 연주할 때도 한정된 범위의 곡만 택하는 것은 아마도 그런 이유 때문이었을 것이다. 그러나 그의 즉흥곡의 열정적이고 기교 넘치는 연주는 언어로 설명할 수 있는 범위를 넘어서 있었다. 미친 듯한 환상곡의 가사는 물론 곡조도(그는 운을 붙인 즉흥적인 가사를 읊조리면서 연주하곤 했다.) 내가 조금 전에 말한 것처럼 흥분이 극도에 달했을 때 볼 수 있는 강렬한 정신적 집중과 냉정에서 생기는 것이 틀림없었으며, 또한 사실이 그랬다.

그러나 그의 꾸임 없는 즉흥연주는 단순하게 설명할 수 없는 그 무엇이 있었다. 그의 연주가 환상적인 동시에 꾸밈이 없는 듯 들린 것은 내가 앞서 인위적 자극이 최고조에 도달한 특정 순간에만 볼 수 있다고 말했던 강도 높은 정신 집중의 효과 때문이라고 할 수 있었다. 이 모든 것의 결과인 그의 광적인 판타지는 선율로 표현될 뿐 아니라 언어로도 표현되었다. 사실 그는 연주하는 동안 그에 맞는 즉흥시를 지어 부를 때도 자주 있었다. 나는 이 시에 강렬한 감동을 받았다. 내가 이 시의 숨겨진 의미 내지 신비주의적인 의미를 깨달았듯이 어셔는 자신의 고결한 이성이 왕좌에서 비틀거리고 있음을 의식하고 있었다.

내가 이런 말을 하는 것은 그 말이 의미하는 심저(心底)에 있는 이상한 흐름 속에 우리의 고귀한 이성이 그 왕좌에서 비틀거리고 있는 것을 어셔 자신이 충분이 의식하고 있다는 사실을, 나도 처음으로 인식한 듯한 느낌이 들었기 때문이다. 〈마의 궁전〉이라는 제목의 시는 내용이 정확하지는 않지만 대충 다음과 같다.

1

오랜 옛날 어느 계곡 녹음 짙은 골짜기의
천사들이 살던 곳에
멋지고 찬란하게 빛나는 궁전이 있었다네.
'사유'라고 부르는, 제왕이 다스리는 그곳에
궁전이 서 있었지.
천사도 이토록 아름다운 집에
날개를 펼친 적이 없었다네.

2

황금빛으로 찬란하게 뿜어내는 노란 깃발이
지붕 위에 펄럭이고 있었지.
(이것은 모두가 아주 먼 옛적의 일)
그 즐겁던 날,
깃털 장식이 나부끼는 흰 성벽에
희롱하듯 부는 미풍은
향기로운 냄새를 실어가고 있었네.

3

이 행복한 골짜기를 배회하는 자들은
빛나는 두 개의 창을 통해 보았네.
류트의 아름다운 선율에 맞추어

왕좌의 주위를 춤추며 너울대는 요정들을!
그 왕좌에 앉아서
영예에 걸맞은 당당한 위풍을 떨치고 있는 것은,
그 나라를 지배하는 자였네.

4

화려한 궁전의 문에는 진주와 루비가 반짝였고
그 문을 지나 흘러흘러
번쩍이면서 들어오는 것은
'메아리'의 무리였지.
왕의 재기와 지혜를
더없이 아름다운 목소리로 노래하는 것이
'메아리'의 즐거운 의무였다네.

5

잠시 후 슬픔의 옷을 두른 악마들이 왕좌를 습격했다네.
아아, 우리 모두 슬퍼하자, 고독한 왕에게
내일이라는 말이 더는 밝아오지 않을 것이니!
지난날 왕의 궁전 주위에 빛나던 영광도
지금은 묻혀버린 옛날의
덧없는 이야기가 되어버렸네.

6

지금 이 골짜기를 찾아오는 자들은

붉은 불빛이 비치는 창 너머로 본다,
멋대로 울리는 음악 소리에 맞춰
미친 듯이 춤추는 거대한 괴물들의 모습을,
그리고 푸르스름한 문을 지나
무서운 분류처럼
꺼림칙한 무리가 끊임없이 뛰쳐나와
큰소리로 웃어대는데
그 옛날의 미소는 이제 볼 수조차 없다네.

당시 우리의 생각이 이 담시에 떠오르는 연상들을 따라갔던 것이 기억난다. 그 때문에 어셔가 품고 있는 견해가 한층 뚜렷해졌다. 그 견해를 여기서 내가 밝히는 것은 그것이 새로워서라기보다는(이런 것을 생각한 인간은 그 밖에도 있기 때문이다.) 그것을 그가 집요하게 주장했기 때문이다.

그는 식물도 모두 생각하는 힘을 가지고 있다는 것이었다. 그러나 그의 미치광이 같은 망상 속에는 그것이 더욱 확고한 성격을 띠어서 어떤 조건 아래에서는 무기물의 세계에까지 적용된다는 것이었다. 그의 이런 확신이 얼마나 강하고 또 얼마나 진지했는가를 나로서는 말로 표현할 수가 없을 지경이다.

그러나 그 신념은(내가 전에 약간 암시한 것처럼) 선조로부터 대대로 내려온 이 저택의 잿빛 석재와 관련이 있다. 이 석재들이 배치된 방식 속에 −석재 위에 퍼져 있는 수많은 곰팡이며 저택 주위에서 있는 썩은 나무들의 배치뿐 아니라 돌의 배열, 특히 이런 배치가 오랫동안 완전히 그대로 지속되어온 것과 거기다 늪의 고요한 물에 비친 그림자- 방금 말한 지각력이 존재하기 위한 조건이 갖추어졌다고 그는 생각하고 있었다. 식물이 지각할 수 있는 힘을 가지고 있다는 증거는 (그가 이런 얘기를 했을 때 나는 섬뜩했으나) 늪의 물이나 저택의 벽 주변에 독특한 분위기가 서서히, 그러나 확실히 응결되어간다는 사실 속에서 찾아볼 수 있다는 것이다.

그의 설명에 따르면, 돌들의 기운이 응축된 결과는 수세기에 걸쳐 변화한 자기네 가문의 운명과, 바로 지금의 모습으로 변한 그 자신의 모습에서 찾을 수 있다고 했다. 돌들의 기운이 소리 없이, 그러나 집요하고도 무시무시한 영향력을 행사하고 있다는 것이다. 이러한 생각에 대해 왈가왈부할 필요는 없으므로 더 이상 언급하는 것은 그만두겠다.

우리들이 읽은, 몇 년 동안 이 환자의 정신생활에 적지 않은 영향을 미쳤을 책은 이런 성격의 환상과 완전하게 일치하는 것들뿐이었다. 우리들이 함께 탐독한 책은 다음과 같은 것이었다. 그레세(프랑스의 시인)의 《베르베르와 샤트류즈》, 마키아벨리의 《벨 페로르》, 스웨덴보리(17세기 스웨덴의 철학자·신학자·과학자·신비가)의 《천국과 지옥》, 홀베르(17세기 덴마크의 희극 시인으로 덴마크 문학의 시조라고 불린다.)의 《니콜라스 클림의 지하 여행》, 로버트 플루드(영국의 의사이며 신학자), 장 댕다지네, 그리고 드 라 샹브르(17세기 프랑스의 의사)의 《손금

보는 법》, 티크(18세기 독일 낭만파 시인)의 《머나먼 창공으로의 여행》, 캄파넬라의 《태양의 도시》 등이었다.

특히 우리가 애독한 것은 도미니크 파 신부 에메리크 드지론(스페인의 종교 재판관)의 소형 8절판본의 《종교 재판법》이었다. 폼포니우스 멜라(서기 약 34년경의 로마 지리학자)의 저서에 등장하는 고대 아프리카의 사티로스를 생각하며 책을 읽다가도 몇 시간씩 몽상에 빠졌다. 희귀하고 진기한 사절판 고딕본으로 잊혀 진 교파의 기도서인 《메인츠 교파의 성가대가 죽은 자에게 바치는 철야기도》였다.

나는 이 책의 의식에 대해, 그리고 이 책이 우울증 환자인 어셔에게 미쳤을 영향에 대해 생각했다.

어느 날 밤, 느닷없이 그는 나에게 매덜린 아가씨가 이 세상을 떠났음을 알리면서 그녀의 시신을 저택 내부에 위치한 무수한 지하실 중 한 곳에 2주 동안 보관할 생각이라고 밝혔다. 그 얘기를 들은 나는 방금 내가 말한 진본 속의 기괴한 의식과 그것이 아마도 이 우울증 환자에게 끼쳤을 영향에 대해서 생각했다.

어셔의 말을 빌리면, 자기가 오빠로서 이러한 결정을 내리게 된 이유는 고인의 병이 흔치 않은 것이었고, 고인을 담당했던 의사들이 환자의 검사에 주제넘을 만큼 지나치게 열심이며, 가족 묘지가 저택과 멀리 떨어져 있는 데다 외부에 노출된 상태이기 때문이라는 것이었다. 솔직히 말하면 내가 이 집에 도착한 날 계단에서 마주쳤던 의사라는 사람의 불길한 얼굴이 머릿속에 떠오르자 어셔의 결정에 반대하고 싶은 마음이 싹 가셔버렸다. 내가 보았을 때 어셔의 결정은 해가 될 것도 없고 전혀 부자연스러운 것도 아니었다.

나는 어셔의 부탁으로 가매장을 도와주었다. 주검을 관에 넣자 우리 두 사람은 그것을 들어 안치소까지 운반했다. 관을 안치한 지하 납골실(오랜 세월 잠긴 채로 두었기 때문에 우리가 가지고 간 횃불도 숨 막히는 실내 공기 탓으로 가물가물 꺼질 것 같아서 내부의 모습을 자세히 살펴볼 수가 없었다.)은 좁고 축축하게 습기가 차서 외부의 빛이 전혀 들어올 수도 없었는데, 그곳은 저택의 내 침실이 있는 곳 바로 밑에 위치하고 있었다.

납골실은 그 옛날 봉건시대의 지하 감옥이라는 옳지 못한 목적을 위해 사용되었던 것 같고, 후대에는 화약 종류의 불이 붙기 쉬운 물질을 저장하는 장소로 씌어진 것 같았다. 왜냐하면 이 바닥의 일부와 거기 가는 데까지의 긴 아치형 복도의 내부 전부가 동판으로 빈틈없이 덮여 있었기 때문이다. 육중한 철문에도 동판이 씌워져 있었다. 그 철문은 무게 때문인지 돌쩌귀위를 돌아갈 때는 이상하고 예리한 소리를 내면서 삐걱거렸다.

이 무시무시한 장소에 마련되어 있는 관 받침대 위에 불쌍한 유체를 올려놓은 다음, 우리는 아직 나사못으로 고정시키지 않은 관 뚜껑을 조금 옆으로 밀고 안에 누워 있는 죽은 여성의 얼굴을 들여다보았다. 오빠와 누이가 너무나 얼굴이 똑같다는 사실이 먼저 내 주의를 끌었다. 어서도 내 생각을 알아챘는지 몇 마디 중얼거렸다. 나는 그의 중얼거림 속에서 죽은 누이와 그는 사실 쌍둥이로 둘 사이에는 말로 설명하기 어려운 공감대가 형성되어 있다는 사실을 깨달았다. 그러나 우리의 시선이 죽은 여성 위에 언제까지나 머물러 있을 수는 없었다. 저 세상으로 떠난 그녀를 가만히 바라보고 있자니 말할 수 없는 공포감에 사로잡혔기 때문이다. 한창 꽃다운 나이에 아가씨의 목숨을 앗아간 이 병은 경직현상에서 으레 볼 수 있듯이 가슴과 얼굴 언저리에 희미한 붉은 흔적이 남아 있었다. 죽은 여성은 입술에 사라질 듯 말 듯한 미소를 머금고 있었는데, 그녀가 죽었다고 생각하자 섬뜩할 만큼 무서웠다. 우리는 관 뚜껑을 도로 닫고 나사못을 박은 뒤 철문을 굳게 닫은 다음 방으로 돌아왔으나, 그곳 역시 지하 납골당 못지않게 음산함이 맴돌고 있었다.

그리고 뼈를 아프게 하는 슬픈 며칠이 지나, 이제 나의 친구의 정신 이상이 나타나는 특징에 한 가지 명백한 변화가 나타났다. 평소에 그다운 태도는 완전히 사라지고 없었다. 평소 그의 모습은 어느새 잊혀져버리고 말았다. 그는 흐트러진 급한 걸음걸이로 지향도 없이 이 방 저 방을 돌아다니는 것이었다. 얼굴의 창백함은 더욱 심해졌는데 특유의 눈빛은 완전히 사라지고 없었다. 그가 말할 때면 가끔 들을 수 있었던 쉰 듯한 소리는 없어져버리고 무엇엔가 위협을 받고 있는 것 같은 떨리는 소리가 말투의 특징으로 자리를 잡았다.

그래서 나는 그가 이처럼 정신의 지속적인 동요 상태에 있는 것이, 모종의 숨 막히는 비밀과 씨름을 하고 있다고 생각했다. 정말이지, 그는 비밀을 밝힐 용기를 얻기 위해 애쓰고 있는 것 같았다. 그러나 때로는 모든 것이 그저 광인의 불가해한 변덕일 뿐이라는 생각이 들었다. 그도 그럴 것이 그는 더없이 골똘한 태도로 몇 시간씩 허공을 응시하며 뭔가 상상 속의 소리에 귀 기울이는 듯한 모습을 보였다. 그의 이러한 상태는 나를 위협하는 것을 넘어 나를 감염시킬 것 같은 느낌이 들었다. 나는 그의 괴이하고도 인상적인 미신적 행위가 서서히, 그러나 확실히 내 몸에 영향을 미치는 것을 느꼈다.

매덜린 아가씨를 지하 납골실에 안치하고 난 후, 여드렛날 밤. 늦게 침실에 들어갔을 때 나는 방금 말한 것과 같은 감정을 절실히 체험했다. 그날은 좀처럼 잠을 이룰 수 없었다. 그렇게 몇 시간이 초조하게 지나갔다. 나는 나를 사로잡고 있는 신경의 흥분을 이성으로 억제하기 위해 안간힘을 썼다. 내 감정의 전부라고 할 수는 없다 해도 대부분은 이 방의 음침한 가구들과 폭풍에 부풀려서 슬렁거리고, 벽 위에서 멋대로 일렁일렁 흔들리며 침대 둘레에서 불안하게 서걱거리는 거무칙칙하고 너덜

너덜한 벽걸이 따위의 영향력 때문이라고 애써 생각하려 했다. 그러나 나의 노력은 헛된 것이었다. 억제할 수 없는 전율이 나의 전신을 엄습하여, 마침내 심장 바로 위에서 끔찍한 공포가 악마로 변해 털썩 주저앉아 버리는 것이었다.

헐떡이며 몸부림을 쳐서 겨우 그것을 떼쳐버린 나는 베개 위에서 몸을 일으키고는 캄캄한 방 안을 뚫어지게 응시하며 귀를 기울였다. 왜 그랬는지는 본능적인 기분에 이끌려서라고 밖에 할 수 없지만 폭풍이 멎었을 때 긴 간격을 두고 어디선지 모르게 들려오는 낮고 희미한 소리에 귀를 기울였다. 까닭을 알 수 없는, 그러나 머리끝이 곤두서는 공포감에 짓눌려서 나는 급히 옷을 걸치고(그날 밤은 더 이상 잠을 이룰 수가 없을 것 같아서) 방 안을 빠른 걸음으로 이리저리 돌아다니면서 나 자신이 당면한 비참한 상황에서 벗어나려고 애를 썼다.

이렇게 방 안을 두세 바퀴가량 돌았다고 생각했을 때, 바로 가까이에 있는 계단을 올라오는 발소리가 주의를 끌었다. 나는 그것이 어셔의 발소리라는 것을 알았다. 잠시 후 문을 조용히 노크하고 램프를 손에 든 어셔가 들어왔다. 얼굴은 여느 때와 같이 시체처럼 창백했다. 그러나 그의 눈에는 광기에 찬 환희 같은 것이 떠올라 있었고, 그 거동에는 분명히 병적 흥분을 억제하는 것이 역력하게 보였다. 그것은 나를 섬뜩하게 했다. 그러나 내가 긴긴 시간동안 견뎌온 고독에 비하면 어쨌거나 고마

왔다. 그래서 그를 구세주처럼 반가이 맞았다.

"자네는 그걸 보지 못한 게로군?"

그는 잠시 말없이 주변을 찬찬히 둘러보더니 불쑥 말했다.

"기다리게, 곧 보여주겠네."

그렇게 말하고는 손에 든 램프를 조심스럽게 덮고는 급히 한 쪽 창으로 다가가더니 폭풍우를 향해 홱 열어젖혔다.

미친 듯이 휘몰아치는 강풍에 우리는 금방이라도 쓰러질 지경이었다. 실로 광포하고 처절한 아름다움을 지닌 밤, 요괴스러운 공포와 아름다움으로 넘치는 밤이었다. 돌풍이 저택 부근에 그 힘을 집중하고 있는 듯, 바람의 방향이 몇 번이나 심하게 돌변했다. 그리고 (저택의 소탑을 눌러버릴 듯 얕게 깔린) 몹시 짙은 구름이 쫙 깔렸는데도 불구하고 바람은 사방에서 서로 부딪쳐 살아 꿈틀거리는 것 같은 느낌이 들었다. 나는 방금 구름이 몹시 짙게 깔려 있는데도 불구하고 바람이 살아 있는 것 같은 느낌을 받았다고 했는데, 달과 별은 그것을 비추지 않았다. 번개도 번쩍이지 않았다. 흥분한 상태로 돌진하는 거대한 물방울 덩어리 아래쪽과 바로 우리 곁에 있는 온갖 지상의 물체들이 수의처럼 저택 주변을 감도는 기괴한 빛 속에서 작열했다. 저택 주변으로 희미한 빛을 내뿜는 안개 같은 기체가 또렷이 보였다.

"봐서는 안 돼. 이런 것을 봐서는 안 돼."

나는 그를 좀 거칠게 창가에서 의자 쪽으로 데리고 가면서 떨리는 소리로 말했다.

"이런 광경을 보고 자네는 놀란 모양인데, 사실은 전기 현상에 지나지 않네. 이 굉장한 광경의 원인은 어쩌면 저 늪의 악취를 뿜는 독기 탓인지도 모르네. 자, 이 창문을 닫게. 공기가 차서 자네 몸에 해롭네. 여기 자네가 몹시 좋아하는 소설이 한 권 있어. 내가 읽어줄 테니 들어보게. 책을 읽으면서 이 무서운 밤을 함께 밝히는 게 어때?"

내가 뽑아든 낡은 책은 랜슬롯 캐닝 경의 《광란의 조우》였다. 그러나 내가 이 책을 그의 애독서라고 한 것은 진실이라기보다는 나의 서글픈 장난기에서 비롯된 것일 뿐이었다. 왜냐하면 사실 이 책의 조잡하고 상상력이 부족한 농담 속에는 어셔의 기품 높고 이상주의적 정신세계에 반응을 일으킬 만한 것이 거의 없었다. 하지만 그때 우리 가까이에 있는 것이라곤 이 책뿐이었다. 당시 나는, 이 우울증 환자의 마음을 뒤흔들고 있는 흥분이 내가 지금부터 읽으려고 하는 어리석고 저열하기 짝이 없는 이야기를 듣는 동안 가라앉을지도 모른다(정신 이상에 대한 문헌에는 이와 같은 이상한 사실이 잔뜩 기록되어 있다)는 부질없는 희망을 품고 있었던 것이다. 실제로 내가 읽고 있던 이야기의 한 토막 한 토막에 귀를 기울이고 있는 아니면 기울이고 있는 것처럼 보이는 그의 긴장되고 활기찬 모습을 보면서 나의 생각이 들어맞았다고 기뻐해도 좋을 것 같았다.

나는 이야기의 그 유명한 부분, 즉 이 이야기의 주인공인 에
설릿이 은둔자의 집으로 들어가려고 공손하게 청했으나 허락하
지 않자 억지로 들어가려고 하는 대목까지 읽어 나갔다. 알다
시피 이야기의 내용은 이런 것이었다.

에설릿은 천성이 용맹한데다 방금 마신 술기운으로 더욱 강해졌
다. 은둔자는 정말이지 고집이 세고 심술궂은 놈이었다. 에설릿은 은
둔자와 협상하기를 중단했고, 어깨에 떨어지는 빗방울에 폭풍우가
몰아칠 것을 걱정하여 곧바로 갈고리 철퇴를 내리쳐 순식간에 문짝
에 구멍을 뚫었다. 에설릿이 장갑 낀 손을 구멍으로 집어넣어 문짝
을 힘껏 잡아당기자 모든 것이 갈라지고 쪼개지고 무너져 내렸다. 메
마르고 공허하게 울리는 나무 문짝 소리가 무서운 경고음이 되어 온
숲속을 진동했다.

이 문장의 마지막 대목을 읽은 나는 섬뜩하여 말을 멈추었
다. 그것은(나 자신의 흥분된 망상에 혼란이 가중된 탓이라고 단정했지만) 저택 안
의 아득히 먼 곳에서, 랜슬롯 경이 상세하게 묘사하고 있는 문
이 부서져 나가는 소리와 그 음색과 아주 비슷한 음향(틀림없이 내
리누르는 둔탁한 소리였지만)이 나의 귓전에 희미하게 들려오는 것 같았
다. 그러나 나의 주의를 끈 것은 우연의 일치라는 사실이었다.
창틀이 덜그럭거리는 소리나 아직 한창 몰아치는 폭풍의 어수
선한 울림 속에서는 그런 물체의 소리 자체가 나의 주의를 끌거

나 놀라게 할 수 없음은 틀림없는 사실이기 때문이다. 나는 소설을 계속해서 읽었다.

그러나 집으로 들어간 전사 에설릿은 비열한 은둔자가 자취를 감춘 것에 몹시 화가 나기도 하고 놀라기도 했다. 은둔자는 간데없고 기괴하게 움직이는 용 한 마리가 버티고 앉아 있었다. 그것의 몸통은 비늘로 덮여 있었는데, 혀에서 불을 내뿜으며 궁전을 지키고 있었다. 궁전 건물은 온통 금으로 뒤 덮여 있었고, 바닥은 은이었다. 벽에는 빛나는 황동 방패가 걸려 있었는데, 방패에는 다음과 같은 제명이 새겨져 있었다.

이곳에 들어오는 자는 승리자로다
용을 쓰러뜨리는 자는 이 방패를 얻을진저.

에설릿이 철퇴를 쳐들어 용의 목을 내리치자 용은 그의 앞에 쓰러져 단말마의 독기를 뿜으면서 소름끼치는 소리로 으르렁댔다. 그 귀청을 찢는 소리에 에설릿은 두 손으로 귀를 틀어막지 않을 수 없었다. 정말 이토록 무서운 부르짖음을 참고 들은 사람은 아무도 없을 것이다.

여기까지 읽어 내려간 나는 책읽기를 멈추었다. 그리고 놀라움을 금할 수 없었다. (어느 쪽에서 들려오는지 확실히 알 수 없었지만) 멀리서 들려오는 듯한 낮고 거슬리며 길게 꼬리를 끄는 듯한 이상한 외침과도 같고, 부르짖음 같기도 하고 삐걱거리는 듯한 소리, 이 이야기 속에서 작가가 말하는 그 소리, 용의 부르짖음이란 게 이런 게 아닐까 생각되었다.

우연의 일치가 두 번씩이나 일어났으므로 나는 극도의 공포로 심장이 죄어드는 것 같았다. 그러나 그것을 입 밖에 내어 친구의 과민한 신경을 자극할 정도로 마음의 평점을 잃은 건 아니었다. 그가 그 소리를 알아챘는지 어쨌는지는 알 수가 없었다. 그러나 몇 분 동안 그의 거동에는 기묘한 변화가 일어나고 있었다. 그는 나의 정면에서 의자를 돌려서 방문 쪽으로 얼굴을 향하여 앉는 것이었다. 이렇게 되자 무언가 중얼거리는 듯한 낮은 소리와 함께 입술이 떨리고 있었다. 그러나 그의 얼굴은 일부분밖에 볼 수 없었다. 내가 흘깃 그를 보았을 때, 그는 머리를 가슴 깊이 떨구었으나 눈은 커다랗게 뜨고 있는 것으로 보아, 자지 않고 있다는 것을 알 수 있었다. 그가 몸을 흔들고 있다는 사실만으로도 그것은 분명했다. 조용히, 그러나 쉬지 않고 일정하게 몸을 좌우로 흔들고 있었다. 이것을 알아차리자 나는 랜슬롯 경의 이야기를 다시 계속해 읽었다.

비로소 용의 무시무시한 노여움에서 벗어난 전사는 놋쇠의 방패를 생각해내고, 그 위에 걸린 저주를 풀기 위해서 용의 시체를 밀치고 은으로 깔린 성의 마룻바닥 위를 용감하게 걸어 나갔다. 방패는 그가 오는 것을 기다리지도 않고 그 발 앞에 떨어져 어마어마하게 큰 소리를 내며 주위를 뒤흔들어 놓았다.

이 말이 나의 입술에서 마치 놋쇠 방패가 실제로 마룻바닥에 쾅 떨어진 듯 뚜렷하면서도 둔탁한 금속성 물질이 부딪쳐 울렸는데, 그것은 뭔가를 억지로 눌러 덮는 듯했다. 나는 완전히 얼이 빠져 벌떡 일어났으나 어셔는 아무 일도 없었다는 듯 규칙적으로 몸을 흔들고 있었다. 나는 그가 앉아 있는 의자 쪽으로 달려갔다. 그의 시선은 앞쪽을 향해 뚫어질 듯이 쏠려 있었고, 얼굴 표정은 돌처럼 굳어 있었다. 이때 내가 그의 어깨에 손을 얹자 전율이 그의 몸을 엄습하는 듯 병적인 미소가 입술 언저리에서 떨렸다. 순간 그는 내가 곁에 있다는 것을 잊어버렸는지 영문 모를 소리를 재빠르게 중얼거렸다. 나는 그에게 몸을 밀착시킨 다음 그가 중얼거리는 묵직한 의미를 가진 말들을 걸신들린 것처럼 들었다.

"저 소리가 들리지 않나? 나에게는 들리네. 아까부터 똑똑히 듣고 있었어. 벌써 훨씬 이전부터. 몇 분 동안이나, 아니 몇 시간, 며칠 동안이나 나는 저 소리를 듣고 있단 말이야. 하지만 나에겐 용기가 없었어. 아아, 가련하게 생각해주게. 나는 얼마나 비참한 인간이란 말인가! 우리들은 그녀를 산 채로 묻어버린 거라네. 나의 감각이 예민하다는 건 이미 말했지 않았나. 지금에야 이야기하지만 나는 누이동생이 저 우묵한 관 속에서 아주 미약하게 몸을 움직이는 것을 눈치 챘었네. 눈치 챘단 말일세. 한참 전부터. 그러나 용기가, 입 밖에 낼 용기가 없었다네. 그런데 지금, 오늘밤, 에설릿이…… 하하…… 은둔자가 집의 문을 부수는 소리, 용의 단말마의 부르짖음, 그리고 방패가 떨어지면서 울린 소리…… 알겠나! 이렇게 말하는 것이 옳겠지. 누이동생이 들어 있는 관이 부서지고, 누이동생이 갇혀 있는 지하감옥의 철문 돌쩌귀가 삐거덕 열린 다음, 지하 납골당의 구리를 깐 아치 복도에서 누이동생이 몸부림치는 소리였네. 아아~, 나는 어디로 도망가야 좋을까! 누이동생은 이제 곧 여기로 오지 않을까! 나의 성급한 일처리를 책망하기 위해서 누이가 달려오는 게 아닐까? 누이의 괴롭고 무서운 심장의 고동 소리가 분명히 들리는 것 같아! 이 미친 녀석아!"

이렇게 말하고 그는 미친 듯이 벌떡 일어섰다. 그리고 단말마의 부르짖음처럼 한 마디 한 마디 째지듯 외쳤다.

"미친놈아! 누이는 이미 문 밖에 서 있어!"

어셔의 이 초인적인 힘을 지닌 절규에는 마력이라도 숨어 있었던 모양인지 그가 가리킨 거대한 낡은 거울이 박힌 문이 묵직한 흑단 입구를 향해 열렸다. 그것은 불어 닥친 강풍 탓이었는지 모른다. 그때 문 밖에는 틀림없는 어셔 가의 매덜린 아가씨가 훤칠한 키에 수의를 입은 자태로 우뚝 서 있었다. 그녀가 입은 흰 옷에는 피가 배어 있고, 쇠잔한 몸에는 무참하게 몸부림을 친 흔적이 남아 있었다. 그녀는 문지방이 있는 데서 이리저리 비틀거리더니 마침내 낮은 신음 소리를 내면서 방 안으로 들어와 오빠의 몸 위에 풀썩 쓰러졌다. 그리고 최후의 격렬한 단말마의 고통 속에서 오빠를 마룻바닥 위에 밀어 쓰러뜨렸다. 그의 오빠도 이미 시체가 되어 넘어져 있었다. 그가 예상한 대로 끔찍한 공포의 제물이 되어 쓰러진 것이다.

나는 그 방에서, 그 저택에서 들리는 공포에 사로잡혀 허우적거리며 도망쳤다. 그 오래된 도도록한 길을 달리고 있을 때 폭풍은 여전히 미친 듯 휘몰아치고 있었다. 이때 내가 달리고 있는 좁은 길을 따라 이상한 빛이 줄달음쳤다. 나는 이 이상한 빛이 어디에서 비쳐 오는지 확인하려고 뒤돌아보았다.

내 뒤에 있는 것은 거대한 저택과 그림자뿐이었다. 그것은 그때 막 넘어가고 있는 보름달의 핏빛처럼 붉은 색을 띠고 있었다. 건물 지붕에서부터 번개 모양으로 주춧돌까지 뻗어 있는 그것은 내가 전에 말한, 그전에는 겨우 눈에 띌 정도였던 갈라진 틈을 통해서 비치고 있었다. 가만히 지켜보고 있는 동안 균열은 급속히 벌어졌고, 회오리바람이 한 자락 휘몰아치더니 달이 갑자기 내 눈 앞에 모습을 나타냈다고 생각하는 순간, 저택의 거대한 벽이 정확하게 둘로 갈라져 무너져 내렸다.

순간 나는 극심한 현기증을 느꼈다. 거대한 대홍수의 울림과 같은 굉음, 요란스러운 함성과도 같은 소리가 길게 울려 퍼지자 나의 발밑에는 깊고 음침한 늪이 '어셔 집안'의 잔해를 소리 없이 삼켜버렸다.

리지아

Liegia

리지아라는 여성을 언제 어떻게 그리고 정확하게 어디에서 알게 되었는지는 나의 기억에 전혀 없다. 그녀가 내 곁을 떠난 지는 이미 오랜 시간이 흘렀고 끊임없는 고뇌로 나의 기억력은 쇠퇴되어 버렸기 때문이다. 아니, 어쩌면 지금 그러한 것을 마음에 떠올릴 수 없는 것은 사실 그 사람의 성격, 비할 데 없는 학식, 특이하면서도 차분한 용모, 사람의 마음을 매료시키는 낮고 음률적인 말투 등이 은연중에 내 마음속 깊이 스며들어 버렸기 때문에 그럴 것이다. 따라서 언제, 어디서 만났는지에 대해서는 더듬어볼 틈도 없고, 그것에 아랑곳하지도 않았기 때문인지도 모른다.

내가 그녀를 만났던 곳은 라인 강변의 오래되고 퇴락한 큰 도시였다고 생각된다. 그녀의 집안에 관한 이야기는 틀림없이 그녀에게서 들었다. 어쨌든 오래된 가문인 것만은 틀림없다.

리지아! 리지아! 나는 바깥세상의 인상을 잊어버리기에 가장 좋은 성질의 학문에 종사하고 있었지만 이 감미로운 단어만은 예외였다. '리지아'라고 입에 올리기만 해도 지금은 없는 그녀의 자태가 홀연히 눈앞에 떠오른다.

지금 이렇게 쓰면서 문득 생각났지만 처음에는 나의 친구이자 약혼녀였고, 학문의 동반자였다. 마침내 나의 아내가 된 그녀의 아버지의 성을 나는 끝내 모르고 살아왔다. 그녀가 장난삼아 자신의 성을 감췄던 것인지, 아니면 이 점에 대해 아무것도 묻지 않는 나를 보며 내 사랑의 힘을 시험했던 것인지, 그것도 아니라면 내 쪽에서 그냥 그렇게 해보고 싶었던 것인지 모르겠다.

지금은 그녀에 대한 일들이 막연하게 생각날 뿐이다. 하물며 그녀와 만나게 된 계기, 혹은 거기에 속한 여러 가지 것들을 완전히 잊어버린다고 해서 특별히 이상할 것은 없지 않은가. 우상을 섬기는 이집트에서는 불길한 결혼에 안개처럼 창백한 날개의 아스포텟(저자가 만들어낸 가상의 신)이 깃든다고 한다. 이런 말이 맞는 다면, 우리의 결혼에도 분명히 그런 영이 깃들었을 것이다.

그러나 내가 절대 잊어버릴 수 없는 것이 있다. 그것은 리지아의 용모와 자태다. 그녀는 키가 크고 상당히 날씬했는데 갈수록 점점 여위어 갔다. 그녀의 정숙하면서도 당당한 모습이 주는 느긋함, 그리고 걸음걸이에서 풍기는 가뿐함은 어떤 단어로도 표현할 길이 없다. 그녀는 그림자처럼 왔다가 그림자처럼 사라졌던 것이다.

문을 꼭 닫아놓은 서재에 그녀가 들어와도 나는 그녀의 존재를 느낄 수가 없었다. 그녀가 그 대리석 같은 손을 나의 어깨 위에 얹으면서 감미로운 음률로 나지막하게 입을 열었을 때에야 비로소 그녀가 방문했다는 것을 깨달았다. 미모에 있어서 그녀를 당할 여성은 세상에 없었다. 그것은 마치 아편에 의한 환상처럼 눈부셨다. 타인에게 영감을 불어넣을 정도의 천상의 모습은 잠자는 델로스의 딸들의 영혼에 깃든 판타지보다 더 신비한 것이었다. 그러나 그녀의 생김새는 우리가 늘 숭배해야 한다고 잘못 배워온 질서정연한 아름다움은 아니었다. 베이컨은 "모든 최상의 아름다움은 예외 없이 비례가 약간 어긋나 있다고 했다." 이것은 아름다움의 모든 형식과 종류에 해당하는 말이다.

리지아의 얼굴은 고전적인 비례미를 보여주는 얼굴은 아니라는 것, 그녀의 아름다움이 최상의 아름다움이라는 것, 그리고 그 비례가 상당히 어긋나 있다는 것, 나는 여기까지만 알 수 있었다. 그러나 질서정연하지 않은 곳이 정확히 어디인지, 비례가 어긋나 있다는 느낌이 어디서 오는지는 아무리 보아도 알 수가 없었다.

창백하고 수려한 이마를 더듬어보았다. 그것은 완벽했다. 그러나 그 같은 신비스러움을 표현하기에는 완벽이란 말조차 얼마나 어쭙잖은 표현인가! 순백의 상아도 무색한 살빛, 그 우아하고도 위엄 있게 퍼져 관자놀이 위로 부드럽게 도드라진 광대뼈, 길가마귀처럼 검은색에 윤기가 흐르며 풍성하고 자연스럽게 굽이치는 머릿단은 호메로스가 즐겨 쓰는 '히아신스 같았다'는 표현과 꼭 들어맞는다.

나는 그녀의 섬세한 코의 윤곽을 바라본다. 그녀가 가진 코의 완벽함은 메달에 부조된 헤브라이인 초상의 코의 선에서만 볼 수 있다. 피부결 역시 메달의 그것과 같고, 콧날 역시 그것과 닮아서 살짝 독수리 부리 모양을 그리면서 굽은 것도 똑같았고, 자연스러운 조화를 지닌 채 만곡을 이루는 콧구멍은 정신의 자유로움을 의미하고 있었다.

이어서 나는 부드러운 입술을 바라본다. 여기에는 모든 천상적인 것이 개가를 올리고 있다. 아름답게 들린 약간 짧은 윗입술과 부드럽고 관능적인 조용함을 지닌 아랫입술을…… . 그리고 보였는가 하면 어느새 없어져버리는 희롱하는 듯한 보조개를 넋을 잃고 보았다. 게다가 입술 빛은 뭔가를 호소하는 듯했다. 이빨은 조용히, 그러나 기쁨에 넘쳐서 웃음 지을 때 거기서 흐르는 정결한 빛의 하나하나를 감탄할 지경으로 환하게 반사하고 있었다.

이제는 턱을 살펴볼 차례다. 거기에도 그리스인에게서 볼 수 있는 부드럽고 우아함, 위엄, 충실성 그리고 신성함이 있었다. 그것은 아폴로 신이 아테네인의 아들 클레오메네스에게 꿈속에서만 잠시 보였던 그런 윤곽이었다.

그런 다음 나는 리지아의 커다란 눈을 들여다본다. 눈에 대해서는 오랜 옛날부터 그 전형의 발견되지 않았지만, 나의 연인의 그 두 눈이야말로 베이컨 경이 시사한 비밀이 숨겨져 있었는지 모른다. 그 눈은 틀림없이 우리 인류의 평균적인 눈보다 훨씬 컸으며 누르야하드 계곡에 사는 사슴 눈보다 훨씬 둥글었다. 그러나 리지아의 두드러진 특징이 눈에 띄는 것은 좀처럼 드문 일로, 감정이 이상하게 고조되었을 때뿐이다. 그리고 그럴 때의 그녀의 아름다움은 (나의 공상이 지나쳐서 그렇게 보였는지 모르지만) 지상보다도 높은 혹은 지상과는 다른 차원의 아름다움, 투르크인의 전설에 나오는 선녀 후리(Houri)의 아름다움을 지니고 있었다. 눈동자의 빛깔은 반짝이는 칠흑빛이었고, 그 위에 흑요석처럼 검은 속눈썹이 길게 차양처럼 덮여 있었다. 눈썹은 약간 불규칙했지만 같은 빛이었다. 그러나 내가 그 눈에서 본 '기이한 점'이란 얼굴의 형태나 빛깔의 별과는 다른 종류의 것으로, 그 눈의 표정에 있었다. 아아, 무의미한 말의 홍수여! 우리는 한갓 언어의 온갖 소리 뒤에 영적인 것에 대한 엄청난 무지를 감추고 있는 것이다.

리지아의 눈이 주는 특별한 느낌, 얼마나 오랫동안 나는 그것을 골똘히 생각했던가! 한여름 밤이 하얗게 새도록 그 정체를 잡으려고 얼마나 안간힘을 썼던가! 그리운 이의 눈동자 밑에 데모크리토스의 샘보다 더 깊은 그 속에 깃들인 정체는 대체 무엇인가? 나는 그것을 알고 싶은 호기심에 휘말려 있었다. 그 눈, 크고 빛나는 신성한 눈동자! 그것은 나에게 있어서 레디의 쌍둥이자리였고, 나 자신은 그 두 개의 별을 점치는 경건한 점성가였던 것이다.

정신과학에서는 이해하기 어려운 변칙적인 것이 허다하지만 그 중에서 특히 관심을 끄는 것은 (학문의 전당에서는 별로 주의를 끌지 못하는 듯하지만) 오랫동안 완전히 잊어버리고 있었던 사실을 생각해내려 할 때 금방 생각이 날 듯 하면서도 결국은 그것을 떠올릴 수 없었다. 이 경우 역시 리지아의 눈을 관찰하면 그 표정의 비밀을 당장 알 것 같으면서도 결국은 알아내지 못한다는 것과 같은 맥락임을 알 수 있다.

그러나 (참으로 기묘한 것은) 나는 이 우주의 지극히 평범한 사물들이 그녀의 눈빛을 중심으로 계속되는 원을 그리고 있음을 발견했다. 즉 리지아의 독특한 아름다움이 나의 정신에 스며들어 그곳을 궁전으로 삼고부터 나는 바깥세상의 수많은 존재들을 보면서 그녀의 커다랗게 빛나는 눈동자가 나의 마음에 불러일으키는 것과 똑같은 감정을 감지했다. 그러나 그렇다고 해서 그것을 '이것이다'라고 한마디로 규정하거나 분석할 수도 또한 포착할 수 있었던 것은 아니다.

그것은 쭉쭉 뻗어 나가는 포도덩굴을 보거나 나방이나 나비, 번데기를 볼 때 또는 흐르는 물을 볼 때와 비슷한 감정이었다. 그리고 또 그것은 바다에서도 느꼈고, 유성이 꼬리를 끌고 가는 모습에서도 느꼈다. 뿐만 아니라 몹시 늙은 노인의 눈길에서도 감지됐다. 망원경으로 천체를 관측하고 있을 때, 한두 개의 별(특히 거문고자리의 수성 가까이서 마주 보면서 변하는 6등성)을 볼 때도 그런 감정이 일어났다.

그 외에 현악기를 켤 때에도, 책 속의 문장에서도 나는 이런 감정이 느껴졌다. 수많은 사례 중에서도 특히 내가 잘 기억하는 것은 조지프 글랜빌의 책에 나오는 한 구절이다. (그것이 좀 색다른 걸 맛보게 해서 그런지도 모르지만) '그리하여 의지는 존재하며 사라지지 않도다. 신의 본성은 열심이다. 따라서 신이란 만물에 스며 있는 위대한 의지일 따름이로다. 인간이 천사에게 굴복하는 것과 죽음에 완전히 굴복하는 것은 인간의 나약한 의지력의 박약함 때문일 뿐 다른 것이 아니로다'

오랜 세월이 경과하면서 거듭된 사색 덕분에 이 영국 모럴리스트의 문장과 리지아의 성격의 일면에는 미약하지만 일맥상통하는 것이 있음을 확인했다. 생각, 행동, 대화에서 보여주는 강렬함은 그녀의 경우 바로 이런 엄청난 의지의 결과거나 적어도 그것의 표현임에 틀림없었다. 그러나 그녀와 인생의 동반자로 지내는 동안 그녀는 겉보기에는 언제나 조용하고 침착한 여자였지만 내면에는 뜨거운 열정의 소용돌이에 빠져 있는 걸 알았다. 이러한 격정은 한편으로는 나를 기쁘게 했지만 다른 한편으로는 공포를 느끼게 했다. 기적이라고 해도 좋을 만큼 커다랗게 뜬 눈과 나지막한 음성의 마술적인 선율, 독특한 억양, 명석함, 조용함, 게다가 늘 그녀의 입술에 울려지는 열정적인 말(그녀의 온화한 말씨와 반비례 하여 효과는 극적이었다)에 의해서밖에는 평가할 수가 없다.

그녀의 학식에 대해서는 이미 언급한 바 있지만 그 해박함은 다른 어떤 여성에게도 그 예를 찾을 수 없었다. 그리스어와 라틴어에 능통했고, 유럽 각국의 언어에 대해서도 나의 지식의 범위 내에서는 오류를 범한 사례가 없다.

사람들이 사랑하는 학식 중에 가장 추앙받는 것, 그저 난해한 학문이라는 것만으로 추앙받을 주제에 있어서도 리지아는 기가 꺾이는 법이 없었다. 오늘날에 와서야 비로소 아내의 특징이라고 할 수 있는 이 점이 얼마나 기묘하고 격렬하게 내 마음을 사로잡았는지 알 수 있었다. 그녀의 학식이 여태껏 여성사에 유례가 없었다는 것을 나는 앞서 말했지만, 대체 남성인들 정신과학·자연과학·수학 등 광범위한 전 영역을 그토록 샅샅이 명쾌하게 규명한 사람이 있을까?

이제 와서야 확실히 깨닫게 되었지만 당시까지만 해도 나는 그녀의 학식이 그다지 해박하고 경탄할 만한 경지에 있는 줄은 깨닫지 못했다. 그런데도 그녀의 탁월한 자질에는 경외심을 지니고 있었으므로 결혼 초에는 아내에게 마치 어린애처럼 신뢰를 품고 그녀의 인도를 따랐다.

그 무렵 내가 몰두하고 있었던 형이상학이라는 혼돈의 세계를 그녀에게서 찾았던 것이다. 거의 탐구되지도 않았고, 더구나 인정받을 길조차 없는 학문에 골몰하고 있는 나에게 그녀가 몸을 기울이며 다가왔을 때, 나는 말할 수 없을 정도로 달콤한 미래가 열리는 것을 느낄 수 있었다. 눈앞에 마음을 복돋우는 전망이 서서히 열리고, 그 길고도 장엄한 전인미답의 길을 나아가다보면 너무나 신선하고 귀중한 나머지 인간의 지혜가 접근하는 것이 금지되어 왔던 궁극적 지혜의 목표에 도달할 것 같은 느낌에 확실하게 접근하고 있었다.

몇 년 뒤 이 확실한 근거 위에 세워졌던 나의 기대가 날개를 달고 날아가 버렸을 때, 얼마만큼 비탄이 컸는지 어렵지 않게 상상할 수 있을 것이다. 리지아가 사라지고 나자 나는 마치 어둠 속에서 손을 내젓고 있는 어린아이 같았다. 그녀가 있어주는 것만으로도, 그녀가 책을 읽어주는 것만으로도, 우리가 한참 몰두해 있었던 선험론의 수많은 수수께끼를 확실하게 해결할 수 있었던 것이다. 그녀의 반짝이는 눈의 광채가 내 책의 페이지를 비추는 일이 없어지자 황금으로 인쇄되어 찬연한 빛을 내뿜으며 불타던 글자들도 토성의 납처럼 흐려졌다. 그녀가 나와 함께 책을 읽으며 두 눈을 빛내는 일은 더 이상 없어졌다.

병이 든 것이다. 열정적인 두 눈은 너무나 눈부신 광채를 뿜어냈다. 핏기 잃은 손가락은 양초처럼 투명하고 그 수련한 이마의 푸른 정맥은 약간의 감정의 물결에도 격심하게 고동치곤 했다. 리지아는 틀림없이 죽을 것이라는 사실을 나는 깨달았다. 그리고 마음속으로 저 냉혹한 죽음의 천사와 필사적으로 싸웠다. 열정적인 아내의 죽음과의 투쟁은 무섭도록 격렬했다. 나는 그녀의 준엄한 성격으로 보아 죽음조차도 그녀에게는 큰 공포를 주지 않을 것이라고 생각하고 있었는데 정반대였다.

그녀에게 있어 '죽음의 그림자'와의 치열한 싸움은 말로 표현하기에는 정말이지 무력할 정도였다. 그 애절한 모습을 보는 것이 괴로워서 견딜 수가 없었다. 내가 할 수 있는 일이라면 무슨 짓을 해서라도 위로해주고 싶었다. 논리적으로 설득하고 싶었다. 그러나 생명, 오로지 생명, 생명과 삶을 추구해 마지않는 그녀의 강렬한 갈망을 보고는 위로하는 것도, 논리적으로 설득하려는 것도 덧없는 짓이라는 것을 알았다.

그러나 마음속 깊은 곳의 격렬한 고뇌에도 불구하고 겉으로 드러난 그녀의 조용한 몸가짐은 임종에 이르러서까지 흐트러짐이 없었다. 그녀의 목소리는 갈수록 부드럽고 잔잔해졌다. 그러나 그 조용한 말 속에 깃들인 말로 설명할 수 없는 의미는 도저히 여기서 왈가왈부할 수 없는 성질의 것이었다. 그녀가 하는 말을 듣고 있노라면, 나는 인간의 것이 아닌 듯한 아름다운 음성과 보통의 인간에게서도 한번도 알려진 바 없던 상상과 소망에 매료되어 머리가 빙빙 도는 듯했다.

그녀가 나를 사랑하고 있었던 것은 의심할 여지가 없었지만 그녀처럼 평범치 않은 여성의 가슴을 지배하는 사랑의 열정은 보통이 아니었다는 것쯤은 내가 좀 더 진작 알았어야 했다. 나는 죽음이 임박해서야 비로소 그녀의 강렬한 사랑에 충격을 받았다. 그녀는 나의 손을 꼭 쥔 채 속마음을 털어놓았는데 그 남다른 헌신적 사랑은 우상 숭배와 비견할 만한 것이었다.

그런데 과연 나는 이런 고백을 받을 만한 가치가 있는 인간일까? 그리고 내가 무엇을 잘못했기에 이런 고백을 들으면서 사랑하는 그녀를 보내야 한단 말인가? 그러나 이러한 문제를 허구한 날 늘어놓는 것도 견딜 수 없는 노릇이었다. 단지 이것만은 얘기해두고 싶다. '여자의 순정'이라고 말하기에는 너무도 숭고한 리지아의 사랑에서 (아아! 참으로 과분하게, 그리고 참으로 헛되이 바쳐진 사랑이었지만) 내가 마침내 확인한 것은 이제 막 사라지려고 하는 생명에 미친 듯이 매달리는 그녀의 소망의 정체였다. 이 미칠 듯이 부여잡고 싶은 생명에의 소망, 막무가내로 매달리는 간절한 열정, 나에게는 이런 그녀의 모습을 기술해낼 능력도, 표현할 언어도 없었다.

그녀가 죽은 것은 한밤중이었다. 그때 그녀는 엄숙하게 나를 불러놓고, 며칠 전에 그녀 자신이 지은 시를 들려달라고 부탁했다. 나는 그녀의 부탁에 따랐다. 시의 내용은 다음과 같았다.

외로운 최후의 나날이 흐르는 가운데
드디어 축제의 날이 왔다
천사들은 두 날개에 화려한 베일을 쓰고
눈물을 흘리며 몰려와
극장에 앉아 소망과 공포가 담긴
연극이 시작되길 기다린다
오케스트라가 발작하듯
별들의 음악을 토해낸다

어릿광대들은 저 높은 곳에 계신 신의 형상으로 꾸미고,
나직이 속삭이듯 중얼거리며
이리저리 뛰어다니지만
꼭두각시에 지나지 않는 그 운명은

형체 없는 거대한 것이 명하는 대로
배경을 이리저리 옮겨놓는 존재들!
독수리가 날개를 퍼덕이며
보이지 않는 비애를 불러온다

이토록 법석을 떠는 연극을
오오, 어찌 잊겠는가!
그 '환상'을 언제까지나 뒤쫓는 군중들,
그러나 결코 붙잡지는 못하리
한 바퀴 돌아오면
언제나 출발점,
엄청난 광란과 그보다 더한 죄악과
공포는 이 연극의 핵심이다

하지만 보라, 어릿광대의 무리에
벌레처럼 기어가는 무언가가 침입한다
피처럼 붉은 것이 꿈틀거리면서
무대 밖에서 들어온다
꿈틀거린다 꿈틀꿈틀!
단말마의 고통,
어릿광대들은 그의 먹이가 되고
천사들이 운다,
악의 이빨이 인간의 피로 물들어 가기에

꺼진다, 조명이 꺼진다. 남김없이 꺼진다
떨리는 형상 하나하나에
커튼이 내려지고 수의가 덮인다
불어 닥치는 폭풍우처럼,
천사들은 새파랗게 질린 채 일어서서
베일을 제치고 말한다
이 연극은 인간을 주제로 한 비극이며
그 주역은 정복왕 구더기라고!

이 시를 다 읽자 리지아는 일어서더니 두 팔을 경련을 일으키듯 높이 쳐들면서 소리쳤다.

"오오, 하느님! 아버지 하느님! 언제까지나 이래야 합니까? 우리는 정복자를 영원히 정복할 수 없는 걸까요? 하느님, 우리는 당신과 한 몸이 아니란 말입니까? 어느 누가 대체, 어느 누가 의지의 신비를 알겠으며 의지의 능력을 알까요? 인간이 천사들과 죽음에 완전히 굴복하는 것은 나약한 의지 때문일 뿐!"

그녀가 감정에 겨워 있는 동안 모든 힘이 소진된 듯 조금 전에 들어 올린 하얀 두 팔을 다시 늘어뜨리고 죽음의 침상으로 엄숙하게 돌아왔다. 그녀가 마지막 한숨을 내쉴 때, 그것은 나직한 속삭임과 뒤섞였다. 그녀의 입술 움직임에 귀를 기울이자 다시 한번 그랜빌의 마지막 구절이 들려왔다.

"의지가 나약하지 않다면 인간은 천사나 죽음에 절대 굴복하지 않을 것이다."

그녀는 떠났다. 나는 깊은 슬픔에 지칠 대로 지쳐 라인 강변의 음침하고 퇴락한 도시의 황량하고 적막하기 그지없는 거처에서 더 이상 견딜 수가 없었다.

리지아는 일반적으로 생각할 수 있는 것 이상의 막대한 재산을 나에게 남겨주었다. 수개월에 걸친 지향 없는 쓸쓸한 방랑 끝에 잉글랜드의 가장 황량하고 인적이 드문 고장에 이르렀다. 그리고 여기에서 이름을 밝힐 수는 없지만 그곳의 한 사원을 사들여 얼마간 손질을 했다. 건물의 고색창연한 외관이며 황폐한 느낌을 주는 영지의 경치, 그리고 이런 것들에 얽혀 예부터 내려오는 음산한 이야기들은 이웃과 단절된 채, 이 고장으로 나를 몰아온 쓸쓸한 심정과 일맥상통하는 데가 있었다.

그런데 무너져가는 데다 푸른 덩굴이 엉켜 있는 건물의 외관에는 거의 손을 댈 생각이 없었으나 어린애 같은 고집과 슬픔을 얼버무리려는 부질없는 소망이 작용했는지, 건물 내부만은 궁전도 무색할 정도로 화려하게 꾸미고 싶었다. 건물 내부를 아름답게 꾸미고 싶다는 탐닉에 가까운 취미는 이미 어릴 적부터 있어온 것이었다. 이런 습관은 그동안 잠자코 있다가 내가 너무나 큰 슬픔에 지쳐 있자 다시 고개를 든 것이었다.

호화찬란한 태피스트리, 장엄한 이집트의 조각상, 색다른 돌림띠를 한 가구들, 금빛 술로 장식한 광란의 성격을 띤 무늬의 양탄자! 아아, 이제 와서 생각하면 거기에는 이미 광기의 징조가 다분히 깃들어 있었다고 할 수 있다. 그때 이미 나는 아편의 차꼬에 매인 노예가 되어 있어 내가 하는 행위, 명하는 것 모두가 꿈과 비슷한 색채를 띠고 있었다. 그러나 이런 어리석은 행동을 장황하게 늘어놓을 생각은 없다. 단지 이 방, 영원히 저주받을 이 방에 대해서만은 언급해 두겠다.

나는 결혼식을 올린 후에 나의 신부(저 잊을 수 없는 리지아의 후계자)를 바로 이 방으로 데려왔다. 금발에 푸른 눈의 처녀인 그녀는 트레맨 출신으로 이름은 로위나 트레바니옹이었다.

이 신방의 구조라든가 장식등 어느 한 가지도 나의 눈앞에 뚜렷이 떠오르지 않는 것은 없다. 황금에 눈이 멀었는지 귀엽기 그지없는 딸을 그와 같이 꾸며놓은 신방의 문지방을 넘게 한 신부의 일가는 그 명예로운 영혼을 어디에 팔아버렸단 말인가? 나는 그 방의 세부적인 것들을 모조리 기억할 수는 있지만 유감스럽게도 가장 중요한 것들에 관해서는 까맣게 잊어버렸다. 그 방의 환상적인 구조와 장식 중에는 기억에 도움이 될 만한 체계나 통일성이 하나도 없었다.

성곽풍으로 지어진 건물에는 높은 포탑이 있었고, 방은 바로 이 포탑 아래에 있었다. 이 방의 오각형 남향 부분은 전면이 유리창이었는데 베니스에서 주문해 온 커다란 유리가 끼워져 있었다. 그 유리는 엷은 검은색으로 착색되어 있어 햇빛이건 달빛이건 그것을 통해서 비치는 실내는 모두 음산한 빛깔을 띠었다.

이 색유리의 위쪽에는 해묵은 포도덩굴이 엉켜 격자무늬를 이루어 퍼지면서 두터운 탑의 벽을 기어오르고 있었다. 침침한 갈색 참나무로 꾸며진 천장은 돔을 이루며 높은 아치 모양을 하고 있었으며, 만자 문양의 세공으로 장식되어 있었다. 반쯤은 고딕풍이고 반쯤은 드루이드풍인 세공 문양은 참으로 요란하면서도 기괴했다. 이 음울한 아치형 천장의 정중앙에는 금사슬 한 줄이 길게 걸려 있고, 금사슬 끝에는 거대한 금향로가 매달려 있었다. 향로의 문양은 사라센 풍으로 구멍이 여기저기 정교하게 뚫려 있어 뱀의 정기를 받은 듯 변화무상한 불꽃들이 구멍 사이로 이리저리 들락거리는 듯했다.

긴 의자 몇 개와 동양풍의 금촛대가 이쪽저쪽에 놓여 있었고, 신혼부부의 침대도 있었다. 나지막한 인도풍 침대는 튼튼한 흑단으로 조각되어 있었으며, 위쪽에는 관을 덮는 천 같은 휘장이 드리워져 있었다. 방 안의 오각형 모서리에는 검은 화강암으로 만든 거대한 석관이 세워져 있었다. 석관들은 룩소르 건너편에 위치한 왕릉에서 가져온 것이었는데 오래된 석관 뚜껑에는 까마득한 옛날에 만들어진 조각들로 뒤덮여 있었다.

이 방의 가장 환상적인 부분은 온 방을 뒤덮은 천이었다. 천장이 까마득히 높아서 벽은 무척 길었고, 무겁고 육중해 보이는 태피스트리가 천장에서 바닥까지 치렁치렁 늘어져 있었다. 그것은 양탄자며 긴 의자 덮개, 흑단 침대 덮개, 침대 차양, 창문에 친 커튼이 천과 똑같은 재질의 호화로운 소용돌이 장식으로 만들어져 있었다. 값비싼 황금천으로 만들어진 칠흑처럼 검은 지름 1피트 가량의 아라베스크 문양은 특정한 각도에서 바라볼 때만 제 모습을 드러냈다. 문양이 달라 보이게 만드는 기술은 최근에는 널리 이용되지만 사실 아주 오랜 옛날부터 사용된 것이다. 처음으로 방에 들어온 사람이 보기에는 그저 알 수 없는 기괴한 문양으로 보이지만 방으로 몇 발짝 걸어 들어오면 알 수 없는 기괴한 느낌은 사라지고, 한 걸음 한 걸음 발걸음을 옮겨놓을 때마다 끝없이 이어지는 무시무시한 형상들(북부인의 미신에 등장하는 형상들, 혹은 죄의식에 시달리는 수도사의 꿈속에나 나올 법한 형상들)이 자신을 둘러싸고 있음을 깨닫게 된다. 무시무시한 문양에서 비롯된 요지경 같은 느낌은 바람 덕분에 한층 더해졌다. 태피스트리 뒤쪽으로 강한 바람이 계속 들어오게 만드는 장치를 사용하여 방 전체에 섬뜩하고 꺼림칙한 생동감을 불어넣은 것이다.

나는 이렇게 장식된 신방에서 트레멘의 규수와 죄 많은 신혼의 첫 달을 보냈다. 그동안 시끄러운 문제는 거의 없었다. 아내가 극도로 우울한 내 성격을 두려워한다는 것, 나를 그다지 사랑하지 않으며 나를 피한다는 사실을 깨닫지 않을 수 없었다.

그러나 이런 사실은 나를 괴롭힌다기보다는 즐겁게 했다. 내가 아내에게 품고 있던 증오심은 인간의 것이라기보다는 악마의 것에 더 가까웠다. 내 기억은 쉴 새 없이 리지아에게로, 사랑하는 리지아, 당당하고 아름다운 리지아, 무덤 속의 리지아에게로 돌아가곤 했다. 나는 그녀의 순수, 지혜, 고귀하고 우아한 성품, 미친 듯 열렬한 사랑을 떠올리며 대부분의 시간을 보냈다. 그러는 동안 내 마음은 리지아의 불꽃같은 정열보다 더욱 뜨겁게 활활 타올랐다.

아편에 취해 잠을 청하곤 하는 나는, 상습적으로 약물의 굴레에 빠져 들곤 했는데 열에 들떠 큰소리로 그녀의 이름을 부르기도 했다. 그녀의 이름은 밤이면 깊은 침묵 속에서 울렸고, 낮이면 아무도 찾지 않는 깊숙한 골짜기 사이로 울려 퍼졌다. 나는 무모한 열망, 진지한 열정, 세상을 떠난 그녀에 대한 작열하는 갈망으로 그녀를 되살릴 수 있기라도 하다는 듯 이름을 불렀다. 그녀가 버리고 떠나간 이 세상으로 그녀를 데려올 수 있는 방법은 영원히 없었던 것일까?

결혼하고 두 달째 접어들 무렵, 로위나는 갑자기 병에 걸려 오랫동안 자리에서 일어나지 못했다. 그녀는 신열 때문에 깊은 잠을 이루지 못했고 얕고 불안한 선잠을 자며 고통스러워했다. 그러는 가운데 탑 속 방 어딘가에서 뭔가 알 수 없는 소리와 함께 무엇이 움직이는 기척이 들린다고 중얼거렸다. 그것은 그녀의 마음이 혼란해서가 아니라면 틀림없이 방의 혼란스러울 정도의 기괴한 장식 때문일 것이라고 판단했다.

얼마 후 이윽고 그녀의 병세가 차도를 보이더니 마침내 완쾌되었다. 그러나 그것도 잠시, 또다시 심한 발작이 엄습해 와서 병상에 드러눕게 되었다. 원래부터 허약했던 그녀의 몸은 이제 다시는 회복되지 않았다. 이때부터 그녀의 병세는 염려스러운 상태에 빠지는 것과 동시에 발작을 되풀이해서 주치의의 어떠한 노력으로도 소용이 없는 상태에 이르고 말았다. 고질적인 질병이 그녀의 몸에 깊이 뿌리를 내려 사람의 힘으로는 도저히 치료할 수 없는 상태로 진전되자, 그녀는 걸핏하면 안절부절 못하고 하잘것없는 일에도 놀라 신경을 곤두세웠다. 그녀는 또다시 이전처럼 태피스트리에서 무슨 소리(그 가냘픈 소리)가 난다고 나에게 호소했다. 그것이 이전보다 저 자주, 그리고 집요하게 들린다는 것이었다.

9월 하순의 어느 날 밤, 그녀는 어느 때보다 강한 어조로 그 소리가 들린다면서 불안해했다. 선잠에서 막 깨어나 불안에 떨고 있는 그녀를 보며 근심과 막연한 공포가 뒤섞인 기분으로 그녀의 여윈 얼굴을 살폈다. 나는 그녀의 흑단 침대 곁에 있는 인도풍의 긴 의자에 앉아 있었는데, 그녀는 조금 몸을 일으키고는 낮고 진지한 목소리로 방금 자신이 들은 소리와 움직임에 대해 말했으나 그것이 나에게는 들리지도 보이지도 않았다. 거센 바람이 태피스트리 뒤에서 신산스럽게 불고 있었다. 그때 거의 들릴락 말락 하는 한숨 소리와 함께 벽의 그림자가 살짝 움직인 것은 예의 바람이 어수선하게 일으키는 현상(하지만 솔직히 나 자신도 틀림없이 믿고 있는 것은 아니었지만)일 뿐이라고 말해주고 싶었다.

그러나 죽은 사람처럼 창백한 그녀의 얼굴을 보자 더 이상 안심시키려는 말을 해봤자 소용이 없다는 것을 알았다. 그녀는 거의 실신할 지경에 이르러 있었다. 하인은 불러도 소리가 들리지 않을 곳에 있었다. 의사가 가져다준 도수가 약한 포도주병이 있다는 것을 생각해내고 나는 그것을 가지러 방을 가로질러 갔다.

그런데 향로 불빛 바로 아래에 왔을 때, 오싹한 상황이 두 번이나 일어나 나의 주의를 빼앗았다. 눈에는 보이지 않았으나 무엇인지 실체가 있는 듯한 것이 내 곁을 살며시 스쳐가는 것이 느껴졌다. 그리고 보았다. 황금빛 양탄자 위의 향로에서 흘러내리는 풍성한 불빛의 한가운데 그림자, 얇고 희미한 천사와 같은 그림자가, 다시 말해 그림자의 그림자 같은 것이 머뭇거리고 있는 것을, 그러나 나는 아편을 지나치게 피운 탓으로 흥분되어 있었기 때문에 그것을 눈여겨보지 않은 것은 물론, 로위나에게 말하지도 않았다.

나는 포도주를 찾아서 방을 가로질러 돌아와 그것을 기절해 있는 아내의 입술로 가져갔다. 그러자 그녀는 어느 정도 의식을 회복하고 있어서 스스로 잔을 받아 들었기 때문에, 나는 가까이 있는 긴 의사에 앉아서 그녀를 가만히 지켜보았다. 그때였다. 침대 옆 앙탄자 위를 걸어가는 희미한 발소리가 들렸다. 그리고 마침 로위나가 포도주잔을 입술에 대려고 할 때, 잔속에 마치 방의 허공에 있는, 눈에 보이지 않는 샘물이 떨어지듯 반짝이는 루비빛 액체가 서너 방울 떨어지는 것이 보였다. 아니, 꿈속에서 본 것처럼 느꼈는지도 모른다. 나는 그것을 보았지만 로위나는 보지 못한 것 같았다. 그녀는 단숨에 그걸 마셔버렸다. 나는 방금 본 것을 그녀에게 말하지 않으려고 마음먹었다. 왜냐하면 이것은 그녀의 공포심에 더한 나의 아편, 그날따라 이상할 정도로 활발하게 움직이는 나의 상상력 탓인지도 모른다고 생각했기 때문이다.

그런데 루비빛 물방울을 마신 직후부터 그녀의 병세가 급격히 악화된 사실을 알 수 있었다. 그로부터 사흘째 되던 날 밤, 하인들은 그녀를 매장할 준비를 했고, 나흘째 되던 밤에는 수의를 입힌 그녀의 시체와 함께 지난날 그녀를 신부로 맞이했던 괴기한 분위기의 그 방에 혼자 앉아 있었다. 아편을 흡입했을 때 피어나는 기괴한 환상이 그림자처럼 나의 눈앞을 스쳐갔다. 나는 평정을 잃은 눈초리로 방 한구석에 놓인 석관이며, 수시로 모습이 변하는 태피스트리의 무늬, 그리고 머리 위의 향로에서 갖가지 빛깔로 꿈틀거리는 불꽃을 바라보았다. 뿐만 아니라 지난밤의 사건을 생각해내고 희미한 그림자 같은 것이 스쳤던 향로 아래의 환하게 비친 언저리를 바라보았다. 그러나 거기에는 아무것도 없었다. 나는 안도의 한숨을 내쉬고 침대 위에 핏기가 가신 채 굳어 있는 시체에 눈을 돌렸다. 그러자 리지아에 얽힌 갖가지 추억이 한꺼번에 몰려들었다. 이런 생각을 하자, 이번에는 수의에 싸인 사람에게서 볼 수 있는 뭐라고 표현할 수 없는 만감과 회한이 세찬 격류가 되어 밀어닥치는 것이었다. 밤은 깊어갔다. 그러나 나는 여전히 그지없이 사랑했던 단 한 사람에 대한 통절한 추억에 사무쳐 로위나의 시체를 응시했다.

한밤중이었는지 아니면 좀 더 늦은 시간이었는지는 정확히 알 수 없었지만 아무튼 그 무렵이었다. 나지막하고 부드러운 그러면서도 또렷이 흐느껴 우는 소리가 들려와 나의 몽상은 깨어졌다. 그것은 흑단 침대, 그 죽음의 침상에서 들려오는 것 같았다. 나는 미신적인 공포에 사로잡혀 귀를 기울였다. 그러나 더 이상 그 소리는 들리지 않았다. 나는 눈을 똑바로 뜨고 시체를 보았다. 그러나 시체가 움직일 기미는 털끝만큼도 보이지 않았다. 하지만 그것이 환청이었을 리는 없었다. 아주 가냘프기는 했지만 틀림없이 그 소리를 나는 들었다. 그 소리를 듣고 나의 내면의 영혼이 잠을 깬 것이다.

나는 마음을 단단히 먹고 끈기 있게 시체를 응시했다. 꽤 오랜 시간이 지났는데도 이 수수께끼에 빛을 던져주는 현상은 아무엇도 일어나지 않았다. 그러나 드디어 알 수 있었다. 희미한, 너무 희미해서 거의 눈에 띄지 않을 만큼의 혈색이 그녀의 양쪽 볼, 그 움푹 들어간 양쪽 눈꺼풀의 가는 혈관 언저리에 비치는 것이었다. 뭐라 말할 수 없는 인간이 사용하는 말로는 도저히 표현할 수 없는 공포에 사로잡힌 나의 심장은 고동을 멈추고 경직되고 말았다.

잠시 후 의무감 때문에 겨우 정신을 차렸다. 그러고 보니 장례준비를 너무 서둘렀다는 것을 알 수 있었다. 로위나는 아직 살아 있었다. 빨리 뭔가 조치를 취할 필요가 있었다. 그러나 이 탑은 하인들이 살고 있는 곳으로부터 완전히 격리되어 있었다. 그들을 부를 방법은 아무것도 없었다. 만약 도움을 청하러 그들을 부르러 간다면, 상당한 시간 동안 이 방을 비워놓아야 했다. 그러나 그렇게는 하고 싶지 않았다.

그래서 나는 기를 쓰며 아직도 우주를 방황하는 영혼을 다시 불러들이려고 애를 썼다. 그러자 로위나는 잠시 후 다시 원래 상태로 돌아간 것이 분명해졌다. 눈꺼풀과 볼에서도 핏기가 사라지고 남은 것은 흰 대리석보다 더 창백한 피부였다. 입술은 전보다 더 수축되어 무서운 죽음의 형상으로 옥죄어져 있었다. 혐오감을 느끼게 하는 칙칙한 냉기가 몸 전체에 급속히 퍼지면서 사후 경직이 바로 뒤따랐다. 나는 긴 의자에서 몸서리를 치면서 맥없이 주저앉아 마음은 혼란에 빠진 채, 다시 리지아의 뜨거운 환상을 좇아 방황했다.

이렇게 한 시간이나 지났을까? (그것이 있을 수나 있는 일일까?) 또다시 그 침대 언저리에서 어렴풋하게 무슨 소리가 들리는 것을 느꼈다. 나는 귀를 기울였다. 극단적인 공포에 사로잡힌 가운데 또 소리가 났다. 한숨소리였다. 시체 곁으로 달려간 나는 보았다. 똑똑히 보았다. 입술이 가늘게 떨리는 것을. 그리고 1분쯤 지나자 입술이 벌어지며 진주처럼 흰 이가 보였다. 그때까지 나의 마음을 차지하고 있었던 것은 깊은 공포심뿐이었으나 새로이 놀라움이 솟아나 두 가지 심리가 마음속에서 서로 뒤얽혔다. 눈이 흐릿해지며 이성이 위축되는 것을 느꼈으나 안간힘을 써서 의무가 재차 나에게 명한 일을 겨우 착수할 수 있었다. 이번에는 이마와 뺨, 그리고 목 언저리에도 불그스레한 빛이 비치고 몸 전체에도 알아볼 수 있을 만큼 온기가 감돌더니 심장도 미약하게나마 고동을 치기 시작했다. 여자가 살아난 것이다. 나는 전보다 갑절이나 열심히 그녀를 소생시키는 작업에 착수했다. 관자놀이와 손을 마찰하고 습포를 하는 등 나의 경험과 적잖은 의학서의 지식으로 얻은 모든 수단을 다 동원했다. 그러나 또다시 희망을 잃고 말았다. 돌연 얼굴에서 생기가 사라지며 고동은 멎고 입술은 죽은 사람의 형상으로 돌아갔다. 그리고 잠시 후에는 전신이 얼음장같이 차가워지면서 피부는 흙빛을 띠고 몸은 경직되어 오그라들었다. 요컨대 며칠이나 무덤에 매장되었던 자에게서 볼 수 있는 끔찍한 특징을 모조리 갖고 있었던 것이다.

나는 리지아의 환상에 빠져 들어갔다. 그러자 또다시 (이렇게 쓰면서도 내가 전율한다고 해서 무엇이 이상할 것인가?) 흑단 침대 근처에서 낮게 흐느껴 우는 소리가 들렸다. 그러나 그날 밤 뭐라 말할 수 없는 공포를 이제 더 이상 자세히 쓸 필요가 있을까? 밤이 샐 때까지 이 처참한 소생극이 몇 번이나 되풀이된 광경을……. 되풀이 될 때마다 더욱 가차 없는, 더욱 구할 길 없는 죽음 속으로 되돌아간 모습을! 그리고 그때마다 무언가 눈에 보이지 않는 적과 투쟁하던 고뇌에 찬 모습을 모았던 것을……. 그리고 또한 그러한 격투가 일단락지어 질 때마다 시체의 모습이 정말이지 기분 나쁜 면모를 드러냈던 것을……; 지금 새삼스레 기록할 필요가 있을까? 이제 결말을 짓도록 하자.

끔찍한 밤이 거의 샐 무렵, 또다시 죽은 그녀가 몸을 움직였다. 삶과 죽음의 가장자리 끝에 이제 절대로 가망이 없다고 보이는 냉혹한 사멸 상태에서 깨어났음에도 그 몸짓은 여태껏 볼 수 없었을 만큼 격렬했다. 나는 이미 한참 전부터 쩔쩔매거나 움직이며 돌아다니는 걸 그만둔 상태였다. 나는 긴 의자에 앉아 몸이 굳어진 채 격정의 소용돌이 속에 속수무책으로 몸을 내맡기고 있었다. 그 놀라운 광경을 보고도 이제는 두려움은 물론 고통조차도 느끼지 않았다. 되풀이하지만 시체가 움직

였고 더구나 그 움직임은 이전보다 훨씬 격렬했다. 또한 얼굴에
는 지금까지 없었던 활기와 함께 핏기가 돌아오고 손발은 유연
함을 되찾고 있었다. 눈꺼풀은 동공을 무겁게 덮고 있고 수의
로 감싸고 있는 모습이 그가 사자라는 것을 확인시켜주고 있었
다. 만약 그런 것만 없었다면 나는 로위나가 마침내 죽음의 질
곡에서 도망쳐 나온 것이라고 믿었을지도 모른다. 그때의 상황
을 정확하게 믿지는 않았지만 그것은 더 이상 의심할 여지가 없
었다. 얼마 후 수의를 두른 자의 실체가 침대에서 비틀비틀 일
어나더니 눈을 감은 채 위태로운 발걸음으로 마치 몽유병자 같
은 모습으로 대담하게 방 한가운데를 향해 걸어 나갔다. 틀림
없는 실체를 구비한 채로.

　나는 꼼짝도 하지 않았고 떨지도 않았다. 그것은 그 자세가
풍기는 분위기, 키, 몸가짐에 얽힌 형언할 수 없는 몽상들의 무
리가 나의 머릿속에 몰려 들어와서 갑자기 나를 딱딱하게 마
비시켜버렸기 때문이다. 나는 여전히 꼼짝도 하지 않았다. 그리
고 그 모습에서 눈을 떼지 않았다. 머릿속은 천 갈래 만 갈래
로 흐트러지고 말할 수 없는 깊은 혼란에 휩싸였다. 내 앞에 서
있는 사람이 진정 살아있는 로위나란 말인가? 과연 그 로위나,
금발과 푸른 눈의 트레멘의 아가씨, 로위나 트레바니옹이란 말
인가? 왜, 무엇 때문에 나는 그것을 의심하는 것인가. 죽음의
붕대가 그녀의 입 언저리에 무겁게 감겨져 있었다. 그렇다고 해

서 그것이 살아서 호흡하고 있는 트레멘 아가씨의 입이 아니란 말인가. 그리고 뺨 (성숙한 처녀의 장밋빛 뺨) 그렇다, 그것이야말로 살아있는 트레멘 아가씨의 아름다운 뺨이었다. 그리고 건강할 때처럼 보조개가 패는 저 턱, 저것이 그녀의 것이 아니란 말인가? 그러나 그건 그렇다고 치고, 그녀는 병이 들고부터 키가 커진 것일까? 그렇게 생각하는 순간 말할 수 없는 광기가 나를 사로잡았다. 나는 한순간 벌떡 몸을 일으켰다고 생각하고 정신을 차려보니 그녀의 발아래에 있었다. 나로부터 몸을 피하는 사이에 그녀의 머리를 감싸고 있던 음산한 죽음의 옷이 풀려 떨어졌다. 그러자 주위의 공기를 흔들면서 폭포처럼 떨어진 것은 길고 치렁치렁한 머리채였다. 그것은 심야의 까마귀 날개보다 더 검었다. 그리고 지금 내 앞에 서 있는 사람의 두 눈이 조용히 열리고 있었다.

"아아~, 드디어……."

나는 소리 높여 외쳤다.

"아니, 이젠, 이젠 절대로 틀릴 리가 없다. 이것이야말로 둥글고 검은빛의 저 야릇한 눈, 가버린 나의 그리운 사람의 눈, 그녀, 저 리지아의 눈이 아닌가!"

군중 속의 사람

The Man of the Crowd

한 독일의 책을 지칭하여 '읽히는 것을 거부하는' 책이라고 한 사람이 있었다. 그것은 그 책에 대한 '매우 적절한 표현'이라고 감탄한 적이 있다. 왜냐하면 '말해지는 것을 거부하는' 비밀이라는 것이 있기 때문이다.

밤마다 잠자리에서 환상 속, 참회자의 손을 부여잡고 상대의 눈을 애원하듯 바라보며 절망적인 심정으로 죽음의 문턱을 넘나드는 사람들이 있었다. 이런 것 역시 '밝혀지기를 거부하는 무서운 비밀'이라고 할 수 있다.

때때로 인간은 지나치게 무거운 양심이라는 짐을 도저히 어떻게 할 수가 없어 무덤 속까지 짊어지고 가는 경우가 있다. 그래서 많은 범죄의 본질이 끝내 세상에 누설되는 것을 피한 채 사라지는 것이다.

어느 가을날 저녁 무렵, 나는 런던의 D×× 카페 발코니의 커다란 창문 옆에 앉아 있었다. 수개월 동안 병을 앓다가 회복기에 접어들면서 체력을 되찾게 된 나는 소위 '권태'와는 정반대의 상쾌한 기분, 말하자면 마음의 눈에서 하나의 막이 벗겨져 예리한 욕망이 눈을 뜨게 된 기분이었다. 이때는 지성도 전기를 띤 상태가 되어 평균적인 일상을 훨씬 능가하는 힘을 발휘하고 있었다. 예를 들면 라이프니츠의 발랄하고 솔직한 이성, 고르기아스의 강렬하고도 오밀조밀한 수사법에 어울리는 상태가 되었다. 호흡하는 것조차도 큰 즐거움이었던 나는 고통의 원천이었던 것들에서조차 커다란 쾌감을 느꼈다. 이때는 주변의 모든 것에 대해 따스하면서도 강렬한 호기심을 억제할 수가 없었다.

그날 오후에도 나는 여송연을 물고 신문을 무릎 위에 놓은 채 광고를 바라보다가 찻집의 각양각색의 손님들을 관찰하기도 하고 흐린 유리창 너머로 거리를 내다보는 기쁨을 만끽하고 있었다.

내가 있던 거리는 런던 번화가 가운데 하나로 온종일 몹시 사람들로 붐비는 곳이었다. 게다가 해거름이 다가오자 인파는 점점 불어나 가로등이 켜질 무렵에는 끊일 새 없는 군중의 세 줄기 흐름이 카페 앞을 쉴 새 없이 왕래했다.

해질 무렵의 그 시각, 이런 장소에 있어본 적이 없었기 때문에 도도한 인파의 감미롭고 신선한 정서가 가슴 속에 요동치는 것을 느꼈다. 마침내 나는 호텔 안의 일은 완전히 잊어버린 채 오로지 거리의 광경에 마음이 빼앗겨 있었다.

나의 처음 관찰은 일반적이고 추상적인 경향을 띠고 있었다. 통행인을 집단이라는 덩어리로 바라보고, 오로지 집단적인 관계에서만 생각했다. 그러나 어느덧 세부적으로 들어가서 복장, 풍채, 생김새, 표정 등을 관찰하기에 이르렀다.

대다수의 통행인은 사무적이며 만족한 태도로 머릿속에 있는 거라고는 단지 혼잡을 헤치고 나아가는 일뿐인 것처럼 보였다. 모두가 하나같이 미간을 찡그리며 시선을 바삐 움직였다. 다른 통행인에게 밀렸을 때에는 옷매무새를 조금 고쳤을 뿐 짜증을 내거나 하지는 않고 빠르게 지나갔다.

그들 외에도 허둥거리며 상기된 표정을 짓고 있는 패들도 상당히 눈에 띄었다. 이들은 계속 뭔가를 중얼거리면서 특별한 몸짓을 해보였다. 이들은 앞으로 나아가는 것이 방해되면 중얼거리는 것도 뚝 그치고 한층 몸짓을 크게 하면서 방심한 듯한 억지웃음을 띠고는 거치적거리는 인파를 뚫고 지나가는 것이었다. 이들이 인파에 떠밀리거나 하면 상대에게 연신 절을 하면서 자못 당황한 태도를 보였다.

이상 두 종류의 사람들에겐 지금 말한 점 외에 크게 눈에 띠는 특징은 찾아볼 수 없었다. 일반적으로 그들의 복장은 고상한 편에 속했다. 분명한 귀족들로 실업가, 변호사, 상인, 증권업자 등 사회의 상류층이나 중류층에 속했다. 이들은 자신의 책임 하에 일을 해나가고 있는 자들이었다. 나로서는 그다지 흥미가 당기지 않는 패들임에 틀림없었다.

세일즈맨의 신분은 단번에 알 수 있었다. 세일즈맨들은 두 종류가 있었는데 먼저 허름한 상점의 하급 점원과 착 달라붙는 상의에 반짝반짝하는 구두를 신고 기름 바른 머리, 건방진 입매를 한 젊은이들이다. 샐러리맨답다고 할 수밖에 없는 특유의 스마트함을 빼고는 1년이나 1년 반 전의 유행을 그대로 유지한 모습이다. 상류계급의 유행을 대물림한 것이 옷에 그대로 드러나 있다. 이것이야말로 이 친구들에게 딱 들어맞는 정의라고 할 수 있다.

다음은 실속 있는 상사인 상급 사원, 이른바 교과서적인 유형이 틀림없다. 검정이나 갈색의 품새가 넉넉한 양복에 흰 넥타이와 조끼, 크고 튼튼해 보이는 구두, 두툼한 양말 등만 보아도 금세 그들의 실체를 알 수 있다. 그들은 하나같이 머리카락이 조금씩 벗겨지기 시작하고, 오랫동안 펜을 끼워왔던 탓인지 바른쪽 귀만 묘하게 뻗쳐 있는 것같이 보인다. 자세히 보고 있자니 모자를 쓰고 벗는 것도 항상 두 손으로 하고 회중시계에는 고풍의 묵직한 금시계 줄을 달고 있다. 어떻든 상류 냄새를 풍기는 셈이다. 이렇게 말하면 조금 지나친 칭찬인지도 모르지만 혼란스러운 옷차림을 한 패거리들도 상당히 많았다. 이들은 모든 대도시의 부속물이라고 할 수 있는 소매치기임을 간단히 알아낼 수 있다. 나는 매우 주의 깊게 관찰해 본 결과, 진짜 신사들이 이런 패거리를 자신들과 같은 부류의 신사로 오인하는 까닭을 도대체 알 수 없다. 와이셔츠의 소맷부리가 유난히 크거나 아무에게나 무턱대고 친숙한 척해 보이는 행동을 함으로써 그 본성이 그대로 드러나고 만다.

도박사도 두서너 명 정도 눈에 띄었다. 이 자들을 알아내는 것은 간단하다. 복장은 그야말로 천차만별로 비로드 조끼, 화려한 스카프, 금도금한 시곗줄, 금세공한 단추 등으로 치장한 여봐라는 듯한 협잡꾼의 풍채부터 더없이 소극적인 도박사의 혐의를 받을 우려가 전혀 없어 보이는 목사 스타일까지 있다. 그런데도 도박사라는 것을 한눈에 알 수 있는 것은 어딘지 칙칙하고 거무스름한 안색에다 흐릿한 눈, 굳게 다문 핏기 없는 입술 등으로 판별할 수 있다. 그 외에 나의 눈에 언제나 표적이 되는 특징은 유난히 낮은 목소리에 엄지손가락을 다른 손가락과 직각으로 뻗는 버릇과 그 외에도 두 가지나 있다.

나는 이런 패거리들도 한눈에 알 수 있다. 나쁜 꾀 한 가지로 먹고 사는 신사 분들이라고나 할까. 군중을 먹잇감으로 삼는 이 패들은 대개 멋쟁이와 군인이라는 두 부류로 이루어져 있다. 전자의 중요한 특징은 장발과 미소이고, 후자의 특징은 금술이 달린 상의와 떫은 표정이다.

다시 한 단계 낮은 계급으로 내려가면 더욱 음울하고 심각한 고찰이 필요한 대상과 부딪친다. 말할 수 없이 위축되고 비굴한 표정 속에 눈동자만은 예리하게 빛나는 유대계 행상인이나 본업이 노숙자인 건장하게 생긴 자가 절망한 나머지 구걸을 하러 한밤의 거리를 배회하며 자신보다 조금 나은 노숙자를 노려보는 것, 그리고 쇠잔할 대로 쇠잔해져서 목숨이 얼마 남지 않아 보이는 병자가 혼잡한 틈을 비틀거리고 다니면서 행인들의 얼굴을 쳐다보며 우연한 위안이나 잃어버린 희망을 되찾으려는 듯한 모습, 그리고 긴 하루 일과를 마치고 어두운 집으로 돌아가는 수줍은 소녀들이 부랑배들의 시선을 받고 분연히, 아니 연약하게 몸을 움츠리면서 그들이 곁으로 다가오는 것을 피하지도 못하는 모습이다.

또한 온갖 부류의 다양한 연령의 여자들이 있다. 이들은 한창 나이의 얼핏 보기에도 틀림없는 미인으로 루키아노스(2세기 초엽의 그리스 풍자 작가, 《신들의 대화》의 저자)에 나오는 표면은 파로스 섬의 대리석으로 감싸여 있지만 속은 분뇨로 가득 차 있다는 조각상을 연상케 하는 부류와 보기에도 끔찍한 문둥병자가 누더기를 걸친 모습, 그리고 주름살투성이인 늙은 여성이 보석으로 단장을 하고 분을 처발라서 필사적으로 주름을 감추려는 여성과 아직 풋내기 계집애가 어디 배웠는지 징그러울 정도의 교태를 부리는 것은 물론 악덕조차도 연장자에게 결코 뒤지지 않겠다고 야심을 불태우는 것까지 한눈에 알아볼 수 있다.

그리고 딱히 한마디로 정의내릴 수 없는 무수한 주정뱅이들……. 대체로 이들은 누덕누덕 기운 옷에 상처 난 얼굴, 멍청한 눈길로 중얼거리면서 비틀거리는 작자들이다. 이들은 지저분하지만 그런대로 괜찮은 옷을 입고 두껍고 육감적인 입술에 건강미가 있는 붉은 얼굴을 하고 불안정하게 삐기며 걷는 작자가 대부분이다. 그리고 정성껏 손질을 한 오래된 고급 양복을 입고 있는 자도 있다. 그들의 걸음걸이는 부자연스럽고 창백한 눈은 거칠게 핏발이 선 채 군중 사이를 빠져나가면서 손에 닿는 것이면 모조리 부르르 떨면서 붙들려고 한다.

그 밖에 파이 장수, 문지기, 석탄 운반 꾼, 굴뚝 소제부, 풍각쟁이 그리고 거리의 시인 중에는 노래책을 파는 이도 있고, 누더기 옷을 입은 직공도 있다. 이들 기진맥진한 노동자도 그 부류가 다양한데 이들 모두가 소란스런 활력에 넘쳐 있어 귀에 거슬리는 소음을 피워 올렸으며 눈에는 찌르는 듯한 아픔을 가져다주었다.

밤이 깊어가면서 거리의 풍경은 흥미를 더해갔다. 군중의 부류가 싹 바뀌었을 뿐 아니라(건실함과 고상함을 갖춘 사람들은 점점 자취를 감추는 것과 동시에 갖가지 종류의 악덕이 인간의 소굴에서 기어 나와 험악한 면이 뚜렷하게 표출되었다), 처음 얼마 동안은 엷어져 가는 석양의 빛과 겨루고 있던 희미한 가스등이 마침내 강력한 빛을 발하여 일체의 사물에 눈부신 빛을 던지게 된다. 모든 것이 어둠 속에서도 빛을 띠게 되어 옛날 테르툴리아누스가 묘사한 흑단을 연상케 한다.

이런 광채는 내 마음을 매료시켜 한 사람 한 사람의 얼굴을 자세히 바라보지 않을 수 없게 한다. 창밖의 세계는 순식간에 흘러가버리므로 저마다의 얼굴을 잠시 흘낏 볼 뿐이지만 그때의 특별한 느낌은 찰나의 조우 속에서 오랜 세월에 걸친 역사를 읽어낼 수 있을 것 같은 기분이 들 때도 있다.

이렇게 이마를 유리창에 붙인 채 군중의 얼굴을 쳐다보기에 여념이 없을 때 갑자기 65세에서 70세 정도 되어 보이는 늙은 노인의 얼굴이 시야에 들어오자, 그 표정의 유례없는 특이함에 나의 주의력을 송두리째 빼앗겨버리고 말았다. 그 표정과 비슷하게 닮은 사람을 본 기억이 단 한 번도 없었다.

지금도 또렷이 기억하고 있지만 그 얼굴을 보는 순간 나의 마음에 가장 먼저 떠오른 것은 레츠가 만약 그 얼굴을 보았다면 그 자신이 그린 악마의 화상보다도 훨씬 월등한 것이라고 인정했을 것이 틀림없다는 사실이다. 그때 순간적으로 그 노인의 표정의 의미를 어떻게든 분석해보려는 나의 마음에 광대한 지력, 신중, 빈궁, 탐욕, 냉정, 악의, 잔혹, 득의, 흥분, 끔찍한 공포, 강렬하지만 극도의 절망 등의 뒤얽히고 모순된 생각이 한꺼번에 솟아올랐다.

나는 흥분과 경악이라는 매혹적인 감정에 사로잡혀 있었다. '얼마나 기괴한 역사가 저 사나이의 가슴에 새겨져 있는 것일까?' 하고 나는 중얼거렸다. 그러자 그 사나이를 좀 더 지켜보고 싶고, 좀 더 알고 싶다는 기분에 휩싸였다.

황급히 외투를 걸치고 모자와 지팡이를 든 나는 거리로 뛰쳐나가 군중을 헤치고 그 사나이가 걸어간 쪽으로 걷기 시작했다. 그러나 사나이의 모습은 이미 보이지 않았다. 그리고 한동안 애를 먹은 뒤 마침내 노인의 모습을 찾아낸 나는, 가까이 다가가 상대가 눈치 채지 않도록 조심하면서 바로 뒤를 따라갔다.

그제야 노인의 모습을 차분하게 관찰할 수가 있었다. 키가 작고 몹시 여윈 그는 매우 쇠약해보였다. 램프의 불빛에 비치는 것으로 보아 복장은 전체적으로 지저분하고 낡아 보이긴 했으나 옷감은 고급품이라는 것을 알 수가 있었다.

그런데 분명히 고물인 긴 외투의 벌어진 틈에서 힐끗 내비치는 것은 다이아몬드와 단검이었다. 그러나 그것은 내 눈이 착각을 일으켰기 때문일까? 아무튼 이러한 관찰은 점점 나의 호기심을 북돋워 그 미지의 사나이를 끝까지 추적해보고 싶은 생각을 굳히게 했다.

이제 밤은 완전히 깊어져서 거리를 덮고 있던 짙고 축축한 안개는 어느덧 세찬 비로 변했다. 이러한 날씨의 변화는 군중에게도 기묘한 변화를 가져와 군중들은 갑자기 혼란을 일으켰고 근처 일대가 일제히 우산의 대군으로 덮여버렸다. 이 동요! 서로가 서로를 밀쳤고 웅성거림은 점점 도를 더해갈 뿐이었다.

그러나 나로서는 비 따위는 그다지 문제가 되지도 않았다. 체내에 숨어 있는 병의 잔재가 남긴 신열 때문에 비는 몸을 위협적이면서도 묘하게 기분 좋게 만들었다. 나는 입언저리를 손수건으로 감싸면서 계속 걸었다.

반시간가량 노인은 위태로운 걸음걸이로 큰길을 걸어 나갔다. 나는 그를 놓치면 곤란하다는 생각에 바로 바짝 붙어가듯 따라갔다. 상대는 단 한 번도 뒤돌아보지 않았기 때문에 나의 존재를 눈치 채지는 못한 것 같았다. 드디어 노인은 옆길로 들어섰는데 여전히 인파가 붐볐지만 큰 거리만큼 혼잡하지는 않았다. 그런데 이쯤에서 그의 태도에 분명한 변화가 생겼다. 걸음걸이도 아까보다 느려졌고 행선지를 잃어버린 듯했다. 아무래도 정해진 목표는 없는 것 같았다.

거리는 여전히 붐비고 있어서 바짝 뒤를 따라가야만 했다. 좁고 긴 이 옆길을 한 시간 정도 계속 걸어가고 있는 동안 통행인의 수도 상당히 줄어들었다.

미국의 거리는 아무리 번잡하다 해도 런던의 인구와는 큰 차이가 있다. 다시 한번 모퉁이를 돌자 휘황하게 불이 켜져 있는 활기가 넘치는 광장이 나왔다. 그러자 노인의 모습은 원래의 상태로 돌아갔다. 턱을 아래고 쑥 빼고 잔뜩 찡그린 미간 밑의 강렬한 눈초리가 주변의 통행인을 둘러보고 있었다. 그는 전혀 피로한 기색도 없이 착실하게 발걸음을 계속 옮겼다. 그러다가 광장을 한 바퀴 돌자 획 돌아서더니 왔던 길을 다시 걷기 시작했다. 내가 정말 놀란 것은 이런 짓을 몇 번이나 되풀이했기 때문에 한번은 갑자기 돌아선 노인과 정면으로 마주칠 뻔했다.

같은 광장을 계속 걷는 동안 시간은 한 시간이나 지나 어느덧 통행인의 혼잡이 확 줄어들었다. 빗줄기는 더욱 세차졌고 공기도 싸늘해져서 집으로 향하는 사람들의 발걸음을 재촉했다.

그러자 이 늙은 방랑자는 초조한 몸짓으로 비교적 인기척이 드문 골목길로 들어섰다. 이 골목길을 4분의 1마일 정도 걷는 동안 흐트러짐이 없는 걸음걸이는 이런 나이의 노인으로서는 생각할 수 없을 정도의 속도여서 따라가기조차 벅찰 지경이었다. 몇 분 뒤에는 북적거리는 커다란 시장으로 나왔다. 이 주변의 지형을 노인은 훤하게 알고 있는 듯 다시 이전처럼 생기에 찬 태도로 되돌아가 물건을 사고파는 사람들 사이를 누비면서 목표 없는 발걸음을 계속 옮기는 것이었다.

이 시장에서 한 시간 반 정도 있었을까? 어쨌거나 상대방의 주의를 끌지 않은 상황에서 감시를 계속하기란 매우 많은 주의가 필요했다. 운이 좋게도 나는 고무로 된 장화를 신고 있어서 소리를 내지 않고 돌아다닐 수가 있어 상대방은 이쪽의 존재를 한 번도 눈치 채지 못했다. 노인은 상점들에 차례로 들러 값을 묻지도 않고, 아니 거의 한마디도 입을 떼지 않고 갖가지 물건에 공허한 눈길을 던질 뿐이었다. 이러한 태도는 나로서는 아무래도 이해할 수가 없는 것이었다. 이 정도의 상황이 되면 어떻게든 납득이 갈 만한 판단이 설 때까지 추적을 계속해야 했다.

시계가 11시를 치는 소리가 울리자 시장에는 인파가 확 줄어들었다. 상점 주인이 문을 닫으려고 노인을 밀어내려는 몸짓을 했다. 그 순간 그의 몸이 심하게 떨리는 것을 알 수 있었다. 급히 거리로 나온 그는 한순간 걱정스럽게 주위를 둘러보았다. 그리고 믿을 수 없을 만큼 빠른 걸음으로 인적 없는 후미진 골목길을 재빨리 벗어나 한길가의 D×× 호텔이 있는 거리로 갔다. 그러나 거리의 모습은 조금 전보다 많이 달랐다. 여전히 가스등이 휘황하게 빛나고 있었지만 비가 세차게 쏟아져 이미 사람의 그림자라곤 찾아볼 수조차 없었다.

노인은 새파랗게 질려 있는 것 같았다. 조금 전까지만 해도 인파로 넘치던 한길을 나른한 듯 몇 걸음 걸어가다가 '휴우~' 하고 한숨을 쉬고는 테스 강을 향해 걷기 시작하더니, 꼬불꼬불한 길을 몇 구획이나 지나서 마침내 어느 대극장이 보이는 장소로 나왔다.

　이제 막 영화가 끝난 때여서 입구에서 관객이 떼를 지어 쏟아져 나왔다. 그러자 노인은 인파 속으로 뛰어들어 겨우 숨을 돌렸다는 듯 깊은 심호흡을 하는 모습을 보였다. 얼굴에 나타났던 격심한 고뇌의 흔적은 얼마간 사그라진 듯했다. 노인은 또다시 턱을 아내로 떨어뜨리고 맨 처음 보았을 때의 자세로 되돌아갔다. 가만히 보고 있으려니 대부분의 군중이 걸어가는 방향으로 노인도 따라가고 있는 것이었다. 그런데도 도대체 이 변덕스러운 행동거지의 의미는 무엇일까? 아무리 생각해도 어리둥절해질 뿐이었다.

　걸어갈수록 인파가 줄어들자 조금 전의 불안과 동요가 또다시 그의 얼굴에서 기세를 부렸다. 한참을 취한 무리들의 뒤를 따라가는 중에 어느덧 한 사람 또 한 사람씩 떨어져 나가, 좁고 어두컴컴하고 인적이 끊긴 골목에 이르렀을 때는 겨우 세 사람밖에 남지 않았다. 노인은 문득 멈추어 서서 깊은 생각에 잠기는 듯하더니, 갑자기 격렬한 동요의 빛을 띠더니 급히 방향을 바꾸어 걷기 시작했다. 마침내 그는 지금까지의 거리와는 전혀 분위기가 다른 구역으로 걸어갔다.

　그곳은 런던에서 가장 소란스런 지역으로 빈궁과 범죄의 사각지대라고 할 수 있는 곳이었다. 가스등의 흐릿한 빛으로 간신히 살펴보니 높고 낡아 다 썩은 기다란 목조 건물은 지금 당장이라도 무너져 내려앉을 지경이었고, 그 사이를 지나갈 통로조차 분간하기 어려운 형편이었다. 거리의 포석도 무성한 잡초에 떠밀려 여기저기 뒹굴고 있었다. 막혀버린 하수구는 엄청난 오물 덩어리 그 자체였다. 황폐한 분위기가 온 주변을 꽉 메우고 있다.

그러나 골목으로 들어가자 사람의 기척이 점점 늘어나 마침내 런던 주민들 가운데 가장 하층의 무리들이 비틀거리며 서성이는 모습이 보였다. 노인은 어느덧 꺼져가는 등불이 마지막으로 일으키는 불꽃처럼 활짝 생기가 돌았다. 또다시 노인은 팔팔한 걸음걸이로 발걸음을 옮기기 시작했다. 모퉁이를 하나 돌자 갑자기 휘황한 불빛이 눈앞을 가로막았다. 교외에 있는 광대한 탐닉의 전당, '진(기독교의 루시퍼와 같은 이슬람교의 악마의 왕)'이라는 악마의 전당 앞에 나선 것이다.

벌써 새벽이 가까워졌는데도 아직 가련한 주정뱅이들이 이 음울한 문을 끊임없이 들락거리고 있었다. 노인은 거의 환희에 찬 고함을 지르고 싶은 표정이 되어 문을 밀치고 들어가 혼잡 속을 왔다 갔다 하기 시작했다. 그러나 얼마 안 가 문에서 쏟아져 나오는 인간들로 발 디딜 틈이 없게 되어 그 '전당'도 마침내 폐점 시간이라는 것을 알 수 있었다.

그때 내가 그토록 끈질기게 관찰해온 이 특이한 인물의 얼굴에 나타난 것은 단순히 절망이라고만 명명해버릴 수 없는 강렬한 그 무엇이 있었다. 그런데도 그는 걸음을 멈추지 않고 끊어오르는 활력으로 또다시 발꿈치를 돌려 런던의 심장부로 되돌아가는 듯했다. 그는 오랫동안 정정하고 빠른 걸음으로 계속 걸었다. 그런 그를 보며 나는 걷잡을 수 없는 경악에 빠진 한편 이 추적을 멈춰서는 안 된다고 결심하고 계속 뒤를 쫓았다. 걸어가는 동안 여명이 밝아왔고, 이 인구 많은 대도시 번화가의 중심부인 D×× 호텔에 또다시 돌아왔을 때에는 이미 지난밤 못지않은 혼잡함과 활력이 넘치고 있었다.

나는 시시각각 불어나는 인파 속에서 노인을 계속 추적했다. 노인은 여전히 쉴 새 없이 이곳저곳을 쏘다녔다. 덕분에 나는 이틀째의 해가 질 무렵에는 쓰러질 정도로 지쳐서 끝내는 이 방랑자의 정면을 가로막고 찬찬히 상대를 훑어보았다. 그러나 상대는 나 따위는 안중에도 없는 듯 매우 진지한 모습으로 지나쳐 버렸으므로, 이제는 추적을 단념한 나는 망연히 멈추어 서서 깊은 감회에 빠졌다.

마침내 나는 중얼거렸다. '이 노인이야말로 범죄자의 전형이며 천재다. 그는 혼자 있기를 거부한다. 〈군중의 사람〉이다. 이 노인의 뒤를 쫓아봤자 헛일이다. 그에 대해, 또한 그의 행동에 대해 더 이상 알려고 해서는 안 된다. 인간 최악의 마음은 저 그뤼닝거의 《마음의 정원》도 미치지 못하는 추악한 책으로, 읽히는 것을 거부하는 것이야말로 신이 내린 커다란 자비일지 모른다'고 생각했다.

길버트 키스 체스터턴

Gilbert Keith Chesterton

영국의 언론인, 시인, 소설가.

1874년 영국 런던에서 태어나 런던 유니버시티 칼리지에서 문학을 공부하였다. 미술평론가로 글쓰기를 시작하여 수백 편의 시와 희곡, 단편소설, 장편소설 등 많은 작품을 남겼다. 그의 작품 중에 나오는 '브라운 신부'의 실제 인물은 그의 친구인 존 오코너 신부로 알려져 있지만, 1922년 로마 가톨릭으로 개종한 작가 자신의 모습과 종종 겹치기도 한다.

그의 작품 중 가장 인기 있는 브라운 신부 이야기는 잡지에 먼저 게재된 후, 이후 단행본으로 《결백》《지혜》《의심》《비밀》《스캔들》등 다섯 권으로 출간되었다.

그 외에도 《목요일의 사나이》《찰스 디킨스》《성 토마스 아퀴나스》뿐만 아니라 100권이 넘는 책을 출간하였다. 또한 저널리스트로서 4000편이 넘는 신문 칼럼을 기고하고, 《G. K.'s Weekly》라는 주간지를 직접 편집, 발행하였다.

푸른 십자가

The Murders in the Rue Morgue

찬란한 은빛으로 밝아오는 아침 하늘과 그 빛을 받아 반짝이는 초록 바다의 수평선 사이, 한 척의 배가 하리치 항으로 들어와 한 무리의 사람들을 개미떼같이 풀어놓았다. 여기서 우리가 주목해야 할 사람은 그리 특별해 보일 것도 없고, 또 특별해보이는 걸 원하지도 않는 듯한 한 남자였다. 휴가라도 떠나는 듯한 가벼운 옷차림에 지극히 사무적인 진지함을 띠고 있는 표정이 묘한 대비를 이루고 있을 뿐, 그에게는 눈에 띌 만한 점이라고는 찾아볼 수가 없었다.

　그는 가볍고 옅은 회색 재킷에 흰색 조끼, 그리고 푸른 회색
빛이 도는 리본을 두른 은색 밀짚모자를 쓰고 있었다. 하지만
옷차림과는 대조적으로 그의 안색은 어둡고 초췌해 보였다. 스
페인풍으로 짧게 자른 검은 수염은 마치 엘리자베스 여왕 시대
의 주름 깃을 연상시켰다. 그는 막 아침 업무를 시작하는 사람
처럼 심각한 표정을 하고는 담배를 한 대 피워 물었다. 그의 회
색 재킷 안에 장전된 연발 권총과 경찰 신분증이 숨겨져 있으
며, 평범한 밀짚모자 속에 명석한 지성이 숨죽이고 있으리라 생
각하는 사람은 아무도 없었다. 이 남자가 바로 세계에서 가장
유명한 형사이자 파리 경찰청의 청장인 발렝탱이었다. 그는 지
금 세기에 길이 남을 거물 체포 임무를 띠고 브뤼셀에서 막 영
국에 도착한 참이었다.

　플랑보는 영국에 있었다. 벨기에의 헨트에서 브뤼셀로, 브뤼
셀에서 네덜란드의 후크로 이 거물급 범죄자의 뒤를 추적하던
세 나라의 경찰들은 마침내, 이 자가 영국에서 열릴 예정인 성
체학술대회의 어수선함과 혼란을 틈타 런던으로 잠입하리라는
추측을 해냈다. 그는 아마도 이 학술대회와 연관된 서기관이나
수행비서로 가장하여 여행을 할 것이었다. 하지만 발렝탱과 플
랑보의 행적에 대하여 확신할 수 있는 사람은 아무도 없었다.

　세상을 뒤흔들던 이 거물급 범죄자가 갑자기 사라진 지 여러

해가 지났다. 그가 사라지자 세상에는 오랜만에 평화가 찾아들었다. 한창 전성기, 즉 최고로 악명 높던 시기에는 독일 황제만큼이나 세계적으로 이름을 날리던 인사였다. 일간지에서는 거의 매일 아침, 그가 저지른 엄청난 범죄의 수사를 끝마치기도 전에 또 다른 범죄를 저질러 수사망을 뚫고 달아나고 있다는 새로운 기사를 내보내곤 했다.

플랑보는 프랑스 가스코뉴 지방 출신으로 거인같이 키가 크고 몸집이 단단했다. 너무나도 원기가 왕성한 사람이라 유별나고 무모한 무용담도 많이 나돌았다. 판사의 판결문을 거꾸로 놓고 '머리를 맑게 하기 위해서'라며 물구나무를 서서 읽었다는 얘기가 있는가 하면, 양팔을 잡고 있는 경찰들을 끌고 리볼리 거리를 내달렸다는 얘기도 있었다. 그의 엄청난 육체적 힘은 주로 이렇게 자질하고 품위 없는 하찮은 해프닝이나 만드는데 사용되곤 했다. 하지만 그가 저지르는 진짜 범죄들은 달랐다. 그것들은 하나같이 치밀하게 계획된 대규모 사건들이었다. 그는 거의 매번 새로운 수법을 사용했으며 그것들은 매번 그 자체로 완벽했다.

런던에서 유제품은커녕 젖소 한 마리, 배달차 한 대, 우유 한 방울 없이 몇 천 명의 고객들을 거느리고 저 커다란 '티롤(오스트리아 서부 및 이탈리아 북부의 알프스 산맥 지대) 우유' 회사를 경영하고 있는 사람도 다름 아닌 플랑보였다. 그는 다른 사람들의 대문 밖에

배달된 우유를 슬쩍 집어다가 자신의 고객들의 문 앞에다 놓아두는 간단한 방법으로 회사를 운영하고 있었다.

플랑보는 편지마다 검열을 받아야 할 때는 어떤 젊은 여인과 기발한 방법으로 비밀리에 서신 왕래를 했다. 현미경 슬라이드 위에서만 볼 수 있도록 축소 편지 사진을 찍어 보냈던 것이다. 하지만 그의 수많은 범죄적 시도들의 특징은 뭐니뭐니 해도 완벽한 단순성에 있었다. 한번은 단순히 어떤 여행자를 유인하기 위해 한 거리의 번지수를 죄다 바꾸어 다시 써 넣은 적도 있었다. 휴대용 우체통을 고안해낸 것도 분명히 그가 한 일일 것이다. 조용한 외곽 지역의 모퉁이에다 우체통을 설치해놓고는 사람들이 집어넣는 우편환을 가로채는 데 이용했다. 플랑보는 깜짝 놀랄 만한 곡예사로도 알려져 있었다. 그는 엄청난 거구였지만 메뚜기처럼 가볍게 뛰어올랐으며 원숭이처럼 나무 사이로 스스로 사라졌다. 상대가 이러했기 때문에 발렝탱 형사는 플랑보를 찾아 나서면서 이미, 그를 찾아내는 것만으로 끝날 싸움이 아니라는 것을 잘 알고 있었다. 하지만 플랑보를 어떻게 찾아낸단 말인가? 위대한 발렝탱 형사의 머릿속에서는 이 생각이 떠나질 않았다.

플랑보가 그 솜씨 좋은 변장술로도 가릴 수 없는 한 가지가 있다면 유별나게 큰 그의 키였다. 발렝탱의 날카로운 눈은 키 큰 사과장수 아낙네나 키다리 보병좌도 그냥 통과시키지 않을 만반의 태세를 갖추고 있었다. 유별나게 키가 큰 그 상대가 설사 공작부인이었다 해도 발렝탱은 그 자리에서 상대를 조사했을 것이다. 기차 안을 아무리 살펴봐도 변장을 한 플랑보일 것 같은 인물은 눈에 띄지 않았다. 배 안에 있던 사람들은 이미 발렝탱의 날카로운 관찰을 통과하여 혐의를 벗었으며, 하리치 항에서 시작해 기차에 올라탄 사람들은 여섯 명 밖에 되지 않았다. 땅딸막한 철도원이 한 명 있었고, 두 정거장 지나서 키가 꽤 작은 야채장수 세 명이 기차에 올랐다. 에식스 읍내에서 작달막한 미망인 하나가 탔고, 같은 에식스 지역이지만 좀 작은 마을에서 역시 키가 작은 로마 가톨릭 신부 한 명이 올라탔다.

발렝탱 형사는 이 여섯 번째 인물을 봤을 때 모든 것을 포기하고 웃음을 터뜨릴 뻔했다. 그 작달막한 신부는 전형적인 동부 촌사람의 모습을 하고 있었다. 얼굴은 둥글 넙적하니 둔해 보였으며 눈은 북해(北海)만큼이나 공허했다. 신부는 꽤나 버거워 보이는 갈색 꾸러미 몇 개를 들고 있었다. 성체학술대회는 항상 이렇게 땅 속에서 나와 갑자기 세상의 밝은 빛을 본 두더지처럼 아무것도 모르고 무력한 부류의 인물들을 불러 모으곤 했다.

철저한 프랑스식 무신론자인 발렝탱 형사는 성직자를 좋아하지는 않았지만 그들을 동정할 만큼의 인정은 있었다. 기차에 오른 그 신부의 모습은 발렝탱뿐 아니라 누가 봐도 연민을 자아낼 만큼 애처로웠다. 신부는 손에 들고 있던 커다랗고 낡아 빠진 우산마저도 바닥에 떨어뜨리고 말았다. 그는 다른 한 손에 쥐고 있는 왕복 차표 중 돌아갈 때 사용하는 것이 어느 쪽인지도 모르는 듯했다. 그러면서도 승객들에게 자기가 들고 올라탄 갈색 짐꾸러미들 중 하나에 '푸른 돌'과 함께 순은으로 된 중요한 물건이 들어 있기 때문에 함부로 취급해선 안 된다고 백치 같은 단순함을 드러내며 호들갑스런 설명을 해댔다. 그에게서 절묘하게 어우러져 배어나오는 에식스 지역 특유의 바보스러움과 신앙심 깊은 단순성이 스트랫퍼드에 도착할 때까지 발렝탱에게 뜻하지 않은 즐거움을 선사해주었다.

스트랫퍼드 역에 도착하자 성직자는 짐꾸러미를 모두 들고 내렸다가 잊고 내린 우산을 찾아오기 위해 다시 기차에 올랐다. 그 모습을 본 발렝탱은 이 순진무구한 성직자에게 다가가 은으로 만든 물건이 그렇게 중요하다면 아까처럼 사람들에게 떠벌려서는 안 된다고 주의를 주었다. 하지만 신부에게 말을 하고 있는 순간에도 그의 눈은 계속해서 주위를 살피며 지나가는 사람들을 훑고 있었다. 그가 끊임없이 찾고 있는 사람은 가난뱅이, 부자, 여자, 남자이건 상관없이 키가 180센티미터가 족히 되는 사람이었다. 플랑보의 키가 180~190센티미터 정도이기 때문이었다.

리버풀 가에서 내린 발렝탱 형사는 아직까지는 범죄자를 놓치지 않았다고 확신하고 있었다. 그는 런던 경찰국으로 가서 자신의 신분을 밝히고 필요할 경우 도움을 요청할 수 있도록 조치를 취했다. 그리고 담배를 피워 물고 런던 거리를 천천히 걷기 시작했다. 빅토리아를 지나 광장과 거리 이곳저곳을 둘러보던 발렝탱은 갑자기 걸음을 멈추었다. 고풍스럽고 고즈넉한 사고가 일어난 순간의 고요가 가득한 전형적인 런던의 광장이었다. 주변의 높은 아파트들은 한때는 번성했었으나 지금은 아무도 살지 않는 것 같았다. 중앙에 있는 관목 숲은 태평양에 떠 있는 작은 섬처럼 버려져 있었다. 이 광장의 네 면 중 한쪽 면이 마치 연단처럼 나머지보다 조금 더 높았다. 영국에서 보기 드문 훌륭한 식당 건물이 들어서면서 그쪽 면의 윗선을 다른 것들보다 올라가게 만들었는데, 화분에 담긴 작은 식물들이 가지런히 놓이고 레몬색과 흰색의 블라인드가 쳐진 굉장히 매력적인 건물이었다. 런던을 수놓는 다른 건물들보다 특히 높이 솟아 있었으며, 거리에서부터 곧게 뻗어 올라간 계단은 마치 화재가 발생하여 일층 창문까지 올라가 있는 비상 난간처럼 현관문과 만나고 있었다. 발렝탱은 레몬색과 흰색이 어우러진 블라인드 앞에 서서 담배를 피우며 한동안 생각에 잠겼다.

기적에 관한 한 가장 믿을 수 없는 사실은 그 기적들이 실제로 일어난다는 것이다. 하늘에 있는 몇 조각의 구름이 한데 모여 어떤 인간의 눈 모양을 하고 내려다보고 있다거나, 마음에 의구심을 가득 채우고 여행을 하다 보니, 풍경 속에 정확하고 정교한 의문 부호 모양의 나무가 서 있다거나 하는 경우가 그것이다. 그는 지난 며칠 동안 이런 일을 직접 경험했다. 승리의 순간에 죽음을 맞이하는 넬슨 장군 같은 사람이 있는가 하면, 윌리엄이라는 이름의 남자는 윌리엄슨(윌리엄의 아들이라는 의미)이라는 이름의 사내를 살해해 마치 가족 살해 같은 상황이 벌어지기도 한다. 다시 말해 평범하게 생각하는 사람들은 영원히 놓쳐버리기 쉬운 짓궂은 꼬마 요정이나 만들어낼 법한 우연이 우리 삶에는 분명히 존재한다는 것이다.

지혜는 우연에 의존해야 하는 법이다. 아리스티드 발렝탱은 철저한 프랑스인이었다. 프랑스의 지성보다 순수하고 특별한 지성이 있을까? 하지만 그는 '생각하는 기계'는 아니었다. 왜냐하면 이 무식한 말은 현대 운명론과 물질주의의 산물이기 때문이다. 생각할 수 없으므로 기계는 기계일 뿐이다. 하지만 발렝탱은 생각하는 인간이며 동시에 평범한 인간이었다. 그가 이룬 모든 훌륭한 성공은 마술이라도 써서 얻어낸 것 같지만, 그의 부단한 논리와 분명하고 일반적인 프랑스식 사고방식에 의해 얻어진 결과물이었다. 프랑스인들은 말을 비트는 역설이 아니라 자명한 이치만으로 세상을 감동시킨다. 이들은 프랑스혁명에서 그랬듯이 아직도 자명한 이치의 가치를 신봉하고 있다.

하지만 발렝탱은 이성이 무엇인지를 정확히 이해했기 때문에 이성의 한계 또한 너무나 잘 알고 있었다. 자동차에 대하여 아무것도 모르는 사람만이 휘발유 없이 자동차 여행을 가자고 하듯이, 이성에 대하여 아는 바가 없는 사람만이 강력하고 명백한 기본원리 없이 이성에 대해 왈가왈부하게 마련이다. 현재 발렝탱 형사에게는 강력한 기본원리가 없었다. 그는 하리치에서 플랑보를 찾지 못했다. 만약 플랑보가 런던에 있다면, 그는 윔블던 광장의 키 큰 방랑자에서부터 메트로폴 호텔 연회장의 키 큰 사회자에 이르기까지 다양한 모습으로 변장해 있을 것이다. 수사의 기반이 될 만한 확실한 근거가 없는 무지의 상태에 빠졌을 때 발렝탱 형사에게는 사건의 실마리를 풀어내는 자신만의 시각과 방법이 있었다.

이런 경우, 그는 예측할 수 없는 우연에 의존했다. 합리적인 상황이 아니라면 그는 냉철하고 주의 깊게 비합리적인 방법을 따랐다. 은행이나 경찰서 혹은 집결지와 같이 갈 만한 장소를 찾아가는 대신 발렝탱은 의도적으로 엉뚱한 장소, 즉 빈집 문을 두드리거나, 막다른 골목으로 접어들거나, 쓰레기 더미로 막아놓은 난간 위로 올라가거나, 쓸데없이 진로에서 벗어나게 하는 우회로를 찾아다녔다.

그는 정신 나간 듯이 보이는 자신의 행동을 다음과 같은 논리로 설명했다. 사건의 단서가 있는 사람에게는 이것이 최악의 방법이지만, 단서가 없는 사람에게는 이것이 최선의 방법이라는 것이다. 추적자의 눈을 끄는 기이한 것은 예외 없이 추적당하는 사람의 눈도 잡아끌 것이라는 생각이었다. 어딘가에서는 시작해야 한다. 그렇다면 다른 사람이 멈추었음직한 곳이 바로 적절한 장소이다. 건물 문 앞까지 곧게 뻗어 올라간 계단과 식당의 기묘한 분위기와 함께 건물을 감싸고 있는 정적이 발렝탱 형사에게는 보기 드문 낭만적 환상을 불러일으켰다. 그래서 일단 여기서부터 실마리를 풀어보자는 결정을 내렸다.

그는 계단을 올라가 창가에 자리를 잡으며 블랙커피 한 잔을 주문했다. 탁자 위에 남겨진 다른 사람들의 식사 흔적을 보자 발렝탱은 시장기를 느꼈다. 아침 시간이 지났는데도 아직 식사 전이었다. 수란(水卵)을 추가로 주문하고 커피에 설탕을 넣어 저으며 그는 내내 플랑보 생각을 했다. 한번은 손톱깎이를 이용해서 빠져 나갔고 화재를 이용한 적도 있었다. 소인이 찍히지 않은 편지에 값을 지불하게도 했고, 세상을 멸망시킬지도 모르는 혜성이라며 사람들에게 망원경을 들이밀기도 했다. 모두 탈출을 위한 수단이었다. 발렝탱 형사는 자신이 그 범죄자만큼 머리가 좋다는 것을 알고 있었다. 하지만 자신이 불리한 입장에 놓여 있음을 분명히 깨닫고 있었다.

"범죄자가 창조적인 예술가라면 탐정은 비평가에 지나지 않지."

그는 쓸쓸한 미소를 지으며 중얼거렸다. 그리고 커피 잔을 입술로 천천히 가져갔다가 황급히 내려놓았다. 설탕 대신 소금을 탔던 것이다.

발렝탱은 자신이 덜어낸 흰 가루가 들어 있는 병으로 시선을 돌렸다. 분명 설탕 병이었다. 샴페인 병에 샴페인이 들어 있듯이 설탕 병에도 분명히 설탕이 들어 있어야 옳았다. 설탕 병에 소금이라…… 발렝탱은 같은 종류의 병이 더 있는지를 찾아보았다. 아니나 다를까. 소금 병에 하얀 가루가 가득 차 있었다. 발렝탱은 그 병에 담긴 가루를 찍어 맛을 보았다. 틀림없는 설탕이야……. 발렝탱은 호기심이 가득한 눈으로 식당 안을 둘러보며 설탕과 소금 병을 바꿔치기한 솜씨와 비슷한 수완을 부린 또다른 흔적이 없나하고 찾아보았다. 하지만 하얀 벽지의 한쪽 면에 액체가 튄 듯한 검은 얼룩이 있을 뿐 식당은 깔끔하고 밝은 분위기였으며 평범해 보였다. 그는 벨을 눌러 종업원을 불렀다.

졸린 눈을 한 곱슬머리 종업원이 서둘러 나왔다. 발렝탱은 설탕 병 속의 설탕 맛을 보라며 이것이 명성 있는 식당에 걸 맞는 서비스냐고 호통을 쳤다. 맛을 본 종업원은 쏟아지던 졸음이 화들짝 달아나는 듯했다.

"아침마다 이런 식으로 감쪽같이 손님들을 속이시나? 소금과 설탕을 바꿔 넣는 장난이 그렇게 재미있소?"

종업원은 상황을 파악하자 의도적으로 그런 것이 아니라 어처구니없는 실수일 뿐이라며 발렝탱 형사를 납득시키려 했다. 설탕과 소금 병을 번갈아 집어 들어 살피는 그의 얼굴에 당혹스러운 빛이 더해갔다. 종업원은 결국 황급히 죄송하다는 말을 하며 사라지더니, 곧이어 지배인과 함께 되돌아왔다. 지배인은 병들을 살펴본 후 당혹스러운 기색을 감추지 못했다.

종업원이, 마음은 급한데 말이 잘 안 나오는 것처럼 더듬거렸다.

"저…… 저 성…… 성직자들이요…… 두…… 두 명의 성직자들이 한 짓 같습니다."

"두 명의 성직자라니?"

"저기 벽에다 수프를 쏟은 성직자 두 사람 말입니다."

"벽에다 수프를 쏟았다고?"

"예. 저쪽 벽에 다가요."

종업원은 흰 벽에 검은 얼룩이 진 부분을 손가락으로 가리키며 대답했다.

발렝탱이 지배인에게 의혹의 시선을 던지자 그가 자세하게 진술했다.

"네. 손님! 그런 일이 있었습니다. 그 두 사람이 이번 일과 무슨 관련이 있는지는 모르겠습니다만 아침 일찍 식당 문을 열자마자 와서는 수프를 먹었죠. 둘 다 아주 조용하고 점잖았습니다. 식사를 마친 후 한 사람은 계산을 하고 나갔는데, 다른 한 사람은 소지품을 챙기느라 조금 지체했죠. 그런데 밖으로 나가기 직전에 의도적으로 반쯤 남은 수프 그릇을 들어 벽에다 철썩 뿌리지 뭡니까. 뒤쪽에 이 친구와 함께 있었던 터라, 그 자리로 가봤을 때는 이미 벽에 저렇게 얼룩이 지고 손님들은 사라진 후였습니다. 특별히 해가 된 건 아니지만 정말 지독히 고약한 행동 아닙니까. 그래서 이 사람들을 잡으려고 서둘러 거리로 뛰어나갔죠. 너무 멀리 갔더라구요. 길모퉁이를 돌아 카스테어즈 가로 접어드는 뒷모습만 확인했습니다."

어느새 발렝탱 형사는 자리에서 일어나서 모자를 쓰고 손에는 지팡이를 들고 있었다. 발렝탱은 한치 앞도 볼 수 없었던 어둠 속에서 우연히 발견하게 된, 첫 번째 지표가 지시하는 곳으로 따라가 봐야겠다고 생각했다. 그는 계산을 하고 유리문을 닫고는 곧 다른 거리로 접어들었다.

이렇게 몹시 흥분되는 순간에도 다행히 발렝탱의 관찰력은 여전히 냉철하고 정확했다. 한 가게 앞을 지나는데 무언가가 섬광처럼 지나쳐 가는 게 있었다. 그는 이를 확인하기 위해 지나쳐 온 가게로 되돌아갔다. 유명한 청과물 가게였는데 밖에 진열된 물건들 사이사이에 품목과 가격이 적힌 푯말들이 평범하게 꽂혀져 있었다. 가장 눈에 띄는 것은 오렌지와 땅콩 더미였다. 그런데 땅콩 더미 사이에 꽂힌 푯말에는 푸른색 분필로 굵게 '맛좋은 감귤, 두 개에 1페니'라고 적힌 게 아닌가. 오렌지 쪽을 확인해보니 아니나 다를까 정확하고 분명하게 '최고급 브라질산 땅콩, 500그램에 4페니'라고 적힌 푯말이 버젓이 자리를 차지하고 있었다.

발렝탱은 방금 전에 경험한 미묘하게 비슷한 방식의 장난이 생각났다. 가판대를 유심히 살피는 발렝탱 덕분에 거리 이곳저곳을 시무룩하게 둘러보던 불그스름한 얼굴의 주인은 푯말이 잘못 놓여 있음을 알아채게 되었고, 아무 말 없이 재빠르게 올바른 위치를 찾아주었다. 발렝탱 형사는 우아하게 지팡이에 몸을 기대고 가게를 계속해서 유심히 살펴보다가 마침내 입을 열었다.

"실례합니다. 저, 확인해볼 것도 있고 생각나는 것도 있고 해서 뭣 좀 묻고 싶어서요."

주인은 골칫거리가 걸렸다 싶었는지 신경질적인 기색이 역력한 눈빛으로 발렝탱을 바라보았지만, 그는 아랑곳없이 지팡이를 흔들며 계속 말을 이었다.

"왜, 가게의 푯말 위치가 잘못 되어 있는 걸까요? 마치 런던으로 휴가를 나온 셔블 모자(성직자들이 쓰는 챙 넓은 모자)를 쓴 성직자들처럼 말입니다. 아, 그러니까 좀더 쉽게 말해서, 제 직감으로는 땅콩과 오렌지의 푯말이 바뀌어 있는 것이 한 명은 키가 작고 한 명은 키가 큰 두 성직자들과 무슨 관련이 있는 듯한데요?"

주인은 화를 참을 수가 없는지 눈이 마치 달팽이 눈처럼 튀어나오는가 싶더니 당장이라도 앞에 있는 이 얄미운 낯선 행인에게 달려들 태세였다. 그는 잔뜩 독이 오른 목소리를 삭이며 대답했다.

"당신이 이 일과 무슨 상관이 있는지는 모르겠지만 그놈들과 한 패거리라면 똑똑히 전하시오. 다시 한번 내 가게의 사과 더미를 뒤집어엎는 날에는 성직자건 뭐건 그 자리에서 때려눕혀버리겠다고 말이오."

"정말입니까? 그자들이 주인장 사과를 그렇게 만들었단 말이오?" 발렝탱 형사가 안타까운 목소리로 말했다.

"그자들 중 한 놈이 그랬소. 거리에 가득 사과들을 던져놨으니, 내 그 또라이 같은 녀석들을 잡았어야 하는 건데, 사과를 주워 담느라 놓쳐버렸지 뭐요."

"어느 쪽으로 갔습니까?"

"왼쪽에 있는 두 번째 도로를 따라 올라가더니 광장을 가로질러 갑디다."

"고맙습니다."

인사를 건넨 발렝탱은 잽싸게 자리를 떴다. 그는 광장 맞은편에서 경관 한 명을 발견했다.

"긴급 상황이오, 경관. 셔블 모자를 쓴 두 명의 성직자를 보지 못했나?"

경관은 키득거리며 대답했다.

"봤죠. 한 명은 술에 취했더군요. 도로 한가운데 서서는 허둥대는데……"

"어느 쪽으로 갔나?"

발렝탱은 경관의 말을 끊었다.

"저쪽에서 햄스테드 히스로 가는 노란색 버스를 탔습니다."

"그들을 추적해야 하니 경관 두 명을 요청해주게."

발렝탱 형사는 공식 신분증을 내보이며 재빨리 지시를 내리고는 길을 건넜다. 이런 그의 분위기가 전염이라도 되었는지, 둔해 보이는 경관이 아주 민첩하게 지시사항을 수행했다. 몇 분지나자 반대쪽 보도에서 경관 한 명과 사복형사 한 명이 발렝탱과 합류했다.

경관이 긴장한 미소를 띤 채 말을 건넸다.

"저, 무엇을……."

발렝탱은 갑자기 지팡이를 들어 버스를 가리키면서 말했다.

"저 버스에 타고 난 뒤 말해주겠네"

그리고 어지럽게 서 있는 차들을 교묘히 피하면서 잽싸게 앞으로 나아갔다. 세 명이 모두 노란색 버스에 올라타 자리를 잡고 앉자 경관이 한마디 했다.

"택시를 잡아타면 몇 배는 더 빨리 갈 수 있을 텐데요."

"맞는 말이지. 다만 우리가 가려는 목적지를 분명히 알고 있다면 말이네."

발렝탱은 침착하게 대꾸했다.

"저…… 그럼 어디로 가시는 겁니까?"

사복형사가 발렝탱을 쳐다보며 물었다. 발렝탱은 잠시 동안
얼굴을 찡그리며 담배를 피우다가 던지며 대답했다.

"만일 상대가 뭘 하고 있는지 안다면 상대보다 앞서가면 그
만일 테지. 하지만 상대가 뭘 하고 있는지 알고 싶다면 상대의
뒤를 따르는 것이 상책이란 말일세. 상대가 길을 잃으면 같이
길을 잃고, 상대가 멈추면 같이 멈추고 하면서 상대만큼 천천히
여행을 하는 거지. 그러다보면 상대가 본 것을 자네도 보게 될
테고, 상대가 행동하는 것처럼 행동하게 되는 거야. 자세히 관
찰해서 미심쩍은 사항들을 하나씩 처리하는 것이 지금 우리가
할 수 있는 전부라네."

"미심쩍은 거라면 어떤 것을 말씀하시는지?"

경관이 물었다.

"어떤 것이든 말일세. 미심쩍은 것이라면 뭐든지."

발렝탱은 이렇게 대답하고 다시 그 고집스러운 침묵 속으로
빠져들었다.

노란색 버스는 여러 시간 계속해서 북쪽 도로를 따라 기어
올라갔다. 발렝탱은 더 이상 아무런 설명이 없었다. 동행한 경
찰들은 그의 심부름꾼 노릇을 하는 것이 과연 옳은 일인지 의

구심을 키우며 침묵한 체 앉아 있었다. 그들은 점심때를 훨씬 넘겨 허기가 질뿐만 아니라 런던 북쪽의 외곽 지역을 따라 길고 긴 도로 여정을 했기 때문에 지쳐 있었다. 이 버스 여행은 승객들로 하여금 이제 겨우 투프넬 공원의 어귀에 와 있을 뿐인데 마치 세상 끝까지 여행을 한 것같이 느껴지게 하는 지루한 여정이었다.

런던 도시는 지저분한 술집들을 지나 적막한 관목 숲속으로 사라졌다가 변화한 거리와 호화스러운 호텔을 앞세우며 다시 나타나곤 했다. 마치 각기 다른 열세 개의 도시를 잠깐씩 정차하며 지나가는 것 같았다. 겨울 석양이 이미 거리에 깔리고 있었지만 발렝탱 형사는 여전히 침묵을 지키고 앉아서 정면에 보이는 양쪽 거리에서 한시도 시선을 떼지 않았다. 캠던 타운을 뒤로 하고 떠날 즈음에는 경관들은 잠에 빠져 들었다.

갑자기 발렝탱이 벌떡 일어나 버스 운전사에게 멈추라고 소리쳤다. 그 갑작스런 외침과 그들의 어깨를 잡아 흔드는 손에 경관들은 화들짝 놀라 깨어났다.

그들은 왜 내려야 하는지 영문도 모른 채 곤두박질치듯 거리로 내려섰다. 어리둥절한 채 주위를 둘러보는 경관들에게 발렝탱은 승리감에 젖어 왼쪽 길가의 유리창을 손가락으로 가리켰다. 삐까번쩍하게 호화로운 술집의 한쪽 면을 차지한 커다란 유리창이었다. '식당'이라는 표지판이 붙어 있는 유리창은 호텔에서 볼 수 있는 것들처럼 무광택에 무늬가 들어간 종류였다. 하지만 어찌된 일인지 유리창 가운데가 얼음 속에 새겨진 별처럼 커다랗고 횅하게 뚫려 있었다.

"마침내 단서를 잡았어. 창문이 깨진 바로 저곳이야."

발렝탱이 지팡이를 흔들며 외쳤다.

"무슨 창문 말씀이십니까? 무슨 단서요? 참나, 이게 그자들과 관련이 있다는 증거라도 있나요?"

"증거라고?"

발렝탱은 화가 나 대나무 지팡이를 거의 부러뜨릴 뻔했다.

"맙소사! 이 친구가 증거를 찾는군! 물론 십중팔구는 그들과 아무 관계가 없을지도 모르지. 그렇지만 우리가 뭘 할 수 있겠나? 이 정도의 가능성이나마 추적하는 거 아니면 집에 가서 발 닦고 누워 자는 일밖에 할 수 없다는 사실을 아직도 모르겠나?"

발렝탱이 거칠게 문을 열고 식당 안으로 들어서자 경관들도 그 뒤를 따랐다. 그리고 늦은 점심식사를 하기 위해 작은 탁자에 자리를 잡고 앉아서 별 모양으로 깨어진 유리창을 바라보았다. 그때까지도 그들에게 실마리를 제공해주는 것이라고는 아무것도 없었다.

"창이 깨졌군요."

발렝탱은 계산을 하면서 종업원에게 물었다.

"그렇습니다. 손님."

바쁘게 잔돈을 계산하며 대답하는 종업원에게 발렝탱은 충분한 팁을 슬쩍 밀어주었다. 그러자 차분히 그러나 신이 나서 팁을 챙겨 넣고는 종업원이 말을 이었다.

"예, 정말 이상한 일이었습니다. 손님."

"그래요? 무슨 일이 있었나요?"

발렝탱 형사는 지나가는 호기심처럼 물었다.

"검은색 옷을 입은 신사 두 명이 들어왔습니다. 여기저기 돌아다니는 타지 출신 성직자였죠. 싸고 간단한 점심을 먹더니 한 명이 계산을 하고 나갔습니다. 나머지 한 사람도 나가려는데 제가 잔돈을 확인해보니 음식 값의 세 배도 넘게 돈을 받은 게 아니겠어요? 해서, 거의 문 앞까지 나간 그 신사분을 불러 방금 나가신 동료분께서 너무 많은 돈을 지불했다고 말했습니다. 그랬더니 아주 차갑게 '오, 그랬나?' 이러더군요. 그래서 그렇다고 하면서 그에게 계산서를 보여드렸습니다. 그런데 그게 놀라운 일이었어요."

"뭐가 어떻게 됐단 말이오?"

경관 한 명이 끼어들었다.

"성경책 일곱 권을 걸고 맹세컨대 저는 계산서에 분명히 4실링이라고 적었었는데, 그때 보니 너무나도 선명하게 14실링으로 적혀 있는 겁니다."

"자, 그래서 다음엔 어떻게 됐소?"

상기된 눈을 번뜩이며 발렝탱은 다음 이야기를 재촉했다.

"문 앞에 있던 그 성직자가 아주 차분하게 말하더군요. '자네 계산을 혼란스럽게 해서 미안하네. 하지만 그건 유리창 값이야.' 그래서 제가 무슨 유리창 값이냐고 물었더니, '내가 깨트릴 유리창 값이지' 이러지 않겠습니까. 그러더니 들고 있던 우산으로 유리를 저렇게 만들어버리고 말았습니다."

종업원의 말을 듣고 경관들이 황당해했다. 한 명이 작은 소리로 중얼거렸다.

"우리가 지금, 도망친 정신병자를 뒤쫓고 있는 건가?"

이 이상한 이야기에 재미를 붙였는지 종업원은 말을 계속 이어나갔다.

"잠깐 얼이 빠져 있었나 봐요. 아무 생각도 할 수 없었으니까요. 그 남자는 밖으로 걸어 나가 동료와 함께 코너를 돌아서 불록 가로 재빨리 걸어 올라갔습니다. 그래서 곧바로 쫓아갔는데도 그자들을 잡을 수가 없었습니다."

"불록 가라……."

발렝탱은 그가 추적하고 있는 묘한 두 사람만큼이나 빠르게 거리로 뛰어나갔다.

이제, 추적자들의 여정은 터널같이 휑뎅그렁한 벽돌길로 접어들게 되었다. 이 거리에는 불빛은커녕 창문조차 거의 나 있지 않았다. 마치 모든 건물의 텅 빈 뒷면들로만 이루어진 거리 같았다. 어둠은 점점 더 깊어갔고 런던 경찰들마저 자신들이 지금 어떤 거리의 어느 방향으로 가고 있는지 알 수 없었다. 하지만 발랭탱 형사는 자신들이 햄스테드 히스 어딘가를 걷고 있다고 확신했다. 갑자기 푸른 황혼 사이로 창문 하나에서 환하게 새어나온 가스등 불빛이 스쳤다. 발랭탱은 그 불빛이 새어 나오고 있는 조그마하고 화려한 사탕가게 앞에 멈춰 섰다. 잠깐 망설이다가 안으로 들어선 그는, 화려한 색깔의 과자들 사이에 무게를 잡고 서서는 조심스럽게 초콜릿 담배 열세 개를 샀다. 그리고 내심 말을 꺼낼 준비를 하려는데 그럴 필요가 없게 되었다.

가게 안에서 습관적인 호기심으로 발랭탱의 우아한 모습을 유심히 지켜보고 있던 마르고 나이 든 젊은 여인이 뒤쪽에 서 있는 푸른 제복의 경관을 보게 되자, 곧 정색을 하며 말을 시작했던 것이다.

"그 꾸러미 때문에 오신 거라면, 전 이미 그걸 보내버렸어요."

"꾸러미라니요?"

이번에는 발랭탱이 호기심 어린 표정으로 여인에게 물었다.

"제 말은, 그러니까, 그 성직자 양반이 남기고 간 꾸러미 말이에요."

"뭐라구요? 무슨 말씀이세요?"

발랭탱 형사가 궁금함을 감출 수가 없었는지 처음으로 몸을 앞으로 쭉 빼며 독촉했다. 여인은 의아해하며 말을 꺼냈다.

"저, 한 삼십 분 전쯤 성직자 양반들이 와서는 박하를 사고 잠깐 이야기를 나누다가는 햄스테드 히스 쪽으로 갔어요. 그런데 잠시 후에 한 명이 가게로 다시 와서는 꾸러미를 두고 가지 않았냐고 묻더군요. 그런데 어디를 봐도 꾸러미라고는 눈에 띄지 않았어요. 이상해서 그를 쳐다보니까, 신경 쓰지 말라더니 주소가 적힌 종이를 건네주면서 나중에 꾸러미를 찾거든 그 주소로 보내달라는 거였어요. 그리고 우편요금과 수고비를 남기고는 떠나버렸답니다. 여기저기를 뒤졌더니 갈색 종이로 포장된 꾸러미가 하나 나오지 않겠어요? 그가 적어준 곳으로 부쳤어요. 주소는 기억이 안 나는군요. 웨스트민스터의 어디였는데…… 그렇지만, 아주 중요한 물건 같았어요. 그것 때문에 온 게 아닌가요?"

"맞습니다. 그래서 왔습니다. 그런데 햄스테드 히스는 여기서 먼가요?"

발렝탱 형사가 물었다.

"이 길로 곧장 십오 분 정도 가다가보면 탁 트인 곳이 나올 거예요."

여인이 말을 마치기가 무섭게 발렝탱 형사는 튀어오르듯 가게를 나가 내달리기 시작했다. 다른 경감들도 내키지 않는 발걸음으로 그의 뒤를 빠르게 쫓았다.

아주 좁고 건물의 그림자로 가득 차 있어 어둡고 답답한 거리를 지나자 갑자기 탁 트인 하늘이 나왔다. 그들은 놀란 눈으로 주위를 둘러보았다. 아직은 어둠이 그리 깊게 깔리지 않아 생각보다 주변이 환했다. 나무들이 서서히 땅거미 속에 잠겼고 사방이 짙은 보랏빛으로 변해갔다. 반짝이는 초록빛 하늘도 황금빛 석양 속으로 내려앉고 있었다. 하지만 하늘은 아주 맑아서 크리스털같이 반짝이는 별을 한두 개쯤 짚어볼 수 있을 것만 같았다. 한낮의 진광도 모두 햄스테드 히스의 베일이라 불리는 저 유명한 골짜기 너머의 찬란한 황금빛 속으로 잦아들고 있었다. 휴일에 놀러 나온 사람들 중 아직 돌아가지 않은 몇몇 사람들이 벤치에 앉아 있는가 하면, 여기저기에서 꿈꾸는 듯한 표정의 여자아이들이 그네에 앉아 즐거운 비명을 질러댔다. 천상의 영광이 깊어져 인간의 거만한 천박함 주위에 어둠이 내릴 무렵, 능선에 서서 계곡을 건너다보던 발렝탱은 그가 찾고 있는 것을 보게 되었다.

저 멀리 흩어져 있는 시커먼 무리들 중에 유난히 시커멓고 떨어지지 않으려는 성직자 복장의 두 인물이 있었다. 개미만큼이나 작게 보였지만, 발렝탱은 그들 중 한 명이 다른 한 명보다 훨씬 더 작다는 것을 알아볼 수 있었다. 그는 이를 악물고 참을성 없이 지팡이를 흔들며 앞으로 나아갔다. 이 두 사람의 형체를 거대한 현미경 안에 넣어서 보듯 충분히 알아볼 수 있는 거리까지 왔을 때, 발렝탱은 소스라치게 놀랐다. 키가 큰 신부는 둘째 치고 그 작달막한 신부가 누군지 똑똑히 알아볼 수 있었기 때문이었다. 그는, 발렝탱 자신이 하리치 열차에서 갈색 꾸러미에 대해 경고까지 해주었던, 바로 그 에식스 출신의 땅딸보 성직자였던 것이다.

이제, 지금까지 진행되어온 모든 일들이 마침내 아주 합리적으로 들어맞아갔다. 발렝탱은 그날 아침 조사를 통해 성체학술대회에 참석한 외국 신부들에게 보여주기 위해 에식스의 브라운 신부가 사파이어가 박힌 은 십자가를 운반하게 될 것이라는 사실을 알고 있었다. 기차 안에서 만났던 바보 같은 신부가 말하던 '푸른 돌과 은'이 바로 그 사파이어가 박힌 은 십자가였고 그 신부가 바로 브라운 신부였던 것이다. 발렝탱이 이제야 찾아낸 것을 플랑보가 이미 찾았다는 것은 놀랄 일이 아니었다. 플랑보는 뭐든 찾아내는 데는 귀신이었으니까 말이다. 플랑보가 사파이어 십자가에 대해 들었을 때, 누가 뭐래도 역사상 가장 훌륭한 보물임에 틀림없는 그 물건을 훔쳐내려 했으리라는 것도 의심의 여지가 없는 일이었다. 그리고 무엇보다 당연한 것은 플랑보가 우산과 짐을 드는 수행원을 자처하며 멍청한 성직자에게 동행을 자처했으리라는 사실이다. 플랑보는 누구든 제 마음대로 조종하여 북극이라도 끌고 갈 수 있는 그런 위인이었다. 그러니, 플랑보 같은 능숙한 배우가 다른 신부의 옷을 입고 햄스테드 히스까지 브라운 신부를 수행했다는 것이 놀랄 일은 아니었다. 지금까지의 모든 것이 너무나도 자연스러운 일이었다. 무력한 신부에 대한 연민의 정이 느껴지자 발렝탱 형사는 툭 하면 속아 넘어가는 어리숙한 희생양에 대한 동정심만큼이나 플랑보에 대한 증오가 치솟아 올랐다.

하지만 발렝탱은 승전보를 울리기에 앞서 그 사이 일어났던 모든 일들에 대해 생각해보았다. 그러자 아주 사소한 일들이 마음에 걸리기 시작했다. 에식스 출신 신부에게서 사파이어가 박힌 은 십자가를 훔쳐내는 데, 왜 벽에다가 수프를 뿌려야 했을까? 땅콩과 오렌지의 푯말을 왜 바꿔치기를 했으며, 창문 값을 미리 지불하고 유리창을 깨뜨리는 건 또 도대체 무슨 일이란 말인가? 플랑보를 추적하는 일이 거의 막바지에 이르렀지만 발렝탱 형사는 중간에 무언가를 빠뜨린 듯한 허전한 느낌을 떨쳐버릴 수가 없었다. 아주 드문 일이지만 범인 체포에 실패한다 해도 항상 그 사건에 대한 실마리를 거머쥐었던 발렝탱이었다. 하지만 이번에는 범인을 거의 다 잡았는데도 여전히 사건의 실마리를 움켜쥘 수가 없었다.

발렝탱과 두 경찰이 쫓고 있는 두 인물은 커다란 언덕의 초록빛 능선을 마치 두 마리의 검은 파리처럼 기어오르고 있었다. 그들은 대화에 너무 깊이 빠져 자신들이 어디로 가고 있는지도 눈치 채지 못하는 것 같았다. 하지만 분명한 것은 그들이 더욱

험하고 조용한 언덕으로 올라가고 있다는 사실이었다. 추적자들은 목표물에 가까이 접근할수록 사슴 사냥꾼같이 품위 없는 자세로 나무의 덤불 숲 뒤에 몸을 웅크리거나 깊은 풀숲에서 포복 자세로 기어야 하기 마련이다. 발렝탱과 영국 경찰들은 어쩔 수 없이 이렇게 볼품없는 추적 방법을 이용해 그들이 찾고 있던 사냥감이 서로 이야기하는 소리가 들릴 만큼 가까이 접근했다. 하지만 마치 어린아이들의 높은 음성처럼 자주 반복되는 '이성'이라는 단어 외에는 무슨 소리인지 통 들리지 않았다.

한번은 여기저기에 갑작스런 경사가 지고 덤불이 심하게 얽힌 지형의 악조건으로 인해 형사들은 두 사람의 모습을 놓치게 되었다. 그리고 그들의 흔적을 찾지 못한 채 십 분여의 고통스러운 시간을 보내다가, 아름답고 적막한 일몰이 연출되고 있는 분지가 건너다보이는 커다란 언덕 능선 근처에서 그들의 모습을 찾아냈다. 그들은 전망은 좋지만 사람들이 잘 찾지 않는 곳에 금방이라도 무너질 듯한 나무의자를 의지하고 앉아 있었다. 여전히 심각한 대화를 나누고 있는 듯했다. 화려한 초록빛과 어우러진 황금빛 석양이 사위어가는 지평선에 걸리고 초록빛으로 반짝이며 둥그렇게 주위를 감싸던 하늘은 서서히 검푸른 빛을 띠어갔다. 하늘에 박힌 별들도 단단한 보석처럼 제각각 빛을 발했다.

발렝탱은 따라오고 있는 경관들에게 조용히 하라는 손짓을 하고 커다란 나무 둥치 뒤로 기어가서는 죽은 듯이 침묵을 지키고 서서, 처음으로 이 기괴한 성직자들의 이야기를 엿듣게 되었다.

그들은 영묘한 신학의 수수께끼에 조예가 깊은 학식 있는 신부들처럼 이야기를 나누고 있었다. 이들의 태도가 얼마나 진지하고 여유가 있었는지 이야기를 몇 분간 엿듣던 발렝탱은 어쩌면 자신이 저 두 명의 영국 경찰을 밤에 피는 히스꽃 들판으로 끌고 나와 엉겅퀴에서 무화과를 찾는 것만도 못한 일을 시키고 있는 것은 아닌가 하는 의혹에 휩싸였다. 작달막한 에식스 출신의 신부는 그의 둥그스름한 얼굴을 하나둘 늘어나는 하늘의 별 쪽으로 돌리며 짤막하게 말했고, 그 상대는 별은 바라볼 가치도 없다는 듯이 고개를 숙이고 이야기를 했다. 하지만 극도로 보수적인 이탈리아의 수도원 회랑이나 비관적인 스페인의 대성당에서도 이보다 더 순수한 성직자적인 대화를 들을 수 없었을 것이다.

발렝탱에게 처음으로 들린 구절은 "……중세 사람들이 '하늘은 불멸이다'라고 한 것은 이런 의미였다네"로 끝나는 브라운 신부의 마지막 말이었다.

키 큰 신부가 고개를 숙인 채 끄떡이며 말했다.

"네, 맞습니다. 하느님을 섬기지 않는 요즘 사람들은 이성을 따른다고 말을 하니까요. 하지만 이 수많은 세상의 모습을 보는 사람들이라면 이성이 전혀 이성적이지 않은 아름다운 천상의 세계가 존재하리라 생각하지 않을 이가 누가 있겠습니까?"

"아닐세. 이성은 심지어 최후의 지옥의 변방에서나 만물의 소실점에도 항상 '이성적'이라네. 사람들은 교회가 이성을 타락시킨다고 하지만, 실은 그 반대야. 세상에서 진정으로 최고의 이성을 이루어내는 곳은 교회뿐이고, 하느님께서 이성에 의해 구속되심을 인정하는 곳도 교회뿐이라네."

옆자리의 신부가 그의 엄숙한 얼굴을 들어 별이 총총히 박힌 하늘을 바라보며 입을 열었다.

"하지만 누가 알겠습니까? 만약 저 무한한 우주에……."

"물리적으로만 무한한 게지. 진리의 법칙에서 벗어날 수 없는데 어떻게 무한하다 말할 수 있겠나."

작은 신부는 앉은 자리에서 휭하니 고개를 돌리며 날카롭게 말했다.

나무 뒤에 있는 발렝탱은 소리 없는 분노로 손톱을 물어뜯고 있었다. 그는 자신이 얼토당토않은 추측으로 여기까지 데려온 영국 형사들이 온화하고 나이 든 두 성직자들의 형이상학적인 한담을 들으며 숨죽여 키득거리는 소리가 들리는 것만 같았다. 이런 생각으로 조바심이 나 있던 발렝탱은 키 큰 성직자가 공들여 하는 대답을 듣지 못했다. 발렝탱이 다시 귀를 기울였을 때는 브라운 신부가 이야기하고 있었다.

"이성과 정의는 가장 멀리 있고 가장 외로운 별까지도 사로잡는다네. 저 별들을 좀 보게. 하나하나가 다이아몬드요, 사파이어 같지 않은가? 자네가 좋아할 만한 식물학과 지리학 쪽으로 상상해볼까? 다이아몬드 잎사귀가 만발한 보석 숲지대는 어때? 코끼리처럼 커다란 푸른 사파이어 달이 있다고 해도 좋겠군. 하지만 그런 정신 나간 천문학적 상상을 한다고 해도 정당한 행위와 이성의 기준을 넘어선 무언가가 있을 거라는 생각은 하지 말게나. 진주를 깎아낸 절벽 아래에 있는 오팔이 가득한 들판에서도 자네는 '그대 도적질하지 말지어다'라고 쓰어 있는 표지판을 찾아볼 수 있을 테니 말일세."

발렝탱은 인생에서 가장 커다란 실수를 저지르고 말았다는 좌절감에 빠졌다. 어서 그 자리를 벗어나야겠다는 생각에, 꼼짝 않고 움츠렸던 몸을 펴고 천천히 기어갈 자세를 취했다. 그런데 이상하게도 키 큰 성직자의 유난히 긴 침묵이 발렝탱을 그 자리에 잡아두었다. 마침내 키 큰 신부가 고개를 숙이고 양손을 그의 무릎 위에 가지런히 올려놓은 채 말을 꺼냈다.

"글쎄요. 저는 아직도 우리 이성을 능가하는 어떤 다른 세상이 있을 것 같다는 생각을 떨칠 수 없습니다. 천국의 신비는 헤아릴 수 없으며, 그래서 저는 고개를 숙일 수밖에 없습니다."

그리고 여전히 고개를 숙인 채, 그의 태도와 목소리에 아주 작은 흔들림도 없이 덧붙였다.

"그러니 가지고 있는 사파이어 십자가를 순순히 건네주시지. 여긴 우리밖에 없어. 까딱하다간 갈기갈기 찢긴 지푸라기 인형이 될지도 몰라."

어조와 태도에도 아무런 변화가 없는 가운데 충격적으로 변한 그의 말투는 묘한 폭력성을 더해주었다. 하지만 성품을 보호하고 있던 그 인물은 아주 조금 고개를 돌렸을 뿐, 아직도 그 바보스런 얼굴은 별들을 향해 있었다. 협박을 이해하지 못한 것일까? 아니면 공포에 질려 몸이 굳어버린 것일까?

"그래, 맞아. 내가 바로 플랑보야."

여전히 변함없는 어조, 키 큰 신부는 자세 하나 흐트럼 없이 말했다. 그리고 잠시 사이를 두었다가 말을 이었다.

"자, 내게 그 십자가를 건네주시지."

"그럴 수 없네."

신부가 무뚝뚝하게 대답했다.

플랑보는 갑자기 성직자 변장을 하느라 입었던 옷을 벗어던지고는 자리에 기대 앉아 낮은 소리로 길게 웃음을 터뜨렸다.

"하하하. 그럴 수 없다? 물론 그럴 수 없을 테지. 이 잘난 성직자 양반아. 당연하지. 이 어리석은 금욕주의자 같으니라구. 하하하! 내가 그 이유를 말해줄까? 왜냐하면 말이지. 그 물건은 이미 내 안주머니에 들어와 있거든."

에식스 출신의 작은 사내는 황혼 속에서 멍하니 있는 것 같더니, 꼭 확인을 받아야겠다는 듯 소심하게 입을 열었다.

"틀림……없나?"

"정말, 당신이란 사람은 삼 막짜리 소극에 나오는 광대만큼이나 바보스럽군. 하하하. 아무렴 이 바보 같은 친구야. 틀림없고말고. 내가 당신 꾸러미와 똑같은 복제품을 만들어두었거든. 당신이 가지고 있는 게 가짜고. 내가 가지고 있는 게 바로 진짜라구. 하하하! 이건 오래된 속임수지. 브라운 신부. 암, 오래된 속임수고말고."

플랑보는 기쁨에 들떠 소리쳤다.

"맞아. 오래된 속임수지. 전에도 그런 얘길 들은 적이 있네."

브라운 신부는 머리카락을 쓸어 올리면서 모호한 어조로 대답했다.

범죄계의 거물은 갑작스런 흥미를 느끼며 작은 체구의 소박한 신부에게 몸을 마구 당기며 물었다.

"들어본 적이 있다? 어디서 이런 얘길 들어봤다는 거지?"

"글쎄, 물론 그 사람의 이름을 말할 수는 없다네. 회개를 했거든. 이십 년 동안 갈색 꾸러미만 바꿔치기하면서 산 사람이었지. 그래서 자네가 수상히 여겨지기 시작했을 때 그 친구가 쓰던 방법을 써야겠다고 생각했다네."

"나를 수상히 여기기 시작했다?"

이 무법자는 점점 더 격렬하게 신부를 다그쳤다.

"내가 당신을 여기 한적한 햄스테드 히스 벌판으로 데려왔다고 해서 나를 수상히 여기셨다?"

"아니, 아니, 그런 게 아니라네. 나는 처음 만났을 때부터 자네가 수상했어. 소맷부리가 좀 부풀어 있더군. 자네 같은 사람들은 버팀쇠가 달린 팔찌를 끼고 다니느라 소맷부리가 늘 부풀어 있곤 하지."

"제기랄, 대체 어디서 그런 얘길 들었지?"

"이런, 몰랐군 그래. 하틀풀에서 본당신부로 있을 때 그런 팔찌를 낀 사람을 세 명이나 보았지. 그래서 처음부터 자네를 수상히 여긴 거라네. 어찌 되었든, 십자가를 안전히 보관해야 됐으니까. 자네를 의심해서 미안했었는데, 결국 자넨 그 꾸러미를 바꿔치기하더군 그래. 하지만 어쩌겠나? 내가 이미 바꿔치기해서 놔두고 온 걸."

"두고 오다니?"

승리감에 젖어 의기양양해 있던 플랑보의 어조가 확 바뀌었다.

"사탕가게 말일세. 거기에 꾸러미를 두고 왔지. 내가 일러주는 주소로 부쳐달라고 부탁도 해두었고. 다행히 나를 뒤쫓아 오지 않고 주인이 웨스트민스터의 친구에게 부쳐주었더군."

무덤덤하게 말을 해나가던 신부가 이번에는 다소 슬픈 듯이 덧붙였다.

"이 방법도 하틀풀에 있을 때 어떤 친구에게서 배운 것이라네. 그 친구는 기차역에서 훔쳐낸 가방을 이런 방법으로 빼돌렸다더군. 하지만 그는 지금은 수도원에 있지. 자네도 알다시피 사람은 누구나 따라 배우기 마련 아닌가."

그리고 미안해 죽겠다는 듯이 이마를 문지르며 말을 이었다.

"신부이기 때문에 어쩔 수 없다네. 사람들이 와서는 이런 얘기들을 해주거든."

플랑보는 안주머니에서 갈색 꾸러미를 채내어 아무렇게나 끌렀다. 안에 든 것은 종이와 구리 막대기뿐이었다. 격분한 플랑보는 그것들을 산산조각 내더니 벌떡 일어서서 소리를 질러댔다.

"믿을 수 없어. 당신 같은 촌뜨기가 이런 일을 꾸미다니! 아직 그 십자가를 가지고 있다는 거 다 알아. 그걸 포기하지 않겠단 말이지, 좋아. 여긴 우리밖에 없으니 힘으로 빼앗을 수밖에."

"과연 그럴까? 내 생각엔 힘으로도 빼앗을 수 없을 것 같은데. 뭣보다 우선 십자가는 내 수중에 없고, 그리고 여기에는 우리 둘만 있는 게 아니거든."

브라운 신부 역시 자리에서 일어서며 말했다. 앞으로 성큼 다가오던 플랑보가 우뚝 멈춰 섰다.

"저 나무 뒤에 말일세. 건장한 경관들이 둘이나 있고, 명성 높은 발렝탱 형사도 두 눈을 크게 뜨고 지켜보고 있다네. 그들이 여기를 어떻게 오게 되었느냐고 물을 텐가? 물론 내가 데려왔지. 어떻게 데려왔느냐고 묻는 건가? 듣고 싶다면 기꺼이 들려주겠네. 저런! 범죄자들 사이에서 일을 하려면 이런 정도는 알고 있어야지. 사실 처음에는 자네가 도둑이라는 확신이 없었네. 괜히 죄 없는 성직자 스캔들을 내봐야 뭐 좋은 일이 있을까 싶어. 자네 스스로 정체를 드러내도록 시험을 해보기로 했지. 기억나나? 그 소금 말일세. 누구든 소금을 넣은 커피를 마셨다면 소란을 떨었을 걸세. 그게 당연하지. 만약 불평 한마디 없이 아무 일도 없는 듯 행동한다면 조용히 해야 할 이유가 있는 거란 말일세. 내가 설탕과 소금을 바꿔 놓았는데도 자네는 조용히 있더군. 또 자신이 먹은 것보다 훨씬 더 많은 값을 치러야 한다면, 따지고 드는 게 정상적인 태도 아닌가? 그런데 자네는 아무 군소리 없이 잠자코 지불한다는 것은 사람들의 이목을 끄는 일은 하고 싶지 않다는 뜻이지. 내가 계산서의 숫자를 바꿔놓았는데도 자네는 아무 말 없이 계산을 하더군."

플랑보는 화가 머리끝까지 올라 사나운 맹수처럼 펄쩍 뛸 노릇이었다. 하지만 그는 마치 마법에 걸린 사람처럼 꼼짝 않고 있었다. 그는 어떻게 이런 일이 있을 수가 있나 싶게 어안이 벙벙했다.

"자, 그러니 어쩌겠나. 자네 정체를 알았으니 경찰이 따라오게 해야겠는데, 자네가 흔적을 남기지 않으니 나라도 해야지 않겠나. 머무른 장소마다 우리가 떠나고 난 뒤, 사람들이 수군

거릴 만한 일들을 조금씩 벌여두었지. 그렇게 큰 해를 입히지 않는 범위에서 말일세. 벽에다 수프를 끼얹고, 청과물 가게의 사과 더미를 엎어버리고, 식당의 유리창을 깨는 정도? 하지만 이렇게 해서 내가 십자가를 위험에서 구하지 않았는가. 지금쯤은 웨스트민스터에 도착해 있을 테니 앞으로도 안전하겠지. 나는 자네가 왜 '당나귀 휘파람'으로 그것을 막지 않았는지 모르겠군."

"뭘로 막는다고?"

"못 들어봤다니 다행이네. 그런 수법은 비열한 짓이지. 자네가 그 정도는 아니라고 생각했었네. 자네가 그 수법을 썼다면 나는 '반점' 수법으로도 당해내지 못했을 거야. 난 그렇게 강한 편은 못 되거든."

"도대체 무슨 얘기를 하는 거야?"

"저런, 반점 수법은 알 거라고 생각했는데 그것도 모른다니, 자네는 정말 가능성이 있어. 아직 그리 나쁜 길로 빠지지는 않았군 그래."

신부가 기분 좋게 놀라며 대답했다.

"당신 도대체 어떻게 그런 수법들을 다 알지?"

둥글고 단순하게 생긴 브라운 신부의 얼굴에 미소가 스쳐 지났다.

"어휴, 그걸 왜 모르겠나? 독신자 얼간이가 되면 알게 된다네. 내 일이 다른 사람들이 저지른 범죄를 들어주는 거 아닌가? 그런 사람이 어떻게 인간의 악에 대해 모를 수가 있겠나? 하지만 솔직히 내 일의 성격상 자네가 가짜 성직자라는 걸 알 수 있는 점이 한 가지 더 있었네."

"그게 뭐지?"

"자네, 이성을 공격했지 않나. 신학을 하는 사람에게 그리 좋은 태도가 아니지."

브라운 신부가 그의 짐을 챙기려고 돌아서자, 세 명의 경찰들이 황혼에 물든 나무 아래에서 나타났다. 플랑보는 예술가이자 스포츠맨이 아니던가? 플랑보는 민첩하게 한 걸음 뒤로 물러서더니 발렝탱에게 우아하게 머리를 숙였다.

"내게 그럴 필요 없어, 친구. 우리 둘 다 스승님께 인사나 드리세."

발렝탱이 낭랑하고 분명한 목소리로 말했다.

발렝탱과 플랑보는 모자를 벗고 잠시 경의를 표했다. 그사이 에익스 출신의 그 작달만한 신부는 우산을 찾느라 주위를 두리번거리고 있었다.

비밀의 정원

The Secret Garden

파리 경찰청장 아리스티드 발렝탱의 귀가 시간이 늦어져 그가 저녁 만찬에 초대한 손님들이 먼저 도착하게 되었다. 하지만 그의 믿음직스러운 집사가 모든 일을 잘 처리하고 있었다. 얼굴에 흉터가 있고 안색이 콧수염만큼이나 잿빛을 띤 이 노인은 총기들이 걸려 있는 대기실의 입구 쪽 탁자를 떠나는 법이 없었다.

발렝탱 저택은 상당히 독특한 면이 있어서 그 주인만큼이나 유명했다. 지어진 지 오래된 건물로 벽이 높고 세느강까지 가지를 뻗은 포플러 나무들이 정원에서 자라고 있었다. 그러나 무엇보다도 건축양식이 경찰의 저택에서나 볼 수 있는 기이함을 보였다. 이 저택에는 집사와 총기들이 지키고 있는 대기실을 통과하여 들어왔던 곳으로 나가는 출구 외에는 다른 출입구가 없었던 것이다. 정원은 넓었으며 정성스레 정돈되어 있었다. 저택에서 정원으로 나가는 출구는 많았지만 정원에서 밖으로 나갈 수 있는 출구는 없었다. 정원을 둘러싼 높은 벽은 너무 미끄러워 발을 붙일 수가 없었고 꼭대기에는 철책이 둘러쳐 있었다. 수많은 범죄자들이 살해하려고 벼르고 있는 사내가 사색에 잠기기에는 그리 나쁘지 않은 정원이었다.

집사는 손님들에게 주인이 한 십 분쯤 늦겠다는 전화가 왔었노라고 알렸다. 발렝탱은 사형 집행과 이에 관련된 마지막 뒤처리를 하고 있었다. 그 자신이 지독히도 싫어하는 일이었지만 그는 한 번도 소홀히 하는 법이 없었다. 그는 범인 추적에는 무자비했지만 처벌을 하는데 있어서는 온화하기 그지없는 사람이었다. 프랑스에서 가장 영향력 있는 형사였기 때문에 형을 경감하고 감옥을 정화하는 데도 커다란 힘을 발휘했다. 그는 프랑스의 위대한 인도주위적 자유사상가들 중 한 사람이었다. 하지만 그들에게 있어 한 가지 문제는 정의를 수행하는 이들보다도 더욱 무자비하다는 것이었다.

발렝탱이 도착했을 때 그는 이미 장미꽃 장식을 단 검정색 정장 차림이었다. 풍채는 우아했고, 짙은 턱수염에는 드문드문 잿빛 수염이 보였다. 그는 곧장 정원 뒤쪽을 향해 이어져 있는 서재로 갔다. 정원 쪽 문이 열려 있었다. 발렝탱은 공무용 가방을 조심스럽게 잠그고는 정원을 내다보며 잠깐 동안 서 있었다. 휘영청한 달이 빠르게 흘러가는 넝마 조각 같은 구름들 사이에 떠 있었다. 평소 과학적인 성격을 지닌 그로서는 다분히 이례적인 사색의 시간이었다. 어쩌면 그의 과학적인 성격은 인생에서 생가를 판가름하는 가공할 만한 문제에서는 어떤 심리적인 예지력을 발휘할지도 모른다. 발렝탱은 자신이 만찬에 늦었고 손님들이 이미 도착하기 시작했다는 사실에 생각이 미치자 이런 신비스러운 분위기에서 재빨리 벗어났다.

　발렝탱은 응접실에 들러서 방 안을 힐끗 보고는 주빈(主賓)이 아직 도착하지 않았음을 알아챘다. 그가 마련한 작은 파티에 초대된 다른 손님들은 모두 자리에 있었다. 영국 대사 갤러웨이 경은 다혈질의 노인으로 사과같이 붉은빛이 도는 얼굴에 푸른 리본의 가터 훈장을 달고 있었으며, 장작같이 마르고 머리가 하얗게 센 갤러웨이 부인의 얼굴은 예민하고 자만심에 차 보였다. 그 옆에 자리를 한 작은 요정 같은 딸 마거릿은 갈색 머리에 창백해 보이는 얼굴이지만 아름다웠다. 검은 눈의 몽 생 미셸 공작부인 역시 그녀를 쏙 빼닮은 두 딸과 함께 자리를 했다.

프랑스 과학자이자 의사인 시몽 박사는 안경을 걸치고 있었는데, 거만한 사람들이 계속해서 눈썹을 치켜 올리느라 생기는 이마의 두 줄 주름과 삐죽한 턱수염이 인상적이었다. 그 자리에는 최근 발렝탱이 영국에서 만났던 에식스의 콥홀 출신의 브라운 신부도 보였다.

누구보다도 발렝탱의 흥미를 끈 사람은 제복을 입은 키 큰 사내였다. 푸른 눈의 이 사내는 프랑스 외인부대의 오브라이언 사령관으로 늘씬하지만 다소 허풍스러워 보였으며 얼굴은 깨끗하게 면도를 했다. 그는 승리감에 도취된 패배와 성공적인 자멸을 얻어낸 유명한 부대의 장교답게 저돌적이면서도 침울한 분위기를 동시에 지니고 있었다. 그는 아일랜드의 신사 집안 출신으로 소년 시절에 갤러웨이 가족, 특히 마거릿을 알게 되었다. 빚 때문에 시달리다 고국을 떠나, 현재는 군도(軍刀)를 차고 군화를 신은 채 활개를 치고 다니면서 영국식 예법에서는 완전히 자유로워졌음을 보여주고 있었다. 이런 오브라이언이 대사 가족에게 머리를 숙여 인사를 했을 때, 갤러웨이 부처는 뻣뻣하게 인사를 받았으며, 마거릿은 아예 고개를 돌려 버렸다.

하지만 여기 모인 사람들이 서로에게 지닌 감정이 무엇이건 간에 이들은 이번 만찬을 주관한 발렝탱의 관심을 특별히 끌지 못했다. 그의 눈에는 여기 모인 사람들 중 어느 누구도 저녁 만찬 손님으로 보이지 않았다. 발렝탱은 미국에서 성공적인 범죄 수사 활동을 하는 동안 친분을 쌓아온 세계적으로 유명한 대부호 줄리어스 브레인을 특별한 이유로 기다리고 있었던 것이다. 브레인은 작은 종교단체들에 어마어마하고 압도적이기까지 한 기부를 하고 있었는데, 미국과 영국의 신문마다 대서특필되어 사람들의 입에 가볍게 혹은 진지하게 오르내려왔다. 그가 무신론자인지, 모르몬교 신자인지, 기독교인인지는 아무도 모르는 일이었다. 하지만 그의 종교가 무엇이건 지적인 사람들이 그것을 아직 확인하지 못했어도 그는 자산을 쏟아 부을 준비가 되어 있는 사람이었다.

그의 취미 중 하나가 미국의 셰익스피어를 기다리는 일인데, 이는 실로 낚시질을 하는 것보다 더 많은 인내를 요하는 취미라 할 수 있다. 브레인은 월트 휘트먼을 존경했지만 펜실베니아주 패리스 출신의 시인 루크 테너가 휘트먼보다 더 '진보적'이라고 생각했다. 그는 발렝탱 역시 진보적이라고 생각했는데, 이건 큰 착각이었다.

줄리어스 브레인의 등장은 저녁식사를 알리는 종소리만큼이나 결정적이었다. 그의 영향력은 너무나 커서 그가 유야무야하다고 생각하는 사람은 거의 없을 정도였다. 키도 크고 살집도 있는 거구의 브레인은 회중시계 줄이나 반지 같은 장신구 하나 없이 검정색 옷을 깔끔하게 차려입은 모습이었다. 독일인처럼 잘 빗어 넘긴 백발에 붉은빛이 도는 통통하고 귀여운 얼굴, 그리고 입술 아래쪽에 나 있는 검은색 염소수염은 다소 유아적이면서 과장돼 보여 심지어는 파우스트를 멸망의 구렁텅이로 빠뜨린 악마 메피스토펠레스를 연상시켰다. 하지만 이 유명한 미국인을 바라보는 사람들의 시선은 그리 오래 가지 않았다. 그가 늦게 도착한 관계로 저녁식사가 지연되고 있었던 터라 모두들 서둘러 식당으로 들어갔고, 브레인 역시 갤러웨이 부인의 손에 이끌려 식당으로 들어갔다.

갤러웨이 부처는 아주 상냥하고 스스럼없이 자리를 즐겼다. 딸 마거릿은 오브라이언보다 시몽 박사와 품위 있게 이야기를 함으로써 아버지 갤러웨이 경을 안심시켰다. 하지만 갤러웨이 경은 자못 무례하다 싶을 정도로 안절부절못하고 있었다. 그는 저녁식사 동안 외교적 수완을 부리며 점잖게 행동했지만, 식사가 끝난 후 자리를 옮긴 거실에서 시몽박사와 신부 그리고 제복을 입은 오브라이언, 세 명과 함께 다른 숙녀들과 어우러져 담배를 피우며 담소를 나누는 시간이 되자 점점 비외교적이고 무례하게 변해갔다. 그는 건달 같은 오브라이언이 마거릿에게 무슨 이상한 수를 써서 어떻게든 신호를 보내지 않을까 싶어 매순간 바짝 날이 서 있었다. 마침내 다들 자리를 뜨고 모든 종교를 신봉하는 백발의 미국인 대부호 브레인, 아무 종교도 믿지 않는 반백의 프랑스인 발렝탱, 그리고 영국인 외교관이 남아 함께 커피를 마시게 되었다. 이들은 서로의 입장에 대해 이런

저런 얘기를 나누었지만 서로에게 호소력을 가지지는 못했다.

이 기나긴 '진보적' 싸움이 지루한 절정에 이르는가 싶더니 갤러웨이 경이 벌떡 일어나 응접실로 나갔다. 그는 긴 복도에서 길을 잃고 한참을 서 있었다. 설교를 하는 듯한 의사의 높은 목소리와 둔중한 신부의 소리가 들리더니 신부의 너털웃음이 뒤를 이었다. 이들 역시 그 빌어먹을 '종교와 과학'에 대하여 논쟁을 하고 있을 것이라고 생각하며 갤러웨이 경은 응접실 문을 열어젖혔다. 역시 그곳에 있어야 할 오브라이언과 마거릿이 없었다.

식당에서 나올 때 그랬던 것처럼 헐레벌떡 응접실을 박차고 나온 갤러웨이 경은 발을 쿵쿵 구르며 다시 한번 복도를 따라 나아갔다. 그는 허풍선이 같은 아일랜드계 알제리아인에게서 딸을 보호해야만 한다는 생각 때문에 미칠 듯이 흥분된 상태였다. 저택 뒤쪽의 서재 근처에서 그는 마침내 딸을 발견했다. 하지만 놀랍게도 그녀는 백지장같이 하얗고 냉소적인 얼굴을 한 채 혼자 갤러웨이 경의 옆을 휙 스쳐 지나갔다. 그는 또다른 의혹에 휩싸였다. 마거릿이 오브라이언과 함께 있던 것이 아니라면 그는 도대체 어디에 있단 말인가? 그리고 마거릿은 어디에 있었던 거지? 일종의 노파심과 치솟는 의구심으로 저택 뒤쪽으로 더듬더듬 나아가던 갤러웨이 경은 정원 쪽으로 열린 하인용 출입구를 찾을 수 있었다. 하늘에 떠 있는 초승달이 폭풍우의 잔해 같은 구름들을 들추어내며 그 위를 넘실거리고 있었다.

은백색의 달빛이 정원의 네 귀퉁이를 고루 비추고 있는 가운데 어둠 속에서 서재 쪽 문을 향해 성큼성큼 걸어가고 있는 키 큰 형체가 스쳤다. 희미한 달빛에 비친 그 모습을 보고 갤러웨이 경은 오브라이언이라고 생각했다.

그 사내는 말로 형언할 수 없는 분노에 사로잡힌 갤러웨이 경을 뒤로 한 채, 프랑스식 창문을 통해 집 안으로 유유히 사라졌다. 마치 영화의 한 장면같이 달빛이 쏟아지는 푸르스름한 정원은 치열한 교전중인 그의 세속적인 권위의식을 향하여 부드럽지만 강한 비웃음을 보내는 것 같았다. 아일랜드인의 길고 우아한 걸음걸이는 갤러웨이 경으로 하여금 아버지가 아니라 마치 질투에 휩싸인 연적이라도 된 듯한 착각이 들 정도로 화를 북돋았다. 게다가 달빛의 마력으로 인해 갤러웨이 경은 거의 이성을 잃고 있었다. 그는 마치 마법에 의해 와토가 그린 요정의 나라나 음유시인들이 노닐던 정원에 와 있는 듯이, 자신을 사로잡는 연애 감정 같은 어리석은 기분에서 벗어나려 혼자 소리 내어 중얼거렸다. 그리고 기세등등하게 적의 뒤를 밟기 시작했다. 하지만 잔디에 불쑥 솟아오른 뭔가에 걸려 넘어지고 말았다. 화가 솟구쳤다. 그는 거칠게 발 앞의 것을 살폈다.

바로 다음 순간, 정원 위를 비추던 달과 커다란 포플러 나무는 기묘한 광경을 보게 되었다. 나이 지긋한 영국 대사가 큰소리로 울부짖으며 정원을 내달렸던 것이다.

갤러웨이 경의 외침 소리를 듣고 서재 쪽으로 들어온 것은 창백한 얼굴의 시몽 박사였다. 그는 이 귀족양반이 외쳐대는 소리를 가장 처음으로 명확하게 알아듣고 번쩍이는 안경 너머로 걱정스러운 눈초리를 보냈다. 갤러웨이 경이 겁에 질려 외친 소리는 "잔디밭에 시체가…… 피투성이가 된 시체가 있어요!"였다. 오브라이언에 대한 생각은 이미 까맣게 잊고 있었다.

그가 숨을 헐떡이며 자신이 본 참혹한 광경을 이야기하자 시몽 박사가 말했다.

"즉시 발렝탱 형사에게 알려야겠습니다. 그가 있어 다행입니다."

하지만 말을 마치기가 무섭게 비명 소리에 놀란 발렝탱 형사가 서재로 들어섰다. 그는 하인이나 손님들 중 한 명이 아픈 것은 아닌가 하는 일상적인 우려를 하면서 주인 된 도리로 그리고 신사된 도리로 이곳으로 향한 듯했으나 유혈의 살인사건을 전해 듣자, 즉시 위엄 있고 날카롭게 지극히 사무적인 자세로 돌아갔다. 아무리 끔찍한 돌발사건이라고는 하지만 이것을 처리하는 일이야말로 그가 해야 할 일이었던 것이다.

사람들이 모두 정원으로 급히 나오자 발렝탱은 무겁게 입을 열었다.

"기이한 일입니다. 수수께끼 같은 사건을 쫓아 세계 전역을 누비며 다녔는데 이런 끔찍한 사건이 저희 집 정원에서 벌어지다니. 그런데 그 현장이 어딥니까?"

그 사이 세느강에서 피어오른 옅은 안개가 정원을 감쌌기 때문에 그들이 정원을 가로지르는 것이 그리 쉽지만은 않았다. 그래도 겁에 질려 사시나무 떨 듯 떨고 있는 갤러웨이 경의 안내를 받으면서 문제의 지점에 도착했다. 그곳에는 떡 벌어진 어깨에 키가 아주 커 보이는 어떤 사내가 엎어져 있었다. 얼굴이 아래쪽을 향했기 때문에 검정색 옷을 입었고, 거의 대머리인 머리통에 마치 젖은 해초처럼 한줌의 갈색 머리카락이 붙어 있다는 사실 외에는 당장 확인할 수 있는 게 없었다. 한줄기 선홍색 피가 뱀같이 그의 얼굴을 타고 흘러내리고 있었다.

"적어도 파티에 참석한 일행은 아니군요."

시몽 박사가 낮고 단조로운 어조로 입을 열었다.

"시몽 박사님, 그를 살펴보시지요. 아직 죽지 않았을 수도 있지 않습니까."

발렝탱이 날카롭게 지적했다.

시몽 박사는 허리를 굽히고 살펴보더니 대답했다.

"아직 몸이 완전히 식지는 않았군요. 하지만 죽은 것 같습니다. 자, 저 좀 도와주시겠습니까?"

조심조심 사내를 땅에서 들어 올리던 사람들은 그가 정말 죽었는지에 대해 더 이상 의심할 여지가 없게 되었다. 머리가 몸통에서 굴러 떨어졌던 것이다. 사람들은 순식간에 공포에 휩싸였다. 발렝탱 형사조차 이 참혹한 모습에 충격을 받은 것 같았다.

"범인이 고릴라같이 힘이 센 녀석인가보군."

의사로서 해부학에 익숙해져 있는 시몽 박사였지만 떨어져 나간 머리를 들어 올리는 데는 등골이 오싹한 전율이 흐르지 않을 수 없었다. 목과 턱 사이를 섬세하게 베어냈으며 얼굴에는 상처 하나 없었다. 육중하고 누르스름한 얼굴은 퉁퉁 부은 채 움푹 들어가 있었다. 욕심 사납게 생긴 코와 무겁게 가라앉은 눈꺼풀이 사악한 로마 황제나 저 멀리 중국 황제의 모습을 연상시켰다. 모여 있는 사람들은 아무것도 모르는 아주 냉담한 눈으로 그 시신을 바라보았다. 그들은 시체를 들어올렸다. 붉은 핏빛으로 흉하게 얼룩진 흰 셔츠의 앞부분이 눈에 들어왔다. 그 밖에 이 사내에 대해서는 아무것도 알 수 없었다. 시몽 박사가 말했듯이 파티에 참석했던 사람은 아니었다. 하지만 입고 있는 복장으로 봐서는 적어도 파티에 참석하려 했던 것이 분명했다.

발렝탱은 무릎을 꿇고 앉아 그 특유의 정밀하고 전문적인 관찰력을 발휘하여 시체 주변 18미터 정도의 잔디와 주변 바닥을 살펴보았다. 미숙하지만 합리적이고 냉철한 시몽 박사의 도움과 아직 공포에 떨고 있는 영국 대사 갤러웨이 경의 움을 받아 샅샅이 조사해보았지만 잔가지 몇 개를 제외하고는 아무런 증거도 찾을 수 없었다. 발렝탱은 잔가지들 중 하나를 집어 들어 잠시 살펴보다가 휙 집어던져버렸다.

"나뭇가지…… 나뭇가지와 머리가 잘려나간 정체 모를 사람의 시체. 이것이 정원에 남아 있는 전부로군요."

발렝탱이 무겁게 입을 열었다.

섬뜩한 고요가 흐르는 공기를 깨고 또 한 번의 외침이 울려퍼졌다.

"거기 누구요? 그쪽 담 옆에 서 있는 게 누구요?"

충격적인 사건으로 기력이 쇠해진 갤러웨이 경이 외친 소리였다.

안개에 젖은 달빛 속에서 미련해 보일 정도로 머리가 커다란 작달막한 형체가 머뭇거리며 그들 곁으로 다가왔다. 언뜻 도깨비처럼 보였지만 가까이 다가오자 그 형체의 주인공이 응접실에 남아 있던 작달막한 신부라는 것을 알 수 있었다.

"저, 이 정원에는 밖으로 통하는 문이 없군요."

신부가 미안한 듯 조심스럽게 말했다.

발렝탱의 검은 눈썹이 심술궂게 치켜져 올라갔다. 그가 성직자를 볼 때마다 특별한 이유 없이 습관적으로 하는 버릇이었다. 그러나 곧 그는 아무렇지도 않게 신부의 말에 그렇다고 대답했다. 그리고 계속 말을 이었다.

"맞습니다. 자 여러분, 제 말을 잘 들으십시오. 이 자가 어떻게 살해되었는지를 알아내기 전에 먼저 이곳에 어떻게 들어왔는지를 알아내야 합니다. 제 지위와 의무를 다하기 위해서는 어쩔 수 없이 여기 계신 모든 분들 중 어느 누구도 예외로 둘 수가 없습니다. 이 자리에는 여러 신사숙녀 분들이 계시고 외국의 대사도 계십니다. 만약 이 사건이 범죄 행위로 판단된다면 그에 상응하는 조사가 행해져야 할 것입니다. 하지만 그때까지는 경찰청장으로서 저의 자유재량에 따라 일을 처리하겠습니다. 여러 분들 모두의 결백이 입증된 후, 경관들을 불러 수사를 하게 할 생각입니다. 그러니 내일 정오까지 어느 누구도 이 집을 나가서는 안 됩니다. 침실은 충분히 있습니다. 시몽 박사, 입구 대기실에 있는 집사를 아시지요? 그는 믿을 만한 사람이니 그에게 가서 다른 사람에게 그곳을 지키도록 하고, 즉시 내게 오라고 전해주십시오. 갤러웨이 경, 경께서는 숙녀분들에게 지금 일어난 일을 잘 이야기해서 놀라는 일이 없도록 해주시기 바랍니다. 숙녀분들 역시 이곳에 남아야 하니 말입니다. 시체 옆에는 브라운 신부와 제가 남겠습니다."

발렝탱이 마치 선장인 양 지시를 내리니 영국의 대사라 할지라도 나팔수처럼 그 말에 따를 수밖에 없었다. 시몽 박사는 서둘러 총기가 걸려 있는 입구 쪽 대기실로 가서 경찰청장의 심복을 찾았다. 갤러웨이 경은 응접실로 가서 이 끔찍한 소식을 요령껏 숙녀분들에게 전해 다른 사람들이 돌아왔을 무렵에는 응접실에 남아 있던 숙녀들이 이미 놀란 가슴을 진정시킨 후였다.

그동안 선량한 신부와 무신론자는 서로 다른 죽음의 철학을 상징하는 조상(彫像)들처럼 죽은 자의 머리맡과 발치에 서 있었다.

얼굴에 흉터가 있고 콧수염을 기른 믿음직스러운 발렝탱의 심복이 당구공처럼 집에서 튀어나와 잔디밭을 가로질러 달려왔다. 그의 창백한 얼굴은 집 안에서 발생한 이 추리소설 같은 사건에 흥분한 나머지 생기마저 돌고 있어서 시신을 살펴보도록 해달라며 주인에게 허락을 구하는 열성적인 모습은 불쾌하게까지 느껴질 정도였다.

"그러게. 너무 지체하지는 말고. 안으로 들어가서 이 사건을 철저하게 조사해야 하니까."

시체의 머리를 들었다가 거의 놓칠 뻔한 집사가 거친 숨을 몰아쉬며 말했다.

"아니, 이럴 수가…… 어떻게 이런…… 아시는 분이신가요. 주인어른?"

"모르는 자일세. 이만 들어가는 것이 좋겠군."

발렝탱은 무심하게 대답했다.

그들은 시신을 서재에 있는 소파에 끌어다놓고는 응접실로 발걸음을 돌렸다. 발렝탱 형사는 다소 망설이는 듯하다가 조용히 책상에 앉았다. 하지만 그의 눈에는 법정에 앉은 판사처럼 냉철한 빛이 역력했다. 그는 앞에 놓인 종이 위에 재빨리 몇 가지를 적더니 짧게 질문을 던졌다.

"모두 모였습니까?"

"브레인 씨가 안 보이는군요."

몽 생 미셸 공작부인이 주위를 둘러보며 대답했다.

"닐 오브라이언 씨도 없는 것 같소. 아까 그 시신에 아직 온기가 남아 있을 무렵, 그 자가 정원을 거닐고 있는 것을 봤소이다."

갤러웨이 경이 귀에 거슬리는 거친 목소리로 덧붙였다. "집사, 가서 오브라이언 사령관과 브레인 씨를 모셔오게. 브레인 씨는 식당에서 담배를 피우고 계실 테고, 오브라이언 사령관은 확실치는 않네만, 거실에 계실 걸세."

충실한 심복인 집사가 방에서 쏜살같이 나가자 발렝탱은 다른 누군가가 입을 열거나 흥분한 여유를 주지 않고 절도 있고 신속하게 일을 진행시켰다.

"여러분 모두 아시다시피, 저희 집 정원에서 머리가 몸통에서 떨어진 채 죽은 사내가 발견되었습니다. 시몽 박사님께서 직접 살펴보셨죠? 사람의 목을 그렇게 자르려면 웬만한 힘 갖고는 안 될 것 같은데요? 아주 날카로운 단검을 이용하면 가능한 일입니까?"

"단 검으로는 어림없습니다."

창백한 안색의 의사가 말했다.

"가능한 도구가 뭐가 있습니까?"

"요즘 사용하는 것 중에는, 글쎄요……."

시몽 박사는 생각이 잘 안 나는 듯 눈썹을 일그러뜨리며 말을 이었다.

"잘린 부위가 흉하게 남는 경우도 힘들 텐데. 이 경우는 잘린 부위도 아주 매끄럽단 말입니다. 혹 전투용 도끼나 옛날 망나니가 쓰던 칼, 그것도 아니면 가위칼이라면 모를까……."

"맙소사, 그런 것들이 이곳에 있을 리가 없잖아요!"

공작부인이 기겁을 해서 외쳤다.

"그렇다면, 프랑스 기병대의 기다란 군도는 어떻습니까?"

발렝탱이 여전히 바쁘게 그의 앞에 놓인 종이에 무언가를 적어 내려가며 물었다.

그 순간, 문 쪽에서 낮은 노크 소리가 들려왔다. 할 수 없는 이유로, 맥베스의 노크 소리라도 들은 것처럼 모두의 간담이 서늘해졌다. 얼어붙은 듯한 침묵 속에서 시몽 박사는 가까스로 대답을 했다.

"군도라면, 가능할 것 같습니다."

"감사합니다. 들어오게."

믿음직한 집사가 문을 열고 오브라이언 사령관을 안내했다. 집사는 정원에서 그를 찾아냈다.

아일랜드 출신의 장교는 영문을 모르겠다는 듯 입구에 버티고 서 있다가 외쳤다.

"도대체, 왜 이러는 거죠?"

"앉으시지요. 군도를 차고 계시지 않군요. 어쨌습니까?"

발렝탱이 침착하게 물었다.

오브라이언 사령관은 혼란스러운 듯이 대답했다.

"서재 탁자에 두고 왔소. 귀찮아서요. 그게 점점……."

"집사, 서재에 가서 사령관의 칼을 가져오게."

말이 떨어지기가 무섭게 집사가 방을 나갔고, 발렝탱의 날카로운 질문은 계속되었다.

"갤러웨이 경이 시신을 발견하기 직전에 당신이 정원에 있는 걸 봤다고 하더군요. 정원에서 뭘 하고 계셨습니까?"

사령관은 의자에 아무렇게나 몸을 던지듯 주저앉더니 외치듯 대답했다.

"달빛을 감상하고 있었죠. 자연과 대화를 하고 있었단 말입니다."

무거운 침묵이 방 안 공기를 누르는 가운데 침묵을 가르는 작고 끔찍한 노크 소리가 다시 들려왔고, 곧이어 집사가 빈 철제 칼집을 들고 나타났다.

"이것밖에 없었습니다."

"탁자 위에 놓게."

발렝탱 형사는 보지도 않고 짧게 대답했다.

방에는 다시, 사형선고를 받은 살인자의 주변에 흐르는 냉담한 침묵이 바다처럼 묵묵히 흘렀다. 공작부인의 짧고 가느다란 비명도 잦아든 지 오래고, 잔뜩 부어올랐던 갤러웨이 경의 증오심도 진정되어갈 무렵, 아무도 예상하지 못한 음성이 잔인하도록 무거운 침묵을 깨고 들려왔다.

"드릴 말씀이 있어요."

갤러웨이 부처의 딸, 마거릿이었다. 그녀는 아주 용감하게 사람들 앞으로 나와 떨렸지만 분명한 음성으로 입을 열었다.

"제가 말씀드리죠. 오브라이언 씨가 정원에서 무엇을 하고 계셨는지 말이에요. 본인은 입을 다물고 계시니 제가 나서야겠어요. 저분은 제게 청혼을 했습니다. 저는 거절했지요. 가족들을 생각해서 저는 그냥 그분을 존경하는 마음밖에는 전할 수 없다고 말씀드렸습니다."

그리고 희미한 미소를 띠며 덧붙였다.

"그분은 지금 그 충격 때문에 다른 생각은 하시지 못할 거예요. 전 감히 말씀드릴 수 있습니다. 맹세코, 저분은 그런 짓을 저지를 분이 아니에요."

"조용히 하지 못해!"

갤러웨이 경이 그의 딸을 향해 날카롭게 훈계했다.

"네가 왜 저자를 두둔하려는 게냐? 그럼, 그의 칼은 어디 있다는 소리지? 늘 차고 다니던 그 고약한 기병대요……."

갤러웨이 경은 모여 있는 사람들의 시선을 잡아끄는 창백한 표정으로 자신을 묘하게 쏘아보고 있는 딸의 얼굴을 보고 갑자기 입을 다물고 말았다.

"아버지는 정말 너무하시군요!"

그녀는 연민의 기색이라고는 한치도 없는 냉정하고 낮은 목소리로 말을 이었다.

"아버지가 지금 무슨 말씀을 하고 있는지 아세요? 전 분명히 오브라이언 씨가 저와 함께 있었다고 말씀드렸어요. 설사 그가 결백하지 않다 해도, 저와 함께 있었던 것은 분명한 사실이란 말이에요. 그가 만약 정원에서 살인을 저질렀다면 그걸 지켜봤던 사람은 누구겠어요? 적어도 그 사실을 알고 있을 사람은 누구겠냐구요? 아버지는 오브라이언이 그렇게도 미우세요? 그래서 아버지의 딸마저도……."

그러자 갤러웨이 부인의 비명이 마거릿의 다음 말을 끊어버렸다.

눈앞에서 벌어지고 있는 가족과 연인 간의 비극을 바라보던 사람들은 가슴 아린 감동에 젖어 있었다. 그들은 고귀하고 창백한 얼굴의 스코틀랜드 출신 귀족과 그녀의 연인인 아일랜드 모험가의 모습을 마치 어두운 저택에 걸린 오래된 초상화를 바라보듯 지켜보고 있었다. 오랜 침묵 속에서 저마다 역사에 기록된 살해된 남편들과 표독스런 여자들을 생각하고 있었던 것이다. 이렇게 음울한 침묵이 흐르는 가운데 한 순진한 사람이 입을 열었다.

"그런데, 아주 긴 담배를 피우나 보죠?"

너무나 갑작스럽게 생각의 변화를 가져오는 질문이어서 사람들은 모두 그 말을 꺼낸 사람에게로 일제히 시선을 돌렸다. 방의 한쪽 구석에 있던 브라운 신부였다. 그가 말을 이었다.

"그러니까, 제 말은, 담배를 피우고 계신다는 브레인 씨 말입니다. 담배가 지팡이만큼 길기라도 한 모양입니다. 아직도 모습을 보이지 않으니."

엉뚱한 말임에도 불구하고 모두들 그 말에 동의했다. 하지만 웬일인지 고개를 들어 올린 발렝탱의 얼굴에는 짜증스러움이 감돌았다.

"그러고 보니 그렇군요."

짧게 대답을 한 발렝탱은 그의 심복을 다그쳤다.

"집사, 가서 브레인 씨를 다시 찾아보고 당장 모셔오게."

집사가 명령에 따라 방을 나가자, 발렝탱은 마거릿을 향해 진심 어린 태도로 말을 건넸다.

"마거릿 양, 이 자리에 계신 모든 분들을 대신하여 사령관의 거취를 해명해주신 것에 대해 감사를 표합니다. 하지만 여전히 설명되지 않는 부분이 있습니다. 갤러웨이 경은 서재 쪽에서 응접실로 향해 가는 마거릿 양을 만나고 나서 불과 몇 분 후에 정원을 거닐고 있는 사령관의 모습을 보았다고 하더군요."

마거릿은 발렝탱에게 비꼬는 듯한 어조로 대답했다.

"제가 그의 청혼을 거절했는데 어떻게 팔짱을 끼고 다정하게 함께 돌아올 수 있었겠어요? 어쨌든 저이는 신사예요. 저 때문에 뒤에 남아 정원을 서성이다가 살인 누명까지 쓰게 됐으니 말이에요."

"하지만 그 짧은 순간에 사령관이……."

발렝탱이 말을 이으려는 순간 다시 노크 소리가 들렸고 얼굴이 새파랗게 질린 집사가 들어왔다.

"죄송하지만, 주인어른. 저, 브레인 씨는 떠나셨습니다."

"떠났다고!"

발렝탱이 처음으로 자리에서 벌떡 일어나며 소리쳤다.

"사라졌습니다. 증발해버렸어요. 모자와 코트도 없어졌습니다. 그리고 혹시나 그분 흔적을 찾을까 싶어 집 밖으로 나갔다가 이걸 발견했습니다."

"그게 뭔가?"

초조하게 묻고 있는 주인에게 집사가 내민 것은 칼집도 없이 날카롭게 빛나고 있는 칼끝과 칼날이 피로 얼룩진 군도였다. 방 안에 있던 모든 사람들은 번개라도 맞은 양 그 칼을 바라보았다. 하지만 노련한 집사는 아주 침착하게 말했다.

"파리로 가는 길목 위쪽으로 4미터 정도 떨어진 관목 숲에 있었습니다. 브레인 씨가 달아나면서 던져버린 것 같습니다."

방 안에는 다시 새로운 침묵이 흘렀다. 발렝탱은 군도를 받아들고 살펴보더니 깊은 사색에 잠겼다. 그러고 나서는 오브라이언 사령관에게로 돌아서서 정중하게 말했다.

"오브라이언 사령관, 앞으로 경찰 조사를 위하여 이 칼이 필요할 경우 언제든지 협조해주실 것으로 믿고 이것을 돌려드리도록 하겠습니다."

발렝탱은 들고 있던 군도를 칼집에 철컥 소리가 나게 꽂고는 오브라이언 사령관에게 건네주었다. 마치 공을 세운 군인에게 검을 하사하는 것 같아 사람들은 하마터면 갈채를 보낼 뻔했다.

이 일은 오브라이언 사령관에게 커다란 전환점이 되었다. 다음날 아침, 다시 그 불가사의한 정원을 거닐고 있는 그의 모습은 평범한 외모에 깃들여 있던 전날의 비극적 공허함은 흔적도 없이 사라지고 세상에서 가장 행복한 사내로 보일 정도였다. 그도 그럴 것이 갤러웨이 경에게서 신사다운 사과를 받았으며, 여성으로서 대담함을 보여준 마거릿도 아침식사 전에 그와 함께 낡은 화단 사이를 거닐면서 사과보다 더 값진 위로의 말을 건넨 것이다. 다른 사람들도 모두 마음이 한결 가벼워지고 자애로워져 있었다. 비록 죽음에 대한 수수께끼가 완전히 풀린 것은 아니지만, 그들 모두에게서 무거운 혐의가 벗겨져 파리로 도주해버린 잘 알지도 못하는 낯선 백만장자에게 옮겨갔기 때문이었다. 마치 집 전체가 악마의 손아귀에서 풀려난 것 같았다. 하지만 수수께끼는 여전히 남아 있었다. 정원을 거닐던 오브라이언이 날카로운 과학적 사고력을 지닌 시몽 박사 옆에 털썩 자리를 잡고 앉자, 박사는 곧 풀리지 않는 사건의 수수께끼를 화제로 삼았다. 하지만 한결 마음이 밝아진 오브라이언에게서는 특별한 이야기를 끌어낼 수 없었다.

"제가 보기에는 별다른 흥미로운 점은 없는 것 같습니다. 더구나 이젠 모든 것이 명백하게 밝혀졌지 않습니까? 분명 브레인 씨는 이 낯선 자에게 무슨 이유에서인지 증오심을 불태우고 있다가 정원으로 유인해서 서재에 있던 제 칼로 그자를 죽였을 겁니다. 그리고 칼을 내버리고 시내 쪽으로 도주한 것입니다. 집사가 그러는데, 죽은 자가 입고 있던 옷에서 미화가 나왔다고 하더군요. 브레인 씨의 고향 사람일지도 모르죠. 딱 맞아 떨어지는 것 같지 않습니까? 저는 이 사건에 대해 문제가 될 것이 없다고 봅니다."

"그렇지만 아직 풀리지 않는 의문이 다섯 가지나 있어요. 벽을 넘으니 더 높은 벽이 가로막고 있는 것 같단 말입니다. 아, 오해는 마십시오. 저도 이 사건의 범인이 브레인 씨라는 점에는 의심하지 않습니다. 도주를 한 걸 봐도 알 수 있지요. 하지만 어떻게 이런 일을 저질렀을까요? 첫 번째 의문은 왜 그 커다랗고 무시무시한 군도로 사람을 죽였느냐 하는 겁니다. 잘 드는 주머니칼로 살해하고 도로 주머니에 넣어두면 그만 아닙니까? 두 번째는 이런 사건이 발생하는 동안 어째서 소란을 피우는 소리는커녕 외마디 비명 소리조차 들리지 않았는가 하는 점입니다. 보통은 누구나 군도같이 커다란 무기를 휘두르며 나타나는 상대를 봤다면 최소한 비명을 지르지 않을까요? 세 번째는 집사가 저녁 내내 앞문을 지키고 있었을 뿐더러, 발렝탱 형사의 정원은 아시다시피 쥐새끼 한 마리 들어올 수 없는 구조가 아닙니까? 네 번째는 같은 조건에서 어떻게 브레인 씨가 정원을 빠져나갈 수 있었느냐 하는 겁니다."

"다섯 번째는요?"

오브라이언 사령관이 길을 따라 천천히 다가오고 있는 영국 신부에게 시선을 고정시키며 물었다.

"아주 사소한 거긴 하지만 제 생각에는 조금 이상해요. 제가 처음으로 머리가 잘린 부위를 살펴봤을 때, 한 번 이상의 참상을 당한 것 같았단 말입니다. 잘린 부위에 칼자국이 여럿 있었어요. 다시 말해서, 머리가 떨어져나간 다음에도 다시 한번 베어졌다는 말이 되겠지요. 브레인 씨가 과연 달빛 아래 서서 그 시신을 군도로 잔인하게 난도질할 만큼 상대를 증오했을까요?"

"끔찍하군요!"

오브라이언이 몸서리를 치며 말했다.

작달막한 브라운 신부는 두 사람 곁에 이미 당도해서 이야기를 듣고 있었다. 특유의 수줍음 때문에 이야기가 끝나기를 기다리던 그는 어색하게 말을 꺼냈다.

"방해해서 죄송하지만 두 분께 새로운 소식을 전해드리러 왔습니다."

"새로운 소식이라니요?"

시몽 박사는 괴로운 듯이 안경 너머로 신부를 바라보았다.

"그렇습니다. 유감스럽게도 또 다른 살인사건이 일어났다는 군요."

이야기를 나누던 두 사람 모두 자리에서 튕겨나가듯 일어났다. 신부가 그의 둔한 시선을 진달래꽃에 고정시키고는 말을 이었다.

"그보다 기이한 일은 전과 똑같이 끔찍한 방법으로 또 머리가 잘려나갔답니다. 사람들 얘기로는 브레인 씨가 달아난 길에서 몇 미터 떨어진 강에서 피가 흐르는 두 번째 머리를 찾았다고 하더군요. 그래서 모두들 브레인 씨가……."

"맙소사, 브레인 그자가 미치광이 편집증 환자란 말인가요?"

오브라이언이 참지 못하고 소리를 질렀다. 하지만 브라운 신부는 침착함을 잃지 않고 계속해서 말을 이어갔다.

"미국식 복수 방법일지도 모르죠. 모두들 서고에서 두 분을 기다리고 있습니다."

소름끼치는 전율을 느끼면서 오브라이언 사령관은 시신을 살펴보러 서고로 향하는 두 사람을 따랐다. 군인으로서, 그는 모든 것이 이렇게 비밀스러움에 휩싸인 대학살이 끔찍이도 싫었다. 이유도 알지 못한 채 목을 절단하는 이 범죄가 어디까지 계속될 것이란 말인가? 첫 번째 머리가 잘려나갔고, 이제 또다른 하나가 참상을 당했다. 이런 경우에는 두 개의 머리가 하나보다 낫다는 말을 쓸 수 없는 거겠지. 오브라이언은 쓸쓸하게 중얼거렸다. 서재를 가로지르던 오브라이언은 충격적인 우연을 발견하고 갑자기 중심을 잃고 비틀거렸다. 발렝탱의 탁자 위에 피를 뚝뚝 흘리고 있는 세 번째 머리의 그림이 놓여 있는 것이 아닌가? 자세히 보니 국수주의자들이 펴내는 〈단두대〉라는 신문이었다. 이 신문은 매주 정치적인 반대세력 중 한 사람을 선정하여 가상으로 처형을 시킨 다음, 눈알이 튀어나오고 얼굴이 일그러진 모습을 기사에 실었다. 이번 목표는 발렝탱이었고 '반-성직자'라는 짤막한 설명이 붙어 있었다. 오브라이언은 죄악을 저지를 때에도 일종의 고상함을 지키는 아일랜드인이었다. 그는 프랑스에서만 볼 수 있는 지성인들의 저 잔혹함에 분노가 치밀었다. 그는 고딕 양식 교회에의 기괴함에서부터 신문에 난 야만스럽기 그지없는 개리커처에 이르기까지 나타난 파리에 대해 생각해보았다. 그는 프랑스혁명을 붉게 물들였던 감정의 회오리를 기억해냈다. 발렝탱을 목표로 한 탁자에 놓인 살벌한 기사에서부터 괴물 형상의 돌기둥 조각이 가득한 숲과 산, 그리고 거대한 악마가 웃고 있는 노틀담 사원에 이르기까지 도시 전체가 하나의 사악한 에너지처럼 느껴졌다.

서고는 길고 어두웠으며 블라인드가 낮게 내려진 창에서 들려오는 빛은 아직 불그스름한 아침의 색조를 띠고 있었다. 발렝탱과 그의 집사는 약간 경사가 진 책상 끝에서 그들을 기다리고 있었는데, 그 책상에는 여명의 빛을 받아 아주 거대해 보이는 시신이 놓여 있었다. 크고 시커먼 시신은 어젯밤 발견된 모습 그대로였고, 아침에 강가 갈대밭에서 발견된 두 번째 머리가 그 옆에서 물을 뚝뚝 흘리고 있었다. 발렝탱의 다른 하인들은 강 위로 떠오를지 모를 두 번째 몸통을 찾고 있었다. 예민한 오브라이언 사령관은 속이 뒤집어질 것 같았지만, 브라운 신부는 그 두 번째 머리로 다가가 주의 깊게 살피기 시작했다. 그 모습이 마치 흠뻑 젖은 걸레 같아 보였다. 붉은 아침 햇살이 비친 백발 언저리가 불타는 듯한 은빛으로 빛나고 있었다. 범죄형으로 보이는 얼굴은 보랏빛으로 변해 있었고, 물속에서 이리저리 휩쓸리는 사이 나무와 돌에 심하게 부딪쳤는지 긁힌 흔적이 역력했다.

"편안히 주무셨소. 오브라이언 사령관. 브레인 씨가 지난 밤 또다른 범행을 저질렀다는 소식은 들으셨지요?"

발렝탱 형사가 진심 어린 목소리로 조용히 말을 건넸다. 브라운 신부는 여전히 백발이 성성한 머리통에 몸을 바로 당긴 채 입을 열었다.

"이번 사건 역시 브레인 씨 짓이라고 확신하시는 것 같군요."

"당연한 것 아닙니까? 이전과 같은 방식으로 살해되었고 먼저 사건이 발생한 지점에서 불과 몇 미터 떨어지지 않은 곳에서 발견됐으니까요. 게다가 브레인 씨가 가지고 도망갔던 것과 같은 무기로 범행이 저질러졌단 말입니다."

"그렇군요. 그래요. 알겠습니다. 하지만 그래도 여전히 의심이 가는군요."

"그게 무슨 말씀이십니까?"

시몽 박사가 날카롭게 물었다.

"사람이 자신의 목을 벨 수 있습니까? 알 수 없는 일이군요."

오브라이언 사령관은 미치광이 같은 세상이 자신의 귀를 마구 후려치고 있는 듯한 충격에 휩싸였다. 하지만 시몽 박사는 맹렬한 기세로 잘린 머리통에 다가가서 축 늘어진 백발을 걷어 올렸다.

"왼쪽 귀에 생채기 자국이 선명한 걸로 봐서 브레인 씨가 분명합니다."

브라운 신부가 조용히 말을 이었다.

흐트러짐 없이 번뜩이는 눈으로 브라운 신부를 지켜보던 발렝탱 형사가 마침내 굳게 다물었던 입을 열어 날카롭게 물었다.

"그를 잘 아시는 모양이군요. 브라운 신부님."

"예, 잘 알다마다요. 브레인 씨가 우리 교회의 신자가 되려는 생각을 하고 계셨기 때문에 몇 주를 함께 보냈답니다."

발렝탱의 눈에 광기가 번뜩이는가 싶더니 양손을 꽉 움켜쥐고는 신부를 향하여 성큼 다가서서는 폭발적인 냉소를 띠면서 소리를 질렀다.

"그렇다면, 전 재산을 신부님네 교회에 남기겠다는 생각도 했을지 모르겠군요."

"그랬을 수도 있습니다. 가능한 일이지요."

브라운 신부가 덤덤하게 대답했다. 섬뜩한 미소를 지으며 발렝탱 형사가 말을 받았다.

"그렇다면 신부님께서는 브레인 씨에 대하여 아주 많은 것을 알고 계시겠군요. 그의 인생에 관해서나, 그의……."

그때 오브라이언 사령관이 발렝탱의 팔에 손을 얹으며 말했다.

"쓸데없는 언쟁은 그만두시지요. 아직 더 많은 살육이 있을지도 모르지 않습니까."

그러나 발렝탱 형사는 이미 흔들림 없고 겸허한 신부의 시선에 압도되어 이성을 되찾은 뒤였다. 그는 다시 사무적인 태도로 돌아가 짤막하게 말했다.

"각 개인의 의견은 보류하도록 하겠습니다. 약속대로 여러분 모두는 이 집에 머무셔야 하며 스스로는 물론 서로를 통제하여 주십시오. 여기 집사가 여러분들이 궁금해 하시는 일에 대해 대답해줄 겁니다. 저는 당국에 제출할 보고서를 작성해야겠습니다. 이 일을 더는 묵인할 수 없게 되었습니다. 서재에 있을 테니 다른 소식이 더 있으면 알려주시기 바랍니다."

"다른 소식은 없나. 집사?"

발렝탱이 말을 마치고 방을 성큼성큼 걸어 나가자, 시몽 박사가 물었다.

"한 가지 더 있습니다. 아주 중요한 거죠. 정원 잔디에서 발견된 저 나이 든 사내에 대한 것입니다."

나이 든 잿빛 얼굴을 잔뜩 찌푸리며 집사가 누런색 얼굴의 머리와 함께 놓여 있는 커다랗고 시커먼 시신을 가리켰다.

"저자가 누군지 알아냈습니다."

"정말인가! 그래, 누군가?"

시몽 박사가 놀라움을 감추지 못하고 물었다.

"이름은 아놀드 베커, 여기저기 가명을 쓰면서 다녔더군요. 떠돌아다니는 건달인데 미국에도 체류를 했던 모양입니다. 그래서 브레인 씨가 그자에게 칼을 겨눴던 거죠. 우리하고는 별상관이 없습니다. 주로 독일에서 활동했기 때문에 독일 경찰의 도움을 많이 얻었지요. 그런데 이상하게도 루이스 베커라는 쌍둥이 형제가 있었지 뭡니까. 사실 그자는 바로 어제 단두대에서 처형됐습니다. 어제 잔디밭에 뻗어 있는 저자의 시신을 보았을 때 놀라서 기절할 뻔했습니다. 제가 만약 루이스 베커가 단두대에서 참형을 당하는 것을 직접 보지 않았더라면 정원 잔디밭에서 발견된 시체가 영락없이 그자라고 믿었을 겁니다. 조금 있다가 독일에 그자의 쌍둥이 형제가 있었다는 사실을 기억해냈고 단서들을 추적하다보니……."

열심히 설명을 하던 집사가 갑자기 입을 다물었다. 아무도 자신의 이야기를 듣지 않고 있었기 때문이다. 오브라이언 사령관과 시몽 박사는 모두 갑자기 벌떡 일어나 급작스럽고 격렬한 통증에 시달리는 사람처럼 양쪽 관자놀이를 꽉 움켜쥐고 있는 브라운 신부를 뚫어지게 쳐다보고 있었다.

"그만, 그만, 잠깐 이야기를 멈추어주시오. 절반은 알 것 같군. 오, 신이시여, 힘을 주소서. 내 두뇌가 한 걸음 도약해서 모든 것을 이해할 수 있도록 도와주십시오. 오, 도와주십시오! 한때는 아퀴나스에서 무작위로 한 페이지를 골라 해석할 수 있을 정도로 머리가 잘 돌아갔었는데 머리가 반으로 쪼개지는 것 같아. 아, 반은 알겠는데, 반밖에 모르겠군."

신부는 고통스럽게 머리를 양손으로 감싸 쥐고는 깊은 사색이나 기도를 하는 것처럼 그 자리에 꼼짝 않고 서 있었다. 그동안 나머지 세 사람은 그것이 자신들이 열두 시간 동안 겪은 힘겨운 사건의 마지막 조짐이라도 되는 듯이 이 모습을 넋을 잃고 바라보고 있을 뿐이었다.

마침내 브라운 신부가 손을 내렸을 때, 그의 얼굴에는 어린 아이같이 신선하고 다소 심각한 표정이 서려 있었다. 그는 깊은 한숨을 몰아쉬고는 입을 열었다.

"가능한 빨리 이 문제를 해결해보도록 합시다. 이 방법이 여러분 모두에게 진실을 알리는 가장 빠른 방법이 될 것 같습니다."

그리고 시몽 박사를 향하여 말을 이었다.

"시몽 박사님, 당신은 명민한 두뇌의 소유자이십니다. 오늘 아침에 언뜻 들으니, 이번 사건에 다섯 가지 의문이 있다고 하시던데요. 자, 지금 그것들을 다시 한번 말씀해주시겠습니까? 제가 하나씩 답변을 해드리겠습니다."

시몽 박사는 의구심과 호기심으로 코안경을 벗고 바로 질문을 했다.

"첫 번째 궁금한 것은 왜 범인이 단검을 사용하지 않고 그 불편한 군도를 썼는가 하는 점입니다."

"단검으로는 목을 벨 수 없기 때문입니다. 이 살인극에서는 목을 베는 것이 필수적으로 필요했을 테니까요."

브라운 신부가 조용히 말했다.

"왜죠?"

오브라이언이 흥미롭게 물었다.

"그럼, 다음 질문은 뭐였지요?"

브라운 신부는 아무런 대꾸 없이 다시 시몽 박사에게 물었다.

"두 번째는 왜 살해당한 남자가 아무런 비명도 지르지 않았는가 하는 점이오. 정원에서 군도를 휘두르는 일은 누가 봐도 기이한 일 아닙니까."

"나뭇가지요."

신부는 우울하게 대답하고는 시신이 발견된 장소가 보이는 쪽 창문으로 몸을 돌리며 말을 이었다.

"아무도 나뭇가지에는 관심을 두지 않더군요. 근처에 나무라고는 한 그루도 없는 저 잔디밭에 왜 나뭇가지들이 떨어져 있었을까요? 보면 아시겠지만, 나무는 시체가 놓여 있던 곳에서 저렇게 멀리 떨어져 있지 않습니까. 시신 주변의 그 가지들은 부러져 있는 것이 아니라 베어져 있었습니다. 살인자는 상대로 하여금 군도를 이용한 묘기에 집중하도록 했을 것입니다. 공중에서 가지를 자른다거나 하는 그런 묘기 말입니다. 그리고 상대가 결과를 확인하기 위하여 허리를 굽혔을 때 조용히 군도를 내리친 것입니다."

"글쎄요, 정말 그럴듯한 이야기이긴 합니다만, 세 번째로 드리는 질문에는 어떻게 대답하실지 궁금하군요."

브라운 신부는 여전히 무언가를 조사하듯 창밖을 내다보며 다음 질문을 기다리고 있었다.

"그렇다면, 아시다시피 정원은 밀실처럼 봉쇄되어 있습니다. 어떻게 낯선 사람이 정원으로 들어올 수 있었겠습니까?"

작달막한 브라운 신부는 뒤도 돌아보지 않은 채 대답했다.

"정원에는 낯선 사람이라고는 애초에 없었습니다."

그러자 잠시 침묵이 흐르더니 갑작스레 어린아이 같은 웃음소리가 터져 나왔다. 브라운 신부의 기묘한 대답에 발렝탱의 심복, 집사가 실소를 터뜨렸던 것이다.

"아니, 그러면 우리가 어젯밤에 소파 위에 끌어다놓은 저 육중한 시체는 뭐란 말입니까? 그자가 정원으로 들어오지 않았다면 말입니다."

"정원으로 들어왔다고? 천만에! 과연 그럴까?"

브라운 신부가 단호하게 말했다.

"도대체 무슨 소리를 하고 계시는 거요?"

시몽 박사가 언성을 높였다.

"그럴 필요가 없었다는 겁니다. 자, 시몽 박사님 다음 질문은 뭐였죠?"

브라운 신부가 희미한 미소를 띠며 말했다.

"신부님께서는 참으로 짓궂으시군요. 하지만 원하신다면 네 번째 질문을 하겠습니다. 브레인 씨는 어떻게 정원을 나갔습니까?"

"그 사람은 정원을 나가지 않았습니다."

여전히 창밖을 내다보며 브라운 신부가 대답했다.

"정원을 나가지 않았다고요?"

시몽 박사가 결국 폭소를 터뜨리고 말았다.

"한 발짝도요."

브라운 신부가 단호히 못 박았다.

시몽 박사가 더 이상 참지 못하고 벌떡 일어나 화를 냈다.

"나는 이런 말도 안 되는 이야기를 듣는 데 낭비할 시간이 없소이다. 앞뒤 구별도 못하는 사람하고는 더 이상 이야기를 하고 싶지 않소."

"시몽 박사, 그동안 우리는 아주 친하게 지내지 않았소. 우정을 생각해서라도 마지막 다섯 번째 질문을 던져주시오."

브라운 신부가 부드럽게 시몽 박사를 달랬다.

성미 급한 시몽 박사는 문 옆에 있는 의자에 다시 몸을 앉히고는 짧막하게 말했다.

"머리가 베어진 방식이오. 베어낸 부분이 잘 맞지 않는 것 같았습니다."

"그렇습니다. 박사님께서 거짓을 사실인 것처럼 받아들이게 하기 위해 범인이 해놓은 짓입니다. 떨어져나간 머리의 주인이 그 시체라는 것을 박사님이 수긍하도록 만들기 위해서 말입니다."

아일랜드 출신 젊은이의 머리에서 온갖 괴물의 형상들이 떠올랐다. 그는 마치 반인반마나 인어 같은 인간도 아니고 동물도 아닌 괴상한 존재를 눈앞에 두고 있는 것 같은 혼란을 느꼈다. 또한 오래된 말씀이 그의 귓가에 들리는 듯했다.

"두 개의 열매가 열리는 나무가 자라는 정원에 가까이 가지 말라. 두 개의 머리를 가진 인간이 죽음을 당했던 악마의 정원에 발을 들여놓지 말라."

그러나 이 아일랜드인은 마음속에 떠오르는 상징적 이미지들을 곧 지워버리고 프랑스화 된 지성으로 돌아와 다른 사람들과 마찬가지로 이 기묘한 신부를 믿을 수 없다는 듯 뚫어지게 보고 있었다.

마침내 브라운 신부가 몸을 돌렸다. 그의 얼굴에 어두운 그림자가 드리워졌다. 그의 얼굴은 백지장같이 창백해져 있었다. 그러나 신부는 모든 혼란스러움을 떨쳐버린 듯 매우 냉정하고 이성적으로 말을 했다.

"여러분, 우리에게 발견된 시신은 아놀드 베커라는 낯선 자의 것이 아닙니다. 시몽 박사의 합리적인 방식을 따른다면 베커라는 자의 시신 역시 일부 이곳에 있긴 합니다. 자, 보십시오! 여러분 중 이자를 본 사람은 아무도 없을 겁니다. 그렇다면 이 사내는 보신 적이 있습니까?" 브라운 신부는 재빨리 누런색 얼굴의 민둥머리를 치우고 그 자리에 백발의 머리통을 붙였다. 그러자 한치의 오차도 없이 줄리어스 브레인이 그 자리에 누워 있는 것이었다.

브라운 신부는 조용히 말을 이었다.

"살인자는 상대의 목을 쳐서 머리와 군도를 벽 너머로 멀리 던졌습니다. 그만큼 영리한 자입니다. 그리고 나서 준비해둔 다른 머리를 시체에 붙였습니다. 그러니 저는 물론이고, 여러분 모두 낯선 사람이라고 생각을 했던 겁니다."

"다른 머리라고 하셨습니까? 그게 무슨 말이죠? 사람 머리가 정원 덤불서 자라는 것도 아닐 테고, 안 그렇습니까?"

오브라이언 사령관이 브라운 신부를 빤히 쳐다보며 말했다.

"물론 사람 머리가 정원에서 자랄 리 없지요. 하지만 사람의 머리를 얻을 수 있는 곳은 한 군데 있습니다. 단두대의 바구니 말입니다. 경찰청장인 아리스티드 발렝탱이 살인사건 발생 한 시간도 되기 전에 입회해 있던 바로 그곳 말입니다. 자, 여러분 저를 비난하기 전에 잠시만 제 말씀을 좀 들어보십시오. 발렝탱 청장은 정직한 사람입니다. 만약 정직이라는 것이 논쟁의 여지가 있는 주장에 미쳐 있는 상태를 가리키는 것이라면 말이죠. 그의 차가운 잿빛 눈을 보셨습니까? 그에게서 어떤 광기를 느끼지 못하셨습니까? 그는 자신이 '십자가의 미신'이라고 부르는 것을 타파하기 위해서라면 그 어떤 짓도 서슴지 않고 할 사람입니다. 그는 이를 위해 싸워왔고, 이를 갈망했으며, 이 때문에 결국 살인까지 저질렀습니다. 브레인 씨는 지금까지 많은 단체에 골고루 기부를 해오셨습니다. 그런데 싫증을 잘 내는 회의주의자들이 흔히 그렇듯이, 브레인 씨가 우리 교회 쪽으로만 마음을 두고 있다는 소문이 전해지자 사정이 달라졌지요. 그런 식으로 나간다면 브레인 씨는 언젠가 돈 없고 싸움질만하는 프랑스 교회에 자금을 쏟아 넣을 것이고, 〈단두대〉 같은 여섯 개의 국수주의 신문을 지지하게 될 것이라 생각한 것입니다. 전쟁은 이미 시작될 지점에 와 있었고 광기에는 불이 붙었죠. 발렝탱 청장은 결국 이성을 잃고 이 억만장자를 살해하기로 결심을 굳혔습니다. 그리고 위대한 탐정들이 자신들의 범죄를 저지르는 데 쓸 만한 방법을 이용했던 것입니다. 그는 범죄학 연구에 필요하다는 구실로 베커의 머리통을 공무용 가방에 담아 집으로 가져왔습니다. 그리고 브레인 씨와 마지막 논쟁을 벌였지요. 갤러웨이 경은 밖으로 나가는 바람에 그 나머지 부분을 다 듣지 못하셨죠? 그 논쟁에서도 별 성과가 없자, 발렝탱 청장은 밀폐된 정원으로 브레인 씨를 끌어내어 나뭇가지와 군도로 그의 주의를 끌다가 결국⋯⋯."

집사가 발끈하여 일어나 소리쳤다.

"이런 정신 나간 놈을 봤나. 주인어른께 당장 가자. 내가 네 놈을 끌어다가⋯⋯."

"저런, 나도 그를 만나러 가야 하네. 이 모든 것에 대해 참회를 하도록 해야지."

브라운 신부가 무겁게 입을 열었다.

서고에 모여 있던 사람들은 우울한 기분에 사로잡힌 브라운 신부를, 마치 인질이나 희생양이라도 되는 듯 앞세우고 발렝탱의 서재로 몰려갔다. 서재는 침묵에 휩싸여 있었다.

저 위대한 형사 발렝탱은 너무나 일에 열중한 나머지 문에서 들어오는 소란스러운 소리를 듣지 못했는지, 사람들이 안으로 들어섰는데도 아무런 미동도 보이지 않았다. 그들은 모두 잠시 멈추어 섰다. 이윽고 곧게 굳어 있는 그 우아한 뒷모습을 보고 불안을 느낀 시몽 박사가 갑자기 앞으로 나갔다. 발렝탱의 몸에 시몽 박사가 살짝 손을 대자, 그의 몸이 앞으로 푹 고꾸라지면서 팔꿈치 밑으로 작은 환약 상자가 툭 떨어졌다. 발렝탱은 의자에서 죽어 있었던 것이다. 눈을 굳게 감은 채 자살을 한 그의 얼굴에는 카이사르와의 전투에 패한 뒤 자결한 용장 카토보다도 더 큰 자긍심이 서려 있었다.

이상한 발걸음 소리

The Queer Feet

당신이 만일, 입회 조건이 아주 까다로운 '열두 명의 참된 어부들' 클럽의 회원이 연례 만찬에 참석하고자 버논 호텔로 들어가는 것을 본다면, 그가 벗어놓은 코트가 검정색이 아니라 초록색이라는 것을 알게 될 것이다. 당신이 만약 그 사람에게 말을 걸 정도로 대담하다는 가정 하에서 그에게 이유를 물어본다면, 그는 호텔 종업원과 혼동할까봐 옷을 다른색으로 입었다고 대답할 것이다. 이 정도 대답이라면 당신은 더 이상 뭘 묻고 싶은 생각이 없어질지도 모른다. 그러나 그렇게 할 경우, 당신은 여전히 풀리지 않는 수수께끼와 들을 만한 가치가 있는 이야기들을 그들에게서 듣지 못한다.

혹시, 이것도 일어날 것 같지 않은 상황이라는 측면에서 일맥상통하지만 당신이 온화하고 성실하고 작달막한 브라운신부를 만나서 그의 인생에서 가장 행운이었다고 생각하는 순간을 묻는다면, 그 신부는 지나가는 몇 개의 이상한 발걸음 소리만을 듣고 사람을 죄에서 구하고 범죄를 막아냈던 버논 호텔에 있었을 때라고 대답할 것이다. 그는 아마도 자신의 엉뚱하고도 훌륭한 추리력을 조금은 자랑스럽게 여긴 나머지 이 이야기를 해줄지도 모른다.

하지만 당신이 '열두 명의 참된 어부들' 클럽 사람들을 만날 정도로 사회적 지위에 오르거나, 슬럼가 혹은 범죄자들의 소굴로 브라운 신부를 찾아갈 만큼 낮은 지위로 떨어질 가능성이 절대적으로 희박하기 때문에 내가 여기서 이 이야기를 해주지 않는다면 당신은 이 이야기를 들을 기회가 영영 없을 것이다.

'열두 명의 참된 어부들' 회원들이 연례 만찬을 가졌던 버논 호텔은 과두 정치 사회에서나 존재할 법한 깍듯한 매너를 철저하게 지키는 곳이었다. 소위 '조건식' 사업 방식을 택하는 특이한 곳이었다. 그들은 사람들을 끌어들이는 것이 아니라 찾아온 사람들을 돌려보냄으로써 이익을 확장해나갔다. 금권 정치의 심장부에 있다 보면 사업가들은 고객들보다 더욱 까다로워진다. 그들은 보다 까다로운 조건들을 만들어냄으로써 안달이 난 돈 많은 손님들이 이 조건들을 충족시키는 데 돈을 쓰고 외교적 수완을 부리도록 부추기는 것이다.

만일 런던에 키가 180센티미터 미만인 사람들의 출입을 금하는 일류 호텔이 있다면 180센티미터가 되는 사람들은 자기들끼리 사교 클럽을 만들어 너무나도 자연스럽게 이 호텔에서 저녁 만찬을 즐길 것이다. 또 경영자의 변덕으로 목요일 오후에만 문을 여는 고급 식당이 있다면, 목요일 오후 그 식당은 발 디딜 틈 없이 사람들로 붐비게 될 것이다.

버논 호텔은 마치 우연처럼 하이드 파크와 버킹엄 궁전 인근의 화려한 주택 지구, 벨그라비아에 있는 광장 한 귀퉁이에 위치하고 있었다. 호텔은 규모도 작고 불편한 곳이었다. 하지만 바로 그 점들이 특정 부류의 사람들에게는 자신들을 안심시킬 보호벽으로 여겨졌다. 가장 대표적이고 결정적인 불편함은 이곳에서 함께 저녁 만찬을 할 수 있는 사람의 숫자가 스물 네 명을 넘지 못한다는 점이었다. 런던에서 가장 오래되고 아름다운 정원들 중 하나가 내려다보이는 야외 베란다에 놓인 커다란 테이블이 이 호텔의 유일한 저녁 만찬 테이블이었다. 따라서 따뜻한 바깥 날씨를 즐기며 식사를 즐길 수 있는 곳도 이 스물네 개의 좌석뿐이었다. 즐거움이 커질수록 점점 자리를 잡기 힘들게 되었고 사람들은 그 자리를 더 절실히 원했다. 호텔 경영인은 레버라는 이름의 유대인이었는데 이렇게 좌석 수에 제한을 두어 거의 백만장자가 되었다. 물론 이런 제한적인 조건들을 신중하고 고급스러운 사업 수완과 적절하게 결합한 결과였다. 이 호텔의 와인과 요리는 유럽의 어느 유명 식당에도 뒤지지 않는 맛과 품위를 유지했으며, 시중을 드는 종업원들 역시 영국 귀족 가문의 양식을 그대로 따랐다. 호텔의 주인은 이들에 대해 손바닥 보듯 훤히 알고 있었다. 종업원 숫자는 열다섯 명밖에 되지 않았는데 항간에는 이 호텔 종업원이 되기가 의회로 나가는 것보다 더 어렵다는 말이 떠돌 정도였다. 종업원들은 하나하나가 마치 귀족의 충실한 심복처럼 식사하는 신사 개개인에게 마치 전담 종업원처럼 시중들면서 철저하게 침묵을 지켰고, 더하여 부드러움까지 겸비하고 있었다.

'열두 명의 참된 어부들' 클럽의 회원들은 고급을 고집했기 때문에 아무 장소에서나 저녁 만찬을 즐기는 법이 없었다. 게다가 자신들이 저녁식사를 하는 동안 내부에 다른 사람들이 함께 있는 것도 허용하지 않았다. 그들은 연례 만찬을 하는 동안 마치 비밀 장소에라도 와 있는 듯 자신들의 보물들을 꺼내놓곤 했다. 그들이 보물이라 내보이는 것들은 생선 요리용 나이프와 포크들이었는데 이 클럽에서는 훈장과도 같은 물건들이었다.

아주 정교하게 만들어진 물고기 모양 은제품으로 각각의 손잡이에는 커다란 진주가 하나씩 박혀 있었다. 이들은 생선 요리코스마다 항상 이 물건들을 내놓았는데 훌륭한 생선 요리와 가장 완벽하게 어울리는 도구라 하지 않을 수 없었다.

이 클럽에는 아주 많은 의식과 규칙이 있었지만 모임 자체는 전통도 없고 목적도 없는 지극히 귀족주의적인 모임일 뿐이었다. '열두 명의 참된 어부들'이 되려면 이런 조건을 갖추어야 한다, 라는 규정은 없었다. 이미 자격을 갖춘 게 아니라면 이 클럽에 대해서 들어본 적조차 없기 때문이었다. 오들리라는 사람이 12년째 지속된 이 모임의 회장이고, 부회장은 체스터 공작이었다.

이 정도로 호텔의 놀라운 분위기를 전달했으니 당신은 내가 어떻게 이 모든 것을 알게 되었는지 궁금해 할 것이며, 나의 절친한 친구이자 평범한 사람에 불과한 브라운 신부가 어떻게 그 까다로운 장소에 들어가게 되었는지를 생각해내느라 고심하고 있을 것이다. 나의 대답은 간단하고 아주 평범하다. 이 세상에는 아무리 훌륭하고 견고한 은신처라 해도 모든 인간은 한 배에서 나온 형제요. 모두가 평등하다는 소식을 전하는 늙고 난폭한 민중 선동자가 있으니, 이 평등주의자가 창백한 말(보라. 창백한 말이 있나니. 이에 올라타는 자의 이름을 죽음이라 하느니라-요한 계시록 6장 8절)에 올라탈 때면, 이를 따라가는 것이 브라운 신부가 해야 할 일이었다.

그날 오후 이탈리아인 종업원 한 명이 마비 증세를 일으키며 쓰러졌고 갑작스럽고 불길한 징조를 느낀 유대인 주인이 가장 가까이 있는 로마 가톨릭 신부를 불러오도록 했던 것이다. 그 종업원이 브라운 신부에게 참회한 내용은 성직자 자신만이 간직해야 하는 비밀이지만, 신부는 몇 가지 잘못을 바로잡거나 혹은 유언을 전달하기 위해 약간의 기록을 해둬야 하는 상황에 처했다. 그러므로 브라운 신부는 자신이 버킹엄 궁전에 있었다 해도 똑같이 보여주었을 지극히 온화하고 당당한 태도로 자신이 이 작업을 할 수 있는 방과 필기도구를 빌려달라고 요청했다. 호텔 경영자인 레버는 어찌할 바를 몰랐다. 그는 친절한 사람이었지만 소동이나 난처한 일이 일어나는 것을 싫어했다. 동시에 그날 저녁은 클럽의 저녁 만찬이 있던 터라, 호텔에 이런 이례적인 이방인이 든 것 자체가 깨끗하게 청소해놓은 곳에 눈에 확 띄는 검은 얼룩이 지는 것과 같았다. 버논 호텔에는 빈방이나 곁방이란 것이 없었다. 기다리는 사람도 없었으며 갑작스럽게 들어오는 손님도 없었다. 그날 밤에 종업원 열다섯 명과 손님 열두 명만이 있어야 했다. 호텔에 새로운 손님을 들인다는 것은 일반 가정의 아침식사 시간에 새로운 형제를 자기 가족의 일원으로 받아들여야 하는 상황이 벌어진 것만큼이나 청천벽력 같은 일이었다. 게다가 신부의 외모는 지극히 평범했으며 입고 있는 옷에는 여기저기 진흙도 묻어 있었다. 언뜻 봐도 클럽의 명성에 누를 끼칠 것이 자명했다. 하지만 이미 돌이킬 수 없게 되었다는 걸 안 레버는 마침내 이를 은폐할 계획을 떠올렸다. 만약 당신이, 전혀 그럴 일은 없겠지만, 버논 호텔에 들어서면 음침하지만 유명한 그림 몇 점이 걸린 짧은 통로를 지나 오른쪽으로는 객실 복도가 이어지고, 왼쪽으로는 호텔의 주방과 사무실로 연결되는 라운지로 들어서게 된다. 라운지에서 바로 왼쪽에 유리로 된 사무실 모퉁이가 나올 것이다. 건물 안 건물이랄까? 한때는 이곳에 호텔 바가 있었는지도 모를 일이다.

이 사무실에 바로 호텔 경영자인 레버가 앉아 있었다. 그런 지위에 있는 사람은 꼭 필요한 때가 아니면 웬만해선 모습을 드러내지 않는 법이었다. 사무실을 지나 종업원 휴게실로 가는 길목에는 신사들 영역의 마지막 경계가 되는 물품보관소가 있었다. 사무실과 물품보관소 사이에는 출구가 따로 없는 작은 밀실이 있었는데, 레버가 어떤 공작에게 천 파운드를 빌려주거나 혹은 6펜스도 빌려줄 수 없다고 거절하는 등의 아주 미묘한 문제들을 처리할 때 사용하는 방이었다. 레버로서는 이런 신성한 장소를 한낱 종이 한 장에 무언가를 끄적이려는 신부에게 단 30분 동안만이라도 내어준다는 것 자체가 아주 훌륭한 인내심을 발휘한 것이었다. 브라운 신부가 그때 쓴 이야기가 지금 내가 하고 있는 이 이야기보다 훨씬 더 재미있을지는 모르지만 안타깝게도 그 이야기는 결코 공개될 수 없다. 다만 그가 써 내려간 이야기가 아주 길었으며, 마지막 두세 단락이 그 흥미와 재미가 가장 덜하다는 것 정도를 밝힐 뿐이다.

기록이 거의 끝나갈 무렵, 신부는 어느 정도 여유를 찾게 되었고 자신의 추리력과 날카로운 동물적 감각을 일깨우기 시작했다. 어둠이 내리고 저녁식사 시간이 다가오자 불빛 하나 없는 방에 어둠이 깔렸다. 주위가 어두워지면 으레 소리에 대한 감각이 예민해지기 마련이다. 브라운 신부는 기록 중이던 문서의 마지막 부분, 중요성이 가장 적은 부분을 적어나가다 문득 자신이 밖에서 들리는 규칙적인 리듬에 맞추어 글을 쓰고 있음을 깨달았다. 이는 마치 달리는 기차 소리에 맞추어 깊은 생각에 잠기는 것과 같았다. 소리를 가만히 들어보니 문 앞을 지나는 사람의 발걸음 소리였다. 이런 일은 호텔에서라면 흔히 있는 일이었다. 하지만 그는 어두워지는 천장을 응시하며 그 소리에 귀를 기울였다. 꿈결 같은 몇 초가 지나갔다. 그는 자리에서 일어나 머리를 한쪽으로 돌리고 의식적으로 그 소리에 귀를 기울였다. 그러더니 다시 자리에 앉아 머리를 양손에 파묻으며, 이제는 귀를 기울이기만 하는 것이 아니라 깊이 생각하면서 그 소리를 듣기 시작했다.

밖에서 들리는 발걸음 소리는 어느 순간에는 여느 호텔에서 들려올 법한 소리였지만 전체적으로는 아주 이상한 구석이 있었다. 다른 발걸음 소리는 들리지 않았다. 호텔은 늘 아주 조용했으며 이곳을 잘 알고 있는 소수의 단골손님들은 곧장 자신들의 자리를 찾아갔고, 잘 훈련된 종업원들은 손님이 필요로 하지 않는 한 거의 모습을 드러내지 않았다. 이곳보다 이례적인 일에 대한 우려가 적은 장소도 없을 것이었다. 하지만 규칙적인 것도 아니고 불규칙적인 것도 아닌 이 발걸음 소리는 너무나 기묘한 구석이 있었다. 브라운 신부는 그 소리에 맞춰 손가락으로 테이블 가장자리를 두드리며 마치 피아노를 배우는 사람처럼 리듬을 맞춰보았다.

우선, 가벼운 사람이 마치 경보에서 승리를 하려고 전력을 다하는 것 같은 날쌔고 짧은 발걸음 소리가 길게 들렸다. 그러다가 어느 시점에 가서는 발걸음 소리가 멈추더니 천천히 몸을 흔들면서 쿵쿵 걷는 소리가 들려왔다. 걸음 수는 앞의 것의 4분의 1도 안 됐지만 지속되는 시간은 앞서와 같았다. 그렇게 마지막 발걸음 소리가 쿵 들리더니 그 소리가 잦아들 무렵, 어딘가로 급하게 가는지 가볍고 서두는 듯한 발걸음 소리의 파문이 있었다. 그리고 또다시 찾아드는 무거운 발걸음 소리…… . 분명 한 사람의 발걸음 소리였다. 앞서 말했듯이 다른 사람의 발걸음 소리는 들리지 않았으며, 또 아주 작긴 했지만 분명히 한 부츠에서 나오는 찌그덕 소리를 들었기 때문이다. 브라운 신부는 성격상 어쩔 수 없이 의문을 품어야 하는 사람이었다. 아주 사소해 보이는 의문점들이었지만 신부의 머리는 반으로 쪼개질 것같이 혼란스러웠다. 그는 달리다가 도약을 하거나 달리다가 슬라이딩을 하는 사람은 본 적이 있었다. 하지만 걷기 위해서 달리는 사람이라니? 그리고 다시 달리기 위해 걷는 사람이라니? 하지만 다른 어떤 설명도 이 보이지 않는 기괴한 두 다리가 내는 소리를 표현할 길이 없었다. 이 사람은 복도의 반을 아주 천천히 걷기 위하여 나머지 반을 아주 빨리 걷거나, 반대로 복도의 반을 아주 빨리 걷기 위하여 나머지 반을 아주 천천히 걷고 있었다. 어찌하든 둘 다 말도 안 되는 생각이었다. 신부의 머릿속이 그가 있는 방 안만큼이나 캄캄해졌다.

하지만 차분히 생각을 정리하기 시작하자 방 안의 어둠이 오히려 그의 생각을 더욱 선명하게 해주었다. 그의 눈앞에는 부자연스럽거나 혹은 어떤 상징적인 몸짓으로 복도를 따라 뛰어가고 있는 다리들이 마치 무슨 환상처럼 떠올랐다. 이교도의 종교적인 춤일까? 아니면 전혀 새로운 과학적 운동? 브라운 신부는 이 발걸음 소리가 암시하는 것이 무엇인지를 알아내기 위해 다시 한번 정확하게 상황을 짚어보기 시작했다. 먼저 그 느린 발걸음 소리, 확실히 호텔 경영인의 것은 아니었다. 그런 타입은 서둘러 급하게 걷거나 가만히 앉아 있게 마련이다. 지시를 기다리는 종업원이나 심부름꾼도 아닐 터였다. 그런 발걸음 소리가 아니었다. 낮은 계급의 사람들은, 특히 과두 정치 하에서는, 가볍게 술에 취했을 때 갑자기 비틀거리기는 하지만 일반적으로는, 특히 이렇게 훌륭한 장소에서는 바짝 긴장하여 앉거나 서 있게 마련이다. 묵직하면서도 탄력 있는 발걸음, 시끄럽진 않았지만 시끄러운 소리를 낼까봐 특별히 신경을 쓰는 것 같지도 않는 발걸음 소리, 이것은 지구상에서 단 한 부류의 사람들만이 낼 수 있는 발걸음 소리였다. 그들은 바로 서유럽의 신사들, 아마 생계를 위하여 한 번도 애써 직업을 가져본 적이 없는 그런 사람들이었다.

느린 걸음에 대해서 이 정도의 확신이 들 무렵, 걸음걸이가 갑자기 빨라지더니 생쥐같이 흥분하여 날쌔게 문 앞을 지나가는 소리가 들렸다. 가만히 들어보니 지난번보다 훨씬 빠르고 가벼운, 마치 발끝으로 걷는 것 같은 조용한 소리였다. 신부의 머릿속에 무언가가 떠올랐다. 비밀은 아니었지만 알 수 없는 무언가, 그가 명확하게 기억해낼 수 없는 어떤 것을 연상케 했다. 기억 저편에서 반쯤 떠오를 듯 말 듯한 그 무엇을 생각하느라 신부는 거의 미칠 지경이었다. 확실히 그는 저 이상하고 빠른 발걸음 소리를 어딘가에서 들은 적이 있었다. 갑자기 새로운 생각이 머리를 스치자 신부는 벌떡 일어서서 문 쪽으로 갔다. 그가 있는 방은 복도로 바로 통하는 출구는 없었지만, 한쪽은 유리로 된 사무실로 다른 쪽은 물품보관소로 연결돼 있었다. 브라운 신부는 사무실로 통하는 문을 열려 했으나 잠겨 있었다.

그는 폭풍우가 닥칠 듯, 하늘을 물들이고 있는 보랏빛 구름

조각들이 비춰진 정사각형의 창문을 바라보았다. 순간 그는 불길한 예감에 사로잡혔다.

그러나 신부는 이성을 되찾고 그것이 더 현명한 처사이건 그렇지 않건 간에 호텔 경영인이 문을 잠가두었다가 나중에 열어주겠다고 했던 말을 기억해냈다. 신부는 자신이 생각해내지 못한 다른 많은 이유들이 저 밖에서 들리는 괴상한 발걸음 소리를 설명해줄지도 모른다고 스스로를 다독이며, 이 방 안에서 일을 제대로 마치려면 해가 완전히 지기 전에 서둘러야 한다는 사실을 기억해냈다.

그는 마지막 석양빛이 비치는 창문 쪽으로 종이를 들고 가서 거의 완성되어가는 기록을 마저 끝내기 위해 다시 한번 하던 일에 몰두했다. 20분쯤, 저물어가는 불빛 속에서 종이에 점점 더 가까이 머리를 숙이고 글을 써 내려갔다. 그러다 갑자기 무언가에 놀라 꼿꼿이 몸을 세웠다. 그 이상한 발걸음 소리가 다시 들리기 시작한 것이었다.

이번에는 이상한 점이 한 가지 더 있었다. 지난번 이 묘령의 사나이는 걷고 있었다. 약간은 변덕스럽고 가볍게 속도를 내고는 있었지만 분명히 걷고 있었다. 그러나 이번에는 뛰고 있었던 것이다. 빠르고 부드럽게 구르는 발걸음 소리가 마치 달아나는 강도나 날쌔게 움직이는 표범같이 복도를 맴돌았다. 그게 누구건 맹렬하게 흥분된 상태의 아주 강하고 활동적인 사람임에 분명했다. 하지만 그 소리가 마치 속삭이는 회오리바람처럼 사무실을 지나쳐가더니, 다시금 지난번처럼 느리고 허풍스럽게 쿵쿵 찍는 듯한 소리로 바뀌었다.

브라운 신부는 그가 쓰고 있던 종이를 내던지고 잠겨 있는 사무실 말고 반대쪽 물품보관소로 통하는 문으로 갔다. 이곳을 지키던 종업원은 때마침 자리에 없었다. 그 자리가 워낙 한가한 자리인데다가 유일한 손님들이 저녁식사 중이라 잠시 자리를 비운 모양이었다. 코트 틈을 더듬어 나오자 어둠침침한 물품보관소가 불이 환하게 밝혀진 복도 쪽으로 트여 있다는 것을 알게 되었다. 물품보관소는 표를 받고 우산 등을 넘겨주는 일종의 아치형 카운터였다. 카운터 위에는 전등이 달려 있었다. 조명 빛은 브라운 신부에게는 거의 비추지 않아 희미한 석양빛을 받은 유리창을 등지고 서 있는 브라운 신부의 모습은 검은 윤곽만 보였다. 하지만 물품보관소 밖, 복도에 서 있는 그 남자에게는 마치 극장의 조명인양 밝게 그 빛이 비치고 있었다.

그는 평범한 파티복을 입은 점잖은 남자였다. 키는 컸지만 살이 별로 없어서 키 작은 사람들이 아무리 많이 모여 있다 해도 그림자처럼 미끄러지듯이 그 사이를 빠져나갈 수 있을 것 같았다. 램프 불빛을 받아 드러난 그 사내의 얼굴은 까무잡잡하고 생기가 넘쳤다. 영국인은 아니었고 골격이 좋았으며, 밝고 자신감이 넘쳤다. 굳이 말하자면, 이상하게 늘어지고 불룩해 보이는 그의 검은색 외투가 그의 풍채와 태도에 흠이라면 흠이었다. 브라운 신부의 검은 그림자를 본 사내는 번호가 적힌 종이 조각을 가볍게 던져주면서 온화하지만 권위 있는 목소리로 말했다.

"모자와 코트를 내주게. 지금 바로 가봐야겠네."

브라운 신부는 아무 말 없이 종이를 받아들고 잠자코 코트를 찾으러 갔다. 하인처럼 이런 심부름을 하는 것이 처음 있는 일도 아닌 터였다. 신부가 코트를 가져와 카운터에 올려놓는 동안 이 낯선 신사는 양복 조끼 주머니에서 뭔가를 더듬어 찾더니 웃으며 말했다.

"은화가 하나도 없군. 이걸 가지게."

그는 반 파운드짜리 금화를 던져주고는 코트를 집어 들었다.

브라운 신부는 어둠 속에서 미동도 하지 않았다. 하지만 신부는 순간 당황했다. 항상 그랬듯이 그의 명석한 두뇌는 당황하여 어찌할 바를 모르는 순간에 가장 활발히 움직였다. 그의 머릿속으로 들어간 2라는 두 개의 자료는 서로 합해져서 4백만이라는 답을 만들어냈다. 가톨릭교회에서는 브라운 신부의 이러한 기발한 재주를 인정하지 않았다. 교회는 상식에 매달리기 때문에 보통은 신부 자신도 인정하지 않았다. 하지만 이러한 영감은 누군가 위험한 순간에 판단력을 잃어버렸을 때 대처할 수 있는 필수 불가결한 영감이었다.

"손님, 제 생각에는 주머니에 은이 있을 것 같은데요."

브라운 신부가 정중하게 말했다.

키 큰 신사가 노려보며 소리쳤다.

"아니, 금화를 받았으면 됐지, 웬 불평인가?"

"왜냐하면 때로는 은이 금보다 더 값어치가 있을 때가 있거든요. 가령 양이 아주 많다거나 할 때는 말입니다."

낯선 사내는 브라운 신부를 수상하게 쳐다보고는 더욱 의혹에 찬 눈길로 출입구 쪽으로 난 통로를 조용히 바라보았다. 그러다가 다시 브라운 신부의 머리 뒤쪽으로 보이는 창밖을 주의 깊게 바라보았다. 창밖으로는 폭풍우가 오려는 듯 검붉게 물든 하늘이 보였다. 그리고 결심을 한 듯이 카운터에 한 손을 짚더니 마치 곡예사처럼 펄쩍 뛰어올라 보관소 안으로 들어왔다. 그리고 그 커다란 손으로 신부의 멱살을 잡고는 조용히 속삭였다.

"얌전히 있어. 난 자네를 위협하고 싶지 않아. 만약⋯⋯."

"어쩌지? 나는 자네를 위협하고 싶은데. 한없이 많은 구더기와 꺼지지 않는 유황 불길로 자네를 위협하고 싶네."

브라운 신부에게서 우레 같은 목소리가 터져 나왔다.

"별 미친 종업원 다 보겠군."

"나는 신부일세. 플랑보, 어떤가? 난 참회를 들을 준비가 되어 있는데."

상대는 잠시 동안 숨을 헐떡이며 서 있더니, 이내 의자에 털썩 주저앉고 말았다.

'열두 명의 참된 어부들'의 저녁식사, 처음 두 코스는 아주 조용하게 진행되었다. 지금 나는 당시의 메뉴판을 가지고 있지 않다. 설사 내가 지금 그것을 가지고 있어 여기에 옮겨놓는다고 해봐야, 그게 어떤 요리인지 알아보는 사람도 없을 것이다. 이 호텔에서 제공되는 만찬 음식은 모두 요리사들이 직접 개발해낸 프랑스 요리로 프랑스인들에게조차 생소한 것들이 대부분이었기 때문이다. 이 클럽은 전체 요리를 지칠 정도로 많이 준비하는 것이 전통이었다. 수프 코스는 가볍고 간소하게 마련해 앞으로 있을 생선 요리의 향연을, 맞을 준비를 했다.

그들이 나누는 대화는 대영 제국을 통치하는 그것도 은밀하게 통치하는 아주 이상하고 미묘한 이야기여서, 설사 범상한 영국인이 이 대화를 엿들었다 해도 무슨 말인지 알아듣지 못할 내용이었다. 지루하고 친절하게 양측 의원들의 이름이 거론됐다. 직위를 이용하여 부당한 이득을 챙기고 있다고 보수 토리당으로부터 욕을 들었어야 마땅한 급진파의 재무장관은 시가 좋다느니, 사냥터에서 말을 타던 모습이 근사했다느니 하는 칭찬을 들었다. 자유주의자들이 폭군이라고 싫어해야 마땅할 토리당의 당수도 자유주의자로서 대체적으로 훌륭하다는 칭찬을 들었다. 그들에게 정치가들은 화제의 중요한 대상인 듯했지만 정작 그들의 정치 활동은 주요 화제에서 제외되는 것 같았다.

이 클럽의 회장인 오들리는 뻣뻣하고 높은 깃이 달린 옷을 입고 있었다. 그는 마치 허깨비 같으면서도 분명하게 자리를 잡은 이 클럽의 상징이었다. 회장으로서 그는 아무 일도 하지 않았다. 그래서 잘못한 일도 없었다. 그는 그렇게 믿음직스럽지도 않았으며 특별히 부자도 아니었다. 그는 단지 그 사람 자체였으며 그게 전부였다. 그러나 양당 어느 쪽도 그를 무시할 수 없었다. 그가 원한다면 의회는 그를 받아들였을 것이다.

반면에 클럽의 부회장인 체스터 공작은 떠오르는 젊은 정치인이었다. 유쾌한 젊은이였으며 머리카락은 윤이 났고 얼굴에는 주근깨가 가득했다. 적절한 지성과 방대한 재산을 소유한 인물이기도 했다. 공석에서 그는 처신을 아주 잘 했고, 그의 처세 원칙은 다분히 단순했다. 농담이 생각나면 농담을 했다. 그러면 사람들은 그가 영리하다고 했다. 농담이 생각나지 않으면 그는 그런 사소한 일에 신경 쓸 때가 아니라며 화제를 바꾸었다. 그러면 사람들은 그런 그를 수완가라 했다. 자신이 속한 계급의 동료들과 함께 클럽에 있는 경우와 같은 사석에서는 아주 유쾌할 정도로 솔직했고, 개구쟁이 어린 학생처럼 철이 없었다. 다만 정치 경험이 없는 터라 정치를 좀 심각하게 여기는 경향이 있었다. 때로는 자유당과 보수당 사이에는 어느 정도의 차이가 있다는 암시적인 말을 해서 모인 사람들을 당황하게 한 적도 있었다. 사생활 측면에서 본다면 체스터 공작은 보수주의자였다. 그는 옛날 정치가들처럼 옷깃 뒤로 회색 머리를 구불구불하게 말아 늘어뜨리고 다녔다. 그래서 뒤에서 보면 마치 제국이 원하는 인간형처럼 보였고, 앞에서 보면 소심하고 제멋대로인 독신자처럼 보였는데, 실제로도 그게 맞았다.

이미 언급했듯이, 테라스 테이블에는 스물네 개의 좌석이 마련되어 있었다. 클럽의 회원은 모두 열두 명이었다. 그러므로 이들은 이 테라스의 제한된 좌석을 아주 넉넉하게 차지할 수 있었다. 모두들 테이블 안쪽에 한 줄로 앉아서 붉게 타는 저녁놀이 선명하게 비추고 있는 아름다운 정원을 감상했다. 회장 오들리가 중앙에, 부회장 체스터 공작은 오른쪽 끝에 앉았다. 이 열두 명의 손님들에게는 처음 자리에 앉을 때마다 하는 일종의 관습이 있었는데, 왜 이런 관습이 생겼는지는 알려진 바가 없다. 열다섯 명의 종업원들이 열을 맞추어 마치 왕에게 사열을 하는 것처럼 서고, 그러면 이 호텔 경영자가 나와 이들을 생전처음 본다는 듯이 기쁘고 놀라운 표정으로 정중히 허리를 굽혀 인사를 하는 것이었다. 그러나 손님들의 저녁식사가 시작되면 열을 지어 서 있던 종업원 부대는 모두 사라지고 한두 명만 남아 너무나도 고요하게 음식 접시를 나르며 시중을 들었다. 레버는 물론 그리 길지 않은 부산스러운 인사를 정중하게 마치고 물러간 다음이었다. 그가 다시 나타나는 것은 지나친 행동이며 정말 무례한 일이라 하지 않을 수 없었다. 하지만 아주 중요한 코스인 생선 요리가 나올 때는 그가 그 근처를 배회하고 있다는 것을 극명하게 보여주는 아주 선명한 그림자가 눈에 띄었다. 그 신성한 생선요리는 결혼식 케이크 모양과 크기가, 조금 저속한 표현으로 말하자면 괴물 같은 푸딩처럼 보였다. 그 안에 수많은 종류의 신기한 물고기들이 신이 내려주신 본래의 모습을 잃어버린 채 섞여 있었다. 열두 명의 참된 어부들은 자신들의 아름다운 생선용 나이프와 포크를 꺼내들고는 푸딩 한 조각 한 조각이 마치 그들이 사용하고 있는 은 포크만큼의 값이라도 나가는 듯이 자못 엄숙하게 식사를 하기 시작했다. 이것이 내가 알고 있는 이들의 저녁식사 풍경이었다. 이 생선요리 코스는 모든 것을 삼켜버릴 듯이 진지한 침묵 속에서 이루어졌다. 다만 식사가 거의 끝나갈 무렵, 부회장인 젊은 공작이 "이곳이 아니면 어디에서도 이런 요리를 먹어볼 수 없을 겁니다. 훌륭한 요리였습니다."라는 의례적인 인사말을 했다.

체스터 공작의 말을 받은 것은 오들리 회장으로 깊은 베이스 톤의 음성으로 우아하게 고개를 몇 번 끄덕이며 공작 쪽을 바라보고 말했다.

"아무렴요. 이곳이 아니고는 그 어느 곳에서도 맛볼 수 없는 요리이고말고요. 한번은 앵글라이즈 식당에서 생선요리를 먹었었는데……"

빈 접시를 치우는 종업원의 손길 때문에 이 고상한 양반의 말이 잠시 끊어졌다. 하지만 다시금 생각을 정리하여 말을 이었다.

"제가 앵글라이즈 식당에서 이와 같은 생선요리를 주문했었는데 맛이 영 아니었습니다. 영 이 맛이 안 나더군요." 그는 머리를 절레절레 흔들며 교수형 판결이라도 내리는 듯이 말했다.

"실속 없이 이름만 알려진 곳이군요."

파운드 대령이 몇 달 만에 처음으로 입을 열었다.

"그런 것 같지는 않습니다. 다른 요리들의 맛은 괜찮거든요. 그 한 가지로만……."

낙천적인 성격의 체스터 공작이 대령의 말을 받아 대답하려는데 종업원 한 명이 재빨리 들어오더니 갑자기 멈추어 섰다. 그의 멈춤 동작은 걷는 동작만큼이나 조용했다. 하지만 이 어안이 벙벙한 친절한 신사 양반들은 시중드는 사람들이 기계처럼 정확한 태도와 완벽하게 침착한 태도에 익숙해져 있었기 때문에 종업원이 생각지도 않은 행동을 하는 것 자체가 소동의 시작이었다. 이만한 일에도 이들은 당신이나 내가 마치 움직이지 않는 사물들이 갑자기 우리 주변을 돌아다니는 것을 볼 때 같은 기분을 느끼는 것이었다.

그 종업원은 한동안 망연자실한 채 그들을 바라보고 서 있었다. 그러는 사이 신사들의 얼굴에는 치욕의 빛이 깊게 드리워졌는데, 이는 시대가 만들어낸 산물이었다. 가난한 자와 부유한 자들 사이에 생긴 끔찍하게 깊은 현대적인 심연, 또 그만큼이나 현대적인 박애주의의 묘한 결합이랄까? 옛날 정통 귀족계급의 사람들은 하인들에게 빈 병에서부터 돈에 이르기까지 무엇이든 집어던졌었다. 또 정통 민주주의자들은 그들이 무엇을 하고 있건 종업원들에게 마치 동료처럼 쾌활하게 말을 건네곤 했었다. 하지만 소위 현대 재벌이라 칭하는 금권 정치가들은 그게 하인이건 친구이건 간에 가난한 자들이 곁에 있는 것 자체가 참을 수 없는 일이었고, 종업원들이 뭔가 실수를 했다는 것만으로도 화가 나고 귀찮아했다. 그들은 잔인해지기를 원치 않았지만 너그러운 태도를 보여야 할까봐 심기가 상했다. 어쨌거나 이 신사들은 이 귀찮은 일이 빨리 끝나기를 기다렸다. 발생했던 문제가 해결되었는지 강경증 환자처럼 몇 초간 꼼짝 않고 서 있던 종업원이 몸을 돌려 날쌔게 방을 나갔다.

그 종업원이 다시 문 쪽에 나타났을 때는 또다른 종업원과 함께였다. 그는 두 번째 종업원에게 남부식 특유의 맹렬한 몸짓을 섞어 귓속말을 하더니, 두 번째 종업원을 남겨두고 밖으로 다시 나갔다가는 세 번째 종업원과 함께 다시 나타났다. 이런 식으로 네 번째 종업원이 들어오자, 회장 오들리는 종업원들의 괴상한 행동에 관심이 쏠려 무겁게 내려앉은 침묵을 깨야 할 필요성을 느꼈다. 그는 큰기침을 몇 번 해서 다른 사람들의 주의를 모았다.

"무셔라는 젊은이가 미얀마에서 일을 아주 훌륭히 해내고 있더군요. 그러니, 세계 어느 나라에 가더라도……."

갑자기 다섯 번째 종업원이 화살처럼 그에게 다가오더니 그의 귀에 대고 속삭였다.

"죄송하지만, 중요한 일입니다! 주인께서 직접 말씀을 드리고 싶다고 하십니다."

오들리는 혼란스러워하면서 몸을 돌렸다. 어색하게 잰걸음으로 레버가 그들을 향해 다가오고 있었다. 그의 걸음걸이는 평소와 다름이 없었다. 하지만 평소에는 건강해 보이던 그의 구릿빛 얼굴이 환자처럼 누렇게 떠 있었다.

12명의 신사들 앞에 걸음을 멈춘 레버는 숨이 턱에 차서 말을 했다.

"죄송합니다, 회장님. 큰 문제가 발생했습니다. 손님들의 포크와 나이프가 요리 접시와 함께 치워졌습니다."

"그게 당연한 것 아닌가?"

오들리가 온화하게 말했다.

"그자를 보셨습니까? 그 접시를 치우던 종업원을 보셨습니까? 아시는 자입니까?"

흥분이 극에 달한 호텔 경영인은 숨을 헐떡이며 말했다.

"종업원을 아느냐고? 내가 어떻게 그를 알겠나?"

그러자 고뇌에 찬 듯이 양손을 펼치며 레버가 말했다.

"그자는 저희 집 종업원이 아닙니다. 그자가 언제 왜 이곳으로 왔는지 모릅니다. 제가 접시를 치워오라고 종업원을 보내자 돌아와서는 이미 치워져 있다고 하더군요."

오들리는 여전히 너무나 당혹스러워하고 있어서 제국이 진정으로 원하는 인물은 되지 못하는 듯이 보였고, 그곳에 모인 다른 사람들도 모두 할 말을 잃은 듯 멍하니 앉아 있었다. 단 한 사람, 목석같던 파운드 대령만이 전류라도 받은 듯이 이상하게 활기를 띠었다. 대령은 의자에서 벌떡 일어나서는 안경을 만지작거리더니 마치 말하는 법을 반쯤 잊은 듯이 낮고 귀에 거슬리는 쉰 목소리로 입을 열었다.

"그러니까 누군가가 우리의 포크와 나이프를 훔쳐갔다는 말이오?"

불쌍한 호텔 경영자는 더욱 과장되게 무기력함을 보이며 손을 펴 보였고, 순간 앉아 있던 다른 회원들이 일제히 자리에서 일어섰다.

"종업원들은 모두 이곳에 있소?"

대령이 낮고 거친 목소리로 물었다.

"그렇습니다. 모두 있습니다. 제가 확인했습니다. 전 이곳에 들어올 때 항상 종업원들의 숫자를 세거든요. 버릇이죠."

젊은 체스터 공작이 사내아이 같은 얼굴을 사람들 틈으로 내밀면서 말했다.

"하지만 사람의 기억이란 확실치 않을 수도 있는 법이지요."

"제가 분명히 기억한다니까요. 이 호텔의 종업원 수는 항상 열다섯 명을 넘지 않죠. 오늘 밤에도 분명히 열다섯 명이었어요. 맹세컨대, 한 치의 오차도 없는 정확한 열다섯 명이었어요."

오들리가 오랜 망설임 끝에 끼어들자 공작은 흥분해서 외치듯 말했다.

그때 호텔 경영자가 체스터 공작에게로 몸을 돌리며 놀란 표정으로 힘없이 몸을 떨었다.

"분명히…… 열다섯 명이라고 하셨습니까? 오늘도 말씀입니까?"

"평소와 다름없었어요. 무슨 문제라도?"

젊은 공작이 물었다.

"아닙니다. 그럴 리가 없다고 말씀드리려 했을 뿐입니다. 종업원들 중 사람이 위층에서 죽었거든요."

순간, 방 안에는 충격적인 정적이 흘렀다. 죽음이라는 단어는 너무나도 초자연적이었으므로, 그 순간 그들은 자신의 영혼을 들여다보며 그것이 말라빠진 작은 콩알이라는 것을 확인했을 지도 모른다. 회원 중 한 명이, 내 생각에는 공작이었던 것 같다. 부자들이 지닌 백치 같은 친절을 보이며 '우리가 도울 일이 있습니까?'라고 물을 정도였다.

"신부님이 이미 오셨습니다."

운명의 문이 철커덩 소리를 내며 닫히는 소리라도 들은 듯 그들은 곧 자신들의 처지를 깨달았다. 몇 초 동안 묘한 기분에 휩싸여 있던 그들은 모두 공작이 말한 열다섯 번째 종업원이 위층에서 죽은 종업원의 유령일지도 모른다는 생각을 했던 것이다. 그들에게 유령이란 존재는 거지만큼이나 당혹스러웠기 때문에 어찌 할 수 없는 분위기가 되자 어처구니없는 바보가 되어버렸던 것이다. 하지만 잃어버린 은식기에 생각이 미치자 그들은 신비스러운 마법에서 풀려나 맹렬한 반응을 보이기 시작했다. 대령은 의자를 박차고 문을 향하여 성큼성큼 걸어가며 말했다.

"열다섯 번째 종업원이 여기 있었다면 그자가 바로 도둑이 아니겠소. 당신, 즉시 내려가서 문을 모두 잠그시오. 그런 후에 얘기를 나눕시다. 스물네 개의 진주는 아주 귀중한 것들이오. 찾아야 합니다."

처음에는 이렇게 허둥대는 것이 신사다운 행동인지 망설이던 오들리도 체스터 공작이 혈기 왕성한 에너지를 발산하며 계단을 뛰어 내려가자 조금 무딘 동작이긴 했지만 그 뒤를 따라 서둘러 내려갔다.

이와 동시에 여섯 번째 종업원이 테라스로 달려 들어와서는 생선요리 접시가 찬장에서 발견되었는데 은식기의 흔적은 없었다고 알렸다.

저녁식사 하던 신사들과 종업원들이 허둥대며 아래층으로 내려와 두 그룹으로 나뉘었다. 클럽 회원의 대부분은 빠져나간 종업원이 없었는지 알아보러 호텔 경영자를 따라 프론트로 몰려갔고, 오들리 회장과 체스터 공작과 다른 한두 명의 회원은 파운드 대령과 함께 탈출 통로로 가장 유력하다고 생각되는 종업원 휴게실로 이어지는 복도를 내달렸다. 그들은 물품보관소를 지나게 되었고, 골방처럼 생긴 그곳의 희미한 그림자 속에서 검은색 코드를 입은 종업원인 듯한 키 작은 사람의 모습을 보게 되었다.

"이보게! 이곳을 지나가는 사람 못 봤나?"

체스터 공작이 물었다.

"어쩌면, 제가 신사 분들께서 찾고 계신 물건을 가지고 있는 것 같습니다."

키 작은 사내는 공작의 질문에 대답하는 대신 이렇게 말했다.

클럽 회원들이 어리둥절해하며 잠시 멈칫하는 사이, 사내는 물품보관소로 조용히 되돌아가서 양손 가득히 찬란하게 빛나는 은식기들을 가지고 나타났다. 그리고 아무 말 없이 마치 세일즈맨이라도 되는 양 그것들을 카운터 위에 올려놓았다. 그것은 분명히 열두 벌의 은제 포크와 나이프였다.

"자네가…… 자네가……."

마침내 파운드 대령은 이성을 잃은 듯했다. 그러나 어둡고 작은 보관소 안을 유심히 들여다보던 그는 두 가지 사실을 알아냈다. 첫 번째는 그 작달막한 사내가 성직자 복장을 하고 있다는 것이었고, 두 번째는 마치 누군가가 그곳을 통하여 도망간 듯 뒤쪽 창문이 깨져 있다는 사실이었다.

"물품보관소에 맡기기에는 너무 귀중한 물건들이군요. 안 그렇습니까?"

브라운 신부가 아무렇지 않은 듯 침착하게 말했다.

"당신이…… 당신이 이것들을 훔친 거요?"

오들리가 브라운 신부를 빤히 쳐다보며 물었다.

"그러면 어떻습니까? 이렇게 되돌려드리고 있지 않습니까."

브라운 신부가 유쾌하게 응대했다.

"하지만, 당신이 저지른 일이 아니잖소?"

파운드 대령이 여전히 부서진 창문을 응시하며 말했다.

"솔직히 말씀드리자면, 제가 한 일은 아니지요."

브라운 신부는 짐짓 근엄하게 의자에 앉았다.

"누가 이런 짓을 저질렀는지는 알고 있군요?"

파운드 대령이 말했다.

"저도 그자의 본명은 알지 못합니다. 하지만 그가 엄청나게 힘이 세다는 것과 그가 겪은 수많은 영혼의 어려움들은 알고 있지요. 육체적인 힘은 그가 멱살을 잡았을 때 알아봤고, 그의 도덕성은 회개를 할 때 알게 되었습니다."

브라운 신부가 침착하게 대답했다.

"회개라구요?"

젊은 체스터 공작이 의기양양하게 웃음을 터뜨렸다.

브라운 신부는 뒷짐을 지고 자리에서 일어나면서 말했다.

"이상한 일 아닙니까. 무엇 하나 부러울 것 없는 편안한 부자들도 고약하고 어리석은 심성을 그대로 간직한 채 하느님이나 인간을 위한 결실 하나 없이 버젓이 사는 세상에 도둑놈이자 하찮은 부랑자가 회개를 했다니 말입니다. 하지만 젊은 양반, 어쨌든 내 영역을 침범하진 말았으면 좋겠군요. 그 사람이 회개한 것이 의심나면 여기 당신들이 찾으시던 포크와 나이프가 있지 않습니까. 당신네들은 '열두 명의 참된 어부들'이고 여기 은으로 된 당신들의 물고기가 있소이다. 그러나 하느님께서는 나를 사람 낚는 어부로 만드셨소."

"그러면, 당신이 그 사내를 잡았단 말이오?"

파운드 대령이 눈살을 찌푸리며 물었다.

브라운 신부는 얼굴 가득 인상을 쓰고 있는 대령을 바라보며 대답했다.

"그랬지요. 보이지 않는 낚시바늘과 보이지 않는 긴 낚시줄로 잡아두었습니다. 그 줄은 그자가 세상 끝까지 방황하도록 길게 해두었지만 잡아당기면 언제라도 다시 잡아 올릴 수 있습니다.

긴 침묵이 흘렀다. 오들리를 포함하여 대령과 함께 왔던 다른 사람들은 모두 자신들의 은식기를 찾아들고는 호텔 경영자에게 이 사건의 경위를 이야기하기 위해 자리를 떴다. 하지만 단호한 얼굴을 하고 있는 파운드 대령은 카운터 한편에 걸터앉아 가늘고 긴 다리를 흔들면서 시커먼 콧수염을 뜯고 있었다.

마침내 파운드 대령이 브라운 신부에게 말했다.

"그자는 아주 영리한 자인 것 같군요. 하지만 내가 더 영리한 자를 알고 있는 것 같소."

"그자는 분명 아주 영리한 자였습니다. 하지만 대령께서 말씀하신 더 영리하다는 그자는 누구입니까?"

"당신이지 누구겠소? 아아, 걱정 마시오. 나도 그자를 감옥으로 보낼 생각은 없으니까. 하지만 당신이 어쩌다 이 사건에 연루하였는지, 어떻게 그자에게서 저 물건들을 되찾았는지 알고 싶소. 여기 모인 사람들 중에서 당신이 가장 세련된 수완가가 아니오."

브라운 신부는 이 군인의 까다롭고 솔직한 성격이 마음에 들었다.

"그렇다면 먼저 그자의 신분이나 개인적인 이야기는 밝힐 수 없음을 미리 말씀드리지요. 하지만 제가 스스로 밝혀낸 단순한 사실들은 말씀드리지 못할 이유가 없지요."

브라운 신부는 갑자기 뛰어오르더니 파운드 대령 옆에 자리를 잡고 앉았다. 작은 소년의 다리 같은 그의 짧은 다리를 툭툭 치면서 마치 크리스마스의 벽난로 옆에서 오랜 친구에게 이야기를 들려주듯이, 그가 이야기를 시작했다.

"저는 저기 보이는 작은 방에서 기록 업무를 보고 있었지요. 그때 이 복도에서 발걸음 소리가 들려오더군요. 마치 죽음의 춤을 추는 것만큼이나 이상한 소리였죠. 처음에는 마치 경보대회라도 하는 듯이 아주 째빠르고 우스꽝스러운 소리를 내더니, 다음 순간에는 체구가 커다란 사람이 담배를 피워 물고 거들먹거리면서 걷는 것처럼 느리고 삐그덕대는 소리가 들려왔어요. 하지만 분명히 한 사람이 내는 발걸음 소리였지요. 그렇게 번갈아서 달리다가 걷고 달리다 걷다 하는 거였어요. 처음에는 무심코 이상한 일이라고 생각했었는데 나중에는 왜 한 번에 이렇게 다른 방식으로 걸어야 하는지 그 이유가 몹시 궁금해지더군요. 한 가지 소리는 마치 당신 걸음걸이 같았습니다. 파운드 대령. 부족한 것 없는 신사분이 무언가를 기다리며 어슬렁거리는 발걸음 소리 말이오. 심리적인 불안감 때문이 아니라 육체적인 긴장을 풀기 위하여 주변을 어슬렁거리는 발걸음 말입니다. 나머지 잰 발걸음 소리도 들어본 기억이 있었는데 도저히 생각이 나지 않더군요. 그렇게 이상하게 발끝으로 걷는 사람들을 어디서 만났었는지를 고심하고 있는데 어디선가 접시 부딪치는 소리가 들렸고, 그때서야 명쾌하게 그 답이 떠올랐습니다. 바로 종업원의 걸음걸이였습니다. 몸을 앞으로 구부리고 시선을 아래로 향한 채, 코트 꼬리와 냅킨을 휘날리며 발끝이 바닥에 닿을세라 사뿐히 가볍게 걷는 종업원의 발걸음 소리였던 겁니다. 그리고 나서 조금 더 생각을 정리했지요. 그제서야 마치 저 자신이 범죄를 저지르려고 했던 것만큼이나 분명히 범죄의 방법을 이해하게 되었답니다."

파운드 대령은 날카롭게 그를 바라보고 있었지만 신부의 온화한 잿빛 눈은 멍하니 생각에 잠겨 천장에 고정되어 있었다.

브라운 신부가 말을 이었다.

"범죄는 예술작품과 같은 것입니다. 놀라지 마십시오. 지옥과 같은 고통스런 작업에서 탄생하는 것이 예술작품만은 아니니까요. 범죄도 그 일부입니다. 하지만 모든 예술작품은 성스럽건 사악하건 절대 없어서는 안 될 특징을 가지고 있지요. 제 말은 아무리 복잡한 모습으로 완성됐다 하더라도 그 핵심은 아주 단순하다는 뜻입니다. 《햄릿》을 예로 들어볼까요? 그 안에는 무덤 파는 사람의 기괴한 모습과 미친 여인의 꽃, 병색이 짙은 유령, 냉소 띤 해골 등이 나옵니다. 하지만 이 모든 것이 검은 옷을 입은 한 사내의 비극적 모습을 보여주기 위해 그의 주변을 둘러싼 채 뒤얽혀 있는 화환에 지나지 않는 것들이란 말입니다."

브라운 신부는 자리에서 천천히 일어서서 미소를 머금고는 파운드 대령을 바라보며 덧붙였다.

"이번 사건 역시 검은색 옷을 입은 사내의 평범한 비극이기도 하지요. 그렇습니다. 이 사건은 전부 검은색 옷과 연관이 있습니다. 《햄릿》에서처럼 여기에도 여러 가지 화려한 조연들이 있습니다. 이를테면 당신들 말입니다. 종업원 한 명이 죽었습니다. 그는 있을 수 없는 자리에 있었지요. 또 보이지 않는 손이 당신들의 테이블을 싹 쓸어서 은식기들을 가지고 공기 중으로 녹아들 듯 사라졌습니다. 도저히 있을 수 없는 일처럼 보입니다. 하지만 아무리 솜씨 좋은 범죄라 할지라도 아주 단순한 사실, 그러니까 그 자체로는 전혀 신비스러울 것이 없는 사실에 해결의 실마리가 있기 마련이지요. 범죄는 단순한 사실을 다른 사람들이 알지 못하게 함으로써 신비화되는 것이니까요. 이 대범하고 미묘하고 돈벌이가 될 뻔한 범죄 역시 신사 분들의 저녁 복장이 종업원들의 복장과 같다는 평범한 사실에서 출발했습니다. 나머지는 모두 연기였죠. 물론 아주 훌륭한 연기였습니다."

"아직도 잘 이해가 가질 않는군요."

파운드 대령이 일어나서는 얼굴을 찡그리며 자신의 부츠를 내려다보았다.

"대령, 신사 분들의 물건을 훔친 이 뻔뻔스러운 악당은 환한 램프 불빛이 켜져 있고 수많은 사람들이 지켜보는 가운데 이 복도를 스무 번도 넘게 버젓이 왔다 갔다 했습니다. 모두들 그 사람이 있는 곳이 틀림없는 그 사람의 자리인 줄 알았지요. 의혹의 눈초리를 피하기 위해 어두운 구석으로만 다니거나 몸을 숨기거나 한 것이 아니라는 말입니다. 그가 어떻게 생겨먹은 자인지 묻지 마십시오. 대령도 오늘 저녁 예닐곱 번은 그를 보셨을 테니까. 저기 복도 끝에 있는 대기실에서 다른 귀한 분들과 함께 테라스에 가기 위해 기다리고 계셨지요? 그자는 당신들 사이를 지날 때는 마치 종업원처럼 행세했소. 머리를 숙이고 냅킨을 나풀거리며 나는 듯이 가볍게 걸었지요. 그렇게 테라스로 가서는 테이블보를 만지고 시중을 들었던 겁니다. 그러다가 밖으로 나와 사무실과 종업원 휴게실이 있는 이쪽 복도에 들어서서 종업원들의 시선을 받게 되면 일거수일투족을 일순간 바꾸어 오만한 단골 고객들 중 한 사람인 척 행동을 했던 거지요. 만찬의 자리를 벗어난 멋진 신사가 동물원의 동물처럼 호텔 안을 돌아다니는 건 종업원들에게는 새삼스러울 것 없는 일이었지요. 그들은 아무 데나 마음 내키는 대로 돌아다니는 것만큼 상류 계급다운 특징도 없다고 생각하고 있으니 말입니다. 이 신사는 복도를 걷는데 싫증을 느끼면 방향을 바꾸어 사무실 쪽으로 되돌아왔습니다. 그리고 카운터의 그림자 속에서 마법이라도 부린 듯이 순식간에 종업원으로 변신하여 다시 열두 명의 참된 어부들 사이로 들어갔던 것이지요. 신사 분들이 지나가는 종업원의 얼굴을 쳐다볼 이유도 없을 것이며, 어떤 종업원이 일류 고객이 호텔 안을 걸어 다닌다 해서 의혹의 눈길을 보내겠습니까? 그는 주인의 사무실에 들어가 목이 마르니 소다수를 달라고 큰소리로 외치기도 했습니다. 자기가 가져가겠다고 말하고는 정말로 자신이 직접 가져갔지요. 당신들이 모두 모여 있는 곳으로 말입니다. 이번에는 누가 봐도 인정할 수밖에 없는 종업원이 해야 할 일을 하고 있었지요. 물론 이런 거짓 행동이 오래 계속될 수는 없었겠지요. 하지만 생선요리 코스가 끝날 때까지는 가능했죠.

그가 가장 당혹스러웠던 순간은 종업원들이 일렬로 늘어서 있던 순간이었죠. 하지만 그 순간조차도 그는 구석의 벽에 기대어 서서 결정적인 순간마다 종업원들은 자기를 손님으로 생각하고, 손님들은 자기를 종업원으로 생각하게끔 꾀를 썼던 것입니다. 나머지는 별 어려움이 없었습니다. 만일 어떤 종업원이 테이블에서 멀리 떨어진 곳에 있는 그를 보았다면, 대화에 지친 한 귀족양반이 여기저기를 서성이는 것으로 생각했을 테니 말입니다. 생선요리 코스가 끝나고 그가 그 접시들을 치울 때까지는 그리 긴 시간이 걸리지 않았습니다. 그는 접시를 찬장에 올려두고 은식기는 자신의 앞주머니에 불룩하게 넣어서는 토끼처럼 뛰어서 그가 오는 소리를 제가 직접 들었습니다. 이곳 물품보관소 앞까지 왔던 것입니다. 여기서 그는 다시 재벌 정치가 흉내를 냈습니다. 그리고 지극히 사무적인 투로 물품보관소 종업원에게 번호표를 주고 코트를 받아들고는 우아하게 그가 들어왔던 길로 나가려던 참이었지요. 만약 그 종업원 역할을 제가 하지 않았다면 그자는 계획대로 일을 성사시켜 유유히 이곳을 빠져나갔을 겁니다."

"그래서 그에게 어떻게 했소? 그가 무슨 말을 하던가요?"

파운드 대령이 보기 드문 호기심을 가지고 물었다.

"죄송하지만, 제 얘기는 여기가 끝입니다."

브라운 신부가 흔들림 없이 대답했다.

"재미있는 이야기는 이제부터인 것 같은데? 이제 그자의 수법은 알겠소. 하지만 당신의 수법도 얘기를 해줘야 할 것 아니오."

"저는 이만 가봐야겠습니다."

두 사람은 복도를 따라 입구 쪽으로 홀로 걸어갔다. 그곳에서 혈색 좋은 주근깨투성이 얼굴의 체스터 공작과 마주쳤는데 그는 그들을 향해 뛰어오느라 숨이 턱까지 차서 말했다.

"어디 계셨어요? 파운드 대령님. 제가 어찌나 찾아다녔는지. 지금 모임이 다시 시작되고 있습니다. 오들리 회장님께서 은식기들을 무사히 되찾은 것에 대해 감사 연설을 하셨습니다. 대령님도 한 말씀 하셔야죠."

파운드 대령은 냉소적인 빛을 띠고 그를 바라보며 대답했다.

"글쎄, 이제부터 우리 모두 검정색 외투보다는 초록색 외투를 입자고 제안하고 싶군 그래. 아무도 우리를 종업원으로 오해하는 일이 없도록 말일세."

"농담하지 마십시오, 대령님. 신사들이 종업원처럼 보일 리 없지 않습니까."

"그럴 테지. 종업원도 신사처럼 보일 리가 없고 말일세. 친애하는 신부님, 신사 행세를 하다니 친구 분께서 어지간히 똑똑한 가 봅니다."

파운드 대령은 여전히 품위 없는 미소를 지으며 말했다.

폭풍우가 치는 밤이었으므로 브라운 신부는 평범한 외투의 단추를 목까지 꼭 잠그고 우산꽂이에서 허름한 자신의 우산을 집어 들며 말했다.

"그렇습니다. 신사가 되는 건 참으로 힘든 일이죠. 하지만 종업원이 되는 것 역시 그만큼 힘든 일이지요."

브라운 신부는 "좋은 저녁 보내시오"라는 한마디 인사만을 남긴 채 호텔의 무거운 문을 밀치고는 밖을 나섰다. 그의 뒤에서 황금빛 문이 닫히자, 그는 1페니짜리 합승마차를 타기 위해 축축하고 어두운 거리를 기운차게 걸어 나갔다.

날아다니는 별들

The Flying Stars

플랑보가 훗날 나이가 들어서 철이 좀 들었을 때 이런 이야기를 했다.

"내가 저질렀던 범죄들 중 아름다운 범죄는, 단순히 우연의 일치지만 나의 마지막 범죄였지요. 크리스마스 날이었죠. 예술가로 자부하는 나는 항상 특별한 시즌이나 스스로 선택한 풍경에 어울리는 범죄를 만들려고 시도했었습니다. 마치 조각가가 조각상을 세울 만한 정원이나 테라스를 물색하듯이 재앙을 내리기에 적당한 장소를 찾아 다녔지요. 지방의 유지들에게 사기를 칠 때는 참나무로 벽을 장식한 기다란 방이 필요했고, 유대인들을 털어먹을 때는 불빛 찬란한 카페리슈의 차양 아래가 제격이었다는 거지요. 영국에서 국교회의 주임 사제의 재산을 훔치고 싶으면, 물론 생각처럼 쉽지는 않은 일이지만 상대를 큰 성당이 있는 동네의 파란 잔디밭이나 회색 빛 탑들이 배경으로 서 있는 곳으로 끌어들여 일하기를 원했고요. 프랑스에서 부유하고 사악한 지주한테 돈을 뜯어낼 때는 거의 불가능한 일이기는 하지만, 위대한 밀레의 강렬한 영혼이 드리워진 저 갈리아의 성스러운 평원을 배경으로 상대가 펄펄 뛰는 모습을 보아야 비로소 만족감이 들었다는 겁니다.

아무튼 내가 저지른 최후의 범죄는 크리스마스 때였는데 기분 좋고 안락한 영국 중산층적인 범죄이자 찰스 디킨스풍의 범죄였어요. 푸트니(Putney, 템스 강 남쪽의 런던 외곽부) 근처의 한 훌륭하고 유서 깊은 중산층 집에서였지요. 초승달 모양의 마찻길과 마구간이 있는 집이었는데 외부로 통하는 두 개의 문에 문패가 있었고, 칠레소나무가 한 그루 서 있었어요. 어떤 집인지 짐작이 가실 겁니다. 정말이지 디킨스의 방식을 흉내냈다는 것은 여간 솜씨 좋고 문학적인 방법이 아닐 수 없다는 생각이 듭니다. 그날 저녁에 회개를 했다는 것이, 지금 생각해보면 좀 유감일 정도지요."

플랑보는 처음 내막부터 이야기를 풀어나가기 시작했다. 그런데 그 내막이라는 것조차 기이하기 그지없는 것이었다. 그러니 처음 보는 사람이 내막을 알려면 외부에서부터 조사를 해나갈 수밖에 없는 그런 이야기였다. 이런 견지에서, 이야기는 마구간이 딸린 집의 앞문이 칠레소나무가 있는 정원 쪽으로 열리고 박싱 데이(Boxing Day. 크리스마스 바로 뒤인 12월 26일. 일요일일 때는 27일이 된다. 크리스마스가 지나서 하인이나 우체부 등에게 선물 상자를 주던 풍속에서 유래한 이름)의 오후에 새들에게 먹이를 주려고 한 젊은 여인이 빵을 들고 나오는 것으로 시작되었다. 그녀는 예쁘장한 얼굴에 아름다운 갈색 눈이었다. 갈색 털옷을 입고 나온 그녀의 모습은 어디까지가 머리카락이고 어디까지가 털옷인지 분간하기 어려웠지만 매력적인 얼굴 덕에 마치 작은 곰이 아장아장 걸어가는 것처럼 귀여워 보였다.

겨울날 오후는 석양빛으로 붉게 물들어가고 있었고, 꽃도 피어 있지 않은 화단에는 이미 루비 빛깔처럼 발그레한 석양빛이 내리 덮이고 있어서 죽은 장미들의 정령으로 가득 차 있는 듯이 보였다. 그 집의 한쪽에는 마구간이 있었고, 다른 한쪽에는 월계수로 뒤덮인 좁은 회랑이 뒤쪽의 더 넓은 정원으로 이어져 있었다.

젊은 여인은 새들에게, 개가 먹어버리기 때문에 하루에 네댓 번 나눠서 새의 먹이를 주어야 했는데 빵부스러기를 뿌려주면서 조심스레 월계수가 있는 좁은 길을 지나 뒤쪽 상록수 덤불 안으로 들어갔다. 그리고 우연히 높은 정원 담장을 올려다보게 되었는데 놀라움에 찬 짧은 비명이 나왔다.

"크록 씨, 뛰어내리지 마세요. 위험해요."

말을 타고 있는 것처럼 담장 위에 올라타 있는 사람은 키가 크고 늘씬한 젊은 사내였다. 그녀는 멋진 사내의 모습에서 눈을 떼지 못했다. 그이 얼굴은 지적이고 품위 있어 보였지만 머리 빗처럼 삐죽삐죽 솟아 있는 검은 머리칼과 좋지 못한 혈색은 외지인처럼 창백한 흙빛을 띠고 있었다. 이러한 그의 혈색은 그가 무슨 상징이라도 되는 듯이 신경 써서 고른 듯한 선명한 붉은 색 넥타이 때문에 더욱 도드라져 보였다. 그는 불안해하는 여인의 간청에 아랑곳하지 않고 자칫 다리가 부러질 수도 있는 높이에서 메뚜기처럼 펄쩍 뛰어 그녀의 옆에 착지했다.

"아무래도 나는 강도 기질이 있는가 봐요. 내가 만약 이렇게 훌륭한 집의 이웃에서 태어나지 않았더라면 틀림없이 강도가 되었을 거요. 뭐 그렇다 해도 그다지 나쁠 것도 없지만."

그가 무덤덤하게 말했다.

"어떻게 그런 말을 할 수가 있어요?"

여인이 항의하듯이 말했다.

"담장의 안, 좋은 쪽에서 태어났다면 담을 타넘는 짓이 꼭 나쁜 짓이라고만 볼 수는 없다는 말이죠."

"정말 당신이 다음에 무슨 말을 하실지, 또 무엇을 하실지 도무지 모르겠어요."

"그건 나도 모를 때가 많아요. 하지만 나는 지금 좋은 담장 쪽에 와 있죠."

"어느 쪽이 담장의 좋은 쪽인데요?"

여인이 얼굴 가득 미소를 머금고 물었다.

"당신이 있는 쪽이죠."

크룩이라는 사내가 말했다.

그들이 함께 회랑을 지나 앞쪽 정원으로 가고 있을 때였다. 자동차 경적이 세 번 울렸다. 우아한 연녹색 자동차 한 대가 미끄러지듯이 다가오더니 현관 앞까지 달려와 마치 한 마리의 새처럼 차체를 떨며 멈춰 섰다.

"저런, 저런! 좋은 쪽에서 태어난 사람이 또 있군. 루비 애덤스 양, 당신의 산타클로스가 저렇게 현대적일 줄은 몰랐네요."

붉은 넥타이를 한 크룩이 말했다.

"제 대부님이신 레오폴드 피셔 경이세요. 늘 박싱 데이에 오시죠."

잠시 말을 끊었다가 무심코 담담한 속내를 내보이며 루비가 덧붙였다.

"아주 친절한 분이세요."

저 대부호 쪽에서는 크룩이라는 사내에 대해서 들은 바가 없다 해도 어쩔 수 없는 일이었지만, 기자인 존 크룩은 이 레오폴 드라는 대부호에 대해 익히 들어 알고 있었다. 〈클라리온〉이나 〈신세대〉 같은 잡지에 기고한 기사에서 레오폴드 경을 호되게 다룬 일이 있었기 때문이다. 하지만 크룩 씨는 아무런 대꾸 없이 복잡한 절차를 거쳐 차에서 내리는 그 사람을 무뚝뚝하게 바라보고 있었다.

먼저, 앞쪽에서 초록색 옷을 입은 덩치 크고 단정한 기사가 뒤쪽에서는 회색 옷을 입은 단정한 하인이 차에서 내렸다. 그리고 아주 조심스럽게 보호해야 할 짐이라도 다루듯이 차에서 내리는 레오폴드 경을 양쪽에서 시중들었다. 시장에 좌판을 벌여도 좋을 만큼의 무릎 덮개와 작은 숲 하나의 모든 짐승들의 털을 모아놓은 것 같은 털옷, 그리고 무지갯빛의 다양한 색깔들의 스카프들을 하나씩 풀어내자, 마침내 인간의 모습이 드러났다. 그는 친절해 보이는 외국인 같은 모습으로 나이가 지긋한 신사였다. 회색빛이 도는 염소수염에 밝은 미소를 지으며 털장갑을 낀 양손을 비비고 있었다.

그의 모습이 채 드러나기도 전에 커다란 현관문이 활짝 열렸다. 루비 애덤스의 아버지 애덤스 대령이 저명한 손님을 맞기 위해 밖으로 나왔다. 대령은 키가 크고 검게 그을린 얼굴의 과묵한 인상에 터키모자 같은 붉은색 모자를 쓰고 있어 이집트에 파병 나가 있는 영국군 사령관처럼 보였다. 그의 옆에는 캐나다에서 얼마 전에 온 그의 처남이 서 있었는데 젊은 농장주 제임스 블런트였다. 그는 누런 턱수염을 길렀고 다소 거칠어 보이는 인상이었다. 그들 옆에 또다른 사내가 서 있었다. 정말 보잘것없는 외모를 하고 있는 그는, 근처 로마 가톨릭 교회의 신부였다. 대령의 죽은 아내가 가톨릭 신자였기 때문에 아이들도 덩달아 그녀를 따라 교회에 나갔던 것이다. 신부는 브라운이라는 이름만 알려져 있을 뿐, 특기할 만한 점은 없었다. 그럼에도 대령은 그에게 붙임성 있게 대했으며 가족들이 모이는 자리에 그를 불러 함께 했다.

커다란 입구 쪽 홀에는 레오폴드 경이 몸에 감고 온 물건들을 모두 놓아두어도 남을 만한 충분한 공간이 있었다. 현관은 집과는 어울리지 않을 정도로 지나치게 커서 현관문에서부터 계단의 발치까지 그 자체가 하나의 커다란 방을 이루고 있었다. 홀에는 커다란 벽난로가 있었고, 그 위에는 대령의 무기가 걸려 있었다. 모두들 벽난로 앞에 이르자 병색이 짙어 보이는 크룩을 포함한 일행들이 레오폴드 피셔 경에게 소개되었다. 그러나 저 유명한 대부호는 여전히 줄이 잘 잡힌 예복 여기저기를 뒤적이며 옷맵시에 신경 쓰고 있더니, 마침내 대녀(代女)에게 줄 크리스마스 선물이 될 것이라고 환한 얼굴로 설명하면서 연미복 가장 안쪽 주머니에게 검은색 타원형 상자를 꺼내들었다. 그는 다른 사람들이 미워할 수 없을 정도로 소박하게 과시욕을 보이면서 사람들 앞에서 직접 상자를 열었다. 그 안에서 뿜어지는 눈부신 빛에 사람들은 거의 눈이 멀 정도였다. 마치 반짝이는 크리스털 분수의 물방울이 그들의 눈에 들어오는 것 같았다. 오렌지색 벨벳으로 만들어진 둥지 안에 하얗고 선명한 다이아몬드 세 개가 마치 달걀처럼 놓여 있었다. 그 세 개의 다이아몬드에서 발하는 빛이 그곳에 모인 사람들을 흥분시키고 있었다. 피셔 경은 기쁨에 넘치는 온화한 얼굴로 황홀경에 빠진 대녀의 모습을 바라보며 대령이 표하는 준엄한 존경심과 걸걸한 목소리의 감사 인사, 그리고 모인 사람들의 경이에 찬 눈길을 받으며 서 있었다.

"이제 이것들을 집어넣어야겠구나. 얘야."

피셔 경은 상자를 다시 연미복 주머니에 넣으며 말을 이었다.

"이것들을 가져오는 데 무척이나 신경 쓰였지. 이 커다란 아프리카산 다이아몬드는 그동안 너무 자주 도난당해서 '날아다니는 별들'이라고 불린단다. 모든 범죄자들이 이 물건에 눈독을 들이고 있다고 해도 과언이 아니지. 거리나 호텔 주변의 부랑자들조차도 쉽게 이 물건에서 눈을 떼지 못할 게다. 그러니 내가 이곳으로 오는 길에 이것들을 잃어버리지 말란 법도 없었지. 일어날 법한 일이란다."

"정말 아름답군요. 부랑자들이 탐낸다 해도 비난할 수 없을 것 같아요. 그자들이 선생께 빵을 구걸한다 해도 돌멩이 하나

던져주지 않으실 테니, 자신들이 직접 그 돌을 빼앗아보자는 심산이겠지요."

붉은 넥타이 크룩이 신음하듯 낮은 소리로 말했다.

"그런 식으로 말하지 마세요. 당신이 말하는 게 꼭 지독한······ 뭐라 부르더라······ 왜 있잖아요. 굴뚝 청소부까지 포옹하겠다는 사람을 부르는 말 말예요. 그런 사람이 하는 말투 같아요."

루비 애덤스가 홍조 띤 얼굴로 약간 언성을 높이며 말했다.

"성자를 말씀하시나 보군요."

브라운 신부가 말했다.

"제 생각에는, 루비가 사회주의자를 말하고 싶어 하는 것 같습니다만······"

레오폴드 경이 거만한 미소를 띠며 말했다.

"진보주의자가 모든 기득권을 버리고 쓰레기 더미 위에서 사는 사람을 의미하지는 않죠. 그리고 보수주의자가 잼이나 보관하고 있는 사람을 의미하지는 않잖아요. 마찬가지로 사회주의자가 굴뚝 청소부와 함께 저녁 사교 모임에 나가고 싶어 하는 사람을 의미하지는 않는단 말씀이죠. 사회주의자는 굴뚝 청소부들이 굴뚝 청소를 하면 그에 합당한 보수를 받기를 바라는 사람이죠."

크룩이 빠른 어조로 대꾸했다.

"하지만 직접 숯검정을 뒤집어쓰려 하지는 않지요."

브라운 신부가 낮은 목소리로 말했다.

크룩이 신부를 흥미와 존경의 눈빛으로 바라보며 물었다.

"스스로 숯검정을 쓰려는 사람이 있습니까?"

"있을 수 있지요. 정원사들이 숯검정을 사용한다고 들은 적이 있지요. 그리고 저도 한번은 크리스마스 날 모임에 산타가 오지 않아서 숯검정을 얼굴에 바르고 여섯 명의 아이들을 기쁘게 해준 일도 있습니다."

"어머, 멋져라."

루비 애덤스 양이 탄성을 올렸다.

"이 자리에서 다시 한번 보고 싶군요."

거칠게 생긴 캐나다인 제임스 블런트가 박수갈채와 함께 목소리를 높였고, 이에 놀란 대부호가 반대하는 큰소리를 지르는 바로 그 순간, 현관문을 두드리는 소리가 들렸다. 브라운 신부가 나가 문을 열었다. 상록수와 칠레소나무가 있는 앞쪽의 아름다운 정원이 시야에 들어왔다. 이제 정원은 아름다운 보랏빛 석양을 등지고 어둠에 잠기고 있었다. 활짝 열린 현관문으로 보이는 그 광경이 마치 무대 배경의 한 장면처럼 너무도 아름답고 묘한 분위기를 발산하고 있어서, 한 순간 그들은 안으로 들어서고 있는 평범한 모습의 한 사내의 존재를 의식하지 못하고 있었다. 먼지를 뒤집어쓰고 해진 코트를 입고 있는 그를 심부름꾼이라는 것을 한눈에 알 수 있었다.

"블런트라는 분 계십니까?"

사내는 들고 온 편지를 앞으로 내밀며 미심쩍게 물었다. 블런트가 앞으로 나서서 편지를 받았다. 놀라움을 감추지 않고 봉투를 뜯어 편지를 읽던 그의 얼굴이 잠시 어두워지더니 다시 밝은 표정을 하고는 그의 매형이자 집주인을 향해 돌아서서는 공손하게 말했다.

"이거, 다른 분들께 폐를 끼치는 것은 정말 싫지만, 제 오랜 친구가 오늘 밤 여길 방문하고 싶다는데요. 괜찮을까요. 매형? 이 친구는 플로리언이라는 유명한 광대이자 코믹 배우인데 몇 년 전 서부 쪽에 갔다가 알게 됐지요. 이 친구, 프랑스계 캐나다인이거든요. 나한테 볼일이 있나본데 무슨 일인지 도무지 모르겠어요."

"괜찮다마다, 이 사람아. 자네 친구라면 누구든 환영일세. 하지만 그 친구가 특별한 재주를 가지고 있다는 것을 보여줘야 하네. 하하하."

"그런 거라면, 그 친구 얼굴에 시커멓게 숯검정이라도 발라 보여줄 겁니다. 하하하. 그 친구는 여기 계신 모든 분들의 눈에라도 숯검정을 바르고도 남을 친구죠. 저야 상관없습니다. 어차피 점잖지 못한 사람이니까요. 제가 워낙 모자를 깔고 앉아 장난치는 유쾌한 구식 팬터마임을 좋아하거든요."

"내 모자는 깔고 앉지 않도록 해주시길 바라겠소."

레오폴드 피셔 경이 엄숙하게 말했다.

"자, 자, 다투지들 마십시오. 모자를 깔고 앉는 것보다 더 저속한 광대 짓도 있는데 뭘 그러십니까."

크록이 쾌활하게 말했다.

공격적인 의견을 서슴없이 말하는데다가 아름다운 대녀와 눈에 띄게 친밀하게 지내는 이 붉은색 넥타이를 밉게 본 레오폴드 피셔 경은 가장 냉소적이고 고압적인 태도로 입을 열었다.

"자네는 모자를 깔고 앉는 것보다 훨씬 더 저속한 광대 짓을 알고 있나 보지? 그게 대체 뭔가?"

"이를테면 깔고 앉았던 모자를 경의 머리에 다시 씌우는 것 같은 행동이죠."

사회주의자 청년이 말했다.

"자, 자, 자."

캐나다 출신 농부가 그 특유의 교양 없는 박애정신을 과시하며 소리치고는 말을 이었다.

"이 흥겨운 저녁시간을 망쳐서야 되겠습니까. 오늘 밤 모인 사람들끼리 재미난 뭔가를 해보십시다. 얼굴에 숯검정을 칠하거나 모자에 앉는 짓 말고, 이런 걸 싫어하신다니 다른 걸 해봐야죠. 광대와 콜롬비나(Columbine. 1530년경 이탈리아의 코메디아 델라르테 극에 등장했던 쾌활하고 영리한 하녀 역에서 유래한 상투적인 인물. 콜롬비나 역의 의상에는 모자와 에이프런이 포함된다. 영국의 희극에서는 주로 판탈롱의 딸이나 그의 보호를 받는 역으로, 할리퀸과 사랑에 빠진다. 20세기 뮤지컬 코미디에 등장하는 하녀 역은 콜롬비나의 한 변형이다.)가 등장하는 옛 영국식 팬터마임은 어떻습니까. 제가 열두 살 때 영국을 떠날 당시에 한 번 봤는데 그 이후로 뇌리에서 지워지질 않더군요. 작년에 옛 동네로 돌아가서 찾아봤더니 없어졌대요. 그렇게 코를 훌쩍이게 하는 아름다운 연극도 없었지요. 그런데 저는 시뻘겋게 달구어진 부젓가락과 경관이 소시지가 되어버리는 것을 보고 싶었는데, 기껏 달빛 아래서 설교나 하고 있는 공주와 파랑새 같은 것만 보여주더군요. 저한테는 푸른 수염을 한 늙은 어릿광대 판탈롱이 나오는 것이 제격인데 말씀입니다. 푸른 수염이 판탈롱으로 변하는 게 제일 재미있었지요."

"경관을 소시지로 만들어버린다는 건 저도 대찬성입니다. 그게 아까 말한 것보다 훨씬 더 나은 사회주의의 정의가 되겠는데요. 그렇지만 복장을 갖추는 게 문제 아닙니까."

"천만의 말씀."

블런트가 재빨리 청년의 말을 받고는 말을 이었다.

"두 가지 이유에서, 어릿광대극이 우리가 지금 해보기에는 가장 좋을 것 같습니다. 우선 모든 분들이 어느 정도의 우스갯소리 한마디씩은 하실 테고, 둘째로 사용되는 물건들이 탁자나 수건걸이와 휴지통 뭐 이런 것들일 테니 말입니다."

크록이 동의한다는 듯이 고개를 끄덕이고는 방 안을 서성거리며 말했다.

"그렇군요. 옳으신 말씀인데, 그런데 어쩌죠? 경관 제복이 없으니 말이죠. 제가 최근에 죽인 경관이 없어서요. 하하하."

블런트는 얼굴을 찡그리며 생각에 잠기더니 무릎을 치며 말했다.

"물론, 경관 제복도 입을 수 있을 거요. 내가 플로리언의 주소를 가지고 있으니, 그가 올 때 경관 제복을 한 벌 가져오라고 전화하지요. 그 친구가 런던에 있는 모든 의상점들을 알고 있거든요."

그리고 전화기 쪽으로 나아갔다.

"정말 멋져요. 제가 콜롬비나 역을 할 테니, 대부께서 판탈롱 역을 하세요."

루비가 춤이라도 출 듯이 신이 나서 말했다.

그러자 백만장자 대부가 이교도같이 점잔을 빼면서 몸을 꼿꼿이 하고는 말했다.

"내 생각에는, 애야, 판탈롱 역은 다른 사람이 해야 할 것 같구나."

"원하신다면, 제가 판탈롱 역을 하죠."

애덤스 대령이 그의 입에서 담배를 빼고는 입을 열었다.

말을 마치기가 무섭게 통화를 마치고 돌아오는 블런트가 말했다.

"형님은 조각상을 하셔야 합니다. 광대 역에 딱 맞는 친구가 있지 않습니까. 크룩이라는 친구, 기자라고 하니 오래된 재담이 아주 많을 겁니다. 그러니 광대가 제격이죠. 제가 할리퀸 역을 맡죠. 그냥 기다란 다리로 여기저기 뛰어다니기만 하면 되니 말입니다. 제 친구 플로리언이 경관 의상을 가져온다고 했습니다. 아예, 경관 의상을 입고 온다더군요. 광대 극은 여기 이 홀에서 하죠. 관객은 반대편에 있는 널찍한 계단에 한 줄씩 위쪽으로 앉으면 되고요. 그리고 이 현관문은 닫든지 열어두든지 해서 무대 배경으로 쓰면 그만이겠습니다. 닫으면 멋들어진 영국식 장식이 보이고, 열어두면 달빛 가득한 정원이 보이니 말입니다. 마법이라도 쓰는 것 같지 않겠습니까."

그리고 주머니에 손을 넣어 당구장용 초크를 꺼내 현관문과 계단의 중간쯤 되는 지점에 선을 그어 무대를 표시하였다.

어떻게 그렇게 얼토당토않은 연회가 시간에 맞추어 준비되었는지는 수수께끼로 남아 있다. 하지만 젊음이 온 집안에 넘쳐 있을 때에는 분별없는 태도와 열정이 함께 섞여 있게 마련이다. 비록 모든 사람들이 뜨거운 열기를 발하는 두 얼굴과 마음이 따로 가진 것은 아니었으나, 그날 밤 이 집에는 젊음이 넘쳐흘렀다. 항상 그렇듯이 무언가를 창조해야 한다는 부르주아적인 관습에 지나치게 젖어 있는 터라, 점점 더 격렬하게 새로운 것을 생각해내고 만들어냈다. 콜롬비나는 객실에 있는 커다란 램프의 갓을 닮은 이상스럽게 눈에 띄는 스커트를 입고 있어 아주 매력적으로 보였다. 광대와 판탈롱은 스스로 얼굴에 밀가루를 칠해 하얗게 만들고 하녀들의 빨간 립스틱을 발라서 누구인지 알아보지 못할 정도로 분장을 했다. 정말이지 모두들 진짜 크리스마스의 기부자들인 것 같았다. 이미 담배상자에서 뜯어낸 은색 종이를 걸치고 있던 할리퀸이 눈부시게 빛나는 크리스털 조각으로 온몸을 치장해야 한다며 밝은 빛을 발하고 있는 예스러운 빅토리아식 샹들리에를 깨뜨리려고 하는 것을 가까스로 말렸다. 사실, 루비가 옛날 팬터마임에서 자신이 다이아몬드 여왕 역을 맡았을 때 입었던 아름다운 파티 드레스에 붙어 있는 인조 보석들을 생각해내지 않았더라면, 그는 정말 그렇게 했을지도 모를 일이었다. 정말이지, 그녀의 삼촌 제임스 블런트는 어린아이처럼 흥분해서 거의 통제를 할 수 없을 정도였다. 그는 갑자기 브라운 신부의 머리에 종이로 만든 당나귀 머리를 씌웠다. 다행히도 참을성이 많은 브라운 신부는 그것을 쓰고 앉아 어쩌다가 당나귀의 귀를 개별적으로 움직이는 방법까지 알아내기도 했다. 블런트는 심지어 종이 당나귀의 꼬리를 레오폴드 피셔 경의 연미복에 달려고 시도하기도 했다. 하지만 참을성 많았던 브라운 신부의 경우와는 달리, 레오폴드 경은 이맛살을 찌푸렸다.

"삼촌이 오늘 너무 심하시네요. 왜 저리 소란을 피우실까요?"

루비가 크룩의 어깨에 소시지 줄을 얹으며 심각한 표정으로 말했다.

"그는 콜롬비나인 당신의 연인 할리퀸이 아니오. 나는 오래된 농담이나 떠들어대는 늙은 광대에 불과하단 말이오."

크룩이 말했다.

"저도 당신이 할리퀸 역을 했으면 하고 바랐어요."

루비는 이렇게 말하고는 소시지가 흔들리는 줄에서 손을 떼었다.

브라운 신부는 비록 무대 뒤에서 벌어지는 사소한 일들까지 모두 챙기고 베개를 팬터마임용 아기로 꾸며주어 박수갈채까지 받았지만, 곧 앞쪽으로 돌아나가 아이처럼 첫 공연에 대한 자못 신중한 기대를 가지고 관객들 사이에 자리를 잡고 앉았다. 관객이라고 해봐야 몇 되지 않았다. 친척들과 한두 명의 동네 친구들 그리고 하인들이 고작이었다. 레오폴드 경은 가장 앞줄에 앉았는데 풍성한 털이 달린 그의 깃이 바로 뒤에 앉아 있는 작달막한 브라운 신부의 시야를 가장 많이 방해하였다.

팬터마임은 완전히 혼란의 도가니가 되었지만 한심한 정도는 아니었다. 극은 주로 맹렬한 즉흥연기의 연속이었는데 이는 주로 광대 역을 하고 있는 크룩으로부터 나오고 있었다. 그는 평소에도 영리한 사내였지만 오늘 밤에는 그 툭 트인 박식함에 영감을 받아 세상 그 누구보다 더욱 현명한 어리석음을 발휘하고 있었다. 그것은 순간순간 특정 얼굴에 맞는 특정 표현을 알고 있는 젊은이에게 찾아드는 영감이었다. 그는 광대 역할을 하기로 되어 있었으나, 그밖의 다른 모든 역도 모두 소화해냈다. 작가(작가가 있었다고 가정한다면), 프롬프터, 무대 배경화가, 무대 장치 담당자는 물론 오케스트라의 역까지도 모두 해냈던 것이다. 이 엉뚱한 공연에서 갑작스런 막간을 이용해, 그는 자신이 걸치고 있던 모든 의상을 벗어 던지고 피아노 앞에서 공연에 잘 어울릴 정도로 우스꽝스러운 대중음악을 완주하는 탁월한 능력도 보였던 것이다.

무엇보다도 이 공연의 클라이맥스는 무대의 뒤쪽 현관문이 활짝 열리면서 달빛이 쏟아지는 아름다운 정원이 보이고, 이어서 저 유명한 전문 광대 배우 플로리언이 경관 복장으로 등장하는 장면이었다. 광대가 피아노 앞에서 경찰 합창곡인 〈펜잰스의 해적들〉을 연주했지만 박수갈채 속에 파묻혀 잘 들리지 않을 정도였다. 저 위대한 희극배우는 경관 복장을 하고 경관의 태도와 몸짓을 보여주느라 절제된 동작들을 하고 있었으나, 그의 몸짓 하나하나가 너무나 훌륭하였다. 할리퀸이 뛰어올라 그의 헬멧을 쓴 머리를 한 대 쳤고, 피아노를 치고 있는 광대는 〈어디서 그 모자를 구했니?〉를 연주하면서 짐짓 놀란 표정을 훌륭하게 연기했다. 그리고 뛰어오른 할리퀸이 다시 한번 경관의 헬멧을 때렸다. 그리고 나서 우레와 같은 박수갈채 속에 할리퀸은 경관의 팔에 바로 달려가 그의 위에 쓰러졌다. 그러자 낯선 배우는 아주 훌륭하게 죽은 자의 흉내를 내며 쓰러졌다. 푸트니 지역에서 그 명성에 걸맞은 연기였다. 살아 있는 인간이 그토록 시체처럼 빳빳하기란 거의 불가능한 일이었다.

발랄한 할리퀸은 죽은 듯이 누워 있는 배우를 마치 자루처럼 빙빙 돌리기도 하고, 인디언 곤봉처럼 이리저리 굴리거나 몸을 비틀기도 했다. 이러는 동안 익살스러운 피아노 가락은 내내 맹렬하게 이어졌다. 할리퀸이 저 우스꽝스러운 경관을 바닥에서 무겁게 들어 올릴 때에는 광대는 〈나는 당신의 꿈에서 깨어 나오〉를 연주했고, 경관을 질질 끌고 다닐 때에는 〈내 어깨 위에 짐을 싣고〉를 연주했으며, 할리퀸이 마침내 경감을 쿵 하고 그럴싸하게 떨어뜨렸을 때에는 열광적인 피아노 선율과 함께 〈나는 내 사랑하는 여인에게 편지를 보냈는데 도중에 그것을 떨어뜨리고 말았네〉를 가사까지 붙여가며 반복해서 연주하고 있었다.

이 같은 혼돈의 소용돌이에서, 브라운 신부의 시야가 일순간 완전히 가려졌다. 바로 앞에 앉은 대부호가 완전히 일어서서는 사납게 자기 주머니에 손을 찔러 넣었기 때문이었다. 그러다가 초조하게 자리에 앉아 안절부절못하다가 다시 일어서는 것이었다. 마치, 무대로 당장 걸어 올라갈 것 같은 기세였다. 하지만 피아노를 연주하고 있는 광대를 한번 흘끗 보고는 아무 말도 없이 휙 밖으로 나가버렸다.

브라운 신부는 몇 분 더 그 부조리극을 볼 수 있었는데, 저 아마추어 할리퀸이 완전히 의식이 없는 상태에서 그리 우아하지 못한 춤을 추는 것은 보지 못했다. 현실감은 있었지만 점잖지 못한 예술 무대를 선보이면서 할리퀸은 춤을 추며 천천히 문 밖 정원으로 뒷걸음질 쳤다. 달빛 가득한 정원은 정적에 휩싸여 있었다. 무대에서도 반짝반짝 빛을 발하던 은색 종이와 인조 보석을 붙인 그의 의상은 밝은 달빛 아래서 춤을 추며 멀어져가자, 더욱더 그 빛이 찬란하게 빛나며 마치 마법에라도 걸린 듯한 인상을 주었다. 관객들이 커다란 갈채로 무대를 마무리 짓고 있을 때, 브라운 신부는 누군가가 갑자기 자신의 팔을 툭툭 치면서 대령의 서재로 와달라고 요청하는 소리를 들었다.

브라운 신부가 의아해하며 그를 부른 사람을 따라 들어간 서재는, 밖의 우스꽝스러운 분위기에서 완전히 벗어나 있었다. 애덤스 대령은 여전히 소박하게 손잡이가 달린 고래 뼈가 그의 눈썹 위에서 흔들리는 늙은 판탈롱의 의상을 입고 있었지만, 그의 불쌍한 눈은 흥청망청한 농신제(農神祭)에서 술이 번쩍 깰 만큼 충분히 슬픈 빛을 띠고 있었다.

레오폴드 피셔 경은 벽난로 앞면 장식에 기대어 서서 고통스러운 신음소리를 흘리고 있었다.

이윽고 애덤스 대령이 입을 열었다.

"저, 이것은 아주 힘든 문제입니다. 브라운 신부님. 사실은 오늘 오후에 보았던 그 다이아몬드들이 레오폴드 피셔 경의 연미복 주머니에서 사라졌다는군요. 그리고 신부님께서……."

브라운 신부가 미소 지으며 그의 뒷말을 이었다.

"제가 바로 그분의 뒤에 앉아 있었기 때문에……."

"그런 말씀을 드리려는 것은 아닙니다."

바로 그걸 말하려 했다는 듯한 표정을 하고 있는 레오폴드 피셔 경을 바라보며 애덤스 대령이 말했다.

"다만, 신사로서 될 수 있는 대로 협조를 해주십사 하는 겁니다."

"그러면 그 신사의 주머니를 보여드리면 되겠군요."

브라운 신부는 이렇게 말하면서 주머니에서 7실링 6펜스, 왕복 차표, 작은 은 십자가와 기도서, 그리고 막대 초콜릿 한 개를 꺼내놓았다.

애덤스 대령은 그를 오랫동안 쳐다보다가 말했다.

"저는 신부님의 주머니보다는 신부님의 머릿속을 들여다보고 싶습니다. 제 딸아이가 신부님의 신자 아닙니까. 그 아이가 요즈음……."

애덤스 대령이 여기서 말을 끊자, 레오폴드 피셔 경이 폭발하듯이 말을 이었다.

"그 아이가 요즘 들어 집에다 그 빌어먹을 사회주의자를 들이지 뭡니까. 대놓고 부자들을 털어야 한다고 떠벌리는 그자를 말입니다. 더 이상 볼 것도 없어요. 여기 그 갑부가 있지 않소. 나는 누구보다도 더 갑부가 아니오."

"제 머릿속에 든 것을 보시고 싶다면 그렇게 하십시다."

브라운 신부가 다소 울적하게 말했다.

"그것이 얼마나 가치가 있는지는 이후에 말씀해주시지요. 이 폐기처분될 머릿속 주머니에서 찾아낸 첫 번째 대답은, 다이아몬드를 훔칠 사람이라면 사회주의를 거론하지 않는다는 겁니다. 오히려……"

브라운 신부가 더욱 진지해진 태도로 덧붙였다.

"그것을 비난할 테지요."

두 사람이 모두 날카롭게 돌아보았지만 브라운 신부는 말을 이었다.

"아시다시피, 우리는 여기 모인 사람들을 어느 정도는 알고 있습니다. 그런데 저 사회주의자가 다이아몬드를 훔치는, 말도 안 되는 짓을 했겠습니까? 유의해야 할 것은 우리가 잘 알지 못하는 한 사람이 있다는 것입니다. 경관 역을 하던 플로리언이라는 사람, 그 사람은 지금 어디 있을까요?"

판탈롱이 갑자기 일어나더니 방 밖으로 걸어 나갔다. 백만장자는 기도서를 보고 있는 브라운 신부를 한참 노려보고 있었다. 다시 돌아온 늙은 광대는 툭툭 끊어지는 무거운 음성으로 말했다.

"경관은 여전히 무대에 누워 있습니다. 커튼이 여섯 번이나 내려갔다 올라갔는데 여전히 거기에 누워 있습니다."

브라운 신부가 그의 기도서를 떨어뜨리면서 정신적으로 황폐해진 듯한 공허한 표정으로 일어섰다. 아주 천천히 그의 회색빛 눈에 생기가 도는 듯하더니 가까스로 입을 열었다.

"죄송하지만 대령님, 부인께서 돌아가신 게 언제였지요?"

"내 아내 말씀이요? 그녀는 두 달 전에 죽었소. 처남이 일주일 늦게 도착해서 그녀를 보지 못했지요."

작달막한 브라운 신부는 토끼처럼 튀어 오르더니 보기 드물게 흥분한 목소리로 외쳤다.

"자, 어서 갑시다. 그 경관을 살펴봐야겠습니다."

그들은 커튼이 쳐져 있는 무대 위로 달려가 아주 친밀하게 속삭이고 있는 콜롬비나와 광대를 밀치고는 익살스럽게 생긴 경관에게 몸을 구부렸다.

"클로로포름입니다. 제 생각이 맞는 것 같군요."

모두들 놀라움에 정적이 감싸기 시작했다. 애덤스 대령이 천천히 입을 열었다.

"저 그게 무슨 말씀인지 설명 좀 해주시겠습니까?"

브라운 신부는 소리를 내어 웃으면서 말했다.

"여러분, 지금은 이야기할 시간이 없습니다. 범죄자의 뒤를 쫓아야 하거든요. 하지만 경관 역을 한 이 위대한 프랑스 배우의 정체는……."

여기까지 말한 브라운 신부는 등을 돌려 뛰기 시작했다.

"이 사람이 도대체 누구입니까?"

레오폴드 피셔 경이 물었다.

"진짜 경관입니다."

말을 마친 브라운 신부는 어둠 속으로 달려 나갔다.

나뭇잎이 우거진 정원 끝 쪽에는 나무 그늘과 움푹 패인 곳들이 있었다. 이 정원에는 월계수와 다른 종류의 늘푸른 덤불들이 사파이어 빛 하늘과 은은한 달빛 아래 그 모습을 드러내고 있어, 한겨울임에도 남쪽나라 같은 따뜻한 느낌을 풍기고 있었다. 흔들리는 월계수의 화려한 초록빛과 풍부한 보랏빛이 감도는 쪽빛 밤하늘, 그리고 그 밤하늘에 자리하고 있는 거대한 수정과 같은 달은 거의 무심하다 싶을 정도로 낭만적인 한 폭의 그림 같은 장면을 연출하고 있었다.

그런데 한 정원수 꼭대기 가지 사이에서 나무를 기어오르고 있는 수상한 사내의 모습이 보였다. 낭만적인 풍경의 정원과는 전혀 어울리지 않는 광경이었다. 그는 마치 무수하게 많은 달을 몸에 두르고 있는 듯이 머리부터 발끝까지 빛을 발하고 있었는데 진짜 달빛이 매순간 그를 비추고 있어 그의 몸 구석구석이 불타고 있는 것 같았다. 그 반짝이는 빛을 두른 사내는 정원에 있는 작은 나무에서 이웃집 정원에 있는 울창하고 큰 나무로 솜씨 있게 옮겨가더니 그곳에 못 박히듯 멈추어버렸다. 왜냐하면 조금 전에 옮겨온 키 작은 나무 뒤에서 한 그림자가 미끄러지듯 나타나 그에게 분명한 어조로 말을 걸어왔기 때문이었다.

"어이, 플랑보. 자네는 정말 날아다니는 별처럼 보이는구먼. 하지만 잊지 말아야 할 것은 날아다니는 별은 결국 추락하는 별이 된다는 걸세."

은빛으로 빛나는 나무 위의 사내는 월계수 사이로 고개를 내밀고는 탈출하는 데는 자신이 있다는 듯이 아래쪽의 작달막한 사내의 말에 귀를 기울였다.

"자네가 이보다 더 훌륭했던 적은 없었네, 플랑보. 애덤스 부인이 세상을 뜨고 나서 일주일 후에 캐나다에서 찾아온다는 발상은 아주 훌륭했네. 물론 자네는 파리에서 표를 끊어 왔겠지만 말일세. 가족들 모두 큰 슬픔을 겪어 이것저것 물어볼 기분이 아니었을 테지. 레오폴드 피셔 경이 '날아다니는 별들'을 가지고 찾아오는 날을 미리 알아두었던 것 역시 흠잡을 데 없이 영리한 처사였네. 그리고 이후에 벌인 일들 역시, 빈틈이 없었다는 정도가 아니라 가히 천재적이라 해야 할 것이지. 내 생각에, 레오폴드 경의 안주머니에서 다이아몬드를 빼내는 일 따위는 자네에게는 아무것도 아니었을 거라 생각하네. 레오폴드 경의 코트에 종이 당나귀 꼬리를 붙이는 따위의 장난말고도,

자네의 그 솜씨 좋은 손놀림으로 그것들을 빼낼 방법들은 수백 가지는 될 테니 말일세. 하지만 그런 손쉬운 방법들은 자네 명성에 걸맞지 않은 것들이었을 테지."

푸른 잎사귀들 사이에서 은빛을 발하고 있는 사내의 모습은 최면이라도 걸린 듯 그 자리에서 움직이지 않았다. 그는 몸을 돌려 뒤쪽으로 쉽게 도망칠 수 있었음에도 불구하고 아래쪽에 있는 사내를 노려보고 있었다.

아래쪽에 있는 사내, 브라운 신부는 계속 말을 이었다.

"그래, 나는 모든 걸 알고 있네. 자네가 팬터마임을 급작스럽게 생각해냈을 뿐 아니라 이를 이중 목적으로 이용하려 했다는 것을 알고 있네. 자네는 그 보석을 조용히 아무도 모르게 훔쳐낼 생각이었지. 그런데 가장한 동료가 찾아와 편지로, 자네가 이미 의혹을 받고 있고, 유능한 경관이 바로 오늘 밤 자네를 잡으러 올 것이라는 소식을 알려줬네. 보통 도둑 같았으면 이런 경고에 감사하면서 당장 달아났겠지만 자네는 시인이거든. 자네는 이미 저 보석을 무대 위의 번쩍이는 인조 보석 속에 숨겨 나올 아주 기발한 생각을 했던 거네. 이제, 자네는 그 의상이 할리퀸이 입는 것이라면 거기에 경관이 등장하는 것이 아주 잘 어울린다는 것을 알았던 거지. 저 훌륭한 경관이 푸트니 경찰서에서 자네를 잡으러 출발했고, 기상천외할 정도로 기괴한 덫으로 걸어 들어오게 되었단 말이네. 경관이 현관문을 열자, 바로 크리스마스 팬터마임이 공연 중인 무대로 올라서게 되었고, 거기서 춤추는 할리퀸에 의해서 발로 채이고, 곤봉으로 얻어맞고, 기절까지 해 가지고는 질질 끌려 다니게 된 거지. 그것도 푸트니에서 가장 저명하다는 분들의 폭소와 함성 속에서 말이네. 자네는 앞으로도 이보다 더 훌륭한 범죄는 저지르지 못 할 걸세. 자, 그러니 이제 그만 그 다이아몬드들을 돌려주게."

빛을 발하고 있는 사내가 흔들거리고 있는 푸른 나뭇가지가 깜짝 놀란 듯이 부스럭거렸다. 그러나 아래쪽에서 들려오는 목소리는 계속 이어졌다.

"자네가 그 다이아몬드들을 되돌려주기를 바라네, 플랑보. 그리고 이런 생활을 그만뒀으면 하네. 자네에게는 아직 젊음과 명예와 재치가 있지 않나. 그것들을 이런 일에 모두 소진할 생각일랑은 말게. 인간은 선한 일에 있어서는 일정 수준을 유지할 수 있네만, 나쁜 일에는 그 수준을 유지할 수가 없다네. 점점 더 내리막길을 향해 내달릴 뿐이지. 친절한 사람도 술을 마시면 잔인해지고, 솔직한 사람도 살인을 하면 그 때문에 거짓말을 하게 된다네. 내가 알고 있던 많은 사람들이 자네처럼 의리 있는 무법자가 되기도 하고, 부자들만을 터는 유쾌한 도적이 되겠다고 이런 일을 시작했다가, 결국에는 진흙탕 속에서 뒹구는 신세가 되었네. 모리스 블룸은 빈민들의 구세주인 신념 있는 무정부주의자로서 이쪽에 발을 들였으나, 결국 적과 같은 편 양쪽에게 이용당하고 멸시당하는 밀고자이자 스파이가 되어 버렸네. 해리 버크는 또 어떤가. 아주 진지하게 아낌없이 돈을 뿌리는 운동을 시작한 사람이지만 지금은 거의 굶어 죽어가고 있는 여동생을 쥐어짜면서 술값을 뜯어내고 있네. 앰버 경도 그렇다네. 거친 사회에 뛰어들 때는 일종의 기사도정신에 불타고 있었지만 지금은 런던에서도 가장 천박한 무뢰한들의 협박에 돈을 뜯기며 살아가고 있지. 베릴론 대위는 자네보다 한 세대 앞선 위대한 신사 강도였네. 그는 정신병원에서 죽어갔지. 그를 배신한 재산관리인과 그를 뒤쫓는 '경찰 끄나풀들'에 대한 공포로 소리를 지르며 그렇게 죽어갔단 말일세. 자네 뒤쪽에 보이는 숲이 아주 자유로워 보인다는 걸 아네, 플랑보. 그뿐 아니라 자네가 마음만 먹는다면 원숭이처럼 날쌔게 저 숲속으로 녹아들 듯 사라질 수 있다는 것도 알고 있네. 하지만 언젠가는 자네도 늙은 회색 원숭이가 될 걸세, 플랑보. 그리고 숲속 나무에 앉아 쓸쓸하게 죽음을 기다릴 테지. 앙상한 나뭇가지만 남은 나무 꼭대기에서 말일세."

모든 것이 정적에 휩싸여 있었다. 마치 아래쪽에 있는 작은 사내가 나무 위에 있는 상대를 보이지 않는 긴 끈으로 묶어놓은 것 같았다. 브라운 신부는 계속 말을 이었다.

"자네의 내리막길 인생은 이미 시작되었네. 자네, 비열한 짓은 절대하지 않겠다고 호언장담했었지? 하지만 자네는 오늘 밤 그 비열한 짓을 하고 있는 걸세. 정직한 한 청년을 의심받게 하고 있네. 그가 지금 아주 곤란한 상황에 놓여 있어. 자네가 바로 그가 사랑하고 그를 사랑하는 여인으로부터 그 청년을 갈라놓고 있단 말일세. 이건 시작일 뿐이지. 자네는 죽기 전에 이보다 더한 비열한 짓을 하고 말거란 말일세."

세 개의 반짝이는 다이아몬드가 나무에서 잔디밭으로 떨어졌다. 작달막한 브라운 신부는 몸을 구부려서 그것들을 집어 들고는, 다시 푸른 나무 새장을 올려다보았다. 나무는 비어 있었다. 은빛 새는 간데없이 사라지고 없었다.

보석을 되찾게 되자, 그것도 우연치 않게 모인 사람들 중 브라운 신부가 집어 들고 나타나자, 그날 밤은 모두들 떠들썩한 승리감에 젖어들었다. 기분이 고조된 레오폴드 피셔 경은 브라운 신부에게, 자신은 조금 더 넓은 관점을 지니고 있는데 속세를 떠나 세상일에 무심하게 생활하고 있는 사람을 존경할 수 있을 것 같다는 말을 전했다.

보이지 않는 사내

The Invisible Man

캠던 타운에 차갑고 푸르스름한 땅거미가 깔리자 모퉁이 제과점은 담뱃불처럼 깜빡였다. 아니 오히려 화려한 색깔의 불꽃놀이를 보는 것 같다는 게 맞을지도 몰랐다. 왜냐하면 이 빛이라는 게 알록달록한 케이크와 사탕 위에서 반짝반짝 춤을 추면서 갖가지 색깔과 모양을 유리창에 비춰주고 있었기 때문이다. 거리의 많은 부랑아들이 한참 동안 그 유리창에 코를 박고서 있었다. 초콜릿보다도 붉은색과 초록색 그리고 금색 등의 반짝이는 포장지가 더 마음에 들었다. 진열장 안에는 커다랗고 새하얀 웨딩 케이크도 있었다. 손이 닿지 않는 곳에 있었지만 마치 북극 전체를 먹을 수 있는 것으로 만들어놓은 것 같은 만족감을 주었다. 이러한 무지갯빛 자극이 열두어 살의 아이들을 불러 모으는 것은 지극히 당연한 일이었다. 하지만 이 모퉁이 가게는 조금 더 나이가 든 청년에게도 꽤나 매력적이었던가 보다. 스물네 살 안팎으로 보이는 젊은이가 같은 가게의 진열장 안을 들여다보며 서 있었다. 그에게도 이 가게는 아주 매혹적인 곳이었다. 하지만 이 가게의 매력이 전적으로 초콜릿 때문은 아니었다. 그렇다고 해서 그가 초콜릿을 싫어하는 것은 아니었지만.

그는 키가 크고 건장하며 머리카락이 붉은 청년으로 얼굴에 굳은 결의가 있어 보였는데 왠지 미적대고 있었다. 옆쪽에는 흑백 스케치들을 모은 납작한 잿빛 화첩을 끼고 있었다. 그는 현 경제 정책에 반대하는 강의를 했기 때문에 사회주의자로 몰려 해군 장료였던 백부에게 의절 당했고, 이후 출판사에 자신의 스케치를 팔아 그럭저럭 생계를 이어가고 있었다. 그의 이름은 존 턴불 앵거스였다.

그는 마침내 제과점 안으로 들어서더니 진열대를 지나 안쪽으로 걸어갔다. 그곳은 앉아서 빵 같은 걸 먹을 수 있는 공간이었다. 그는 젊은 여종업원에게 유쾌하게 모자를 들어 보였다.

그녀는 가무잡잡하고 우아하며 민첩했으며 검은색 옷을 입고 있었다. 혈색이 좋았고 검은 눈동자는 영리해 보였다. 그녀는 늘 그렇듯이 잠시 사이를 두고 그에게로 와서 주문을 받았다.

주문 내용은 평상시와 다르지 않았다.

"0.5페니짜리 작은 롤빵 하나하고 커피 주십시오."

여종업원이 돌아서기 직전, 한마디 덧붙였다.

"그리고, 저와 결혼해주십시오."

갑자기 뻣뻣하게 굳은 그녀가 대답했다.

"그런 농담은 하지 않으셨으면 좋겠네요."

붉은 머리의 젊은이가 뜻밖의 진지함을 담아 잿빛 눈으로 올려다보며 말했다.

"정말, 진심입니다. 이 롤빵만큼이나 심각하게 한 말입니다. 이 빵처럼 비싸고, 이 빵처럼 소화하기 힘든 말이거든요."

여종업원은 검은 눈을 그에게서 떼지 않은 채, 거의 비정하다 하리만치 엄격하게 그를 뜯어보고 있었다. 그러더니 마침내 살며시 얼굴에 미소의 그림자를 띠며 의자에 앉았다.

"0.5페니짜리 빵을 먹는 것이 잔인한 일이라고 생각하지 않나요? 둘이 같이 있으면 1페니짜리 빵이 될지도 모르는데 말이에요. 우리가 결혼하면 0.5페니짜리 빵을 먹는 야만스런 짓은 하지 않을 겁니다."

여종원이 의자에서 일어서더니 창가로 걸어갔다. 겉으로는 아무렇지도 않아 보였지만 마음이 조금은 흔들린 모양이었다. 그녀가 마침내 결심한 듯 몸을 돌렸을 때 당황스런 광경이 눈앞에 펼쳐졌다. 그 젊은이가 가게 진열대에서 이것저것 가져다가 탁자에 늘어놓고 있었던 것이다. 색색의 사탕들이 수북했으며 샌드위치, 그리고 포트 와인과 셰리주가 올라왔다. 그는 이것들을 단정하게 늘어놓은 후, 진열대를 장식하고 있던 케이크를 들어다가 가운데에 조심스레 놓았다. 하얀 설탕이 수북이 흩뿌려진 케이크였다.

"도대체 뭐 하시는 거예요?"

"의무를 다하고 있습니다. 사랑하는 로라 양."

"오, 맙소사, 잠시만요. 그리고 제게 그런 식으로 말씀하지 마세요. 이게 다 뭐냐니까요!"

"축하 음식입니다."

"그럼, 저건 뭐예요?"

"웨딩 케이크지요, 앵거스 부인."

로라 호프는 앵거스가 늘어놓은 사탕들이며 샌드위치 앞으로 다가오더니 딸그락 소리를 내며 그것들을 치우고는 웨딩 케이크를 다시 가게의 진열대로 가져다놓았다. 그러고 나서 다시 돌아와 앉아 우아한 팔을 탁자 위에 올려놓고는 꽤 화가 나기는 했지만 싫지는 않다는 듯이 이 젊은이를 바라보았다.

"제게 생각할 시간은 조금도 주시질 않는군요."

"나는 그런 바보가 아닙니다. 그게 바로 나의 기독교적인 겸손함이지요."

그녀는 여전히 그를 바라보고 있었지만 그녀의 미소 뒤에는 상당한 심각함이 깃들여 있었다.

"앵거스 씨, 이런 말도 안 되는 일을 더 하시기 전에 저에 대해서 드릴 말씀이 있어요. 가능한 짧게 말씀드릴게요."

그녀가 침착하게 말했다.

"좋아요. 그 말을 하면서 나에 대한 이야기도 들려줬으면 좋겠는데요."

"오, 제발 그만하시고 제 말 좀 들으세요. 이 일은 제가 부끄러워할 것도 그렇다고 특별히 미안해할 것도 없는 일이에요. 하지만 저랑 상관없는 바로 그 일이 저의 악몽이 되고 있다면 뭐라 말씀하시겠어요?"

"그런 경우라면…… 저 케이크를 다시 가져오라고 말씀드리고 싶군요."

사내는 짐짓 진지하게 말했다.

"먼저 제 이야기부터 들으세요. 우선, 제 아버지께서 루드메리에서 '붉은 물고기'라는 여관을 운영하셨다는 이야기를 해야겠군요. 그리고 저는 그곳 바에서 일했었죠.

루드베리는 잡초가 무성한 분지로 지루하기 짝이 없는 곳이랍니다. 그래서 '붉은 물고기'로 찾아드는 사람들이란 가끔 들르는 외판원들이나 그도 아니면, 당신은 아마 만나본 적도 없는 가장 끔찍하고 저속한 부류였죠. 하는 일 없이 술집이나 경마장을 기웃거리며 간신히 먹고사는 사람들 말이에요. 꼭 자기네한테나 어울릴 만한 복장을 하고 다녔죠. 하지만 이런 젊은 건달들조차 우리 여관에는 그리 흔하지 않았답니다. 그런데 유난히 우리 여관에 자주 들르는 두 남자가 있었지요. 그들은 둘 다 물려받은 돈으로 먹고 살았는데 지나치게 옷에 치장을 하는 데다가 지독히도 게을렀어요. 하지만 그래도 저는 그들을 조금은 가엾게 여겼죠. 둘 다 조금씩 불구였거든요. 어쩌면 이들이 우리 가게처럼 작고 썰렁한 곳을 찾는 이유가 그 때문일지도 모른다고 생각했거든요. 아시다시피, 어떤 시골뜨기들은 이런 사람들을 비웃곤 하잖아요. 하지만 딱히 불구라고 말할 수도 없었어요. 그보다는 이상하게 생겼다고 하는 편이 낫겠어요.

한 명은 이시도르 스마이드인데 키가 너무나 작았어요. 마치 난쟁이나 아니면 적어도 승마 기수 같았죠. 그래도 겉모습은 기수 같지 않았어요. 머리는 둥글고 검었으며 턱수염도 검은색이었는데 잘 다듬어졌었지요. 눈은 꼭 새처럼 생겼고요. 주머니에 있는 동전이나 금시계 줄을 짤랑거리며 다녔죠. 모양은 또 어찌나 구렸던지, 하지만 바보는 아니었답니다. 잡기에는 아주 능했거든요. 즉흥적으로 마술을 한다거나 성냥개비 열다섯 개로 불꽃 쇼를 하기도 했고, 바나나 같은 것들을 잘라서 춤추는 인형을 만들기도 했어요. 카운터로 다가와서 시가 다섯 개비로 껑충껑충 뛰어오르는 캥거루를 만들고 하던 스마이드의 작고 검은 얼굴이 아직도 눈에 선해요.

다른 한 사내는 제임스 웰킨으로, 그보다 더 조용하고 더 평범한 사람이었어요. 하지만 저 불쌍한 작은 스마이드보다 훨씬 더 저를 놀라게 하는 데가 있었어요. 그는 키가 아주 컸고 호리호리했어요. 옅은 색의 머리와 높고 오똑한 코, 괴상한 분위를 풍기기는 했지만 잘생긴 인물이었던 것 같아요. 하지만 간담이 서늘해질 정도로 오싹한 사시 같은 눈을 하고 있었답니다. 저는 그런 눈을 생전 처음 봤어요. 항상 정면을 본다고 하는데도 그 사람의 눈은 늘 엉뚱한 곳을 향해 있거든요. 저는 이런 외관상 결함이 이 불쌍한 사람의 마음을 몹시도 상하게 했나보다는 생각을 하게 되었죠. 왜냐하면 스마이드가 어디든 가리지 않고 그 재주 좋은 마술을 보여줄 준비가 되어 있는 반면, 제임스 웰킨은 우리 여관 바에 죽치고 앉아 술을 마시거나 황량한 시골길을 혼자서 한없이 걸어 다니기만 했거든요. 한편 저는 스마이드 역시 영리하게 처신을 잘하기는 하지만 자신의 작은 키에 민감할 거라고 생각했죠. 그래서 같은 주에 그 두 사람이 제게 거의 동시에 청혼을 해왔을 때 놀라기도 하고 난처하기도 했어요.

실은 저도 나중에 제 행동이 참 어리석었구나 하는 생각은 했어요. 이 사람들이 이상하게 생기기는 했어도 어떤 면에서는 제 친구들이었거든요. 전 제가 청혼을 거절한 진짜 이유가 생김새 때문이라는 사실을 그들이 알게 될까 두려웠어요. 그래서 자신의 길을 스스로 개척하지 않는 사람과는 그 누구하고도 결혼하고 싶지 않다는 구실을 만들었죠. 저는 그들처럼 단지 조상으로부터 물려받은 재산으로만 먹고사는 것은 제 원칙에 맞지 않는다고 분명히 못을 박았어요. 저로써는 고민 끝에 내놓은 구실이었죠. 그런데 이 말을 한 지 이틀 만에 일이 터져버렸어요. 이 두 사람이 글쎄, 동화책에 나오는 얼간이들처럼 자신들의 보물을 찾는다며 떠났다는 거예요.

그 뒤로 지금까지 그 두 사람을 보지 못했어요. 스마이드한테서 놀라운 내용의 편지를 두 통 받은 것을 빼면요."

"다른 남자에게서는 연락이 없었나요?"

"네 아무런 연락 없었어요. 편지 한 통도 없었죠."

로라는 잠시 망설이더니 말을 이었다.

"첫 번째 편지 내용을 말씀드리면, 그는 웰킨과 함께 런던으로 가고 있었어요. 그렇지만 걸음이 빠른 웰킨을 따라잡을 수 없어서 도중에 뒤처져 길가에서 쉬고 있었지요. 그러다가 우연히 유랑극단을 만나 합류했대요. 그 사람은 거의 난쟁이에 가까웠고 아주 영리한 익살꾼이었으니까, 그 분야에 꽤 잘 맞았던 것 같아요. 그리고 곧 아쿠아리엄 극장으로 가서 마술을 했다더군요. 이게 그 사람이 보낸 첫 번째 편지의 내용이었어요. 두 번째 편지의 내용은 그보다 훨씬 더 놀라웠는데 바로 지난주에 받았어요."

앵거스는 마시던 커피를 마저 비우고 온화하고 참을성 있는 눈빛으로 그녀를 바라보았다. 그녀는 입술을 조금 일그러뜨리며 이야기를 이어나갔다.

"앵거스 씨도 '스마이드의 조용한 하인들'에 대한 광고를 보신 적이 있을 거예요. 아직 보지 못했다면 당신은 아마도 광고를 보지 못한 유일한 사람이 될 거예요. 아, 저도 그것들에 대해 많이 아는 건 아니에요. 모든 집안일을 기계가 대신할 수 있게 하는 어떤 태엽 장치 같은 것이라고 들었어요. 당신도 아마 아실 거예요. 왜 '버튼만 누르세요 – 술 마실 염려가 없는 집사' '손잡이만 돌리세요 – 수다 떨 염려가 없는 열 명의 하녀들' 같은 광고 있잖아요. 어떤 기계인지는 모르겠지만 엄청난 돈을 벌어 들인데요. 맞아요. 바로 그 사람이에요. 저도 그 사람이 자립했다니 기뻐요. 하지만 그 사람이, 이제 스스로 길을 개척했다고 말하며 나타날까봐 두려워요. 정말로 그렇게 되었으니까요."

"그러면, 또 다른 남자에게선 연락이 없었나요?"

앵거스는 침착하지만 집요하게 같은 질문을 반복했다.

로라는 갑자기 자리에서 벌떡 일어났다.

"앵거스 씨, 당신은 정말 마법사 같아요. 맞아요. 당신 말이

좋아요. 웰킨이 쓴 편지는 단 한 줄도 받아본 적이 없어요. 그
가 어디서 무엇을 하고 있는지, 마치 죽은 사람인 양 아무 소식
도 없어요. 그런데 내가 두려워하고 있는 건 바로 그 사람이에
요. 내 길을 막아서고 있는 사람도 바로 그 사람이고, 나를 반
쯤 미치게 만드는 사람도 그 사람이에요. 정말, 그 사람이 나를
미치게 하고 있어요. 그 사람이 있을 리가 없는 곳에서 그 사람
의 기척을 느끼고, 그가 말할 리가 없는데도 그의 목소리를 들
어요."

"자, 사랑하는 로라 양. 그자가 악마라면 이제 됐습니다. 당
신이 그 이야기를 다른 사람에게 했으니 끝난 겁니다. 사람은
혼자 고민을 안고 있을 때 미쳐간답니다. 그런데 당신이 그 사
팔뜨기 친구의 환청을 듣거나 주위에 있다고 상상한 것이 언제
지요?"

"저는 웰킨의 웃음소리를 당신 목소리처럼 분명하게 들었어
요."

로라가 침착하게 대답했다.

"환청이 아니었다구요. 저는 그때 가게 바로 밖 모퉁이에 서
있었기 때문에 거리 양쪽을 한번에 내려다볼 수 있었거든요. 저
는 그의 눈만큼이나 이상했던 그의 웃음소리를 까맣게 잊고 있
었어요. 거의 일 년 동안 그 사람 생각은 해본 적도 없었거든요.
하지만 분명히 그의 웃음소리였어요. 그러나 불과 몇 초 후에

그의 경쟁자에게서 첫 번째 편지를 받았죠."

"그 유령이 말을 하거나 소리를 낸 적이 있나요?"

앵거스가 흥미를 가지고 물었다.

로라는 갑자기 몸을 부르르 떨더니, 곧이어 안정된 목소리로 대답했다.

"있어요. 자신의 성공을 알리는 스마이드의 두 번째 편지를 읽고 나서였어요. '그래도 그자는 당신을 차지할 수 없어.' 웰킨이었어요. 마치 그 사람이 가게 안에 있는 것처럼 너무나 분명하게 들렸어요. 너무 끔찍했어요. 전 제가 미친 게 틀림없다고 생각했죠."

"만일 당신이 정말 미쳤다면 자신이 미쳤다고 생각하지는 않을 겁니다. 하지만 이 보이지 않는 사내에게는 뭔가 기묘한 것이 있는 것 같아요. 두 개의 머리가 하나보다는 낫고, 두 사람의 마음을 합치면 한 사람보다 낫겠지요. 만일 이 강하고 쓸모 있는 남자에게 저 진열대에서 웨딩 케이크를 다시 가져오는 것을 허락하신다면⋯⋯."

그가 말을 마치기도 전에 가게 밖에서 끼익 하는 소리가 들려왔다. 작은 자동차 한 대가 무시무시하게 빠른 속도로 달려와 가게 문 앞에 급정거한 것이었다. 차문이 열리고 반짝이는 실크 모자를 쓴 자그마한 사내가 내려섰다.

지금까지 정신적인 안정을 유지하면서 유쾌한 모습을 보이던 앵거스는 가게 안으로 성큼성큼 들어서는 새로운 인물과 대면하게 되자 갑자기 팽팽한 긴장감을 보였다. 사랑에 빠진 젊은이는 직관이 날카로워진 터라, 그 사내를 흘끗 보고서도 그자가 누구인지 충분히 확인할 수 있었다. 말쑥하게 차려입은 난쟁이 같은 모습에 뾰족하게 다듬어 거만하게 앞으로 뻗쳐 있는 턱수염이며, 영리해 보이는 빈틈없는 눈빛, 단정하지만 아주 긴장된 손가락을 볼 때 조금 전에 설명을 들은 스마이드라는 남자임이 틀림없었다. '술 마실 염려가 없는 집사'와 '수다 떨 염려가 없는 하녀들'로 백만장자가 된 이시도르 스마이드였던 것이다. 본능적으로 서로의 독점욕을 알아챈 두 사람은 잠시 동안 서로의 경쟁 상대를 호기심 어린 냉철한 관용의 눈빛으로 바라보았다.

그러나 스마이드는 그들의 적대감의 궁극적인 근원에 대한 언급은 없이 난데없는 말을 불쑥 내뱉었다.

"로라 양, 진열장 유리에 붙어 있는 저것을 보셨습니까?"

"진열장 유리에요?"

그녀가 앵거스를 바라보며 되물었다.

"자세한 것을 설명할 시간이 없습니다. 이곳에서 뭔가 엉터리 같은 일들이 일어나고 있는 것 같은데 조사를 해보아야 할 것 같습니다."

난쟁이 백만장자가 짧게 말했다.

스마이드는 반짝이는 지팡이를 들어 조금 전까지 앵거스가 결혼 준비를 한다며 비웠었던 진열대 유리를 가리켰다. 난쟁이 신사의 지팡이 끝을 따라 유리창으로 시선을 돌린 앵거스는 조금 전까지만 해도 아무것도 없던 그곳에 기다란 종이가 붙어 있는 것을 보고는 놀라움을 금치 못했다. 기세등등한 스마이드를 따라 가게 밖 거리로 나간 앵거스는 1미터 정도 되는 길이의 우표 종이(우표를 떼어내고 남는 부분의 종이로 뒷면에 풀기가 있다. 당시 사람들은 이 것을 종이테이프로 활용하기도 했다.)가 유리창에 조심스럽게 붙어 있는 것을 발견했다. 그 종이에는 '당신이 스마이드와 결혼하면 그는 죽는다.'라고 휘갈겨 씌어 있었다.

"로라 양, 당신의 머리가 이상해진 것이 아니군요."

앵거스는 그의 커다란 붉은 머리를 가게로 들이밀며 말했다.

"이건, 저 웰킨이라는 사내가 쓴 겁니다. 나는 그자를 여러 해 동안 보지 못했지만, 그자는 항상 나를 괴롭혀왔죠. 지난 두 주 동안 내 아파트로 협박 편지가 다섯 통이나 날아들었어요. 그런데도 나는 누가 그 편지를 두고 갔는지조차 모르고 있습니다. 웰킨이 직접 가져왔을지도 모르는 일인데 문지기는 수상한 사람은 본 적이 없다고 하니 말이오. 게다가 이제는 사람들이 지나다니는 가게 유리창에 버젓이 이런 것을 붙이고 다니고 있습니다. 가게 안에 사람들이 있는데도요."

스마이드가 거칠게 말했다.

"정말 그렇군요."

앵거스가 겸손하게 말을 꺼냈다.

"사람들이 여기서 이렇게 차를 마시고 있는데도 그런 짓을 하다니. 무엇이 먼저인지를 아는 당신의 상식적인 태도에 경의를 표합니다. 다른 문제는 이후에 이야기를 하도록 합시다. 이런 짓을 저지른 사내는 아직 그리 멀리 가지는 못했을 겁니다. 제가 십 분에서 십오 분 전 저쪽으로 갔을 때만 해도 종이 같은 것은 분명히 붙어 있지 않았으니깐요. 그렇지만 그자가 어느 쪽으로 갔는지 모르기 때문에 쫓아가기에는 이미 너무 늦은 것 같습니다. 스마이드 씨, 제 생각에는 이 사건을 경찰 쪽보다는 명민한 사립탐정에게 맡기시는 것이 좋을 것 같습니다. 제가 마침 한 사람을 알고 있는데 여기서 차로 오 분 거리에서 일을 하고 있습니다. 플랑보라는 사람인데 파란만장한 젊은 시절을 보내기는 했지만 지금은 아주 올곧고 정직한 사람이랍니다. 그의 명석한 머리만큼은 얼마의 돈을 들인다 해도 아깝지 않을 겁니다. 햄스테드의 럭나우 아파트 단지에 살고 있습니다."

"거 참, 이상한 인연이군요. 제가, 그 모퉁이를 돌면 나오는 히말라야 아파트 단지에 살고 있거든요. 저와 함께 가주실 수 있겠습니까? 제가 제 방으로 가서 웰킨이 보낸 그 이상한 편지들을 찾는 동안 당신은 가서 당신의 친구인 그 탐정 양반을 데려오십시오."

난쟁이 사내가 검은 눈썹을 휘날리며 말했다.

"그게 좋겠군요. 자, 서두릅시다."

앵거스가 정중하게 말했다.

두 남자는 묘할 정도로 즉흥적인 공명정대함을 보이며 로라에게 똑같이 격식을 차려 작별 인사를 하고는 날쌔 보이는 작은 자동차에 뛰어올랐다. 스마이드가 차를 몰아 거리의 큰 모퉁이를 돌자 '스마이드의 조용한 하인들'이라는 문구가 씌어 진 커다란 포스터가 앵거스의 시야에 들어왔다. 머리가 없는 철제 인형이 '주인의 명을 절대 거스르지 않는 요리사'라고 적힌 소스 냄비를 들고 서 있었다.

"저것들을 제 집에서도 사용하고 있지요."

검은 턱수염을 기른 난쟁이 백만장자가 웃으며 말했다.

"광고를 하기 위해서도 그렇지만 정말 편리하거든요. 솔직히 객관적으로 말해서 제가 만든 이 거대한 태엽 인형들은 어떤 손잡이를 누르는지만 안다면, 제가 아는 한 그 어떤 살아 있는 하인들보다도 더 신속하게 석탄을 가져다 때고, 포도주나 시간표 같은 것들을 가져온답니다. 허나, 우리끼리니 하는 얘기지만 단점들도 있어요."

"그래요?"

"그럼. 그것들은 누가 제 아파트에 협박 편지를 두고 갔는지 말해줄 수가 없지요."

스마이드의 자동차는 주인만큼이나 자그마하고 날쌨다. 사실, 그의 집안일을 하는 하인들과 마찬가지로 이 자동차 역시 그의 발명품이었다. 그가 광고나 해대는 사기꾼이라 해도 자신이 직접 만들어낸 상품에는 절대적인 믿음을 가지고 있는 사람이었다. 황혼 무렵의 햇살을 받으며 구불구불하고 기다란 하얀 길로 들어서자, 마치 차를 타고 나는 듯한 느낌이 점점 강해졌다. 곧 그 하얀 길의 커브가 더 심해져서 어질어질해질 정도가 되었고, 소위 상승하는 나선계단 위에 있는 것같이 여겨졌다. 그들은 경치는 비할 바가 아니지만 가파른 정도는 에든버러만큼 한, 런던의 외곽을 오르고 있었던 것이다. 언덕 위에 또 언덕이 있어 그들이 찾고 있던 아파트의 모습이 마치 특별한 탑이라도 되는 양 이집트의 피라미드같이 높이 솟아 석양에 빛나고 있었다.

모퉁이를 돌아 히말라야 아파트 단지라고 알려진 초승달 모양의 거리로 들어서자 창문을 열어젖힌 것처럼 급작스럽게 경치가 바뀌었다. 커다란 아파트 건물들이 마치 초록 바다 위에 떠 있는 것처럼 런던 거리 위에 솟아 있었던 것이다. 아파트 단지의 반대편, 자갈이 깔린 초승달 모양의 거리 다른 한편에는 정원이라기보다는 방벽이나 가파른 산울타리같이 보이는 관목 울타리가 있었으며 그 아래로 인공 수로가 있었다. 일종의 운하였는데 요새를 둘러싸고 있는 해자(垓字) 같았다. 자동차가 초승달 모양의 거리를 돌아 이 운하를 지나쳐 갈 때, 앵거스는 한 모퉁이에서 노점을 벌이고 군밤을 팔고 있는 한 사내와 다른 쪽 커브 끝에서 희미한 푸른색 옷을 입은 경관이 천천히 순찰중인 것을 보았다. 저 높은 교외의 고독한 거리에서 찾아볼 수 있는 인간의 그림자라고는 이들 둘뿐이었다. 앵거스는 이들이 런던의 무언시를 표현하고 있는 것 같은 환상에 젖었다. 그에게는 이 두 사람의 모습이 마치 이야기에 나오는 인물들같이 느껴졌던 것이다.

이 작은 자동차는 총알같이 달려서 스마이드의 집 앞에 멈춰 섰다. 그러자 이 차 주인은 마치 폭탄의 탄피라도 되는 양 차에서 훌쩍 튀어나갔다. 그는 차에서 내리자마자 금술 달린 제복을 입은 키 큰 수위와 짧은 소매의 옷을 입고 있는 문지기에게 자신을 찾아온 사람이나 배달된 물건이 없었는지를 물었다. 그들은 마지막으로 그런 질문을 받은 이래로 어떤 사람도, 그 어떠한 물건도 자신들을 지나가지 않았다는 것을 확인해주었다. 스마이드와 다소 당황해하고 있던 앵거스는 로켓 같은 승강기를 타고 맨 위층까지 올라갔다.

"잠시만 들어왔다 가시지요. 웰킨이 보낸 편지들을 보여드리고 싶습니다. 그리고 나서 당신의 탐정 친구를 데려오도록 하시지요."

그가 벽 속에 감춰진 버튼을 누르자 문이 저절로 열렸다.

문이 열리자 길고 널찍한 홀이 보였는데 그곳에서 유일하게 눈길을 끄는 것들이라고는, 재단사의 마네킹처럼 양쪽에 늘어서 있는 반쯤 인간의 형태를 한 기계들이었다. 재단사의 마네킹처럼 이것들도 머리가 없었고 어깨는 쓸데없이 떡 벌어져 있는데다가 가슴은 비둘기 가슴처럼 툭 불거져 나와 있었다. 그러나 이런 특징들을 제외하고는 역에 있는, 사람 키만한 자동 판매기만큼도 인간의 모습과 닮지 않았다. 이것들은 접시를 나르기 위하여 인간의 팔 역할을 하는 두 개의 커다란 갈고리가 달려 있었고, 구분하기 편하도록 황록색이나 주홍색 혹은 검정색 칠이 되어 있었다. 모든 면에 있어서 이것들은 자동 기계에 불과했으며 이것들을 다시 돌아보고 싶은 마음이 드는 사람은 아무도 없을 것이었다. 적어도 그 순간은 둘 다 그것들을 다시 돌아보지 않았다. 왜냐하면 이 두 중의 마네킹들 사이에 기계보다 훨씬 더 흥미를 끌만한 무엇인가가 떨어져 있었기 때문이었다. 찢어진 흰 종잇조각이었는데 붉은색 잉크로 뭔가가 휘갈겨져 있었다. 민첩한 발명가는 문을 들어서자마자 그것을 주워들었다. 그는 말없이 그 종잇조각을 앵거스에게 건네주었다.

'오늘 그녀를 만났다면 너는 죽음을 당할 것이다.'

짧은 침묵이 흐르는가 싶더니, 스마이드가 조용히 말했다.

"위스키 한 잔 하시겠소? 나는 한 잔 해야겠습니다."

"감사합니다만, 저는 플랑보 씨를 데려오는 편이 낫겠군요. 제가 보기에는 일이 위험해지고 있는 것 같습니다. 제가 얼른 가서 그를 데려오겠습니다."

"당신 말씀이 맞습니다. 가능한 빨리 모셔 오십시오."

스마이드가 짐짓 쾌활하게 말했다.

앵거스는 문을 닫으면서 스마이드가 버튼을 뒤쪽으로 밀자 기계인형들 중 하나가 쟁반에 술병과 술잔을 가지고 바닥을 스르르 미끄러져오는 광경을 보았다. 문이 닫히자, 하인들과 함께 저 작은 사내를 혼자 남겨둔다는 것이 앵거스는 조금 마음에 걸렸다.

스마이드의 아파트에서 여섯 계단쯤 내려왔을 때, 앵거스는 양동이를 들고 무언가를 하고 있는 사내를 보았다. 그는 짧은 소매 옷을 입고 있었다. 앵거스는 가던 길을 멈추고 이 사내에게 자기가 돌아올 때까지 이 자리를 지키면서 계단을 올라오는 낯선 사람이 없는지를 지켜봐달라고 부탁했다. 돌아와서 팁을 충분히 주겠다고 말하고 사내의 약속을 받아냈다. 아파트 건물 현관으로 달음질쳐 내려온 앵거스는 그곳을 지키고 있는 수위에게도 같은 부탁을 했다. 수위에게서 이 건물의 출구가 하나뿐이라는 정보를 얻고 나니 일이 수월해질 것 같다는 생각도 들었다. 그러나 여기서 만족하지 못하고, 그는 순찰중인 경관에게 아파트 건물 안으로 들어가는 수상한 사람이 없는지를 지켜봐달라고 부탁했다. 또 군밤 1페니어치를 사면서 상인에게 여기에 얼마 동안 있을지를 물어보았다. 군밤 장수는 코트 깃을 세

우더니 눈이 내릴 것 같아서 일찍 들어가겠다고 말했다. 아닌게 아니라, 저녁 하늘이 점점 잿빛으로 변하고 있었다. 하지만 앵거스는 온갖 감언이설로 이 군밤 장수 사내가 그 자리를 지키도록 설득했다.

"당신이 팔고 있는 군밤을 먹으면서 몸을 녹이고 계십시오. 모두 다 먹어도 좋아요. 값을 제가 지불하겠습니다. 여기서 내가 돌아올 때까지 여자건 남자건 어린아이건 할 것 없이 저쪽 수위가 서 있는 건물로 들어간 수상한 사람이 있었는지만 알려 준다면 금화 일 파운드를 드리겠소."

그러고 나서 앵거스는 재빠르게 걸음을 재촉했다.

"어찌 되었든 스마이드의 방은 완전히 포위된 거야. 네 명이 모두 웰킨이라는 자와 한패거리일 수는 없는 일일 테니까."

럭나우 아파트 단지는 히말라야 아파트 단지를 바라다보며 언덕의 아래쪽에 있었다. 사무실 겸용으로 사용하는 플랑보의 아파트는 일층에 있었으며, 모든 면에서 미국식 기계나 냉랭한 호텔의 사치스러움으로 가득한, '조용한 하인들'이 있는 아파트와는 극렬한 대조를 보였다. 앵거스의 친구인 플랑보는 사무실 뒤쪽에 있는 로코퐁으로 꾸민 개인 방으로 그를 안내했다. 그곳에는 군도와 화승총, 동양의 골동품들, 이탈리아식 포도주병, 야만인들의 요리 냄비와 같은 장식품들이 걸려 있었으며, 털이 북슬북슬한 페르시아 고양이와 작달막하고 보잘것없게 생긴 로마 가톨릭 신부가 있었다. 그중에서 신부는 특히 이 장소와는 어울리지 않는 인물인 듯 보였다.

"이쪽은 브라운 신부님이라네. 자네에게 인사시켜주고 싶었지. 이거 정말 근사한 날씨 아닌가, 하지만 나 같은 남부 사람에게는 조금 춥지만."

"그렇군요. 이제 곧 추위도 풀리겠죠."

앵거스는 요란한 줄무늬가 있는 동양식 터키 의자에 앉으면서 대답했다.

"글쎄, 눈이 오기 시작하는군."

브라운 신부가 조용히 말했다.

군밤 장수가 예측했던 대로 어두워진 창 밖 너머 눈발이 날리고 있었다.

"저, 사실은 일이 있어 왔습니다. 아주 골치 아픈 일입니다. 플랑보 씨, 지척에 사는 한 남자가 절실하게 도움을 필요로 하고 있어요. 그 사람은 끊임없이 보이지 않는 적으로부터 쫓기고 협박당하고 있습니다. 그런데 문제는 이 악당을 본 사람이 아무도 없다는 겁니다."

앵거스는 로라의 이야기로 시작해서 스마이드와 웰킨에 대한 이야기 전체를 해나가기 시작했다. 그리고 아무도 없는 거리의 모퉁이에서 들린 불가사의한 웃음소리와 텅 빈 가게 안에서 분명하게 들렸던 유령의 소리까지 이야기했다. 그러자 플랑보는 점점 더 이야기에 빠져들게 되었고, 몸집이 작은 신부도 마치 방 안을 차지하고 있는 가구인 양 조용히 앉아 이야기에 귀를 기울였다. 이야기가 가게 유리창에 붙어 있던 우표 종이에 대한 부분에 이르자 플랑보는 자리에서 벌떡 일어났는데, 그의 그 떡 벌어진 어깨가 방 안을 하나 가득 메우고 있는 것 같았다.

"괜찮다면 나머지 이야기는 그 친구네 집으로 가는 도중에 들었으면 좋겠네. 가능한 빠른 길로 가세나. 웬일인지, 한시도 지체해서는 안 될 같다는 생각이 드는군."

"좋습니다. 지금까지는 안전할 테지만, 그게 좋을 듯합니다. 제가 네 명이나 되는 사람들에게 그의 아파트로 통하는 유일한 출구를 지키도록 해놓았으니 말입니다."

그들은 거리로 나왔고 작달막한 신부는 마치 작은 강아지같이 얌전히 그들의 뒤를 뒤뚱거리며 따라오고 있었다.

"눈이 꽤 빨리 쌓이겠어."

브라운 신부가 마치 잡담을 하는 것처럼 명랑하게 말했다.

새하얀 눈으로 덮인 가파른 길을 누비듯 지나는 사이, 앵거스는 그가 들은 이야기를 모두 전해주었다. 높이 솟은 아파트 단지의 초승달 모양의 길로 접어들자 앵거스는 자신이 세워놓은 네 명의 감시자들에게 주의를 돌릴 여유가 생겼다. 군밤 장수는 1파운드의 금화를 받으면서 자신은 아파트 현관으로 그 어떠한 방문자도 들어가는 것을 보지 못했노라고 단호하게 주장했다.

경관의 태도는 더욱 강경했다. 그는 실크 모자를 쓴 악당이건 누더기를 걸친 악당이건 모든 종류의 악당들을 다 겪어봤기 때문에 수상쩍은 사람이 수상쩍은 사람처럼 보일 것이라고 생각하는 풋내기가 아니라며, 눈을 크게 뜨고 살펴봤는데 다행히 아무도 지나가지 않았다고 했다.

이렇게 해서 세 사람은 금술이 달린 제복을 입은 수위에게로 갔다. 그는 여전히 웃는 낯으로 현관에 걸터앉아 있었는데 그의 보고는 더욱 안심을 주었다.

"저는 공작님이건 청소부이건, 이곳을 지나가는 모든 사람에게 이 아파트를 찾은 용건을 물을 권한이 있는 사람입니다. 하지만 이 신사 분께서 나가시고 나서는 물어보고 싶어도 지나가는 사람이 없지 뭡니까. 아무도 들어오지 않았습니다."

거의 사람들의 관심을 끌지 못하고 있던 브라운 신부는 뒤로 한 걸음 물러나서는 도로를 조용히 바라보고 있다가 온화하게 입을 열었다.

"그렇다면 눈이 내리기 시작한 이래로 아무도 계단을 오르거나 내려간 사람이 없다는 말씀이시군요? 눈이 내리기 시작한 것은 우리가 플랑보 씨의 집에 있을 테니까 말입니다."

"아무도 들어가지 않았습니다. 제가 보증합니다."

수위가 권위를 내세우며 자신 있게 말했다.

"그럼 이건 뭐지요?"

브라운 신부는 이렇게 말하면서 물고기처럼 멍하니 바닥을 쳐다보았다.

다른 사람들도 모두 바닥을 내려다보았다. 플랑보는 프랑스인다운 과장된 놀란 몸짓과 함께 소리를 질렀다. 왜냐하면 금술 달린 제복을 입은 사내가 지키고 있던 입구의 중앙에서, 사실은 그 거만하게 서 있는 커다란 수위의 다리 사이로, 하얀 눈위에 잿빛 발자국이 선명하게 쭉 이어져 있었기 때문이다.

"맙소사, 보이지 않는 인간이다!"

앵거스가 자신도 모르게 소리를 질렀다.

그는 말을 마치기가 무섭게 몸을 돌려 계단을 뛰어올라갔고 플랑보가 그 뒤를 따랐다. 그러나 브라운 신부는 이 사건에 흥미를 잃었다는 듯이 눈이 덮인 거리에서 주변을 둘러보며 조용히 서 있었다.

플랑보는 커다란 어깨로 문을 부수기라도 할 태세였다. 하지만 직관은 떨어지지만 더 합리적인 스코틀랜드 출신의 청년 앵거스는 문틈을 더듬어 감추어진 버튼을 찾았다. 그가 버튼을 누르자 문이 천천히 저절로 열렸다.

그러자 전과 다름없는 빽빽이 들어찬 내부가 보였다. 아직은 심홍색의 석양이 비쳐들고 있기는 했지만, 홀은 더 어두워졌고 이런저런 목적으로 제자리에서 움직였던 한두 개의 머리 없는 기계들이 황혼 빛에 물든 방 안 여기저기에 서 있었다. 초록색과 붉은색으로 칠해진 그 기계들은 저물어가는 황혼 속에서 모두 음산하게 보였다. 일정한 형태가 없는 기계들의 모습이 오히려 더 사람의 모습 같아 보이기도 했다. 하지만 그 기계들 사이에, 붉은 잉크로 휘갈겨 쓴 종이가 떨어져 있던 바로 그 자리에, 잉크병에서 엎질러진 것 같은 붉은 자국이 보였다. 그러나 그것은 붉은색 잉크가 아니었다.

이성과 폭력의 프랑스적인 조화를 보이며 플랑보가 한마디 내뱉었다.

"살인이다!"

그리고 안쪽으로 뛰어들어 5분 안에 찬장을 비롯한 구석구석을 탐색했다. 하지만 시체를 찾을 것이라고 기대했던 그는 아무것도 찾지 못했다. 이시도르 스마이드는 죽었건 살아있건 간에 그곳에는 없었다. 여기저기를 이 잡듯이 찾아다니던 두 사람은 비 오듯 땀이 흐르는 얼굴을 하고 바깥쪽 홀에서 만나 서로를 쳐다볼 뿐이었다.

"이보게"

플랑보가 흥분한 나머지 불어로 말했다.

"자네가 찾는 그 보이지 않는 살인자는 자신뿐 아니라 살인을 당한 사람도 보이지 않게 하는 재주를 가졌나보군."

앵거스는 마네킹 같은 기계들로 가득 차 있는 어둠침침한 방

안을 둘러보았다. 그러자 그의 영혼의 한구석을 차지하고 있는 켈트인다운 예감에 그의 온몸이 떨렸다. 사람 크기만한 기계 인형들 중 살해당한 사내가 쓰러지기 직전 불러낸 듯한 인형 하나가 핏자국 바로 위에 그림자를 드리우고 서 있었던 것이다. 팔을 대신해서 시중을 들던 높은 어깨에 붙은 갈고리 중 하나가 약간 들려 있었다. 앵거스는 갑자기 저 불쌍한 스마이드가 자신이 만들어낸 자식 같은 쇠붙이 인형에게 맞아 죽은 것이 아닌가 하는 끔찍한 환상에 사로잡혔다. 물질들이 반란을 일으켜 이 기계들이 그들의 주인을 살해한 것일지도 모른다. 그렇다 해도 그 시체는 어떻게 처리했단 말인가?

"먹어버렸을까?"

그의 귓가에 악몽 같은 소리가 들리는 듯했다. 인간의 몸이 머리 없는 기계에 의해 으깨어져 그 안으로 완전히 빨려 들어가는 광경이 떠오르자 앵거스는 순간 구역질이 날 것 같았다. 애써 안정을 되찾은 앵거스는 플랑보에게 말했다.

"할 수 없군요. 이 불쌍한 남자는 바닥에 붉은 흔적만 남기고 구름처럼 증발해버렸네요. 세상에 이런 일이 있을 수 있습니까?"

"있을 수 있는 일이건 그렇지 않은 일이건 해야 할 일은 한가지뿐이네. 아래로 내려가서 브라운 신부에게 이야기해야겠어."

그들은 아래층으로 내려가면서 다시 한번 단연코 어떠한 침입자도 들이지 않았다는, 양동이를 든 사내의 다짐을 들었다. 그리고 아래층에 있는 수위와 아직 근처를 배회하고 있는 군밤 장수를 불러 그들이 얼마나 주의 깊게 감시를 했는지 확고하게 주장하는 말을 다시 한번 들었다. 그러나 앵거스가 네 번째 확신을 다시 받으려고 주위를 둘러보았지만 네 번째 감시자는 찾을 수가 없었다.

앵거스는 초조하게 목소리를 높여 물었다.

"경관은 어디 있는 겁니까?"

"미안하지만, 내가 길 아래쪽에 뭘 좀 조사하러 보냈네. 조사해볼 가치가 충분히 있다고 생각돼서 말이야."

"그래요? 가능한 빨리 돌아왔으면 좋겠습니다. 위층 사내가 살해됐는데 흔적도 없이 사라졌거든요."

앵거스가 급히 말을 했다.

"어떻게 말인가?"

브라운 신부의 물음에 플랑보가 대답했다.

"신부님, 제 생각에는 이건 저보다는 신부님이 처리해야 할 영역인 것 같은데요. 친구건 적이건 간에 아무도 저 집에 들어간 사람은 없는데 스마이드는 사라졌습니다. 마치 요정들에게 잡혀가기라도 한 것 같이 말이지요. 이것이 초자연적인 것이 아니라면, 저는……."

순간, 푸른 옷을 입은 커다란 체구의 경관이 초승달 모양의 길모퉁이를 돌아 달려오는 모습이 눈에 들어왔다. 경관은 곧장 브라운 신부에게로 왔다.

"신부님 말씀이 옳았습니다. 저 아래쪽 운하에서 시체를 찾았습니다."

"그가 저 아래로 달려가 물에 뛰어들기라도 했단 말입니까?" 앵거스가 물었다.

"아래로 달려 내려온 게 아닙니다. 물에 빠져 죽은 것도 아닙니다. 가슴이 흉기에 찔린 채 죽어 있었으니까요."

"그렇지만, 건물 안으로 들어가는 사람은 아무도 없지 않았습니까?"

플랑보가 위엄 있는 목소리로 말했다.

"우리, 길을 따라 조금만 걸어 내려가 보세."

브라운 신부의 말에 따라 셋은 초승달 모양의 길을 따라갔다. 끝에 다다르자 브라운 신부가 말했다.

"이런, 내 정신 좀 보게. 경관에게 뭘 좀 물어본다고 하고는 깜빡했군 그래. 경관에게 연한 갈색 가방을 찾았는지 물어봤어야 하는 건데."

"연한 갈색 가방은 왜요?" 앵거스가 놀라서 물었다.

"그게 다른 색깔의 가방이라면, 이 사건은 다시 조사를 해야 하기 때문이라네. 그게 연한 갈색이라면, 이 사건은 여기서 끝이

나는 거고."

"듣던 중 반가운 소리군요. 제 생각에는 아직 시작도 안 한 것 같은데 말입니다."

앵거스가 빈정거리며 말했다.

침묵이 흐르는 가운데 그들은 활기차게 앞서가는 브라운 신부를 따라 높은 초승달 모양의 길 아래쪽에 있는 길고 구불구불한 길을 빠른 걸음으로 걸어 내려갔다. 마침내 브라운 신부가 아주 애매하게 서두를 꺼냈다.

"자네들이 이걸 너무 단조롭다고 생각할지도 모르겠네만 모든 일은 추상적인 곳에서 시작되기 마련이지. 더군다나 이 사건은 사람들이 질문에 대답하는 방식을 생각해본 적이 있나? 사람들은 질문한 사람이 의미하는 것 혹은 그들이 의미한다고 생각하는 것에 대한 대답을 한다네. 어떤 부인이 시골 저택의 부인에게 '댁에 함께 지내는 분이 계시나요?'라고 물어본다고 가정해보세. 이 질문을 받은 부인이 '네, 하인 한 명, 마부 세 명, 그리고 하녀 한 명과 함께 있습니다.'라고 대답하지는 않을 걸세. 비록 하녀가 방 안에 있고 하인이 그녀의 바로 뒤에 있다 해도 말이야. 그 부인은 아마 이렇게 대답하겠지. '함께 지내는 사람은 아무도 없습니다.' 여기서 말하는 '아무도 없다.'가 바로 이 사건에서의 '아무도 없다.' 일세.

그러나 한 의사가 전염병에 대하여 조사를 하면서 '댁에 함께 지내는 분이 계시나요?'라고 묻는다고 가정해보세. 이 부인은 하인과 하녀, 그밖에 모든 사람들을 기억해낼 걸세. 이것이 언어가 쓰이는 방식일세. 진실한 대답을 들었다 해도 문자 그대로 보면 질문에 맞는 대답을 들은 것이 아니라는 거지. 자, 네 명의 정직한 증인들은 저 아파트로 들어간 사람이 아무도 없었다고 했네. 이때, 아무도 들어가지 않았다는 이 사람들의 말은 정말 그곳으로 들어간 사람이 없었다는 말이 아니었네. 그들은 질문한 사람들이 생각하는 사람은 아무도 안 들어갔다는 것을 의미한 걸세. 하지만 한 사람이 집 안으로 들어갔고 거기서 나왔네. 그곳을 지켜보고 있던 네 사람이 모두 알아채지 못했던 것뿐이지."

"보이지 않는 인간이란 말입니까?"

앵거스가 그의 붉은 눈썹을 치켜뜨며 물었다.

"심리적으로 그렇단 말이지."

잠시 후 브라운 신부는 자신의 길을 생각하는 사람처럼 전과 다름없이 겸허한 목소리로 말을 이었다.

"물론, 곰곰이 생각하기 전에는 그런 사람이 있으리라고 생각해낼 수 없을 걸세. 그게 바로 그자의 영리함이지. 그러나 나는 앵거스의 얘기를 들으면서 두세 가지의 아주 사소한 것들에서 범인의 윤곽을 알게 되었네. 첫째로, 웰킨이라는 사내는 한없이 걷기를 좋아했었지. 그리고 유리창에 붙어 있던 건 바로 우표 종이 아니었나? 그리고 무엇보다도 젊은 아가씨의 말이 결정적이었지. 그건 있을 수 없는 일들이었으니까. 화내지 말고 잘 듣게."

브라운 신부는 앵거스가 갑자기 고개를 돌리는 것을 눈치 채고 덧붙였다.

"물론 그녀는 그것이 사실이라고 생각했네. 하지만 그렇지 않아. 그녀는 편지를 받기 직전과 편지를 읽을 때, 거리에 혼자 있었다고 했네. 하지만 그렇지 않아. 누군가가 반드시 그녀 가까이에 있었어야 해. 심리적으로 보이지 않는 누군가가 말일세."

"그녀 가까이에 누군가가 있어야 했다니요. 그게 무슨 뜻이죠?"

앵거스가 물었다.

"왜냐하면, 통신용 비둘기를 이용하지 않는 한, 그녀에게 편지를 전해주는 누군가가 있어야 하기 때문이지."

"그러니까 신부님 말씀은, 웰킨이라는 자가 자신의 연적이 보낸 편지를 그녀에게 직접 전했단 말인가요?"

플랑보가 물었다.

"그렇지. 웰킨이라는 자가 직접 연적의 편지를 그녀에게 전했다네. 그럴 수밖에 없는 상황이었을 테니까."

"아, 더 이상은 못 참겠습니다. 도대체 이자가 누구란 말입니까? 대체, 어떻게 생겨먹은 자란 말입니까? 심리적으로 보이지 않는다는 그 사내는 평소에 어떻게 변장을 하고 다닌다는 겁니까?"

플랑보가 폭발하듯 말했다.

"그자는 붉은색과 초록색 그리고 금색이 반짝이는 다소 훌륭한 옷을 입고 있다네."

브라운 신부가 기다렸다는 듯이 단호하게 대답했다.

"그리고 이렇게 눈에 띄는 화려한 옷을 입고는 여덟 개의 눈이 지켜보는 가운데 히말라야 아파트 단지로 들어섰던 것이네. 그곳에서 스마이드를 잔인하게 죽인 다음, 다시 그 시체를 팔에 안고 내려와서……."

"신부님."

앵거스가 그 자리에 멈추어 서며 큰소리로 말했다.

"머리가 어떻게 된 거 아닙니까? 아니면 제 머리가 어떻게 된 건가요?"

"자네는 정상이야. 단지 관찰력이 부족할 뿐이지. 이를테면 당신은 이런 사내를 알아보지 못했으니 말이야."

이렇게 말하면서 브라운 신부는 성큼성큼 앞으로 나아갔다. 그리고 지나가던 한 평범하게 생긴 우편배달부의 어깨에 손을 얹었다. 앵거스와 플랑보는 나무 사이로 그가 지나가고 있다는 걸 눈치 채지 못했던 것이다.

"아무도 우편배달부에게는 주의를 기울이지 않았지. 하지만 이들이라고 열정이 없겠나? 게다가 몸집이 작은 시체라면 아주 쉽게 집어넣을 수 있는 커다란 가방도 가지고 다니지."

당연히 뒤를 돌아볼 줄 알았던 우편배달부는 머리를 숙이고 달아나려다가 정원 울타리에 걸려 넘어졌다. 우편배달부는 다분히 평범한 외모의 호리호리한 사내였다. 하지만 우편배달부가 어깨 너머로 그 놀란 얼굴을 돌렸을 때, 세 사람은 그 자리에 우뚝 멈춰 서고 말았다. 그는 사팔뜨기 눈을 하고 있었던 것이다.

플랑보는 산더미 같은 업무를 처리하러 군도와 보랏빛 양탄자, 그리고 페르시아 고양이가 있는 사무실로 되돌아갔다. 존 턴불 앵거스는 제과점 여인에게로 되돌아갔는데, 이 생각 없는 청년은 어떻게 하면 그녀와 단둘이 안락하게 지낼 수 있을까 하는 궁리만 하고 있었다. 그러나 브라운 신부는 반짝이는 별빛 아래 하얗게 눈이 덮인 언덕을 몇 시간이나 이 살인자와 함께 걸었다. 두 사람이 무슨 이야기를 나누었는지는 아무도 몰랐다.

이즈리일 가우의 명예

The Honour of Israel Gow

짙어가는 저녁노을 아래 스코틀랜드의 어둑한 골짜기는 올리브빛과 은빛의 무늬가 다채롭게 섞이며 점점 물들어가고 있었다. 브라운 신부는 스코틀랜드 식의 짙은 회색 케이프를 걸치고 그 근처에 서서 말할 수 없이 묘한 그렌가일 성을 물끄러미 바라보고 있었다. 그렌가일 성은 그 골짜기를 가로막아 막다른 골목처럼 만들어버려서 성 자체가 마치 이 세상의 끝처럼 보였다.

바다의 푸른빛으로 물든 가파른 슬레이트 지붕과 뾰족한 첨탑이 고풍스러운 프랑스식 또는 스코틀랜드식 별장 분위기를 풍기며 하늘을 찌를 듯이 높게 솟아 있었다. 게다가 아무래도 영국의 옛날이야기에 나오는 마녀들의 그 불길한 뾰족 모자를 연상케 했다. 그것과는 대조적으로 작은 초록색 탑 주위에 우거진 소나무 숲은 그야말로 무리지은 까마귀 떼처럼 검게 보였다. 꿈꾸는 세계로 유혹하는 아니, 악마의 지옥으로 유혹하는 이 분위기는 단순히 주위의 풍경이 자아낸 환상만은 아니다. 왜냐하면 이 지역엔 긍지와 광기와 신비로운 슬픔의 어두운 구름이 덮여있으며, 그런 구름이야말로 다른 어디보다도 스코틀랜드 귀족의 저택 위를 무겁게 내리누르고 있었기 때문이었다. 스코틀랜드는 세습과 유전이라는 두 가지의 독약을 늘 지니고 있는 지역이다. 다시 말해 귀족에게는 유혈의 예감이, 캘빈 파에게는 파멸의 예감이 바로 그것이었다.

브라운 신부는 글래스고에서 일을 하다가 겨우 하루 틈을 내어 그렌가일 성에 머물고 있는 친구 프랑보우를 만나려고 찾아온 것이다. 아마추어 탐정 프랑보우는 좀 더 공식적인 직함을 가지고 있는 사람과 함께 고 그렌가일 백작의 삶과 죽음에 대해 조사하고 있는 중이었다. 이 수수께끼 같은 백작은 16세기 당시 그 용맹스러움과 비정상적인 정신상태와 용서할 수 없는 교활함을 모두 갖춘, 그래서 음험한 귀족들마저도 두려워하는 그 일당들의 마지막 거물이었다. 그 미궁과도 같은 야심, 스코틀랜드의 메리 여왕을 중심으로 뭉친 가짜 전당 안의 그물과도 같은 미궁 속, 그 복잡한 야심에 이 일당들만큼 깊이 관련되어 있는 자들도 없었다. 이 지역에 전해져 오는 시 한 구절이 그들의 권모술수의 동기와 결과를 아주 솔직하게 표현해주고 있다.

여름나무의 푸른 수액과도 같도다
오글비의 붉은 돈은.

이미 수 세기에 걸쳐 그렌가일 성에는 정당한 주인이 나온 적이 없었다. 빅토리아 시대가 닥쳐오자 기인의 종류는 완전히 씨가 말랐다는 생각도 무리는 아니었다. 그런데 맨 마지막인 그렌가일이 자신에게 남겨진 유일한 일을 함으로써 일당들의 전통을 만족시켜준 것이다. 다시 말해서 그는 실종되었다. 그러나 외국으로 빠져나간 것은 아니었다. 그는 분명 아직 성 안에 있다고 생각할 수밖에 없었다. 그의 이름은 교회의 교적부와 빨간 큰 책 〈귀족 일람〉에 실려 있는데도 아무도 그를 햇빛 아래서 본 사람이 없었다.

본 사람이 있다면 오직 한 명, 하인뿐이었다. 마부인지 정원사인지 분간할 수 없는 그 하인은 귀가 매우 어두웠다. 실제로 사람들이 그를 벙어리라고 생각할 정도로 귀가 어두웠다. 통찰력이 예리한 사람들은 그를 바보라고 믿고 있었다. 이 잡역부는 몸이 초췌하고 머리는 붉은색이며 턱이 각지고 눈은 파란색이었다. 이름은 이즈레일 가우라고 불렸다.

그는 이 황폐한 저택에서 일하는 유일한 하인이었다. 그런데 이 가우가 감자를 캐낸다거나 주방으로 재빨리 사라지는 등 규칙적인 일을 하고 있는 것을 보면 분명히 윗사람에게 식사를 마련해주고 있다는 것을 알 수 있었다. 결국 그 수수께끼 백작은 아직 성 안에 숨어있다는 셈이 된다. 그러나 이 하인은 언제나 백작이 없다고 주장을 했다.

어느 날 아침 장로와 목사가 성으로 불려갔다. 그렌가일은 오래 전부터 장로회 신자였다. 성에 도착한 두 사람의 눈에 들어온 것은, 문제의 정원사 겸 마부 겸 요리사가 그 오랜 경력에 장의사 한 개를 더하여 매우 귀하신 주인을 관 속에 넣고 못질을 하는 모습이었다. 이 기묘한 사실이 어느 정도의, 혹은 얼마나 가벼운 조사에 의해서 허가됐는지 그 점은 여전히 확실치 않다. 왜냐하면 이틀쯤 전에 프랑보우가 이 북쪽 땅으로 올 때까지 이 사건은 한 번도 법적인 조사를 받지 않았기 때문이다. 프랑보우가 도착했을 무렵에는 그렌가일 경의 시체 ─그것이 시체라면─는 언덕 위 보잘 것 없는 묘지에 이미 묻혀 있었던 것이다.

브라운 신부가 어두컴컴한 뜰을 지나 성의 그림자가 떨어져 있는 곳까지 오자 구름은 한층 더 두터워졌고 그 일대의 공기도 습해지면서 뇌성이 곧 들려올 것 같았다. 바로 그때, 해지기 직전의 녹색과 금빛 하늘을 배경으로 검은 그림자 하나가 신부의 눈에 들어왔다. 굴뚝모자, 아니 실크 모자를 쓰고 어깨에 곡괭이를 멘 남자였다. 모습이 매우 묘한 게 마치 무덤 파는 인부를 연상케 했다. 그러나 브라운 신부는 감자 캐는 귀머거리 남자가 떠올랐기 때문에 별로 이상하다는 생각은 하지 않았다. 그는 스코틀랜드의 농부에 대해서는 조금 알고 있었다. 정식 조사에 입회하려면 '검은 옷'을 입어야 한다고 생각하는 그들의 답답함과, 입회하면 한 시간의 밭일을 못하게 되는 그들의 현실 문제를 조금 알고 있었다. 브라운 신부가 옆을 지나쳐가자 남자가 놀란 태도와 귀찮은 눈초리로 경계심과 시기심을 드러내는 것 같았다.

큼직한 성문을 열어주러 나온 사람은 프랑보우였다. 그 옆에는 회청색 머리카락의 남자가 가냘픈 손에 종이를 들고 서 있었다. 스코틀랜드 경찰서의 클레이븐 경감이었다. 홀은 아무런 장식도 없이 텅 비어 있었다. 다만 검은 가발과 거무스름한 캔버스 속에서 사악한 오글비의 창백한 얼굴이 하나인지 둘인지 히죽거리며 내려다보고 있었다.

브라운 신부는 두 사람을 따라 안쪽 방으로 들어갔다. 두 사람이 지금까지 앉아 있었던 것 같은 긴 떡갈나무 테이블 위에 뭔가 씌어있는 종이쪽지가 여기저기 흩어져 있고 위스키와

잎담배도 그 주위로 놓여 있었다. 테이블 위에는 또 여러 잡다한 물건들이 널려져 있었다. 그 물건들은 도대체 영문을 알 수 없는 것들뿐이었다. 깨진 유리조각 같기도 한 것들이 번쩍거리고 있고, 그런가 하면 나뭇가지들 같은 것도 있었다.

"지리학 박물관 같군요."

갈색 먼지와 수정 모양의 유리조각을 보며 머리를 치켜 올리면서 브라운 신부가 말했다.

"지리학 박물관이 아닙니다."

경감이 크게 웃으며 말했다.

"그런 한가한 말은 시작하지 맙시다."

"심리학이 무엇인지 모릅니까?"

호인답게 놀라움을 드러내며 프랑보우가 말했다.

"심리학이란 쓸데없는 것이니……"

"아직도 모르겠군요."

클레이븐 경감이 말했다.

"다시 말해서."

프랑보우가 단호하게 말했다.

"그렌가일 경에 대해 알아낸 것은 오직 하나, 그가 미친 사람이었다는 것입니다."

이즈레일 가우의 검은 모습, 실크모자와 곡괭이로 무장한 그의 모습이 저물어가는 하늘에 그 윤곽을 희미하게 드러내며 창문 앞을 지나갔다. 브라운 신부는 무심코 그것을 바라보고 있다가 대답했다.

"그분에게 뭔가 이상한 점이 있었다면 또 모릅니다. 그렇지 않다면 자신을 산 채로 생매장하거나 그렇게 서둘러 자기 시체를 파묻지는 않았겠죠. 그런데 뭣 때문에 그것이 미치광이 짓이라고 말하는 건가요?"

"글쎄, 클레이븐 씨가 이 집안에서 발견한 물건의 리스트에 뭐라고 씌어있는지 물어보십시오."

"촛불을 켜야겠군."

클레이븐 경감이 불쑥 말했다.

"폭풍이 닥쳐오려는지 어두워서 읽을 수가 없어요."

"그 신기한 물건의 리스트 가운데 초는 들어있지 않습니까?"

웃는 얼굴로 브라운 신부가 말했다.

프랑보우는 진지한 표정의 얼굴을 들고 그 검은 눈길로 친구를 바라보았다.

"그것도 이상하군요."

프랑보우가 말했다.

"초가 스물다섯 개나 있는데도 촛대는 그림자도 보이지 않으니 말이죠."

자꾸만 어두워져가는 방과 점점 세차게 부는 바람 속에서 브라운 신부는 테이블을 따라 걸으며 다른 잡동사니 증거품에 섞여있는 한 묶음의 초가 있는 곳까지 왔다. 그리고 오는 도중 문득 적갈색 먼지 더미를 들여다보았는데, 그 순간 재채기가 나와 주위의 고요를 깨뜨리고 말았다.

"아이고, 이런."

브라운 신부가 말했다.

"코담배였군요."

이윽고 그는 초를 한 자루 집어 들어 신중하게 불을 붙인 다음, 다시 제자리로 돌아와 그것을 위스키 병에다 꽂아 넣었다. 소란스러운 밤공기가 깨진 창문으로 스며들어와 촛불을 깃발처럼 너울거리게 했다. 성 밖은 사방으로 몇 마일이나 이어진 소나무 숲이 바위를 에워싼 검은 바다 같은 소리를 내고 있었다.

"일람표를 읽겠습니다."

클레이븐 경감이 종이쪽지 하나를 집어 들고 엄숙하게 입을 열었다.

"이 성 속에 흩어져 있던 설명할 수 없는 물건들의 리스트입니다. 이 집은 대체로 가구 같은 것들이 아무렇게나 팽개쳐져 있었다는 것을 염두에 두십시오. 그렇지만 한두 개의 방은 분명히 누가 사용했습니다. 그 사람은 단순하지만 불결하지 않은 생활을 그곳에서 하고 있었습니다. 누군지는 모르지만 하인 가우는 아닙니다. 그럼, 리스트를 읽도록 하지요.

제1품목

상당한 분량의 보석류. 거의 모두 다이아몬드로서, 대에 박혀있거나 세트로 되어있는 것은 하나도 없다. 오글비 가족 대대의 보석을 가지고 있었다 해도 이상할 것은 없으나, 이 보석은 원칙적으로는 부속의 장식으로 박는 것이지만 아무래도 오글비 대대는 이것을 잔돈처럼 낱개로 주머니에 넣고 있었던 것 같다.

제2품목

흩어진 채 수북이 쌓여있던 많은 코담배. 이것들은 짐승의 뿔 속이나 자루 속에 넣어두지도 않고 맨틀피스 위, 벽장 위, 피아노 위, 그 밖의 여기저기에 쌓여있었다. 이 집의 주인은 주머니 속을 뒤지는 것도 코담배 갑 뚜껑을 여는 것도 귀찮아했다고 볼 수 있다.

제3품목

이 집 여기저기에 자잘한 금속 조각이 쌓여 있었는데 어떤 것은 강철의 용수철처럼 생겼고, 어떤 것은 아주 작은 수레바퀴 모양이다. 기계 장치의 장난감을 분해한 것일까?

제4품목

초, 이것을 세울만한 장소는 따로 없으므로 병 주둥이를 이용할 수밖에 없다.

자, 이런 것들이 모두 예상보다 얼마나 무섭고 보기 드문 일인지 충분히 마음에 담아두어 주십시오. 중심인 수수께끼에 대해서는 우리도 각오가 되어 있습니다. 이 집안 최후의 백작은 어딘지 정상적인 사람이 아니었음을 단번에 짐작할 수 있었습니다. 우리가 여기에 와있는 것은 백작이 정말로 여기에 살아있었는지, 정말로 여기서 죽었는지, 백작을 매장한 저 붉은 머리의 허수아비가 과연 백작의 죽음과 관계가 있는지를 찾아내기 위해서입니다. 그러므로 최악의 경우랄까, 가장 기분 나쁜 극적인 해결을 생각해보십시오. 다시 말해서 저 하인이 정말로 주인을 살해한 것이라든지, 사실 주인은 죽지 않았다든지, 주인이 하인인 체 거짓 행세하고 있다든지, 바로 하인이 주인 대신 무덤에 묻혀있다든지, 뭐든지 좋습니다. 아무튼 당신들 좋을 대로 윌키 콜린스 식 비극의 줄거리를 만들어 보십시오. 아무리 생각해봐도 촛대 없는 초는 설명할 길이 없습니다. 어째서 점잖은 집안의 노신사가 피아노 위에 코담배를 마구 뿌리는 버릇을 갖고 있었는지 설명할 수도 없습니다. 이야기의 핵심은 상상하기 어렵지 않습니다. 그런데 그 주변이 수수께끼에 쌓여있다는 것입니다. 공상은 어떻게 마음대로 한다 해도 코담배와 다이아몬드와 초에 시계부품을 연결시킬만한 꺼리를 만든다는 건 사람의 상상이 미치는 범위를 벗어나는 것 같습니다."

"그 연결이라면 알 수 있을 것 같습니다."

브라운 신부가 말했다.

"그렌가일은 프랑스 혁명에는 무조건 반대했었어요. 구체제의 열광적 지지자였기 때문에 그는 부르봉 왕가의 생활방식을 문자 그대로 재연하려고 애를 썼지요. 코담배를 갖고 있었던 것도 그게 18세기의 사치품이었기 때문입니다. 초도 역시 18세기의 조명 도구고요. 기계 부품 같은 쇳조각은 바로 루이 16세가 자물쇠 만지는 취미가 있었기 때문에 그걸 흉내 낸 겁니다. 그리고 다이아몬드는 뭐냐 하면, 마리 앙투아네트의 다이아몬드 목걸이 바로 그것을 상징하는 것이죠."

다른 두 사람은 모두 눈을 휘둥그레 뜨고 브라운 신부를 응시했다.

"어쩌면 그렇게도 이상한 생각을 하십니까?"

프랑보우가 말했다.

"정말로 그렇게 생각하시는 거예요?"

"아니, 이건 어디까지나 농담이죠."

브라운 신부가 대답했다.

"당신이 코담배와 다이아몬드와 시계에 초를 연결시키는 일은 아무도 할 수 없다고 말씀하셔서 그냥 그 연결을 한 가지 말해본 것뿐입니다. 진상은 좀 더 깊은 데에 있어요."

여기서 숨을 한 번 내쉬고 브라운 신부는 성의 탑에서 윙윙거리는 바람소리에 귀를 기울였다.

"그렌가일 백작은 도둑이었어요. 그는 자포자기하고 살았는데 알고 보면 꽤나 어렵게 살았습니다. 그 집에 촛대가 없었던 건, 사실 자기가 들고 다니는 초롱 속에 짧게 잘라서 쓰면 됐었기 때문이고요. 코담배는 왜 있었냐 하면, 극악무도한 프랑스 범죄인들이 후추를 쓴 것과 같은 수법으로 그걸 이용했던 겁니다. 잡으려는 사람의 얼굴에다 그것을 홱 뿌리는 것이죠. 그런데 무엇보다도 결정적인 증거는 다이아몬드와 작은 강철 고리라는 두 개의 물건이 희한하게도 하나로 합치된다는 것이죠. 자, 여기까지 말하면 이제 환히 알 수 있겠죠? 다이아몬드와 작은 강철 고리야말로 유리를 잘라낼 수 있는 유일한 도구니까요."

부러진 소나무 가지가 세찬 바람에 흔들려 두 사람 뒤의 유리창을 거세게 때렸다. 실로 강도의 침입을 연상케 하는 거칠고 광포한 광경이었다. 그러나 두 사람은 뒤를 돌아보지도 않았다. 그들의 눈은 브라운 신부에게 못 박혀 있었던 것이다.

"다이아몬드와 작은 강철 고리 말씀이군요."

클레이븐 경감이 생각에 잠기면서 말했다.

"그 말씀이 옳다는 증거는 그것뿐인가요?"

"그것이 옳다고는 생각하고 있지 않아요."

브라운 신부는 태연하게 대답했다.

"다만 이 네 가지 물건을 결부시키는 것은 누구나 불가능하다고 말씀하셨기 때문에 그렇게 말해보았을 뿐입니다. 진상은 물론 훨씬 더 평범한 데 있어요. 그렌가일은 자신의 저택 안에서 보석을 발견했다기보다 발견했다고 생각했을 뿐이죠. 누군가가 이 흩어진 보석을 내보이면서 그것들이 모두 성의 동굴 속에서 발견된 거라고 엉터리 같은 거짓말을 한 것이죠. 작은 고리는 다이아몬드를 잘라내는데 쓰는 도구고요. 그는 일을 눈에 띄지 않도록 해결했어요. 근처의 양치기나 거친 남자들을 몇 명 모아서 했는데 코담배가 스코틀랜드의 양치기에게는 굉장한 사치품으로 되어 있으니까 그들을 매수하는 데 그것을 쓰는 것이 가장 좋은 일이었을 거예요. 다음은 촛대인데, 그것이 없었던 건 필요하지 않았기 때문입니다. 동굴을 조사할 때 손에 들고 있으면 됐으니까요."

"그것뿐입니까?"

프랑보우가 한참 동안 사이를 두었다가 물었다.

"그걸로 마침내 무미건조한 진상에 도달했다는 겁니까?"

"원, 천만에요."

브라운 신부는 말했다.

아득히 먼 소나무 숲에서 남을 비웃는 것 같은 긴 소리를 끝으로 바람이 조용히 멎자, 브라운 신부는 매우 난감한 표정으로 이야기를 계속했다.

"내가 지금까지 말을 한 것은 당신이 아무도 코담배와 시계, 그리고 양초와 보석을 납득할 수 있도록 연결할 수 없을 거라고 말씀하셨기 때문입니다. 엉터리로 아무렇게나 이야기하는 열 사람의 철학자의 말도 우주에는 꼭 들어맞을 거예요. 열 가지 엉터리 말도 그렌가일 성의 수수께끼를 설명할 수 있지요. 그런데 또 다른 증거품은 없습니까?"

클레이븐 경감이 소리 내어 웃었다. 프랑보우도 웃는 얼굴로 일어나 긴 테이블을 따라 걸어갔다.

"제5품목, 제6품목, 제7품목 등등. 이것들은 쓸모가 없을 정도로 천차만별입니다. 첫째의 기묘한 컬렉션은 연필이 아니라 연필의 흑연 바로 그것입니다. 둘째 물건은 대나무 하나가 끝이 꽤 많이 쪼개져 있습니다. 이것이 흉기라고 해도 이상할 것은 없겠지요. 다만 이번에는 처음부터 범죄가 없습니다. 남은 것은 예스러운 미사경본과 작은 가톨릭 성화가 조금 있는데, 이것들은 아마도 오글비 집안이 중세시대부터 이어받아온 것이겠죠. 이 집안의 전통적인 긍지는 청교도보다도 강했으니까요. 이것을 박물관에 넣은 것은 다만 가장자리가 모두 찢어져 있고 표면이 더러워져 있었기 때문입니다."

폭풍이 일그러진 모양의 구름을 그렌가일 성 상공으로 날려보내고 있었다. 브라운 신부는 금색 글씨로 장식된 책장을 살펴보려고 가까이 들여다보았다. 바로 그때 이 기다란 방이 갑자기 캄캄한 암흑 속에 잠겨버렸다. 그러자 브라운 신부가 급히 말을 했다. 그러나 그것은 이제까지의 브라운 신부의 목소리와는 전혀 다른 사람의 목소리였다.

"클레이븐 씨."

그 말소리는 브라운 신부보다 열 살이나 젊은 사람의 목소리였다.

"저 무덤을 조사하기 위한 집행 서류를 가지고 계시죠? 빨리 하는 게 좋을 것 같습니다. 그리고 이 끔찍스러운 사건의 배경을 알아내야 합니다. 나라면 지금 당장이라도 갈 겁니다."

"지금 당장이요?"

얼이 나간 듯 클레이븐 경감이 말했다.

"어째서 또 그렇게 급하게 서두릅니까?"

"매우 중대한 일이기 때문이죠."

브라운 신부는 말했다.

"이 흩어져 있는 코담배와 자갈 같은 것은 보통 때 이 부근에 그냥 뒹굴고 있는 것과는 의미가 다릅니다. 이번 일이 행해진 이유는, 나로선 한 가지밖에 생각할 수가 없네요. 그리고 그 이유는 이 세상의 근원까지 거슬러 올라갑니다. 여기에 있는 종교화는 그냥 더러워졌거나 찢어졌거나 글씨가 씌어져 있거나 하는 것과는 완전히 달라요. 그런 일이라면 어린아이의 장난이거나 프로테스탄트의 결벽증에 지나지 않겠죠. 그러나 이것은 모두 아주 신중하게 그리고 이상한 방법으로 보존되어 왔어요. 신의 이름이 큼직한 장식 글씨로 나타나 있는 곳은 모두 정성스럽게 도려냈어요. 이밖에도 꼭 한 군데 떼어낸 것이 있는데 그것은 어린 예수의 머리를 둘러싼 후광이지요. 자, 그러니까 집행 서류와 삽과 도끼를 들고 저 관을 억지로라도 열어야 합니다."

"대체 어쩌려는 생각입니까?"

런던의 관리가 물었다.

"결국……"

몸집 작은 브라운 신부가 대답했다. 그 목소리는 윙윙거리는 심한 바람 소리에 섞여 희미하지만 높게 들렸다.

"이 세상의 악마가 바로 지금 이 성의 탑 꼭대기에 백 마리의 코끼리와도 같은 거대한 몸을 뉘고, 묵시록도 아랑곳 않고 소리를 질러댈지도 모릅니다. 이 사건의 깊숙한 밑바닥에는 뭔가 부정한 마술이 숨어있어요."

"마술이라……"

프랑보우가 낮은 목소리로 말했다. 그는 생각이 트인 사람이므로 그런 것을 모를 리가 없었다.

"그것은 그렇다 치고, 여기에 있는 물건들은 대체 무엇을 의미하는 것일까요?"

"뭐 하찮은 것이겠지요."

브라운 신부가 얼른 대답했다.

"그것을 어떻게 알겠어요? 이 지하의 미궁과도 같은 것을 어떻게 풀어내겠어요? 어쩌면 코담배와 대나무로 고문할 수도 있겠죠. 틀림없이 이 미친 사람은 분명히 양초와 쇳조각들에 마음이 끌릴 거예요. 연필에서 독성이 강한 발광 약을 만들어낼 수도 있는 모양이니까. 이 수수께끼에 이르는 가장 가까운 지름 길은 언덕을 올라 무덤으로 가는 것뿐이에요."

브라운 신부의 상대들은 자신들이 그의 말에 따랐다는 것도, 그가 앞장서 이끄는 대로 따랐다는 사실도 모르는 채 어느 틈에 정원으로 나와 있었다. 거기에는 거센 밤바람이 그들을 날려버릴 듯 광란하고 있었다. 문득 깨닫고 보니 두 사람은 자동인형처럼 브라운 신부에게 복종하고 있었다. 어느 틈에 클레이븐 경감의 손에는 도끼가, 그 주머니에는 집행 서류가 들어있었고, 프랑보우는 이상한 정원사의 무거운 삽을 들고 있었다. 한편 브라운 신부의 손에는 신의 이름을 찢어낸 작은 금색 책이 쥐어져 있었다.

언덕을 올라 묘지로 이르는 오솔길은 구불구불했지만 길지는 않았다. 다만 바람의 압력 때문에 길게 느껴졌을 뿐이다. 비탈길을 따라 펼쳐진 소나무 숲은 끝이 없을 정도로 무성했다. 나무들은 모두 거센 바람에 비스듬히 기울어져 있었다. 그 가지런히 갖추어진 몸매, 아니 나무의 모습은 엄청나게 커 보이고 동시에 공허하게 느껴졌다. 인기척도 없고, 목적도 없는 혹성에 미친 듯이 불어대는 바람을 맞는 것처럼 공허해 보였다. 끝없이 이어진 청회색의 숲 전체에 온갖 이단적인 것의 핵심에 있는 고대의 슬픔이 높은 노랫소리를 울리고 있는 것 같았다. 밑바닥을 알 수 없는 침엽의 지하세계에서 들려오는 이 합창은 길을 잃고 계속 방황하는 이단의 신들이 부르짖는 오열처럼 느껴졌다. 부조리의 숲속으로 길을 잘못 들어서 두 번 다시 천국으로 돌아갈 길을 찾을 수 없는 신들의 외침 같은.

"아시겠어요?"

브라운 신부는 낮은 목소리지만 허물없는 어조로 말했다.

"스코틀랜드가 존재하기 전에 스코틀랜드인은 기묘한 종족이었죠. 아니, 지금도 기묘한 점에는 변함이 없습니다. 그리고 선사 시대에는 아마도 악마를 예찬하고 있었던 게 아닐까 생각돼요. 그렇기 때문에."

브라운 신부는 상냥하게 덧붙여 말했다.

"청교도의 신학에 덤벼든 것입니다."

"신부님."

프랑보우는 조금 정색을 하고 불렀다.

"대체 어찌된 겁니까, 저 코담배는?"

"프랑보우 씨."

브라운 신부도 역시 진지한 태도로 대답했다.

"진정한 모든 종교에는 공통되는 한 가지 특징이 있는데 유물주의가 바로 그것입니다. 그러니까 악마 예찬도 어떤 면에선 신앙인 것이죠."

그들은 풀이 무성한 언덕 꼭대기에 이르렀다. 서로 부딪쳐 부러지면서 노호하는 소나무 숲에서 불쑥 솟아나와 있는 민둥산인 그곳에는 나무와 철사로 만든 보잘 것 없는 울타리가 폭풍 속에서 덜컹덜컹 소리를 내며 묘지의 경계가 가깝다는 것을 말해주고 있었다. 클레이븐 경감이 묘지 한구석에 서고, 프랑보우가 삽을 땅에 꽂고 힘주어 몸무게를 싣는 순간, 두 사람 다 떨리고 울타리의 나무도 철사처럼 떨리고 있었다. 무덤 발치에는 썩기 시작해 은회색이 된 커다란 엉컹퀴가 아무렇게나 자라서 우거져 있었다. 엉경퀴의 깃털이 심한 바람에 토막토막 끊기며 눈앞을 스쳐 날아가면 클레이븐 경감은 마치 화살을 피하는 것처럼 뒤로 물러서곤 했다.

프랑보우는 바람에 흐느끼는 풀 사이에 삽을 넣어 그 밑 축축한 진흙에 힘껏 박았다. 그런 다음 손을 멈추고 삽을 지팡이 삼아 몸을 기댔다.

"쉬지 말고 하세요."

브라운 신부는 매우 조용히 말했다.

"진상을 찾아내려는 것 아닙니까? 뭘 두려워하시는 거예요?"

"진상을 찾아내는 것이 두렵습니다."

프랑보우가 대답했다.

그때 런던 형사가 느닷없이 말문을 열었다. 허물없는 대화라고 생각한 듯한 그 목소리는 어딘지 모르게 흥분되어 있었다.

"어째서 그는 그런 방법으로 행방을 감췄을까요? 뭔가 언짢은 이유가 있었던 건 아닐까요?

문둥병이었을까요?"

"훨씬 더 지독한 것이겠죠."

프랑보우가 대답했다.

"그럼, 문둥병보다도 더 지독한 게 뭐죠? 상상할 수 있어요?"

런던 형사가 다시 물었다.

"상상 같은 것은 하지 않아요."

프랑보우가 말했다.

프랑보우는 한동안 말없이 계속 땅을 파고 있더니 이윽고 숨막히는 목소리로 말했다.

"아무래도 제대로 모양이 남아있을 것 같지 않군요."

"모양이 허물어져 있는 거야, 언젠가 그 종이도 그렇지 않았나요?"

브라운 신부는 조용히 말했다.

"더구나 그 종이를 만진 뒤에도 이쪽 몸에는 아무 일도 일어나지 않았으니까요."

프랑보우는 무턱대고 힘껏 파내려갔다. 그리고 안개처럼 언덕에 끼어있던 회색 구름이 폭풍에 날아가 버리고 희미하게 별이 반짝이는 밤하늘을 바라볼 수 있게 되자, 그제야 대패질이 엉성한 나무관의 모습이 나타났다.

프랑보우가 관을 풀밭 위로 끌어올리자 클레이븐 경감이 도끼를 들고 앞으로 나왔다. 엉겅퀴의 끝이 몸이 닿자 그는 자기도 모르게 움찔했다. 그리고는 다시 한 걸음 앞으로 나서서 그는 프랑보우 못지않게 무서운 힘으로 뚜껑이 깨질 때까지 관을 내리쳤다. 관이 깨지자 그 속에 담겨있는 모든 것이 회색 별빛 아래 번쩍이며 드러났다.

"뼈다."

클레이븐 경감이 말했다.

"사람의 뼈다!"

그는 다시 덧붙였다. 그렇지 않을 것이라고 생각했던 것일까?

"어때요?"

묘하게 높낮이가 있는 목소리로 프랑보우가 물었다.

"제대로 있나요?"

"그런 것 같군요."

클레이븐 경감은 관 속에서 썩기 시작해 윤곽이 뚜렷하지 않은 해골 위로 몸을 수그리며 쉰 목소리로 말했다.

프랑보우의 우람한 몸이 큰 파도와도 같이 떨리기 시작했다.

"곰곰이 생각해보면……"

그는 큰소리로 말했다.

"제대로 있을 리가 없는 건 당연하겠죠. 이렇게 음산하고 으스스한 산에 오니까 아무래도 기분이 이상해지는데요. 뭣 때문이냐 하면 틀림없이 이 암담하고 어이없는 생각이 엎치락뒤치락하기 때문이겠죠. 다시 말해서 이 숲과 그리고 무엇보다도 원시적인 무의식의 공포, 이건 마치 무신론자의 꿈같지 않습니까? 소나무 숲에 이어진 소나무 숲, 거기에 또 이어진 무한한 소나무 숲······."

"아니!"

관 옆에 서 있는 남자가 소리쳤다.

"머리가 없군요!"

다른 두 사람이 굳어진 채 우뚝 서자, 브라운 신부는 처음으로 놀라움이 섞인 조심스러운 혼란을 드러냈다.

"머리가 없다고!"

브라운 신부는 되풀이해 말했다.

'머리가 없다' 마치 다른 것이 없을 거라고 예상한 듯한 말투였다.

그렌가일 집안에 태어난 머리 없는 갓난아기, 성 안으로 몸을 숨긴 머리 없는 젊은이, 고풍스러운 홀과 화려하고도 아름다운 정원을 뛰어다니는 머리 없는 남자, 그런 미치광이 같은 환상이 그들의 마음속을 파노라마처럼 지나갔다. 그런데 얼어붙듯 경직된 이 순간에도, 그들의 마음에 사건의 내막이 뿌리를 드러낸 것도 아니고 그 자체에 논리가 깃들어 있다고도 볼 수 없었다. 세 사람은 우두커니 선 채 몹시 지친 동물들처럼 멍해서 숲의 소란과 하늘의 비명에 귀를 기울였다. 사고력 따위는 이 순간, 그것을 붙잡고 있던 머릿속에서 갑자기 빠져나가 버린 무언가 어이없는 일로밖에 생각되지 않았다.

"머리가 없어진 사람이라면,"

브라운 신부가 말했다.

"이 파헤쳐진 무덤 주위에도 셋이나 있어요."

핏기를 잃은 런던의 형사는 무언가 말하려고 입을 벌렸으나 바람이 질러대는 기다란 비명이 허공에 울려 퍼지는 동안 그대로 시골뜨기처럼 입을 벌리고 있을 뿐이었다. 그러다가 문득 자신의 손이 자신의 것이 아닌 듯한 눈초리로 움켜쥔 도끼를 바라보다가 툭 떨어트렸다.

"신부님."

좀처럼 쓰지 않는 어린아이 같은 목소리로 프랑보우가 말했다.

"어쩌면 좋겠습니까?"

이에 대한 브라운 신부의 대답은 어찌나 빠른지 마치 초조함을 이기지 못하고 있던 대포에 발사 명령이 내려진 것 같았다.

"잠을 자는 일입니다."

브라운 신부는 말했다.

"자면 돼요. 이제 우리는 길 끝까지 왔어요. 잠이 무엇인지 아십니까? 잠자는 사람은 누구든 마음을 믿고 있다는 것을 아세요? 잠은 성찬식이지요. 믿음의 행위이며 음식물인 겁니다.

우리에게는 성찬이 필요해요. 비록 자연이 주는 선물일지라도 사람의 몸에는 절대로 닥쳐오지 않는 일이 우리에게 닥친 것이에요. 사람에게 닥치는 일 가운데 이토록 부정한 일은 없다고 할 수 있을지도 모르겠습니다."

클레이븐 경감이 말했다.

"어떤 의미입니까, 그것은?"

브라운 신부는 성 쪽으로 얼굴을 돌리며 대답했다.

"우리는 진상을 찾아냈어요. 그러나 그 진상은 아무런 의미도 없어요."

그는 이윽고 혼자 앞장서서 오솔길을 내려갔다. 그의 재빠른 동작은 브라운 신부로서는 매우 진기한 것이었다. 성으로 되돌아오자 이번에는 개처럼 단순하게 잠자리에 들어가 버렸다.

브라운 신부는 자신이 잠을 신비한 것으로 찬미했으면서 다른 누구보다도 - 말없는 정원사는 빼놓고 - 일찍 일어나 커다란 파이프를 물고는 뒤뜰에서 묵묵히 일하는 정원사를 바라보고 있었다. 이미 폭풍우는 새벽녘이 가까워지자 호우로 변했다가 멎고, 신기한 상쾌함과 함께 아침이 찾아오고 있었다. 정원사는 신부와 말을 주고받는 것 같았다. 그때 두 탐정이 나타나자 불쾌하게 삽을 묘상에 꽂아놓고 아침식사가 어쩌고 하며 캐비지의 줄을 따라서 뒤로 물러나더니 부엌 안으로 사라져버렸다.

"쓸모 있는 사람이에요. 저 정원사는,"

브라운 신부가 말했다.

"아주 솜씨 있게 감자를 캐내더군요. 그래도 역시,"

냉정한 자애로움을 담아 브라운 신부는 덧붙였다.

"결점은 갖고 있어요. 누구나 갖고 있겠지요. 저 사람은 이 밭을 별로 규칙적으로 갈지는 않는 것 같아요. 예를 들면……자, 보세요."

그는 별안간 땅 한 군데를 발로 탁탁 소리 내어 밟으며 말했다.

"이 밑의 감자는 아무래도 수상합니다."

"어째서요?"

클레이븐 경감이 물었다.

이 이상한 영감이 이번에는 감자에 대한 취미를 시작했단 말인가?

"이것을 수상하다고 생각하는 것은 가우 자신이 이곳에 대해서 모호하게 행동하기 때문입니다. 저 사람은 여기저기에 규칙적으로 삽질을 했는데 이곳만은 빼놓더라고요. 아마 어지간히 기막힌 감자가 있는 모양이죠."

프랑보우는 삽을 뽑아들고는 한순간도 아깝다는 듯이 문제의 땅에 삽을 찔러 넣었다. 그리고 흙더미와 함께 파낸 것은 도저히 감자와는 거리가 먼, 오히려 머리통이 커다란 버섯과 닮은 물건이었다. 그런데 이 이상한 물건이 삽에 텅 부딪치더니 공처럼 데구르르 굴러가는 바람에 모두들 배를 잡고 킬킬댔다. 그러나 브라운 신부는 슬픈 목소리로 "그렌가일 백작님!" 하더니 침울하게 두개골을 내려다보았다.

잠시 명복을 빈 뒤, 브라운 신부는 프랑보우의 손에서 삽을 뺏어들고 "본래대로 묻어둬야 해요." 하면서 두개골을 땅속으로 밀어 넣었다. 그리고 작은 몸(그러나 큰 머리통)을 구부려 지면에 푹 꽂혀있는 삽자루를 끌어당겼는데, 그의 눈은 초점이 없고 이마에는 몇 가닥의 주름이 잡혀 있었다. '어떻게 해야 이 괴상한 사건의 마지막 의미를 알 수 있을까?' 그는 중얼거렸다. 커다란 삽자루를 끌어안고 브라운 신부는 사람들이 교회에서 하는 것처럼 이마를 갖다 댔다.

하늘은 더할 나위 없이 화창하여 청색과 은색으로 반짝였다. 정원의 작은 나무에서 지저귀는 새소리는 마치 나무들의 속삭임처럼 들렸다. 그러나 세 남자는 마냥 침묵만 지킬 뿐이었다.

"난 그만 할래요."

프랑보우는 귀찮은 듯이 내뱉었다.

"내 머리와 이 세계는 잘 안 어울리는 것 같습니다. 이쯤에서 포기해야겠어요. 코담배, 찢어진 기도서, 오르골의 부속품, 그게 도대체 어쨌다고……?"

그러나 찡그리고 있는 브라운 신부는 그저 삽자루만 툭툭 쳤는데, 그가 그처럼 너그럽지 않은 태도를 보이는 것은 매우 드문 일이었다.

"그야 모두 아는 뻔한 일 아니겠어요?"

브라운 신부는 혀를 찼다.

"코담배니 시계니 그 외에도 여러 가지 사물에 얽힌 일은 오늘 아침 눈을 뜨면서 알았어요. 그리고 나는 정원사 가우와 결말을 보았죠. 정원사는 보기보다 귀머거리도 아닐 뿐더러 얼간이도 아니더군요. 그리고 뿔뿔이 흩어져 있는 여러 물건들에는 뭔가 부족한 점이 있었어요. 찢어진 기도서는 내가 착각한 것이었고, 아무런 해도 없어요. 문제는 마지막 이상한 사건이죠. 묘지를 파헤쳐서 시체의 머리를 훔쳐내다니 아무리 생각해도 정상이 아닙니다. 거기에는 사악한 힘이 관계되었다고 생각해요. 그래서 코담배니 양초니 하는 너무도 단순한 이야기와 아귀가 잘 안 맞는 이유죠."

브라운 신부는 여기까지 말하고, 그는 속이 상한 듯 파이프 담배를 태우면서 성큼성큼 돌아다녔다.

"신부님."

프랑보우가 빈정대며 말했다.

"상대를 보고나서 말씀하시죠. 이래봬도 저는 한때 범죄자였으니까요. 전과자란 신분이 주는 커다란 이점은 그때그때 순간적으로 제멋대로 계획을 세워 바로 실행하는 것이죠. 이처럼 기다리고, 기다리고, 또 기다려야만 하는 탐정놀이는 프랑스인으로서 도저히 나는 못할 짓입니다. 지금까지 늘 좋고 나쁨을 떠나 즉석에서 행동했던 인간입니다. 어떤 사태가 생기면 다음날 아침에는 바로 결투를 했고, 계산은 언제나 현금으로, 치과의사에게 갈 일이 생겨도 절대 머뭇거리지 않았습니다. 그리고또……"

여기까지 말했을 때 브라운 신부의 입에서 파이프가 떨어져 자갈길에서 세 토막이 나버렸다. 넋을 잃고 서 있는 신부의 눈이 휘둥그레지더니 마치 백치 같은 모습이 되었다.

"이런! 정말 맹추 같으니……"

브라운 신부는 끝없이 넋두리를 되풀이했다.

"정말 허수아비였군!"

하지만 머잖아 점점 약해지더니 마침내 웃음소리로 변했다.

"치과의사라고요!"

그는 다시 말했다.

"내가 여섯 시간이나 정신의 심연에 가라앉았던 것도 다름이 아니라 다만 치과의사라는 것을 생각해내지 못했기 때문이에요! 두 분은 어젯밤에 굉장한 지옥의 밤을 보냈지만 이젠 아무 걱정도 없어요. 해는 솟았고, 새는 노래하고, 치과의사의 빛나는 정신도 이 세상을 위로해줄 테니 말입니다."

"그 헛소리에서 이치가 선 의미를 끄집어내려면……,"

플랑보우는 크게 한 발자국 내디디며 소리쳤다.

"종교재판의 고문 방법을 써야만 하겠군요."

브라운 신부는 지금 햇살을 가득히 받은 잔디밭 위에서 펄쩍 펄쩍 뛰고 싶은 충동을 지그시 누르는 듯한 동작을 한 다음, 어린아이처럼 순진하고 가련함을 느끼게 하는 목소리로 외쳤다.

"조금은 바보가 되는 것도 나쁠 것은 없죠. 지금까지 내가 얼마나 슬펐는지 당신들은 모를 거예요. 난 지금에야 알았어요. 이 사건에 깊은 죄는 아무것도 감춰져 있지 않았다는 것을 말이죠. 다만 정신이 좀 돌았을 뿐입니다. 하지만 그런 것은 아무도 마음 쓰지 않아요."

브라운 신부는 홱 몸을 돌려 엄숙한 얼굴로 두 사람을 바라보았다.

"이것은 범죄 이야기가 아닙니다. 얼핏 보기에 색다르고 좀 비뚤어진 오로지 정직하기만 한 사람의 이야기라고 하는 편이 좋겠어요. 우리의 상대는 자신의 몫 이상의 것은 아무것도 받지 않았다는, 이 지상에서 오직 하나뿐인 남자일 것입니다. 그 남자의 종교였던 미개인의 살아있는 논리에 대한 연구라고도 할 수 있는 것이죠. 그렌가일 일가를 노래한 이 지방의 시,

　　여름 나무의 푸른 수액과도 같도다
　　오글비의 붉은 돈은.

이것은 비유적일 뿐만 아니라 글자 그대로의 의미로도 생각

할 수 있어요. 이것이 의미하는 것은 그렌가일이 대대로 부를 모았다는 것만은 아니에요. 그들이 조금도 과장됨이 없이 돈을 모았다는 것도 사실입니다. 금으로 된 장식품이나 실용품 컬렉션은 대단한 것이었어요. 사실 그들은 그러한 수집에 열중한 구두쇠였지요. 자, 이 사실에 비추어 우리가 성에서 발견한 것을 모조리 나열해봅시다. 금고리가 없는 다이아몬드, 금촛대가 없는 양초, 금케이스가 없는 코담배, 케이스에 담겨있지 않은 연필심, 금으로 된 손잡이가 없는 지팡이, 금케이스가 없는 시계의 부품, 그리고 또 하나, 이것은 제 정신으로 한 것이라고 생각되지는 않지만 그 옛날의 기도서에 새겨졌던 예수의 후광과 이름, 그것도 또한 진짜 금이었기 때문에 고스란히 떼어갔던 것이오."

차츰 강해지는 햇살에 정원은 점점 광채가 더하고, 풀은 더욱 생동하는 기운이 더해지는 것처럼 보이는 가운데, 브라운 신부는 이 어이없는 진상을 말하고 있었다. 프랑보우가 담배에 불을 붙이는 동안에도 브라운 신부는 다음 이야기를 계속했다.

"그것은 떼어간 것이지 도둑을 맞은 것은 아니에요. 그것이 만약 도둑의 짓이었다면 이런 수수께끼는 남지 않았을 것입니다. 도둑이라면 코담배의 금케이스 속에 든 것까지 모두 훔쳤을 테니까요. 금으로 된 연필 케이스만 해도 마찬가지에요. 아무래도 상대는 일종의 독특한 양심을 가진 사람일 겁니다. 그 미친 모럴리스트를 오늘 아침에 저쪽 뒤뜰에서 발견하고 이 모든 이야기의 자초지종을 들었어요.

　고 오글비 대감독은 그렌가일 집안에 태어난 사람 가운데서 가장 선한 사람에 가까웠어요. 그러나 그의 일그러진 덕은 사람을 혐오하는 쪽으로 기울었지요. 선조의 의롭지 못한 처사에 마음이 상한 그는 거기서 일반론을 끌어내 사람들은 모두 정직하지 못하다는 결론을 내렸던 겁니다. 무엇보다도 특히 그가 의심의 눈길을 돌린 것은, 자선이니 기부니 희사니 하는 일들이었어요. 그리고 만약 어디엔가 자신의 권리인 분량만을 과부족 없이 얻고 있는 사람이 있다면 그렌가일 집안의 돈을 모두 그 사람에게 물려주겠다고 맹세하고, 이렇게 인류에 대한 도전장을 내던진 다음, 설마 그에 응하고 나서는 사람은 없을 거라고 깔보고 은둔해버린 겁니다. 그런데 어느 날 귀머거리에다 아무런 재주도 없어 보이는 젊은이가 먼 마을에서 전보를 전하러 찾아왔어요. 그렌가일은 짓궂은 마음에 새로운 파징(영국 화폐의 최소단위로 4분의 1페니) 한 닢을 젊은이에게 주었죠. 적어도 파징이라고 생각하고 주었어요. 그런데 나중에 돈을 조사해보니 새로운 파징은 그대로 있고 1파운드짜리 소브린이 없어진 것을 깨달았건 겁니다. 이 착오에 그렌가일은 세상에 대한 자신의 모멸을 만족시킬 가능성을 알아차렸어요. 어쨌거나 그 젊은이는 인간에게 특유한 탐욕스러움을 발휘할 것이다. 이대로 사라져 버려서 한 닢의 돈을 훔친 도둑이 되거나 아니면 찡그린 얼굴로 그것을 가지고 돌아와 보수를 요구하는 속물이 되거나 둘 중의 하나일 것이다. 그런 생각을 하고 있었죠. 아닌 게 아니라 그날 밤, 그렌가일 경이 잠자리에 들었을 때 두드려 깨우는 바람에 - 왜냐하면 경은 혼자 살고 있었으니까요 - 내키지 않는 마음으로 문을 열었더니 거기에 서 있는 것은 바로 그 백치였소. 이 얼간이는 글쎄, 소브린이 아니라 19실링 11펜스 3파징의 거스름 돈을 가지고 온 것이요.

이 빈틈없이 꼼꼼한 행위가 미친 그렌가일의 머리에 불길처럼 달라붙었어요. 그는 자기가 디오게네스이며, 오랫동안 정직한 사람을 찾아왔는데 가까스로 한 사람 발견했다는 의미의 말을 하며 유언장을 고쳐 썼습니다. 내가 그것을 직접 봤어요. 이리하여 그렌가일은 이 황폐한 큰 저택에 꼼꼼하기 이를 데 없는 젊은이를 불러들여 단 한 사람의 하인으로, 그리고 또 기묘한 일이지만 상속인으로 만들어낸 것입니다. 당사자인 괴짜는 다른 것은 아무것도 몰랐지만 주인의 두 가지 고정관념만은 완전히 이해했어요. 다시 말해서 권리증이 전부라는 것 그리고 그렌가일의 금은 자기의 소유가 되어야 한다는 두 가지 점만은 잘 알고 있었던 겁니다.

여기까지는 그 이야기대로여서 지극히 간단해요. 그 멍텅구리는 집에 있는 금이라는 금은 모조리 떼어냈어요. 그러나 금이 아닌 것은 먼지 하나도 손을 대지 않았죠. 사실 코담배의 가루까지도 그대로 있지 않습니까? 금으로 장식된 낡은 책에서 금으로 된 부분을 떼어냈지만, 다른 부분은 손대지 않은 상태였다는 사실에 그는 매우 만족하고 있었어요. 그런 일이라면 나로선 모든 것을 이해할 수 있었죠. 그런데 도무지 알 수 없었던 것은 이 두개골의 문제였어요. 저 사람의 머리가 감자밭에 묻혀 있었다는 것은 아무래도 납득이 가지 않는 일이었으니까요. 어찌된 일인가 하고 골치를 앓고 있는데…… 마침 프랑보우 씨가 그것을 정확하게 말해줬던 거죠. 이젠 괜찮을 겁니다. 저 남자는 두개골을 어김없이 무덤에 돌려놓겠지요. 금니의 금을 떼어내고 나면 말이죠."

과연 그 날 아침, 프랑보우가 언덕을 가로질러 가고 있을 때 그 이상한 인물, 빈틈없는 구두쇠 나리가 훼손된 무덤을 다시 파헤치고 있는 모습이 보였다. 남자의 목에 감긴 스카프가 산바람에 펄럭이고 그 머리에는 실크모자가 턱 올려져 있었다.